本書爲全國高等院校古籍整理研究工作委員會資助規劃項目

胡大浚 箋注

齊己詩歌繫年箋注

上册

中華書局

衆之稱異。大潙山同慶寺是中國佛教南禪潙仰宗靈祐禪師開山立宗之地，齊己在這裏習學佛家律儀之外，亦寄情於詩歌的習作，幼時這樣的文化環境奠定其人生之信仰與畢生事業。

按照佛教儀軌，少年齊己在大潙山苦修十餘年，大約在二十歲授「具足戒」後開始出山遊方。遊方是僧人於閉關坐禪之外的另種修行問道的形式，體味塵世萬千苦況，參學宇内禪林大德，施法行化一切衆生，嚴淨一切國土，修一切菩薩行，得見佛無盡藏。所謂「踏盡坎坷成大道」可説是以文學手法對它的一種表述。根據現存文獻記載和八百餘首存詩提供的情況，齊己確乎是在「坐禪」與「遊方」中終其一生，完成其「禪」與「詩」之修煉的，唯詩境與禪思，在物質世界中一切均歸空無。

齊己離開大潙山先南遊湘中，行蹤達至南嶽衡山。一度入瀏陽石霜山師從慶諸禪師。光啟四年（公元八八八）二月慶諸禪師圓寂後，乃北遊中嶽嵩山、東都洛陽一帶，盤桓經年，足迹北抵今河北臨漳、西達豫西宜陽等地。是時中原戰亂連綿，「自懷、孟、晉、絳（約當今豫西北至晉南各州）數百里間，州無刺史，縣無令長，田無麥禾，邑無煙火者，殆將十年。」（《資治通鑑》卷二五七文德元年條）齊己只得南歸湘中，隱居於金江邊之無名道院。數年後，正當唐昭宗力圖恢復皇室權威、彌合藩鎮狼吞亂局而做着無效努力的時候，齊己於乾寧初再次邁開雙腿，自湘北行，目標是京師長安和西嶽華山。他出洞庭，經荆南入竟陵（今湖北天門市），過襄陽（今襄陽市），西走商州（今陝南商縣），自商於道翻越秦嶺北赴長安，不料藩鎮兵入長安，京師大亂，齊己只好止步於終南山，自夏入冬寄居於山中寺廟。終南山圭峰有著名的草堂寺，中唐圭峰禪師宗密所居，齊己在「二毛凋一半，百歲去三分」（《答人寒夜所寄》）三十餘歲的時候，遊終南，宿圭峰，情事歷歷，見於詩中。此次入京，歷時「數載，遍覽終南、條（中條山）、華（華山）之勝。」（《唐才子傳·齊己傳》）既親歷戰火中長安的殘破，參訪慈恩寺、大雁塔高標之佛法，也觀瞻曲江等帝都的勝蹟，走遍華嶽仙掌、毛女、蓮花衆險峰，都是他行脚中的功課；而此行另外的大收獲，則是拜訪當朝著名詩人鄭谷於華山雲臺道舍，請教作詩的法門，並結識了諸多詩朋道友，獲得「詩」「禪」的無限滋養。《永夜感懷寄鄭谷郎中》、《寄文秀大師》、《寄普明大師可準》、《寄華山司空圖》、《懷終南僧》等詩作可窺見其中情況。

自京南歸，齊己短期掛錫於洞庭湖西某禪寺，隨之便東行洪州、廬山，參禪東林寺，隔年復東遊吴、越各地，入九華、登天台，深入名山勝水，參訪凡百禪林，瞻仰歷代文人故居，廣交道友詩朋，最後掛錫金陵棲霞禪寺，落脚在東南政治文化中心的潤州、金陵之地。天復三年（公元九〇三）冬金陵兵亂乃西歸。

正是這年，詩人鄭谷辭官歸隱袁州宜春（今江西宜春市），齊己聞知，即於深冬臘盡之時，自洞庭南下奔赴贛南拜謁求教，遂釀出唐詩史上的一段佳話。《五代史補》卷三僧齊己條載：「鄭谷在袁州，齊己因攜所爲詩往謁焉。有《早梅》詩曰：『前村深雪裏，昨夜數枝開。』谷笑謂曰：『數枝非早，不若一枝則佳。』齊己矍然，不覺兼三衣叩地膜拜。自是士林以谷爲齊己一字之師。」《詩話總龜》卷十一引《郡閣雅談》別載云：「僧齊己往袁州謁鄭谷，獻詩曰：『高名喧省闥，雅頌出吾唐。疊巘供秋望，飛雲到夕陽。自封修藥院，別下着僧牀。幾話中朝事，久離鴛鷺行。』谷覽之云：『請改一字，方得相見。』經數日再謁，稱已改得，詩云：『別掃着僧牀。』谷嘉賞，結爲詩友。」傳説自然是經過加工的趣聞，但確實可見唐人對詩歌一字不苟的錘煉，師道傳承的嚴格細微。齊己首次求教請益爲時半月，可見其習學之專精。自宜春返湘，齊己入衡山修禪兩年，雙脚踏遍嶽東、嶽西衆峰；既而移錫長沙，經過一番努力得以入居嶽麓山道林寺，開始其詩禪人生的一個新階段。期間數年中，他受鄭谷之邀，分别在秋、冬之時再訪、三訪宜春仰山鄭谷居所。仰山是溈山靈祐嫡傳慧寂禪師生前傳法之地，齊己至此自然少不了參訪問道，故一次逗留就長達數月，論詩吟唱之餘，遊仰山，訪僧院，極盡歡欣。齊己詩境大進而精益求精，與鄭谷、黄損等共定《今體詩格》，對格律詩技巧之精嚴規範多所探討，師徒友朋間情誼益見深厚。

道林寺爲唐代長沙名剎，宋之問、杜甫、韓愈、劉禹錫等衆多詩人均有歌詠傳世。然而它是個律宗寺院，禪僧齊己自天祐三年（公元九〇六）深秋入居道林寺，謹守禪林儀軌生活十年，自稱「曾此栖心過十冬」（《重宿舊房與愚上人静話》），這是他平生中重要的一段，又是他詩作日精、詩名顯揚的時期。長沙是唐末湖南節度使府所在地，節度使馬殷先後受後梁、後唐封王、立國，其地成爲楚國都會，更是當時南國政經文化的一個中心。開平四年（公元九一〇）馬楚開天策府，立學士，羅致文士於府中，齊己時與廖匡圖、劉昭禹、李宏皋、徐仲雅、蔡昆、韋鼎及僧虚中、尚顔、棲蟾、乾康等交相唱和，盛極一時。隨著詩名遠播，四方造訪、求教、言詩者日臻。這個時期的詩作遂大量保留在現存詩集中。

乾化五年（公元九一五），齊己以五十二歲之身，告别嶽麓道林，再次走向他魂牽夢繞的廬山，入居東林禪寺。那裏有最適合修道參禪的環境景色：「紫霄兼五老，相對倚空寒。……目斷嵐煙際，神仙有石壇。」（《再遊匡山》）「北面香爐秀，南邊瀑布寒。自來還獨去，夏滿又秋殘。日影松杉亂，雲容洞壑寬。」（《寄楚萍上人》）更有志同情深的道友詩朋：「遠公林下蓮池畔，個個高人盡有才。」（《將之匡廬過潯陽》）那裏地處吳楚之間，與各地朋友的聯絡交往似亦更加方便，通觀齊己現存詩，在五代初亂世裏朋友間的酬唱，確乎大多爲南國吳越、荆楚以及西蜀間人。這次「二入廬山」六年間，他曾行遊周邊地區，至洪州，過西山，再入金陵，問道訪友，均約略見於詩中。

龍德元年（公元九二一）夏安居畢，齊己擬遊西蜀，行前先枉道長沙，告别故國道友詩朋，遂北行過荆門（今湖北江陵），竟被節度使高季昌「遮留」於此。孫光憲《白蓮集序》講：「晚歲將之岷峨，假途渚宫，太師南平王築浄室以居之，捨浄財以供之。雖出入朱門而不移素履。」《五代史補》説高氏：「遮留之，命爲管内僧正。齊己不獲已而受，自是常怏怏。故其友虚中示之詩云：『老負峨眉月，閑看雲水心。』蓋傷其不得志也。竟卒於江陵。」這年齊己五十八歲，直到天福三年春病逝，在江陵度過一十八年安閑而抑鬱的歲月。

詩與禪的靈魂在於心性的覺悟，本質上乃是人類自由理性的張揚；生資豐足的囚籠則是對人性自由最殘酷的戕害，對於以追求自我精神的解脱爲適意人生者而言，那是最不可忍受的生活場景了。在渚宫的歲月裏，齊己雖無法違背南平王的意旨而行歸山林，日出入朱門常怏怏，却「不移素履」，也就是不改作爲禪人詩客的人生追求，發揚自性德能的光輝，鑒因知果，避惡趨善，洗除逆境中的煩惱，走完其處塵世的最後階段。作於這個時期的詩歌，可明確繫年的就達三百餘首，接近現存詩的十分之四，可見其處污泥而不染，日以禪誦、吟詠爲事，柔韌的個性與堅剛的定力。《觀盆池白蓮》云：「素萼金英噴露開，倚風凝立獨徘徊。」這是他自性的寫照。《觀荷葉露珠》曰：「任器方圓性終在，不妨翻覆落池中。」是他處亂世之道的表述。「大道多大笑，寂寥何以論？霜楓翻落葉，水鳥啄閑門。」（《話道》）「餘生豈必虛拋擲，未死何妨樂詠吟。流水不迴休歎息，白雲無跡莫追尋。閒身自有閒消處，黄葉清風蟬一林。」（《遣懷》）便是一位徹悟者自在自爲的人生觀照。齊己迄今留給後人的正是他的八百餘首詩歌。

齊己詩集原名《白蓮集》。白蓮花者，禪也，亦詩也，禪意詩情所化育者也。此集乃齊己門人西文於師卒後收集遺稿，交孫光憲編輯並爲作序。序云：「師平生詩稿，未遑删汰，俄驚遷化，門人西文併以所集見授，因得編就八百一十篇，勒成一十卷，題曰『白蓮集』。蓋以久棲東林，不忘勝事，余既繕寫，歸於廬山，附遠大師文集之末。……天福三年戊戌三月一日序。」是原本最早藏於廬山東林寺，然不知散佚於何時。

十卷本《白蓮集》行於世，宋代《宋高僧傳》、《五代史補》、《唐詩紀事》、《宣和書譜》等均有明確記載，然鄭樵《通志·藝文略》、王堯臣《崇文總目》在《白蓮集》十卷外，又另録有《外編十卷》或稱《白蓮外編》十卷。至元人之《宋史·藝文志》則稱：「僧齊己集十卷。又《白蓮華編外集》十卷。」[二]以此推測，宋代流行的《白蓮集》十卷，或即爲孫光憲作序的原編本，而十卷之外編本，其爲後人集録之集外詩乎？這兩種本在明代見於胡震亨《唐音癸籤》、高棅《唐詩品彙》、陸時雍《唐詩鏡》，入清後則未見諸其他記載，可知失傳了，遂留下了這永遠無解的疑問。

今存世之《白蓮集》十卷，年代最早者爲明嘉靖八年歲己丑（公元一五二九）柳僉鈔本，柳僉有題跋云：「唐僧齊己《白蓮集》十卷，《風騷旨格》一卷，今兼得之，爲合璧矣。元書北宋刻，傳世久，湮滅首卷數字，尚俟善本補完，與皎然、貫休三集並傳。」該本自北宋刻本翻録，無疑是最接近宋刻原貌之古本。次之有毛晉汲古閣之明天啟六年（一六二六）刻本《白蓮集》，毛晉自稱是他登佛閣虔誠禮佛所獲：「先得《杼山》、《禪月》，未遘《白蓮》……夢想十年，何意憑弔之餘，忽從廢紙堆中現出……深幸焉！」遂刊刻成《唐三高僧詩》。其《白蓮》一集，從版本系統説來，「其實還是從柳大中（柳僉）本録出的」（萬曼《唐集叙録·白蓮集》）。復次有明天啟七年（一六二七）曹氏書倉鈔本《白蓮集》和收入《四部叢刊》初編集部之涵芬樓藏明抄本《白蓮集》，就版本而言，亦均屬柳僉本系統。此四種寫（刊）本卷數、篇數、各卷詩編次總體完全一致，僅有極個別篇章，前後序次偶有變動，當爲鈔手書寫失誤造成〔三〕。至於此後出現的馮班家鈔本、何焯校本、清抄本等，均無不由此衍出〔四〕。現將《白蓮集》各本收録情況統計如下：

卷一録詩七十九題、八十一首（有一題二首者如《南歸舟中》二首，以下各卷仿此，不贅）

卷二録詩七十九題、八十一首

卷三録詩七十八題、八十首

卷四録詩七十八題、八十首

卷五録詩六十四題、八十首（其中《渚宫莫問詩》一題一十五首，而《荆州新秋病起雜題一十五首》每首均另有小題如《病起見王化》、《病起見圖畫》等，以一十五題計）

卷六録詩七十九題、八十首

卷七録詩七十九題、八十二首

卷八録詩七十五題、八十一首

卷九録詩七十九題、八十二首

卷十録詩七十六題、八十一首

全集總計録詩七百六十六題、八百〇八首。

這與孫光憲《序》「八百一十篇，勒成一十卷」是吻合的，由此也可以斷定，以柳僉鈔本爲代表的這個系統，以及它的「母本」北宋刻十卷本，便是孫光憲原編本〔五〕。

從這個統計情況，檢索各卷録詩的詩題及其内容、體格，我們又可以看到孫光憲編録《白蓮集》十卷的一些基本特點：

一、依據詩篇數量分卷。八百〇八首勒成十卷，因有一題二首、三首、四首、十五首者，故每卷篇數無法恒定爲八十一首，乃有八十至八十二首之差異。

二、依五七言分編。前六卷爲五言詩，五律爲主，包括少量五古和五言絶句；七、八、九卷爲七言詩，包括兩卷半的七律和第九卷後半十八首七絶；唯第十卷爲樂府歌行體，以七言爲主，亦含有雜言、四言、五言，另有七言絶句四十二首。《四庫全書總目·〈白蓮集〉提要》稱：「《白蓮集》十卷……前九卷爲近體，後一卷爲古體。古體之後又有絶句四十二首，疑後人採輯附入也。」論斷並不準確。

三、卷次、詩篇編次未以詩歌創作之時間先後、作者生平經歷之地域爲序，顯現出結集的某種隨意性。這或許是由於西文所收集的遺詩並未經作者整理，詩稿本身就是參差淩亂的緣故，也由於編輯時間的倉促，編者不能細爲整理、考辨、編纂。孫《序》言「師平生詩稿，未遑删汰，俄驚遷化」，透露了其中情況。案天福二年（九三七）夏秋之際齊己重病，久卧四十日，至秋冬「病起」，雖體未輕健，猶有吟詠之作留存；未料年末初春之際遽卒，則一生詩稿何遑整理編纂？現僅列舉各卷詩例以見一斑：

卷一首篇《夏日草堂作》爲晚年荆州詩（龍德元年九二一後）。次篇《寄鏡湖方干處士》爲方干光啟元年前後（八八五）卒前之詩。以下《送人歸吴》至《期友人》五篇難斷其寫作年代。

卷二首篇《寄鄭谷郎中》（一作《往袁州謁鄭谷獻詩》）乃天復三年（九〇三）臘間詩，次篇《歸雁》寫在衡湘見塞雁北歸，當亦天復四年居衡嶽詩，與首篇爲前後之作。下接《登大林寺觀白太傅題版》、《贈曹松先輩》均爲光化四年（天復元年，九〇一）遊洪州、廬山時詩，蓋曹松光化四年「五老榜」登第，至洪州旋卒。續後又有《傷鄭谷郎中》，爲開平四年（九一〇）鄭谷卒後之作，後繼復有《别東林後回寄修睦》，爲天復元年廬山詩。序次淩亂，參錯顛倒。

卷五《渚宫莫問詩一十五首》乃「辛巳歲」即梁貞明七年（龍德元年，九二一），齊己時年五十八歲，而接以《荆州新秋病起雜題一十五首》，自稱「明年七十六」，中隔十五年，期間諸多詩作分散收入各卷之中。

齊己與鄭谷之交往，除乾寧間訪谷於華山外，集中於天復四年（天祐元年，九〇四）至開平四年（九一〇）春鄭谷去世六年間，先後三次謁谷於袁州西山。期間作詩十五首，在《白蓮集》中分散編入第一、二、三、四、五、六、八、十共八卷裏，與其他時期不同年代詩作參錯收録。《白蓮集》中其他友朋酬唱之作收録情况與此相同。

四、然編録之詩作亦非毫無規律可尋。每卷參錯收録的同時，往往也有同一年代詩結集在一起的情况。如卷一《和鄭谷郎中看棋》、《寄錢塘羅給事》、《戊辰歲湘中寄鄭谷郎中》、《寓言》、《寄王振拾遺（戊辰歲）》五篇相連貫，除《寓言》外均可明確繫年，爲「戊辰歲」即開平二年詩，是則《寓言》所云「亡家與亡國，去此更何言」亦爲唐亡時諷世之作，同爲開平二年詩。其他各卷中亦多有這種情況，往往數篇同一年代甚或時序相連編聯一起；中或間雜個别難明年代之詩篇，當就其詩情詩意細爲辨析。

全集各卷編次大抵如是。

《白蓮集》雖爲齊己門人在其師剛謝世時即就遺稿編集，然所收遠非齊己全部詩作。齊己享年七十五歲，他在五十歲時所作《吟興自述》詩中説：「前習都由未盡空，生知頑學妙難窮。一千首出悲哀外，五十年銷雪月中。興去不妨歸静慮，情來何止發貞風。曾無一字干聲利，豈媿操心負至公。」知其時作詩已超千篇，終身何乃僅輯得八百餘首？既言「平生詩稿，未遑删汰」，遺佚恐在半數以上！由於宋人所輯録的《白蓮外編》十卷已佚，今天尤難明其創作全貌。清編《全唐詩》搜羅遺逸爲「外編一卷」，而與原《白蓮集》合編爲「詩十卷」；今人《全唐詩續拾》復補録詩三首，殘聯二，便是今天《全唐詩》顯示給我們的面貌〔六〕。

歷代以來，十卷本《白蓮集》少有董理。國圖所藏標識爲明抄配清抄（卷三、六配）之馮班家鈔本《白蓮集》，有何焯（義門）題識云：「《白蓮集》十卷，定遠先生所手校，後轉入錢遵王家……素無善本，一旦得此書，遂居其甲，喜而識其所自。康熙壬申（案公元一六九二年）六月何焯書。」另一明抄即所謂「何焯校本」又有康熙戊子夏至（一七〇八）後何焯跋曰：「此本乃嘉靖八年金閶柳僉得北宋刻傳寫者，馮定遠校過。壬申夏日……遂詳校一過，改去訛字百餘，庶乎善本矣。焯記。」這是僅見對《白蓮集》作過「校勘」的情況。至於箋釋，除詩話、筆記論及個别篇章之片言隻語，仍爲空白。近年來有數個《齊己詩集》之「校注」本問世，此誠可喜，然仍有大量工作可做。本編《齊己詩歌繫年箋注》選擇以《四部叢刊》初印本爲底本〔七〕，廣校衆本，考訂繫年，箋釋詩旨，以期爲讀者提供一個更爲完備的《白蓮集》校注本。

【附注】

〔一〕齊己家居大潙山麓，大潙山在唐爲潭州益陽縣地，今屬湖南寧鄉市。

〔二〕齊己另有《玄機分明要覽》一卷，《風騷旨格》（或稱《詩格》）一卷。歷代均有記載，此不具論。

〔三〕《白蓮集》卷第二録詩七十九題，汲古閣本、曹氏書倉本、《四部叢刊》本、馮班家鈔本、《全唐詩》第五十三題《答人寒夜所寄》，柳僉本移入本卷末篇。卷第四録詩七十八題，諸本第七十四題《春居寄友生》，書倉本上移爲第六十四題，次於《貽王秀才》、《贈孫生》二詩間。卷第七録詩七十九題，柳本、汲本、書倉本、《全唐詩》第四十四題《喜得自牧上人書》，《四部叢刊》本移入卷末，馮本因之。各本編次之異僅此。

〔四〕《白蓮集》現存明清諸本，均屬柳僉本系統無疑。然細爲考察則尚可分爲兩個子系統，其最大差别就在卷五《渚宫莫問詩一十五首》。柳本及其後出之曹氏書倉本、《四部叢刊》影明本及馮班家鈔本、何焯校本，十五首之排列次序、詩句文字相同，可視爲一個子系統。而汲古閣刊本、《全唐詩》則序次顛倒並有若干整句之錯訛：如將原詩第八至十三首移入第一首之後，而將原第二至第七首次於其後；原詩第一首結句「敢望至公知」、第七首結句「清浄裹尋思」、第十三首結句「言外認揚眉」互相移易錯亂（詳參卷五校注）。顯見汲本爲殘損補綴之本，似可印證毛氏自稱「從廢紙堆中現出」發現此本之原始情況。亦可知清編《全唐詩》所據者即毛氏汲古閣本，文淵閣四庫《白蓮集》所據亦同。然後出之文津閣四庫《白蓮集》則另據别本鈔録，乃與文淵閣本有異。

〔五〕八百〇八首言其成數爲八百一十篇，或疑佚其二篇。本集卷一有《蝴蝶》詩，五言八韻十六句，疑爲五律二首誤併爲一篇。卷二《酬元員外見寄八韻》柳本、汲古閣本、馮班鈔本、清顧一鶴本、《百家唐詩》本均録作兩首，而底本、《全唐詩》等則併爲一篇，詳見二詩注。若將《蝴蝶》、《酬元員外見寄八韻》二詩均析分爲二，則恰成八百一十篇之數。又北宋刻本和柳僉本所附《風騷旨格》一卷，是否孫光憲原編，均存疑。

〔六〕《全唐詩》共增補詩四篇，一篇編入卷九，三篇入卷十。另有殘句（聯）七，大多屬誤録。《全唐詩續拾》殘聯二，其一爲誤録。

〔七〕萬曼《唐集叙録》謂：此本「也是影鈔柳本的。《書録》云：『取汲古閣本對校，有彼本闕而此本尚存者，此外，足以正汲古本譌誤之處甚多，洵善本也，卷末附《風騷旨格》，亦汲古本所無，訛字亦比學津本爲少。』」

凡例

一、底本。本次整理以《四部叢刊》初印本爲底本，校以衆本。重要異文，則又參以總集。按《四部叢刊》又有後印本，經人描潤挖改，全非其舊，今不取。所用衆本、總集如下：

北京國家圖書館藏柳僉鈔本（簡稱「柳」）

臺北「中央圖書館」藏汲古閣本（簡稱「汲」）

北京國家圖書館藏馮班鈔本（簡稱「馮」）

清康熙刻《全唐詩》本（簡稱「《全詩》」，此本偶據中華書局點校本參校）

以上爲主校本

上海復旦大學圖書館藏曹氏書倉本（簡稱「書倉」）

北京國家圖書館藏張敦仁舊藏何焯校明末抄本（簡稱「明抄」）

北京國家圖書館藏顧一鶚跋清初抄本（簡稱「清抄」）

北京國家圖書館藏清初抄本明朱警《百家唐詩》本（簡稱「《百家》」）

天津圖書館藏清光緒江氏靈鶼閣刻江標編《唐五十家小集》本（簡稱「小集」）

臺灣商務印書館景印《文淵閣四庫全書》本

北京國家圖書館藏《文津閣四庫全書》本（若諸本均有脱漏，則據以上二本録文作補佚）

以上爲參校本

北京國家圖書館藏宋刻本《樂府詩集》

天津圖書館藏明嘉靖刻本《萬首唐人絶句》

北京國家圖書館藏明萬曆刻本《唐僧弘秀集》

北京國家圖書館藏明崇禎刻本《石倉十二代詩選》

以上爲總集

爲便行文，文中引用諸本，或於簡稱之後復加「本」字，其實一也，特此説明。

一、校勘。本次校勘，除特殊情況外，涉異俗字、古今字處，一般不校。其餘異文，則概出校説明。

一、用字。本次整理，除岳嶽、栖棲、閑閒、迹跡、凭憑、回迴、仙僊、烟煙、揜掩、舡船、駬驛、飊帆、雁鴈、澹淡、灶竈、疏疎、鎖鏁、踪蹤、挂掛等情況保留底本原貌外，底本中其他俗體字、舊體字均加統一，以便閲讀。

一、箋注。本次校箋齊己詩文，分四方面進行：箋釋背景（含人物、職官、地理之介紹）、説解典故、訓詁語辭、疏通詩意。四者之中，前三者往往需要徵引各類文獻。爲使校箋清通簡要，一般前文已注者，後文從省。後文確需出注者，則標明參見某卷某詩某注。前後文同一語詞有不同含義者，則後文重新施注。引用語證，不求廣博，得一二條足矣。若齊己詩能前後互證者，則優先取爲語證。涉及詩中實字、虚詞之訓詁，語證一般從省，請參酌《故訓匯纂》、楊樹達《詞詮》、張相《詩詞曲語辭匯釋》等書。書中發明典故、詮釋名物、解説地理之處，如後代文獻（即後於齊己之文獻）可相詮證者，亦引爲注釋，至於普通妙字雅詞，一般不使用後代文獻爲證，以免「以後注前」之弊。除上所述，一般詞語、名物，若爲今人習知者，則不加注。

一、引用。校箋所引四部文獻，大體以通行版本爲依據，無通行版本者則別據舊刻善本。若舊刻善本有明顯訛誤者，則略加校訂。惟箋注中引證八代、唐人詩，或本之《全唐詩》《先秦漢魏晉南北朝詩》，或本之《文苑英華》《藝文類聚》，或本之舊刻別集，或本之古人舊注本，或本之今人校注本，不一一具列，凡所採者，均以切合齊己之詩爲準。

一、補遺。今傳《白蓮集》，大體完整，但仍有佚詩佚文可以輯補。今輯録集外詩文，有詩七首，文三篇，殘句若干。詩文首尾俱完，故亦加校箋。至於殘句，則略加辨證，不作疏解，二者均殿於十卷之末。

一、雜著。除詩文外，齊己復撰有詩話《風騷旨格》一卷，今亦加整理，以《歷代詩話續編》本爲底本，參酌他本，略加校證，殿於集外詩文之末。

一、附録。爲便於讀者進一步了解齊己，今採各類文獻編爲傳記資料、交遊及追悼篇什、著録輯要、序跋輯要、歷代評論輯要、雜記輯要等六類，以爲研究者之參考。至於好事之集句、後代之比擬，浮詞絮語，概不收録。而所附六類内容，亦重其源，後代轉引，概不編入，一準前代之法。又齊己存詩甚多，然有後代評論者不滿十一，因統一列入附録，不再列於原詩之後。

目録

齊己詩歌繫年箋注卷第一

齊己詩歌繫年箋注卷第二

齊己詩歌繫年箋注卷第三

齊己詩歌繫年箋注卷第四

齊己詩歌繫年箋注卷第七

齊己詩歌繫年箋注卷第八

齊己詩歌繫年箋注卷第九

齊己詩歌繫年箋注卷第十

集外詩文補遺

雜著

附録

齊己詩歌篇目索引

齊己詩歌繫年箋注卷第一

夏日草堂作〔一〕

沙泉帶草堂〔二〕，紙帳卷空牀〔三〕。静是真消息〔四〕，吟非俗肺腸〔五〕。園林坐青影〔六〕，梅杏嚼紅香。誰住原西寺〔七〕？鐘聲送夕陽。

【校箋】

〔一〕草堂：疑指齊己在荆門所居。案齊己詩言及草堂共四首，除本首外，尚有本卷之《聞雁》、卷七之《謝人惠十才子圖》、卷九之《燈》。卷七《謝人惠十才子圖》詩乃作於齊己被荆南節度使高季昌强留於江陵期間。據蘇轍《再言張頡狀》（《欒城集》卷四〇）載：「頡昔知荆南，所爲貪虐。……勒部下玉泉寺僧修治諸官園亭，費用常住人、牛、錢、物不少，以修唐僧齊己草堂爲名，令頡鄉僧居止其中。」知齊己草堂在荆。本篇草堂當指此。齊己入荆初居龍安（興）寺，環境仄逼，夏日不堪酷熱，約同光四年春移居城西西湖園林之地，乃修建草堂。詩蓋初居草堂夏日作。

〔二〕沙泉：賈島《送唐環歸敷水莊》：「松徑僧尋藥，沙泉鶴見魚。」帶：環繞。

〔三〕紙帳：古代卧具，用特製的紙張縫製的帳子。明高濂《遵生八牋》卷八：「紙帳：用藤皮繭紙纏於木上，以索纏緊，勒作皺紋，不用糊，以綫折縫縫之。頂不用紙，以稀布爲頂，取其透氣。或畫以梅花，或畫以蝴蝶，自是分外清致。」唐徐夤有《紙帳》詩云：「幾笑文園四壁空，避寒深入剡藤中。誤懸謝守澄江練，自宿嫦娥白兔宫。幾疊玉山開洞壑，半巖春霧結房櫳。針羅截錦饒君侈，争及蒙茸煖避風。」

〔四〕消息：事物之奥妙、真諦。此處「真消息」猶言真情性。本集卷五《渚宫莫問詩一十五首》其十四：「莫問真消息，中心只自知。」李白《早春寄王漢陽》：「聞道春還未相識，走傍寒梅訪消息。」均此義。

〔五〕肺腸：喻心靈。白居易《渭村退居寄禮部崔侍郎翰林錢舍人詩一百韻》：「便共輸肝膽，何曾異肺腸。」

〔六〕青，汲、《小集》、《全詩》作「清」。景：同影，光也。曹植《公讌詩》：「明月澄清景，列宿正參差。」案此「青影」解爲「緑蔭」亦妥。

〔七〕原西寺：此借用傳世偈語，自言居荆西郊草堂也。《五燈會元》卷十六載潭州雲峰志璿祖燈禪師上堂説偈云：「瘦竹長松滴翠香，流風疏月度炎涼。不知誰住原西寺，每日鐘聲送夕陽。」蓋言身心安穩、無欲無念的禪境。

寄鏡湖方干處士〔一〕

賀監舊山川〔二〕，空來近百年。聞君與琴鶴，終日在漁船〔三〕。島露深秋石，湖澄半夜天。雲門幾回去〔四〕？題徧好林泉。

【校箋】

〔一〕詩題，《全詩》注：一作《寄方干處士鑑湖舊居》。鏡湖：亦稱作鑑湖，在今浙江紹興。方干（八〇九—八八八？），字雄飛，睦州（今浙江建德）人。晚唐詩人。大中中舉進士不第，隱居鏡湖。有《玄英先生集》，《全唐詩》録詩三百七十餘篇。《唐才子傳校箋》考其隱居鏡湖在咸通至光啟間，卒於光啟元年（八八五）前後。則本篇大抵作於中和、光啟間，姑繫於中和四年（八八四）詩人二十一歲時。蓋齊己雖少年穎悟，耽吟詠，徑以詩投寄年過古稀之前輩著名詩人，非至及冠而深諳詩道之年不可。處士：有才德而隱居不仕者。

〔二〕賀監：指賀知章（六五九—七四四）。字季真，會稽（今浙江紹興）人，初盛唐著名學者、詩人、書法家。職終秘書監。性放曠倜儻，自號「四明狂客」，又稱秘書外監。天寶三載，因病上疏請爲道士還鄉里，詔許之。以宅爲千秋觀而居，又求周宫湖數頃爲放生池，有詔賜鏡湖剡川一曲。未幾壽終，年八十六。事跡見《舊唐書·文苑傳》、《新唐書·隱逸傳》。

〔三〕「聞君」二句：琴鶴、漁船，喻隱者高致。陸龜蒙《寄吴融》：「君整輪蹄名未了，我依琴鶴病相攻。到頭江畔從漁事，織作中流萬尺箔。」鄭谷《贈富平李宰》：「夫君清且貧，琴鶴最相親。」

〔四〕雲門：寺名。《方輿勝覽·紹興府》：「雲門寺，在會稽南三十一里。……爲州之偉觀。昔王子敬居此，有五色祥雲，詔建寺，號雲門。杜甫（《奉先劉少府新畫山水障歌》）詩：『若耶溪，雲門寺，青鞋布襪從此始。』」

送人歸吴

此説歸耕釣〔一〕，迢迢向海涯〔二〕。春寒遊子路，村晚主人家。野岸紛垂柳，深山緑過茶〔三〕。重尋舊隣里，菱藕正開花〔四〕。

【校箋】

〔一〕此，《百家》、《全詩》作「比」。案：比，近也。比説猶「剛説」。兩句謂其言罷即行。

〔二〕海涯：濱海地區。此指今江蘇東南部古吴國之地。劉長卿《送荀八過山陰舊縣兼寄剡中諸官》：「訪舊山陰縣，扁舟到海涯。」

〔三〕「野岸」二句：諸本脱六字，作「□□□□□，□山緑過茶」，此據文淵閣四庫本《白蓮集》補。案文津閣本此六字亦脱。

〔四〕菱、藕：水生植物。《説苑》：「冬處於山林，食杼栗；夏處於洲澤，食菱藕。」杜荀鶴《送人遊吴》：「夜市賣菱藕，春船載綺羅。」菱藕開花，夏日景色。

仰〔一〕

避地依真境〔二〕，安閑似舊溪〔三〕。干戈百里外，泉石亂峯西。草瑞香難歇，松靈蓋盡低〔四〕。尋應報休馬〔五〕，瓶錫向南携〔六〕。

【校箋】

〔一〕詩題，《全詩》、文淵閣本《白蓮集》作「贈仰上人」，當是。上人：上德之人。《釋氏要覽·稱謂》：「内有德智，外有勝行，在人之上，名上人。」唐人多用爲僧人之尊稱。仰上人無考。

〔二〕避地：遷居避亂。杜甫《避地》：「避地歲時晚，竄身筋骨勞。」仇兆鰲注引張協《七命》：「違世陸沉，避地獨竄。」真境：佛之至高境界，此指寺院。釋皎然《宿山寺寄李中丞洪》：「偶來中峰宿，閑坐見真境。寂寂孤月心，亭亭圓泉影。」

〔三〕舊溪：故里。劉禹錫《白太守行》：「聞有白太守，棄官歸舊溪。」

〔四〕松蓋：古松枝葉挺出，飛偃如蓋，故稱。錢起《登秦嶺半巖遇雨》：「倚巖假松蓋，臨水羨荷衣。」李德裕《早春至言禪公法堂憶平泉别業》：「松蓋低春雪，藤輪倚暮山。」

〔五〕尋：旋，隨即。休馬：猶休兵，戰争平息。《史記·留侯世家》：「休馬華山之陽，示以無所爲。」柳宗元《平淮夷雅·皇武》：「歸牛休馬，豐稼于野。」

〔六〕瓶錫：僧人用器之浄瓶、錫杖，皆比丘十八物之一。浄瓶爲僧人出行所携盛水之器，以浄手。錫杖爲僧人出行所携之道具，杖頭安環，摇動「錫錫」作聲。又有聲杖、金錫諸稱。《敕修百丈清規》卷五：「浄瓶，梵語捃稚迦，此云瓶。常貯水隨身以用浄手。」「錫杖，梵云隙棄羅，此云錫杖。《錫杖經》云：『佛告比丘，應受持錫杖，過去未來現在諸佛皆執故。又名智杖，又名德杖，彰顯智行功德本故。迦葉白佛：「何名錫杖？」佛言：「錫者，輕也，依倚是杖除煩惱出三界故；錫，明也，得智明故；錫，醒也，醒悟苦空三界結究故；錫，疏也，謂持者與五欲疏斷故。」』二股六環是迦葉佛製，四股十二環是釋迦佛製。」李華《杭州餘杭縣龍泉寺故大律師碑》：「惟銅瓶錫杖，留置左右。」温庭筠《宿一公精舍》：「夜闌黄葉寺，瓶錫兩俱能。」此言瓶錫南携，盼其南歸也。

夜坐

百蟲聲裏坐〔一〕，夜色共冥冥〔二〕。遠憶諸峰頂，曾棲此性靈〔三〕。月華澄有象，詩思在無形〔四〕。徹曙都忘寢〔五〕，虛窗日照經〔六〕。

【校箋】

〔一〕百蟲：韓愈《山石》：「夜深静卧百蟲絶，清月出嶺光入扉。」

〔二〕共：甚辭，深也。冥冥：昏暗貌。《詩·小雅·無將大車》：「無將大車，維塵冥冥。」朱熹集傳：「冥冥，昏晦也。」句意謂人共夜色皆在冥冥中。

〔三〕性靈：猶心靈，謂人之内心世界，即思想情感等精神領域的活動。《晉書·樂志》：「夫性靈之表，不知所以發於詠歌。」杜甫《解悶二十首》其六：「陶冶性靈存底物？新詩改罷自長吟。」

〔四〕「月華」二句：月華，何遜《秋夕仰贈從兄寘南》：「高樹北風響，空庭秋月華。」有象，指事物呈露在外之形象。亦指事物發生變化的跡象。張九齡《登臨沮樓》：「有象言難具，無端思轉多。」于頔《郡齋卧疾贈晝上人》：「萬景徒有象，孤雲本無心。」無形，即無象，指創作運思了無跡象。《淮南子·兵略訓》：「在中虛神，在外漠志，運於無形，出於不意。」

〔五〕徹曙：猶達旦。李郢《宿杭州虚白堂》：「江風徹曙不得睡，二十五聲秋點長。」

〔六〕虚窗：敞開之窗。白居易《北窗閑坐》：「虚窗兩叢竹，静室一爐香。」

新栽松〔一〕

野僧教種法〔二〕，苒苒出蓬蒿。百歲催人老，千年待爾高。静宜兼竹石〔三〕，幽合近猿猱〔四〕。他日成陰後，秋風吹海濤〔五〕。

【校箋】

〔一〕本篇疑爲居荆移居西湖草堂後之詩，言「百歲催人老」，時届晚暮之年矣，又居道林寺、廬山、衡山，當無隨心自栽松竹之事，入居草堂則移竹、栽松、修池、育花，均見諸詩中。姑繫天成元年（九二六）秋日。

〔二〕野僧：山野之僧。《景德傳燈録·漳州羅漢和尚》：「（和尚）述偈曰：宇内爲閑客，人中作野僧。任從他笑我，隨處自騰騰。」釋皎然《寺院聽胡笳送李殷》：「一奏胡笳客未停，野僧還欲廢禪聽。」

〔三〕兼：副詞，「並」、「俱」。言與竹、石並静。

〔四〕合：應當。猿猱：泛指猿猴。案猱讀若「撓」。《詩·小雅·角弓》：「毋教猱升木」，毛傳：「猱，猿屬。」鄭箋：「猱之性善登木。」

〔五〕海濤：謂松濤也，風吹松林聲。徐𤊹《榕陰新檢》卷五《高隱》載唐黄子野歌曰：「幾日江頭醉不醒，滿天風雪卧滄溟。定知酒伴無尋處，門外松濤坐獨聽。」後四句由此及彼推想未來之景。

期友人〔一〕

早晚逐兹來〔二〕？閑門日爲開〔三〕。亂蛩鳴白草〔四〕，殘菊藉蒼苔。困卧誰驚起？間行自欲迴〔五〕。何時此携手？吾子本多才。

【校箋】

〔一〕據詩中情懷，疑亦居荆門草堂時詩，依前詩繫天成元年秋末。

〔二〕逐，柳、明、《百家》作「遂」。《全詩》注：「一作遂。」案逐謂驅馳，行走至此也。遂言遂意，如願也。《晉書·王羲之傳》：「遂其宿心，其爲慶幸。」杜甫《羌村》其一：「世亂遭飄蕩，生還偶然遂。」作「遂」意勝。早晚：多早晚，何時。李白《長干行》：「早晚下三巴，預將書報家。」

〔三〕閑門：清閑雅静之門庭。王維《過李楫宅》：「閑門秋草色，終日無車馬。」

〔四〕蛩：蟋蟀。鮑照《擬古》其七：「秋蛩扶户吟，寒婦晨夜織。」白草：草名。元稹《紀懷贈李六户曹崔二十功曹五十韻》：「白草堂簷短，黄梅雨氣蒸。」

〔五〕間，各本均作「閑」，與首聯字重，當作「間」爲是，今正。間行，間道而行，從小路潛行而來。作「閑行」，謂漫步，意遜。徐陵《與齊尚書僕射楊遵彦書》：「微騎間行，寧望輶軒之禮。」

和鄭谷郎中看棋〔一〕

箇是仙家事〔二〕，何人合用心〔三〕？幾時終一局？萬木老千岑〔四〕！有路如飛出，無機似陸沉〔五〕。樵夫可能解？也此廢光陰〔六〕。

【校箋】

〔一〕鄭谷（八五一？—九一〇？），字守愚，袁州宜春（今江西宜春市）人。幼穎悟，七歲能詩，咸通、乾符之際即有詩聲，時人列入「咸通十哲」。然遊舉場十六載，至光啟三年（八八七）始進士及第。授鄠縣尉，遷右拾遺、補闕，乾寧四年（八九七）爲都官郎中，詩家稱「鄭都官」。天復二、三年（九〇二—九〇三）秋歸隱宜春。詩集《雲臺編》今存。史稱齊己攜詩來袁州謁谷，拜爲「一字師」，當爲天復後之事。《白蓮集》贈鄭谷詩多達十八首，本篇疑作於開平二年（九〇八）冬詩人應鄭谷之邀三赴袁州期間。案鄭谷《看棋》詩已佚，《全唐詩》録有鄭谷《寄棋客》一首，非本篇所和者。

〔二〕箇：指示代詞「那」、「這」，此指下棋。寒山詩：「箇是誰家子？爲人大被憎。」駱賓王《詠美人在天津橋》：「寄言曹子建，箇是洛川神。」

〔三〕合用心：《册府元龜》卷六三六載後晉少帝開運元年八月詔：「阜俗康民，豐財益國，乃爲本職，固合用心。」合，應當。

〔四〕一局：圍棋對弈一次。高輦《棋》：「看他終一局，白却少年頭。」千岑：千山。賈島《憶吴處士》：「孤舟行一月，萬水與千岑。」

〔五〕「有路」二句：此以弈棋喻人事。《説郛》卷一百二引劉仲甫《棋訣》：「夫棋路無必成，子無必殺，乘機制變，不可像圖。」此詩「有路」謂棋路，而以概言人生之路、悟道之路。無名氏《靈棋經》：「前程有路休嫌遲，沙裏淘金待别時。淘盡泥沙金始出，兩重名利兩相宜。」白居易《内道場永讙上人就郡見訪善説維摩經臨别請詩因以此贈》：「苦海出來應有路，靈山别後可無期。」無機，言弈道變化之時機、機巧，而以概言人事之機緣、機心。陳子昂《贈别冀侍御崔司議》：「有道君匡國，無機余在林。」釋皎然《宿法華寺簡靈澈上人》：「至道無機但杳冥，孤燈寒竹自青熒。」陸沉：陸地無水而沉，以喻沉冥不爲人知，隱居避世。《莊子·則陽》：「方且與世違而心不屑與之俱，是陸沉者也。」

〔六〕「樵夫」二句：此用晉人王質事。《述異記》卷上：「信安郡石室山，晉時王質伐木，至，見童子數人，棊而歌，質因聽之。童子以一物與質，如棗核，質含之，不覺飢。俄頃，童子謂曰：『何不去？』質起，視斧柯爛盡。既歸，無復時人。」案《淵鑒類函》卷三六〇引《晉記》曰：「王質常採薪於信都石室山中，遇二老人圍棊石上，質放柯，於坐下觀之。一局未終，老人曰：『子何不去？』質起視柯，柯柄已爛矣。乃下山歸家，門閭改换，里之人俱不相識，始覺圍棊者乃仙人也。後莫知其所終焉。」詩之「幾時終一局，萬木老千岑」，亦暗用此。

寄錢塘羅給事〔一〕

憒憒嘔《讒書》〔二〕，無人誦《子虚》〔三〕。傷心天祐末〔四〕，搔首懿宗初〔五〕。海樹青叢短，湖山翠點疏。秋濤看足否〔六〕？羅刹石邊居〔七〕。

【校箋】

〔一〕羅給事：指羅隱。隱本名橫，字昭諫（八三三—九一〇），舊志稱其錢塘人，今人考證爲新城（今浙江富陽）人。舉進士十上不第，改名隱。久遊諸鎮，俱不得意，光啟三年（八八七）投杭州刺史錢鏐，表奏爲錢塘縣令，開平二年（九〇八）授吳越國給事中，世稱羅給事。開平三年春寢疾，十二月病卒。隱工詩善文，尤精小品。詩風淺易流暢，與羅虬、羅鄴齊名，世稱「三羅」。文集《讒書》多爲憤世之言，嬉笑怒罵，涉筆成趣，後世評價頗高。今人雍文華輯《羅隱集》，收録其詩文作品較完備。本篇當作於朱温滅唐後之開平二年秋。

〔二〕書，《百家》作「言」，當非。嘔：吐。《廣韻・厚韻》：「歐，吐也。或作嘔。」《新唐書・李賀傳》：「是兒要嘔出心乃已耳！」此贊給事嘔心爲文。

〔三〕「無人」句：無人誦，責朱温篡唐也。《子虛》，指漢司馬相如《子虛賦》。《漢書・司馬相如傳上》：「相如以『子虛』……欲明天子之義。」

〔四〕天祐：唐哀帝李柷年號（九〇四—九〇七）。《通鑑》卷二六六載天祐四年三月甲辰（三月二十七日），唐昭宣帝降御札禪位於梁。歷時二百九十年唐祚遂亡。

〔五〕懿宗：唐代倒數第四位皇帝李漼。宣宗大中十四年（咸通元年、八六〇）即位，咸通十四年七月崩，僖宗李儇繼位，次年十一月改元乾符。是年濮州人王仙芝聚衆起事，揭開了晚唐歷時十年的農民大起義。《通鑑》卷二五二載，自懿宗以來，奢侈日甚，用兵不息，賦斂愈急，關東連年水患，州縣不以實聞，上下相蒙，百姓流殍，無所控訴，相聚爲盜，所在蜂起。唐祚之亡實肇於此。又羅隱《湘南應用集序》：「隱大中末即在貢籍中。命薄地卑，自己卯（按即大中十三年、八五九）至於庚寅（咸通十一年、八七〇），一十二年，看人變化。」其作於咸通末之《投湖南王大夫啟》乃稱：「十年慟哭於秦庭，八舉摧風於宋野。」是懿宗初爲隱個人負志不伸、幽憤難平之時。

〔六〕秋濤：指錢塘江潮。權德輿《送二十叔赴任餘杭尉》：「春草吴門緑，秋濤浙水深。」

〔七〕羅刹石：指杭州錢塘江中之巨石。宋潛説友《咸淳臨安志》卷二十三：「秦望山，舊志云：在錢塘縣舊治之南一十二里一百步……近東南有羅刹石，大石崔巍，横截江濤，商船海舶經此，多爲風浪傾覆，因呼爲羅刹。每歲仲秋既望，必迎潮設祭，樂工鼓舞其上。……白居易詩曰：『嵌空石面標羅刹，壓捺潮頭敵子胥。』後改名鎮江石。五代開平中爲潮沙漲没。」羅隱《錢塘江潮》詩云：「怒聲洶洶勢悠悠，羅刹江邊地欲浮。」

戊辰歲湘中寄鄭谷郎中〔一〕

白髮久慵簪〔二〕，常聞病亦吟。瘦應成鶴骨〔三〕，閑想似禪心。上國楊花亂〔四〕，滄洲荻笋深〔五〕。不堪思翠蓋〔六〕，西望獨沾襟〔七〕！

【校箋】

〔一〕戊辰：梁開平二年（九〇八）之干支。是年詩人在長沙道林寺。

〔二〕簪：冠飾，插於髮髻以固冠。此言慵簪，謂免冠也。隱者蕭散之情狀。陸雲《逸民賦》：「蒙玉泉以濯髮兮，臨濬谷而投簪。」

〔三〕鶴骨：孟郊《石淙十首》其五：「飄飄鶴骨仙，飛動鰲背庭。」

〔四〕上國：指國都。此指長安。《資治通鑑》卷二二六《唐紀四十二》：「今海内無事，自上國來者，皆言天子聰明英武，志欲致太平，深不欲諸侯子孫專地。」胡三省注：「時藩鎮竊據，自比古諸侯，謂京師爲上國。」楊花亂：謂春深。王棨《江南春賦》：「蝶影争飛，昔日吴娃之徑；楊花亂撲，當年桃葉之船。」

〔五〕滄洲：濱水之地，以指稱隱士居處。此言鄭谷宜春居處。謝朓《之宣城郡出新林浦向板橋》：「既歡懷禄情，復協滄洲趣。」荻笋：蘆葦的嫩芽。《救荒本草》：「蘆笋，其苗名葦子草。《本草》有蘆根，《爾雅》謂之葭葦。」劉禹錫《春日寄楊八唐州二首》其二：「漠漠淮上春，莠苗生故壘。梨花方城路，荻笋蕭陂水。」深：茂密。

〔六〕蓋，汲作「巘」。《全詩》作「巘」，注：「一作蓋。」案作「蓋」是。翠蓋：帝王乘輿，有翠羽爲飾之華蓋，故稱。杜甫《詠懷二首》其一：「西京復陷没，翠蓋蒙塵飛。」不堪思，悼唐祚覆亡也。

〔七〕西望：謂望唐都長安。李白《巴陵贈賈舍人》：「賈生西望憶京華，湘浦南遷莫怨嗟。」沾襟：淚濕衣襟。沾亦作霑。劉向《九嘆·愍命》：「魂俇俇而南行兮，泣霑襟而濡袂。」王逸注：「悲感外發，涕泣交下，霑衣袖也。」

寓　言〔一〕

造化安能保〔二〕？山川鑿欲穮。精華銷地底，珠玉聚侯門〔三〕。始作驕奢本，終爲禍亂根〔四〕。亡家與亡國，去此更何言〔五〕？

【校箋】

〔一〕寓言：有所寄托之言。此謂以詩語寄諷世之意。據詩意，本篇亦作於唐亡之時，繫開平二年。

〔二〕造化：天地萬物的創造者，亦指自然。《莊子·大宗師》：「今一以天地爲大鑪，以造化爲大冶，惡乎往而不可哉！」孔融《聖人優劣論》：「受乾坤之醇靈，禀造化之和氣。」

〔三〕「山川」三句：《墨子·節用》：「有去大人之好聚珠玉、鳥獸、犬馬，以益衣裳、宫室、甲盾、五兵、舟車之數，於數倍乎？」《晉書·石季龍載記》：「勒及季龍並貪而無禮，既王有十州之地，金帛珠玉及外國珍奇異貨不可勝紀，而猶以爲不足，曩代帝王及先賢陵墓靡不發掘，而取其寶貨焉。」

〔四〕「始作」二句：張祜《華清宫和杜舍人》：「細音摇翠佩，輕步宛霓裳。禍亂根潛結，昇平意遽忘。」此化用其意。

〔五〕去，汲作「云」。《全詩》作「云」，注：「一作去。」案「去此」，猶捨此也。作「去」是。李商隱《詠史》：「歷覽前賢國與家，成由勤儉破由奢。何須琥珀方爲枕，豈得真珠始是車。運去不逢青海馬，力窮難拔蜀山蛇。幾人曾預《南薰曲》？終古蒼梧哭翠華。」意同此。

寄王振拾遺　戊辰歲〔一〕

折檻意何如〔二〕？平安信不虚〔三〕。近來焚諫草〔四〕，深去覓山居〔五〕。志定榮枯外，身全寵辱餘〔六〕。分明知在處，難寄亂離書〔七〕。

【校箋】

〔一〕王振：《新唐書·藝文志》：「王振《汴水滔天録》一卷，昭宗時拾遺。」《直齋書録解題》卷五：「《汴水滔天録》一卷，唐左拾遺王振撰，言朱温篡逆事。」拾遺：唐中央政府的諫官。《唐六典·門下省》：「左補闕二人，從七品上。左拾遺二人，從八品上。（皇朝所置，言國家有遺事，拾而論之，故以名官焉。）左補闕、拾遺掌供奉諷諫，扈從乘輿。」又中書省置右補闕、右拾遺，職掌相同。題下原注：「戊辰歲。」案戊辰歲爲後梁代唐之次年（開平二年、九〇八），即本篇作年。據詩意王振蓋不仕朱梁而棄官歸隱者。

〔二〕折檻：用漢人朱雲冒死直諫之典。《漢書·朱雲傳》：「成帝時，丞相故安昌侯張禹以帝師位特進，甚尊重。雲上書求見，公卿在前。雲曰：『今朝廷大臣，上不能匡主，下亡以益民，皆尸位素餐，孔子所謂『鄙夫不可與事君』，『苟患失之，亡所不至』者也。臣願賜尚方斬馬劍，斷佞臣一人以厲其餘。』上問：『誰也？』對曰：『安昌侯張禹。』上大怒，曰：『小臣居下訕上，廷辱師傅，罪死不赦！』御史將雲下，雲攀殿檻，檻折。……御史遂將雲去。於是左將軍辛慶忌免冠解印綬……叩頭流血。上意解，然後得已。及後當治檻，上曰：『勿易！因而輯之，以旌直臣。』雲自是之後不復仕。」後世殿檻正中一間不施欄杆，謂之折檻，本此。庾信《朱雲折檻讚》：「上書直諫，有忤明君。……身摧欄檻，義烈風雲。」

〔三〕「平安」句：據尾聯「分明知在處」，句意言王振平安之信息當非虚傳。

〔四〕焚諫草：《晉書·羊祜傳》：「嘉謀讜議，皆焚其草，故世莫聞。」杜甫《晚出左掖》：「避人焚諫草，騎馬欲雞棲。」案「焚諫草」言不欲人知，忠介之性也。此以言棄官歸隱。

〔五〕覓山居：言棄官歸隱深山也。

〔六〕「志定」二句：各本均脱九字，作「□□□□□，□□□□餘」，此據文淵閣本補。案文津閣本此九字亦脱。定：佛教術語，謂心志專一而不散亂。元稹《定僧》：「野僧偶向花前定，滿樹狂風滿樹花。」餘：猶「外」也。此讚其堅貞不阿，不計榮枯寵辱，歸隱全身。疑王振或有諫斥朱温篡逆之事。

〔七〕「難寄」句：言世亂書信難以寄達。亂離書，羅隱《除夜寄張達》：「亂離書不達，衰病日相親。」

經賈島舊居〔一〕

先生居處所〔二〕，野燒幾爲灰〔三〕！若有吟魂在〔四〕，應隨夜魄迴〔五〕。地寧銷志氣〔六〕？天忍罪清才〔七〕！古木霜風晚〔八〕，江禽共宿來。

【校箋】

〔一〕賈島（七七九—八四三），字閬仙，幽都（今北京市西南）人。著名苦吟詩人。初爲僧，法號無本。元和間以詩投韓愈，爲所稱賞，携之入京，返俗，舉不第。開成二年授遂州長江（今四川省蓬溪縣）主簿，遷普州（治今四川省安岳縣）司倉，卒。此處賈島舊居不明所指。案賈島《寄江上人》詩云：「紫閣舊房在，新家中嶽東。」紫閣指終南山紫閣峰，中嶽謂嵩山，《唐才子傳》言賈島「嵩丘有草廬」是也。詩言「先生居處所，野燒幾爲灰」，或指此。蓋島在洛陽、長安居所不可能「野燒」成灰。疑本詩作於龍紀元年（八八九）北遊嵩、洛期間，古木霜風之秋。

〔二〕先生：對年長有才學者之尊稱。《孟子·告子下》趙岐注：「學士年長者，故謂之先生。」又《戰國策》高誘注：「先生，長老，先己以生者也。」

〔三〕野燒：野火。賈島《送覺興上人歸中條山兼謁河中李司空》：「暮磬潭泉凍，荒林野燒移。」

〔四〕吟魂：詩人之魂魄。鄭谷《弔故禮部韋員外》：「杜陵芳草年年緑，醉魄吟魂無復迴。」

〔五〕夜魄：指月亮。韋莊《三堂東湖作》：「蟾投夜魄當湖落，嶽倒秋蓮入浪生。」

〔六〕「地寧」句：此就首聯之「野燒幾爲灰」説。寧，豈也。見《詞詮》。

〔七〕忍：何忍，不忍。清才：卓越之才能。《晉書·潘尼傳》：「尼少有清才，與岳俱以文章見知。」高適《酬别薛三蔡大留簡韓十四主簿》：「蔡子負清才，當年擢賓薦。」

〔八〕晚，原作「曉」，據柳、明抄、《全詩》改。霜風：寒風。庾信《衛王贈桑落酒奉答》：「霜風亂飄葉，寒水細澄沙。」

送人遊塞

槐柳野橋邊〔一〕，行塵暗馬前〔二〕。秋風來漢地，客路入胡天〔三〕。鴈聚河流濁，羊群磧艸膻〔四〕。那堪隴頭宿〔五〕？鄉夢逐潺湲〔六〕。

【校箋】

〔一〕槐柳：古代多以槐柳爲行道樹。《晉書·苻堅載記》：「自長安至于諸州，皆夾路樹槐柳。二十里一亭，四十里一驛，旅行者取給於途，工商貿販於道。」杜荀鶴《離家》：「槐柳路長愁殺我，一枝蟬到一枝蟬。」野橋：杜甫《野望因過常少仙》：「野橋齊渡馬，秋望轉悠哉。」

〔二〕行塵：江淹《别賦》：「驅征馬而不顧，見行塵之時起。」

〔三〕路，《石倉歷代詩選》作「淚」。「秋風」二句：此化自王維《使至塞上》：「征蓬出漢塞，歸雁入胡天。」此言秋風南來，客路北去。

〔四〕河，《古今禪藻集》作「沙」。「鴈聚」二句：鴈聚、羊群，群聚互文見義，集也。曹松《送進士喻坦之遊太原》：「逗野河流濁，離雲磧月明。」許棠《雕陰道中作》：「馬依羶草聚，人抱濁河澄。」膻、羶義同。

〔五〕隴頭：指今陝西、甘肅交界之六盤山脈。《秦州記》：「隴山東西百八十里。登山嶺，東望秦川四五百里，極目泯然。山東人行役升此而顧瞻者，莫不悲思。」庾信《擬詠懷》其三：「燕客思遼水，秦人望隴頭。」

〔六〕鄉夢：駱賓王《早秋出塞寄東臺詳正學士》：「鄉夢隨魂斷，邊聲入聽喧。」潺湲：水流聲，此謂隴頭流水聲。《元和郡縣圖志·隴右道》秦州：「隴上有水東西分流，因號驛爲分水驛。行人歌曰：『隴頭流水，鳴聲幽咽。遥望秦川，肝腸斷絶。』」

桃　花〔一〕

千株含露態〔二〕，何處照人紅〔三〕。風暖仙源裏〔四〕，春和水國中〔五〕。流鶯應見落，舞蝶未知空〔六〕。擬欲求圖畫，枝枝帶竹叢。

【校箋】

〔一〕據詩意，本篇當係早年湘中詩，疑中和三年（八八三）遊武陵時作。

〔二〕含露：露浥花蕊。韋應物《莊嚴精舍遊集》：「新林泛景光，叢緑含露濡。」又《對雜花》：「朝紅争景新，夕素含露翻。」

〔三〕何處：猶「處處」，言無所不在。寒山詩：「但自心無事，何處不惺惺。」

〔四〕仙源：謂桃花源，見陶淵明《桃花源記》。

〔五〕和：温暖。《桃花源詩》：「草榮識節和，木衰知風厲。」水國：水鄉，《桃花源記》所記之武陵，即今湖南省常德市，爲瀕臨洞庭湖之水泊地帶。張説《岳州作二首》其一：「水國生秋草，離居再及瓜。」

〔六〕「流鶯」二句：流鶯，即黄鶯，又名黄鸝，因其鳴聲婉囀，故稱。張説《奉和聖製春日幸望春宫》：「繞殿流鶯凡幾樹，當蹊亂蝶許多叢。」應見落、未知空，皆虛擬企盼之辭，對此繁花不見鶯蝶，故曰「應見」「未知」。

聞　雁〔一〕

何處人驚起〔二〕，飛來過草堂〔三〕。丹心勞避弋〔四〕，萬里念隨陽〔五〕。影斷風天月，聲孤荻岸霜〔六〕。明年趁春去，江上別鴛鴦〔七〕。

【校箋】

〔一〕詩寫北雁南來、明春别去，言「飛來過草堂」，據詩意或即齊己在荆之草堂（見前《夏日草堂作》），則當作於移居江陵城西之後，詩蓋以孤雁自況。

〔二〕「何處」句：首句虛擬，本見雁而生發。

〔三〕過草堂：言北雁南歸過荆入湘也。案《御定月令輯要》卷四：「迴雁峰。原《一統志》：迴雁峰在衡州，雁至此不過，遇春而迴。」

〔四〕「丹心」句：言遠害避禍之心也。勞，愁苦。《詩·邶風·燕燕》：「瞻望弗及，實勞我心。」弋，弋射所用繫帶絲繩的箭。《淮南子·脩務訓》：「夫雁順風以愛氣力，銜蘆而翔以備矰弋。」

〔五〕陽，原作「楊」，據柳、汲、馮、明抄、清抄、《全詩》、《百家》（下省作「諸本」）改。隨陽：追逐陽光。本指鴻雁依季節而南北遷徙。盧照鄰《對蜀父老問》：「來不可違，類鴻雁之隨陽；去不可留，同白駒之過隙。」李治《送韓揆之江西》：「唯有隨陽雁，年年來去飛。」

〔六〕「影斷」二句：影斷、聲孤，寫孤雁失群之悲。影斷言月夜孤飛。駱賓王《秋蟬》：「自憐疏影斷，寒林夕吹寒。」聲孤謂曉霜獨宿。荻岸，江岸葦叢。杜甫《返照》：「荻岸如秋水，松門似畫圖。」

〔七〕「明年」二句：鴦鳥雌雄相類，飛止相匹。言别鴛鴦，復見其孤。許渾《雁》：「萬里銜蘆別故鄉，雲飛水宿向瀟湘。數聲孤枕堪垂淚，幾處高樓欲斷腸。度日翩翩斜避影，臨風一一直成行。年年辛苦來衡岳，羽翼摧殘隴塞霜。」可參。

送人遊南〔一〕

南國多山水，君遊興可知。船中江上景，晚泊早行時。子美遺魂地〔二〕，藏真舊墨池〔三〕。經過幾銷日，荒草裏尋碑〔四〕。

【校箋】

〔一〕此送人遊湘南，言及耒陽、永州地，疑爲早年居大潙山期間之作。姑繫於中和二年，齊己離大潙山寺南遊之前。

〔二〕「子美」句：子美，唐詩人杜甫，字子美。遺魂地，逝世之地或埋葬之所。據兩《唐書》所載，杜甫「永泰二年，卒於耒陽，時年五十九」。《舊唐書》且言「元和中，宗武子嗣業自耒陽遷甫之柩歸葬於偃師縣」。耒陽（今湖南耒陽縣）有杜甫墓，今存「有唐工部杜公之墓」南宋石刻，環墓尚有杜公祠等建築。韓愈《題杜子美墳》云：「今春偶客耒陽路，悽慘去尋江上墓。召朋特地踏煙蕪，路入溪村數百步。招手借問騎牛兒，牧兒指我祠堂路。入門古屋三四間，草茅緣砌生無數。」描寫甚詳。知此「遺魂地」在一般唐宋人心目中當指耒陽。然宋趙子櫟《杜工部年譜》、魯訔《杜工部詩年譜》均依元稹《唐故工部員外郎杜君墓係銘》「扁舟下荆楚間，竟以寓卒，旋殯岳陽」，謂杜甫卒於潭（今長沙）、岳（今岳陽）之間。今湖南平江（唐昌江）縣東南天井湖有清光緒九年（一八八三）重修之杜甫墓，宋徐介《過杜工部墓》云：「水與汨羅接，天心深有存。遠移工部死，來伴大夫魂。」所詠即此。則唐宋之際平江當亦有杜甫墓。

〔三〕「藏真」句：藏真，唐僧懷素，字藏真，長沙人。墨池，李白《草書歌行》：「少年上人號懷素，草書天下稱獨步。墨池飛出北溟魚，筆鋒殺盡中山兔。」唐末詩人裴説《懷素臺歌》：「永州東郭有奇怪，筆塚墨池遺迹在。筆塚低低高似山，墨池淺淺深如海。」《湖廣通志·古蹟志》永州府零陵縣（今湖南零陵）下言：懷素塔在城東二里，唐僧懷素結庵於此，名緑天庵，種蕉學書，聚退筆爲塚，後人甃以石，旁有墨池。

〔四〕「經過」二句：經過，往來。過，讀平聲。曹植《遠遊篇》：「大魚若曲陵，乘浪相經過。」銷日，消耗時日。權德輿《送王鍊師赴王屋洞》：「自以棋銷日，寧資藥駐年。」二句言湘南多文物，尤爲遊興所在。

送益公歸舊居〔一〕

舊隱終牽夢〔二〕，春殘結束歸〔三〕。溪山無伴過，風雨有花飛。片石留題字，孤潭照浣衣〔四〕。鄰僧喜相接，掃逕與開扉〔五〕。

【校箋】

〔一〕益公：《白蓮集》卷四有《寄三覺山從益上人》《遊三覺山》，卷八有《寄益上人》等篇，益公疑即從益，爲三覺山僧，齊己曾遊三覺山，訪益上人。卷八《寄益上人》云：「長想尋君道路遥，亂山霜後火新燒。近聞移住鄰衡岳，幾度題詩上石橋。」知從益一度駐錫湘南衡山附近。又唐末詩人楊夔有《題宣州延慶寺益公院》，夔生活年代與齊己相同，昭宗時與杜荀鶴等同爲宣州田頵上客，其詩云：「嘿坐能除萬種情，臘高兼有賜衣榮。講經舊説傾朝聽，登殿曾聞降輦迎。幽逕北連千嶂碧，虚窗東望一川平。長年門外無塵客，時見元戎駐旆旌。」自注：「咸通中入講，極承恩澤。」知益公晚年住持宣州（今安徽宣城）延慶寺，頗得宣州觀察使田頵器重。延慶寺，據《江南通志·輿地志·寺觀》，寧國府（案即宣州，宋升爲寧國府）「興國寺在府北門外，舊名延慶，唐咸通中建，有木浮居，因號木塔寺」。極有可能爲從益咸通「入講」歸故山後承恩敕建。三覺山失考，或即在宣州。歸舊居，當爲自衡岳歸三覺山。據本卷前後詩均爲早年湘中之作，《送益公歸舊居》當亦早年詩。

〔二〕舊隱：舊居，舊山。杜甫《昔遊》：「東蒙赴舊隱，尚憶同志樂。」牽夢：李遠《題僧院》：「別緒長牽夢，情田亂種愁。」

〔三〕結束：整理行裝。褚翔《雁門太守行》：「便聞雁門戍，結束事戎車。」善生《送智光之南值雨》：「結束衣囊了，炎州定去游。」

〔四〕「片石」二句：片石、孤潭，舊居之遺跡物事。留題字，舊題猶存。浣衣，新浣行衣。浣同「澣」，濯。《詩·邶風·柏舟》：「心之憂矣，如匪澣衣。」朱熹集傳：「匪澣衣，謂垢污不濯之衣。」皇甫冉《送延陵法師往上都》：「浣衣隨野水，乞食向人煙。」

〔五〕逕：同「徑」。扉：門扇。錢起《晚歸藍田酬王維給事贈別》：「暮禽先去馬，新月待開扉。」

不睡〔一〕

永夜不欲睡〔二〕，虚堂閉復開〔三〕。却離燈影去，待得月光來〔四〕。落葉逢巢住，飛螢值我迴〔五〕。天明拂經案〔六〕，一炷白檀灰〔七〕。

【校箋】

〔一〕據詩意，本篇疑爲早年習作。姑繫於大潙山習禪期間。

〔二〕永夜：長夜。鮑照《代蒿里行》：「馳波催永夜，零露逼短晨。」

〔三〕虚堂：高堂。此借言佛堂。支遁《五月長齋詩》：「四部欽嘉期，潔己升虚堂。静晏和春暉，夕惕厲秋霜。」

〔四〕待月光：庾信《詠畫屏風詩二十四首》其十五：「白石清泉上，誰能待月光？」

〔五〕值：逢、遇。《莊子·知北遊》：「明見無值。」成玄英疏：「值，會遇也。」

〔六〕經案：佛徒誦經之几桌。《舊唐書·王維傳》：「齋中無所有，惟茶鐺、藥臼、經案、繩床而已。」

〔七〕「一炷」句：炷，柱狀的綫香，亦稱「炷香」。白檀，木名，製成香料，可入藥，寺院中用以燃燒祀佛。許渾《秋夕宴李侍御宅》：「燭换三條燼，香銷十炷灰。」

新秋雨後〔一〕

夜雨洗河漢〔二〕，詩懷覺有靈〔三〕。籬聲新蟋蟀，草影老蜻蜓。静引閑機發〔四〕，涼吹遠思醒〔五〕。逍遥向誰説〔六〕？時泥漆園經〔七〕。

【校箋】

〔一〕此亦疑爲早年之作，繫於大潙山習禪期間。

〔二〕河漢：銀河。《古詩十九首》：「迢迢牽牛星，皎皎河漢女。」李善注引毛萇曰：「河漢，天河也。」

〔三〕詩懷：猶詩心、詩思，指寫詩之創作衝動。陸龜蒙《送浙東德師侍御罷府西歸》：「詩懷白閣僧吟苦，俸買青田鶴價偏。」按杜甫《獨酌成詩》：「醉裏從爲客，詩成覺有神。」齊己句法此。

〔四〕閑機：猶「雅思」，安閑開闊之文思。《楚辭・招魂》：「像設君室，静閒安些。」王逸注：「空寬曰閒。」閑即閒。案「機」言「性靈」，引申爲創作之靈感。此言静境引發創作之雅思。本集卷五《寄酬高輦推官》：「道自閑機長，詩從静境生。」卷八《懷匡阜》：「閒機但媿時機速，静論須慚世論長。」同此。

〔五〕遠思：念遠之情。張九齡《赴使瀧峽》：「别離多遠思，況乃歲方陰。」

〔六〕逍遥：《莊子・逍遥遊》：「彷徨乎無爲其側，逍遥乎寢卧其下。」郭象注曰：「夫小大雖殊，而放於自得之場，則物任其性，事稱其能，各當其分。逍遥一也，豈容勝負於其間哉！」是爲順應自然、安閑自得之義。

〔七〕泥：《唐僧弘秀集》、《全詩》作「注」，當非。泥，讀若膩，迷戀也。劉得仁《病中晨起即事寄場中往還》：「豈能爲久隱，更欲泥浮名。」漆園經：謂《莊子》。莊子嘗爲蒙漆園吏。故稱。又《舊唐書・玄宗紀》：「天寶元年二月，莊子號爲南華真人，……所著書改爲真經。」

送韓蜕秀才赴舉〔一〕

百發百中藝，臨場決勝年〔二〕。丹枝如計分〔三〕，一箭的無偏〔四〕。文物兵銷國〔五〕，關河雪霽天。都人看春榜〔六〕，韓字在誰前？

【校箋】

〔一〕韓蜕：各本訛作「劉蜕」。案《新唐書・藝文志》：「劉蜕《文泉子》十卷，字復愚，咸通中書舍人。」《輿地碑記目・潼川府碑記》有李商隱書「劉蜕文塚碑，在城南長壽寺兜率院之崖壁」。其年代在齊己前。岑仲勉《讀全唐詩札記》據詩尾聯「韓字」及《白蓮集》卷九《送韓蜕秀才赴舉》《寄韓蜕秀才》諸詩，以爲「劉蜕」爲「韓蜕」之訛。是，今據改。韓蜕生平無考。據本篇「文物兵銷國，關河雪霽天」，詩當作於唐末戰亂年間，而卷九《送韓蜕秀才赴舉》曰：「春和洛水清無浪，雪洗高峰碧斷根。」赴舉洛陽，則天祐間事，姑繫天祐三年（九〇六）入長沙後，在長沙送韓也。秀才：唐初科舉曾置秀才科，後廢。詩文中多以秀才泛稱讀書人。

〔二〕「百發」二句：各本均脱「藝臨場決勝」五字，作「百發百中□□□□□年」，此據明抄本補。文淵閣本《白蓮集》補作「百發百中技，長陽獻賦年」（案用漢揚雄獻《長楊賦》事），可參。百發百中，技藝高超之謂，此借言中舉。藝謂藝業，經籍文藝之業。此指應舉考試。《通典・選舉》：「凡漢郡國，每歲貢士，……初至必試其藝業，而觀其能否。」臨場，出場。唐無名氏《東陽夜怪詩》：「舞鏡争鸞綵，臨場定鶻拳。正思仙仗日，翹首御樓前。」此謂進入舉場。決勝，謂應舉勝出。韋應物《送章八元秀才擢第往上都應制》：「決勝文場戰已酣，行應辟命復才堪。」

〔三〕計，明本作「許」。案計、許均「認可」之義。丹枝：紅色枝條，此指「丹桂」，唐人稱中舉爲折桂，是以爲喻。羅隱《東歸》：「仙桂高高似有神，貂裘敝盡取無因。只將白髮期公道，不覺丹枝屬別人。」本集卷四《貽王秀才》「須教至公手，不惜付丹枝」亦是。分：讀若「份」，緣分。

〔四〕一箭：謂射策，即科舉考試。劉禹錫《酬鄭州權舍人見寄二十韻》：「彀中飛一箭，雲際落雙鶬。」自注：「舍人一舉登科，又判入等第。」案《史記・張丞相世家》：「丞相匡衡……數射策不中，至九，乃中丙科。」宋葉時《禮經會元・學校》：「漢之取士，往往教之以射策決科之學，而以科目取之。」杜甫《醉歌行》：「只今年纔十六七，射策君門期第一。」的：一定，准定。白居易《百日假滿》：「但拂衣行莫迴顧，的無官職趁人來。」

〔五〕「文物」句：文物，指禮樂制度。古代以文章（如典籍、律令所載）、器物（如鐘鼎、車服、儀仗）

明貴賤，制等級，故云。《左傳・桓公二年》：「夫德，儉而有度，登降有數，文物以紀之，聲明以發之，以臨照百官。百官於是乎戒懼而不敢易紀律。」宋林堯叟注：「文章器物，所以紀載此德也。德聲大明，所以發揚此德也。以此德照臨百官，然後百官有所戒謹恐懼，而不敢變易國家之紀綱法律。」杜甫《行次昭陵》：「文物多師古，朝廷半老儒。」兵銷，在戰火中銷毁。句意言國家禮樂制度因長期戰亂而毁棄，是對唐末現實的哀悼。

〔六〕春榜：唐代科舉（常科）考試時間多在春日，春試放榜稱春榜，亦作春牓。姚合《寄陝府内兄郭冏端公》：「春牓四散飛，數日徧八紘。」

留題仰山大師塔院〔一〕

嵐光疊杳冥〔二〕，曉翠濕窗明〔三〕。欲起遊方興〔四〕，重來繞塔行〔五〕。亂雲開鳥道，群木發秋聲。曾約諸徒弟，香燈盡此生〔六〕。

校箋

〔一〕仰山大師：佛教禪宗溈仰宗禪師仰山慧寂。《宋高僧傳・唐袁州仰山慧寂傳》載：釋慧寂，俗姓葉，韶州（今廣東韶關市）須昌人。年十七，依南華寺通禪師下削染，後參大溈山禪師，栖泊十四五載。卒後，敕追謚大師曰智通，塔號妙光。據陸希聲《仰山通智大師塔銘》（《全唐文》卷八一三）云：「大師法名慧寂，居仰山日，法道大行，故今多以仰山爲號。……大師元和二年（八〇七）六月二十一日生，中和三年（八八三）二月十三日入滅，大順二年（八九一）三月十日敕號通智大師、妙光之塔云爾。」案仰山在唐袁州宜春縣（今江西省宜春市）南，地志載其「周迴數百里，高聳萬仞，絶高處可仰不可登，因名。山有集雲峰」。《五燈會元》卷九《仰山慧寂禪師》傳謂師示寂之明年，其法嗣「南塔涌禪師遷靈骨歸仰山，塔于集雲峰下」。即此地。齊己幼年出家於大潙山寺，與慧寂有同門之誼。又仰山爲鄭谷歸隱讀書處，有鄭谷讀書臺。本篇爲天祐二年（九〇五）秋應鄭谷之邀再次赴袁州時作。

〔二〕嵐光：山間霧氣在日光照射下發出的光彩。李白《瀑布》：「斷巖如削瓜，嵐光破崖緑。」杳冥：幽深貌。《楚辭·東君》：「撰余轡兮高駝翔，杳冥冥兮以東行。」洪興祖補注：「杳，深也。冥，幽也。」

〔三〕曉翠：清晨翠緑的山色。張説《侍宴隆慶池應制》：「東沼初陽疑吐出，南山曉翠若浮來。」

〔四〕興，原作「去」，《風騷旨格》引作「興」，明抄、清抄本亦作「興」，今據改。遊方：僧人雲遊四方，步行參禪求道。李白《贈僧崖公》：「説法動海岳，遊方化公卿。」

〔五〕繞塔行：即「繞塔行道」，佛徒修行方法。《菩薩總持法》：「浮圖者，喻比丘自身也。七級者，喻比丘七竅也。繞塔浮圖行道者，喻持戒比丘常以定心降伏三毒、六賊，常令七竅不納五欲，以智慧心繞於七竅，降諸境界。故名繞塔行道。十二級者，亦喻持戒僧常煞六賊，六根無染；以禁六賊，六識清淨。六種是善，六種是惡，行人常向身中料揀此十二種事，是名繞十二級浮圖行道也。道是道德之道，不是世間脚行之道。今時比丘以脚繞於磚石泥土，週而復始，不知休歇。繞塔行道路之道，此爲迷見也。」

〔六〕「香燈」句：香燈，禮佛用的長明燈。通常以琉璃缸盛香油，於佛像前燃點。香燈不滅，佛法長存。《大般涅槃經·菩薩品》世尊説偈：「若於佛法僧，供養一香燈。乃至獻一花，則生不動國。」此以「香燈盡此生」借言畢生持戒奉佛。韓愈《學諸進士作精衛銜石填海》：「豈計休無日？惟應盡此生。」

亂中聞鄭谷吴延保下世〔一〕

小諫纔埋玉〔二〕，星郎亦逝川〔三〕！國由多聚盜〔四〕，天似不容賢。兵火焚詩草〔五〕，江流漲墓田〔六〕。長安已塗炭〔七〕，追想更淒然。

【校箋】

〔一〕「鄭」字原脱，據柳、汲、馮、《全詩》補。據《唐才子傳校箋》，鄭谷生於大中五年（八五一），卒年當在開平四年（九一〇）或稍後數年間，享年六十餘。吳、鄭相繼下世，約當此時。據卷六《哭鄭谷郎中》「新墳青嶂疊，寒食白雲垂」，谷蓋卒於初春，至三月寒食節下葬（大夫、士三月而葬，或有未及三月者）。姑繫本詩於開平四年，時齊己居長沙道林寺，年四十七。吳延保：生平無考。據鄭谷《送進士吳延保及第後南遊》：「得意却思尋舊跡，新銜未切向蘭臺。吟看秋草出關去，逢見故人隨計來。勝地昔年詩板在，清歌幾處郡筵開。江湖易有淹留興，莫待春風落庾梅。」乃谷在京送吳之作。谷乾寧元年（八九四）爲右拾遺，至天復二、三年（九〇二—九〇三）秋歸隱宜春，期間在京，則吳及第當在此數年間。梁開平初，朱温雖代唐稱帝，而各地節鎮仍舉兵互相攻伐，是爲「亂中」。

〔二〕小諫：拾遺的別稱。洪邁《容齋隨筆》「官稱別名」條云：「唐人好以它名標牓官稱，……諫議爲大坡、大諫，補闕（今司諫）爲中諫，又曰補衮，拾遺爲小諫（今正言），又曰遺公。」鄭谷《順動後藍田偶作（時丙辰初夏月）》：「小諫昇中諫，三年侍玉除。」丙辰爲乾寧三年（八九六），谷官遷補闕據此，「小諫」當指吳延保。埋玉：「埋玉樹」之省略，形容埋葬有才華的人。《世説新語・傷逝》：「庾文康亡，何揚州臨葬云：『埋玉樹著土中，使人情何能已已？』」宋之問《祭杜學士審言文》：「名全每困於鑠金，身没誰恨其埋玉。」

〔三〕星郎：對郎官的稱呼。《白孔六帖・郎官八》：「星郎：仙郎、臺郎。」又：「分曹（寓直）爲郎，居列宿之位。」張籍《早朝寄白舍人嚴郎中》：「鳳闕星郎離去遠，閤門開日入還齊。」乾寧中鄭谷官終尚書都官郎中，鄭谷《宜春再訪芳公言公幽齋寫懷叙事因賦長言》：「頃爲弟子曾同社，今忝星郎更契緣。」是「星郎」指鄭谷。逝川：江河水一去不返，喻時光流逝。語本《論語·子罕》：「子在川上曰：『逝者如斯夫，不舍晝夜。』」後代亦借以形容人逝世。寒山詩：「昨來訪親友，大半入黄泉。漸減如殘燭，長流似逝川。」儲光羲《陸著作挽歌》：「昔爲晝錦遊，今成逝川路。」

〔四〕由：《全詩》注：「一作猶。」盜，原作「道」，據諸本改。案《詞詮》卷七：「由，副詞，尚也。亦假作『猶』」，「與今語『還』同」。《詩詞曲語辭匯釋》卷二：「羅隱《夏州胡常侍》詩：『仍聞隴蜀由多事，深喜將軍未白頭。』由多事，即猶多事也。」

〔五〕兵火：戰亂烽火。錢起《江行無題》其四十三：「兵火有餘燼，貧村纔數家。」詩草：詩稿。徐夤《憶山中友人》：「近日藥方多繕寫，舊來詩草半燒焚。」

〔六〕墓田：墳地。庾信《傷王司徒褒》：「柏谷移松樹，陽陵買墓田。」吴兆宜注：「李蔡以丞相坐詔賜冢地陽陵，當得二十畝，蔡盜取三頃，頗賣得四十餘萬，……當下獄，自殺。」

〔七〕塗炭：慘遭摧殘蹂躪。《後漢書·黨錮列傳序》：「海内塗炭，二十餘年。」庾信《傷心賦》：「在昔金陵，天下喪亂，王室板蕩，生民塗炭。」案唐末長安屢經兵火，至天祐元年（九〇四）朱全忠引兵逼昭宗遷都洛陽，全忠「毁長安宫室百司及民間廬舍，取其材，浮渭沿河而下，長安自此遂丘墟矣」（《資治通鑑》卷二六四）。

送東林寺睦公往吴國〔一〕

八月江行好，風帆日夜飄。煙霞經北固〔二〕，禾黍過南朝〔三〕。社客無宗炳〔四〕，詩家有鮑昭〔五〕。莫因賢相請〔六〕，不返舊山椒〔七〕。

【校箋】

〔一〕東林寺：指廬山東林寺。《大清一統志·九江府》：「東林寺，在德化縣南廬山麓，晉太元九年慧遠創建，謝靈運爲鑿池種蓮，號蓮社。初爲律寺，宋改爲禪寺。紹興間燬，明洪武六年重建，本朝順治十三年重修。」案清德化縣爲九江府治，唐爲潯陽縣，即今江西九江市。睦公：指僧修睦。陳舜俞《廬山記》卷二：「二林僧修睦，號楚湘，東西二林監寺、譚論大德。」吴國：五代十國國名。唐昭宗天復二年封淮南節度使楊行密吴王，朱温稱帝，淮南奉唐正朔，是爲「吴國」。行密子楊渥、楊隆演先後爲嗣王，都指揮使徐温專制軍政。至梁貞明五年（九一九）四月，徐温請吴王稱帝，改元武義，建宗廟社稷，以徐温爲大丞相。案諸史載：吴稱帝前，徐温與其子知訓專政十餘年，畏吴平盧節度使朱瑾，欲除之，瑾乃謀殺知訓。徐温養子徐知誥復誅殺朱瑾，而發知訓過惡。事在貞明四年（九一八）六月。馬令《南唐書》卷一載知訓之過惡爲：

「知訓廨有土室，繪畫温像，身被五木，諸弟皆執縛受刑，而畫知訓衮冕正座，皆署其名。」「與僧修睦親狎，得僞讖數紙，皆修睦手書。温求修睦殺之。」知僧修睦入吴後於本年被誅。據《唐才子傳校箋》，齊己於龍德元年（九二一）離廬山至荆州，此前隱居於東林寺六年，是則在貞明元、二年間（九一五、九一六）到廬山。送修睦入吴約在貞明三年。又本集卷二有《夏日梅雨中寄睦公》、《别東林後回寄修睦》，卷八有《東林寄别修睦上人》，則爲天復初首次遊廬山時作。

〔二〕北固：《元和郡縣圖志·江南道》潤州丹徒縣：「北固山，在縣北一里，下臨長江，其勢險固，因以爲名。」案唐丹徒縣治即今江蘇省鎮江市。

〔三〕南朝：南北朝時期的宋、齊、梁、陳四朝總稱。此借指四朝都城的建康城（今南京市）。周賀《送康紹歸建業》：「南朝秋色滿，君去意如何？」案建康漢末爲建業，西晉改建康。

〔四〕社客：借「白蓮社」成員以言今日同在東林寺之僧衆道友。宗炳（三七五—四四三）：晉宋之際著名隱士、書畫家，東晉末入廬山從慧遠修習浄土法，爲蓮社「十八賢」之一，著有《明佛論》。《宋書·隱逸列傳》有傳。此句蓋以宗炳比修睦，言其離廬山入吴。

〔五〕鮑昭：即鮑照（四一二？—四六六？），南朝宋詩人。唐避武則天諱作「昭」。《宋書·宗室列傳·臨川烈武王傳》附傳：「鮑照字明遠，文辭贍逸，嘗爲古樂府，文甚遒麗。」此句以鮑昭自許，雖仍居東林，酬唱無朋矣。

〔六〕賢相：指徐知訓，時爲「吴内外馬步都軍使、昌化節度使、同平章事」（《資治通鑑》卷二七〇），故得稱「相」。

〔七〕舊山椒：舊山頂，此借言廬山東林寺。《漢書·外戚傳》載武帝悼李夫人賦：「釋輿馬於山椒兮，奄修夜之不陽。」孟康注：「山椒，山陵也。」

除　夜〔一〕

夜久誰同坐〔二〕？爐寒鼎亦澄〔三〕。亂松飄雨雪〔四〕，一室掩香燈〔五〕。白髮添新歲，清吟減舊朋〔六〕。明朝待晴旭〔七〕，池上看春冰。

【校箋】

〔一〕除夜：夏曆除夕。張説《岳州守歲》：「除夜清罇滿，寒庭燎火多。」此寫寺中獨坐守歲自歎白髮初添，蓋中年期間詩。據前篇《送東林寺睦公往吴國》乃貞明三年秋日作，下篇於廬山春日送秘上人入湘，則本篇爲貞明三年除夜之詩。

〔二〕誰同坐：謂無人同坐也。釋皎然《送秘上人遊京》：「共君方異路，山伴與誰同。」

〔三〕爐寒：爐火熄滅。鼎澄：言鼎中唯有清水。鼎，炊器。澄，水清而静止。《廣韻·庚韻》：「澄，水清定。」貫休《寄宋使君》：「風吼深松雪，爐寒一鼎冰。」

〔四〕亂松，《四部叢刊》本《風騷旨格》引作「高風」，《全詩》卷七百九十六載無名氏句引作「高松」。

〔五〕一室：指浄室，僧房。掩香燈：香燈遍照。掩同「奄」，爲「盡」、「遍及」之義。《方言》卷三：「掩，同也。江淮南楚之間曰掩。」戴震疏證：「掩、奄古通用。《詩·周頌》：『奄有四方。』毛傳：『奄，同也。』」香燈即長明燈，見前《留題仰山大師塔院》注〔六〕。宋僧惠洪《贈成上人之雲居》：「遥知雲起處，一室掩香燈。」《送楞嚴經珣維那》：「室掩香燈見行道，壁懸巾屨伴孤禪。」本此。

〔六〕清吟：清雅的吟哦。白居易《與夢得沽酒閑飲且約後期》：「閑徵雅令窮經史，醉聽清吟勝管絃。」

〔七〕晴旭：陽光。宋寇準《雨中書事》：「何當見晴旭，一得泛迴舟。」

送秘上人〔一〕

誰喜老閑身〔二〕？春山起送君。欲憑蓮社信〔三〕，轉入洞庭雲〔四〕。道路長無阻，干戈漸未聞〔五〕。秋來向何處？相憶雁成群〔六〕。

【校箋】

〔一〕秘上人：未詳。據頷聯，秘上人乃自廬山二林寺東行轉赴湘南，詩言「春山起送君」，蓋貞明四年春日於廬山送行之詩。上人：對和尚之尊稱。《釋氏要覽·稱謂》：「内有德智，外有勝行，在人之上，名上人。」

〔二〕老閑身：唐人詩文中多以「閑身」指不居官、暫時擺脱官府公事者，亦以言隱者。如張籍《題韋郎中新亭》：「藥酒欲開期好客，朝衣暫脱見閑身。」賈島《荒齋》：「落葉無青地，閑身著白衣。」陸龜蒙《自遣詩三十首》其十六：「本來雲外寄閑身，遂與溪雲作主人。」此借言僧家身份。司空圖《寄王贊學》：「黄卷不關兼濟業，青山自保老閑身。」

〔三〕蓮社：晉代廬山東林寺高僧慧遠，與僧俗十八賢結社念佛，寺中有白蓮池，因稱白蓮社。爲中國佛教浄土宗最初的結社。戴叔倫《赴撫州對酬崔法曹夜雨滴空堦五首》其二：「高會棗樹宅，清言蓮社僧。」

〔四〕洞庭：湖名。《元和郡縣圖志·江南道》鄂州巴陵縣：「洞庭湖在縣西南一里五十步，周迴二百六十里。」案唐巴陵縣治今湖南省岳陽市。

〔五〕未，柳、明抄、《全詩》、百家作「不」。「道路」二句：蓋貞明年間三楚無大戰，而湘中乂安也。

〔六〕「秋來」二句：《方輿勝覽·衡州》：「回雁峰，在衡陽之南，雁至此不過，遇春而回，故名。或曰峰勢如雁之回。」杜荀鶴《冬末同友人泛瀟湘》：「猿到夜深啼嶽麓，雁知春近别衡陽。」案吴曾《能改齋漫録》卷五：「衡州有迴雁峰，皆謂雁至此不復過，自是而迴北耳。余按柳子厚《過衡州見新花開却寄弟》詩云：『故國名園久别離，今朝楚樹發南枝。晴天歸路好相逐，正是峰頭迴雁時。』蓋子厚自永還闕，過衡州正春時，適見雁自南而北，故其詩云爾。豈專謂雁至此而迴乎？」此以秋雁成群言上人至湘南。

寓居岳麓謝進士沈彬再訪〔一〕

去歲來尋我，留題在蘚痕〔二〕。又因風雪夜，重宿古松門〔三〕。玉有疑休泣〔四〕，詩無主且言〔五〕。明朝此相送，披褐入桃源〔六〕。

【校箋】

〔一〕岳麓：亦作「嶽麓」。山名，在今湖南省長沙市區湘江西岸。《元和郡縣圖志·江南道》潭州長沙縣：「嶽麓山，在縣西南，隔湘江水六里，蓋衡山之足也，故以麓爲名。」沈彬（八六四？—九六一）：唐末五代詩人，字子文，洪州高安（今屬江西）人。唐末三應舉不第，南遊湖湘、嶺表，自稱進士，隱居衡州攸縣雲陽山（今屬茶陵縣）十餘年，與僧虛中、齊己爲詩侶。後入吳，授秘書郎。南唐禪代之際，以吏部郎中致仕。《唐才子傳校箋》謂其遊湖湘、隱雲陽約在光化四年至後梁初（九〇一—九〇七），於吳大和四年（長興三年、九三二）至金陵應辟。齊己天祐元年（九〇四）隱衡嶽，至天祐三年至長沙，秋冬之際入居道林寺，寺在岳麓山下。詩言「去歲來尋」不遇，今「風雪夜」留宿，當約作於天祐四年（九〇七）初春。《白蓮集》録贈沈彬詩共五篇。

〔二〕蘚痕：賈島《寄劉侍御》：「衣多苔蘚痕，猶擬更趨門。」徐夤《苔》：「歸去掃除堦砌下，蘚痕殘緑一重重。」

〔三〕「又因」二句：《風騷旨格》引作「又因風雨夜，重到古松門」，《全詩》卷七九六録無名氏句同。韋應物《示全真元常》：「寧知風雪夜，復此對床眠。」王勃《遊梵宇三覺寺》：「蘿幌棲禪影，松門聽梵音。」

〔四〕玉有疑：用楚人卞和得玉璞獻於楚王事，見《國語》及《吕氏春秋》。晉釋道恒《釋駁論》：「時不識寶，卞和所以慟哭。」此借言沈不爲時用。

〔五〕詩無主：釋皎然《禪思》：「真我性無主，誰爲塵識昏。」孟郊《弔盧殷十首》其一：「詩人多清峭，餓死抱空山。白雲既無主，飛出意等閑。」此言詩自抒情性，不問世之識否。

〔六〕披褐：身穿粗布短褐。《孔子家語·三恕》：「有人於此，披褐而懷玉，如何？」《抱朴子·君道》：「良才遠量無援之士，或披褐而朝隱，或沈淪於窮否。」桃源：以陶淵明筆下之桃花源喻隱居處。這裏當指衡州雲陽山。

對雪[一]

松門堆復積，埋石亦埋莎[二]。爲瑞還難得[三]，居貧莫厭多。聽憐終夜落，吟惜一年過[四]。誰在江樓望？漫漫墮緑波[五]。

【校箋】

〔一〕據詩集編次，前篇言「又因風雪夜，重宿古松門」，此曰「松門堆復積，埋石亦埋莎」，疑爲同時之作。姑繫天祐四年（九〇七）冬末。

〔二〕莎：草名，生河邊、濕地，塊莖即中藥「香附子」。李白《憶舊遊寄譙郡元參軍》：「浮舟弄水簫鼓鳴，微波龍鱗莎草緑。」

〔三〕爲瑞：成爲祥瑞。《廣雅·釋詁三》：「爲，成也。」元稹《酬樂天雪中見寄》：「滿空飛舞應爲瑞，寡和高歌只自娱。」

〔四〕「聽憐」二句：謂除夕對雪吟詩。聽，任凭。憐、惜，愛也。此聯「憐」「惜」爲對，互文見義。

〔五〕漫漫：遍佈貌。高適《使青夷軍入居庸三首》其一：「莫言關塞極，雲雪尚漫漫。」劉長卿《奉使鄂渚至烏江道中作》：「客路向南何處是，蘆花千里雪漫漫。」緑波：江淹《别賦》：「春草碧色，春水緑波。」

和岷公送李評事往宜春〔一〕

兵火銷鄰境，龍沙有去人〔二〕。江潭牽興遠〔三〕，風物入題新〔四〕。雪湛將殘臘，霞明向早春〔五〕。郡侯開宴處，桃李照歌塵〔六〕。

【校箋】

〔一〕岷公：本集卷二有《寄懷江西僧岷二律師》，岷公、岷律師或爲一人，則江西僧（僧人善解戒律者稱律師）。李評事：不詳。評事爲大理寺屬官。《唐六典·大理寺》：「評事十二人，從八品下。其務在平刑獄。」宜春：《元和郡縣圖志·江南道》：「（袁州）管縣三：宜春、新喻、萍鄉。」即今江西省宜春市。本集卷七另有《送李評事往宜春》當爲同時之作，云：「蘭舟西去是通津，名郡賢侯下禮頻。」則送行之地應在宜春東一水相通處，是爲詩人在洪州時之作。姑繫於光化三年（九〇〇）。

〔二〕龍沙：沙洲名，在江西南昌縣西北郊、贛水東岸。《水經注·贛水》：「贛水又北逕龍沙西，沙甚潔白，高峻而陁，有龍形，連亘五里中，舊俗九月九日升高處也。」《太平寰宇記·江南西道》

洪州南昌縣：「龍沙，在州北七里，一帶江沙甚白而高峻，左右居人時見龍跡。按雷次宗《豫章記》云：『北有龍沙，堆阜逶迤，潔白高峻，而似龍形，連亘五六里。舊俗九月九日登高之處。』」《江西通志・形勝》：「環郭外者爲龍沙，龍沙之外滂濞長逝爲大江，大江之外嶔崎羅列爲西山。」孟浩然《九日龍沙寄劉大昚虚》：「龍沙豫章北，九日挂帆過。」此以指洪州。去：離開。

〔三〕江潭：江水深處。《楚辭・九章・抽思》：「長瀨湍流，泝江潭兮。」王逸注：「潭，淵也。楚人名淵曰潭。」牽興：引發情思。白居易《閑詠》：「夜學禪多坐，秋牽興暫吟。」

〔四〕風物：《國語・晉語》：「風物以聽之，修詩以詠之。」韋昭注：「言風化之動，物莫不傾耳而聽。」一般多指風光景色。陶淵明《遊斜川序》：「天氣澄和，風物閑美。」入題：猶言入詩成詠。

〔五〕「雪湛」二句：湛，澄澈明亮。《增修互注禮部韻略・豏韻》：「湛，澄也。」陶淵明《辛丑歲七月赴假還江陵夜行塗口》：「涼風起將夕，夜景湛虚明。」此以雪湛、霞明爲對，互文見義。將殘臘，臘將殘，謂農曆歲末。臘殘、春至，送別賦詩之時也。

〔六〕「郡侯」二句：郡侯，指宜春郡守。歌塵，謂動聽之歌聲。《藝文類聚・歌》引劉向《别録》：「漢興以來，善雅歌者魯人虞公，發聲清哀，蓋動梁塵。」鄭谷《蠟燭》：「多情更有分明處，照得歌塵下燕梁。」二句以評事抵宜春收結。

送僧〔一〕

老憶遊方日〔二〕，天涯錫獨搖〔三〕。凌晨從北固，衝雪向南朝〔四〕。鬢髮泉邊剃，香燈樹下燒。雙峰諸道友〔五〕，夏滿有書招〔六〕。

【校箋】

〔一〕詩題諸本缺。汲本作□□□□。《全詩》題作「送僧」，據補。案齊己天復二年、三年間遊吴越，至潤州、金陵。詩言「凌晨從北固，衝雪向南朝」，當爲天復三年冬潤州作。

〔二〕遊方：亦稱行脚。僧人爲参禪求道雲遊四方。《釋氏要覽·入衆》：「《毗奈耶律》云：如世尊言，五法成就，五夏已滿，得離依止，遊行人間。」

〔三〕錫：錫杖，見前《仰》注〔六〕。僧人往詣諸方，稱飛錫、巡錫。止住一處，稱爲留錫、掛錫。劉長卿《遊休禪師雙峰寺》：「飛錫方獨往，孤雲何事來。」

〔四〕「凌晨」二句：北固、南朝，見前《送東林寺睦公往吴國》注〔二〕、〔三〕。

〔五〕雙峰：禪宗四祖道信、五祖弘忍居蘄州黄梅縣雙峰山雙峰寺。趙嘏《四祖寺》：「千株松下雙峰寺，一盞燈前萬里身。」貫休《懷武昌棲一二首》其二：「唯有雙峰寺，時時獨去尋。」然唐末諸州有雙峰寺者頗多，此難確指。道友：同修佛道之友，指僧衆。

〔六〕夏滿：僧人過完夏季三月，可以出行。佛弟子於夏季三個月内，禁止外出而居於一定處所，坐禪修習佛法，致力於道業的增長，稱爲「夏安居」。其制來自印度舊習，其時起自夏曆四月十六日終於七月十五日。亦稱坐夏或坐臘（僧人以七月十五爲除夕，七月十六爲歲首）。賈島《喜無可上人遊山回》：「相逢新夏滿，不見半年餘。」雍陶《懷無可上人》：「山寺秋時後，僧家夏滿時。」

過荆門〔一〕

路出荆門遠，行行日欲西。草枯蠻塚亂〔二〕，山斷漢江低〔三〕。野店叢蒿短，煙村簇樹齊。

黐思故林去〔四〕，在處有猿啼〔五〕。

【校箋】

〔一〕荆門：唐荆州江陵郡屬縣，此泛稱荆州江陵郡（即今湖北江陵）地。李白《荆門浮舟望蜀江》王琦注引胡三省《通鑑注》：「荆門在峽州宜都縣，其地有荆門山，故後人因以廣稱其境皆曰荆門耳。」五代初荆南節度使高季昌（興）、高從誨父子據此。龍德元年（九二一），詩人齊己自湘中西行入蜀爲高季昌遮留於荊門。據詩意本篇爲首次路過荊州行道所作。案龍紀元年（八八九），齊己出湘北遊嵩山、洛陽，本篇當即此行途中詩。

〔二〕蠻塚：南方野外的墳塋。《國語・晉語》：「昔成王盟諸侯于岐陽，楚爲荊蠻。」殷文圭《玉仙道中》：「古陂狐兔穿蠻塚，破寺荊榛擁佛幢。」

〔三〕山斷：言遠山綿延間隙處。李白《流夜郎至西塞驛寄裴隱》：「迴巒引群峰，横蹙楚山斷。」漢江：發源於今陝西漢中，東南流經陝西南部，入湖北，經襄陽、鍾祥、漢陽匯入長江。案荊州東北比鄰漢江流域之地。

〔四〕故林：喻故鄉。謝朓《和伏武昌登孫權故城》：「故林衰木平，荒池秋草徧。」

〔五〕在處：處處。錢起《夜泊鸚鵡洲》：「小樓深巷敲方響，水國人家在處同。」

山中答人〔一〕

謾道詩名出〔二〕，何曾著苦吟〔三〕。忽來還有意〔四〕，已過即無心〔五〕。夏日山長往〔六〕，霜天寺獨尋。故人憐拙朴〔七〕，時復寄空林〔八〕。

【校箋】

〔一〕齊己天祐初至袁州謁鄭谷，受谷嘉賞，結爲詩友，「自是士林以谷爲齊己一字之師」。本篇稱「謾道詩名出」，自述作詩深所體會，約當此時之事。詩題曰「山中答人」，言其居處乃云「夏日山長往，霜天寺獨尋」，既不類少年時居大溈山，亦非廬山二林勝地，當爲天祐二年居衡山詩。

〔二〕謾道：聊且説，徒然講。謾爲徒義、聊且義，見《詩詞曲語辭匯釋》卷二。杜甫《絶句三首》其三：「謾道春來好，狂風太放顛。」詩名出：詩名傳揚。姚合《送喻鳧校書歸毗陵》：「闕下科名出，鄉中賦籍除。」

〔三〕著：讀若「濁」，著力。苦吟：陳子昂《南山家園林木交映盛夏五月幽然清涼獨坐思遠率成十韻》：「擾擾將何息，青青長苦吟。」

〔四〕忽來：謂詩思佳句，即興而生。白居易《將至東都先寄令狐留守》：「詩境忽來還自得，醉鄉潛去與誰期。」

〔五〕無心：釋家語，指解脱邪念之真心。修雅《聞誦法華經歌》：「我亦當年學空寂，一得無心便休息。」又「無心」通用爲「無意」之義。杜甫《堂成》：「旁人錯比揚雄宅，嬾惰無心作解嘲。」王建《村居即事》：「時過無心求富貴，身閑不夢見公卿。」此當言詩興已逝則無意寫作。

〔六〕日，汲、《全詩》作「月」。

〔七〕拙朴：朴亦作樸，真率質樸。《梁書·崔靈恩傳》：「性拙朴無風采，及解經析理，甚有精致。」

〔八〕空林：渺無人跡的樹林。張協《雜詩十首》其六：「咆虎響窮山，鳴鶴聒空林。」

贈盧明府閑居〔一〕

鬢霜垂七十〔二〕，江國久辭官〔三〕。滿篋新風雅〔四〕，何人舊歲寒〔五〕！閑居當野水〔六〕，幽鳥宿漁竿〔七〕。終欲相尋去，兵戈時轉難。

【校箋】

〔一〕明府：漢魏以來對郡守府尹之尊稱。《後漢書·張湛列傳》：「明府位尊德重，不宜自輕。」李賢注：「郡守所居曰府，明府者，尊高之稱。《前書》韓延壽爲東郡太守，門卒謂之明府，亦其義也。」閑居：此謂辭官安閑居家。《史記·司馬相如列傳》：「稱病閑居，不慕官爵。」本篇盧明府其人及寫作時地均無考，然據詩意，疑爲齊己中年時居湘中之詩。謂「江國」，言「終欲相尋去，兵戈時轉難」，當爲唐末天祐間事，湘中屢有兵亂，不類唐亡後詩人晚年居荆時之情景。姑依前後詩編次繫天祐三年長沙詩。

〔二〕鬢霜：白居易《啄木曲》：「我有兩鬢霜，知君銷不得。」垂：近也。杜甫《曲江二首》其二：「酒債尋常行處有，人生七十古來稀。」

〔三〕江國：指江南水鄉，河流湖泊衆多地區。李白《獻從叔當塗宰陽冰》：「秀句滿江國，高才掞天庭。」

〔四〕滿篋：滿箱。篋謂存放詩文之箱。徐陵《玉臺新詠序》：「清文滿篋，非惟芍藥之花；新製連篇，寧止蒲萄之樹。」風雅：唐人以「風雅」爲詩歌藝術之傑出代表。李白《入彭蠡經松門觀石鏡緬懷謝康樂題詩書遊覽之志》：「將欲繼風雅，豈徒清心魂。」杜甫《戲爲六絶句》其六：「别裁僞體親風雅，轉益多師是汝師。」

〔五〕何人：謂「斯人」也，自爲問答之語。舊歲寒：猶「歲歲寒」，蓋言往歲既寒、今歲亦寒也。譚用之《寄友人》：「琴樽風月閑生計，金玉松筠舊歲寒。」

〔六〕閑居：此謂雅静之屋室居所。孟浩然《宴鮑二宅》：「閑居枕清洛，左右接大野。」當：對也，面對。野水：原野之水。杜甫《蘇端薛復筵簡薛華醉歌》：「氣酣日落西風來，願吹野水添金杯。」

〔七〕幽鳥：鳴聲幽雅之禽鳥。杜甫《中宵》：「擇木知幽鳥，潛波想巨魚。」

幽　庭〔一〕

不放生纖草，從教遍緑苔〔二〕。還妨長者至〔三〕，未著牡丹開〔四〕。蛺蝶空飛過，鶺鴒時下來〔五〕。南鄰折芳子〔六〕，到此寂寥回。

【校箋】

〔一〕幽庭：雅静清幽之庭院。江總《春夜山庭詩》：「春夜芳時晚，幽庭野氣深。」沈炯有《幽庭賦》曰：「矧幽庭之閑趣，具春物之芳華。」此詠所居幽庭而情趣自見。詩言「還妨長者至」，疑亦中年居湘中詩，以己尚未老也。或與本卷《獨院偶作》同時。姑繫天祐三年（九〇六）。

〔二〕「不放」二句：「不放」、「從教」爲對，皆任從之義，總寫「庭」之幽也。放，通「妨」，謂妨害。《管子·度地》：「當夏三月，……不利作土功之事，放農焉。」俞樾《諸子平議·管子五》：「放，讀爲妨。《禮記·月令篇》：『毋發令而待，以妨神農之事也。』即其義。」纖草，鮑照《觀漏賦》：「落繁馨於纖草，殞豐華於喬木。」從教，釋皎然《五言雜興六首》其二：「從教西陵樹，千載傷懷抱。」緑苔，武元衡《韋常侍以賓客致仕同諸公題壁》：「孤雲永日自徘徊，巖館蒼蒼遍緑苔。」

〔三〕妨，諸本均作「防」，當非。長者：《韓非子·詭使》：「重厚自尊，謂之長者。」佛經中則往往指德智財勢兼具者。宋釋法雲《翻譯名義集·長者篇》引《天台文句》及《浄名疏》曰：「具十德，方稱長者。」十德指姓貴、位高、大富、威猛、智深、年耆、行浄、禮備、上歎（君上欽敬）、下歸（四海歸心）。

〔四〕開，諸本均作「栽」。著：讀若「濁」，有也，添也。見《詩詞曲語辭匯釋》卷三「著」字條。韓愈

《感春四首》其四：「畫蛇著足無處用，兩鬢雪白趨埃塵。」

〔五〕「蛺蝶」二句：此承上，申有草無花意，故曰「蝶空飛」、「鳥時下」。蛺蝶，蝴蝶。杜甫《曲江二首》其二：「穿花蛺蝶深深見，點水蜻蜓款款飛。」鶺鴒，鳥名。《詩・小雅・小宛》：「題彼脊令，載飛載鳴。」

〔六〕折芳子：採花人。梁鮑泉《詠薔薇》：「佳麗新妝罷，含笑折芳叢。」

送休師歸長沙寧覲〔一〕

吾子此歸寧〔二〕，風煙是舊經〔三〕。無窮芳草色，何處故山青？偶泊鳴蟬島，難眠好月汀〔四〕。殷勤問安外，湘岸採詩靈〔五〕。

【校箋】

〔一〕師，原作「歸」，據諸本改。休師：僧體休。據卷八《送休師歸長沙寧親》、卷九《寄體休》《懷體休上人》三詩，體休蓋長沙僧，曾與齊己同居廬山，共遊金陵、襄陽，相伴七年，情好甚篤，今於荆門送師歸長沙，其時約在齊己初至荆門不久。蓋齊己貞明元年（九一五）入廬山，龍德元年（九二一）離廬山至荆門，而《寄體休》詩言「金陵往歲同窺井，峴首前秋共讀碑」，是遊金陵乃在居廬山期間得間往遊，赴峴首亦當在居荊初期，則同光元（九二三）、二年間在荊州作別，與前後相伴七年之數得相符合。案同光元年四月，後唐代梁，十月荊南節度使高季昌聞唐滅梁，避唐廟諱更名季興，自入朝赴洛陽。二年三月，唐加高季興兼尚書令、進封南平王；四月，加楚王殷兼尚書令；十月，吴越王錢鏐復修唐職貢，吴徐温自金陵入朝；十一月，蜀亦修好於唐。荊南周邊名義上恢復一統。卷八《送休師歸長沙寧親》「已説戰塵消漢口」當指此。

〔二〕歸寧：即寧覲。歸家省親以安父母之心。原指已出嫁女子歸安父母，後泛指子女歸省。《詩·周南·葛覃》：「歸寧父母。」

〔三〕風煙：風光景色。駱賓王《在江南贈宋五之問》：「風煙標迥秀，英靈信多美。」

〔四〕月汀：月下沙洲。吴融《池上雙鳧》其二：「不在籠欄夜仍好，月汀星沼剩徘徊。」

〔五〕詩靈：猶「詩興」、「詩魂」，謂詩歌創作之靈感。

將遊嵩華行次荊渚〔一〕

蓮峰映敷水〔二〕，嵩嶽壓伊河〔三〕。兩處思歸久〔四〕，前賢隱去多〔五〕。閒身應絶跡〔六〕，在世幸無他〔七〕。會向紅霞嶠〔八〕，僧龕對薜蘿〔九〕。

【校箋】

〔一〕嵩華：嵩山、華山。五嶽中之中嶽和西嶽，故亦稱嵩嶽、華嶽。張載《劍閣銘》：「狹過彭碣，高踰嵩華。」行次：途中停留、留宿。荆渚：唐代荆州江陵郡，今湖北省荆州市。爲春秋楚國郢都所在地，有楚王宫「渚宫」。《左傳折諸》卷八：「荆州至今有白雪樓、渚宫。」案詩人龍紀元年（八八九）即遊嵩洛，此行雖曰「將遊嵩華」、「思歸兩處」，而行道則直指華嶽之「蓮峰」，當爲乾寧二年（八九五）自湘北遊次荆渚之作。

〔二〕蓮峰：華山主峰蓮花峰。祖詠《觀華嶽》：「蓮峰徑上處，彷彿有神仙。」敷水：河名。《禹貢錐指》卷十七：「《水經注》：『渭水自霸陵縣東北左合涇水，……又東，敷水注之。（注）在今華陰縣西二十四里。』」《大明一統志》：「敷水，在華州城東南一十五里，源出小敷谷，流經華陰縣西北，合渭河，名敷水渠。唐開元中姜師度鑿以洩水害，刺史樊忱復鑿之，使通渭漕。」

〔三〕嵩嶽：《河南通志·山川》：「嵩山，在登封縣北十里，是爲中嶽。東曰大室，西曰少室，嵩其總名。謂之室者，以其下各有石室。中嶽居四方之中而高，故名嵩高山。詩曰『嵩高維嶽』是也。」又：「伊河，在府城南。源出盧氏縣悶頓嶺，流經永寧、宜陽、嵩縣、洛陽界，由伊闕而北，轉折而東，會洛水入河。唐韋述詩：『悠悠涉伊水，伊水清見石。』」案清河南府府城即今洛陽市，古登封縣在今洛陽東南。

〔四〕思歸：此言思隱嵩、華兩山也。

〔五〕「前賢」句：嵩華爲歷代隱者居處。唐史載開元六年，玄宗徵嵩山隱士盧鴻，三詔乃至。天寶間吴筠入嵩山依潘師正。初唐司馬郊隱居華山，日與禽獸遊。

〔六〕絶跡：隱去形跡。陸雲《歲暮賦》：「獸藏丘而絶跡兮，鳥攀木而棲音。」

〔七〕無他：專一，無二心。《楚辭・九章・惜誦》：「專惟君而無他兮，又衆兆之所讎。」《般泥洹經》卷上：「比丘有七敬，則法不衰，當善念行：一爲敬佛，善心禮事，無他倚行。二爲敬法，志在道意，無他倚行。」

〔八〕會：猶「應」也，含將然語氣。見《詩詞曲語辭匯釋》卷一。李白《清平調詞三首》其一：「若非群玉山頭見，會向瑶臺月下逢。」嶠：讀若「轎」，陡峭的山峰。《爾雅・釋山》：「鋭而高，嶠。」邢昺疏：「言山形纖峻而高者名嶠。」顔延之《和謝監靈運》：「跂予間衡嶠，曷月瞻秦稽。」

〔九〕僧龕：僧人奉佛修禪的窟室。龕，原指掘鑿巖崖爲室以安置佛像之所，後世轉爲以石或木作成橱子形，並設門扉，供奉佛像，稱佛龕。薜蘿：薜荔和女蘿兩種攀緣植物。詩文中往往借指高士隱者衣著或其居處。《楚辭・九歌・山鬼》：「若有人兮山之阿，被薜荔兮帶女蘿。」張九齡《商洛山行懷古》：「避世辭軒冕，逢時解薜蘿。」

遠思

遠思極何處〔一〕？南樓煙水長〔二〕。秋風過鴻鴈，遊子在瀟湘〔三〕。海面雲生白〔四〕，天涯墮晚光〔五〕。徘徊古堤上，曾此贈垂楊〔六〕。

【校箋】

〔一〕極：窮盡，終了。《玉篇·木部》：「極，盡也。」《廣韻·職韻》：「極，終也。」本篇當作於中和四年（八八四）遊湘南至永州時。此爲齊己首次離故鄉遠遊至此，故有「遠思極何處」之歎。

〔二〕南樓：據詩意當指永州南樓。《大明一統志·永州府》：「南樓，在府治子城東，下臨東湖，湖上有紅蕖堂，唐泰和中刺史李衢所建。」《湖廣通志·古蹟志》：「永州府零陵縣。南樓在城東，下臨東湖，上有紅蕖堂。唐永泰中刺史李衢建。」

〔三〕「秋風」二句：此明寫遊於湘南之地。「過鴻雁」，言秋雁南入衡嶽，詳見前《送秘上人》注〔六〕。瀟湘：指湘江中游瀟水、湘水合流後的一段。案瀟水、湘水均發源於今湖南廣西交界處，合流於今永州市，東北流貫湖南全境。《大明一統志·永州府》形勝：「南接九疑，北接衡嶽。」又風俗：「瀟湘參百越之俗。」又宮室：「瀟湘樓，在府治子城西，瀟湘二水合流于前。」

〔四〕海面：謂東湖水面。尾聯「古堤」言湖堤。雲生白：王建《隱者居》：「雪縷青山脈，雲生白鶴毛。」

〔五〕晚光：猶「夕照」。劉長卿《送蔣侍御入秦》：「晚光臨仗奏，春色共西歸。」

〔六〕贈垂楊：折楊柳送别。案《唐才子傳》「雍陶」條：「雍陶字國鈞，……爲雅州刺史，郭外有情盡橋，乃分衿祖別之所，因送客，陶怪之，遂於上立候館，改名折柳橋，取古樂府《折楊柳》之義，題詩曰：『從來只有情難盡，何事呼爲情盡橋。自此改名爲折柳，任他離恨一條條。』甚膾炙當時。」

寄勉二三子〔一〕

不見二三子，悠然吴楚間〔二〕。盡應生白髮，幾箇在青山？暇日還宜愛，餘生莫放閒〔三〕。君聞國風否〔四〕？千載詠關關〔五〕。

【校箋】

〔一〕二三子：二三好友。子爲古代對男子之敬稱。據首聯「悠然吴楚間」，本篇或作於齊己居廬山期間。詩人乾化五年（貞明元年，九一五）五十二歲入居廬山，言諸友「盡應生白髮」，故然。時後梁既已代唐，士林頹靡，詩乃多有慨世之意。

〔二〕吴楚間：謂行遊於江州廬山一帶。《元和郡縣圖志·江州（潯陽）》：「《禹貢》荆、揚二州之境，揚州云『彭蠡既瀦』，今州南五十二里彭蠡湖是也。荆州云『九江孔殷』，今州西北二十五里九江是也。然彭蠡以東爲揚州界，九江以西屬荆州界，春秋時爲吴之西境，吴爲越滅後復爲楚地。」

〔三〕「暇日」二句：諸本脱七字，作「□□□□□，□□莫放閒」，此據文淵閣本補。文津閣本七字亦脱。暇日，空閒之時日。《孟子·梁惠王上》：「壯者以暇日修其孝悌忠信。」餘生：後半生、晚年。徐陵《長干寺衆食碑》：「三心未滅，七反餘生。」吴兆宜注引《觀佛三昧經》云：「金翅鳥王經八千歲死相既現，從金剛山直下，從大水際至風輪際，爲風所吹，還上金剛，如是七返，然後命終。」放閒：閒亦作閑，朝廷對臣下放歸賦閑。王建《朝天子詞十首寄上魏博田侍中》其七：「四海無波乞放閑，三封手疏犯龍顔。」此謂放情縱意無所事事。

〔四〕國風：即《詩經》之「十五國風」，計一百六十篇。《毛詩序》：「風，風也，教也。風以動之，教以化之。」孔穎達疏：「風訓諷也，教也。諷謂微加曉告，教謂殷勤誨示；諷之與教，始末之異名耳。……風之所吹，無物不扇，化之所被，無往不霑，故取名焉。」

〔五〕詠關關：借言歌詠《詩》之教化。《詩·周南·關雎》：「關關雎鳩，在河之洲。」《關雎》爲十五國風之首篇。《毛詩序》：「關雎，后妃之德也。風之始也，所以風天下而正夫婦也，故用之鄉人焉，用之邦國焉。」孔穎達疏：「此篇言后妃性行和諧，貞專化下，寤寐求賢，供奉職事，是后妃之德也。……此詩之作，直是感其德澤，歌其性行，欲以發揚聖化，示語未知。……用此爲風教之始，所以風化天下之民，而使之皆正。」薛能《獻僕射相公》：「致却垂衣更何事，幾多詩句詠關關。」又《恭禧皇太后輓歌詞三首》其二：「國人傷莫及，應只詠關關。」

渚宮江亭寓目〔一〕

津亭雖極望〔二〕，未稱本心閑〔三〕。白有三江水，青無一點山〔四〕。新鴻喧夕浦〔五〕，遠棹聚空灣〔六〕。終遂歸匡社〔七〕，孤帆即此還。

【校箋】

〔一〕渚宮：指荆州江陵郡。渚宮爲春秋楚成王所建别宫，故址在江陵縣（今縣名同）城内。寓目：過目，觀看。何遜《渡連圻》：「寓目皆鄉思，何時見狹斜。」據詩意當作於龍德元年（九二一）被高季昌遮留江陵初期。

〔二〕津亭：渡口旁的亭子。王勃《江亭夜月送别二首》其一：「津亭秋月夜，誰見泣離群。」極望：縱目遠望。曹植《九愁賦》：「野蕭條而極望，曠千里而無人。」

〔三〕「未稱」句：謂望中所見不合己情。稱讀若「襯」。高適《同群公題鄭少府田家》：「男兒未稱意，其道固無適。」

〔四〕「白有」二句：江陵地處江漢平原河湖地區，河流衆多。《大清一統志·荆州府》載大江自松滋縣東流，中分三派，下流復合爲一入江陵縣界。江陵縣東南有夏水、涌水，縣西有沮漳水、靈谿水，縣北有楊水。此言三江水白、一無青山，概言澤國水多耳。張南史《陸勝宅秋暮雨中探韻同作》：「歸心莫問三江水，旅服徒霑九日霜。」

〔五〕鴻：大雁。錢起《送襄陽盧判官奏開河事》：「晚陽過微雨，秋水見新鴻。」浦：水邊。王昌齡《送十五舅》：「夕浦離觴意何已，草根寒露悲鳴蟲。」

〔六〕遠棹：遠方之船舶。棹，船槳。此處指代船。許渾《送客江行》：「遠棹依山響，危檣轉浦斜。」

〔七〕匡社：指白蓮社。蓋廬山亦稱匡廬、匡山。《元和郡縣圖志·江南道》潯陽縣：「廬山在縣東三十二里。本名鄣山，昔匡俗字子孝，隱淪潛景，廬於此山，漢武帝拜爲大明公，俗號廬君，故山取號。」本集卷六《謝西川可準上人遠寄詩集》：「匡社經行外，沃洲禪宴餘。」又卷八《寄湘中諸友》：「沃洲高卧心何僻，匡社長禪興亦孤。」

蝴蝶二首〔一〕

其一

何處背繁紅〔二〕？迷芳到檻重〔三〕。分飛還獨出，成隊偶相逢。遠害終防雀〔四〕，争先不避蜂。桃蹊牽往復，蘭徑引相從〔五〕。

【校箋】

〔一〕諸本録爲一首十六句，蓋誤。此乃五律二首，兩篇起承轉合，各成一體。今析分爲二。詩題增「二首」字樣。

〔二〕背：别也。相背别出之義。繁紅：繁花。吴融《忘憂花》：「繁紅落盡始淒涼，直道忘憂也未忘。」此啟下寫分飛獨出之彩蝶。

〔三〕迷芳：迷戀花香。温庭筠《偶遊》：「雲髻幾迷芳草蝶，額黄無限夕陽山。」檻：欄杆，詩人庭中花圃之柵欄。

〔四〕遠害：遠離禍害。曹植《矯志》詩：「鴛雛遠害，不羞卑棲；靈虬避難，不耻汙泥。」

〔五〕「桃蹊」二句：桃蹊，桃花繽紛的道路。語本「桃李不言，下自成蹊」（《史記·李將軍列傳》）。杜甫《寒雨朝行視園樹》：「桃蹊李徑年雖古，梔子紅椒豔復殊。」牽，與下句「引」皆吸引、引導之義。《説文·牛部》：「牽，引前也。」蘭徑，蘭草叢生的小徑。江淹《雜體三十首·張司空離情》：「蘭徑少行迹，玉臺生網絲。」

其二

翠裛丹心冷〔一〕，香凝粉翅濃〔二〕。可尋穿樹影，難覓宿花蹤〔三〕。日晚來仍急，春殘舞未慵。西風舊池館〔四〕，猶得採芙蓉〔五〕。

【校箋】

〔一〕翠裛：翠謂彌漫於草木中青色的霧氣。裛通「浥」，霑濕。陳後主《五言同管記陸瑜九日觀馬射》：「歇霧含空翠，新花濕露黄。」王維《山中》：「山路元無雨，空翠濕人衣。」丹心：擬蝶。

〔二〕粉翅：蝶翅輕薄，上有粉層。王建《晚蝶》：「粉翅嫩如水，繞砌乍依風。」

〔三〕「可穿」二句：兩句言飛翔之影可覓，停宿之身難尋。穿樹、宿花，方干《題睦州郡中千峰榭》：「曳響露蟬穿樹去，斜行沙鳥向池來。」鄭谷《趙璘郎中席上賦蝴蝶》：「暖煙沉蕙徑，微雨宿花房。」

〔四〕西風：秋風。李白《長干行》其二：「八月西風起，想君發揚子。」池館：池苑館舍。杜甫《過宋員外之問舊莊》：「宋公舊池館，零落首陽阿。」

〔五〕芙蓉：荷花。《楚辭·離騷》：「製芰荷以爲衣兮，集芙蓉以爲裳。」王逸注：「芙蓉，蓮華也。」

送劉秀才往東洛〔一〕

羨子去東周，行行非旅遊。煙霄有兄弟〔二〕，事業盡曹劉〔三〕。洛水清奔夏，嵩雲白入秋〔四〕。來年遂鵬化〔五〕，一舉上瀛洲〔六〕。

【校箋】

〔一〕劉秀才：本集卷二有《送劉秀才南遊》詩，卷七有《送劉秀才歸桑水寧覲》詩。據三詩内容，知劉秀才桑水人，送行之地當爲荆州，先送南遊衡嶽，復送北歸桑水，再送入洛赴舉。蓋劉秀才亦客居荆州者。本篇疑爲後唐同光間在荆送劉入洛陽赴舉之詩。東洛：唐代東都洛陽，也是東周的都城，故亦稱「東周」。五代後唐亦建都洛陽。李白《鳴皋歌送岑徵君》：「掃梁園之群英，振大雅於東洛。」杜甫《別唐十五誡因寄禮部賈侍郎》：「飄飄適東周，來往若崩波。」郭知達注：「周平王東遷於洛，謂之東周。」仇兆鰲注：「東周，謂洛陽。」

〔二〕煙霄：猶雲霄，此借指朝廷。寒山詩：「戲入煙霄裏，宿歸沙岸湄。」李白《早秋贈裴十七仲堪》：「明主儻見收，煙霄路非賒。」

〔三〕事業：泛指功業，人生成就。寒山詩：「他家學事業，余持一卷經。」曹劉：指建安詩人曹植、劉楨。杜甫《奉寄高常侍》：「總戎楚蜀應全未，方駕曹劉不啻過。」仇注：「方駕曹劉，子建、公幹可與匹休也。」又《秋述》：「賦詩如曹劉，談話及衛霍。」

〔四〕嵩，原作「松」，據諸本改。洛水、嵩雲，劉禹錫《酬思黯見示小飲四韻》：「兵符相印無心戀，洛水嵩雲恣意看。」

〔五〕鵬化：典出《莊子·逍遥遊》：「北冥有魚，其名爲鯤。……化而爲鳥，其名爲鵬。」元稹《寄浙西李大夫四首》其四：「由來鵬化便圖南，浙右雖雄我未甘。」

〔六〕舉：飛。李白《草創大還贈柳官迪》：「一舉上九天，相攜同所適。」瀛洲：《史記·秦始皇本紀》：「海中有三神山，名蓬萊、方丈、瀛洲，僊人居之。」李白《宫中行樂詞》：「鶯歌聞太液，鳳吹遶瀛洲。」此借言朝廷。

移　竹〔一〕

舊溪千萬竿，風雨夜珊珊〔二〕。白首來江國〔三〕，黄金買歲寒〔四〕。乍移傷粉節〔五〕，終遶著朱闌〔六〕。會得乘春力〔七〕，新抽錦籜看〔八〕。

【校箋】

〔一〕據領聯本篇爲荆門詩。同光四年春，齊己自龍安（興）寺移居城西草堂，移竹、栽松，修盆池、立假山，欣喜之情溢於言表，本篇即其時之作。

〔二〕珊珊：竹林被風吹雨灑發出的聲音。案珊珊在詩文中多用以描摹玉佩或風雨之聲，如元稹《琵琶歌》：「一彈既罷又一彈，珠幢夜静風珊珊。」白居易《題盧秘書夏日新栽竹二十韻》：「碧籠煙羃羃，珠灑雨珊珊。」亦用以描摹物體婀娜之態，如魏文帝《釣竿》：「釣竿何珊珊，魚尾何簁簁。」許渾《看雪》：「松亞竹珊珊，心知萬井歡。」此則兼有聽聲摹形之義。

〔三〕江國：此指荆門。

〔四〕「黄金」句：歲寒，謂竹。南朝宋周袛《執友箴》：「推誠歲寒，功標松竹。」虞世南《賦得臨池竹應制》：「欲識凌冬性，唯有歲寒知。」黄金買歲寒，貴重之也。李白《白頭吟》：「但願君恩顧妾深，豈惜黄金買詞賦。」

〔五〕粉節：竹有節，表有粉，故稱。劉禹錫《庭竹》：「露滌鉛粉節，風摇青玉枝。依依似君子，無地不相宜。」

〔六〕「終遶」句：言其環繞池館欄杆衍生終將形成竹籬。江淹《靈丘竹賦》：「登崎嶇之碧巘，入朱宫之瓏玲。臨曲江之迴遥，望南山之蔥青。鬱春華於石岸，艶夏彩於沙汀。遠亘紫林秘埜，近匝玉苑禁坰。」

〔七〕乘，柳、汲、馮、明抄、《全詩》、百家作「承」。清抄同底本。案「乘」，借助也。此詠竹，自當以竹爲主，意佳。會得：猶會當、合當。

〔八〕錦籜：新筍的外皮上密佈彩色絨毛，燦爛若錦繡，故稱。籜，讀若「柝」，筍殼也。王貞白《洗竹》：「錦籜裁冠添散逸，玉芽修饌稱清虚。」

雉〔一〕

角角類關關〔二〕，春晴錦羽乾。文呈五色異，瑞入九苞難〔三〕。暮宿紅蘭暖〔四〕，朝飛緑野寒。山梁從行者，錯解仲尼嘆〔五〕。

【校箋】

〔一〕雉：俗稱野雞。《本草綱目》：「雉，南北皆有之，形大如雞，而斑色繡異。雄者文采而尾長，雌者文暗而尾短。」詩言「錦羽」、「文五色」，即「斑色繡異」之謂。

〔二〕角角：象聲詞。角讀若「古」。韓愈《此日足可惜贈張籍》：「百里不逢人，角角雄雉鳴。」關關：鳥和鳴聲。《詩·周南·關雎》：「關關雎鳩，在河之洲。」

〔三〕「文呈」二句：此言雉雖有五色異彩，却無鳳凰之祥瑞。九苞，指鳳。古稱鳳的九種特徵爲九苞。《初學記》卷三〇引《論語摘衰聖》曰：「鳳有六像九苞。」又曰：「九苞者：一曰口苞命，二曰心合度，三曰耳聽達，四曰舌詘伸，五曰彩色光，六曰冠矩州，七曰距鋭鉤，八曰音激揚，九曰腹文户。」李嶠《鳳》詩：「九苞應靈瑞，五色成文章。」

〔四〕紅，原作「江」，據諸本改。紅蘭，李賀《相勸酒》：「蓐收既斷翠柳，青帝又造紅蘭。」

〔五〕「山梁」二句：山梁，本義是山道上的橋梁，借指「雌雉」。語本《論語·鄉黨》：「色斯舉矣，翔而後集。曰：『山梁雌雉，時哉時哉！』子路供之，三嗅而作。」後遂以「山梁」借指雉。枚乘《七發》：「山梁之餐，豢豹之胎，……此亦天下之至美也。」後人對孔子的話作出種種不同解釋、引申。如何晏注：「言山梁雌雉得其時而人不得時，故歎之。子路以其時物，故供具之，非其本意。」詳見《論語注疏》、朱熹《四書章句集注》。此以「山梁從行者」指隨行之人，泛指子路等孔子弟子以至後學之徒。今人楊伯峻《論語譯注》説：「這段文字很費解，自古以來就没有滿意的解釋，很多人疑它有脱誤」，齊己「錯解仲尼嘆」的議論，眼光是敏鋭的。

懷軒轅先生〔一〕

不得先生信，空懷汗漫秋〔二〕。月華離隺背，日影上鰲頭〔三〕。欲學孤雲去〔四〕，其如重骨留〔五〕。槎程在何處〔六〕？人世屢荒丘〔七〕。

【校箋】

〔一〕軒轅先生：晚唐羅浮山道士軒轅集。《萬姓統譜》：「唐軒轅集，博羅人，隱居羅浮山，年百餘歲。宣宗召問長生之術，集對曰：徹聲色，去滋味，哀樂不過，德刑無偏，自然與天地合德，日月齊明。堯舜與湯之所以登上壽者，用此道也。」據《舊唐書》、《通鑑》所載，宣宗大中十一、十二年間召入京，堅求還山，復歸羅浮，遂不知所終。此言不得其訊息，疑爲齊己少年時詩，以世亂而萌出世之念也。姑繫廣明間。

〔二〕汗漫：渺茫不可知。《淮南子·道應訓》：「吾與汗漫期於九垓之外。」高誘注：「汗漫，不可知之也。」後人遂用爲仙人之名。張協《七命》：「過汗漫之所不遊，躡章亥之所未蹟。」

〔三〕「月華」二句：隺背、鰲頭，言其駕鶴騎鰲仙遊。白居易《酬贈李鍊師見招》：「曾犯龍鱗容不死，欲騎鶴背覓長生。」姚合《和盧給事酬裴員外》：「鴛鷺簪裾上龍尾，蓬萊宮殿壓鰲頭。」隺即鶴。鰲，海中巨龜，或謂大鱉。

〔四〕學孤雲：謂學軒轅集孤高自由浮遊於天地間。李咸用《依韻修睦上人山居十首》其七：「兼濟直饒同巨楫，自由何似學孤雲。」

〔五〕其如：猶「其奈之何」。杜甫《歸燕》：「不獨避霜雪，其如儔侶稀。」重骨：謂凡俗之人。古稱修道成仙者，瘦骨輕軀。孟郊《送李尊師玄》：「松骨輕自飛，鶴心高不群。」王建《題東華觀》：「白髮道心熟，黄衣仙骨輕。」

〔六〕槎程：仙人的行程。槎謂仙槎，仙人所乘木筏。典出《荆楚歲時記》。漢武帝令張騫尋河源，乘槎至天河，見織女、牛郎。杜甫《過洞庭湖》：「湖光與天遠，直欲泛仙槎。」本集《觀李瓊處士畫海濤》：「葉棣仙槎擺欲沈，下頭應是驪龍窟。」

〔七〕屢荒丘：謂處處荒丘也。韋應物《悲故交》：「一爲時事感，豈獨平生故。唯見荒丘原，野草塗朝露。」

永夜感懷寄鄭谷郎中〔一〕

展轉復展轉〔二〕，所思安可論〔三〕。夜凉難就枕，月好重開門。霜殺百草盡，蛩歸四壁根〔四〕。生來苦章句〔五〕，早遇至公言〔六〕。

【校箋】

〔一〕「寄」字原脱，據諸本補。案：據詩意，本篇當爲初識鄭谷感懷之作。案齊己乾寧三年入長安，乾寧四年谷爲都官郎中，是年秋謁鄭谷於華山雲臺道舍，詩爲得鄭指引詩道感懷之作，言「夜凉」「霜重」、「蛩歸壁根」，深秋時節也。

〔二〕展轉：同輾轉，翻動身體，不能安卧。《詩·周南·關雎》：「悠哉悠哉，輾轉反側。」鄭箋：「思之哉，思之哉！言已誠思之。卧而不周(正)曰輾。」

〔三〕安可論：無法商討、論説。論，讀若「輪」。

〔四〕「蛩歸」句：蛩，蟋蟀。壁根，内室牆角。《詩·豳風·七月》：「十月蟋蟀入我牀下。」孔疏：「蟋蟀之蟲，六月居壁中，至七月則在野田之中，八月在堂宇之下，九月則在室户之内，至于十月，則蟋蟀之蟲入於我之牀下。此皆將寒漸。」

〔五〕苦章句：苦心作詩。章句謂文章詩詞。白居易《山中獨吟》：「人各有一癖，我癖在章句。」

〔六〕至公：唐人對科舉主考官之敬稱，謂其大公無私；此借以稱頌鄭谷對己詩作之評判、指導。劉虛白《獻主文》：「不知歲月能多少，猶著麻衣待至公。」

賣松者〔一〕

未得凌雲價〔二〕，何慙所負真〔三〕。自知桃李世，有愛歲寒人〔四〕。瑟瑟初離澗，青青未識塵〔五〕。寧同買花者，貴逐片時春〔六〕？

【校箋】

〔一〕此以「賣松」寓人生之理，自謂「未得凌雲價，何慚所負真」，宜爲少年時代於湘中述懷之詩。

〔二〕凌雲價：高價。句意謂松有凌雲之姿而未賣得高價。沈約《寒松詩》：「疎葉望嶺齊，喬幹臨雲直。」

〔三〕負，原作「買」，與尾聯「買花」字重。柳、明抄、百家作「負」，意勝，從之。所負真：謂其品質堅貞。真同貞。吴均《詠慈姥磯石上松》：「賴我有貞心，終凌細草輩。」李德林《詠松樹》：「寄言謝霜雪，貞心自不移。」

〔四〕「自知」二句：以桃李喻華彩易謝。歲寒：借指松樹。語本《論語·子罕》：「子曰：歲寒然後知松柏之後凋也。」

〔五〕「瑟瑟」二句：劉楨《贈從弟》：「亭亭山上松，瑟瑟谷中風。」古詩：「鬱鬱澗底松。」岑參《天山雪歌送蕭治回京》：「雪中何以贈君别，惟有青青松樹枝。」按，瑟瑟，風吹松響之聲。或解爲青緑色，取白居易《暮江吟》「半江瑟瑟半江紅」之「瑟瑟」爲説，亦通。塵者，謂塵世也。

〔六〕片時春：極短暫之春色。王勃《臨高臺》：「娼家少婦不須顰，東園桃李片時春。君看舊日高臺處，柏梁銅雀生黄塵。」

丙寅歲寄潘歸仁〔一〕

九土盡荒墟〔二〕，干戈殺害餘〔三〕。更須憂去國〔四〕，未可守貧居。康泰終來在〔五〕，編聯莫破除〔六〕。他年遇知己，無恥報襜褕〔七〕。

【校箋】

〔一〕丙寅歲：唐哀帝天祐三年（九〇六）。潘歸仁：不詳，據詩意爲湖湘隱者，蓋本年詩人自南嶽至長沙，潘或爲居嶽時相過從之知己。

〔二〕九土：猶九州，指全國之地。《國語·魯語上》：「能平九土」，韋昭注：「九土，九州之土也。」李白《經亂離後天恩流夜郎憶舊遊書懷贈江夏韋太守良宰》：「炎涼幾度改，九土中横潰。」荒墟：荒蕪，成廢墟。揚雄《宗正箴》：「宗廟荒墟，魂靈靡附。」

〔三〕干戈：盾牌和戈矛兩種兵器，借指戰争。庾信《將命使北始渡瓜步江》：「觀濤想帷蓋，争長憶干戈。」盧照鄰《詠史四首》其四：「干戈及黄屋，荆棘生紫宫。」首聯言九土荒墟乃干戈殺害之所餘。

〔四〕去國：離開故國。庾信《擬連珠》：「蓋聞彼黍離離，大夫有喪亂之感；麥秀漸漸，君子有去國之悲。」倪璠注：「《詩序》曰：《黍離》，閔宗周也。周大夫行役，過故宗廟，宫室盡爲禾黍，故爲《黍離》之詩。《史記》曰：武王封箕子於朝鮮而不臣也。其後箕子朝周，過故殷墟，感宫室毁壞生禾黍，箕子傷之，欲哭則不可，欲泣爲其近婦人，乃作《麥秀》之詩以歌詠之。其詩曰：麥秀漸漸兮，禾黍油油兮。彼狡童兮，不與我好兮。所謂狡童者，紂也。殷民聞之，皆爲流涕。」此指唐朝傾覆之憂。

〔五〕康泰：安樂太平。王勃《拜南郊頌序》：「寰中殊域，奉三靈之康泰。」

〔六〕「編聯」句：編聯，編輯聯綴，以言編輯詩文創作也。本集卷四《寄南徐劉員外二首》其二：「畫公評衆製，姚監選諸文。風雅誰收我？編聯獨有君。」卷五《酬孫魴》：「新題雖有寄，舊論竟難聞。知己今如此，編聯悉欲焚。」莫破除，蓋謂勿避忌傷時憂國之篇章也。

〔七〕無：勿也。襜褕：古代一種寬大較長的單衣，有直裾、曲裾二款。非正朝之服，男女通用。《急就篇》卷二顔師古注：「襜褕，直裾襌衣也。謂之襜褕者，取其襜襜而寬裕也。」又《漢書·何并傳》師古注謂「襜褕，曲裾襌衣也」。《史記·魏其武安侯列傳》：「元朔三年，武安侯坐衣襜褕入宫，不敬。」司馬貞索隱：「（襜褕）謂非正朝衣，若婦人服也。」此借言勿以未在朝居官爲恥。「報」謂告知也。

嘗茶〔一〕

石屋曉煙生〔二〕，松窗鐵碾聲〔三〕。因留來客試，共説寄僧名〔四〕。味擊詩魔亂，香搜睡思輕〔五〕。春風雪川上〔六〕，憶傍緑叢行。

【校箋】

〔一〕詩人天復二年（九〇二）、三年曾遊吴越，歸湘後乃隱衡山，此言「石屋」「松窗」，疑即山中寺居；以嘗嶽茶而憶越中茶園之行也。蓋與《丙寅歲寄潘歸仁》爲先後之作，離衡嶽將入長沙時也。案《唐國史補》卷下載衡山産名茶。本集卷三《送人遊衡岳》云：「石橋僧問我，應寄岳茶還。」

〔二〕曉，諸本作「晚」。本集卷三《送僧歸南岳》云：「石室關霞嫩，松枝拂蘚乾。」

〔三〕鐵碾：碾茶工具。宋蔡襄《茶録》：「碾茶先以净紙密裹搥碎，然後熟碾。其大要，旋碾則色白，或經宿則色已昏矣。」《續茶經》卷中：「茶碾以銀或鐵爲之。」僧修睦《睡起作》：「偈吟諸祖意，茶碾去年春。」

〔四〕僧名，汲本作「名僧」。按「因留」二句意謂同來訪之人一同試茶，交談之中告知來訪者寄茶之僧的名字。

〔五〕「味擊」二句：味擊、香搜，謂茶香襲人。「擊」、「搜」，皆侵襲、擾亂之義。盧仝《走筆謝孟諫議寄新茶》：「一椀喉吻潤，兩椀破孤悶，三椀搜枯腸，唯有文字五千卷。」詩魔：喻强烈之詩興，有如入魔。《舊唐書·白居易傳》：「知我者以爲詩仙，不知我者以爲詩魔。何則？勞心靈，役聲氣，連朝接夕，不自知其苦，非魔而何！」劉禹錫《春日書懷寄東洛白二十二楊八二庶子》：「心知洛下閒才子，不作詩魔即酒顛。」

〔六〕霅川：即霅溪，在今浙江湖州市，自古爲名勝之區。霅，讀若「炸」。《元和郡縣圖志·江南道》：「霅溪水：一名大溪水，一名苕溪水，西南自長城、安吉兩縣東北流，至州南與餘不溪水、苧溪水合，又流入于太湖。在州北三十五里。」白居易《白蘋洲五亭記》：「湖州城東南二百步，抵霅溪，連汀洲，洲一名白蘋。梁吴興守柳惲於此賦詩云：『汀洲採白蘋』，因以爲名也。」《唐國史補》謂：「茶之名品，……湖州有顧渚之紫笋。」

楊花〔一〕

暖景照悠悠〔二〕，遮空勢漸稠。乍如飛雪遠〔三〕，未似落花休。萬帶都門外，千株渭水頭〔四〕。紛紜知近夏，銷歇恐成秋。軟著朝簪去〔五〕，狂隨別騎遊〔六〕。旆衝離館驛，鶯撲繞宫樓〔七〕。江國晴愁對，池塘晚見浮。虛窗縈筆雅，深院藉苔幽〔八〕。靜墮王孫酒，繁沾客子裘〔九〕。詠吟何潔白，根本屬風流。向日還輕舉，因風更自由。不堪思汴岸，千里到揚州〔一〇〕。

【校箋】

〔一〕楊花：柳絮。《詩識名解·木部》：「柳爲總名，楊乃柳之一種。……柳春初生柔荑，即開黄蘂花，至春晚葉長成後，花中結細黑子，及蘂落，絮出如白絨，因風飄揚如雪，則柳絮，非花也。」庾信《春賦》：「新年鳥聲千種囀，二月楊花滿路飛。」本篇摹寫春楊物態，似爲少年時之習作。

〔二〕暖景：春天的陽光。盧綸《將赴閿鄉灞上留别錢起員外》：「暖景登橋望，分明春色來。」悠悠：飄動不定、綿延不絶貌。此謂楊絮。馮延巳《鵲踏枝》：「撩亂春愁如柳絮，悠悠夢裏無尋處。」

〔三〕乍如：時如。蕭繹《詠霧》：「乍若輕煙散，時如佳氣新。」

〔四〕「萬帶」二句：萬帶，猶「萬條」。帶謂楊柳枝垂垂若帶。李賀《河南府試十二月樂詞·正月》：「官街柳帶不堪折，早晚菖蒲勝綰結。」都門外、渭水頭，指長安城外、渭水河邊之官道也。張籍《寄昭應王中丞》：「借得西街宅，開門渭水頭。」

〔五〕朝簪：朝廷官員定冠之服飾。狀若長針，固冠於髮髻。張説《襄州景空寺題融上人蘭若》：「何由侶飛錫，從此脱朝簪。」

〔六〕別騎：離別出行之騎者。白居易《江南喜逢蕭九徹因話長安舊遊》：「離筵開夕宴，別騎促晨裝。」

〔七〕樓，原作「流」，據諸本改。流、樓聲近而訛。旆衝、鶯撲，形容楊絮飄附於旗幟、飛鳥。曹唐《昇平詞十首》其一：「瑞氣遶宮樓，皇居上苑遊。」

〔八〕藉，墊著，謂楊絮落青苔上。

〔九〕沾，諸本作「黏」。義同。沾，黏附也。

〔一〇〕「不堪」二句：用隋堤柳典故，以煬帝驕奢導致隋亡，寓現實之感慨。《古今事文類聚》後集卷二十三：「隋堤柳：隋煬帝自板渚引河，築街道植以柳，名曰隋堤，一千三百里。」白居易《隋堤柳》：「隋堤柳，歲久年深盡衰朽。風飄飄兮雨蕭蕭，三株兩株汴河口。老枝病葉愁殺人，曾經大業年中春。……蕭牆禍生人事變，晏駕不得歸秦中。土墳數尺何處葬，吳公臺下多悲風。二百年來汴河路，沙草和煙朝復暮。後王何以鑒前王，請看隋隄亡國樹。」

詠　影〔一〕

萬物患有象，不能逃大明〔二〕。始隨殘魄滅〔三〕，又逐曉光生〔四〕。曲直寧相隱？洪纖必自呈〔五〕。還如至公世〔六〕，洞鑒是非情〔七〕。

【校箋】

〔一〕此篇詠日常生活之物象，疑亦少年習作。

〔二〕大明：泛指日、月。《管子·内業》：「鑒於大清，視於大明。」尹知章注：「日、月也。」杜甫《九日寄岑參》：「大明韜日月，曠野號禽獸。」

〔三〕殘魄：殘月。杜甫《八月十五夜月二首》其二：「張弓倚殘魄，不獨漢家營。」

〔四〕曉光：初日。梁簡文帝《擬沈隱侯夜夜曲》：「藹藹夜中霜，何關向曉光。」

〔五〕洪纖：粗細。《文選·班固·典引》：「鋪觀二代，洪纖之度，其賾可探也。」蔡邕注：「洪，大也；纖，細也。」薛能《昇平樂》其五：「一物周天至，洪纖盡晏然。」

〔六〕至公：最公正。《管子·形勢解》：「風雨至公而無私，所行無常鄉。」

〔七〕洞鑒：洞察，明鑒。《文心雕龍·物色》：「屈平所以能洞鑒風騷之情者，抑亦江山之助乎。」

南歸舟中二首

其一

南歸乘客棹〔一〕，道路免崎嶇。江上經時節，船中聽鷓鴣〔二〕。春容含衆岫〔三〕，雨氣泛平蕪〔四〕。落日停舟望，王維未有圖〔五〕！

【校箋】

〔一〕南歸：據詩意，爲某年春乘舟「南歸、暫還」，疑爲居廬山或居江陵期間，沿江南下入湘時所作。客棹：客船。白居易《代諸妓贈送周判官》：「妓筵今夜別姑蘇，客棹明朝向鏡湖。」

〔二〕聽鷓鴣：《本草綱目》卷四八《禽部》引張華曰：「鷓鴣，其名自呼，飛必南向，雖東西回翔，開翅之始，必先南翥，其志懷南，不徂北也。」又《通雅》、《別雅》均引張華注《禽經》曰：「（鷓鴣）自名鉤輈格磔，行不得也哥哥。」即仿其啼聲。李涉《鷓鴣詞》：「湘江煙水深，沙岸隔楓林。何處鷓鴣飛，日斜斑竹陰。二女虛垂淚，三閭枉自沉。唯有鷓鴣啼，獨傷行客心。」按鷓鴣多產楚湘之地，此蓋言南歸而客心憂傷也。又《山堂肆考》徵集卷一九《音樂》「吹鷓鴣」條：「唐許渾

《聽吹鷓鴣》詩：『金谷歌傳第一流，《鷓鴣》清怨碧雲愁。夜來省得曾聞處，萬里月明湘水流。』《鷓鴣》，笛曲名。」則言聽笛曲而不勝清怨，亦可。

〔三〕衆岫：謂衆山。《爾雅·釋山》：「山有穴曰岫。」賈島《宿山寺》：「衆岫聳寒色，精廬向此分。」

〔四〕平蕪：謂原野。李白《登單父陶少府半月臺》：「秋山入遠海，桑柘羅平蕪。」王琦注：「平蕪，庶草豐茂，遥望平坦若剪者也。」

〔五〕「落日」二句：盛唐詩人王維，爲中國文人畫開創者。《唐朝名畫録》：「王維字摩詰，官至尚書右丞。……山水松石並居妙上品。」貫休《寒望九峰作》：「九朵碧芙蕖，王維圖未圖？」

其二

長江春氣寒〔一〕，客況棹聲間〔二〕。夜泊諸村雨，程迴數郡山〔三〕。桑根垂斷岸，浪沫聚空灣。已去鄰園近〔四〕，隨緣是暫還〔五〕。

【校箋】

〔一〕長江：綿長的江流。王勃《山中》：「長江悲已滯，萬里念將歸。」

〔二〕棹聲：摇櫓聲，船槳聲。張籍《泗水行》：「城邊漁市人早行，水烟漠漠多棹聲。」

〔三〕程迴：謂水路迂曲。

〔四〕去：相距。鄰園：謂故園相鄰近處。

〔五〕隨緣：隨順因緣而定行止，不加勉强。寒山詩：「布裘擁質隨緣過，豈羨人間巧樣模。」

送遷客〔一〕

天涯即愛州〔二〕，謫去莫多愁。若似承恩好，何如佞主休〔三〕！瘴昏銅柱黑〔四〕，草赤火山秋〔五〕。應想堯陰下〔六〕，當時獬豸頭〔七〕。

【校箋】

〔一〕遷客：貶謫之官員。江淹《恨賦》：「遷客海上，流戍隴陰。」李白《與史郎中欽聽黄鶴樓上吹笛》：「一爲遷客去長沙，西望長安不見家。」本篇當爲唐亡以前之作，然寫作時地均無考。

〔二〕愛州：治所在今越南清化省清化。《元和郡縣圖志·嶺南道》：「秦象郡地也，漢元鼎六年平南越，置九真郡。……梁武帝於郡理置愛州，隋大業三年改爲九真郡。武德五年，……罷郡復爲愛州。」

〔三〕佞，汲、《全詩》作「傍」。《全詩》注：「一作佞。」「若似」二句：若似，若以。似，讀爲「以」，古以、似通用。佞主，巧言諂媚君主。休，助詞，猶耳、罷。二句讚其諍言逆主而遭貶。

〔四〕銅柱：後漢伏波將軍馬援南擊交阯，立銅柱以表漢界。《南史·夷貊下》：「林邑本漢日南郡象林縣，古越裳界也。伏波將軍馬援開南境，置此縣……馬援所植二銅柱，表漢家界處也。」曹學佺《名勝志》：「在欽州（今廣西欽州市）西南二百里，與交趾分界。」杜甫《諸將五首》其四：「迴首扶桑銅柱標，冥冥氛祲未全銷。」

〔五〕火山：劉恂《嶺表録異》卷中：「梧州對岸西火山，山下有澄潭，水深無極，其火每三五夜一見於山頂。」

〔六〕陰，《全詩》注：「一作階。」作「階」亦通。案「陰」爲日影，《吕氏春秋·察今》：「故審堂下之陰，而知日月之行。」堯陰下猶「堯日下」也。陳子昂《同旻上人傷壽安傅少府》：「疇昔逢堯日，衣冠仕漢辰。」堯階，傳説帝堯宫室之階陛，借指朝廷有德之君。《初學記》卷九引《墨子》曰：「堯堂高三尺，土階三等，茅茨不翦，采椽不斲。」賀知章《奉和御製春臺望》：「荆臨章觀趙叢臺，何如堯階將禹室。」貫休《送張拾遺赴施州司户》：「社稷安危在直言，須歷堯階撾諫鼓。」

〔七〕獬豸：傳説中的異獸。《文選·司馬相如·上林賦》「弄獬豸」注引張揖曰：「獬豸，似鹿而一角。人君刑罰得中，則生於朝廷，主觸不直者。」李華《詠史十一首》其一：「昂藏獬豸獸，出自太平年。」案古代御史大夫等執法官戴獬豸冠，故亦以獬豸指稱御史臺官員。此「獬豸頭」猶言「御史班頭」，或此遷客在前朝曾居御史臺主官。

題中上人院〔一〕

高房占境幽，講退即冥搜〔二〕。欠鶴同支遁〔三〕，多詩似惠休〔四〕。瓶澄孤井浪，案白小窗秋。莫道歸山字〔五〕，朝賢日獻酬〔六〕。

【校箋】

〔一〕中上人：疑即僧虚中，詳見卷三《謝虚中上人寄示題天策閣詩》注〔一〕。《唐才子傳》載，虚中「遊瀟湘，與齊己、尚顔、栖蟾爲詩友，住湘西栗城寺」。《十國春秋》作「住湘西栗成寺」。《詩話總龜》卷一〇、《錦繡萬花谷》後集卷三三引《郡閣雅談》作「住湘江西宗成寺」。據考證，唐宗成寺今在潭州（長沙）城外。「中上人院」或指此。案史載開平四年六月，楚王馬殷開天策府，虚中入天策府當在此時，齊己與之酬唱諸詩，均約作於此時前後。

〔二〕講退：宣講佛典完畢，從講席上退下。冥搜：搜尋幽勝。孫綽《遊天台山賦序》「遠寄冥搜」，李善注：「搜訪幽冥也。」李白《越中秋懷》：「愛此從冥搜，永懷臨湍遊。」亦指詩文創作中冥思苦想的心理狀態。高適《陪竇侍御靈雲南亭宴詩》：「連唱波瀾動，冥搜物象開。」韋應物《李博士弟枉詩見問直書鄙懷聊以爲答》：「冥搜企前哲，逸句陳往蹟。」

〔三〕欠：《集韻·驗韻》：「欠，不足也。」欠缺之義。支遁：字道林，東晉高僧，曾在剡縣沃州小嶺立寺行道，僧衆聞風從之。他開創玄儒結合，尤爲士林所重。《世説新語·德行》：「支公好鶴，住剡東岇山。有人遺其雙鶴。少時翅長欲飛，支意惜之，乃鎩其翮。鶴軒翥不復能飛，乃反顧翅垂頭，視之如有懊喪意。林曰：『既有凌霄之姿，何肯爲人作耳目近玩！』養令翮成，置使飛去。」此贊中上人，謂其高風同於支遁，惟欠養鶴耳。

〔四〕詩，原作「時」，據柳、汲、《全詩》改。惠休：南朝宋僧。《宋書·徐湛之傳》：「時有沙門釋惠休，善屬文，辭采綺豔，湛之與之甚厚。世祖命使還俗，本姓湯，位至揚州從事史。」《隋書·經籍志》録「湯惠休集三卷」，今不存。逯欽立《先秦漢魏晉南北朝詩》録存其詩十一首。

〔五〕「歸山字」，宜作「歸山寺」。釋護國《題王班水亭》：「待月歸山寺，彈琴坐暝齋。」

〔六〕「朝賢」句：《唐才子傳》「廖圖」條：「廖圖字贊禹，……文學博贍，爲時輩所服。湖南馬氏辟致幕下，奏授天策府學士，與同時劉昭禹、李弘皋、徐仲雅、蔡昆、韋鼎、釋虚中俱以文藻知名，賡倡迭和。」同書「虚中」條載：「司空圖得虚中所寄詩，大喜言懷云：『十年華嶽山前住，只得虚中一首詩。』其見重如此。」本集卷三有《謝虚中上人寄示題天策閣詩》，可知其與天策府學士多所酬唱，是所謂「朝賢獻酬」也。

逢鄉友〔一〕

無況來江島〔二〕，逢君話滯留〔三〕。生緣同一國，相識共他州〔四〕。竹影斜青蘚，茶香在白甌〔五〕。猶憐心道合〔六〕，多事亦冥搜。

【校箋】

〔一〕據卷六《孫支使來借詩集因有謝》：「相尋江島上，共看夏雲根。」「江島」蓋稱江陵。本篇疑爲初滯江陵時遇湘中故友之作。

〔二〕無況：此謂境況不佳，生事不順。「況」爲景況之義。羅隱《秋霽後》：「蠅蚊漸無況，日晚自相親。」案況又有「匹擬」「比況」之義，無況謂無匹、勿予比況。李渤《喜弟淑再至爲長歌》：「近來詩思殊無況，苦被時流不相放。」杜荀鶴《感春》：「無況青雲有恨身，眼前花似夢中春。」是其義。

〔三〕君，原作「居」，據汲、馮、《全詩》改。

〔四〕「生緣」二句：一國謂楚湘，他州謂異鄉，對舉以見義。

〔五〕甌，原作「鷗」，據汲、馮、《全詩》改。甌，杯碗類陶瓷飲具也。李頎《貽張旭》：「荷葉裹江魚，白甌貯香秔。」

〔六〕心道合：心相見、道相通，情志吻合。白居易《爲人上宰相書》：「心道之相得也，則貴者不知其貴也，賤者不知其賤也，當其冥同訢合之際，但暓然而已矣。」

自勉〔一〕

試算平生事，中年欠五年〔二〕。知非未落後〔三〕，讀《易》尚加前〔四〕。分受詩魔役〔五〕，寧容俗態牽？閒吟見秋水，數隻釣魚舡〔六〕。

【校箋】

〔一〕詩言「中年欠五年」、「知非未落後」，蓋四十五歲左右作。繫開平元年（九〇七），時居長沙道林寺。

〔二〕中年：此指五十歲。《晉書·王羲之傳》：「中年以來，傷于哀樂。」

〔三〕知非：語本《淮南子·原道訓》：「故蘧伯玉年五十而知四十九年非。」後因作爲五十歲之代稱。此謂省悟往日之錯誤。

〔四〕加前：超過以前，謂更加努力也。《論語·述而》：「子曰：加我數年，五十以學《易》，可以無大過矣。」按，《禮記・檀弓上》：「獻子加於人一等矣。」鄭玄注：「加，猶踰也。」

〔五〕分：該當。見《詩辭曲語詞匯釋》卷四。元稹《獻滎陽公詩》：「瓦礫難追琢，芻蕘分棄捐。」詩魔：强烈的詩興，見前《嘗茶》注〔五〕。

〔六〕「閒吟」二句：秋水漁舡，隱者雅致。蓋道林寺在湘江畔，故有此語。白居易《舟中晚起》：「日高猶掩水窗眠，枕簟清涼八月天。泊處或依沽酒店，宿時多伴釣魚船。退身江海應無用，憂國朝廷自有賢。」

寄詩友〔一〕

天地有萬物，盡應輸苦心〔二〕。他人雖欲解，此道柰何深〔三〕。返朴遺時態〔四〕，關門度歲陰〔五〕。相思去秋夕，共對冷燈吟〔六〕。

【校箋】

〔一〕據編次，本篇當與前後兩詩爲同時之作；言「度歲陰」、「相思去秋」，當繫天祐四年春。

〔二〕輸苦心：竭盡苦心。輸，盡也，獻出也。此言詩道，首聯謂對天地萬物均應苦心吟味。

〔三〕「此道」句：「奈何此道深」之倒裝。謂詩道幽深，他人能解否？

〔四〕「返朴」句：言詩當反朴歸真，擯棄時俗之風貌。《老子道德經·反朴》：「爲天下谷，常德乃足，復歸於朴。」河上公注：「復當歸身於質朴，不復爲文飾。」案朴亦作樸。王弼注：「樸，真也。」薛能《昇平樂》其十：「文章惟反朴，戈甲盡生塵。」

〔五〕門，底本原作「河」。書倉本同，諸本作「門」，意勝，據改。歲陰：古代稱歲星（太歲）爲歲陰，太歲十二年一周天，以其所在方位紀年。又干支紀年之十二支亦稱「歲陰」，以其合十二周天之數也。這裏猶言年歲、歲月。江淹《赤亭渚》：「坐識物序晏，卧視歲陰空。」張九齡《秋晚登樓望南江入始興郡路》：「歲陰向晼晚，日夕空屏營。」

〔六〕「相思」二句：此憶往年相對吟詩情景。

居道林寺書懷〔一〕

花落水喧喧，端居信晝昏〔二〕。誰來看山寺？自要掃松門〔三〕。是事皆能諱〔四〕，唯詩未懶言。傳聞好時世〔五〕，亦欲背啼猿〔六〕。

【校箋】

〔一〕詩人於天祐三年（九〇六）秋末入居長沙道林寺，據「花落」、「自要掃松門」、「是事皆能諱」等語，本篇當作於初入道林之天祐四年暮春。道林寺，《湖廣通志》：「道林寺，在嶽麓山下，距善化縣八里。寺有四絶堂，保大中馬氏建。……唐馬燧作清修精舍，名曰道林。杜甫《嶽麓山道林二寺行》：『玉泉之南麓山殊，道林林壑争盤紆。』」

〔二〕昏，底本脱，書倉本同，據諸本補。端居：平居，平常居處。隋許善心《奉和賜詩》：「正始振皇風，端居留眷想。」信：任隨。晝昏：猶言日夜。朱宿《宿慧山寺》：「機閑任晝昏，慮澹知生滅。」

〔三〕自要：自須也，「要」讀去聲。此知其入籍道林身份爲掌職清掃之執役僧，屬寺廟僧衆之最低等級。

〔四〕諱：《廣雅·釋詁三》：「諱，避也。」

〔五〕「傳聞」句：天祐三年朱全忠加緊行廢立，四年三月全忠稱帝，改元開平，國號大梁。是時惟河東、鳳翔、淮南稱天祐，西川稱天復年號，餘皆禀梁正朔，稱臣奉貢。四月辛未，梁封湖南馬殷爲楚王。「傳聞好時世」或指此。

〔六〕啼猿：《水經注·江水注》：「每至晴初霜旦，林寒澗肅，常有高猿長嘯，屬引淒異，空谷傳響，哀轉久絶。故漁者歌曰：巴東三峽巫峽長，猿鳴三聲淚霑裳。」聞猿生悲，常情也。此反用之，欲背啼猿，求勿悲也；中情之悲，究從何來乎？杜甫《寄岳州賈司馬六丈巴州嚴八使君兩閣老五十韻》：「衡岳啼猿裏，巴州鳥道邊。」

經吴平觀〔一〕

中元齋醮後〔二〕，殘燼滿空壇〔三〕。老鶴心何待〔四〕？尊師鬓已乾〔五〕。幡燈古殿夜，霜霰大椿寒〔六〕。誰見長生路？人間事萬端〔七〕。

【校箋】

〔一〕吴平觀：道觀名。本篇述詩人中元之夜過觀所見所感。據尾聯「人間事萬端」，即前篇《居道林寺書懷》嘲諷「好時世」之意，感世亂也。亦繫天祐、開平廢立之際。時齊己在長沙，則吴平爲長沙之道觀也。

〔二〕中元：指農曆七月十五日中元節，道觀於此日設齋壇、做法事祭祀祈禱神仙，稱作「齋醮」。《歲華紀麗·中元》：「道門寶蓋，獻在中元。」案《陔餘叢考》云：「以正月、七月、十月之望爲三元日，則自元魏始。」王建《宫詞一百首》：「燈前飛入玉階蟲，未卧常聞半夜鐘。看着中元齋日到，自盤金線繡真容。」

〔三〕殘，原作「錢」，據《全詩》、《百家》改。殘燼：燃燒祭品所留灰燼。

〔四〕鶴心：如仙鶴之心地，悠閒高遠、無所牽繫。此以老鶴暗指道士也。杜甫《遣興五首》其一：

「蟄龍三冬卧，老鶴萬里心。」孟郊《送李尊師玄》：「松骨輕自飛，鶴心高不群。」

〔五〕尊師：對道士之敬稱。王昌齡《武陵開元觀黄煉師院》：「松間白髮黄尊師，童子燒香禹步時。」鬢已乾：言身已老，雙鬢乾枯。杜甫《暮春題瀼西新賃草屋五首》其三：「身世雙蓬鬢，乾坤一草亭。」

〔六〕「幡燈」二句：幡燈古殿，霜霰大椿，眼前之景。大椿，典出《莊子・逍遥遊》：「上古有大椿者，以八千歲爲春，八千歲爲秋。」此以大椿美言觀中古樹。

〔七〕「誰見」二句：結句以世道不寧、難覓長生爲意。鮑溶《周先生畫洞庭歌》：「疑君如有長生路，玉壺先生在何處？」羅隱《酬章處士見寄》：「中原甲馬未曾安，今日逢君事萬端。」

劍　客〔一〕

拔劍遶殘樽，歌終便出門〔二〕。西風滿天雪，何處報人恩？勇死尋常事，輕讐不足論〔三〕。翻言易水上，細碎動離魂〔四〕。

【校箋】

〔一〕劍客：精於劍術的人，多指受人恩惠而輕生重義、勇於急人之難者。《漢書・東方朔傳》：「郡國狗馬、蹵鞠、劍客輻湊。」又《朱雲傳》：「少時通輕俠，借（助也）客報仇。」所謂「輕俠」、「俠客」、「劍客」其意往往相通。案詩言「情思灌注」者，疑指朱梁篡唐事，寄意於劍客以抒憤。當亦作於天祐開平之際。

〔二〕「歌終」句：借用荆軻入秦事。《史記·刺客列傳》：「太子及賓客知其事者，皆白衣冠以送之。至易水之上，既祖，取道，高漸離擊筑，荆軻和而歌，爲變徵之聲，士皆垂淚涕泣。又前而歌曰：『風蕭蕭兮易水寒，壯士一去兮不復還！』復爲羽聲忼慨，士皆瞋目，髮盡上指冠。於是荆軻就車而去，終已不顧。」

〔三〕「勇死」二句：此二句互文見義，言勇死、輕讎皆凡人之舉不足稱。勇死：勇於赴死，不怕死。尋常：平常、普通。輕讎：輕言復仇，輕視殺人復仇之舉動。不足論：不足稱道。

〔四〕「翻言」二句：以今人反襯古之劍客，以此稱贊荆軻之功業。言，諸本作「嫌」，意遜。翻言：反而説。細碎離魂：謂易水之别乃瑣細之離情耳。

白　髮〔一〕

莫染亦莫鑷〔二〕，任從伊滿頭。白雖無柰藥〔三〕，黑也不禁秋〔四〕。静枕聽蟬卧，閒垂看水流〔五〕。浮生未達此〔六〕，多爲爾爲愁〔七〕。

【校箋】

〔一〕據詩意及本卷編次，疑亦作於居道林寺四五十歲期間。

〔二〕鑷：用鑷子拔。李白《秋日鍊藥院鑷白髮贈元六兄林宗》：「長吁望青雲，鑷白坐相看。秋顏入曉鏡，壯髮凋危冠。」

〔三〕柰，柳、汲、明抄、《全詩》作「耐」。柰、耐均通假作「奈」，奈何之義。杜甫《七月三日有詩戲呈元二十一曹長》：「亭午減汗流，比鄰耐人聒。」

〔四〕不禁秋：經受不住歲月（流逝）。韋莊《避地越中作》：「傷心潘騎省，華髮不禁秋。」禁，讀平聲。

〔五〕垂：謂任白髮長垂。鄭谷《釣翁》：「閒垂兩鬢任如鶴，只把一竿時釣魚。」

〔六〕浮生：虛浮不定之人生。語本《莊子·刻意》：「其生若浮，其死若休。」郭象注：「生浮死休，汎然無所惜也。」成玄英疏：「夫聖人動静無心，死生一貫，故其生也如浮漚之暫起，變化俄然；其死也若疲勞休息，曾無繫戀也。」鮑照《擬青青陵上栢》：「浮生旅昭世，空事歎華年。」

〔七〕多爲：多謂。爲，認爲、以爲。意謂未能通達人生變化之理者，往往認爲白髮因愁而生。

秋興寄胤公〔一〕

風聲吹竹健，凉氣着身輕。誰有閑心去〔二〕，江邊看水行。村遥紅樹遠，野濶白煙平。試裂芭蕉片〔三〕，題詩問竺卿〔四〕。

【校箋】

〔一〕胤，底本訛作「徿」，據柳、汲、《全詩》改。《全詩》注：「一作徹。」恐非。蓋「徿」非「徹」也。胤公：無考。本集卷八另有《送胤公歸閩》詩，長興二年冬作，本篇疑爲同時前後之詩，姑繫長興二年秋。秋興：對秋景即興爲詩。潘岳《秋興賦序》：「於時秋也，故以秋興命篇。」案本集卷六《早秋寄友生》：「雨多殘暑歇，蟬急暮風清。誰有閒心去，江邊看水行。河遥紅蓼簇，野闊白煙平。試折秋蓮葉，題詩寄竺卿。」意境全同，文辭略異，齊己詩瑜中之瑕也。

〔二〕心，原作「雲」，據柳、汲、《全詩》改。閑心，釋皎然《七言題周諫別業》：「昂藏獨鶴閑心遠，寂歷秋花野意多。」誰有，蓋自爲問答，謂己有也。

〔三〕裂芭蕉：剪取芭蕉葉以題詩也。釋皎然《五言贈融上人》：「芭蕉一片葉，書取寄吾師。」

〔四〕竺卿：僧人之敬稱。貫休《經棲白舊院二首》其一：「竺卿何處去，觸目盡淒涼。」

野步〔一〕

城裏無閒處，却尋城外行。田園經雨水，鄉國憶桑耕〔二〕。傍澗蕨薇老〔三〕，隔村岡壠橫〔四〕。

何窮此心興，時復鷓鴣聲〔五〕。

【校箋】

〔一〕野步：漫步於郊野。庾信有《野步》詩。據城裏、城外、鄉國等語，詩當作於居長沙期間，言蕨薇老，時則暮春矣。

〔二〕鄉國：故鄉。王績《遊北山賦》：「望烟火於桑梓，辨溝塍於鄉國。」桑耕：薛能《送浙東王大夫》：「察應均賦斂，逃必復桑耕。」

〔三〕蕨薇：兩種野菜名。《詩·小雅·四月》：「山有蕨薇，隰有杞桋。」古代用於宗廟祭祀。

〔四〕岡壠：山岡土丘。亦作「崗隴」。李白《宿鰕湖》：「明晨大樓去，崗隴多屈伏。」

〔五〕鷓鴣聲：思歸也。劉禹錫《酬朗州崔員外與任十四兄侍御》：「昔日居鄰招屈亭，楓林橘樹鷓鴣聲。」參前《南歸舟中二首》其一注〔二〕。

殘　春

三月看無也，芳時此可嗟〔一〕。園林欲向夕，風雨更吹花。影亂銜人蝶，聲繁遶塹蛙〔二〕。那堪傍楊柳，飛絮滿鄰家。

【校箋】

〔一〕芳時：花開時節。張九齡《高齋閒望言懷》：「坐惜芳時歇，胡然久滯留。」與前篇《野步》爲同時之作。

〔三〕「影亂」二句：即「衝人蝶影亂，遶塹蛙聲繁」之倒裝。駱賓王《夏日遊德州贈高四》：「鳥聲流迥簿，蝶影亂芳叢。」韋莊《三堂東湖作》：「何處最添詩客興，黄昏煙雨亂蛙聲。」

酬尚顔〔一〕

取盡風騷妙〔二〕，名高身倍閑〔三〕。久離王者闕〔四〕，欲向祖師山〔五〕。幕府秋招去〔六〕，溪鄰日望還〔七〕。伊余豈訓敵？來往踏苔斑〔八〕。

【校箋】

〔一〕尚顔：唐末詩僧，俗姓薛，字茂聖，汾州（今山西汾陽）人，詩人薛能族人。出家荆門，工五言詩。《唐才子傳》謂其在荆南與鄭準「多所酬贈」，虚中「來遊瀟湘，與齊己、尚顔、棲蟾爲詩友」。吴融《寄尚顔師》讚其：「到闕不求紫，歸山祇愛詩。」裴説《寄僧尚顔》稱其：「曾居五老峰（廬山），所得共誰同。才大天全與，吟精楚欲空。」曾訪陳陶於鍾陵（南昌）西山。《文苑英華》卷七百十四存顔蕘光化三年（九〇〇）孟夏作《顔上人集序》及李詞所作《序》兩篇，謂「其五言、七字詩凡四百篇」，今存詩集一卷（見《唐五十家小集》），《全唐詩》録詩三十四首。詩言「幕府秋招去」蓋謂尚顔與虚中等入馬楚天策府也，是約作於開平四年。

〔二〕風騷：本指《詩經·國風》與《楚辭·離騷》。唐人以「風騷」爲詩歌創作之典範。盧照鄰《南陽公集序》：「妙諧鐘律，體會風騷。」杜甫《夜聽許十一誦詩愛而有作》：「陶謝不枝梧，風騷共推激。」高適《同觀陳十六史興碑》：「永懷掩風騷，千載常矻矻。」

〔三〕身倍閑：不以高名累身也。釋皎然《七言山居示靈澈上人》：「身閑始覺隳名是，心了方知苦行非。」

〔四〕王者闕：指京城或宫庭。據《唐才子傳校箋》，尚顔光化（光化元年，八九八）前入京，爲文章供奉，賜紫。

〔五〕祖師山：釋氏稱其創立宗派之人曰祖師。禪宗立西天二十八祖、東土六祖。此謂祖師所居之山林，疑指達摩化身之地或六祖曹溪寶林寺。釋皎然《五言奉酬于中丞使君郡齋卧病見示》：「宿昔祖師教，了空無不可。」

〔六〕幕府：泛指地方軍政長吏之府署。庾信《奉報寄洛州》：「幕府風雲氣，軍門關塞人。」此指馬楚幕，蓋尚顔當與虚中同入天策府也。

〔七〕溪鄰：詩人自稱也。本集卷九《聞尚顔上人翃居有寄》：「麓山南面橘洲西，别構新齋與竹齊。

野客已聞將鶴贈，江僧未説有詩題。」《唐才子傳校箋·補正》：「尚顔所創之居當在潭州（今湖南長沙）。麓山即嶽麓山。」

〔八〕「伊余」二句：伊余，自我。《詩·邶風·谷風》：「不念昔者，伊余來塈。」孔疏：「伊，辭也。」案即語助詞，無義。詶敵，匹敵，匹配。尾聯謙言己詩不敵，故「來往」討教吟味，自愧不如也。

苦熱〔一〕

雲勢險於峰〔二〕，金流斷竹風〔三〕。萬方應望雨，片景欲焚空〔四〕。毒害芙蓉死〔五〕，煩蒸瀑布紅〔六〕。恩多是團扇，出入畫屏中〔七〕。

【校箋】

〔一〕據編次，本篇疑爲居道林寺期間，盛夏苦熱之作。

〔二〕雲勢：空中雲彩的形態氣勢。白居易《喜雨》：「西北油然雲勢濃，須臾霶沛雨飄空。」

〔三〕金流：金屬熔化，形容酷熱。《莊子·逍遥遊》：「大旱金石流土山焦而不熱。」宋玉《招魂》：「十日代出，流金鑠石些。」竹風：風吹竹動。杜甫《遠遊》：「竹風連野色，江沫擁春沙。」

〔四〕景：《廣韻·梗韻》：「景，光也。」謂日光。

〔五〕毒害：猶傷害。《廣韻·沃韻》：「毒，害也。」杜甫《夏夜嘆》：「永日不可暮，炎蒸毒我腸。」

〔六〕煩蒸：悶熱。李德林《夏日》：「夏景多煩蒸，山水暫追涼。」

〔七〕「恩多」二句：團扇，圓形有柄的扇，此泛言扇子。班婕妤《怨歌行》：「裁爲合歡扇，團團似明月。出入君懷袖，動摇微風發。」案畫扇作扇面書畫爲古代文人雅士之好尚，故有「出入畫屏」之語。言摇動畫扇，涼風徐來，竟如出入畫屏之清爽。李白佚句《題竇圌（音纏）山》：「樵夫與耕者，出入畫屏中。」

送歐陽秀才赴舉〔一〕

莫疑空手去，無援取高科〔二〕。直是文章好，争如德行多〔三〕。煙霄心一寸〔四〕，霜雪路千坡。稱意東歸後，交親那喜何〔五〕！

【校箋】

〔一〕歐陽秀才：未詳。本集卷十另有《酬歐陽秀才卷》。案會昌詩人劉威，楚人，有與歐陽秀才酬唱之作三首，年代稍早，待考。

〔二〕援，原作「拔」，據柳、汲、《全詩》改。無援：指在舉場無知遇、薦拔之人。韓愈《與汝州盧郎中論薦侯喜狀》：「家貧親老，無援於朝；在舉場十餘年，竟無知遇。」杜荀鶴《下第寄池州鄭員外》：「未必有詩堪諷誦，祇憐無援過吹噓。」取高科：謂科舉高中。釋皎然《送穆寂赴舉》：「春府搜才日，高科得一人。」

〔三〕「直是」二句：直是，猶「即使」。《詩詞曲語辭匯釋》卷一：「假定之辭。凡文筆作開合之勢者，往往用直字以埶起。」本聯「直是」、「争如」即所謂「文筆作開合之勢者」。争如，怎如也。

〔四〕煙霄：猶雲霄，此喻科舉高中直入天庭。寒山詩：「戲入煙霄裏，宿歸沙岸湄。」李白《早秋贈裴十七仲堪》：「明主儻見收，煙霄路非賒。」心一寸：寸心。舊謂心之大小在方寸之間也。杜甫《鄭駙馬池臺喜遇鄭廣文同飲》：「白髮千莖雪，丹心一寸灰。」

〔五〕交親：親朋好友。盧照鄰《悲今日》：「高枕箕潁，長揖交親。」那喜何：猶「奈喜何」。《經傳釋詞》卷六：「那者，奈之轉也。」奈喜何即喜之奈何，謂極度歡喜。

放鷺鷥〔一〕

潔白雖堪愛，腥膻不那何〔二〕！到頭從所欲，還汝舊滄波〔三〕。

【校箋】

〔一〕放鷺鷥：放生鷺鷥。贖取被捕之魚、鳥等禽畜，再放於池沼山野，稱爲放生。《列子·説符》已有「正旦放生」的記載，佛教尤倡揚以慈心行放生之業，並舉行放生法會等儀式。鷺鷥：水禽，通體潔白，長毛如絲。據本卷詩編次，疑亦居道林寺時詩。

〔二〕不那何：無奈何。李商隱《別薛巖賓》：「別離真不那，風物正相仍。」

〔三〕「到頭」二句：到頭，時間副詞，猶「畢竟」，終究也。見《詩詞曲語辭匯釋》、《廣釋詞》。晉樂府《青驄白馬》：「汝忽千里去無常，願得到頭還故鄉。」「所欲」謂水禽之本性也，故下句言「還汝舊滄波」，謂還歸江湖也。李中《放鷺鷥》云：「池塘多謝久淹留，長得霜翎放自由。好去蒹葭深處宿，月明應認舊江秋。」可參。

謝王秀才見示詩卷〔一〕

誰見少年心，低摧向苦吟〔二〕。搜須離影響，得必洞精深〔三〕。道院春苔徑，僧樓夏竹林。
天如愛才子，何慮未知音〔四〕？

【校箋】

〔一〕王秀才：本集與王秀才酬答詩共五篇（分見卷一、三、四、六），情好頗深。案五代詩人李中，九江人，生活年代稍後於齊己，宦南唐，仕歷未出江南地（詳《唐才子傳校箋》），其集中有《書王秀才壁》、《依韻和蠡澤王去微秀才見寄》詩。蠡澤，今江西鄱陽湖北部。齊己詩言「誰見少年心」，「天如愛才子」，乃勖勉後輩口氣，李中《書壁》詩云：「前賢多晚達，莫歎有霜鬚。」則鬚髮微斑矣。王秀才或爲一人，則名去微，江西彭蠡人。據卷四《酬王秀才》詩，知詩人與王秀才相交在唐室滅亡、五代初戰亂之際，秀才因亂離遠遊入湘。姑繫與王秀才交往諸詩於開平年間。

〔二〕低摧：俯首低眉，不得意之貌。柳宗元《閔生賦》：「心沈抑以不舒兮，形低摧而自愍。」向：猶「愛」，偏愛之義。參《詩詞曲語辭匯釋》卷三。

〔三〕搜，原作「後」，據柳、明抄、《百家》改。「搜須」二句：「搜」、「得」對舉，均言詩歌創作。搜謂冥搜，構思也。得謂所獲，意象也。影響：猶模仿，謂竊取他人之「形影聲響」爲己詩。洞謂洞達、明鑒。寒山詩：「廓然神自清，含虛洞玄妙。」

〔四〕「天如」二句：何慮，猶何憂、何懼。未知音，尚未深明詩道。蓋勖勉之也。《文心雕龍·知音》：「音實難知，知實難逢，逢其知音，千載其一乎！」或謂秀才之詩尚未爲人所知，亦通。李中《吉水縣依韻酬華松秀才見寄》：「詩情冷淡知音少，獨喜江皋得見君。」

送徐秀才之吳〔一〕

吳都霸道昌〔二〕，才子去觀光。望闕雲天近〔三〕，朝宗水路長〔四〕。海門收片雨〔五〕，建業泊殘陽〔六〕。欲問淮王信，仙都即帝鄉〔七〕。

【校箋】

〔一〕徐秀才：本篇與卷四《送徐秀才遊吳國》當作於同時。後篇有「西江東注急，孤棹若流星」，「此路我曾經」，「好向吳朝看」等語，則送行之地爲江陵，詩當作於龍德元年（九二一）齊己至江陵後，天福二年（九三七）吳主禪位於南唐之前。言「吳都霸道昌，才子去觀光」，又當爲天成二年（九二七）十一月吳王即皇帝位，天成三年六月高季興稱藩於吳之後。姑繫於天成四年（九二九）。

〔二〕吳都：廣陵（江都府），即今江蘇揚州市，此以指吳國。霸道：憑藉武力權勢建國稱王，與「王道」相對。宋余允文《尊孟辯》卷中：「君行王道者，以仁義而安天下也；君行霸道者，以詐力而服天下也。」

〔三〕望闕：仰望宮闕，以喻懷念君王。韋應物《送崔押衙相州》：「望闕應懷戀，遭時應立功。」闕亦指天闕，天上的宫闕。顔延之《爲織女贈牽牛》：「慚無二媛靈，託身侍天闕。」

〔四〕朝宗：朝見帝王。語本《尚書·禹貢》：「江漢朝宗于海。」按，《周禮·春官·大宗伯》：「春見曰朝，夏見曰宗，秋見曰覲，冬見曰遇。」

〔五〕門，柳、明抄、《百家》作「雲」，非。此聯地名爲對，又作「雲」與頷聯犯重。海門：山名，在潤州（今江蘇鎮江市），與北固山夾江相對。《新唐書·五行志》：「（貞元十四年）潤州有黑氣如隄，自海門山横亘江中，與北固山相峙。」劉長卿《京口懷洛陽舊居兼寄廣陵二三知己》：「氣混京口雲，潮吞海門石。」案吴都廣陵，其軍事中心在潤州，而建業（吴金陵府，今南京市）爲六朝故都，詩中參錯對舉，概指吴地。

〔六〕建業：秦置秣陵縣，建安中孫權改名建業，定都。唐爲昇州江寧郡，即今南京市。

〔七〕淮王：指西漢淮南王劉安。爲劉邦之孫，襲封淮南王。曾集賓客編寫《淮南鴻烈》（《淮南子》）。《漢書·藝文志》列爲雜家。武帝初以「謀反」事自殺。《神仙傳·劉安》：「淮南王安好神仙之道，海内方士從其遊者多矣。一旦有八公詣之……取鼎煮藥，使王服之，骨肉近三百餘人同日昇天，雞犬舐藥器者亦同飛去。」唐淮南道治揚州，此借淮南王事稱美江都爲神仙之都也。帝鄉：京城。杜甫《承聞河北諸道節度入朝歡喜口號》其七：「衣冠是日朝天子，草奏何時入帝鄉。」

獨院偶作〔一〕

風篁清一院〔二〕，坐卧潤肌膚。此境終拋去，鄰房肯信無〔三〕？身非王者役，門是祖師徒〔四〕。畢境伊雲鳥，從來我友于〔五〕。

【校箋】

〔一〕獨院：獨立之僧院。徐夤《題僧壁》：「香厨流瀑布，獨院鏁孤峰。」案本集卷二《夏日江寺寄無上人》：「古寺高杉下，炎天獨院深。……大府多才子，閒過在竹林。」卷五《暮春久雨作》：「積雨向春陰，冥冥獨院深。已無花落地，空有竹藏禽。」竹林獨院環境相同，而與居渚宫龍興寺諸作不同。其渚宫作《移竹》詩云：「舊溪千萬竿，風雨夜珊珊。白首來江國，黄金買歲寒。」則此獨院必爲居長沙時。

〔二〕風篁：風吹竹林。謝莊《月賦》：「凉夜自凄，風篁成韻。」

〔三〕鄰房：指同寺相鄰之僧房。本集卷九《寄匡阜諸公二首》其二：「曾寄鄰房掛缾錫，雨聞簷溜解春冰。」

〔四〕王者役：受帝王役使。案僧人自稱不受王者役使，只認本門祖師。《四分律行事鈔資持記·

釋篇聚篇》：「既不入布薩自恣，亦不入王者役使。」（布薩指僧人説戒。）《四分律删補隨機羯磨疏濟緣記》：「僧衆不名出家，復不入王者役使。」

〔五〕「畢境」二句：言惟彼雲中飛鳥乃我友愛兄弟。畢境，當作「畢竟」，究竟，到底。伊，句中助詞。雲鳥，譚用之《貽費道人》：「吟歌雲鳥歸樵谷，卧愛神仙入畫家。」友于，語本《書·君陳》：「惟孝友于兄弟。」後即以稱兄弟友愛，或借指兄弟。杜甫《岳麓山道林二寺行》：「一重一掩吾肺腑，山鳥山花吾友于。」

酬元員外見寄〔一〕

僻巷誰相訪？風籬翠蔓牽〔二〕。《易》中通性命〔三〕，貧裏過流年〔四〕。且有吟情撓〔五〕，都無俗事煎。時聞得新意，多是此忘緣〔六〕。

【校箋】

〔一〕員外：職官名，員外郎之省稱。唐尚書省各部均置員外郎，「謂曹郎本員之外復置郎也」（《唐六典》），位居郎中之下。據本集卷四《酬元員外》：「清洛碧嵩根，寒流白照門。園林經難別，桃李幾株存。衰老江南日，凄涼海上村。閑來曬朱紱，淚滴舊朝恩。」元員外蓋唐朝舊臣，故園在洛陽，唐亡移居江南。又卷二《酬元員外見寄八韻》：「舊隱夢牽仍，歸心只似蒸。」「訪戴情彌切，依劉力不勝。」用王粲荆州依劉表之典，是三詩當作於居荆州初時，約當後梁龍德間。

〔二〕「風籬」句：意謂籬上翠蔓牽風。

〔三〕通性命：通達人性、命運之理。按《易·乾·彖》：「大哉乾元！萬物資始，乃統天。……乾道變化，各正性命。」孔穎達疏：「乾道體无形，自然使物開通謂之爲道。言乾卦之德自然通物，故云乾道也。變謂後來改前，以漸移改，謂之變也；化謂一有一无，忽然而改，謂之爲化。言乾之爲道，使物漸變者，使物卒化者，各能正定物之性命。性者天生之質，若剛柔遲速之别；命者人所稟受，若貴賤夭壽之屬是也。」

〔四〕流年：形容光陰如水流逝，謂歲月也。鮑照《登雲陽九里埭》：「宿心不復歸，流年抱衰疾。」

〔五〕吟情撓：詩興勃發。撓，攪動、湧起。鄭谷《送進士韋序赴舉》：「秋山晚水吟情遠，雪竹風松醉格高。」

〔六〕忘緣：意指忘懷外物之干擾。釋家稱人之心識攀緣於一切之境界爲緣，此借言詩之「新意」，皆自悟得之。隋釋吉藏《十二門論序疏》：「筌我兼忘始可幾乎實矣者，破立並忘緣觀俱寂者，始可近諸法實相。」

寄文秀大師〔一〕

皎然靈一時〔二〕，還有屈於詩〔三〕。世豈無英主，天何惜大師！道終歸正始〔四〕，心莫問多岐〔五〕。覽卷堪驚立，貞風喜未衰〔六〕。

【校箋】

〔一〕文秀：唐末詩僧，曾居長安，以文章應制。與鄭谷善，谷《和秀上人遊南五臺》詩云：「內殿評詩切，身回心未回。」劉兼《寄酬滑州文秀大師》云「孤雲何事在南燕」，則曾遊燕南也（滑州，今豫北滑縣）。今存《端午》詩一首。其事跡見《唐詩紀事》。據詩意，疑作於乾寧四年入華山謁鄭谷問詩之時。所謂「世豈無英主，天何惜大師」，贊大師以文章應制亦贊唐帝，當指昭宗，史稱其龍紀繼位，「有恢復前烈之志，尊禮大臣，夢想賢豪，踐祚之始，中外忻忻焉」。

〔二〕皎然（七二〇—？）：中唐著名詩僧。字清晝，吳興長城（今浙江湖州長興縣）人，自稱爲謝靈運十世孫。今存詩文集十卷，詩學著作《詩式》五卷、《詩評》三卷。兩《唐書》有傳，事跡亦見《宋高僧傳》、《唐詩紀事》、《唐才子傳》。靈一（七二七—七六二）：盛唐詩僧，俗姓吳，廣陵（今江蘇揚州）人。《全唐詩》録存其詩一卷四十二首。事跡見獨孤及《揚州慶雲寺律師一公塔銘并序》、《宋高僧傳》、《唐才子傳》。

〔三〕「還有」句：言於詩道仍有所不足。屈，屈抑，不得伸展。蓋借以讚文秀，即頷聯「天惜大師」之意。鄭谷《寄題詩僧秀公》云：「靈一心傳清塞心，可公吟後楚公吟。近來雅道相親少，唯仰吾師所得深。」

〔四〕道：爲詩之道。正始：正其始。《文選·卜商·毛詩序》：「《周南》、《召南》，正始之道，王化之基。」劉良注：「正始之道，謂正王道之始也。」此謂以《詩經》之二南爲標準。

〔五〕多歧：言創作路徑繁多。語本《列子·説符》「歧路亡羊」之典。

〔六〕貞風：真風，德行純正之風範。陶淵明《讀史述九章·夷齊》：「貞風凌俗，爰感懦夫。」

夏　雨〔一〕

霪霔蔽穹蒼〔二〕，冥濛自一方〔三〕。當時消酷毒，隨處有清涼。著物聲雖暴，滋農潤即長〔四〕。乍紅縈急電〔五〕，微白露殘陽。應禱尤難得〔六〕，經旬甚不妨。吟聽喧竹樹，立見漲池塘。衆類聲休出〔七〕，羣峯色盡藏。頹沲來洞壑〔八〕，汗漫入瀟湘〔九〕。下叶黎甿望〔一〇〕，高袪旱暵光〔一一〕。幽齋飄臥簟，極浦洒歸檣。蘚在階從濕，花衰苑任傷。閑思濟時力，謌詠發衷腸〔一二〕。

【校箋】

〔一〕按詩言「頳淹來洞壑，汗漫入瀟湘」，是詩當作於早年居湘期間。

〔二〕霮䨴：讀若淡對，雙聲連綿詞，濃雲彌天之貌。《文選・王延壽・魯靈光殿賦》：「歇欻幽藹，雲覆霮䨴，洞杳冥兮。」呂延濟注：「霮䨴，繁雲貌。」

〔三〕冥濛：雙聲連綿詞，幽暗不明之貌。江淹《雜體三十首・顏特進侍宴》：「青林結冥濛，丹巘被葱蒨。」

〔四〕滋，原作「玆」，據諸本改。農，底本缺，據諸本補。二句「暴」、「長」對舉，暴謂急驟也，《詩・邶風・終風》：「終風且暴。」毛傳：「暴，疾也。」

〔五〕乍：突然。《古今韻會舉要》引《增韻》：「乍，忽也，猝也。」

〔六〕應禱：《册府元龜》卷三三《崇祭祀》：「開元四年二月甲子，命有司以少牢致祭驪山，仍禁樵採。時大旱，應禱而雨，報之也。」本集卷六《龍潭作》：「應禱雨翻湫。」

〔七〕衆類：萬類，萬物。吴筠《神仙可學論》：「人生天地之中，殊於衆類明矣。」

〔八〕頳，底本原作「頮」，據柳、汲、《全詩》改。頳淹亦作「頳淹」，下洩之水。

〔九〕汗漫：本義爲廣大無邊之貌，出《淮南子・俶真訓》「徙倚於汗漫之宇」，此借指水流汎濫、水波洶湧。杜甫《渼陂行》：「天地黤慘忽異色，波濤萬頃堆琉璃。琉璃汗漫泛舟入，事殊興極憂思集。鼉作鯨吞不復知，惡風白浪何嗟及。」

〔一〇〕叶：同「協」，相合也。黎甿：黎民百姓。

〔一一〕祛：消除。旱暵：乾旱酷熱，旱災。《周禮·春官·女巫》：「旱暵則舞雩。」

〔一二〕衷，原作「哀」，據柳、明抄、《百家》改。

謝興公上人寄山水簇子〔一〕

半幅古潺顔〔二〕，看來心意閑。何須尋鳥道〔三〕？即此出人間。巘暮疑啼狖〔四〕，松深認掩關〔五〕。知君遠相惠，免我憶歸山。

【校箋】

〔一〕興公：未詳。簇子：書畫軸。詩言見山水畫軸而觸發憶歸舊山之情，疑居荆暮年詩，與下篇《酬微上人》爲同一時期之作。

〔二〕潺顔：猶潺湲，水流貌。此蓋指畫中山水。《楚辭·九歌·湘夫人》：「觀流水兮潺湲。」又《别雅》：「孱顔，巉巖也。」司馬相如《大人賦》：「放散畔岸驤以孱顔。」顔師古注：「孱顔，不齊也。」謂山勢參差不齊。李商隱《荆山》：「壓河連華勢孱顔，鳥没雲歸一望間。」爲巉巖高聳險峻之貌。義與巉巖同。

〔三〕鳥道：高山上飛鳥之道。寒山詩：「重巖我卜居，鳥道絶人迹。」

〔四〕巘：《廣韻·獮韻》：「巘，山峰。」狖：《淮南子·覽冥訓》：「猨狖顛蹶而失木枝。」高誘注：「狖，猨屬，長尾而卬鼻。」

〔五〕掩關：即「閉關」，或稱「坐關」。僧人修學方式。封閉於室中或龕内坐禪誦經念佛，以期修證。白居易《秋山》：「何時解塵網，此地來掩關。」

酬微上人〔一〕

古律皆深妙，新吟復造微〔二〕。搜難窮月窟，琢苦盡天機〔三〕。晚檜清蟬咽〔四〕，寒江白鳥飛。他年舊山去，爲子遠携歸〔五〕。

【校箋】

〔一〕微上人：僧貫微。據卷七《韶陽微公》蓋韶州（今廣東韶關市）人，據卷六《寄武陵微上人》詩，知其出家武陵（今湖南常德市）。二人年歲相近，在湘中、荆南，前後多所酬唱。本集中寄貫微詩達九首。其《荆門病中寄懷貫微上人》（卷四）爲天福二年（九三七）之詩，言「他年舊山去，爲子遠携歸」，與《病中寄懷》詩「早晚東歸去，同尋入石門」同一情懷，乃同一時期之作。

〔二〕「古律」二句：「古律」謂古體、律體。「新吟」言新作。二詞字面相對。造微，到達微妙之境。李頎《彈碁歌》：「聯翩百中皆造微，魏文手中不足比。」

〔三〕「搜難」二句：「搜難」謂冥搜構思，「琢苦」言錘煉字句。薛能《折楊柳序》：「能專於詩律，不愛隨人，搜難抉新，誓脱常態。」《鶴林玉露》卷六：「太白贈子美云：『借問因何太瘦生，只爲從前作詩苦。』苦之一辭，譏其困琱鐫也。」月窟、天機，言窮盡天地玄微也。

〔四〕晚檜：猶言晚樹。檜讀若「貴」，松柏科常緑喬木，又稱圓柏，木質堅實幽香。《本草綱目·柏》：「柏葉松身者，檜也。今人名圓柏。」方干《贈詩僧懷静》：「坐夏莓苔合，行禪檜柏深。」

〔五〕舊山：舊居，故鄉。携歸：言携其詩作也。

同光歲送人及第東歸〔一〕

西笑道何光〔二〕？新朝舊桂堂〔三〕。春官如白傅〔四〕，内試似文皇〔五〕。變化龍三十，升騰鳳一行〔六〕。還家幾多興？滿袖月中香〔七〕。

【校箋】

〔一〕同光歲：龍德三年（九二三）夏四月己巳，晉王李存勖即位稱帝，國號大唐，改元同光（九二三—九二六)。此言同光歲，改元之首年也。據《登科記考》：同光元年停舉。而同光四年五科舉人許維岳等一百人進狀言：「同光元年春榜，亦是一十三人。請依此例，以勸進修。」敕：「依同光元年例，永爲常式。」知元年曾放春榜，此及第東歸者即個中人也。

〔二〕西笑：西望帝都而笑。語本《新論・祛蔽》：「關東鄙語曰：人聞長安樂，則出門西向而笑；知肉味美，則對屠門而大嚼。」李白《魯中送二從弟赴舉之西京》：「魯客向西笑，君門若夢中。」後唐都洛陽，此蓋借言之也。

〔三〕「新朝」句：桂堂，折桂之堂，指科考考場。許渾《贈柳璟馮陶二校書》：「桂堂同日盛，芸閣間年榮。」《登科記考》言同光元年春榜「其實爲龍德二年榜也」（案疑當作「龍德三年榜」）。「新朝舊桂堂」指此。蓋本年四月李存勖稱帝，十月滅梁；二月之春榜後梁榜也，後唐（新朝）固未及科考之事。

〔四〕「春官」句：用白居易事。《舊唐書・白居易傳》：「長慶元年三月，受詔與中書舍人王起覆試禮部侍郎錢徽下及第人鄭朗等一十四人。」又《舊唐書・王起傳》：「長慶元年，遷禮部侍郎。其年，錢徽掌貢士，爲朝臣請託，人以爲濫。詔起與同職白居易覆試，覆落者多。」春官，禮部諸官之別稱。禮部主持科舉，此即指「知貢舉」之禮部官員。稱白居易爲「白傅」者，以白居易官至太子少傅故也。

〔五〕內試：科考殿試。文皇：唐太宗謚號。《唐摭言・述進士上篇》：「文皇帝修文偃武，天贊神授，嘗私幸端門，見新進士綴行而出，喜曰：天下英雄入吾彀中矣。」

〔六〕「變化」二句：龍、鳳，美稱及第進士。《類説》引《封氏聞見記》：「燒尾士人：士人初登第，必展歡宴，謂之燒尾。説者云：虎化爲人，惟尾不化，須爲燒去，方得成人。又説新羊入群，諸羊抵觸，不相親附，燒其尾乃定。又説魚躍龍門，化龍時，雷燒其尾，乃化。」龍三十：本年春榜一十三人（見注〔一〕），言三十者，蓋就「春官氏每歲選升進士三十人」（見《唐語林》）泛言，非謂及第三十人也。

〔七〕「滿袖」句：月中香，用月中桂樹典故，言折桂而歸也。鮑溶《送王損之秀才赴舉》：「名在鄉書貢，心期月殿遊。」杜甫《奉和賈至舍人早朝大明宮》：「朝罷香烟携滿袖，詩成珠玉在揮毫。」

寄江居耿處士〔一〕

野癖雖相似，生涯即不同〔二〕。紅霞禪石上，明月釣舡中〔三〕。醉倒蘆花白，吟緣蓼岸紅〔四〕。相思何以寄？吾道本空空〔五〕。

【校箋】

〔一〕耿處士：不詳。較齊己生年略早之。「咸通十哲」喻坦之有《題耿處士林亭》詩：「身向閒中老，生涯本豁然。草堂山水下，漁艇鳥花邊。窺井猨兼鹿，啼林鳥雜蟬。何時人事了，依此亦高眠。」坦之睦州（今浙江建德）人，咸通末落第，還居舊山。兩詩情景相同，或爲一人。耿蓋江南隱者。詩疑爲天復元年遊吴越過睦州期間之作。

〔二〕「野癖」二句：此言同處山水野外之地而生活各異。野癖，癖愛山野之心情。生涯，泛指生活、生計。沈佺期《餞高唐州詢》：「生涯在王事，客鬢各蹉跎。」

〔三〕「紅霞」二句：此聯承上，自言與處士生涯之不同；出句自指，對句處士。禪石，寺院禪林中的石頭。釋皎然《冬日遥和盧使君幼平綦毋居士遊法華寺高頂臨湖亭》：「仍聞撫禪石，爲我久從容。」

〔四〕蓼：水草名。李商隱《越燕二首》其二：「將泥紅蓼岸，得草緑楊村。」朱鶴齡注：「《説文》：蓼，辛菜。薔虞也。《爾雅翼》：蓼有紫、赤、青等種，最大者名蘢，有花。白居易詩：『水蓼冷花紅簇簇。』」

〔五〕空空：「空」爲梵語śūnyatā之意譯，謂一切事物之存在皆由因緣而産生，無自體、非實性。爲大乘佛教的基本教義。空空乃謂一切皆空而不執著於空名與空見。《大般若波羅蜜多經・無動法性品》：「以空空，故空。不應分別是空、是化。何以故？善現！非空性中有空、有化二事可得，以一切法畢竟空故。」張瀛《贈琴棋僧歌》：「我嘗聽師法一説，波上蓮花水中月。不垢不净是色空，無法無空亦無滅。我嘗聽師禪一觀，浪溢鼇頭蟾魄滿。河沙世界盡空空，一寸寒灰冷燈畔。」

病起二首〔一〕

其一

一卧四十日，起來秋氣深。已甘長逝魄〔二〕，還見舊交心。撑柱筇猶重〔三〕，枝梧力未任〔四〕。終將此形陋，歸死故丘林。

【校箋】

〔一〕據本集卷五《荆州新秋病起雜題一十五首》，齊己天福二年（九三七）七十五歲居荆門夏秋時曾患重病，久卧病榻，七月十五始得起離病榻。此言「一卧四十日」、「抱疢闢門久」，當亦此次大病初起之作。

〔二〕「已甘」句：魄，古稱依附人之形體而存在之精神爲魄。《左傳·昭公七年》：「人生始化曰魄。」杜注：「魄，形也。」孔疏：「人之生也，始變化爲形，形之靈者，名之曰魄也。……附形之靈爲魄。」此處以「長逝魄」言久病消滅之精神。劉向《九歎·逢紛》：「身永流而不還兮，魂長逝而常愁。」

〔三〕筇：竹名，宜於製杖，故以泛指手杖。杜甫《送梓州李使君之任》：「老思筇竹杖，冬要錦衾眠。」仇注：「顧凱之《竹譜》：筇竹，高節實中，狀若人，剖爲杖，出南廣筇都縣。《竹記》云：邛州多生竹，俗謂之扶老竹。」

〔四〕枝梧：支持。未任：猶不勝，謂力不足也。白居易《林下閒步寄皇甫庶子》：「扶杖起病初，策馬力未任。」

其二

秋風已傷骨，更帶竹聲吹。抱疢關門久〔一〕，扶羸傍砌時〔二〕。無生即不可〔三〕，有死必相隨。除却歸真覺〔四〕，何由擬免之！

【校箋】

〔一〕疢，諸本均作「疾」。案「疢」讀若「櫬」，《説文》：「熱病也」。《禮記·樂記》：「疾疢不作而無妖祥。」

〔二〕扶羸：支撐病體。白居易《偶詠》：「禦熱蕉衣健，扶羸竹杖輕。」

〔三〕無生：不生不滅，涅槃之真理。觀無生之理則可以破生滅之煩惱。《金光明最勝王經·如來壽品》:「無生是實,生是虚妄,愚癡之人,漂溺生死,如來體實,無有虚妄,名爲涅槃。」拾得詩:「佛捨尊榮樂,爲愍諸癡子。早願悟無生,辦集無上事。」

〔四〕真覺:佛之究竟覺悟。別於菩薩之相似覺、隨分覺,故云真覺。《成唯識論》卷七:「未得真覺,恒處夢中,故佛説爲生死長夜。」

送中觀進公歸巴陵〔一〕

一論破雙空〔二〕,持行大國中〔三〕。不知從此去,何處挫邪宗〔四〕?晝雨懸帆黑,殘陽泊島紅。應游到滄岸,相憶遶茶叢〔五〕。

【校箋】

〔一〕中觀:佛教術語,「三觀」之一:空觀、假觀、中觀。謂觀中諦之理,乃爲觀道之至極。中觀派爲佛教兩大派别之一,係以龍樹《中論》爲基礎,宣揚中道的學派,稱「空宗」。進公:僧人名進,生事不詳。據詩,爲中觀派信徒。巴陵:唐巴陵郡,治巴陵縣,即今湖南岳陽市。詩言「持行大國中」,「應游到滄岸」,範圍不出湖南,當爲居長沙期間之作。

〔二〕一論:指龍樹之《中論》,即中觀論,爲中觀派學説之基礎。其學説破空、破假,進而並破執中之見，主張最徹底之中道。所謂「衆法」以「因緣」而生，無自性，即空；衆法之空是存在認識之中、以言語概念表現出來的，所以説諸法是一種「假名」。對緣起法，不僅要看到無自性（空），而且還要看到假設（假有、即非空）。因其無自性才是假設，因爲是假設才是空。這樣看緣起法，既不著有（實有），也不著空（虛無的空），就「亦是中道義」。「破雙空」即指破「空」與「非空」偏執之見。

〔三〕持行：持戒行道，此指遊方行道。《佛般泥洹經》卷上：「比丘僧皆已知佛所教敕，事師法皆以付諸弟子，弟子但當持行熟學。」大國：原指大諸侯國。《公羊傳·隱公五年》：「諸侯者何？天子三公稱公，其餘大國稱侯。」何休注：「大國謂百里也。」據詩意，此指五代初立國稱王的馬楚政權。

〔四〕邪宗：指違背佛理之異端邪説。又禪宗主張「見性成佛」，即是見到一切衆生普具佛性，而把不以見性爲正法的宗派，叫做邪宗。《大般若波羅蜜多經·初分辯大乘品》：「引妙辯才處衆無畏，摧滅一切外道邪宗。」

〔五〕「應游」二句：㴩，指㴩湖。《岳陽風土記》云：「在州南，春冬水涸，昔人謂之乾湖，《水經》謂之滃湖；秋夏水漲，即渺瀰勝千石舟。」茶叢，指㴩湖茶。參見卷三《謝㴩湖茶》注〔一〕。

齊己詩歌繫年箋注卷第二

寄鄭谷郎中〔一〕

清名喧省閣〔二〕，雅頌出吾唐。叠嶠供秋望，無雲到夕陽〔三〕。自封修藥院〔四〕，别掃著僧牀〔五〕。幾夢中朝事，依依鵷鷺行〔六〕。

【校箋】

〔一〕《全詩》題注：「一作《往襄州謁鄭谷獻詩》。」案鄭谷乾寧四年（八九七）遷都官郎中，「未幾告歸，退隱（袁州）仰山草堂，卒於北巖别墅」（《唐才子傳》卷九）詩題謂「鄭谷郎中」，詩言「名喧省閣」、「夢中朝事」當爲谷退隱後作。案《詩話總龜》前集卷一一引《郡閣雅談》言「僧齊己往袁州謁鄭谷」云云，是《全詩》題注之「襄州」爲「袁州」之訛。齊己袁州謁鄭谷在天復後，而詩言「雅頌出吾唐」，則唐祚未亡，蓋天復三年（九〇三）臘殘之際。

〔二〕閣，汲、明抄、《全詩》作「闥」。案省閣、省闥均指中央政府機構。王琚《奉答燕公》：「友寮同省閣，昆弟接荆州。」張説《送蘇合宫頙》：「振纓遊省闥，鏘玉宰京河。」

〔三〕嶠，汲、《全詩》作「巘」，同義，謂峰巒重疊。「叠嶠」二句，稱道鄭隱袁州仰山也。

〔四〕封：斂藏。江淹《麗色賦》：「鳥封魚斂，河凝海結。」修藥：佛名。《賢劫經·千佛興立品》：「修藥如來所生土地，城名談主，王所治處，其佛光明照四十里。」此修藥院謂供奉修藥佛之寺院。

〔五〕別掃：自掃。別爲「各自」意。着，猶「在」。「自封」、「別掃」，自言僧院度日。

〔六〕依依，《全詩》注：「一作久離。」意遜。「幾夢」二句：此贊鄭居朝庭威儀，憶華州拜謁情事，主客雙收。中朝，朝中，朝庭。鵷鷺行，鵷、鷺飛行有序，借以形容朝官的行列。《隋書·音樂志》：「懷黄綰白，鵷鷺成行。文贊百揆，武鎮四方。」岑參《初至西虢官舍南池呈左右省及南宫諸故人》：「空積犬馬戀，豈思鵷鷺行。」

歸　雁〔一〕

塞門春已暖〔二〕，連影起蘋風〔三〕。雲夢千行去，湘川一夜空〔四〕。江人休舉網〔五〕，虜將又虚弓〔六〕。莫失南來伴，衡陽樹即紅〔七〕。

【校箋】

〔一〕此在湘衡之地見塞雁北歸，當作於居衡嶽期間。繫天復四年（九〇四）春。

〔二〕已，《全詩》注：「一作亦。」塞門：邊關。《文選·顏延之·赭白馬賦》：「簡偉塞門」，李善注：「塞，紫塞也。有關，故曰門。」盧照鄰《紫騮馬》：「塞門風稍急，長城水正寒。」

〔三〕蘋風：拂動蘋草之風，指微風。唐玄宗《同玉真公主過大哥山池》：「桂月先秋冷，蘋風向晚清。」案蘋生淺水中，歸雁起於沼澤，故曰「蘋風」。

〔四〕「雲夢」二句：《全唐詩》卷七百九十六無名氏句作「雲夢幾行去，瀟湘一夜空」，題作「送雁」。湘川，明抄作「瀟湘」，意同。雲夢：古澤藪名，唐代以指荆湘（今湖北湖南）間包括洞庭湖在内的沼澤地區。李頻《湘口送友人》：「去雁遠衝雲夢雪，離人獨上洞庭船。」此二句言雁起「瀟湘（湘川）」歷「雲夢」北去。

〔五〕休，《全詩》注：「一作空。」江人：泛言江河地區之人。舉網：謂張網羅捕禽鳥。

〔六〕虜將：泛指北塞部族將領。虛弓：拉開無箭之弓。案「虛弓」語本《戰國策·楚策》更羸爲魏王引弓虛發而下鳥。此泛指張弓射獵。庾肩吾《九日侍宴樂游苑應令詩》：「騰猨疑矯箭，驚雁避虛弓。」

〔七〕樹即紅：盼其秋日南歸也。杜牧《早雁》：「金河秋半虜弦開，云外驚飛四散哀。……莫厭瀟湘少人處，水多菰米岸莓苔。」此暗用其意。

登大林寺觀白太傅題版〔一〕

九疊蒼崖裏〔二〕，禪家鑿翠開〔三〕。清時誰夢到？白傅獨尋來〔四〕。怪石和僧定〔五〕，閑雲共鶴迴。任兹休去者〔六〕，心是不然灰〔七〕。

【校箋】

〔一〕大林寺：在廬山之西大林峰南。《方輿勝覽·江州》：「大林寺，白居易《遊大林寺記》云：「山高地深，時節絶晚，初到恍若别造一世界者，因成絶句云：『人間四月芳菲盡，山寺桃花始盛開。長恨春歸無覓處，不知春向此中來。』……且曰：『此地實匡廬第一境。』」宋陳舜俞《廬山記·叙山北篇》：「好事者刻白樂天遊大林寺詩并前後序，坎石于屋壁。」白太傅題版指此。本詩與《贈曹松先輩》相次，當作於初次入廬山期間，繫光化四年（天復元年、九〇一）。

〔二〕九疊：《廬山記·總叙山篇》：「其山九疊，川亦九派。」李白《廬山謡寄盧侍御虚舟》：「廬山秀出南斗旁，屏風九疊雲錦張。」

〔三〕鑿翠：謂鑿開蒼翠的山崖。杜甫《九成宫》：「立神扶棟梁，鑿翠開户牖。」

〔四〕「清時」二句：白居易《遊大林寺記》稱：「時元和十二年四月九日」，與友人「凡十七人，自遺愛草堂，歷東、西二林，……登香爐峰，宿大林寺」。清時：太平年代。曹植《送應氏二首》其二：「清時難屢得，嘉會不可常。」

〔五〕和：與也。定：謂禪定。梵語「禪那」之漢譯，意爲「静慮」，指止觀不二或定慧不二的境界。

〔六〕休去：歸休，指退隱於此。劉長卿《賈侍郎自會稽使迴篇什盈卷兼蒙見寄一首與余有掛冠之期因書數事率成十韻》：「柏樹榮新壠，桃源憶故蹊。若能爲休去，行復草萋萋。」

〔七〕不然灰：然同「燃」。典出《史記·韓長孺列傳》：「蒙獄吏田甲辱安國。安國曰：『死灰獨不復然乎？』田甲曰：『然即溺之。』居無何，梁内史缺，漢使使者拜安國爲梁内史，起徒中爲二千石。田甲亡走。安國曰：『甲不就官，我滅而宗。』甲因肉袒謝。安國笑曰：『可溺矣！公等足與治乎？』卒善遇之。」駱賓王《幽縶書情通簡知己》：「莫言韓安國，長作不然灰。」

贈曹松先輩〔一〕

今歲赴春闈〔二〕，達如夫子稀。山中把卷去，牓下注官歸〔三〕。楚月吟前落，江禽酒外飛。閑遊向諸寺，却看白麻衣〔四〕。

【校箋】

〔一〕曹松（八三〇—九〇二）：晚唐詩人，字夢徵，舒州（治今安徽省潛山縣）人。光化四年（九〇一）與王希羽、劉象等五人同登第，年皆七十餘，號「五老榜」，特授校書郎，棄官南歸，至洪州，旋卒。其《己亥歲二首》有句：「憑君莫話封侯事，一將功成萬骨枯。」盛傳於世。案曹松有《鍾陵寒食日與同年郊外閑遊》詩，知其春日在洪州，是則本篇當作於是年（九〇一）春末，齊己時有洪州之遊。本篇當作於是年（九〇一）春夏之際。齊己時有洪州之遊。先輩：對及第進士的敬稱。王維《河南嚴尹弟見宿弊廬訪別人賦十韻》：「爲學輕先輩，何能訪老翁。」趙殿成注：「先輩有三義：一爲尊敬之稱，《國史補》云：『進士互相推敬，謂之先輩』是也；一爲已第之稱，《演繁露》云：『唐世舉人呼已第者爲先輩』是也；一爲先達之稱，《魏志·陶謙傳》注：『郡守張磐，同郡先輩，與謙父友，意殊親之。』……右丞此句當作先達解。」

〔二〕春闈：指科舉考試，唐禮部試士在春季，故稱。白居易《勸酒》：「一朝逸翮乘風勢，金牓高張登上第。春闈未了冬登科，九萬摶風誰與繼。」

〔三〕注官：銓敘官職。任用職官時登録備案稱「注」。《舊唐書·職官志二》：「據其官資，量其注擬。（五品已上，以名上中書門下，聽制授其官。六品已下，量資任定。）」

〔四〕白麻衣：猶「白衣」、「白袍」，唐士子未仕者所服。故以指稱未爲官之士人，或以爲入試士子之代稱。《唐國史補》卷下：「或有朝客譏宋濟曰：『近日白袍子何太紛紛？』濟曰：『蓋由緋袍子、紫袍子紛紛化使然也。』」此「看白麻衣」讚其棄官歸也。

夏日江寺寄無上人〔一〕

講終齋磬罷〔二〕，何處稱真心〔三〕？古寺高杉下，炎天獨院深。燕和江鳥語，牆奪暮花陰。大府多才子〔四〕，閒過在竹林〔五〕。

【校箋】

〔一〕無上人：無考。據詩意，本篇疑爲天祐三年（九〇六）詩人自衡岳入長沙時所作。本集卷一《獨院偶作》云：「風篁清一院，坐卧潤肌膚。此境終抛去。鄰房肯信無？身非王者役，門是祖師徒。畢竟伊雲鳥，從來我友于。」卷五《暮春久雨作》亦云：「積雨向春陰，冥冥獨院深。已無花落地，空有竹藏禽。」蓋初至長沙時所寄居獨立之僧院，位於湘江東，其境與此相仿，疑爲一處。大府才子，即謂馬楚幕府衆多文士。

〔二〕講：謂講經，即當衆宣講、演説佛典之義理、内涵，或作有關佛法之專題演講。齋磬：佛寺中召集僧衆之鳴器。項斯《送宫人入道》：「將敲碧落新齋磬，却進昭陽舊賜箏。」

〔三〕稱真心：猶言「合道心」。「稱」讀若「襯」，相符合也。「真心」亦稱「真實心」，謂真實不妄之心」，言人人本具之佛性也。寒山詩：「欲行菩薩道，忍辱護真心。」

〔四〕大府：指長沙馬殷幕府。宋陶岳《五代史補》卷二曰：「先是湖南尤多詩人，其最顯者有沈彬、廖凝、劉昭禹、尚顔、齊己、虚中之徒。」宋阮閲《詩話總龜》卷四亦云：「廖圖字贊禹，虔州人。文學博贍，爲時輩人所服。湖南馬氏辟幕下，奏天策府學士，與劉（昭）禹、李宏皋、徐仲雅、蔡昆、韋鼎、釋虚中、齊己，俱以文藻知名，更唱迭和。」此亦即卷四《荆門送人自峨嵋遊南岳》所云：「天涯遥夢澤，山衆近長沙。有興多新作，携將大府誇。」

〔五〕過：訪也，讀平聲。竹林：佛寺，此指無上人所在寺。韋應物《寓居灃上精舍寄于張二舍人》：「萬木叢雲出香閣，西連碧澗竹林園。」

夏日梅雨中寄睦公〔一〕

梅月來林寺〔二〕，冥冥各閉門。已應雙屐跡，全沒亂雲根〔三〕。琢句心無味，看經眼亦昏。
何時見晴霽〔四〕，招我凭巖軒〔五〕？

【校箋】

〔一〕梅雨：初夏梅子成熟季節，江淮流域持續陰雨天氣，稱梅雨。《太平御覽》卷九七〇引《風俗通義》：「五月有落梅風，江淮以爲信風。又有霖霪，號爲梅雨，沾衣服皆敗黦。」睦公：僧修睦，見卷一《送東林寺睦公往吴國》注〔一〕。本篇疑與下《臨行題友生壁》《别東林後回寄修睦》爲同時先後之作。案齊己天復元年（九〇一）春夏之際自南昌入廬山，此言「梅月來林寺」，下《臨行題友生壁》云：「山衲宜何處？經行避暑深。……殷勤題壁去，秋早此相尋。」《别東林後回寄修睦》言：「昨夜從香社，辭君出薜蘿。……南朝在天末，此去重經過。」蓋居東林寺過夏，至秋日乃東下吴地是也。是本篇作於天復元年夏。

〔二〕林寺：泛指寺廟。温庭筠《雪二首》其二：「羸驂出更慵，林寺已疏鐘。」此指廬山東林寺。

〔三〕「琢句」二句：此言睦公行跡淹没於雲霧雨氣之中，十字句法。雙履，雙鞋。案古籍中多載神仙化雙履於人間之傳説，若王喬、盧耽、葛洪等，詩文多詠其事，此蓋借以美言睦公行跡。釋皎然《小寒食夜重集康氏園林》：「庭蕪暗積承雙履，林藹雷飛灑幅巾。」雲根：深山雲起處。張協《雜詩》其十：「雲根臨八極，雨足灑四溟。」亦有以雲根稱寺廟者，司空圖《上柏梯寺懷舊僧》：「雲根禪客居，皆説舊吾廬。」此言行跡淹没寺外霖雨中亦通。

〔四〕晴，諸本作「清」，意同。

〔五〕凭巖軒：於山巖之上憑欄遠眺。盧照鄰《懷仙引》：「披碉户，訪巖軒。石瀨潺湲横石徑。」

傷鄭谷郎中〔一〕

鍾陵千首作〔二〕，筆絶亦身終。知落干戈裏，誰家煨燼中〔三〕？吟齋春長蕨〔四〕，釣渚夜鳴鴻。惆悵秋江月，曾招我看同〔五〕。

【校箋】

〔一〕鄭谷卒於開平四年（九一〇）初春，此爲鄭卒後追憶傷痛之作。參見卷一《亂中聞鄭谷吴延保下世》注〔一〕。

〔二〕鍾陵：《元和郡縣圖志·江南道》：「洪州（豫章），今爲江南西道觀察使理所。管州八：洪州，饒州，……袁州，信州，撫州。」鄭谷爲袁州宜春縣人。鍾陵即南昌縣，爲洪州州治，此言「鍾陵千首作」，蓋以地望稱之。鄭谷《雲臺編》自序：「著述近千餘首。」今存《雲臺編》並《外集》四百篇。

〔三〕煨燼：焚燒化爲灰燼。陸龜蒙《奉和襲美二遊詩·徐詩》：「洛陽且煨燼，載籍宜爲煙。」

〔四〕吟齋：猶書齋，作詩吟詠之室。蕨：蕨類植物，猶言「野草」。

〔五〕「惆悵」二句：天祐二年秋，齊己受鄭谷之邀再赴宜春，論詩吟唱之餘，遊仰山，訪僧院，極盡歡欣，尾聯憶此。

臨行題友生壁〔一〕

山衲宜何處〔二〕？經行避暑深〔三〕。峰西多古寺，日午亂松陰。鶴默堪分静，蟬涼解助吟。殷勤題壁去〔四〕，秋早此相尋。

【校箋】

〔一〕生，底本無，據諸本補。友生：朋友。《詩·小雅·常棣》：「雖有兄弟，不如友生。」詩作於天復元年秋離廬山東下時。

〔二〕衲：僧衣。《釋氏要覽·法衣》：「納衣，又名五納衣，謂衣有五種故。……如初度五比丘，白佛當著何等衣，佛言應著納衣。」案「納」同「衲」。此「山衲」猶言「山僧」，著衲衣者。

〔三〕經行：出行。案佛教謂旋繞往返或徑直來回於一定之地爲經行。《妙法蓮華經·序品》：「又見佛子，未嘗睡眠，經行林中，勤求佛道。」義浄《南海寄歸内法傳》卷三：「五天之地，道俗多作經行，直去直來，唯遵一路，隨時適性，勿居閙處，一則痊痾，二能銷食。」徐陵《東陽雙林寺傅大士碑》：「遊巖倚樹，宴坐經行。」寒山詩：「昔日經行處，今復七十年。」

〔四〕題壁：唐人風習，將詩文題寫於牆壁上。《舊唐書・王績傳》：「或經過酒肆，動經數日，往往題壁作詩，多爲好事者諷詠。」孟浩然《秋登張明府海亭》：「染翰聊題壁，傾壺一解顔。」

别東林後回寄修睦〔一〕

昨夜從香社〔二〕，辭君出薜蘿〔三〕。晚來巾舄上〔四〕，已覺俗塵多。遠路縈芳草，遥空共白波。南朝在天末，此去重經過〔五〕。

【校箋】

〔一〕回寄，原作「寄回」，據諸本改。修睦：廬山東林寺僧，詳見卷一《送東林寺睦公往吴國》注〔二〕。天復元年（九〇一）齊己遊洪州、廬山，秋離廬山東遊吴越。詩蓋辭别修睦於東行途中作。

〔二〕香社：即香火社。《舊唐書・白居易傳》：「與香山僧如滿結香火社，每肩輿往來，白衣鳩杖，自稱香山居士。」這裏借晉廬山東林寺高僧慧遠法師結白蓮社典故，言與修睦等在廬山交往酧唱。本集卷四《寄懷江西栖公》：「龍沙爲别日，廬阜得書年。不見來香社，相思遶白蓮。」

〔三〕薜蘿：此指草樹茂密之廬山。參見卷一《將遊嵩華行次荆渚》注〔九〕。

〔四〕巾舄：頭巾和鞋，泛言衣著服飾。常建《夢太白西峰》：「簷楹覆餘翠，巾舄生片雲。」

〔五〕南朝：南北朝時期南朝四朝都城建康城（今南京），亦泛指四朝所在東吴之地（今江蘇浙東一帶）。參見卷一《送東林寺睦公往吴國》注〔三〕。據尾聯，齊己蓋非首次出入吴地。

古　松〔一〕

雷電不敢伐，鱗皴勢萬端〔二〕。蠹依枯節死〔三〕，虵入朽根盤。影浸僧禪濕，聲吹鶴夢寒〔四〕。尋常風雨夜，應有鬼神看〔五〕。

【校箋】

〔一〕本篇疑爲在廬山期間見古松即興之作。

〔二〕伐：《説文·人部》：「伐，擊也。」鱗皴：形容松樹外皮皴裂如鱗片狀。劉禹錫《碧澗寺見元九侍御和展上人詩有三生之句因以和》：「廊下題詩滿壁塵，塔前松樹已鱗皴。」案《詩話總龜》卷二一引「鱗皴勢萬端」作「靈勢蠹萬端」，恐非。

〔三〕蠹，《詩話總龜》引作「蠹」。枯，《詩話總龜》引作「乾」。

〔四〕「影浸」二句：此爲「濕影浸僧禪，寒聲吹鶴夢」之倒裝，想象風雨中古松之形態。鶴夢，司空圖

《與李生論詩書》：「地涼清鶴夢，林静肅僧儀。」

〔五〕鬼神看：謂鬼神護佑。

夏日栖霞寺書懷寄張逸人〔一〕

人中林下現〔二〕，名自有閑忙。建業紅塵熱〔三〕，栖霞白石涼〔四〕。倚身檉几穩〔五〕，洒面瀑流香。不似高齋裏〔六〕，花連竹影長。

【校箋】

〔一〕本篇以下至《題終南山隱者室》九首，柳、明抄、《百家》本編次於下文《送友人遊湘中》篇後、《經費徵君舊居》篇前。栖，汲、《全詩》作「西」。案栖霞亦作「棲霞」，寺在建鄴（即今南京市）。《大明一統志》：「棲霞寺：在攝山，齊時建寺，有隋文帝葬舍利塔，後有天開巖，唐以來名人多有題詠。」又：「攝山在府東北五十五里。」張逸人不詳。逸人，逸民，遁世隱居者。案齊己天復元年秋離廬山東遊吳越，復返潤州、金陵。本篇當爲天復三年金陵作。

〔二〕人中：與林下對舉，猶「人間」。徐陵《丹陽上庸路碑》：「五時八會之殊文，天上人中之妙典。」林下：樹林下，借指寺院或僧人，亦指隱居處。此即謂栖霞寺。王維《藍田山石門精舍》：「暝宿長林下，焚香卧瑶席。」

〔三〕熱，柳、明本作「熟」，形近而訛。《石倉歷代詩選》作「滿」，意遜。

〔四〕白石涼：陳陶《竹十一首》其二：「萬枝朝露學瀟湘，杳靄孤亭白石涼。」

〔五〕梩几：梩木几桌，古人坐時憑依之家具。

〔六〕不似：不如。蘇頲《享龍池樂章（第七章）》：「恩魚不似昆明釣，瑞鶴長如太液仙。」高齋：美稱逸人居處。張九齡《武司功初有幽庭春暄見貽夏首獲見以詩報焉》：「遲日瞰方照，高齋澹復虛。」

訪自牧上人不遇〔一〕

然諾竟如何〔二〕？諸侯見重多〔三〕。高房度江雨，經月長寒莎。道本同騷雅〔四〕，書曾到薜蘿〔五〕。相尋未相見，危閣望滄波〔六〕。

【校箋】

〔一〕本集寄贈僧自牧詩共四篇。據卷三《寄自牧上人》詩、卷七《喜得自牧上人書》詩、卷九《懷金陵李推官僧自牧》詩，知自牧爲金陵僧，本篇爲初至金陵造訪不遇之作，繫於天復元年（九〇一），以下三篇皆别後追憶金陵「共吟遊」情事。《崇文總目》載：「僧自牧詩十卷。」蓋亦詩道中人，惜其詩今盡佚。

〔二〕然諾，應對之詞，表應允，引申爲言而有信。江淹《雜體三十首·陳思王贈友》：「延陵輕寶劍，季布重然諾。」此言前約而不遇，故設此問。下句「諸侯見重」蓋自解之語。

〔三〕諸侯：指州郡長官一類地方大吏。寒山詩：「又見出家兒，有力及無力。……君王分輦坐，諸侯拜迎逆。」謂頻爲諸侯邀去乃「不遇」也。

〔四〕道：謂詩道，同宗《詩》《騷》之道也。

〔五〕薜蘿：自喻山野之居。蓋謂上人曾有書相約。

〔六〕危閣：高閣。王勃《易陽早發》：「危閣尋丹嶂，回梁屬翠屏。」滄波：此謂江水蒼茫。謝朓《和劉西曹望海臺》：「滄波不可望，望極與天平。」

題東林白蓮〔一〕

大士生兜率〔二〕，空池滿白蓮。秋風明月下，齋日影堂前〔三〕。色後群芳坼，香殊百和然〔四〕。誰知不染性〔五〕，一片好心田。

【校箋】

〔一〕東林白蓮：白居易《潯陽三題》詩序曰：「廬山多桂樹，湓浦多修竹，東林寺有白蓮花，皆植物之貞勁秀異者，雖宫囿省寺中，未必能盡有。」其三《東林寺白蓮》云：「東林北塘水，湛湛見底清。中生白芙蓉，菡萏三百莖。」本篇疑初入東林時作，姑繫天復元年（九〇一）。

〔二〕大士：梵語mahāsattva，音譯作摩訶薩埵，又作摩訶薩，爲菩薩之美稱。兜率：即兜率天，天界名。爲欲界六天中之第四天，分内外二院，内院爲彌勒菩薩的浄土，外院爲天人享樂的地方。此以美言東林爲佛家浄土。

〔三〕齋日：佛教徒設齋追善供養之日。影堂：佛教寺廟安置宗祖或高僧影像之堂宇。又稱祖堂、祖殿、大師堂、開山堂。

〔四〕百和：香名。《陳氏香譜》「百和香」條引《漢武内傳》云：「帝於七月七日設坐殿上，燒百和香，張罽錦幃，西王母乘紫雲車而至。」又曰：「古詩曰：博山鑪中百和香，鬱金蘇合及都梁。」杜甫《即事》：「雷聲忽送千峰雨，花氣渾如百和香。」然：同燃。

〔五〕不，原作「白」，汲、《全詩》作「不」，據改。不染：以白蓮花喻佛性。東晉佛馱跋陀羅譯《大方廣佛華嚴經·十地品》：「不染於世法，如蓮華在水。」孟浩然《大禹寺義公禪房》：「看取蓮花浄，方知不染心。」釋皎然《奉酬于中丞使君郡齋卧病見示》：「論入空王室，明月開心胸。性起妙不染，心行寂無蹤。」

寄懷江西徵岷二律師〔一〕

亂後江邊寺〔二〕，堪懷二律師。幾番新弟子〔三〕，一樣舊威儀〔四〕。院影連春竹，窗聲接雨池。共緣山水癖〔五〕，久別共題詩。

【校箋】

〔一〕岷律師：本集卷一有《和岷公送李評事往宜春》詩，或爲一人。律師，僧人善解戒律者。《大般涅槃經·金剛身品》：「如是能知佛法所作，善能解説，是名律師。」據《和岷公》詩，二律師蓋江西洪州僧，齊己光化三年入洪州時相交往酬唱，此則久別後寄懷也。詩曰「亂後江邊寺」，蓋在道林寺寄懷也。繫開平二年。

〔二〕亂後：當指唐亡之後。本卷有《送盧説亂後投知己》詩。盧説天復元年、二年間在朝居官草制，有《授李思敬馬殷湖南節度使制》（見《文苑英華》卷四五八）。其離朝南奔，約在唐、後梁易代之時。此謂「亂後」，蓋亦開平間。江邊寺：謂長沙道林寺，在湘江西。

〔三〕弟子：《釋氏要覽·師資》：「弟子：《求法傳》云：『梵云室灑，此云所教，舊云弟子。』《南山鈔》云：『學在我後，名之弟；解從我生，名之子。即因學者以父兄事師，得稱弟子。』又云徒弟，謂門徒弟子之略也。」

〔四〕威儀：佛教對僧衆容貌舉止的律儀規範，習稱行住坐卧四威儀。《四分律含注戒本疏·行宗記》：「行善所及，各有憲章，名威儀也。威謂容儀可觀，儀謂軌度格物。並由内懷正法，故使器宇超倫也。」亦以泛指莊重之儀容舉止。

〔五〕山水癖：耽溺山水成癮，以言江邊寺之幽勝也。崔日知《奉酬韋祭酒偶遊龍門北溪忽懷驪山别業因以言志示弟淑並呈諸大僚之作》：「以兹山水癖，遂得狎通人。」

東林作寄金陵知己〔一〕

十八賢貞在〔二〕，時來拂蘚看〔三〕。已知前事遠，更結後人難〔四〕。泉滴勝清磬，松香掩白檀〔五〕。憑君聽朝貴〔六〕，誰欲猒簪冠〔七〕？

【校箋】

〔一〕金陵：今江蘇省南京市。《元和郡縣圖志·江南道》：「上元縣，本金陵地，秦始皇時望氣者云：『五百年後，金陵有都邑之氣。』故始皇東遊以厭之，改其地曰秣陵，塹北山以絶其勢。及孫權之稱號，自謂當之。孫盛以爲始皇逮於孫氏四百三十七載，考其曆數，猶爲未及。晉之渡江，乃五百二十六年，遂定都焉。隋開皇九年平陳，於石頭城置蔣州，以江寧縣屬焉。武德三年，杜伏威歸化，改江寧爲歸化縣。九年，改爲白下縣，屬潤州。貞觀九年，又改白下爲江寧。至德二年，於縣置江寧郡，乾元元年改爲昇州，兼置浙西節度使。上元二年廢昇州，仍改江寧爲上元縣。」據詩意，本篇當作於齊己貞明間居廬山東林寺期間。

〔二〕貞，諸本亦作「真」，義同。此謂寫真之影像也。本集卷七《題東林十八賢貞堂》云：「白藕花前舊影堂，劉雷風骨畫龍章。共輕天子諸侯貴，同愛吾師一法長。」十八賢指傳説之晉高僧慧遠與僧俗共十八人結「白蓮社」，同修浄土之法。具體人物各書所載略有不同。見陳舜俞《廬山記》卷二、《佛祖統紀》卷二七。

〔三〕蘚，汲、《全詩》作「榻」，《全詩》注：「一作蘚。」

〔四〕前事：慕慧遠時事。更結：言今願難遂，曲達懷金陵知己之情也。

〔五〕「泉滴」二句：此寫東林勝景。清磬、白檀，皆寺中法物，人事也。泉滴、松香，寺中之景，天成者。天人合一，尤添幽韻。卷一《不睡》：「天明拂經案，一炷白檀灰。」卷八《荆州新秋寺居寫懷》其二：「滿印白檀燈一盞。」

〔六〕憑：猶煩請。見《詩詞曲語辭匯釋》卷五。杜牧《贈獵騎》：「憑君莫射南來雁，恐有家書寄遠人。」朝貴：朝廷中的權貴。盧綸《送少微上人》：「遍識中朝貴，多諳外學非。」

〔七〕簪冠：插簪於冠，謂做官也。冠謂官帽，簪乃定冠之長針，將冠綰定於髮髻。錢珝《授楊約左驍衛將軍并焦敬復左領軍衛將軍制》：「帶綬簪冠而處將軍之位者，必求雄俊之才。」此蓋勸勉其安於所事也。

山寺喜道者至〔一〕

閏年春過後〔二〕，山寺始花開。還有無心者〔三〕，閑尋此境來。鳥幽聲忽斷，茶好味重迴。知住南岩久，冥心坐緑苔〔四〕。

【校箋】

〔一〕「至」字，原脱，據諸本補。道者：謂修行佛道者，或指禪林之行者，或投佛寺求出家尚未得度者。亦稱道人。《大智度論·釋習相應品》：「得道者名爲道人，餘出家未得道者，亦名爲道人。」本篇當亦貞明三年春居廬山詩，是年十月閏。

〔二〕閏年：夏曆有閏月之年份，此年有十三個月。宋熊朋來《五經説》卷二：「三歲一閏，五歲再閏，約三十二月一閏。十九年七閏爲一章。」獨孤良弼《上巳接清明遊宴詩》：「閏年侵舊曆，令節併芳時。」

〔三〕無心：指離妄念之真心，做到遠離凡聖、粗妙、善惡、美醜、大小等之分別情識，處於不執著、不滯礙之自由境界。《宗鏡録》卷八十三：「心爲宗者，是真實心。此心不是有無，無住無依，不生不滅，有佛無佛，性相常住，爲一切萬物之性，猶如虚空體，非一切，而能現一切。只爲衆生不了此常住真心，以真心無性，不覺而起妄識之心，遂遺此真心妙性，逐妄輪迴。……若不起妄心，則能順覺。所以云『無心是道』，亦云冥心合道。」《古尊宿語録·黄檗斷際禪師宛陵録》曰：「如今但學無心，頓息諸緣。莫生妄想分別，無人無我，無貪瞋，無憎愛，無勝負，但除却如許多種妄想，性自本來清浄，即是修行菩提法佛等。」此即謂修行佛法者。

〔四〕坐，柳作「生」。緑，《全詩》注：「一作石。」冥心：冥合本有清浄自性之心。此指僧人打坐，泯滅俗念、一心向佛的禪定狀態。宋晁迥《法藏碎金録》卷一：「大約冥心二字，謂以其心向晦宴息，善入無爲，潛符妙道之理也。」貫休《懷香鑪峰道人》：「冥心同槁木。」

再遊匡山〔一〕

紫霄兼五老〔二〕，相對倚空寒。久别成衰病，重來更上難。徑危雲母滑〔三〕，崖旱瀑流乾。目斷嵐煙際〔四〕，神僊有石壇〔五〕。

【校箋】

〔一〕匡山：廬山别稱。《元和郡縣圖志·江南道》：「廬山，在縣東三十二里。本名鄣山，昔匡俗字子孝，隱淪潛景，廬于此山，漢武帝拜爲大明公，俗號廬君，故山取號。周環五百餘里。」據詩頷聯，本篇當作於乾化五年（九一五）秋再入廬山時。是年五十二歲。自天復元年（九〇一）三十八歲初遊已隔十五年，故有「久别成衰病」之歎。

〔二〕五，原作「二」，據明本改。《全詩》注：「一作五。」紫霄、五老，指廬山紫霄峰和五老峰。《大明一統志·南康府》：「五老峰，在廬山，五峰如五老相連，故名。」「紫霄峰，在廬山之西。」李白《望廬山五老峰》：「廬山東南五老峰，青天削出金芙蓉。」白居易《元十八從事南海欲出廬山臨别舊居有戀泉聲之什因以投和兼伸别情》：「雨露初承黄紙詔，煙霞欲别紫霄峰。」

〔三〕雲母：礦物名，晶體有光澤。此借指光滑的石徑。

〔四〕嵐煙：深山裏縹緲的霧氣。劉長卿《望龍山懷道士許法稜》：「嵐煙瀑水如向人，終日迢迢空在眼。」

〔五〕石壇：石頭高臺。此指山中神僊棲止之巨石。許渾《重游飛泉觀題故梁道士宿龍池》：「雲開星月浮山殿，雨過風雷遶石壇。」

贈浙西李推官〔一〕

他皆恃勳貴〔二〕，君獨愛詩玄〔三〕。終日秋光裏，無人竹影邊。東樓生倚月〔四〕，北固積吟煙〔五〕。聞説鴛行裏〔六〕，多才復少年。

【校箋】

〔一〕浙西：指唐浙江西道觀察使，治潤州（今江蘇鎮江市）。推官：唐節度、觀察使僚屬，掌推勘刑獄訴訟。《元和郡縣圖志·江南道》：「潤州……今爲浙西觀察使理所。管州六：潤州、常州、蘇州、杭州、湖州、睦州。」據卷九《懷金陵李推官僧自牧》金陵蓋潤州所轄，是此李推官當爲一人。據宋楊萬里《唐李推官披沙集序》：「晚識李兼孟達於金陵，出唐人詩一編，乃其八世祖推官公《披沙集》也。……推官公諱咸用，唐末人也。」今檢咸用詩，與僧修睦唱和之作多達十五首。其《讀修睦上人歌篇》云：「李白亡，李賀死，陳陶趙睦尋相次，須知代不乏騷人，貫休之後，惟修睦而已矣。」貫休卒於乾化二年（九一二），咸用之卒在此之後，其時與齊己相合，均爲修睦詩友，疑此李推官即咸用也。詩當作於天復二、三年遊江東時。卷九又有《得李推官近寄懷》：「荆門前歲使乎回，求得星郎近製來。連日借吟終不已，一燈忘寢又重開。秋風漫作牽情賦，春草真爲入夢才。堪笑陳宫諸狎客，當時空有個追陪。」知咸用後擢升郎官，詩乃後來之作。

〔二〕皆，《全詩》注：「一作家。」勳貴：有功勳之權貴家族。白居易《諭友》：「朱門有勳貴，陋巷有顔回。」

〔三〕玄：《説文·玄部》：「玄，幽遠也。」李群玉《東湖》：「性野難依俗，詩玄自入冥。」案咸用《披沙集》六卷，《全唐詩》録存詩三卷近二百首。

〔四〕倚月：夜月倚東樓而升空。杜甫《寄張十二山人彪》：「鼓角凌天籟，關山倚月輪。」

〔五〕北固：樓名，在潤州北固山上。《江南通志·鎮江府》：「北固樓，在丹徒縣城北一里北固山上，下臨長江，三面皆水，晉蔡謨建。」李白《永王東巡歌》其六：「丹陽北固是吳關，畫出樓臺雲水間。」吟煙：發人詩興的煙雲。李洞《廢寺閑居寄懷一二罷舉知己》：「病居廢廟冷吟煙，無力爭飛類病蟬。」

〔六〕鴛行：形容官員的行列，詳見本卷《寄鄭谷郎中》注〔六〕。

題終南山隱者室〔一〕

終南山北面，直下是長安。自掃青苔室，閒欹白石看〔二〕。風吟窗樹老，日曬竇雲乾〔三〕。時向圭峰宿〔四〕，僧房瀑布寒。

【校箋】

〔一〕終南山：在今西安市南。《元和郡縣圖志·京兆府》：「終南山，在縣南五十里。」乾寧二年（八九五），詩人自商於道北上長安，遂「遍覽終南、條、華之勝」（《唐才子傳》），詩當作於到長安前夕，蓋道途先抵終南，尚未「下」長安也。

〔二〕欹，原作「諮」，柳、汲、明抄、《全詩》作「欹」，意勝，今從。案欹通「倚」，倚靠、斜靠。杜甫《重題鄭氏東亭》：「崩石欹山樹，清漣曳水衣。」

〔三〕吟，柳、汲、馮、明抄、《全詩》作「吹」。風吟，權德輿《九日北樓宴集》：「風吟蟋蟀寒偏急，酒泛茱萸晚易醺。」竇，山洞。

〔四〕圭峰：在今西安市西南。《陝西通志·山川二》西安府鄠縣：「白雲山，在縣南二十里。……圭峰，在白雲山東，與重雲寺相對，其形如圭。又有小圭峰。」同書卷二八《祠祀一·附寺觀》：「草堂寺，在縣東南四十里圭峰下。後秦姚興弘始三年（四〇一）建，西僧鳩摩羅什譯經之處。什死，焚之，其舌不壞，有塔存。唐改棲禪寺。」

禪庭蘆竹十二韻呈鄭谷郎中〔一〕

錯錯在禪庭〔二〕，高宜與竹名。健添秋雨響，乾助夜風清。雀静知枯折，僧閒見笋生。對吟殊洒落〔三〕，負氣甚孤貞〔四〕。密謝編欄固，齊由灌溉平〔五〕。松姿真可敵〔六〕，柳態薄難并〔七〕。映帶兼苔石，參差逸畫楹〔八〕。雪霜消後色，蟲鳥默時聲。遠憶滄洲岸，寒連暮角城〔九〕。幽根狂亂迸，勁葉動相撑。避暑須臨坐，逃眠必遶行。未逢仙手詠〔一〇〕，俗眼見猶輕。

【校箋】

〔一〕蘆竹：亦作「籚竹」，植物名，江南各地多有。生溪澗濕處，叢小葉疏。晉戴凱之《竹譜》：「有竹象蘆，因以爲名。東甌諸郡，緣海所生，肌理匀浄，筠色潤貞。」蘆本謂蘆葦，草本植物，非竹。乾寧三年（八九六）齊己在長安初識鄭谷後，即屢有詩作寄呈，此秋日禪庭詠物，疑亦天祐二年（九〇五）秋再赴袁州謁鄭時所呈詩。

〔二〕錯錯：紛繁錯雜貌。此借言蘆竹。《廣韻·鐸韻》：「錯，雜也。」

〔三〕洒落：飄逸洒脱。江淹《齊故司徒右長史檀超墓銘》：「高志洒落，逸氣寂寥。」

〔四〕負氣：懷抱志氣，不甘人下。張説《兵部尚書代國公贈少保郭公行狀》：「公少負氣縱横，遺意磊落。」孤貞：孤高正直。鮑照《學劉公幹體詩五首》其二：「歲物盡淪傷，孤貞爲誰立。」

〔五〕謝：遜讓。見《詩詞曲語辭匯釋》卷五。「密謝」兩句：言竹叢雖密且固而較編織之欄杆尚或遜色；其長勢齊一均平則原於得到灌溉。

〔六〕松姿：沈約《寒松詩》：「梢聳振寒聲，青葱標暮色。疎葉望嶺齊，喬榦臨雲直。」是所謂「松姿」。李白《贈易秀才》：「空摧芳桂色，不屈古松姿。」

〔七〕柳態薄：謂妖嬈輕薄也。雍陶《狀春》：「含春笑日花心豔，帶雨牽風柳態妖。」《世説新語·言語》：「蒲柳之姿，望秋而落；松柏之質，經霜彌茂。」并：兼有也。

〔八〕逸，柳、汲、明抄、《全詩》作「近」。畫楹：有彩繪的堂柱。李洞《龍州韋郎中先夢六赤後因打葉子以詩上》：「紅蠟香煙撲畫楹，梅花落盡庾樓清。」

〔九〕「遠憶」二句：言遠岸、城邊，遍生蘆竹。暮角城，古代日暮時分，城頭吹號角以警夜。劉長卿《長沙館中與郭夏對雨》：「潤上春衣冷，聲連暮角愁。」

〔一〇〕仙手：猶「神仙手」，喻詩壇高手。本集卷四《謝高輦先輩寄新唱和集》：「敢謂神仙手，多懷老比丘。」又《寄謝高先輩見寄二首》其一：「何因會僊手，臨水一披襟。」僊手即仙手。

送孫鳳秀才赴舉〔一〕

九重方側席〔二〕，四海仰文明〔三〕。好把孤吟去〔四〕，便隨公道行〔五〕。梁園浮雪氣〔六〕，汴水漲春聲〔七〕。此日登僊衆〔八〕，君應最後生〔九〕。

【校箋】

〔一〕孫鳳：無考。據詩意孫鳳蓋赴梁朝科舉，是詩當作於開平二年（九〇八）至龍德二年（九二二）

間。然貞明（九一五後）至龍德期間，齊己隱居廬山東林寺，孫一少年書生耳，當無入廬情事，故疑爲天祐末入居長沙時之作。

〔二〕九重：指帝王。側席：側身而坐，言謙恭以待賢者。《後漢書·章帝紀》：「朕思遲直士，側席異聞。」李賢注：「側席謂不正坐，所以待賢良也。」錢起《温泉宫禮見》：「順風求至道，側席問遺賢。」

〔三〕文明：文教昌明。蕭統《陶淵明傳》：「賢者處世，天下無道則隱，有道則至。今子生文明之世，奈何自苦如此？」王建《送薛蔓應舉》：「煌煌文明代，俱幸生此辰。」

〔四〕把：介詞，猶「拿」、「用」。孤吟：獨吟，孤高自吟。王勃《綿州北亭群公宴序》：「孤吟五嶽，長嘯三山。」

〔五〕公道：指科舉考試公平選擢。曹鄴《杏園席上同年》：「一旦公道開，青雲在平地。」

〔六〕梁園：西漢梁孝王的園林，故址在今開封市。《大明一統志·開封府上》：「梁園，在府城東南，一名梁苑，漢梁孝王遊賞之所。」韋應物《送李十四山東遊》：「立馬望東道，白雲滿梁園。」此借指後梁京都汴梁。

〔七〕汴水：即今流經開封之汴河。《太平寰宇記·開封府》：「（漢）文帝封皇子武爲梁王，都大梁。……晉武改爲陳留國，東魏孝静帝廢國爲梁州。……後周改梁州爲汴州，以城臨汴水，因以爲名。……（唐睿宗）延和元年復置開封縣。天寶元年改汴州爲陳留郡。乾元元年復爲汴州。建中二年築羅城。梁開平元年升爲東京，置開封府。」

〔八〕登僊：形容科舉登第。李群玉《獻王中丞》：「登仙望絶李膺舟，從此青蠅點遂稠。」

〔九〕後生：猶言年輕，指出生最晚。《爾雅·釋親》：「男子先生爲兄，後生爲弟。」此用其義。

落　花

朝開暮亦衰，雨打復風吹。古屋無人處〔一〕，殘陽滿地時。静依青蘚片，閑綴緑莎枝〔二〕。繁艷根株在，明年向此期〔三〕。

【校箋】

〔一〕古屋，《錦繡萬花谷》引作「古木」。處，《風騷旨格》引作「到」，當非。

〔二〕「静依」二句：此爲「静片依青蘚，閑枝綴緑莎」之倒裝，叶平仄也。片謂花瓣。莎，草名。

〔三〕「繁艷」二句：此謂花雖落盡，根株猶存，故相期於明年。繁艷，繁花。李紳《滁陽春日懷果園閒宴》：「繁艷只愁風處落，醉筵多就月中開。」向此，在此。向猶在。

秋苔〔一〕

獨憐蒼翠文，長與寂寥存。鶴静窺秋片，僧閑踏冷痕〔二〕。月明疎竹徑，雨歇敗莎根。别有深宫裏，兼花鎖斷魂〔三〕。

【校箋】

〔一〕此及上篇《落花》皆即景成詠，别無深意，疑爲早年習作。

〔二〕秋片：苔蘚連片。曹松《答匡山僧贈椰栗杖》：「畫月冷光在，指雲秋片移。」冷痕：足印留痕。

〔三〕「兼花」句：謂秋苔連同秋花皆令人悲傷。鎖斷魂，猶銷魂。王勃《秋日餞别序》：「黯然别之銷魂，悲哉秋之爲氣，人之情也，傷如之何！」温庭筠《觱篥歌》：「景陽宫女正愁絶，莫使此聲催斷魂。」

老將〔一〕

逐虜與平戎〔二〕，曾居第一功。明時不用武〔三〕，白首向秋風。馬病霜飛草，弓閑鴈過空。

兒孫已成立〔四〕，膽氣亦英雄。

【校箋】

〔一〕唐人邊塞詩中多有歌詠邊城老將之作，或逕以老將命題者，若王維《老將行》、皇甫曾《贈老將》等。本篇亦泛泛之詠，疑亦少年之習作。

〔二〕逐，汲、明抄、《全詩》作「破」。虜，原訛作「膚」，據諸本改。虜、戎，古代對北方邊疆少數族之蔑稱。

〔三〕明時：政治清明的時代。曹植《求自試表》：「志欲自效於明時，立功於聖世。」

〔四〕成立：成長自立，指成人。孟浩然《書懷貽京邑同好》：「三十既成立，嗟吁命不通。」

城中示友人〔一〕

久與寒灰合〔二〕，人中亦覺閑。重城不鎖夢，每夜自歸山〔三〕。雨破冥鴻出，梧桐井月還〔四〕。

唯君道心在〔五〕，來往寂寥間。

【校箋】

〔一〕據詩意本篇疑作於龍德之際居江陵龍安寺期間。卷九《城中晚夏思山》云：「天外有山歸即是，豈同遊子暮何之？」卷十《夏日城中作二首》其一云：「他年舍此歸何處，青壁紅霞裹石房。」意藴相近，同時前後之作也。

〔二〕「久與」句：《莊子·齊物論》：「形固可使如槁木，而心固可使如死灰乎？」寒灰即死灰。鮑照《贈故人馬子喬六首》其二：「寒灰滅更燃，夕華晨更鮮。」此反其意謂心性若冷灰，言禪寂也。《古尊宿語録·黄檗山斷際禪師傳心法要》：「何不與我心心同虛空去，如枯木石頭去，如寒灰死火去，方有少分相應。」

〔三〕「重城」二句：此言高牆鎖住肉身却鎖不住歸夢，故每夜自魂歸舊山。重城：層層城牆。謝朓《送江水曹還遠館》：「日暮有重城，何由盡離席。」

〔四〕梧桐，《全詩》作「桐枯」。月，汲本作「日」，非。「雨破」二句：意謂雨破冥色，孤鴻唳天。井梧沐浴於皓月銀輝之中。雨破，猶「雨開」，破是分開義。李端《送宋校書赴宣州幕》：「夜潮衝老樹，曉雨破輕蘋。」

〔五〕道心：向佛悟道之心。王維《藍田山石門精舍》：「朝梵林未曙，夜禪山更寂。道心及牧童，世事問樵客。」寂寥：指恬静淡泊之境界。貫休《寄高員外》：「倏忽維陽歲云暮，寂寥不覺成章句。」

送友人遊湘中〔一〕

懷才難自住〔二〕，此去亦如僧〔三〕。何處西風夜，孤吟旅舍燈。路沿湘樹疊，山入楚雲層。君有東來札〔四〕，歸鴻亦可憑〔五〕。

【校箋】

〔一〕據尾聯，本詩當作於齊己東遊贛吴越期間。姑繫天復二年出廬山東遊吴越時，與下篇爲先後之作。

〔二〕「懷才」句：此言難自爲居止，求入世一展才具。住，《廣韻・遇韻》：「住，止也。」《字彙・人部》：「住，居也。」

〔三〕如僧：言遊浮世外。司空圖《偶書五首》其一：「情知了得未如僧，客處高樓莫强登。」

〔四〕君，汲、馮、明抄、《全詩》作「若」。札：書信。《古詩十九首》：「客從遠方來，遺我一書札。」

〔五〕「歸鴻」句：用《漢書・蘇武傳》歸雁傳書典。柳、明本《夏日栖霞寺書懷寄張逸人》以下九首入此。

經費徵君舊居〔一〕

高眠當聖代〔二〕，雲鳥未爲孤。天子徵不起，閑人親得無〔三〕？猿猱狂欲墜，水石怪難圖〔四〕。寂寞荒齋外，松杉相倚枯。

【校箋】

〔一〕費徵君：費冠卿，字子軍，池州（治今安徽省池州市）人。元和登第，母卒，歎曰：「干禄養親，得禄而親喪，何以禄爲？」遂隱池州九華山。長慶中，殿院李行修舉其孝節，召拜右拾遺，不赴。事見《唐摭言》卷八「及第後隱居」條。晚唐人多詠歌費徵君事。《全唐詩》存其詩十一首。葉庭珪《海録碎事》卷三上：「九華山在青陽縣（今安徽）南二十里。……少微峰在九華翠微峰，費徵君隱居其下。」徵君：朝廷徵召之士。本篇疑爲天復元年（九〇一）出廬山東遊吳越時作。

〔二〕高眠：猶高卧，指隱居不仕。聖代：對所處朝代之美稱。姚合《武功縣中作三十首》其五：「長羨劉伶輩，高眠出世間。」王維《送別》：「聖代無隱者，英靈盡來歸。」

〔三〕「天子」二句：不起，不赴（徵召）。李白《贈韋祕書子春》：「斯人竟不起，雲卧從所適。」頷聯以「閑人」與「天子」對舉，謂非祿仕者。無，句末疑問語氣詞，猶「否」。

〔四〕難圖：難以描摹圖畫。貫休《寄天台道友》：「松枝垂似物，山勢秀難圖。」

嚴陵釣臺〔一〕

夫子垂竿處〔二〕，空江照古臺。無人更如此，白浪自成堆。鶴静尋山去〔三〕，魚狂入海迴。登臨秋值晚，樹石盡多苔。

【校箋】

〔一〕嚴陵釣臺：東漢隱士嚴光隱居垂釣之地，在今浙江桐廬市富春江邊。《後漢書·嚴光傳》：「嚴光字子陵，一名遵，會稽餘姚人也。少有高名，與光武同遊學，及光武即位，乃變名姓，隱身不見。……乃耕於富春山，後人名其釣處爲嚴陵瀨焉。」李賢注引顧野王《輿地志》曰：「桐廬縣南有嚴子陵漁釣處，今山邊有石，上平，可坐十人，臨水，名爲嚴陵釣壇也。」詩當作於天復元年秋東遊浙西期間。

〔二〕夫子：男子之敬稱。《漢書·司馬相如傳》：「吴嚴忌夫子之徒，相如見而悦之。」顔注：「嚴忌本姓莊，當時尊尚，號曰夫子。」

〔三〕山，諸本均作「僧」，書倉本同底本。鶴静：錢起《陪考功王員外城東池亭宴》：「鶴静疏群羽，蓮開失衆芳。」

原上晚望

倚杖聊攄望〔一〕，寒原遠近分。夜來何處火？燒出古人墳。野勢盤空澤〔二〕，江流合暮雲〔三〕。殘陽催百鳥，各自著栖羣〔四〕。

【校箋】

〔一〕攄：《廣雅·釋詁一》：「攄，張也。」攄望謂舉目遠望也。

〔二〕盤：《正字通·皿部》：「盤，盤曲。」此謂地勢高下起伏、曲折迂回於藍天大澤之間。張籍《盤石磴》：「壘石盤空遠，層層勢不危。」

〔三〕「江流」句：謂遠望江流爲雲煙覆蓋，雲水一色。合，籠罩。李白《塞下曲六首》其六：「兵氣天上合，鼓聲隴底聞。」

〔五〕著，《全詩》注：「一作看。」案「著」讀若「酌」，著群猶言成群。慧琳《一切經音義》：「著，附也。」附著、著落、歸屬之義。

送惠空上人歸〔一〕

塵中名利熱〔二〕，鳥外水雲閑〔三〕。吾子多高趣〔四〕，秋風獨自還。空囊隨客棹〔五〕，幾宿泊湖山？應有吟僧在，鄰居樹影間〔六〕。

【校箋】

〔一〕惠空上人無考。案本集卷十有《送惠空北遊》峴山詩，此或自襄陽南歸途中再逢齊己送行之作，據其編次，與《酬章水知己》相次第，則當爲齊己居荆門期間之作。依下篇繫龍德二年。

〔二〕塵中：塵世，相對於釋門而言。拾得詩：「悠悠塵裏人，常樂塵中趣。我見塵中人，心多生憋顧。何哉憋此流，念彼塵中苦。」名利熱：《晉書·裴頠傳》：「人情所殉，篤夫名利。」

〔三〕鳥外：與人間相對，指高山深林連飛鳥都不到之處。本集卷七《宿江寺》：「身共錫聲離鳥外，迹同雲影過人間。」高適《登廣陵棲靈寺塔》：「獨立飛鳥外，始知高興盡。」

〔四〕高趣：泛言高尚之人格情趣。張正見《後湖泛舟》：「欲知有高趣，長楊送麥秋。」

〔五〕囊：盛物的袋子，此謂僧人行囊。《五燈會元》卷二十《國清行機禪師》：「（行機禪師）嘗有偈云：地爐無火客囊空，雪似楊花落歲窮。」貫休《送僧游天台》：「囊空心亦空，城郭去騰騰。」

〔六〕「應有」二句：此以惠空「歸」處收結。

酬章水知己〔一〕

新吟忽有寄，千里到荆門〔二〕。落日雲初碧〔三〕，殘年眼漸昏〔四〕。已爲難敵手〔五〕，誰更入深論？後信多相寄，吾生重此言〔六〕。

【校箋】

〔一〕章水：水名，今江西贛江之支流。《元和郡縣圖志·江南道》：「貢水西南自南康縣來，章水東南自雩都縣來，二水至州北合而爲一，通謂之贛水，因爲縣名。」案貢水東南自雩都縣來，章水西南自南康縣來，至州北合而爲贛水。《太平寰宇記》、《大明一統志》、《大清一統志》考之甚明，當從之。雍正修《江西通志》卷三引《元和郡縣圖志》正作「章水西南自南康縣來，貢水東南自雩都縣來，二水至州北合而爲一，通謂之贛水，因爲縣名」。今本《元和郡縣圖志》蓋誤。據韋莊《南昌晚眺》詩：「南昌城郭枕江煙，章水悠悠浪拍天。」則唐人亦有稱贛江爲章水者。據詩首聯，蓋詩人居荆時寄懷江西友人之作。言「眼漸昏」姑繫龍德二年六十歲前。白居易《洛中偶作》云：「往往顧自哂，眼昏鬚鬢蒼。不知老將至，猶自放詩狂。」白氏時年五十八歲，可參。

〔二〕荆門：本指今湖北宜昌境内之荆門山，詩文中往往用以泛指荆州。李白《贈王判官時余歸隱居廬山屏風疊》：「荆門倒屈宋，梁苑傾鄒枚。」王琦注：「荆門謂荆州之地，唐時爲江陵郡，今湖廣之荆州府是也。其地有荆門山，故文士取以爲稱。……屈原、宋玉皆生於荆州。」

〔三〕碧：青色。江淹《雜體三十首・休上人別怨》：「日暮碧雲合，佳人殊未來。」張銑注：「碧雲，青雲也。」

〔四〕漸，柳、汲、明抄、《全詩》作「正」。

〔五〕難敵手：言詩藝超群也。姚合《讀張籍詩》：「妙絶《江南曲》，淒凉怨女詩。古風無敵手，新語是人知。」

〔六〕「吾生」句：謂視作詩爲己生命之重也。語本《莊子・養生主》：「吾生也有涯。」陶淵明《歸去來兮辭》：「善萬物之得時，感吾生之行休。」

閑居

漸覺春光媚，塵銷作土膏〔一〕。微寒放楊柳，纖草入風騷〔二〕。睡少全無病，身輕乍去袍〔三〕。前溪泛紅片〔四〕，何處落金桃〔五〕？

【校箋】

〔一〕土膏：猶言土肥，泥土中利於植物生長的養分。《國語・周語上》：「陽氣俱蒸，土膏其動。」皇甫冉《無錫惠山寺流泉歌》：「土膏脈動知春早，隈隩陰深長苔草。」

〔二〕「微寒」二句：兩句謂微寒中柳絲綻緑，春草可入吟詠。風騷，借指詩文。高適《同崔員外綦毋拾遺九日宴京兆府李士曹》：「晚晴催翰墨，秋興引風騷。」

〔三〕乍：才，剛剛。

〔四〕紅片：片片落花。白居易《裴常侍以題薔薇架十八韻見示因廣爲三十韻以和之》：「散亂萎紅片，尖纖嫩紫芒。」韓偓《惜春》：「應是西園花已落，滿溪紅片向東流。」

〔五〕金桃：杜甫《山寺》：「麝香眠石竹，鸚鵡啄金桃。」朱鶴齡注：「崇仁饒焯景仲與余言：嘗見武林有金桃，色如杏，七八月熟，因知《東都事略》所記外國進金桃、銀桃種，命植之御苑，即此也。」此言春花已謝，何時方見金桃成熟？閑居之情也。

次韻酬鄭谷郎中〔一〕

林下高眠起〔二〕，相招得句時。閑門流水入〔三〕，静話鷺鷥知。每許題成晚，多嫌雪阻期〔四〕。
西齋坐來久〔五〕，風竹撼疎籬〔六〕。

【校箋】

〔一〕次韻：亦稱步韻，依次用所和詩之原韻作詩。詩寫在袁州鄭谷相招得句勝事，當爲天祐元年（九〇四）初赴袁州春寒大雪中事。

〔二〕林下：樹林下，指隱士居處。此即謂鄭谷之居。《高僧傳·晉泰山崑崙巖竺僧朗》：「（朗）與隱士張忠爲林下之契，每共遊處。」

〔三〕閑，汲、《全詩》作「開」，當非。柴門流水，乃見其「閑」，流水固與門之開閉無關。

〔四〕「每許」二句：此自謙詩思不敏，復以大雪阻行，致酬答失期。

〔五〕西齋：詩文中以指文人書齋。此雅稱鄭谷仰山居所。韋應物《復理西齋寄丘員外》：「前歲理西齋，得與君子同。」

〔六〕「風竹」句：謂風撼竹叢，摇動疏籬。杜甫《陪鄭廣文遊何將軍山林十首》其四：「旁舍連高竹，疏籬帶晚花。」

思遊峨眉寄林下諸友〔一〕

剛有峨眉念〔二〕，秋來錫欲飛〔三〕。會抛湘寺去〔四〕，便逐蜀帆歸〔五〕。難世堪言善〔六〕，閑人合見機〔七〕。殷勤别諸友，莫厭楚江薇〔八〕。

【校箋】

〔一〕峨眉：即峨眉山，在今四川省樂山市。《元和郡縣圖志·劍南道》：「峨眉縣：……峨眉大山，在縣西七里。《蜀都賦》云：『抗峨眉于重阻。』兩山相對，望之如峨眉，故名。此山亦有洞天石室，高七十六里。中峨眉山，在縣東南二十里。」又有小峨眉山在縣東南綏山縣境。林下：本指山林退隱之處，見前篇注〔二〕；此以喻寺院。後代遂以林下人指出家人。據《白蓮集序》、《五代史補》齊己「晚歲將之岷峨，假途渚宫」，被荆南節度使高季昌所「遮留」。本篇蓋貞明七年（龍德元年，九二一）秋離廬山返湘後，思遊蜀地行前之作。又本篇《蜀中廣記·名勝記第十一》誤作釋皎然詩。

〔二〕剛：時間副詞，方才。

〔三〕錫：錫杖，僧人行於道路時應當携帶之道具。錫是杖頭，附有大、小環數個，摇動發聲。僧人杖錫往詣諸方，故稱爲飛錫、巡錫。

〔四〕會：應當，含將然口氣。見《詩詞曲語辭匯釋》卷一。湘寺：指長沙道林寺，傍臨湘江水畔。李建勳《寺居陸處士相訪感懷却寄二三友人》：「湘寺閒居亦半年，就中昨夜好潸然。」

〔五〕蜀帆：泛指入蜀江行之船。歸：趨向，歸依。徐陵《東陽雙林寺傅大士碑》：「州鄉媿伏，遠邇歸依。」案朱全忠稱帝，湖南馬殷受封爲楚王，惟西蜀王建仍奉唐正朔。齊己或以此而思入蜀也。

〔六〕難世：苦難時世，謂後梁代唐。李咸用《山居》：「難世投誰是，清貧且自安。」堪：與下句「合」爲對，應當。

〔七〕見機：辨識機微，認清情勢。劉邵《人物志·材理》：「明能見機，謂之達識之材。」

〔八〕「莫厭」句：楚江，此指湘江。馬殷以湖南地受封楚王，故稱。薇，菜名，俗稱野豌豆。《詩·小雅·采薇》：「采薇采薇，薇亦作止。曰歸曰歸，歲亦莫止。」又言：「王事靡盬，不遑啟處」，「我心傷悲，莫知我哀」。鄭箋云：「西伯將遣戍役，先與之期。……重言采薇者，丁寧行期也。……古者師出不踰時，今薇菜生而行，歲晚乃得歸。」此以「楚江薇」自喻，期諸友勿忘也。

送劉秀才南遊〔一〕

南去謁諸侯〔二〕，名山亦得遊。便應尋瀑布，乘興上岣嶁〔三〕。高鳥隨雲起〔四〕，寒星向地流〔五〕。相思應北望，天晚石橋頭〔六〕。

【校箋】

〔一〕劉秀才：桑水人，齊己於同光元年在荊門送秀才歸桑水寧覲，復送其入洛科考。本篇當略早於前二詩，依前《思遊峨嵋》編次繫於龍德間。詳參卷一《送劉秀才往東洛》注〔一〕、卷七《送劉秀才歸桑水寧覲》注〔一〕。

〔二〕諸侯：唐人以稱州郡軍政長官。見前《訪自牧上人不遇》注〔三〕。

〔三〕岣嶁：《元和郡縣圖志·江南道》：「衡山，南嶽也，一名岣嶁山。」又《衡陽》：「岣嶁山，即衡山也，在縣北七十里」。

〔四〕高鳥：高飛之鳥。陶淵明《始作鎮軍參軍經曲阿》：「望雲慚高鳥，臨水愧遊魚。」

〔五〕寒星：寒空星宿。孟郊《石淙十首》其五：「百尺明鏡流，千曲寒星飛。」向地流：猶言下垂於地平綫。杜甫《旅夜書懷》：「星垂平野闊，月湧大江流。」

〔六〕石橋：衡山勝地。《詩話總龜》卷十六引《湘中故事》云：「凝碧在南岳石橋上。畢田詩云：『四面山屏疊萬重，古嵐濃翠鎖寒空。清秋獨倚危闌立，身在琉璃世界中。』」案《宋詩紀事》：「畢田，長沙人，……曾撰《湘中故事》。」「《凝碧亭》詩自注：在南岳石橋上。」

示諸侄〔一〕

莫問年將朽，加飡已不多〔二〕。形容渾瘦削〔三〕，行止强牽拖〔四〕。死也何憂惱，生而有詠歌。侯門終謝去〔五〕，却掃舊松蘿〔六〕。

【校箋】

〔一〕據詩意，本篇當作於晚年居荊州期間。本集卷三《勉道林謙光鴻藴二侄》有云：「舊林諸侄在，還住本師房。」卷四《秋夕寄諸姪》亦曰：「每到秋殘夜，燈前憶故鄉。園林紅橘柚，窗户碧瀟湘。離别身垂老，艱難路去長。弟兄應健在，兵火理耕桑。」知道林寺、益陽故里有其諸侄在。據「年將朽」、「終謝侯門」之語，亦依前詩編次繫龍德間年近六十之際。案杜甫《七月三日亭午已後校熱退晚加小凉穩睡有詩》：「未念將朽骨，少壯跡頗疏。」乃大曆元年五十五歲作，「將朽」之義固相若。

〔二〕加飡：亦作「加餐」。蔡邕《飲馬長城窟行》：「上有加餐食，下有長相憶。」

〔三〕渾：全也，整個。見《詩詞曲語辭匯釋》卷二。

〔四〕牽拖：形容行動困難，勉强支撑。《景德傳燈録·金陵清涼法燈禪師泰欽》：「老僧卧疾，强牽拖與汝相見。」

〔五〕侯，底本訛作「候」，據諸本改。此侯門指荊南節度使府。

〔六〕舊松蘿：舊隱居處。松蘿即「女蘿」，地衣植物也，亦作「松羅」，多附著於松樹等樹皮上生長，故稱。詩文中多借指山林隱士居處。王維《别輞川别業》：「依遲動車馬，惆悵出松蘿。」本句意言回歸故鄉寺院也。

荆渚病中因思匡廬遂成三百字寄梁先輩〔一〕

生老病死者，早聞天竺書〔二〕。相隨幾汩没〔三〕，不了堪欷歔〔四〕。自理自可適，他人誰與祛？應當入寂滅〔五〕，乃得長銷除。前月已骨立〔六〕，今朝還貌舒。披衣試步履，倚策聊躊躕〔七〕。江月青眸冷〔八〕，秋風白髮疎。新題憶剡硾〔九〕，舊約懷匡廬。張野久絶跡〔一〇〕，樂天曾卜居〔一一〕。空龕掩薜荔，瀑布歕蟾蜍。古檜鳴玄鶴，涼泉躍錦魚。狂吟樹蔭映，縱踏花蔫菸〔一二〕。唇舌既已閑，心脾亦散攄。松窗有偃息，石徑無趦趄〔一三〕。夢冷通仙闕，神融合太虛〔一四〕。千峯杳靄際〔一五〕，萬壑明清初。長往期非晚，半生閒有餘。依劉未是詠〔一六〕，訪戴寧忘諸〔一七〕？稽古堪求己〔一八〕，觀時好笑渠〔一九〕。埋頭逐小利，没脚拖長裾〔二〇〕。道種將閑養〔二一〕，情田把藥鉏〔二二〕。幽香發蘭蕙，穢莽摧丘墟〔二三〕。敢謂囊盈物〔二四〕，那言庾滿儲〔二五〕？微煙動晨爨〔二六〕，細雨滋園蔬。薜亂珍禽羽，門稀長者車〔二七〕。冥機坐兀兀〔二八〕，著履行徐徐。每計親朱履〔二九〕，多憐奉隼旟〔三〇〕。簪嫌紅玳瑁〔三一〕，社念金芙蕖〔三二〕。海内競鐵馬〔三三〕，篋中藏紙驢〔三四〕。常言謝時去〔三五〕，此意將何如？

【校箋】

〔一〕病，柳、《百家》作「疾」。梁先輩：唐末進士梁震。案唐人呼進士爲先輩，見《贈曹松先輩》注〔一〕。本集卷九有《寄梁先輩》，詩云：「慈恩塔下曲江邊，别後多應夢到仙。時去與誰論此事，亂來何處覓同年。」知詩人乾寧三年（八九六）北遊長安時結識梁。震天祐四年（九〇七）及第，三月朱梁代唐，「亂來」正指唐祚之亡，因思震而有寄。本篇則暮年與震同居荆時作。《五代史補》卷四「梁震裨贊」條云震「登第後寓江陵」。《三楚新録》卷三云：「時諸侯争霸，急於用人，進士梁震登第後薄遊江陵，季興請爲掌書記。」《大明一統志·荆州府》下，於流寓人物中記震云：「梁震，蜀依政人，寓江陵。高季興欲署判官，震恥之，終身不受辟。署止稱『前進士』，自號『荆臺處士』。」又齊己天福二年（九三七）秋重病久卧四十日，此言「前月已骨立，今朝還貌舒。披衣試步履，倚策聊躊躕。江月青眸冷，秋風白髮疎」，則亦天福二年詩。

〔二〕天竺書：指佛經。法顯《佛國記》：「出家人皆習天竺書、天竺語。」案「生老病死」之説，佛經普見。如《長阿含經·大本經》：「天上天下唯我爲尊，要度衆生生老病死。」《長阿含經·小緣經》卷六：「衆生轉惡，世間乃有此不善，生穢惡不净，此是生老病死之原。」

〔三〕相隨：謂生老病死相隨而至。幾：危殆，危險。《爾雅·釋詁》：「幾，危也。」郭璞注：「幾，猶殆也。」汩没：被淹没、湮滅，指死。杜甫《大曆三年春白帝城放船出瞿塘峽久居夔府將適江陵漂泊有詩凡四十韻》：「飄蕭將素髮，汨沒聽洪鑪。」

〔四〕不了：未完。欷歔：嘆息聲。寒山詩：「爲心不了絶，妄想起如煙。」

〔五〕寂滅：涅槃。指度脱生死，進入寂静無爲之境地。此境地遠離迷惑世界，含快樂之意，故稱寂滅爲樂。《增一阿含經·增上品》：「一切行無常，生者必有死。不生必不死，此滅最爲樂。」

〔六〕骨立：猶「瘦骨嶙峋」，消瘦到極點。《孔子家語》卷八：「子路懼而自悔，静思不食，以至骨立。」

〔七〕策：拐杖。躊躕：亦作「躊躇」，東方朔《七諫·怨世》：「驥躊躇於弊輂兮，遇孫陽而得代。」王逸注：「躊躇，不行貌。」此指行步艱難。

〔八〕青眸：青眼，黑色眼仁。韓愈《劉生詩》：「妖歌慢舞爛不收，倒心迴腸爲青眸。」

〔九〕新題：新詩。題謂「題詠」。剡硾：産於浙江剡縣（今嵊州市）的名紙，用當地藤、竹製造。薛能《送浙東王大夫》：「越臺隨厚俸，剡硾得尤名。」注：「近相傳擣熟紙名硾。」本集卷九《謝人自鍾陵寄紙筆》：「霜雪翦裁新剡硾，鋒鋩管束本宣毫。」

〔一〇〕久，柳、《百家》作「人」。張野：傳説爲「蓮社十八賢」之一，見前《東林作寄金陵知己》注〔二〕。

〔一一〕天，汲、《全詩》訛作「夫」，中華書局本《全唐詩》校作「天」。樂天：白居易之字。曾卜居，見前《登大林寺觀白太傅題版》注〔一〕。

〔二〕蔫菸：枯萎。本集卷八《懷巴陵》：「蘭芷蔫菸騷客廟，煙波晴閣釣師船。」以上六句，憶在匡廬情景。

〔三〕趦趄：觀望不行。《文選·張載·劍閣銘》：「一人荷戟，萬夫趦趄。」李善注引《廣雅》曰：「趦趄，難行也。」

〔四〕太虛：空寂杳冥之境。《莊子·知北遊》：「是以不過乎崑崙，不遊乎太虛。」成玄英疏：「崑崙是高遠之山，太虛是深玄之理。」

〔五〕杳靄：雲氣縹緲貌。韋應物《往雲門郊居塗經迴流作》：「明滅泛孤景，杳靄含夕虛。」

〔六〕依劉：用王粲荆州依劉表事（見《三國志·魏書·王粲傳》），以言被高季昌留居江陵。蓋梁震、齊己居江陵均非己願，故言「未是詠」。

〔七〕訪戴：用王子猷雪夜訪戴安道事（見《世説新語·任誕》），以表達思見梁震之情。蓋兩人同在江陵，或病久而未見訪，故曰「寧忘諸」。寧忘：不忘也。寧，哪能。

〔八〕稽古：考察古事，以史爲鑒。張説《春晚侍宴麗正殿探得開字》：「聖政惟稽古，賓門引上才。」求己，《孟子·離婁上》：「行有不得者皆反求諸己。」以下四句蓋爲時世而發。

〔九〕渠：第三人稱代詞「他」、「他們」。

〔一〇〕没脚拖長裾：在泥水裏拖著長衫走路，比喻行爲違背常理，拖泥帶水。没脚，泥水淹没腿脚。長裾，長衣。《孔叢子·儒服》：「子高曳長裾，振褒袖，方屐麤翣，見平原君。」

〔二一〕道種：佛教稱能産生佛果的籽種。魏静《永嘉集序》：「心珠道種，瑩七净以交輝；戒月悲花，耿三空而列耀。」

〔二二〕情田：指心地。語本《禮記·禮運》：「故人情者聖王之田也，脩禮以耕之，陳義以種之，講學以耨之，本仁以聚之，播樂以安之。」本集卷六《喻吟》：「江花與芳草，莫染我情田。」

〔二三〕穢莽：叢生的雜草。丘墟：田園荒廢。《後漢書·馮衍傳》：「廬落丘墟，田疇蕪穢。」

〔二四〕敢，原作「散」，據柳、汲、《全詩》改。

〔二五〕庾，《百家》、《石倉歷代詩選》作「廣」，當非。《説文·广部》：「庾，一曰倉無屋者。」段注：「無屋，無上覆者也。」即露天的穀倉。《詩·小雅·楚茨》：「我倉既盈，我庾維億。」兩句「囊盈物」「庾滿儲」謂社會物質豐足。

〔二六〕煙，柳、明本作「言」，當非。晨爨：晨炊。《説文·爨部》：「爨，齊謂之炊爨。」

〔二七〕長者車：指顯貴者來訪之行蹟。語本《史記·陳丞相世家》：「家乃負郭窮巷，以弊席爲門，然門外多有長者車轍。」李嶠《宅》：「屢逢長者轍，時引故人車。」

〔二八〕冥機：以自具之善根，感佛菩薩之靈應，稱冥機；有冥機冥應與冥機顯應之分。智顗《妙法蓮華經玄義》：「若過去善修三業，現在未運身口，藉往善力名爲冥機。」兀兀：潛心專一之貌。寒山詩：「本來無一物，亦無塵可拂。若能了達此，不用坐兀兀。」

〔二九〕計，柳、汲、《全詩》作「許」。朱，明抄作「珠」，汲訛作「未」。案「計」者，思忖也，與「憐」對舉。

《玉篇·言部》：「計，會也，算也，謀也。」朱履：朱紅鞋履，以指顯貴者。羅隱《寄鍾常侍》：「一從朱履步金臺，蘗苦冰寒奉上台。」

〔三〇〕隼，汲作「集」，形訛。隼旟：州郡長官之旗幟，上繪隼鳥。《周禮·春官·司常》：「鳥隼爲旟，龜蛇爲旐……州里建旟，縣鄙建旐。」劉禹錫《泰娘歌》：「風流太守韋尚書，路傍忽見停隼旟。」此朱履、隼旟以指高季昌也。

〔三一〕玳瑁簪：玳瑁製的髮簪。以華貴之裝飾，借言荆帥「捨浄財以供之」，「非所好也」。鮑照《擬行路難十八首》其九：「還君金釵玳瑁簪，不忍見之益愁思。」

〔三二〕「社念」句：芙蕖社即蓮社。借指廬山僧俗友人，即詩題「思匡廬」之意。

〔三三〕鐵馬：馬被鐵甲，以指五代武人争霸之戰争。江淹《敕爲朝賢答劉休範書》：「金甲映平陸，鐵馬焰長原。」

〔三四〕紙驢：《太平廣記》卷三十引《宣室志》：「（張）果常乘一白驢，日行數萬里，休則重疊之，其厚如紙，置於巾箱中，乘則以水噀之，還成驢矣。」《明皇雜録》亦載此。此或以諷争戰者各施手段真假莫辨。

〔三五〕謝時：告别時世，即避世。駱賓王《叙寄員半千》：「長揖謝時事，獨往訪林泉。」李白《下途歸石門舊居》：「何當脱屣謝時去，壺中别有日月天。」

竟陵遇晝公〔一〕

高跡何來此〔二〕？遊方漸老身。欲投蓮岳夏〔三〕，初過竟陵春。錫影離雲遠，衣痕拂蘚新。無言即相别，此處不迷津〔四〕。

【校箋】

〔一〕竟陵：《元和郡縣圖志·山南道》復州竟陵（郡）：「貞觀七年州理在沔陽縣，寶應二年移理竟陵縣（今湖北省天門市）。」據頷聯，詩乃乾寧二年（八九五）自湘北遊，過荆渚期間所作。漢水自荆、復二州間過，東流横貫復州全境，至鄂州入大江。詩人蓋自荆入復州，溯漢水北經襄陽，過商州而至長安也。晝公：彭澤（今江西彭澤縣）僧乾晝。本集中存唱和詩多篇，如《再逢晝公》言「竟陵西别後，徧地起刀兵」（卷五），正是乾寧、天復間節鎮戰亂時作。《喜乾晝上人遠相訪》（卷二）、《荆門送晝公歸彭澤舊居》（卷三）、《又寄彭澤晝公》、《招乾晝上人宿話》、《憶别匡山寄彭澤乾晝上人》（均卷六）則爲後期之作。

〔二〕高跡：高尚的行跡，指超世脱俗之人。李頻《過四皓廟》：「東西南北人，高跡自相親。」

〔三〕蓮岳：指西岳華山。《太平寰宇記》引《華山志》云：「山頂有池，生千葉蓮花，服之羽化，因名華山。」賈島《馬戴居華山因寄》：「玉女洗頭盆，孤高不可言。瀑流蓮岳頂，河注華山根。」

〔四〕迷津：迷失津渡，以指迷路。孟浩然《南還舟中寄袁太祝》：「桃源何處是？遊子正迷津。」此以「不迷津」借喻僧人脱離迷妄境界。敬播《大唐西域記序》：「廓羣疑於性海，啟妙覺於迷津。」

聞貫休下世〔一〕

吾師詩匠者〔二〕，真箇碧雲流〔三〕。争得梁太子，更爲文選樓〔四〕？錦江新塚樹〔五〕，婺女舊山秋〔六〕。欲去焚香禮，啼猿峽阻修〔七〕。

【校箋】

〔一〕貫休（八三二—九一二）：唐末詩僧，俗姓姜，字德隱，婺州蘭溪（今浙江蘭溪）人。七歲出家，二十歲受具足戒，出遊江西、吴越各地，西入長安，南下荆湘粤，晚年入蜀，卒。詩書畫兼擅，有《禪月集》傳世，今存詩七百餘篇。生平見曇域《禪月集序》、《宋高僧傳》、《唐才子傳》。《白蓮集》寫及貫休的詩共四首，本篇及卷四《寄貫休》、卷七《荆州貫休大師舊房》、卷八《荆門寄題禪月大師影堂》。據曇域《禪月集序》：「以癸酉年（乾化三年，九一三）三月十七日，於成都北門外十餘里置塔之所，地號昇仙，葬事既周，哀制斯畢。」詩言「新塚樹」、「舊山秋」，則當作於乾化三年秋日。

〔二〕詩匠：詩中哲匠，詩歌修養造詣極深之人。苑咸《酬王維詩》序：「王兄當代詩匠，又精禪理。」

〔三〕碧雲：碧空之雲。江淹倣南朝宋僧惠休風格作詩時曾以碧雲表達傷離念遠之情思。江淹《雜體三十首・休上人别怨》：「日暮碧雲合，佳人殊未來。」後多借以指僧人言情婉至之詩作。釋皎然《酬薛員外誼見戲》詩：「方知正始作，麗掩碧雲詩。」韋應物《寄皎然上人》：「願以碧雲思，方君怨别餘。」徐鉉《送德邁道人之豫章》：「莫道空談便無事，碧雲詩思更無涯。」

〔四〕更，汲、《全詩》作「重」。文選樓：故址在襄陽（今屬湖北省），梁昭明太子蕭統所建，延請賢士劉孝威、庾肩吾等十餘人修《文選》於此。《方輿勝覽・襄陽府》：「文選樓：梁昭明太子立聚賢士，共集《文選》。」

〔五〕塚，原作「種」，各本均作「塚」，是，今據改。蓋音近而訛。錦江：指成都。因濯錦江流經成都，故以此爲成都代稱。杜甫《登樓》：「錦江春色來天地，玉壘浮雲變古今。」塚樹：立塚植樹以表，此指貫休之靈塔。鄭谷《哭進士李洞二首》其二：「塚樹僧栽後，新蟬一兩聲。」

〔六〕婺女：星宿名，越之分野，此指婺州。劉禹錫《衢州徐員外使君遺以縞紵兼竹書箱因成一篇用答佳貺》：「爛柯山下舊仙郎，列宿來添婺女光。」題下自注：「按此郡本自婺州析置，徐自台州還。」

〔七〕禮，原作「裹」，據柳、汲、《全詩》改。同音致訛。啼猿峽，謂三峽，語本《水經注・江水二》：「每至晴初霜旦，常有高猿長嘯，哀囀久絶。」阻修：既險且長。《詩・秦風・蒹葭》：「遡洄從之，道阻且長。」

金山寺〔一〕

山帶金名遠，樓臺壓翠層〔二〕。魚龍光照象，風浪影搖燈〔三〕。檻外揚州樹，舡通建業僧〔四〕。塵埃何所到？青石坐如冰〔五〕。

【校箋】

〔一〕金山寺：故址在潤州丹徒縣（今江蘇鎮江）金山上，屹立揚子江中。《太平寰宇記·江南東道》潤州丹徒縣：「金山澤心寺，在城東南揚子江。按《圖經》云：本名浮玉山，因頭陀開山得金，故名金山寺。詩人多留題。」張祜《題潤州金山寺》：「一宿金山寺，超然離世群。僧歸夜船月，龍出曉堂雲。樹色中流見，鐘聲兩岸聞。翻思在朝市，終日醉醺醺。」孫魴《題金山寺》：「萬古波心寺，金山名目新。天多剩得月，地少不生塵。過櫓妨僧定，驚濤濺佛身。誰言張處士，題後更無人。」本篇當作於天復三年（九〇三）遊潤州時。

〔二〕壓翠層：言寺在層層青翠之巔。貫休《題蘭江言上人院二首》其二：「只是危吟坐翠層，門前歧路自崩騰。」

〔三〕「魚龍」二句：言佛光長照江中之魚龍，風浪摇曳寺内燈影。白居易《早發赴洞庭舟中作》：「棹舉影摇燈燭動，舟移聲拽管弦長。」

〔四〕外，明本作「列」。「檻外」二句：揚州在北與潤州隔江相望，建業（今南京）在西與潤州一水相通，故有此語。王勃《滕王閣》詩：「閣中帝子今何在，檻外長江空自流。」

〔五〕「塵埃」二句：許棠《題金山寺》云：「房房皆疊石，風掃永無塵。」意與此近。

早秋雨後晚望〔一〕

暑氣時將薄，蟲聲夜轉稠〔二〕。江湖經一雨，日月换新秋。有景堪援筆〔三〕，何人未上樓〔四〕。欲承涼冷興，西向碧嵩遊〔五〕。

【校箋】

〔一〕據詩尾聯，本篇爲齊己北遊嵩山、洛陽前書懷之作，姑繫龍紀元年（八八九）初秋。本集卷二《寄洛下王彝訓先輩二首》其二云：「洛水秋空底，嵩峰曉翠巔。」蓋秋日抵洛矣。

〔二〕蟲聲稠，謂蟲聲多而密集。何遜《秋夕嘆白髮》：「月色臨窗樹，蟲聲當户樞。」

〔三〕援筆：執筆，此謂賦詩也。曹植《贈白馬王彪》其七：「收淚即長路，援筆從此辭。」

〔四〕上樓：謂登樓遠眺也。卷六《看水》：「難收上樓興，渺漫正斜陽。」

〔五〕碧嵩：謂嵩山。白居易《送河南尹馮學士赴任》：「清洛飲冰添苦節，碧嵩看雪助高情。」

過西塞山〔一〕

空江平野流〔二〕，風島葦颼颼〔三〕。殘日銜西塞，孤帆向北洲〔四〕。邊鴻渡漢口〔五〕，楚樹出吴頭〔六〕。終入高雲裏，身依片石休〔七〕。

【校箋】

〔一〕西塞山：在今湖北省黄石市東長江南岸，三國孫吴設江防於此，以爲西塞。《元和郡縣圖志·江南道》鄂州武昌縣：「西塞山，在縣東八十五里，竦峭臨江。」據詩意及本卷編次，本篇蓋某年秋自吴入楚之作。蘆葦颼颼、邊鴻南翔，秋景也。案《全唐詩》卷八八八「補遺七」重録本篇，蓋重出。

〔二〕空江、平野：大江開闊，原野無垠。李白《渡荆門送别》：「山隨平野盡，江入大荒流。」

〔三〕颼颼：風聲，亦作「飈飈」。寒山詩：「幽澗常瀝瀝，高松風颼颼。」

〔四〕北洲：荆州府監利縣（今屬湖北）有北洲寺，或指此，蓋言入荆楚也。《湖廣通志·古蹟志》荆州府監利縣：「北洲寺在縣西七十里。」

〔五〕漢口：今湖北省武漢市漢水入長江處。《大明一統志・湖廣布政司》：「漢口，在大別山北，即漢水與涓水合流入江處。」《新五代史・楚世家》：「荊南高季昌以兵斷漢口邀（楚王馬）殷貢使。」即此地。

〔六〕吳頭：泛指長江中古代吳、楚分界之地域。《方輿勝覽・江西路》引《職方乘記》：「豫章之地，爲吳頭楚尾。」本集卷三《瀟湘二十韻》：「吳頭雄莫遏，漢口壯堪吞。」又卷九《寄武陵貫微上人二首》其二：「吳頭東面楚西邊，雲接蒼梧水浸天。」

〔七〕「終入」二句：片石，言歸依山石叢林間。李白《早春寄王漢陽》：「預拂青山一片石，與君連日醉壺觴。」賈島《送慈恩寺霄韻法師謁太原李司空》：「舊房閒片石，倚著最高松。」案前年慶諸禪師圓寂，齊己離石霜山後，似未得依止之山林，故有「終入高雲裏，身依片石休」之語。

溪齋二首〔一〕

其一

豈敢言招隱〔二〕？歸休喜自安〔三〕。一溪雲卧穩〔四〕，四海路行難。瑞獸藏頭角，幽禽惜羽翰〔五〕。子猷何處在？老盡碧琅玕〔六〕。

【校箋】

〔一〕溪齋：指建於溪畔之寺院齋室。詩言「一溪雲卧穩，四海路行難」、「瑞獸藏頭角，幽禽惜羽翰」，疑爲昭宗時朝廷暗弱，節鎮紛争期間詩。案齊己遊嵩洛南歸，大順元年寓居金江，其《金江寓居》（卷三）詩云：「考盤應未永，聊此養閑疏……春篁離籜盡，陂藕折花初。」此言「豈敢言招隱？歸休喜自安」，「幽人眠日晏，花雨落春殘」。情事、語意並同，蓋即寄居金江之溪齋也。

〔二〕招隱：指招人歸隱。駱賓王《同辛簿簡仰酬思玄上人林泉四首》其一：「聞君招隱地，髣髴武陵春。」

〔三〕歸休：回家休息，語本《莊子·逍遥游》：「歸休乎君，予無所用天下爲！」此謂歸休於寺院。

〔四〕雲卧：高卧於雲霧中，謂隱居。鮑照《代昇天行》：「風餐委松宿，雲卧恣天行。」

〔五〕「瑞獸」二句：謂才學之士韜晦避世以自保。瑞獸，指麒麟，象徵祥瑞。庾信《白帝雲門舞》：「瑞獸霜耀，祥禽雪映。」《五燈會元》卷二十《常州有權禪師》：「師自是埋藏頭角，益自韜晦。」

〔六〕「子猷」二句：此詠溪齋竹林，寄故友之思也。庾信《思舊銘》：「嵇叔夜之山庭，尚多楊柳；王子猷之舊徑，惟餘竹林。」吴兆宜注：「《晉書》：王徽之字子猷，常寄居空宅，便令種竹。」碧琅玕：謂竹，以碧玉爲喻。歐陽詹《題華十二判官汝州宅内亭》：「新柳遶門青翡翠，修篁浮徑碧琅玕。」

其二

杉竹映溪關〔一〕，修修共歲寒〔二〕。幽人眠日晏〔三〕，花雨落春殘。道竗言何强，詩玄論甚難〔四〕。閑居有親賦〔五〕，搔首憶潘安〔六〕。

【校箋】

〔一〕關：僧人閉門修行所居龕室。此處「溪關」即溪齋，謂臨溪之僧院。

〔二〕修修：象聲詞，形容風雨之聲。魏武帝《塘上行》：「邊地多悲風，樹木何修修。」

〔三〕人，馮、清抄本作「日」，蓋涉下「日」字致訛。幽人：幽隱之人。語本《易・履・九二》：「履道坦坦，幽人貞吉。」孔疏：「在幽隱之人守正得吉。」後多指隱居之士。

〔四〕道，指佛理。竗、玄互文見義，美妙精深。

〔五〕親，《全詩》注：「一作新。」案「親」通「新」。《韓非子・亡徵》：「親臣進而故人退」王先慎集解：「親讀爲新。」

〔六〕潘安：即潘岳。晉潘岳字安仁，作《閑居賦》，序曰：「於是覽止足之分，庶浮雲之志，築室種樹，逍遥自得。」生平見《晉書》本傳。王維《丁寓田家有贈》：「時吟《招隱詩》，或製《閑居賦》。」

新　秋[一]

始驚三伏盡，又遇立秋時[二]。露彩朝還冷[三]，雲峯晚更奇。壠香禾半熟[四]，原迥草微衰。幸好清光裏，安仁謾起悲[五]。

【校箋】

〔一〕秋，《百家》本作「雨」。案詩無雨意，當非。本篇寫寓居村野景象，與《溪齋》時序相接，爲同一時期之作。新秋者，初秋也。

〔二〕三伏：《初學記·伏日》引《陰陽書》曰：「從夏至後第三庚爲初伏，第四庚爲中伏，立秋後初庚爲後伏，謂之三伏。」案「庚」指干支紀日之庚日。夏至、立秋均爲農曆二十四節氣之一，立秋在農曆七月初。《逸周書·時訓解》：「立秋之日，涼風至；又五日，白露降；又五日，寒蟬鳴。」

〔三〕露彩：露珠（在日月光照下）焕發的光彩。江淹《雜體三十首·休上人別怨》：「露彩方泛豔，月華始徘徊。」

〔四〕壠：同「壟」，種植作物的田畝。亦作「隴」。白居易《觀刈麥》：「夜來南風起，小麥覆隴黄。」

〔五〕「安仁」句：潘岳作《秋興賦》，其《序》有云：「……攝官承乏，猥厠朝列，夙興晏寢，匪遑底寧。譬猶池魚籠鳥，而有江湖山藪之思，於是染翰操紙，慨然而賦。于時秋也，故以秋興命篇。」謾通「漫」，隨意、胡亂。見《詩詞曲語辭匯釋》卷二。

寄上荆渚因夢廬岳乃圖壁賦詩〔一〕

夢繞嵯峨裏〔二〕，神踈骨亦寒〔三〕。覺來誰共説？壁上自圖看。古翠松藏寺，春紅杏濕壇〔四〕。歸心幾時遂，日向漸衰殘〔五〕。

【校箋】

〔一〕本篇蓋居江陵時寄友之作。案天成四年齊己自江陵城東移居西湖，建草堂，乃立假山。卷六《假山》序曰：「假山者，蓋懷匡廬有作也。往歲嘗居東郭，因夢覺，遂圖於壁。迄於十秋」云云。知「夢廬岳圖壁賦詩」爲龍德元年秋初至荆渚事。

〔二〕嵯峨：山勢高聳險峻，此指廬山。王逸《九思·傷時》：「吾欲之兮九夷，超五嶺兮嵯峨。」

〔三〕「神踈」句：神踈骨寒，指神氣爽朗，肌骨清冽。劉禹錫《八月十五日夜桃源翫月》：「塵中見月心亦閑，況是清秋仙府間。……雲軿欲下星斗動，天樂一聲肌骨寒。」

〔四〕春紅：春花。李白《怨歌行》：「十五入漢宫，花顔笑春紅。」

〔五〕日向：猶「日見」。謝脁《往敬亭路中》：「新條日向抽，落花紛已委。」向，猶臨也。見《詩詞曲語辭匯釋》卷三。

己卯歲值凍阻歸有作〔一〕

河冰連地凍，朔氣壓春寒〔二〕。閉户思歸遠〔三〕，出門移步難。湖雲粘鴈重，廟樹刮風乾〔四〕。坐看孤燈焰，微微向曉殘〔五〕。

【校箋】

〔一〕己卯歲：後梁貞明五年（九一九），齊己時在廬山，擬歸湘而春寒冰凍，未能成行，感而有作。阻歸：歸計受阻。梁簡文帝《阻歸賦》：「終知客遊之阻，無解鄉路之賒。」

〔二〕朔氣：北方之寒氣。《木蘭詩》：「朔氣傳金柝，寒光照鐵衣。」

〔三〕閉，汲、《全詩》作「開」，意遜。

〔四〕刮，原作「括」，諸本作「刮」，據改。

〔五〕曉，原作「晚」，諸本作「曉」，據改。

送盧説亂後投知己〔一〕

兵寇殘江墅〔二〕，生涯盡蕩除〔三〕。事堪煎桂玉〔四〕，時莫倚詩書。暮狖啼空半〔五〕，春山列雨餘。舟中有新作，迴寄示慵疎〔六〕。

【校箋】

〔一〕盧説：約晚唐大中至五代間人。《全唐文》小傳稱「説官汝陽主簿」。僖宗廣明、光啟間曾爲淮南節度使高駢轉運判官（《册府元龜》卷九二二），昭宗乾寧間爲翰林學士，官至兵部侍郎（見《文苑英華》四一九錢珝《翰林學士兵部侍郎盧説妻博陵郡君崔氏進封博陵郡夫人制》）。至天復元年、二年（九〇二）間，仍在朝居官草制，有《授李思敬馬殷湖南節度使制》（見《文苑英華》卷四五八）。是本篇「亂後」當指唐亡，盧説離朝南奔，約爲開平初。案天祐四年四月改元開平，詩言「春山列雨餘」，則開平二年矣。齊己時居長沙。

〔二〕江，馮、清抄誤作「紅」。江墅：江村田舍。《玉篇·土部》：「墅，余者切，田也。又食與切，村也，田廬也。」陸龜蒙有《江墅言懷》詩。

〔三〕生涯：猶生資，指賴以度生之物資財産、或維持生活的辦法。張籍《贈殷山人》：「世業公侯籍，生涯黍稷田。」《無常經講經文》：「直饒滿國是生涯，心中也是無厭足。」

〔四〕堪：謂堪比也。煎桂玉：焚燒桂樹、玉石，喻戰亂危害之烈。《莊子·人間世》：「山木自寇也，膏火自煎也，桂可食故伐之，漆可用故割之。」《文選·謝靈運·還舊園作見顏范二中書》：「何意衝飈激，烈火縱炎煙。焚玉發崐峯，餘燎遂見遷。」李善注：「《尚書》曰：『火炎崐岡，玉石俱焚。天吏逸德，烈于猛火。』」吕延濟曰：「衝飈謂徐羡之等爲亂，殺廬陵王并及賢良，故云『焚玉發崑峯』也。靈運時爲廬陵王司馬，初被遷永嘉守，故云『餘燎遂見遷也』。」劉長卿《罷攝官後將還舊居留辭李侍御》：「去緣焚玉石，來爲采葑菲。」

〔五〕狖，汲作「秋」。當非。本集卷一《謝興公上人寄山水簇子》：「巘暮疑啼狖，松深認掩關。」

〔六〕慵疎：懶散。柳宗元《衡陽與夢得分路贈别》：「直以慵疎招物議，休將文字占時名。」

讀峴山碑〔一〕

三載羊公政，千年峴首碑。何人更墮淚？此道亦殊時〔二〕。兵火燒文缺，江雲觸蘚滋。那堪望黎庶？市地是瘡痍〔三〕。

【校箋】

〔一〕峴山碑：《晉書·羊祜傳》：羊祜都督荆州諸軍事，綏懷遠近，甚得江漢之心。樂山水，每風景必造峴山，置酒言詠，嘗慨然流涕，顧謂從事中郎鄒湛等曰：「有宇宙便有此山，由來賢達勝士，登此望遠，如我與卿者多矣，皆湮滅無聞，使人悲傷。」祜卒，襄陽百姓於峴山祜生平遊憩之所，建碑立廟，歲時饗祭焉。望其碑者，莫不流涕。杜預因名爲「墮淚碑」。元稹《襄陽道》：「羊公名漸遠，惟有峴山碑。」案峴山在今湖北襄陽市南。《元和郡縣圖志·山南道》：「襄州。襄陽縣：峴山，在縣東南九里，山東臨漢水。」案本集卷九《寄體休》云「峴首前秋共讀碑」，爲龍德、同光間居荆門時與僧體休同遊峴首所作。

〔二〕「何人」二句：《晉書》謂祜「執德清劭，忠亮純茂，經緯文武，謇謇正直」，「常守沖退，是以名德遠播」。此嘆五代亂世時異世遷也。

〔三〕帀地：猶遍地，滿地。帀即匝。《魏書·韓子熙傳》：「此普天喪氣，匝地憤傷。」沈佺期《寒食》：「普天皆滅焰，匝地盡藏煙。」瘡痍：創傷。杜甫《北征》：「乾坤含瘡痍，憂虞何時畢。」

過鹿門作〔一〕

鹿門埋孟子，峴首載羊公。萬古千秋裏，青山明月中。政從襄沔絶〔二〕，詩過洞庭空〔三〕。塵路誰回眼〔四〕？松聲兩處風。

【校箋】

〔一〕鹿門：山名，在襄陽市東南，西傍漢水。《方輿勝覽·襄陽府》：「鹿門山，在宜城東北六十里，上有二石鹿，故名。後漢龐德公與龐藴、孟浩然、皮日休俱隱于此。」《唐才子傳》卷二：「孟浩然，襄陽人。少好節義，詩工五言。隱鹿門山，即漢龐公棲隱處也。……觀浩然罄折謙退，才名日高，竟淪明代，終身白衣，良可悲夫！」本篇與《讀峴山碑》當爲同時之作。又《古今禪藻集》卷四屬本詩爲貫休之作，然除詩中「襄沔」作「湘沔」，尾聯作「塵路誰堪此，迴聲雨又風」之外，其餘均與本詩同。復考貫休本集，亦不載此詩。然則《古今禪藻集》屬本詩爲貫休作，非是。

〔二〕襄沔：二水名。漢水别稱沔水，流經襄陽，涑水注之，故以襄沔指襄陽。《太平寰宇記·山南東道》襄州襄陽縣：「涑水一名襄水，……注于沔。」唐吴從政有《襄沔記》，專紀襄漢事跡。句意謂襄陽之美政止於羊祜。

〔三〕「詩過」句：意謂孟浩然《臨洞庭贈張丞相》使詩壇爲之一空。

〔四〕塵路：一路風塵。姚合《獨居》：「到頭歸向青山是，塵路茫茫欲告誰。」回眼：迴眸顧盼。白居易《潯陽三題·湓浦竹》：「誰肯湓浦頭，迴眼看修竹。其有顧盼者，持刀斬且束。」此言追懷「孟子」、「羊公」也。

題玉泉寺大師影堂〔一〕

大化終華頂〔二〕，靈蹤示玉泉〔三〕。由來負高尚〔四〕，合向好山川。洞壑藏諸怪〔五〕，杉松列瘦煙。千秋空樹影，猶似覆長禪〔六〕。

【校箋】

〔一〕玉泉寺：指唐荆州當陽縣（今屬湖北省）西三十里玉泉山之玉泉寺。隋天台山智者大師所建。《大清一統志·安陸府》：「寺觀：玉泉寺，在當陽縣西三十里玉泉山。隋開皇中建。」祝穆《方輿勝覽》『陳光大中，浮屠智覬自天台飛錫來居此山，殿前有金龜池。』」《湖廣通志·仙釋志》據《指月録》、《神僧傳》謂：智者禪師諱智顗，荆州華容人，居天台二十二年。於當陽縣玉泉山立精舍，敕給寺額，名曰「一音」。大師影堂：供奉玉泉寺開山祖師智者大師影像之堂宇。案初唐大通禪師神秀圓寂於此。據卷七《寄玉泉寶仁上人》詩，疑「初尋」蓋在居荆初期，即此行也。姑繫於龍德同光間，是年齊己與體休上人同遊襄陽，蓋順道至此耳。

〔二〕大化：謂人生命之變化。《列子·天瑞》：「人自生至終，大化有四：嬰孩也，少壯也，老耄也，死亡也。」此指死亡，謂大師圓寂也。華頂：天台山華頂峰。《方輿勝覽·台州》：「華頂峰，在天台縣東北六十里，蓋天台第八重最高處。」智顗開皇十七年卒於天台山國清寺。

〔三〕「靈蹤」句：謂「智顗自天台飛錫來居此山」，玉泉乃其靈跡之展示。王績《遊北山賦》：「髣髴靈蹤，依稀仙躅。」

〔四〕由來：由於，表示原因，與下句「合向」相對應。庾信《擬詠懷二十七首》其一：「由來不得意，何必往長岑。」負高尚：謂肩負弘揚佛道崇高之職責。《晉書·李重傳》：「古之厲行高尚之士，或棲身巖穴，或隱跡丘園，或克己復禮，或耄期稱道，出處默語，唯義所在。」

〔五〕「洞壑」句：按李白《答族侄僧中孚贈玉泉仙人掌茶并序》云：「余聞荆州玉泉寺近清溪諸山，山洞往往有乳窟，窟中多玉泉交流。其中有白蝙蝠，大如鴉。」其詩云：「常聞玉泉山，山洞多乳窟。仙鼠如白鴉，倒懸清溪月。茗生此中石，玉泉流不歇。根柯灑芳津，採服潤肌骨。楚老卷緑葉，枝枝相接連。曝成仙人掌，似拍洪崖肩。」

〔六〕長禪：猶言永在之禪境。本集卷八《寄湘中諸友》：「沃洲高卧心何僻，匡社長禪興亦孤。」覆謂千秋樹影覆蓋也。

秋日錢塘作〔一〕

秋光明水國〔二〕，游子倚長亭〔三〕。海浸全吴白，山澄百越青〔四〕。英雄貴黎庶，封土絶精靈〔五〕。勾踐魂如在，應慚戰血腥〔六〕。

【校箋】

〔一〕詩題「秋日」，汲本作「秋月」。錢塘：唐杭州州治錢塘縣，即今浙江杭州。本篇作於天復元年（九〇一）詩人遊吴越時。

〔二〕明，《海塘録》卷二十四録本篇作「臨」。秋光：秋日之陽光。庾信《和炅法師遊昆明池二首》其二：「秋光麗晚天，鷁舸泛中川。」水國：猶水鄉。張説《岳州作二首》其一：「水國生秋草，離居再及瓜。」

〔三〕長亭：古代建於驛道上供行旅歇息之所。庾信《哀江南賦》：「十里五里，長亭短亭。」吴兆宜注：「張衡《西京賦》：『旗亭五里。』應劭曰：『秦法十里一亭。』《白帖》：『十里一長亭，五里一短亭。』」

〔四〕浸，《全詩》注：「一作漫。」「海浸」二句：此寫錢塘景象而及吴越大地。海浸，謂江海浸潤。杜預《春秋左氏傳序》：「若江海之浸，膏澤之潤。」李中《登毗陵青山樓》：「千里吴山清不斷，一邊遼海浸無窮。」白謂水光瀲灧，青言山色葱蘢。百越，泛言古代東南沿海「百越」族居住地區。韓愈《送竇平從事序》：「踰甌閩而南，皆百越之地。」

〔五〕封土：聚土立社以祭天，謂保有社稷也。《後漢書·祭祀志》：「封者，謂封土爲壇，柴祭告天，代興成功也。」此指唐末五代武力割據一方土地的「諸侯」。絕精靈：猶言「生靈滅絶」。精靈謂靈魂。李華《詠史十一首》其一：「身死名不滅，寒風吹墓田。精靈如有在，幽憤滿松烟。」責「英雄」不「貴黎庶」也。

〔六〕慚，原作「漸」，據柳、馮、明抄、清抄改。汲、《全詩》作「懸」，《全詩》注：「一作慚。」勾踐：春秋越王，滅吴而稱霸，事見《史記·越王句踐世家》。此責其以戰争取霸業也。

送人赴舉〔一〕

分有争忘得〔二〕？時來須出山。白雲終許在〔三〕，清世莫空還〔四〕。馹樹秋聲健〔五〕，行衣雨點斑。明年從月裏〔六〕，滿握度春關〔七〕。

【校箋】

〔一〕詩言「清世莫空還」，當作於唐亡之前。本集於唐、梁易代之際多以「亂世」稱之。如卷四《戊辰歲江南感懷》：「老過離亂世，生在太平時。」卷八《送謝尊師自南岳出入京》：「曾聽鹿鳴逢世亂，因披羽服隱衡陽。」據其編次，姑繫於《秋日錢塘作》同時，天復元年秋也。

〔二〕分：名分、福分。謂合理應有之事物。争：猶「怎」。白居易《題峽中石上》：「誠知老去風情少，見此爭無一句詩？」

〔三〕白雲：喻歸隱。左思《招隱詩二首》其一：「白雲停陰岡，丹葩曜陽林。」

〔四〕清世：清平時代。嵇康《釋私論》：「未有抱隱顧私而身立清世，匿非藏情而信著明君者也。」李頻《冬夜酬范祕書》：「命嗟清世蹇，春覺閏冬暄。」空還：喻落第而歸。

〔五〕馹：驛站。《説文·馬部》：「馹，驛傳也。」馹樹，即驛樹。杜甫《龍門》：「龍門横野斷，驛樹出城來。」秋聲：秋風之聲。庾信《周譙國公夫人步陸孤氏墓誌銘》：「樹樹秋聲，山山寒色。」

〔六〕從月裏：以月中折桂爲喻。

〔七〕滿握：滿把。《説文·手部》：「握，搤持也。」盈手而持之義。此即謂持「月桂」。春關：唐代舉進士，登記入選，謂春關。《唐國史補》卷下：「進士爲時所尚久矣。……籍而入選，謂之春關。」案上海古籍出版社版《唐國史補》校「春關」作「春闈」，誤。《唐摭言》、《唐語林》、《五代會要》、《文獻通考》等諸書均謂「籍而入選謂之春關」，無疑也。春關，蓋泛言春試。姚合《酬盧汀諫議》：「遥賀來年二三月，綵衣先輩過春關。」其《答韓湘》云：「昨聞過春關，名繫吏部籍。三十登高科，前途浩難測。」李頻《自黔中歸新安》：「朝過春關辭北闕，暮參戎幕向南巴。却將仙桂東歸去，江月相隨直至家。」黄滔《送人明經及第東歸》：「十問九通離義牀，今時登第信非常。亦從南院看新榜，旋束春關歸故鄉。」皆是。

答人寒夜所寄〔一〕

通宵亦孤坐，但念舊峰雲。白日還如此，清閑本共君。二毛凋一半，百歲去三分〔二〕。早晚尋流水，同歸麋鹿群〔三〕。

【校箋】

〔一〕答，《全詩》作「友」。柳、明抄、《百家》本篇移入本卷末篇。詩云「二毛凋一半，百歲去三分」，又言「通宵亦孤坐，但念舊峰雲」，約作於乾寧間詩人三十餘歲離湘北遊期間。姑繫於長安戰亂，寄居終南之時乾寧二年（八九五）。

〔二〕「二毛」二句：二毛，頭髮黑白交雜。潘岳《秋興賦序》：「余春秋三十有二，始見二毛。」庾信《哀江南賦序》：「信年始二毛，即逢喪亂。」倪璠注：「子山時年三十有六。」此即謂「百歲去三分」也。

〔三〕「早晚」二句：此言歸於江湖山林間也。尋流水，李涉《贈龍泉洞塵上人》：「八十山僧眼未昏，獨尋流水到窮源。」麋鹿群，陳子昂《感遇三十八首》其十一：「豈徒山木壽，空與麋鹿群。」杜甫《暮春題瀼西新賃草屋五首》其二：「養拙干戈際，全生麋鹿群。」

酬洞庭陳秀才〔一〕

何必要識面？見詩驚苦心。此門從自古〔二〕，難學至如今。青草湖雲濶，黄陵廟木深〔三〕。精搜當好景〔四〕，得即動知音。

【校箋】

〔一〕洞庭：《元和郡縣圖志·江南道》岳州巴陵縣：「君山，在縣西三十里青草湖中。洞庭湖，在縣西南一里五十步，周迴二百六十里。」岳州、巴陵縣今爲湖南岳陽市。本集卷四《答陳秀才》云：「萬事皆可了，有詩門最深。古人難得志，吾子苦留心。……他年立名字，笑我老雙林。」據二詩，陳秀才蓋巴陵習詩藝者，齊己酬答勖勉之。言「笑我老雙林」，蓋貞明居廬山期間詩。二篇當爲同時前後之作。姑繫貞明六年（九二〇）。

〔二〕此門：謂學詩之門。詳見後《寄洛下王彝訓先輩》注〔四〕。

〔三〕黄陵廟：《方輿勝覽·潭州》：「黄陵廟：在湘陰（今縣名同）北八十里。韓愈作廟碑云：湘旁有廟曰黄陵，自前古立以祠堯之二女舜二妃者。庭有古碑，乃晉太康九年，其額曰『虞帝二妃之碑』。李白詩：『洞庭西望楚江分，水盡天南不見雲。日落長沙秋色遠，不知何處弔湘君。』」

〔四〕精搜：謂精心描摹、雕琢詩句詩境。本集卷十《酬歐陽秀才卷》：「不堪更有精搜處，誰見瀟瀟雨夜堂。」搜謂冥搜，指創作構思，遣詞造境。參見卷一《題中上人院》注〔二〕。

題鶴鳴泉八韻〔一〕

嘹嚦遺蹤去，澄明物掩難〔二〕。噴開山面碧〔三〕，飛落寺門寒。汲引隨瓶滿，分流逐處安。幽虫乘葉過〔四〕，渴狖擁條看。上有危峰叠，旁宜怪石盤。冷吞雙樹影，甘潤百毛端〔五〕。異早聞鐫玉〔六〕，靈終别建壇〔七〕。瀟湘在何處？終日自波瀾〔八〕。

【校箋】

〔一〕鶴鳴泉：在今安徽省潛山縣。《大明一統志·安慶府》：「鶴鳴泉，在潛山縣西真源宫，四時不竭，相傳白鶴道人嘗止於此，故名。」案明安慶府懷寧縣即唐舒州州治懷寧，今安徽潛山。唐末懷寧詩人曹松有《題鶴鳴泉》詩(《全唐詩》卷七一六)，可參讀。潛山在廬山東北，詩或齊己居廬山期間行遊之作。姑繫《酬洞庭陳秀才》同時。

〔二〕「嘹嚦」二句：嘹嚦，鳴聲響亮淒清。嚦，通「唳」。駱賓王《久戍邊城有懷京邑》：「海鶴聲嘹唳，城烏尾畢逋。」首句謂鶴，次句寫泉。

〔三〕噴開：徐夤《泉》：「迸滴幾山穿破石，迅飛層嶠噴開雲。」

〔四〕幽虫：小虫。《玉篇・幺部》：「幽，微也。」

〔五〕百毛：百草。《廣雅・釋草》：「毛，草也。」

〔六〕鎸玉：彫鎸玉石，此以形容泉水之清音。北魏佛教石刻《道俗九十人造像記》：「鑄金圓狀，鎸玉摸靈。刊石樹德，永振休聲。」

〔七〕建壇：謂白鶴道人之道壇。

〔八〕「瀟湘」二句：此聯意謂因泉水引發故鄉之思。自波瀾：瀟湘流淌不以遊子而暫息。薛能《行路難》：「藏山難測度，暗水自波瀾。」

登金山寺〔一〕

四面白波聲，中流翠嶠横。望來堪目斷〔二〕，上徹始心平〔三〕。鳥向天涯去，雲連水國生。重來與誰約？題罷自吟行〔四〕。

【校箋】

〔一〕金山寺：在潤州（今江蘇鎮江）金山上，見前《金山寺》注〔一〕。前篇爲初遊，此則一人再登題壁之作，天復三年（九〇三）遊潤州時也。

〔二〕目斷：極目遠望直到看不見。丘爲《登潤州城》：「鄉山何處是，目斷廣陵西。」

〔三〕上徹：此謂登至最高處。徹，盡，到頭。《説文・攴部》：「徹，通也。」此或以「登寺」暗含「徹悟」之義。

〔四〕題：謂以詩題壁也。《舊唐書・王績傳》：「往往題壁作詩，多爲好事者諷詠。」

寄吴都沈員外彬〔一〕

歸休興若何〔二〕？朱紱盡還他〔三〕。自有園林潤，誰争山水多。村煙晴莽蒼，僧磬晚嵯峨〔四〕。野醉題招隱〔五〕，相思可寄麽〔六〕？

【校箋】

〔一〕沈彬：見卷一《寓居岳麓謝進士沈彬再訪》注〔一〕。案沈彬於吴大和四年（長興三年，九三二）至金陵應辟，授校書郎（一作秘書郎）。南唐禪代（後晉天福二年八月）前以尚書郎致仕歸故里。詩言「歸休興若何？朱紱盡還他」，知作於本年離吴歸江西之時。員外：尚書省各部均有員外郎。《唐六典・尚書吏部》：「員外郎二人，從六品上。《周官・太宰》屬官有上士，蓋今員外郎之任也。《宋・百官・階次》有員外郎，美遷爲尚書郎。」

〔二〕歸休：辭官歸家休息。陶淵明《遊斜川》：「開歲倏五日，吾生行歸休。」

〔三〕朱紱：古代禮服上朱紅色的蔽膝，後多借指官服。《易・困・九二》：「困于酒食，朱紱方來。」程頤傳：「朱紱，王者之服，蔽膝也。」韋述《廣陵送別宋員外佐越鄭舍人還京》：「朱紱臨秦望，皇華赴洛橋。」（一作張謂詩）

〔四〕嵯峨：詩文中均以形容山、石高峻突兀，此蓋借言暮色中罄聲震耳。

〔五〕野醉：醉於田園山野間也。曰「題招隱」，謂寄沈彬詩也。題，謂「書寫」。李白《朝下過盧郎中敘舊遊》：「何由返初服，田野醉芳樽。」

〔六〕可寄，底本原作「何處」，諸本均作「可寄」，今據改。

寄明月山僧〔一〕

山稱明月好，月出遍山明。要上諸峰去，無妨半夜行。白猿真雪色〔二〕，幽鳥古琴聲。吾子居來久，應忘我在城〔三〕。

【校箋】

〔一〕明月山：地志所載「明月山」甚多，見於唐志者唯沅陵縣（今湖南沅陵）明月山。《元和郡縣圖志·江南道》辰州沅陵縣：「明月山，下有明月池。《沅陵記》云：『兩岸素山，崖石如披雪，寒松如插翠。』在縣東二百里。」《方輿勝覽》謂「在沅陵縣東百三十里」，《大清一統志》謂「在沅陵縣東一百五十里」。又本集卷三有《明月峰》詩：「明月峰頭石，曾聞學月明。要上諸峰去，無妨半夜行。」蓋衡山山峰名。此《寄明月山僧》或爲寺居明月峰者。言「吾子居來久，應忘我在城」，則詩當爲齊己離衡岳入居長沙後作。姑繫於開平間。

〔二〕雪色：杜甫《臘日》：「侵陵雪色還萱草，漏洩春光有柳條。」

〔三〕應：讀平聲，估量之詞，表「想當然」意。「忘我在城」，期相邀（入山）也。

寄哭西川壇長廣濟大師〔一〕

千萬僧中寶，三朝帝寵身。還原未化火〔二〕，舉國葬全真〔三〕。文集編金在，碑銘刻玉新〔四〕。有誰於異代，彈指禮遺塵〔五〕？

【校箋】

〔一〕西川：即西蜀。《元和郡縣圖志·劍南道》：「成都府，今爲西川節度使理所。管益州、彭州、蜀州、漢州、邛州、簡州、資州、嘉州、戎州、雅州、眉州、松州、茂州、翼州、維州、當州、悉州、静州、柘州、恭州、真州、黎州、巂州、姚州、協州、曲州。管縣一百一十二。」此即指成都。壇長：主持戒壇之長老。《宋高僧傳·唐吴郡東虎丘寺齊翰傳》：「主蘇湖戒壇，每當請首，則今時所謂壇長也。」廣濟大師：據本集卷七《酬西蜀廣濟大師見寄》：「猶得吾師繼頌聲，百篇相愛寄南荆。……楚外已甘推絶唱，蜀中誰敢共懸衡？應憐無可同無本，終向風騷作弟兄。」卷九《寄蜀國廣濟大師》：「冰壓霜壇律格清，三千傳授盡門生。……滿國繁華徒自樂，兩朝更變未曾驚。終思相約岷峨去，不得携筇一路行。」蓋亦蜀僧嗜詩者，言「百篇相愛寄南荆」，知齊己晚年居荆州期間始相酬寄唱和。謂「兩朝更變未曾驚」者，貞明四年（九一八）六月，蜀主王建殂，太子王衍即皇帝位，至同光三年（九二五）十一月後唐軍克蜀，王衍降，蜀中大亂，是所謂「兩朝更變」。天成元年（九二六）五月孟知祥爲西川節度使兼侍中，始據蜀，長興四年（九三三）受唐封爲蜀王，至應順元年（九三四）閏一月稱帝，自唐朝歷前、後蜀，是爲三朝。本篇言「三朝帝寵身」，則應順元年後所作無疑。姑繫清泰二年（九三五）。

〔二〕原：諸本作「源」，古今字，本原也。還原：回復到事物的本來形態，佛教指轉迷而入於悟。此即謂涅槃而達於菩提之境界。《大智度論疏》：「菩提是衆生還原反本之處。」化火：即火化，以火焚身。《方廣大莊嚴經·勝族品》：「化火焚身入於涅槃，唯餘舍利從空而下。」

〔三〕全真：猶言「真身」，保有其本性之軀體。嵇康《憂憤詩》：「志在守樸，養素全真。」

〔四〕「編金」二句：文集、碑銘以金玉爲飾，猶言金卷玉碑，喻其名貴也。梁元帝《光宅寺大僧正法師碑》：「方當高步仙階，永編金牒。繁霜凝而旦委，松風淒而暮來。」又《古今源流至論續集》卷七：「鴻藻麗筆，刊定蘭台，述作公矣；瑶編金軸，緘藏秘閣，紀録定矣。」

〔五〕彈指：以拇指與中指壓食指，食指向外急彈作聲。爲古印度人行爲習慣，用以表示歡喜、允諾或警示。此即表示虔敬歡喜之意。《妙法蓮華經·神力品》：「一時謦欬，俱共彈指。」智顗《妙法蓮華經文句》卷十曰：「四彈指者，隨喜也。」遺塵：遺蹤。王勃《益州夫子廟碑》：「歷先王之舊國，懷列聖之遺塵。」

酬西川楚巒上人卷〔一〕

玉壘峨嵋秀〔二〕，岷江錦水清〔三〕。古人搜不盡〔四〕，吾子得何精！可信由前習〔五〕，堪聞正後生。東西五千里，多謝寄無成〔六〕。

【校箋】

〔一〕楚巒：唐末宋初蜀中詩僧。《宋史·藝文志》：「僧楚巒詩一卷。」《唐音癸籤·集録一》：「楚巒，詩一卷。」《宋詩紀事》録其《青城山觀》一首，《錦繡萬花谷》前集卷二録其「雨絲斜織麴塵煙」一句。本篇或與下篇爲同時之作，蓋晚年居江陵之時也。據編次，亦繫清泰二年。

〔二〕壘，柳、明抄、《百家》作「疊」，形近而訛。秀，《全詩》注：「一作峻。」玉壘、峨嵋：西蜀二山名。《元和郡縣圖志·劍南道》彭州導江縣：「玉壘山，在縣西北二十九里，《蜀都賦》曰：『包玉壘而爲宇。』」導江縣即今四川省都江堰市。峨嵋在今四川省樂山市，已見前《思遊峨眉寄林下諸友》注〔一〕。

〔三〕岷江、錦水：西蜀二水名。岷江爲長江上游，流經今四川中部，至宜賓匯入長江。錦水即錦江，已見卷二《聞貫休下世》注〔五〕。杜甫《登樓》：「錦江春色來天地，玉壘浮雲變古今。」

〔四〕「古人」句：李洞《和兵部永崇侍郎勾筵茶席》：「海枯搜不盡，天在下長新。」搜謂冥搜。參見卷一《題中上人院》注〔二〕。

〔五〕習，底本作「集」，諸本作「習」，意勝，據改。前習，謂精研之詩藝也。本集卷七《愛吟》：「皎然未必迷前習，支遁寧非悟後生。」卷八《吟興自述》：「前習都由未盡空，生知頑學妙難窮。」

〔六〕無成：無所成就。自謙之語。《楚辭·遠遊》：「聊仿佯而逍遥兮，永歷年而無成。」王逸注：「身以過老，無功名也。」

覽延栖上人卷〔一〕

今體雕鎪妙〔二〕，古風研考精〔三〕。何人忘律韻〔四〕？爲子辨詩聲〔五〕。賈島苦兼此〔六〕，孟郊清獨行〔七〕。荆門見編集〔八〕，媿我老無成。

【校箋】

〔一〕栖，原作「西」，據底本目録改，諸本均作「栖」。延栖，生事不詳。據詩尾聯，當作於晚年居江陵期間，依前詩亦繫清泰二年。

〔二〕鏤，汲、《全詩》作「鏤」，義同，均謂雕刻也。此指雕琢字句。今體：詩體名，亦稱「近體」，指唐代盛行之律詩。字句篇章、平仄對仗押韻均有嚴格規矩。張籍《酬秘書王丞見寄》：「今體詩中偏出格，常參官裏每同班。」

〔三〕古風：即古體詩，與今體、近體相對而言。篇無定句、句無定字，平仄、押韻、對仗等無嚴格規定。元稹《進詩狀》：「自古風詩至古今樂府，稍存寄興，頗近謳謡。」

〔四〕律韻：合律之韻，符合近體詩對聲韻格律之規范。元稹《上令狐相公詩啓》：「常欲得思深語近，韻律調新，屬對無差，而風情自遠；然而病未能也。」

〔五〕詩聲：詩之音聲，即詩歌之音樂美。白居易《與元九書》：「感人心者莫先乎情，莫始乎言，莫切乎聲，莫深乎義。詩者，根情、苗言、華聲、實義。……未有聲入而不應，情交而不感者。」

〔六〕賈島：中唐著名苦吟詩人。見卷一《經賈島故居》注〔一〕。以下二句讚延栖詩追步賈、孟，留名青史。

〔七〕孟郊（七五一—八一四）：字東野，湖州武康（今浙江德清）人。一生窮困，秉性孤直，不諧世俗。詩以五言古體爲主，刻意冥搜，語多苦澀，頗爲韓愈、張籍所稱譽。張爲《詩人主客圖》列之爲「清奇苦澀主」。蘇軾將其與賈島並列，稱爲「郊寒島瘦」。兩《唐書》有傳。今存《孟東野詩集》十卷。

〔八〕編集：成編之詩，謂延栖上人詩卷。

寄洛下王彝訓先輩二首〔一〕

其一

賈島存正始〔二〕，王維留格言〔三〕。千篇千古在，一詠一驚魂。離别無他寄，相思共此門〔四〕。
陽春堪永恨，郢路轉塵昏〔五〕。

【校箋】

〔一〕洛下：洛陽城。徐陵《折楊柳》：「江陵有舊曲，洛下作新聲。」王彝訓：生事不詳。先輩：唐人對考中進士者之敬稱，已見卷二《贈曹松先輩》注〔一〕。光啟四年（八八八）齊己北遊洛陽、嵩山，本篇當爲次年南歸入郢途中之作。言「新英主」「舊少年」，蓋昭宗李曄登極，而彝訓則光啟前科中舉也。又本集卷三有《謝王先輩寄氊》，卷五有《謝王先輩昆弟遊湘中回各見示新詩》，卷七有《謝王先輩湘中回惠示卷軸》，均當爲一人，見此行結交之深誼。詳參卷三《謝王先輩寄氊》注〔一〕。

〔二〕正始：三國魏齊王芳年號，其時以嵇康、阮籍等爲代表之詩，稱正始體。《文心雕龍·明詩》：「正始明道，詩雜仙心。……唯嵇志清峻，阮旨遥深，故能標焉。」《滄浪詩話·詩體》：「正始體，魏年號，嵇、阮諸公之詩。」此言賈島詩傳承正始詩風。

〔三〕王維（七〇一—七六一）：字摩詰，河東（今山西永濟）人。盛唐代表詩人，兼精各體，尤擅長山水田園之作。《滄浪詩話》稱其詩爲「王右丞體」。兩《唐書》有傳。其詩集以趙殿成撰《王右丞集箋注》最爲通行。格言：可爲準則供人效法之言。格謂標準、法式。徐陵《讓散騎常侍表》：「臣聞五十知命，宗師之格言。」此謂王維詩可爲作詩之標準。

〔四〕此門：謂作詩也。齊己詩屢用此語，卷二《酬洞庭陳秀才》：「何必要識面？見詩驚苦心。此門從自古，難學至如今。」《寄江西幕中孫魴員外》：「茶影中殘月，松聲裏落泉。此門曾共説，知未遂終焉。」卷七《謝人寄詩集》：「遠客寄言還有在，此門將謂惣無休。千篇著述誠難得，一字知音不易求。」均是。

〔五〕「陽春」二句：此謂惜别也。陽春言别時，郢路述行道。陽春，温暖和煦的春日。鮑照《擬行路難十八首》其八：「中庭五株桃，一株先作花。陽春妖冶二三月，從風簸蕩落西家。」郢路，楚都郢，故稱返郢都之路爲郢路。詩文中也以指返回故國之路。《楚辭·九章·哀郢》：「惟郢路之遼遠兮，江與夏之不可涉。」王逸注：「楚道逶迤，山谷隘也。」蓋自洛南行則入襄、郢，今兩湖皆楚之地。

其二

北極新英主〔一〕，高科舊少年〔二〕。風流傳貴達〔三〕，談笑取榮遷〔四〕。洛水秋空底，嵩峰曉翠巔。尋常誰並馬？橋上戲成篇〔五〕。

【校箋】

〔一〕北極：北辰，北斗星。喻帝王。王勃《爲人與蜀城父老書》：「攀北極而謁帝王，入南宮而取卿相。」杜甫《登樓》：「北極朝廷終不改，西山寇盜莫相侵。」光啟四年（八八八）三月僖宗崩，昭宗即位，「有恢復前烈之志，尊禮大臣，夢想賢豪，踐祚之始，中外忻忻焉」（《通鑑》卷二五七）。所謂「新英主」也。

〔二〕「高科」句：王彝訓是年二月春闈進士，仍屬先朝，是曰「高科舊少年」也。

〔三〕風流：指人之才華風度，高雅瀟灑。《後漢書·方術傳論》：「漢世之所謂名士者，其風流可知矣。」貴達：顯貴。劉長卿《早春贈别趙居士還江左時長卿下第歸嵩陽舊居》：「逢時雖貴達，守道甘易退。」

〔四〕榮遷：高升。《唐會要》卷六八《刺史上》：「神龍元年正月，舉人趙冬曦上疏曰：『臣聞古之擇牧宰者，皆出於臺郎御史，以爲榮遷。』」

〔五〕「尋常」二句：尾聯述並馬聯轡吟詩送行依依之情。尋常，平時、經常。杜甫《江南逢李龜年》：「岐王宅裏尋常見，崔九堂前幾度聞。」並馬，謂同行爲伴也。杜甫《又送（辛員外）》：「同舟昨日何由得，並馬今朝未擬迴。」

酬岳陽李主簿卷〔一〕

把卷思高興，瀟湘濶浸門。無雲生翠浪，有月動清魂〔二〕。倚檻應窮底，凝情合到源〔三〕。爲君吟所寄，難甚至忘筌〔四〕。

【校箋】

〔一〕岳陽：唐岳州巴陵郡，亦稱岳陽郡，其地即今湖南岳陽市。張説《出湖寄趙冬曦二首》其一：「西泛平湖盡，參差入斷山。東瞻岳陽郡，汗漫太虛間。」《方輿勝覽·岳州》：「郡名岳陽，居天岳山之陽。」又：「岳陽樓在郡治西南，西面洞庭，左顧君山，不知創始爲誰。唐開元四年，中書令張説出守是邦，日與才士登臨賦詠，自爾名著。」主簿：唐代地方官府專掌簿書事務之吏員。李主簿其人不詳。詩寫作時地無考。

〔二〕清魂：高潔的魂魄、心靈。此謂皓月引發詩興。揚雄《甘泉賦》：「澄心清魂，儲精垂恩。」唐扶《使南海道長沙題道林岳麓寺》：「稍揖皇英頮濃淚，試與屈賈招清魂。」

〔三〕「倚檻」二句：倚檻、凝情，皆言賦詩。二詞唐代習用。元稹《酬樂天江樓夜吟稹詩因成三十韻》：「休文徒倚檻，彦伯浪迴船。」柳宗元《奉和周二十二丈酬郴州侍郎衡江夜泊得韶州書並附當州生黄茶一封率然成篇代意之作》：「凝情江月落，屬思嶺雲飛。」窮底、到源，窮源到底，以喻雕琢構思，精搜極慮。

〔四〕忘筌：語本《莊子·外物》：「筌者所以在魚，得魚而忘筌。……言者所以在意，得意而忘言。吾安得夫忘言之人而與之言哉！」按：林希逸《莊子鬳齋口義》：「得其意則忘言矣，不能忘言則泥着而失其意矣。惟忘言者而後可與言。」詩曰「難甚」，難在得其詩心也。

寄懷江西僧達禪翁〔一〕

長憶舊山日，與君同聚沙〔二〕。未能精貝葉〔三〕，便學詠楊花〔四〕。苦甚傷心骨，清還切齒牙〔五〕。何妨繼餘習，前世是詩家〔六〕。

【校箋】

〔一〕禪翁，齊己亦稱之禪弟。據本篇「舊山同聚沙」、「學詠」等語，及卷七《荆渚感懷寄僧達禪弟三首》所云「電擊流年七十三」、「十五年前會虎溪」、「自抛南岳三生石，長傍西山數片雲」數語，僧達蓋湘籍，與齊己童丱相親，貞明七年（九二一）齊己五十八歲時曾相會於廬山，後居南昌西山，是以得言「江西」僧。七十三歲既作《荆渚感懷》詩，憶及歷年聚散行跡，而情懷難已，復長憶舊山兒時情事，蓋清泰三年同時先後之作。

〔二〕聚沙：佛教有兒童聚沙爲佛塔之事，借指慕道學佛。諸經多有記載。《妙法蓮華經·方便品》：「若於曠野中，積土成佛廟，乃至童子戲，聚沙爲佛塔，如是諸人等，皆已成佛道。」

〔三〕貝葉：貝多羅樹的樹葉，古印度以之寫經，故亦借指佛經。張謂《送僧》：「手持貝多葉，心念優曇花。」

〔四〕詠楊花：謂吟詩也。按《樂府詩集·雜曲歌辭》有《楊白花》詩：「陽春二三月，楊柳齊作花。春風一夜入閨闥，楊花飄蕩落南家。含情出户脚無力，拾得楊花淚沾臆。秋去春還雙燕子，願銜楊花入窠裏。」蓋南朝梁曲。

〔五〕「苦甚」二句：傷心骨，謂構思創作心苦。切齒牙，言吟誦抑揚聲清。

〔六〕「何妨」二句，化用王維《偶然作六首》其六語意：「宿世謬詞客，前身應畫師。不能捨餘習，偶被世人知。」趙殿成注：「《維摩詰經》：『深入緣起，斷諸邪見，有無二邊，無復餘習。』」「餘習」蓋謂遺留之習染，未改的習慣。

送吴守明先輩遊蜀〔一〕

憑君遊蜀去，細爲話幽奇〔二〕。喪亂嘉陵驛，塵埃賈島詩〔三〕。未應過錦府，且合上峨嵋〔四〕。既遂高科後〔五〕，東西任所之。

【校箋】

〔一〕吴守明：卷八《送吴先輩赴京》有句云：「烟霄已遂明經第，江漢重來問苦吟。」與本篇「既遂高科」意合，當爲一人。按詩言「江漢重來」，明爲齊己晚年居江陵時所作。蓋吴守明明經及第後過荆西遊入蜀，齊己送之；自蜀返荆入京，於江陵再訪齊己，故曰「重來問苦吟」。蓋均爲齊己居江陵期間詩，姑依《送吴先輩赴京》均繫天成二年。

〔二〕「憑君」二句爲十字句法，兩句合爲一句讀，言君遊蜀煩請細爲話幽奇也。憑：煩請也。見《詩詞曲語辭匯釋》卷五。杜牧《贈獵騎》：「憑君莫射南來雁，恐有家書寄遠人。」

〔三〕「喪亂」二句：言蜀中戰亂，詩人精美之詩作棄若塵埃。馹，諸本或作「驛」，《說文・馬部》：「馹，驛傳也。」嘉陵馹，即嘉陵驛，借言入蜀道路。《大清一統志・順慶府》：「嘉陵驛，在南充縣東，舊爲水驛，今裁。」此爲自荆門泝大江入蜀所經。又《大明一統志・保寧府》：「嘉陵驛在廣元縣西二里。」武元衡《嘉陵驛》詩：「悠悠風旆遶山川，山驛空濛雨作煙。路半嘉陵頭已白，蜀門西更上天青。」蓋爲自漢中南下入蜀之棧道。

〔四〕「未應」二句：未應、且合，推測估量之辭，「應未」、「合當」也。錦府，指成都，天寶十五年玄宗幸蜀改爲成都府。成都以産蜀錦著稱，舊謂之錦官城，言官之所織錦也。《元和郡縣圖志・劍南道》：「錦城，在縣南一十里，故錦官城也。」

〔五〕遂，諸本均作「逐」，非。謂「已登明經第」矣。遂，成也，此謂登進也。高科，科舉高中。釋皎然《送穆寂赴舉》：「春府搜才日，高科得一人。」

寄普明大師可準〔一〕

蓮嶽三徵者〔二〕，論詩舊與君〔三〕。相留曾幾歲〔四〕？酬唱有新文。翠竇容閑憩〔五〕，嵐峯許共分〔六〕。當年若同訪，合得伴吟雲。

【校箋】

〔一〕普明大師可準：據本集卷六《因覽支使孫中丞看可準大師詩序有寄》《謝西川可準上人遠寄詩集》、卷八《和西蜀可準大師遠寄之什》，知可準大師時爲西蜀僧。《謝西川可準上人遠寄詩集》言「吾師還繼此，後輩復何如」，則又知可準大師年輩當尊於齊己。

〔二〕徵，原作「微」，據諸本改。三徵者，謂司空圖。《舊唐書·司空圖傳》：「龍紀初，復召拜舍人，未幾又以疾辭。河北亂，乃寓居華陰。景福中，又以諫議大夫徵。時朝廷微弱，紀綱大壞，圖自深惟出不如處，移疾不起。乾寧中，又以户部侍郎徵，一至闕廷致謝，數日乞還山，許之。昭宗在華，徵拜兵部侍郎，稱足疾不任趨拜，致章謝之而已。」三徵即此事。蓮嶽，見前《竟陵遇書公》注〔三〕。

〔三〕「論詩」句：本集卷六《因覽支使孫中丞看可準大師詩序有寄》，齊己自注：「準公曾以詩道訪司空圖于華下。」所謂論詩之事，即指此也。考《舊唐書·司空圖傳》：「昭宗在華，徵拜兵部侍郎，稱足疾不任趨拜，致章謝之而已。」則可準與圖相見，當在此時。即乾寧三年（八九六）七月至五年八月間。時齊己北遊長安，四年秋在華山訪鄭谷。據詩言「當年若同訪，合得伴吟雲」，則齊己與可準未能同訪司空圖。

〔四〕曾幾歲：言時間短暫。曾，反詰副詞「何曾」，與下句「有」相對。

〔五〕翠竇：翠緑的山巖洞壑。釋無可《寄題廬山二林寺》：「翠竇攲攀乳，苔橋側杖筇。」

〔六〕嵐峰：雲煙飄渺的山峰。韋應物《紫閣東林居士叔緘賜松英丸捧對欣喜蓋非塵侶之所當服輒獻詩代啟》：「一望嵐峰拜還使，腰間銅印與心違。」

還黄平素秀才卷〔一〕

求己甚忘筌，得之經渾然〔二〕。僻能離詭差〔三〕，清不尚妖妍〔四〕。冷淡聞姚監〔五〕，精奇見浪僊〔六〕。如君好風格，自可繼前賢。

【校箋】

〔一〕黄平素，寫作時地均無考。

〔二〕「求己」二句：此言其創作自我要求極嚴，故所得詩篇達到渾然境界。求己，責求自己。語本《論語·衛靈公》：「君子求諸己，小人求諸人。」陸雲《逸民箴》：「善在求己，慶由積仁。」甚，副詞，真，實在。忘筌，得意忘言之謂。經，副詞，已也。

〔三〕詭差：怪異。《詩人玉屑》卷五引釋皎然論詩語：「六迷：以虛大爲高古，以緩慢爲淡佇，以詭差爲新奇，以錯用意爲獨善，以爛熟爲穩約，以氣劣弱爲容易。」

〔四〕妖妍：猶妖艷。此言其詩清僻異俗而不怪異妖艷。

〔五〕姚監：晚唐詩人姚合（七八一？—八四六），曾官秘書監，故稱。胡震亨《唐音癸籤·評彙三》：「姚秘監詩洗濯既浄，挺拔欲高。得趣於浪仙之僻，而運以爽亮；取材於籍、建之淺，而媚以蒨芬。殆兼同時數子巧，撮其長者。」

〔六〕浪僊：指賈島。此賈島之字，一作閬仙。參見卷一《經賈島舊居》注〔一〕。

與張先輩話別〔一〕

爲予同志者〔二〕，各自話離心〔三〕。及第還全蜀，遊方歸二林〔四〕。巴江經峽漲〔五〕，楚野入吴深。他日傳消息，東西不易尋〔六〕。

【校箋】

〔一〕張先輩：無考，蓋蜀人。據詩之「及第」、「遊方」語，張赴京科舉及第歸蜀，於巴楚之地，遇遊方擬遊廬山二林寺之詩人齊己。是約當作於光化末（九〇〇）自洞庭過荆楚東行入贛擬赴廬山之時。後梁代唐，蜀王建自稱帝立國，無貢士入梁應舉事。

〔二〕「爲予」句：諸本脱三字，作「爲□□□者」，此據文淵閣本補。文津閣本三字脱。同志：志趣相同。語本《國語·晉語》：「同德則同心，同心則同志。」《周禮·地官·大司徒》鄭玄注曰：

「同志曰友。」

〔三〕離心：離别之情。鮑照《紹古辭七首》其二：「離心壯爲劇，飛念如懸旗。」駱賓王《别李嶠得勝字》：「離心何以贈，自有玉壺冰。」

〔四〕「及第」二句：全蜀，猶言蜀地。杜甫《行次鹽亭縣聊題四韻奉簡嚴遂州蓬州兩使君咨議諸昆季》：「全蜀多名士，嚴家聚德星。」二林，謂廬山東、西林寺。

〔五〕「巴江」句：諸本脱二字，作「巴江□□漲」，此據文淵閣本補。文津閣本「巴江」下三字脱。「巴江」二句：長江自巴地東流入楚，故稱巴江。廬山屬吴地，故言入吴。漲，大水也。深，遠也。李白《渡荆門送别》：「山隨平野盡，江入大荒流。」

〔六〕西，原作「歸」，諸本均作「西」，據改。此謂歸蜀、入吴，人各東西也。

寄朱拾遺〔一〕

一聞歸闕下，幾番熟金桃〔二〕。滄海期仍晚〔三〕，清資路漸高〔四〕。研冰濡諫筆〔五〕，賦雪擁朝袍。豈念空林下〔六〕，冥心坐石勞？

【校箋】

〔一〕朱拾遺及本篇寫作時地均無考。拾遺：唐中央政府的諫官，已見卷一《寄王振拾遺》注〔一〕。據詩意，本篇亦唐室未亡時詩，編次《與張先輩話別》後，疑天復元年（九〇一）遊廬山時詩。

〔二〕「一聞」二句：此謂朱拾遺歸京已數年。金桃，西域所貢之異桃。見卷一《閑居》注〔五〕。

〔三〕滄海：喻辭官歸隱。李頎《行路難》：「魯連所以蹈滄海，古往今來稱達人。」

〔四〕清資：清貴之官職。《北史·宋遊道傳》：「出州入省，歷忝清資。」劉禹錫《送國子令狐博士赴興元覲省》：「相門才子高陽族，學省清資五品官。」

〔五〕研冰：硯冰，硯水結冰。詩文集中往往硯、研互用同義。此處研讀平聲，研磨之義，謂研磨硯中冰，繼而濡筆草寫諫書。劉孝威《冬曉》：「天寒硯冰凍，心悲書不成。」

〔六〕空林：空曠幽寂的山林。此指佛門寺院。王維《過感化寺曇興上人山院》：「夜坐空林寂，松風直似秋。」孟浩然《大禹寺義公禪》：「義公習禪處，結構依空林。」

荊門送興禪師〔一〕

灑落南宗子〔二〕，遊方跡似雲。青山尋處處，赤葉路紛紛〔三〕。虎共松岩宿，猿和石溜聞〔四〕。何峯一回首，憶我在人羣〔五〕。

【校箋】

〔一〕興禪師：無考。禪師，通達禪定之比丘，若經師、律師、論師、法師、三藏師等，均爲佛門中專門人才之一。在中國，禪師之稱不限用於禪宗名德，天台宗、浄土宗等專習坐禪者，亦稱禪師。朝廷亦賜有德之僧予禪師稱號，如唐代神秀獲謚「大通禪師」。本篇題爲「荆門送」而結曰「憶我在人群」，蓋自謂混跡於世俗中，姑繫於龍德初滯留荆渚期間。

〔二〕灑落：無拘無束，言行灑脱。南宗：佛教宗派名。達摩傳禪，至五祖弘忍（五九九—六七二）有二弟子：神秀布化於北地，稱北宗；惠能布化於江南，稱南宗。後世南宗隆盛，被認爲禪之正宗，故以惠能稱六祖。許渾《宣城開元寺贈元孚上人二十韻》：「一鉢事南宗，僧儀稱病容。」

〔三〕路，《百家》作「落」。《全詩》注：「一作落。」赤葉：秋天之紅葉。何遜《荅丘長史》：「黄花發岸草，赤葉翻高樹。」

〔四〕石溜：山石上之流水。謝朓《遊山》：「杳杳雲竇深，淵淵石溜淺。」

〔五〕人羣：指世俗中人。《楚辭·遠遊》：「形穆穆以浸遠兮，離人羣而遁逸。」王逸注：「遁去風俗，獨隱存也。」

過西山施肩吾舊居〔一〕

大志終難起，西峯卧翠堆〔二〕。牀前倒秋壑〔三〕，枕上過春雷〔四〕。鶴見丹成去〔五〕，僧聞栗熟來[六]。荒齋松竹老，鸞鶴自徘徊[七]。

【校箋】

〔一〕肩，底本、馮本訛作「眉」，據柳、汲、《全詩》改。施肩吾：字希聖，睦州（今浙江桐廬）人，一説湖州（今湖州市）人。元和十五年（八二〇）登進士第，即離京東歸。學道求仙，隱於洪州西山。著《辨疑論》、《西山傳道記》、《會真記》。流連聲色，好爲冶遊香艷之詞。《全唐詩》録詩一卷。事跡見《唐摭言》、《唐詩紀事》、《唐才子傳》。本篇作於光化三年（九〇〇）初遊洪州時。

〔二〕西峰：指洪州（今南昌市）西山。《江西通志·山川一》南昌府：「西山，在府城西，距章江三十里，《水經注》作散原山，《豫章記》作厭原山。道家第十二洞天，名曰天寶極元峰。……連屬三百里，西山之勢，高與廬阜等，而不與之接，餘山則枝附矣。」

〔三〕到，諸本作「倒」，意勝，據改。秋壑：猶言秋水，秋天山溝裏的流水。王勃《益州緜竹縣武都山浄慧寺碑》：「春巖橘柚，影入山堂。秋壑芙蓉，光浮水殿。」

〔四〕春，柳、明抄作「雲」。

〔五〕丹：丹藥。李白《江上望皖公山》：「待吾還丹成，投跡歸此地。」王琦注：「《神仙金液經》云：金液還丹，太上所服而神。今燒水銀，還復爲丹，服之得仙，白日升天。求仙不得此道，徒自苦耳。」

〔六〕栗熟：《夏小正》：「八月栗零。」零謂降也，落也。栗熟自零也。

〔七〕鶴，《唐音統籤》作「鳳」。鸞鶴，用仙人洪崖先生與王子喬典。《文選・江淹・從冠軍建平王登廬山香爐峰》：「廣成愛神鼎，淮南好丹經。此山具鸞鶴，往來盡仙靈。」李善注引張僧鑒《豫州記》：「洪井西有鸞崗，舊説云洪崖先生乘鸞所憩處也。鸞崗西有鶴嶺，云王子喬控鶴所經處也。」蓋施肩吾隱於洪州西山，又學道，故以此美稱之。按，本篇爲五律，《唐音統籤》蓋因「鶴」字兩見，嫌複，乃改「鳳」字。

喜夏雨〔一〕

四郊雲影合，千里雨聲來。盡洗紅埃去〔二〕，併將清氣回〔三〕。潺湲浮楚甸〔四〕，蕭散露荆臺〔五〕。欲賦隨車瑞〔六〕，濡毫渴謏才〔七〕。

【校箋】

〔一〕據頸聯，詩當作於遮留荆門期間。喜雨而不以爲諛頌，中情不爽也，繫龍德間。

〔二〕紅埃：紅塵，塵埃。白居易《感鏡》：「經年不開匣，紅埃覆青銅。」

〔三〕將：猶携帶。清氣：空中清明之氣。陶淵明《己酉歲九月九日》：「清氣澄餘滓，杳然天界高。」

〔四〕潺湲：水流動貌。《楚辭·九歌·湘君》：「橫流涕兮潺湲，隱思君兮陫側。」王逸注：「潺湲，流貌。」楚甸：猶楚地。甸，郊外之地。謝朓《和伏武昌登孫權故城》：「鵲起登吴山，鳳翔陵楚甸。」

〔五〕蕭散：猶消散。釋皎然《送大寶上人歸楚山》：「獨鶴翩翻飛不定，歸雲蕭散會無因。」荆臺：古楚國臺名。故址在今湖北監利北。《説苑·正諫》：「楚昭王欲之荆臺游，司馬子綦進諫曰：『荆臺之游，左洞庭之波，右彭蠡之水，南望獵山，下臨方淮，其樂使人遺老而忘死，人君游者，盡以亡其國，願大王勿往游焉。』」

〔六〕隨車瑞：隨車致雨之祥瑞。歌頌郡守美政之典。《後漢書·鄭弘列傳》注引謝承書曰：「（鄭）弘消息繇賦，政不煩苛，行春天旱，隨車致雨，白鹿方道，俠轂而行。」庾肩吾《從駕喜雨》：「復此隨車雨，民人知可安。」

〔七〕渴謏，底本作「謁謏」，汲、馮、清抄本同，柳、明抄、《百家》本作「謁謏」。《全詩》作「渴謏」，是，據改。渴，讀若「竭」，水乾涸、盡。《説文·水部》：「渴，盡也。」段玉裁注：「『渴』、『竭』古今字。」「謏」讀若「小」，謙辭，小也。柳宗元《爲樊左丞讓官表》：「臣實謏才，謬登清貫。」此處渴謏才猶言苦於才華欠缺。又按：濡毫，謂提筆蘸墨，準備書寫。韋應物《酬劉侍郎使君》：「濡毫意僶俛，一用寫悁勤。」

酬元員外見寄八韻〔一〕

舊隱夢牽仍〔二〕，歸心只似蒸。遠青憐島峭，輕白愛雲騰。艷冶叢翻蜨，腥膻地聚蠅。雨聲連洒竹，詩興繼填膺〔三〕。訪戴情彌切，依劉力不勝〔四〕。衆人忘苦苦〔五〕，獨自愧兢兢〔六〕。處世無他望，流年有病僧〔七〕。時慚大雅客，遺韻許相承〔八〕。

【校箋】

〔一〕本篇底本、明抄、《全詩》作一首八韻十六句。柳、汲、馮、清鈔、《百家》本録作兩首，各四韻。元員外：見卷一《酬元員外見寄》注〔一〕。據「舊隱」、「歸心」、「依劉」等語，蓋亦作於居江陵初期之龍德年間。

〔二〕「舊隱」二句：「舊隱」「歸心」，思湖南家鄉舊寺也。舊隱，猶言舊居。劉禹錫《和蘇郎中尋豐安里舊居寄主客張郎中》：「舊隱來尋通德里，新篇寫出畔牢愁。」

〔三〕填膺：猶滿懷。江淹《恨賦》：「置酒欲飲，悲來填膺。」李善注：「填，滿也。」

〔四〕「訪戴」二句：訪戴、依劉，見前《荆渚病中因思匡廬遂成三百字寄梁先輩》注〔六〕、〔七〕。

〔五〕苦苦，明抄作「若若」，當非。案「苦苦」爲佛教語，指苦緣所生之苦惱。《大乘義章》第三：「從彼逆緣，逼而生惱，名爲苦苦。刀杖等緣，能生内惱。説之爲苦，從苦生苦，故曰苦苦。……心性是苦，依彼苦上，加以事惱，苦上加苦，故云苦苦。」

〔六〕兢兢：小心謹慎貌。《詩·小雅·小旻》：「戰戰兢兢，如臨深淵，如履薄冰。」毛傳：「兢兢，戒也。」

〔七〕流年：年華流逝。鮑照《登雲陽九里埭》：「宿心不復歸，流年抱衰疾。」

〔八〕大雅：以《詩·大雅》贊許員外詩作堪爲範式，故有相承之語。遺韻：指「員外見寄」之詩。遺，讀若「未」，贈予也。相承：謂承其韻酬答也。

涴口泊舟曉望天柱峯〔一〕

根盤灊岳半〔二〕，頂逼日輪邊〔三〕。冷碧無雲點，危稜有瀑懸。秀輕毛女下〔四〕，名與鼎湖偏〔五〕。誰見扶持力？巍巍出後天〔六〕。

【校箋】

〔一〕涴口：一作皖口，即安徽皖水入江口，在今安慶市西南，屬安慶市大觀區山口鄉。《雲溪友議》卷下「江客仁」條言李涉過九江涴口，遇盜。盜問何人？從者曰李博士是也。其豪首曰：若是李涉博士，不可剽奪。久聞詩名，願題詩一首足矣。涉贈一絶云：「暮雨瀟瀟江上村，緑林豪客夜知聞。他時不用藏名姓，世上如今半是君。」當即其地，自九江順流而下即達涜口。《全唐詩》詩題作《井欄砂宿遇夜客》。天柱峯：據詩意當指唐舒州懷寧縣（今安徽潛山）之天柱山，山在皖口西北。又漢灊縣之霍山，一名天柱山。《史記・孝武本紀》：「其明年（元封五年）冬，上巡南郡，至江陵而東，登禮灊之天柱山，號曰南嶽。浮江自尋陽出樅陽。」《集解》：「應劭曰：『潛縣屬廬江。南嶽，霍山也。』文穎曰：『天柱山在灊縣南，有祠。』」漢灊縣即今安徽省六安市霍山縣，唐舒州懷寧漢置皖縣，灊縣、皖縣同屬廬江郡。古籍中往往誤以舒州懷寧之天柱山爲灊之霍山、漢之南嶽，詳見宋王楙《野客叢書》卷八「南嶽首陽歷山塗山」條。齊己此處疑誤，涜口難望見霍山也。詩言泊舟涜口，爲某次出廬山自潯陽（九江）東下江行之作，言「誰見扶持力？峩峩出後天」，蓋唐祚未亡時，疑爲天復元年（九〇一）出廬山東遊時詩。

〔二〕潛岳：謂漢、隋之南嶽。宋吴仁傑《兩漢刊誤補遺》卷四「南嶽」條謂：「武帝以天柱山爲南嶽，郭景純注《爾雅》『霍山』云即天柱山。南嶽之稱，在虞、夏則衡，在漢則霍也。訖隋南嶽之祀常在灊霍，至唐始祠衡山爾。」

〔三〕逼，原作「遍」，據諸本改。

〔四〕「秀輕」句：毛女峰，衡山山峰名，在今湖南衡陽市北。《大明一統志・衡州府》：「會善峰在府城北五十三里，古名毛女峰，乃十八高僧相會處。」詩意蓋以天柱山雖峻秀，仍略輸毛女峰，故有「秀輕毛女」之語。

〔五〕「名與」句：鼎湖，傳説軒轅黄帝鑄鼎乘龍升天之處，古籍或謂其地在今陝西關中。然傳説亦謂黄帝南巡崩于蒼梧九嶷，其地在今湖南。《湖廣通志·古蹟志》言湘陰縣有黄陵廟，唐元和十四年韓愈黜刺潮州，過廟而禱之。又同書《陵墓志》言軒轅氏陵在湘陰縣鼎湖。此謂軒轅祀於衡山，漢以霍山爲南嶽而祀之，其名偏相與焉。與，比並也。又《漢書·武帝紀》載元封「五年冬，武帝行南巡狩，至于盛唐（廬江郡縣名），望祀虞舜于九嶷，登灊天柱山」。知其登禮天柱，行「望祀虞舜」之禮。是以天柱比並鼎湖之義。

〔六〕出後天：言其繼衡山之名望而揚名於後代。

寄楚萍上人〔一〕

北面香爐秀，南邊瀑布寒〔二〕。自來還獨去，夏滿又秋殘。日影松杉亂，雲容洞壑寬。何峯是隣側〔三〕？片石許相安。

【校箋】

〔一〕楚萍上人：本集卷九《寄尋萍公》：「聞在溢城多寄住，隨時談笑混塵埃。……虎溪橋上龍潭寺，曾此相尋踏雪迴。」湓城即潯陽縣（治今江西九江），虎溪在廬山，合觀兩詩，萍公即楚萍，江西廬山僧。據本卷後續諸詩編次，疑爲貞明元年（九一五）離長沙初至廬山之作。《寄尋萍公》則爲闊別多年追尋萍公所蹤之詩。

〔三〕「北面」二句：香爐、瀑布，廬山勝景。陳舜俞《廬山記·叙山北篇第二》：「香爐峰：此峰山南山北皆有，真形圓聳，常出雲氣，故名以象形。李白詩云：『日照香爐生紫烟，遥看瀑布掛長川。』即謂在山南者也。……東林寺正在其下。」

〔三〕隣，原作「憐」，據諸本改。「何峰」、「隣側」，尋卜居之地也。

竹裏作六韻〔一〕

我來深處坐〔二〕，剩覺有吟思〔三〕。忽似瀟湘岸，欲生風雨時。冷煙濛古屋，乾籜墮秋墀〔四〕。徑熱因頻入〔五〕，身閑得遍攲。踏多鞭節損〔六〕，題亂粉痕隳〔七〕。猶見前山疊，微茫隔短籬。

【校箋】

〔一〕詩詠深山竹林，言「忽似瀟湘岸」，乃作於離長沙道林寺後；謂「猶見前山疊」，蓋身居山中。據前後編次，疑亦作於居廬山期間。

〔二〕我，《全詩》注：「一作偶。」

〔三〕剩覺：更覺。剩，甚辭（爲程度副詞），更加之意。見《詩詞曲語辭匯釋》卷二。

〔四〕籜：筍殼，即竹筍外皮，竹長成即脱落。

〔五〕熱，柳、汲、明抄、《百家》、《全詩》作「熟」，意勝。

〔六〕鞭節：竹鞭，狀如馬鞭有節。宋釋贊寧《筍譜》：「筍者，竹之萌也。竹根曰鞭，鞭節之間，乳贅而生者。」

〔七〕題：謂題詩於竹，唐人風習。粉痕：初生竹皮上灰白色粉狀物。羅隱《竹》詩：「子猷没後知音少，粉節霜筠漫歲寒。」

寄江西幕中孫魴員外〔一〕

簪履爲官興〔二〕，芙蓉結社緣〔三〕。應思陶令醉，時訪遠公禪〔四〕。茶影中殘月，松聲裏落泉。此門曾共説，知未遂終焉〔五〕。

【校箋】

〔一〕孫魴：洪州南昌縣人。昭宗天復間至宜春師鄭谷學詩。後仕吴，爲郡從事。吴太和、天祚之際

（九三二後）在金陵與沈彬、李建勳爲詩社。南唐李昇（九三七—九四三）授宗正郎，卒。馬令《南唐書》、《唐詩紀事》、《唐才子傳》略載其事跡，詩文見《全唐詩》、《全唐文》。此云「江西幕中」，則當作於仕吴爲郡從事間。員外：統稱正員以外之官員。本集另有《酬孫魴》（卷五）、《寄孫魴秀才》（卷七）、《亂後江西過孫魴舊居因寄》（卷八）等詩，《江南野史》言嘗「與沈彬及桑門齊己、虚中之徒爲倡和儔侶」是也。《亂後江西過孫魴舊居因寄》詩，未言及入幕爲官，爲貞明居廬山初期過南昌訪故居作；本篇已入江西幕，其時稍後也；卷五《酬孫魴》云「才子已從軍」，同爲貞明居廬山後期之作。

〔二〕簪履：簪笄、鞋履，借喻做官。此言其入幕江西也。謝朓《忝役湘州與宣城吏民别》：「弱齡倦簪履，薄晚忝華奥。」

〔三〕結社緣：以晉慧遠廬山白蓮社喻前此與沈彬等在廬山「爲倡和儔侶」事。或即指光化間初遊廬山時也。

〔四〕「應思」二句：《佛祖統紀·浄土立教志·不入社諸賢傳》：「陶潛，字淵明……嘗往來廬山。……時遠法師與諸賢結蓮社，以書招淵明，淵明曰：『若許飲則往。』許之，遂造焉。」同書《東林影堂六事》：「陶淵明湎於酒而招之令入社，蓋簡小節而取其達也。……謝靈運以心雜不取而果歿於刑，蓋識其器而知其終也。」

〔五〕「此門」二句：此門，謂作詩之門，詩道。見卷三《酬洞庭陳秀才》注〔二〕。終焉，終老於此。

《晉書·王羲之傳》：「羲之雅好服食養性，不樂在京師，初渡浙江，便有終焉之志。」

盆池[一]

盆沼陷花邊[二]，孤明似玉泉[三]。涵虚心不淺[四]，待月底長圓。平穩承天澤[五]，依微泛曙煙[六]。何須照菱鏡[七]？即此鑒媸妍。

【校箋】

〔一〕盆池：埋盆於地成小池以種花草。韓愈《盆池五首》其一：「老翁真箇似童兒，汲水埋盆作小池。」姚合《詠盆池》：「浮萍重疊水團圓，客遶千遭屐齒痕。」中晚唐人多詠此。據卷九《江居寄關中知己》：「舊栽花地添黄竹，新陷盆池换白蓮。」及卷十《觀盆池白蓮》詩，此盆池蓋齊己同光四年春移居荆門西城草堂後所修造，是三篇均爲天成元年夏秋詩。

〔二〕沼，《百家》作「池」。陷，柳、明抄作「焰」。《全詩》注：「一作稻。」

〔三〕孤明：孤零零的一片亮光。釋皎然《山月行》：「山心萬境長寂寥，夜夜孤明我山上。」

〔四〕涵虚：水映天空。孟浩然《望洞庭湖贈張丞相》：「八月湖水平，涵虚混太清。」

〔五〕天澤：指雨水。薛據《懷哉行》：「我聞雷雨施，天澤罔不該。」

〔六〕依微：輕微，細微。韋應物《長安道》：「春雨依微春尚早，長安貴遊愛芳草。」曙煙：清晨地表、水面飄浮的煙靄。劉希夷《洛中晴月送殷四入關》：「微雲一點曙煙起，南陌憧憧遍行子。」

〔七〕菱鏡：菱花鏡，六角形背刻菱花，故名。楊凌《明妃曲》：「匣中雖有菱花鏡，羞對單于照舊顔。」

喜乾晝上人遠相訪〔一〕

彼此垂七十，相逢意若何？聖明殊未至〔二〕，離亂更應多。澹泊門難到〔三〕，從容日易過。餘生消息外〔四〕，只合聽詩魔〔五〕。

【校箋】

〔一〕乾晝上人：見本卷《竟陵遇晝公》注〔一〕。據首聯，約當作於年近七十歲居江陵時。檢本集有《荆門送晝公歸彭澤舊居》（卷三）、《再逢晝公》（卷五）、《招乾晝上人宿話》（卷六）諸詩，均爲同時之作，據卷六詩編次，《招乾晝上人宿話》詩乃作於天成四年（九二九）春詩人六十六歲時，言「垂七十」自無不可，唐人所謂「人生七十古來稀」也。

〔二〕聖明：諛頌帝王之辭。此指「聖明時」，好皇帝治下的清平時代。李白《酬崔五郎中》：「幸遭聖明時，功業猶未成。」殊：猶、仍然之意。

〔三〕澹泊門：猶言澹泊之境界。澹泊，恬淡寡慾、樸實無華。《漢書·敘傳上》：「若夫嚴子者，絕聖棄智，修生保真，清虛澹泊，歸之自然。」案此「門」字有雙關義，亦指寓所之門庭，他人難得一顧，喜上人遠相訪也。

〔四〕消息：盛衰消長，人生之出處進退。《易·豐·彖》：「天地盈虛，與時消息，而況於人乎？」蔡邕《釋誨》：「時行則行，時止則止，消息盈沖，取諸天紀。」

〔五〕詩魔：愛詩入魔。此猶言詩興，作詩的衝動，參見卷一《嘗茶》注〔五〕、《自勉》注〔五〕。又案柳、明抄、百家本移前《答人寒夜所寄》至卷末。

齊己詩歌繫年箋注卷第三

過陳陶處士舊居[一]

一室貯琴樽[二]，詩皆大雅言[三]。夜過秋竹寺，醉打老僧門。遠燒來籬下[四]，寒蔬簇石根[五]。閑庭除鶴跡，半是杖頭痕[六]。

【校箋】

〔一〕陳陶（約八〇三—約八七九）：晚唐詩人，字嵩伯。舉進士不第，恣遊名山，自稱「三教布衣」。大中三年隱居洪州（今江西南昌）西山，以耕讀詩酒爲事。工樂府，其《隴西行》爲時傳誦。後人輯有《陳嵩伯詩集》，《全唐詩》存詩二卷一百七十首，其中混入有南唐同名詩人之作。事跡見《唐才子傳》。本篇疑作於光化三年詩人初遊洪州時。

〔二〕琴樽：琴和酒，彰顯文士嫻雅情懷之物。謝脁《和宋記室省中》：「無嘆阻琴樽，相從伊水側。」

〔三〕大雅：《詩大序》：「雅者，正也，言王政之所由廢興也。政有小大，故有小雅焉，有大雅焉。」傳統之詩學觀念謂詩歌之正聲。

〔四〕遠燒：謂遠方燒荒（種田）之火光，亦稱燒畬、秋燒。杜甫《秋日夔府詠懷奉寄鄭監李賓客一百韻》：「煮井爲鹽速，燒畬度地偏。」仇注引《農書》：「荆楚多畬田，先縱火熂爐，候經雨下種。……杜田曰：楚俗燒榛種田曰畬。」按「熂爐」即縱火焚燒野草。《禮記·月令》稱「燒薙」，或稱「燒田」。

〔五〕寒蔬：冬季食用的蔬菜。沈約《休沐寄懷》：「爨熟寒蔬翦，賓來春蟻浮。」

〔六〕「閑庭」兩句：言隱者高致，與仙鶴、僧人爲友。劉禹錫《寄楊八壽州》：「桂嶺雨餘多鶴跡，茗園晴望似龍鱗。」杖頭痕，謂僧人之行跡。杖言錫杖。

寄敬亭清越〔一〕

敬亭山色古，廟與寺松連。住此修行過〔二〕，春風四十年。鼎嘗天柱茗〔三〕，詩硾剡溪牋〔四〕。冥目應思著，終南北闕前〔五〕。

【校箋】

〔一〕敬亭：山名，在今安徽省宣城縣。《元和郡縣圖志·江南道》宣州宣城縣：「敬亭山，州北十二里，即謝朓賦詩之所。」清越：晚唐詩僧，居敬亭四十年。鄭谷《故少師從翁隱巖别墅亂後榛蕪感舊愴懷遂有追紀》：「理論知清越，生徒得李頻。」注：「清越，江左詩僧，孤卿待之甚厚。」孤卿謂懿宗朝太子少師鄭薰也。方干、張喬、曹松均有贈清越詩。《文苑英華》卷八二〇存釋清越《新興寺佛殿石階記》，言「大中十四年二月二十一日敬亭僧清越記」。詩尾聯有勸其入京觀禮之意，是詩當作於唐亡之前，疑爲天復元年（九〇一）出遊吴越時。清越於大中末入敬亭，至此約四十年矣。

〔二〕此，原作「北」，據諸本改。修行：指僧人精研佛法、恭行實踐。

〔三〕鼎：茶具之一，蓋烹茶之器。陸龜蒙有《和茶具十詠》詩，其八《茶鼎》云：「新泉氣味良，古鐵形狀醜。那堪風雪夜，更值煙霞友。曾過頳石下，又住青溪口（頳石、青溪皆江南出茶處）。且共薦皋盧（茶名），何勞傾斗酒。」杜荀鶴《春日山中對雪有作》：「牢繫鹿兒防獵客，滿添茶鼎候吟僧。」天柱：見卷二《浣口泊舟曉望天柱峰》注〔一〕。《太平寰宇記·淮南道》：「潛山在（懷柔）縣西北二十里，其山有三峰，一天柱山，一潛山，一皖山。」其土産有：「白苧布、開火茶。」

〔四〕硾：通「搥」，爲錘煉義。剡溪牋：剡溪出産之精美紙張。案剡溪在今浙江嵊州市（唐剡縣），爲曹娥江上游。《元和郡縣圖志·江南道》：「剡溪山，縣西南，北流入上虞縣界爲上虞江（曹娥江）。」唐人多有詠剡紙之詩文，如顧況《剡紙歌》云：「剡溪剡紙生剡藤，噴水擣後爲蕉葉。

欲寫金人金口經，寄與山陰山裹僧。」皮日休《二遊詩》：「宣毫利若風，剡紙光於月。」

〔五〕「終南」句：終南，見卷二《題終南山隱者室》注〔一〕。北闕，宫殿北面的門樓，爲朝臣等候召見、上書奏事之處。《漢書·高帝紀下》：「蕭何治未央宫，立東闕、北闕、前殿、武庫、大倉。」顔師古注：「未央殿雖南嚮，而上書奏事謁見之徒，皆詣北闕，公車司馬亦在北焉。是則以北闕爲正門，而又有東門、東闕。至於西南兩面，無門闕矣。」後遂用爲宫禁或朝廷之别稱。李白《憶舊遊寄譙郡元參軍》：「北闕青雲不可期，東山白首還歸去。」

湘江漁父〔一〕

湘潭春水滿〔二〕，岸遠草青青。有客釣煙月〔三〕，無人論醉醒。門前蛟蜃氣〔四〕，蓑上蕙蘭馨。曾受蒙莊子，逍遥一卷經〔五〕。

【校箋】

〔一〕湘江：亦稱湘水。《水經注》卷三十八：「湘水出零陵始安縣陽海山。……羅君章《湘中記》曰：『湘水之出于陽朔，則觴爲之舟，至洞庭，日月若出入于其中也。』」案零陵爲唐永州零陵郡（今湖南永州市）。始安縣即今廣西省桂林市，陽海山一名陽朔山。湘水自始安東北流經今湖南全境，入洞庭湖。漁父：捕魚老人。《楚辭·漁父》王逸章句：「《漁父》者，屈原之所作也。屈原放逐在江湘之間，憂愁嘆吟，儀容變易。而漁父避世隱身，釣魚江濱，欣然自樂。時遇屈原川澤之域，怪而問之，遂相應答。楚人思念屈原，因叙其辭以相傳焉。」此取其避世隱身、欣然自樂之意。詩當爲入居長沙時作。

〔二〕湘潭：唐縣名，其地在今湖南衡山縣境。《元和郡縣圖志·江南道》：「湘潭縣：本漢湘南縣地，吴分立衡陽縣，晉惠帝更名衡山，歷代並屬衡陽郡。隋改屬潭州，天寶八年改名湘潭。」此以湘潭概言湘水流域。

〔三〕釣煙月：宋釋文瑩《玉壺野史》卷二載後晉劉嶽退居河陰，其子温叟方七歲，嘗謂客曰：「吾老矣！他無所覬，但得世難稍息，與此兒偕爲温洛之叟，耕釣烟月，爲太平之漁樵，平生足矣。」

〔四〕蛟蜃：傳説中的兩種龍類動物。《九歌·湘君》：「蛟何爲兮水裔？」王逸注：「蛟，龍類也。」《史記·天官書》：「海旁蜄氣象樓臺。」《本草綱目》卷四三《鱗部》云：「蛟之屬有蜃，……能吁氣成樓臺城郭之狀，將雨即見，名蜃樓，亦曰海市。」《太平廣記》卷三〇九引《集異記》言蔣琛入水底遊，遇「蛟蜃數十，東西馳來，乃嘘氣爲樓臺，爲瓊宫珠殿，爲歌筵舞席，爲座榻裀褥，頃刻畢備。其尊罍器皿玩用之物，皆非人世所有」。

〔五〕「曾受」兩句：蒙莊子，指先秦思想家、文學家莊周。生宋國睢陽蒙縣（案故地在今河南商丘東北），故稱「蒙莊子」。《舊唐書·禮儀志》載天寶元年，玄宗賜號莊子爲南華真人，改《莊子》爲

《南華真經》。案《莊子》首篇爲《逍遥游》，故詩言「逍遥一卷經」。

書古寺僧房〔一〕

緑樹深深處，長明焰焰燈〔二〕。春時遊寺客，花落閉門僧〔三〕。萬法心中寂〔四〕，孤泉石上澄。勞生莫相問〔五〕，喧默不相應〔六〕。

【校箋】

〔一〕依前篇《湘江漁父》，暫斷爲居長沙時詩，均春日之作也。

〔二〕長明焰焰燈：即長明燈，爲燃於佛像前，晝夜長明不熄之燈。又名續明燈、無盡燈。《佛説目連五百問·佛事品》：「問：續佛光明，晝可滅不？答：不得。若滅犯墮。雖佛無明暗，施者得福，故滅有罪。」

〔三〕春時，宋蔡絛《西清詩話》卷中引作「春深」。

〔四〕「萬法」句：指一心向佛的禪定狀態。《佛説寂志果經》載王阿闍世白世尊言：「佛心寂然，微妙無念，弟子亦爾。願令我心志于微妙隱定如是。」《方廣大莊嚴經·處胎品》：「我心寂静樂，如在禪定中。」

〔五〕勞生：謂人生辛勞。語本《莊子・大宗師》：「大塊載我以形，勞我以生，佚我以老，息我以死。」張喬《江南別友人》：「勞生故白頭，頭白未應休。」此以指辛勞生活的塵世中人。

〔六〕「喧默」句：「喧」即指塵勞中人、遊寺客，「默」謂心寂之僧伽。「應」謂應和、相契合。隋僧璨《信心銘》：「多言多慮，轉不相應；絶言絶慮，無處不通。」《壇經・付囑品》：「若言下相應，即共論佛義；若實不相應，合掌令歡喜。」

湖西逸人〔一〕

老隱洞庭西，漁樵共一溪。琴前孤鶴影，石上遠僧題。橘柚園林熟，蒹葭徑路迷〔二〕。君能許隣並〔三〕，分藥斸春畦〔四〕？

【校箋】

〔一〕逸人：逸民，品格高尚而隱居遁世之士。據詩意，齊己曾一度隱於洞庭湖西某地。案齊己天祐三年（九〇六）四十三歲時自衡山入長沙居道林寺十年，乾化五年（九一五）五十二歲離長沙入廬山，居東林寺六載，至龍德元年（九二一）五十八歲秋離廬山，爲高氏遮留渚宮，遂終老江陵。是「隱洞庭」只能在中年入衡山之前。排比其行跡，疑即在光化間北遊長安南歸至東遊吳越前，行跡不够明晰。姑繫本篇於光化二年（八九九）。言「橘柚園林熟，蒹葭徑路迷」，蓋秋景，是年（或前年）秋至此也。本卷《贈無本上人》有云：「洞庭禪過臘」，則越明年矣。

〔二〕「橘柚」二句：橘柚熟，八月秋霜之時也。蒹葭，蘆葦。《詩·秦風·蒹葭》：「蒹葭蒼蒼，白露爲霜。」

〔三〕隣並：相隣而居，做隣居。賈島《題李凝幽居》：「閒居少鄰並，草徑入荒園。」

〔四〕「分藥」句：斸，鋤地。畦，分塊種植的田園。此謂藥畦。王建《九仙宮主舊莊》：「野牛行傍澆花井，本主分將灌藥畦。」

瀟湘二十韻〔一〕

二水遠難論，從離向坎奔〔二〕。冷穿千嶂脉〔三〕，清過幾州門。闊去多凝白〔四〕，傍來盡帶渾。經遊聞舜禹〔五〕，表裏見乾坤〔六〕。浦静魚閑釣，灣涼鴈自屯〔七〕。月來分野底，雲度見秋痕〔八〕。暮氣藏鄰寺，寒濤聒近村。《離騷》傳永恨〔九〕，鼓瑟奏遺魂〔一〇〕。霧擁魚龍窟，槎欹島嶼根〔一一〕。秋風帆上下，落日樹沉昏。柳少砂洲缺，苔多古岸存。禽巢依橘柚，獺徑入蘭蓀〔一二〕。色自江南絶，名聞海内尊。吴頭雄莫遏，漢口壯堪吞〔一三〕。寥泬晴方映〔一四〕，馮夷信忽翻〔一五〕。渡遥峰翠疊，汀小荻花繁〔一六〕。勢接湖煙漲，聲和瘴雨歎〔一七〕。急摇吟客舫，狂濺野人樽〔一八〕。疏鑿誰窮本？澄鮮自有源〔一九〕。對茲傷九曲，含濁出崑崙〔二〇〕。

【校箋】

〔一〕瀟湘：見卷一《遠思》注〔三〕。瀟湘二水合流，縱貫湖南，北注洞庭。詩蓋處洞庭而遠溯二水之源流，融景色與史事於一體，娓娓成詠。疑亦隱居洞庭西時之所作，姑依前篇繫光化二年。

〔二〕從離向坎：由南向北。《易·説卦》：「離也者，明也，萬物皆相見，南方之卦也。……坎者，水也，正北方之卦也。」

〔三〕脉：水脉，地下潛流相貫通者。釋皎然《詠小瀑布》：「細脉穿亂沙，叢聲咽危石。」

〔四〕多，柳、汲、《全詩》作「都」。

〔五〕聞舜禹：謂瀟湘流域有舜、禹遺跡。《史記·五帝本紀》：「（舜）南巡狩，崩於蒼梧之野。葬於江南九疑，是爲零陵。」集解引《皇覽》曰：「舜冢在零陵營浦縣。其山九谿皆相似，故曰九疑。」《史記·夏本紀》：「（禹）道九山：……汶（岷）山之陽至於衡山，過九江，至于敷淺原。」《禹貢會箋》：「《廣雅》曰：衡山，南嶽。有岣嶁峰，上有神禹碑。」韓愈《岣嶁山》詩：「岣嶁山尖神禹碑，字青石赤形摹奇。科斗拳身薤葉披，鸞飄鳳泊拏虎螭。」

〔六〕「表裏」句：表裏，猶内外。乾坤，天地。句意謂江面遼闊，天地倒映於水中，有孟浩然《望洞庭湖贈張丞相》「含虚混太清」之意象。

〔七〕屯：《廣雅·釋詁三》：「屯，聚也。」曹植《七啟》：「鳥集獸屯，然後會圍。」

〔八〕野，柳、汲、《全詩》作「夜」。「月來」二句：上句意爲月光照亮原野與江流，下句謂雲彩飛度顯出秋天氣象。分，與下句「見」爲對，是爲「明」義。

〔九〕傳永恨：《史記·屈原賈生列傳》：「離騷者，猶離憂也……屈平之作《離騷》，蓋自怨生也。」

〔一〇〕「鼓瑟」句：《楚辭·遠遊》：「使湘靈鼓瑟兮，令海若舞馮夷。」王逸章句：「《遠遊》者，屈原之所作也。屈原履方直之行，不容於世，上爲讒佞所譖毀，下爲俗人所困極，章皇山澤，無所告訴，乃深惟元一，修執恬漠，思欲濟世，則意中憤然，文采鋪發，遂叙妙思，託配仙人，與俱遊戲，周歷天地，無所不到，然猶懷念楚國，思慕舊故，忠信之篤，仁義之厚也。是以君子珍重其志，而瑋其辭焉。」

〔一一〕槎：木筏。欹：倚傍也。

〔一二〕蘭蓀：香草名。《離騷草木疏》卷一「蓀荃」條：「沈存中（括）云：香草之類，大率多異名，所謂蘭蓀，即今菖蒲是也。」

〔一三〕「吴頭」二句：此意謂瀟湘之雄姿爲吴楚之最，其氣勢壯壓江漢。吴頭、漢口，見卷二《過西塞山》注〔五〕、〔六〕。

〔一四〕寥泬：空曠深邃之貌。江淹《雜體三十首·謝臨川遊山》：「乳竇既滴瀝，丹井復寥泬。」李善注：「王逸《楚辭注》曰：『泬寥，曠蕩空虚，静也。』」呂向注：「寥泬，深也。」此謂晴日藍天下，江流曠蕩而平静。

〔一五〕馮夷：泛指水神。《楚辭·遠遊》：「令海若舞馮夷。」王逸注：「河海之神咸相和也。海若，神名也。馮夷，水仙人也。《淮南》言馮夷得道，以潛於大川也。」信：實也。誠然如此之意。忽黐：謂江水驟然泛溢。韓愈《答張徹》：「淫潦忽黐野，平蕪眇開溟。」

〔一六〕荻花：蘆葦之花。杜甫《秋興八首》其二：「請看石上藤蘿月，已映洲前蘆荻花。」

〔一七〕瘴雨：南方暑天易使人致病的暴雨。李商隱《爲濮陽公祭太常崔丞文》：「五嶺三江，炎風瘴雨。」鄭谷《渠江旅思》：「故楚青田廢，窮巴瘴雨多。」歕：同噴。

〔一八〕野人：山野之人，多泛指不在朝爲官者，或爲士人、隱者之自稱。白居易《訪陳二》：「出去爲朝客，歸來是野人。」

〔一九〕「疏鑿」二句：此二句追憶大禹之功而讚瀟湘清流。疏鑿，謂疏通江流。杜甫《柴門》：「禹功翊造化，疏鑿就欹斜。巴渠決太古，衆水爲長蛇。」窮本，探尋本源。鮑溶《述德上太原嚴尚書綬》：「青塚入内地，黄河窮本源。」

〔二〇〕「對兹」二句：對瀟湘而傷黄河流濁，寄意言外。九曲，指黄河。劉禹錫《浪淘沙詞九首》其一：「九曲黄河萬里沙，浪淘風簸自天涯。」出崑崙，顧況《高皇受命造唐賦》：「岷峨導江兮河出崑崙，雷砰電掣，浩浩渾渾。」

江行早發〔一〕

舟子相呼起，長沙未五更〔二〕。幾程星月在〔三〕，猶載夢魂行〔四〕。鳥亂村林過〔五〕，人喧水柵橫〔六〕。蒼茫平野外，漸認遠峰名〔七〕。

【校箋】

〔一〕詩寫自長沙清晨舟行情景，言「蒼茫平野外，漸認遠峰名」，地望稔熟也，則所行湘中矣。疑爲天祐開平居長沙期間詩。

〔二〕沙，各本作「江」，此據汲本改。五更：夜間第五更時，謂天將明時。

〔三〕程，汲、明抄、《全詩》作「看」，意遜。《全詩》注：「一作程。」幾程：猶言「幾站路」，亦即「没幾程」，謂路不遠。程，古代以驛站、郵亭爲起訖的行程段落。白居易《從陝至東京》：「風光四百里，車馬十三程。」此言水驛。

〔四〕載，汲、《全詩》作「帶」，意遜。《全詩》注：「一作載。」是。夢魂：或謂睡夢中不清醒，亦言思歸故里、舊山之魂。

〔五〕過，柳、汲、《全詩》作「迴」。

〔六〕水柵：立木柵於江水中以爲守備的軍事設施。《晉書音義·帝紀第一》：「水柵：《字林》曰：『柵，編豎木也。』」

〔七〕漸認，《全詩》注：「一作慚愧。」意遜。此寫晨曦中遠山漸明，依稀故鄉山水，故曰「認」。

宜陽道中作〔一〕

宜陽南面路，下嶽又經過〔二〕。楓葉紅遮店，芒花白滿坡〔三〕。猿無山漸薄〔四〕，鴈衆水還多。日落猶前去，諸村牧豎歌〔五〕。

【校箋】

〔一〕宜陽：《元和郡縣圖志·河南道》：「福昌縣古宜陽地。春秋時屬晉，七國時屬韓。漢以爲縣，屬弘農郡。……隋義寧二年，於此置宜陽郡。武德元年改爲熊州，改宜陽縣爲福昌縣，取縣西隋宮爲名。」唐福昌縣治在今河南宜陽縣西偏南，傍洛河，與洛陽一水相通。「宜陽道」即指此古道。

〔二〕嶽：指中嶽嵩山，在福昌（宜陽）縣東。詩人下嵩山沿宜陽古道西行，疑爲西入熊耳山，尋覓達摩祖師聖跡。宜陽西行即至熊耳山興國寺，爲禪宗初祖達摩祖師暮年修行、圓寂之地。詩當爲龍紀元年北遊嵩山洛陽期間之作。

〔三〕「楓葉」二句：芒，多年生草本植物，狀如茅，秋開白花。楓紅芒白，蓋深秋時節。杜牧《山行》：「停車坐愛楓林晚，霜葉紅於二月花。」許渾《金陵阻風登延祚閣》：「葛蔓交殘壘，芒花没後宫。」

〔四〕薄：與下句「多」爲對，少也。

〔五〕牧豎：牧童。《楚辭·天問》：「有扈牧豎，云何而逢。」洪興祖注：「豎，童僕之未冠者。」

落　日〔一〕

晚照背高臺，殘鐘殘角催〔二〕。能銷幾度落〔三〕？已是半生來。吹葉陰風發，漫空暝色回。因思古人事，更變盡成埃〔四〕。

【校箋】

〔一〕據頷聯，當爲中年三十歲前後詩。鄭谷《叙事感恩上狄右丞》：「半生悲逆旅，二紀間門墉。蜀雪隨僧蹋，荆煙逐雁衝。」鄭谷入蜀年三十歲。

〔二〕殘鐘殘角：鐘、角的餘音將盡。案寺院薄暮鳴鐘，稱暮鐘。城市以號角警夜，稱暮角。褚載

《南徐晚望》：「僧歸嶽外殘鐘寺，日下江邊調角城。」

〔三〕落，原作「月」，據柳、汲、馮、《全詩》改。銷：同「消」，禁得起。白居易《早夏曉興贈夢得》：「無情亦任他春去，不醉争銷得晝長。」

〔四〕成，諸本作「塵」。「因思」二句：按句意與李賀《夢天》「黄塵清水三山下，更變千年如走馬」相仿佛。

春興〔一〕

柳暖鶯多語，花明草盡長〔二〕。風流在詩句，牽率遶池塘〔三〕。叫切禽名宇〔四〕，飛忙蝶姓莊〔五〕。時來真可惜，自勉掇蘭芳〔六〕。

【校箋】

〔一〕春興：感春起興而作。據尾聯，疑亦青年時期湘中詩。

〔二〕「柳暖」二句：柳暖，李郢《爲妻作生日寄意》：「謝家生日好風烟，柳暖花春二月天。」鶯語，杜甫《絶句漫興九首》其一：「眼見客愁愁不醒，無賴春色到江亭。即遣花開深造次，便教鶯語太丁寧。」仇注：「孫綽詩：『鶯語吟修竹。』」草長，丘遲《與陳伯之書》：「暮春三月，江南草長，雜花生樹，群鶯亂飛。」

〔三〕遶，原作「在」，當涉上句「在」字而訛。汲本作「逸」，柳、明抄、《全詩》作「遶」，今從。「風流」二句：此謂詩興縈回，故遶池而覓句。牽率，牽挂、纏繞。杜甫《奉贈盧五丈參謀琚》：「藻翰唯牽率，湖山合動摇。」

〔四〕叫切：鳴聲淒切。禽名宇：宇，杜宇，即杜鵑鳥。傳説古蜀王杜宇號望帝。望帝死，其魂化爲鳥，名曰杜鵑。見《蜀王本紀》、《成都記》。鮑照《擬行路難》其七：「中有一鳥名杜鵑，言是古時蜀帝魂，聲音哀苦鳴不息，羽毛憔悴似人髡。」

〔五〕忙，明本作「狂」。姓，原訛作「性」，據諸本改。蝶姓莊：此用莊子夢蝶之典。《莊子·齊物論》：「昔者莊周夢爲胡蝶，栩栩然胡蝶也，自喻適志與！不知周也。俄然覺，則蘧蘧然周也。不知周之夢爲胡蝶與？胡蝶之夢爲周與？」

〔六〕掇蘭芳：喻愛惜青春芳華。《抱朴子·暢玄》：「掇芳華於蘭林之囿，弄紅葩於積珠之池。」掇，採摘，折取。

遠　山〔一〕

天際雲根破〔二〕，寒山列翠迴〔三〕。幽人當立久〔四〕，白鳥背飛來〔五〕。瀑濺何州地？僧尋幾嶠苔〔六〕。終須拂巾履，獨去謝塵埃〔七〕。

【校箋】

〔一〕據尾聯，疑詩人尚未深入禪境，本詩爲少年時期之習作。

〔二〕雲根：猶言雲脚。庾信《終南山義谷銘》：「乘輿嶺坂，舉鍤雲根。」吴兆宜注引張協《雜詩》「雲根臨八極」注：「五嶽之雲觸石出者，雲之根也。」即指深山巨石雲生處。破：開，消散。白居易《祇役駱口因與王質夫同遊秋山偶題三韻》：「石擁百泉合，雲破千峰開。」參見卷二《夏日梅雨中寄睦公》注〔三〕。

〔三〕列翠：青山成行。王貞白《終南山》：「千山凝黛色，列翠滿長安。」迴：迴合，謂横列眼前。

〔四〕幽人：隱居者。見卷二《溪齋二首》其二注〔三〕。

〔五〕背飛：相背而飛，此言自遠山飛來也。杜甫《夔州歌十絶句》其五：「背飛鶴子遺瓊蕊，相趁鳧雛入蔣牙。」

〔六〕嶠：陡峭的高山。

〔七〕「終須」二句：「拂巾履」謂拂去塵土，與「謝塵埃」意同。謝塵埃，告别塵世。裴廷裕《授孫儲邠州節度使制》：「明鏡利劍，高謝塵埃。」《玉篇·言部》：「謝，辭也，去也。」

和鄭谷郎中幽棲之什〔一〕

誰知閑退跡，門逕入寒汀〔二〕。静倚雲僧杖〔三〕，孤看野燒星。墨霑吟石黑〔四〕，苔染釣舡青。相對惟溪寺，初宵聞念經〔五〕。

【校箋】

〔一〕幽棲：隱居。《宋書·隱逸傳》：「南陽宗炳、雁門周續之，並植操幽棲，無悶巾褐，可下辟召，以禮屈之。」此指鄭谷告老回歸宜春。本詩當作於天祐元年，齊己於宜春謁鄭期間。什：篇章。

〔二〕寒汀：環境清冷的小洲。駱賓王《在江南贈宋五之問》：「秋江無緑芷，寒汀有白蘋。」案齊己冬末初春至宜春，故有此語。

〔三〕雲僧：行脚僧。因其居無定處，身如行雲流水，稱爲「水雲僧」。釋無可《過石溪寺寄姚員外》：「雲僧隨樹老，杏水落江流。」

〔四〕吟石：詩人野趣，室外坐吟寫詩處。薛能《詠島》：「煙濕高吟石，雲生偶坐痕。」

〔五〕初宵：猶初更，日暮之時。杜甫《北風》：「向晚霾殘日，初宵鼓大鑪。」

勉道林謙光鴻藴二侄〔一〕

舊林諸侄在〔二〕，還住本師房〔三〕。共掃焚修地〔四〕，同聞水石香。莫將閑世界〔五〕，擬敵好時光〔六〕。須看南山下，無名塚滿岡。

【校箋】

〔一〕侄，原作「首」，據柳、汲、明抄、《全詩》改。道林：長沙道林寺，謙光、鴻藴二侄蓋亦出家於道林者。天祐三年（九〇六），齊己入居長沙道林寺，至乾化五年（九一五）入廬山，詩當作於入廬山之後，姑繫貞明二年（九一六），詩人五十三歲。

〔二〕舊林：舊居之寺。林，禪林，又稱叢林，即禪寺。《大智度論·共摩訶比丘僧釋論》：「僧伽，秦言衆，多比丘一處和合，是名僧伽；譬如大樹叢聚，是名爲林。一一樹不名爲林，除一一樹亦無林。如是一一比丘不名爲僧，除一一比丘亦無僧，諸比丘和合故『僧』名生。」齊己曾居道林寺十年，故稱「舊林」。

〔三〕本師：本爲佛徒對釋迦如來之尊稱，亦爲僧徒對傳戒師父的敬稱。劉長卿《西陵寄一上人》：「東山訪道成開士，南渡隨陽作本師。」本集卷八《送休師歸長沙寧覲》：「高堂親老本師存，多難長懸兩處魂。」

〔四〕掃，底本原脱，據柳、汲、明抄、《百家》、《全詩》補。焚修：焚香頂禮、虔誠修行。泛指僧人之浄修。張蠙《贈聞一上人》：「壇場在三殿，應召入焚修。」此焚修地即指寺院。

〔五〕閑世界：指僧院浄境。卷九《寄匡阜諸公二首》其二：「泉月浄流閑世界，杉松深鎖畫香燈。」

〔六〕「擬敵」句：敵，抵擋、對抗。《爾雅·釋詁》：「敵，當也。」此爲消磨之意。按：唐明皇《好時光》：「彼此當年少，莫負好時光。」《五燈嚴統》卷二十三蘇州時蔚禪師句：「寄語諸方參學者，莫教錯過好時光。」本句句意與此仿佛。

渚宮自勉二首〔一〕

其一

晨午殊豐足〔二〕，伊何撓肺腸〔三〕。形容侵老病〔四〕，山水憶韜藏〔五〕。必謝金臺去〔六〕，還携鐵錫將〔七〕。東林露壇畔，舊對白蓮房〔八〕。

【校箋】

〔一〕龍德元年（九二一）秋，齊己入蜀途經江陵，高季昌遮留於渚宮，命爲僧正，齊己不獲已而受，自是常怏怏。據「形容侵老病」、「必謝金臺去」及其二「畢竟擬何求，隨緣去住休」等語，蓋居既有時，心仍難安，畢竟未能離去，乃以「隨緣」自遣。姑繫龍德二年（九二二）。

〔二〕殊：表程度副詞，「極」、「甚」。此言生資供給甚爲豐足，即《渚宮莫問詩一十五首》序所言「搆室安之，給俸食之，使之樂然，萬事都外，遊息自得」之意。

〔三〕伊何：爲何。《詩・小雅・頍弁》：「有頍者弁，實維伊何。」鄭箋：「實，猶是也。言幽王服是皮弁之冠，是維何爲乎？」撓：攪擾、抓撓。

〔四〕形容：容貌。《楚辭・漁父》：「顔色憔悴，形容枯槁。」侵：漸漸。《説文・人部》：「侵，漸進也。」

〔五〕韜藏：隱藏。此謂隱居山水間。白行簡《沽美玉賦》：「隱映其華，韜藏其美。」

〔六〕金臺：黄金臺，用戰國燕昭王築黄金臺招賢典故。按：《宋高僧傳・梁江陵府龍興寺齊己傳》：「高（季昌）氏遂割據一方，搜聚四遠名節之士，得齊之義豐，南嶽之己，以爲築金之始驗也。」

〔七〕將：前行。《廣雅・釋詁一》：「將，行也。」

〔八〕「東林」二句：露壇，廬山東林寺有甘露壇。白居易《東林寺經藏西廊記》：「元和初，江西觀察使韋君丹，於廬山東林寺神運殿左、甘露壇右，建修多羅藏一所。」又《唐江州興果寺律大德湊公塔碣銘》：「東林寺即鴈門遠大師舊道場，有甘露壇，白蓮池在焉。」此憶廬山，心向往之。蓮房，俗稱蓮蓬，爲蓮花花托，蓮子包藏於其中，分隔如房。陶淵明《雜詩十二首》其三：「昔爲三春蕖，今作秋蓮房。」

其二

畢竟擬何求，隨緣去住休〔一〕。天涯遊勝境，海上宿仙洲。夢好尋無跡，詩成旋不留。從人笑輕事〔二〕，獨自憶莊周。

【校箋】

〔一〕隨緣：隨順因緣。指順應幾根之緣而行止，不加勉强。寒山詩：「平生何所憂，此世隨緣過。」休：語助詞，猶「了」，「罷了」。參見《詩詞曲語辭匯釋》卷三。

〔二〕人，柳、汲、《全詩》作「他」。從：任憑。輕事：不看重其事，即不以高氏之禮遇爲榮。有嘲笑不知好歹意味。

謝灉湖茶〔一〕

灉湖唯上貢〔二〕，何以惠尋常？還是詩心苦〔三〕，堪消蠟面香〔四〕。碾聲通一室，烹色帶殘陽〔五〕。若有新春者，西來信勿忘〔六〕。

【校箋】

〔一〕灉湖茶：《唐國史補》卷下：「風俗貴茶，茶之名品益衆。……湖南有衡山，岳州有灉湖之含膏。」灉湖或作灉湖。《岳陽風土記》：「灉湖在（岳）州南，春冬水涸，昔人謂之乾湖，《水經》謂之滃湖。秋夏水漲，即渺瀰勝千石舟，通閣子鎮。灉湖諸山舊出茶，謂之灉湖茶。李肇所謂岳州灉湖之含膏也。唐人極重之，見於篇什。」案唐岳州即今湖南省岳陽市。據尾聯，本篇當作於晚年居荆州時。

〔二〕上貢：謂將灉湖茶充爲土貢。按《新唐書·地理志》載岳州土貢僅有「紵布、鼈甲」，然則齊己此詩可補史傳之闕。

〔三〕詩心：猶「詩興」、「詩情」。薛能《秋日將離滑臺酬所知二首》其一：「相知莫話詩心苦，未似前賢取得名。」

〔四〕蠟面：茶名，産於福建。徐夤《尚書惠蠟面茶》：「武夷春暖月初圓，採摘新芽獻地仙。」武夷即武夷山也。《雲麓漫抄》卷四：「陸羽《茶經》云：江左近日方有蠟面之號。」《通雅》卷三九「茶飲之妙古不如今」條：「唐茶不重建，以建未有奇産也。至南唐初造研膏，繼造蠟面，又佳者號京挺。」

〔五〕「碾聲」二句：碾，茶具，將茶葉研磨成粉末以烹飲。烹色，謂烹出茶色也。僧修睦《睡起作》：「偈吟諸祖意，茶碾去年春。」

〔六〕「若有」二句：囑其勿忘惠春茶也。西來，江陵在岳陽之西北，溯大江西上可達，故曰「西來」。信，誠也，實也。

寄歸州馬判官〔一〕

郡帶女嬃名〔二〕，民康境亦寧。晏梳秋鬓白〔三〕，閑坐暮山青。贈客椒初熟，尋僧酒半醒〔四〕。應懷舊居處〔五〕，歌管隔牆聽。

【校箋】

〔一〕歸州：《新唐書·地理志》：「歸州巴東郡，下。武德二年析夔州之秭歸、巴東置。縣三：秭歸，巴東，興山。」故治即今湖北省秭歸縣。判官：唐節度、觀察、防禦諸使僚屬，佐理政事。《唐六典·尚書兵部》：「以奉使言之則曰節度使。有大使焉，有副大使焉，有副使焉，有判官焉。」馬判官生事無考。據卷九《寄懷歸州馬判官》云：「三年爲倅興何長，歸計應多事少忙。」知佐州三年。五代初歸州爲荆南節度使高氏屬地，二詩應爲齊己居荆期間所作。姑依前詩繫龍德、同光間。

〔二〕女嬃：《楚辭·離騷》：「女嬃之嬋媛兮，申申其詈予。」王逸注：「女嬃，屈原姊也。」洪興祖補注：「《水經》引袁崧云：屈原有賢姊，聞原放逐，亦來歸，喻令自寬全。鄉人冀其見從，因名曰秭歸。縣北有原故宅，宅之東北有女須廟，擣衣石猶存。秭與姊同。」蓋秭歸爲屈原故里，故云。

〔三〕晏，原作「宴」，諸本作「晏」，早晚之義。據改。晏梳：此承上民康境寧之語，謂高卧晏起也。

〔四〕半，柳、明抄、《百家》作「乍」。「贈客」二句：贈客、尋僧，判官來訪饋贈也。椒，木名，籽實作香料，即花椒。《太平寰宇記·歸州》：「土產：今貢黃蠟、白茶、椒。」

〔五〕舊居：謂屈原宅。

倦客〔一〕

閉眼即關門〔二〕，人間事倦聞。如何迎好客，不似看閑雲。少欲資三要〔三〕，多言讓十分〔四〕。

疎慵本吾性〔五〕，任笑早離羣〔六〕。

【校箋】

〔一〕倦客：語本鮑照《代東門行》：「傷禽惡弦驚，倦客惡離聲。」久客而生厭倦。據詩意疑亦居荆時詩，依前詩編次繫同光間。

〔二〕關，柳、汲、明抄、《百家》、《全詩》作「開」，意遜。

〔三〕三要：佛家語，此指戒、定、慧，爲悟道之「三要」。《般泥洹經》：「（佛）處處爲弟子説此三要：『曰當護戒，當思定，當解慧。守此三者，德豐譽大，消婬怒癡，是謂正度。已有戒心則定心成，定心已成則智心明，如染浄潔受色明好。有此三心則道易得，但當一意勤身求解，令盡是生已入清浄。』」

〔四〕多言：謂他人之言説議論。何遜《七召》：「多言反道，辯口傷實。」陸贄《興元論中官及朝官賜名定難功臣狀》：「人之多言，靡所不至。」

〔五〕疎慵：懶散。孟郊《勸善吟》：「顧余昧時調，居止多疎慵。」

〔六〕離羣：有別於衆人。《楚辭·九章·惜誦》：「竭忠誠以事君兮，反離羣而贅肬。」王逸注：「羣，衆也。贅肬，過也。言己竭盡忠信以事君，若人有贅肬之病，與衆別異，以得罪讁也。」

送靈習上人遊五臺〔一〕

此去清涼頂，期瞻大聖容〔二〕。便應過洛水，即未上嵩峰〔三〕。殘照催行影，幽林惜駐蹤。想登金閣望〔四〕，東北極兵鋒〔五〕。

【校箋】

〔一〕靈晉：本集卷六有《喜晉公自武陵至》，靈晉、晉公或是一人，則其爲武陵（今湖南常德）僧。武陵東鄰益陽，蓋兩人早年時即相交遊。五臺：山名，在唐代州雁門郡五臺縣（今山西）。《華嚴經疏》稱清涼山。《元和郡縣圖志·河東道》代州五臺縣：「五臺山，在縣東北百四十里，《道經》以爲紫府山，《内經》以爲清涼山。」《大明一統志·太原府》：「五臺山在五臺縣東北一百四十里，環五百餘里。五峰高出雲表，頂皆積土，因謂之臺。世傳北方有文殊師利所居之地，曰清涼山者，即此也。臺分東、西、南、北、中，寺宇壯麗。」詩送上人北遊五臺而曰「想登金閣望，東北極兵鋒」，五臺東北爲幽薊之地，後唐末年，契丹屢寇北邊，幽州一帶多戰事，「極兵鋒」疑指此。則本篇或作於後唐清泰間，齊己時在荆門。

〔二〕大聖：此指文殊菩薩。五臺山清涼頂爲文殊師利菩薩道場，佛教傳説於此得見文殊菩薩變相。本集卷九《病中勉送小師往清涼山禮大聖》：「豐衣足食處莫住，聖迹靈蹤好遍尋。忽遇文殊開慧眼，他年應記老師心。」

〔三〕「便應」二句：洛水、嵩山，由吴楚北行五臺所必經，故有此語。

〔四〕金閣：《舊唐書·王縉傳》：「五臺山有金閣寺，鑄銅爲瓦，塗金於上，照耀山谷，計錢巨億萬。」

〔五〕鋒，原作「峰」，據柳、汲、明抄、《全詩》改。兵鋒猶言兵刃，指戰爭。劉長卿《送從兄昱罷官之淮西》：「兵鋒摇海内，王命隔天涯。」

静坐〔一〕

坐卧與行住〔二〕，入禪還出吟〔三〕。也應長日月〔四〕，消得箇身心〔五〕。嘿論相如少〔六〕，黄梅付囑深〔七〕。門前古松逕，時起步清陰〔八〕。

【校箋】

〔一〕詩寫入禪出吟、閑居度日。依前詩編次，亦繫清泰間荆門詩。

〔二〕行住：行止，謂一舉一動。李嘉祐《送弘志上人歸湖州》：「山林唯幽静，行住不妨禪。」

〔三〕入禪：進入禪定。陳子昂《同王員外雨後登開元寺酬暉上人秋夜獨坐山亭有贈》：「鐘梵經行罷，香林坐入禪。」出吟：張口吟詩。

〔四〕長日月：猶言「長年累月」。劉叉《觀八駿圖》：「穆王八駿走不歇，海外去尋長日月。五雲望斷阿母宫，歸來落得新白髮。」

〔五〕消得：消受得。見《詩詞曲語辭匯釋》卷二。

〔六〕「如」字原脱，清抄作「知」，此據柳、汲、明抄、《全詩》補。嘿，用同「默」。各本亦作「默」。默論：不靠言語解説而自明之義理。《祖庭事苑·雪竇拈古》：「圓相總六名：一、圓相；二、義海」；三、暗機；四、字海；五、意語；六、默論。」《萬松老人評唱天童覺和尚頌古從容庵録》第十五則《仰山插鍬》：「未語先知，謂之默論。不明自顯，謂之暗機。」相如：西漢著名辭賦家司馬相如，字長卿。《史記·司馬相如傳》：「相如口吃，而善著書。」此借相如爲喻，謂其不善言説，少於論辯。

〔七〕黄梅：指禪宗五祖弘忍和尚（五九九？—六七二？），傳法於六祖慧能。《祖堂集》卷二：「第三十二祖弘忍和尚，即唐土五祖也，姓周氏。本居汝南，遷止蘄州黄梅（案即今湖北省黄梅縣）。」付囑：指五祖傳法。以上兩句言己不作義理之辯，謹守祖師教誨。

〔八〕步清陰：釋皎然《五言夏日題桐廬楊明府納涼山齋》：「放懷涼風至，緩步清陰重。」

謝虚中上人寄示題天策閣詩〔一〕

天策二首作，境幽搜亦玄。閣横三楚上〔二〕，題挂九霄邊〔三〕。寺額因標勝〔四〕，詩人合遇賢。他時誰倚檻，吟此豈忘筌〔五〕？

【校箋】

〔一〕虚中上人：僧虚中，袁州（今江西宜春）人，少出家，讀書工吟不輟。居玉笥山（今湖南汨羅）二十載，後來長沙，與齊己、尚顏、栖蟾爲詩友，住嶽麓山宗成寺。楚王馬殷長子、武順節度使馬希震雅愛重之，延於齋閣，酬答不厭。其詩爲司空圖所見重，有云：「十年華嶽山前住，只得虛中一首詩。」有《碧雲詩》一卷，《全唐詩》録存詩十四首。事跡見《唐才子傳》。天策閣：《資治通鑑》卷二百六十七載開平四年六月：「楚王（馬）殷求爲天策上將。詔加天策上將軍。殷始開天策府，以弟賨爲左相，存爲右相。」此天策閣即天策府中閣樓。詩當作於開平四年（九一〇）六月後。虛中題天策閣之詩今佚。

〔二〕三楚：戰國楚地疆域遼闊，秦漢時分爲西楚、東楚、南楚，合稱三楚（見《史記·貨殖列傳》）。五代馬殷據長沙，周行逢據武陵，高季興據江陵，亦稱三楚（見《三楚新録》）。詩文中則多泛指長江中游以南，今湖南、湖北地區。釋皎然《五言和裴少府懷京兄弟》：「宦遊三楚外，家在五陵原。」

〔三〕題：「題天策閣詩」，「閣横」兩句極言樓閣之高迥也。

〔五〕寺額：題寫寺名的匾額。貫休《寄杭州靈隱寺宋震使君》：「僧房謝朓語，寺額葛洪書。」自注：「晉道士葛洪與靈隱寺書額了去，至今在。」

〔六〕忘筌：語本《莊子》「得魚忘筌」，見卷二《酬岳陽李主簿卷》注〔四〕。

荆門寄懷章供奉兼呈幕中知己〔一〕

紫衣居貴上〔二〕，青衲老關中〔三〕。事佛門相似，朝天路不同〔四〕。神凝無惡夢〔五〕，詩澹老真風。聞道知音在，官高信莫通〔六〕。

【校箋】

〔一〕供奉：即内供奉。唐職官名，殿中侍御史專掌殿廷供奉、糾察禮儀的官員。供奉於宫中内道場之僧官亦稱内供奉。如唐京師西明寺釋圓照、鳳翔開元寺釋元皎均授内供奉職。本詩章供奉蓋爲僧官，生事無考。據「青衲老關中」、「官高信莫通」等語，當作於唐亡之前。意乾寧三年詩人遊長安、華山，與張供奉結交，離關中後寄懷之作，幕中知己蓋指京畿某戎幕或即華州節度使幕也。繫光化元年（八九八）自京南歸路過荆門時。

〔二〕紫衣：指皇帝敕賜的紫袈裟。《舊唐書·薛懷義傳》：「懷義與法明等造《大雲經》，陳符命，言則天是彌勒下生，作閻浮提主，唐氏合微。故則天革命稱周，懷義與法明等九人……皆賜紫袈裟、銀龜袋。」爲僧人賜紫之始。

〔三〕青衲：青色僧衣，借指章供奉其人。關中：陝西中部地區，長安所在。《史記·項羽本紀》：

「關中阻山河四塞。」《集解》引徐廣曰：「東函谷，南武關，西散關，北蕭關。」

〔四〕「事佛」二句：朝天，朝拜天子，指章爲皇帝寵臣。李白《鳳笙篇》：「始聞鍊氣飡金液，復道朝天赴玉京。」兩句意謂（你我）同爲佛門中人，而所行道路則異。

〔五〕神凝：心神專注而正定。《莊子・達生》：「用志不分，乃凝於神。」按《列子・周穆王》：「神凝者想夢自消。」張湛注：「晝無情念，夜無夢寐。」《弘明集・釋僧順・釋三破論》：「夫出家之士，皆靈根宿固，德宇淵深，湛乎斯照，確乎不拔者也。是以其神凝，其心道，超然遐想，宇宙不能點其胸懷，澹爾無寄，塵垢何能攪其方寸。」是所謂「無惡夢」。

〔六〕「他時」二句：蓋言不得其音信而懷之。知音，謂供奉之「幕中知己」也，官高則難通音信。錢起《送張員外出牧岳州》：「自憐黃閣知音在，不厭彤幨出守頻。」

江令石〔一〕

思量江令意，愛石甚悠悠〔二〕。貪向深宫去，死同亡國休〔三〕。兩株荒草裏，千古暮江頭。若似黃金貴，隋軍也不留〔四〕。

【校箋】

〔一〕江令石：在金陵（今南京市）鳳凰山保寧寺。《六朝事跡編類》卷下「鳳臺山」條：「宋元嘉中鳳凰集於是山，乃築臺於山椒，以旌嘉瑞。在府城西南二里，今保寧寺是也。……宋齊丘有詩云（案《陪遊鳳凰臺獻詩》）：……峩峩江令石，青苔何淡薄。不話興亡事，舉首思眇邈。」江令，指南朝詩人江總（五一九—五九四），事跡見《梁書》本傳。嘗作自敘，略曰：「官陳以來，未嘗逢迎一物，干預一事。悠悠風塵，流俗之士，頗致怨憎，榮枯寵辱，不以介意。」又云：「弱歲歸心釋教，年二十餘，入鍾山就靈曜寺則法師受菩薩戒。暮齒官陳，與攝山布上人遊款，深悟苦空，更復練戒，運善於心，行慈於物，頗知自勵，而不能蔬菲，尚染塵勞，以此負愧平生耳。」詩當作於遊金陵時，姑繫天復三年（九〇三）。

〔二〕悠悠：閑適自在之貌。張充《與王儉書》：「悠悠琴酒，岫遠誰來；灼灼文談，空罷方寸。」

〔三〕亡，原作「忘」，汲、馮、清抄、《全詩》作「亡」，據改。休：猶「了」。參見《詩詞曲語辭匯釋》卷三。

〔四〕「若似」二句：此嘆人亡而石存也。

月下作〔一〕

良夜如清晝〔二〕，幽人在小庭〔三〕。滿空垂列宿〔四〕，那箇是文星〔五〕？世界歸誰是〔六〕，心魂向自寧〔七〕。何當見堯舜，重爲造生靈〔八〕。

【校箋】

〔一〕此對月夜清景而感慨亂世武夫争霸、生靈塗炭，宜爲唐末五代初之作。姑依前篇繫於天復三年離金陵時。

〔二〕良夜：美好的夜晚。蘇武詩：「芬馨良夜發，隨風聞我堂。」清晝：白天。李白《秦女休行》：「手揮白楊刃，清晝殺讎家。」

〔三〕幽人：幽居者，此爲詩人自稱。參卷二《溪齋二首》其二注〔三〕。

〔四〕垂：佈也。杜甫《旅夜書懷》：「星垂平野闊，月湧大江流。」列宿：衆星宿。《史記·天官書》：「天則有列宿，地則有州域。」李嶠《柳》：「列宿分龍影，芳池寫鳳文。」

〔五〕文星：即文昌星、文曲星，舊説爲主文運之星。杜甫《宴胡侍御書堂》：「今夜文星動，吾儕醉不歸。」

〔六〕世界：佛教言宇宙。世謂時間，界指空間。《楞嚴經集注》卷四：「云何名爲衆生世界？世爲遷流，界爲方位。汝今當知，東、西、南、北、東南、西南、東北、西北、上下爲界，過去、未來、現在爲世。」王縉《遊悟真寺》：「山河窮百二，世界滿三千。」

〔七〕向：猶「在」。自寧：謂無慾無求自安其心靈也。嵇康《答二郭三首》其一：「顧此懷怛惕，慮在苟自寧。」

〔八〕「何當」二句：何當，猶「何日」也，「安得」也。見《詩詞曲語辭匯釋》卷三。重造生靈，重新給（百姓）以生命。尾聯期盼出現堯舜之君拯救百姓。許敬宗《定宗廟樂議》：「高祖縮地補天，重張區宇，反魂肉骨，再造生靈。恢恢帝圖，與二儀而合大；赫赫皇道，共七曜以齊明。」

遊道林寺四絶亭觀宋杜詩版〔一〕

宋杜詩題在，風騷到此真〔二〕。獨來終日看，一爲拂秋塵〔三〕。古石生寒仞〔四〕，春松脱老鱗〔五〕。高僧眼根浄〔六〕，應見客吟神〔七〕。

【校箋】

〔一〕四絶亭：《大清一統志·長沙府》：「四絶堂，在善化縣（今長沙市）嶽麓山下道林寺中。唐乾符中建，袁浩作記。蓋指沈傳師、裴休筆札，宋之問、杜甫篇章。宋治平中蔣之奇謂沈、杜固無間言。裴本學歐陽詢書，寺幸有詢四大字，當爲一絶。又不應近舍韓愈詩，遠及之問。乃更爲詮次，去裴、宋，增歐、韓。其後周必大又合古今同異之論，衍四爲六，作六絶堂。」四絶亭蓋四絶堂前之亭。本集卷九《懷道林寺道友》：「四絶堂前萬木秋，碧參差影壓江流。閒思宋杜題詩板，一月凭欄到夜休。」詩版：題詩之木板。宋米芾《書史》：「唐禮部尚書沈傳師書道林詩，在潭州道林寺四絶堂，以杉板薄，略布粉，不蓋紋，故歲久墨不脱。裴度書杜甫詩，粉多，只存一甫字在松板節。」案所題宋詩爲《湖中别鑒上人》，杜詩即《岳麓山道林二寺行》。詩言「獨來終日看，一爲拂秋塵」，蓋開平元年入居道林寺後「獨遊」之作。

〔二〕風騷：指文采才華。劉禹錫《浙西李大夫述夢四十韻并浙東元相公酬和斐然繼聲》：「南臺資謇諤，内署選風騷。」

〔三〕拂秋塵：言拂拭塵埃而觀賞。秋塵，鮑照《送盛侍郎餞候亭》：「高墉宿寒霧，平野起秋塵。」

〔四〕寒仞：與下句「老鱗」爲對，猶「寒鋒」也。《正字通·人部》：「仞，通作刃。」鋒刃也。《敦煌變文集·蘇武李陵執别詞》：「遂向腰間取仞。」

〔五〕老鱗：喻松樹外皮皴裂。王維《春日與裴迪過新昌里訪吕逸人不遇》：「閉户著書多歲月，種松皆老作龍鱗。」賈島《題劉華書齋》：「白石牀無塵，青松樹有鱗。」

〔六〕浄，柳、汲、明抄、清抄、《百家》、《全詩》作「静」，非。眼根：佛教語，六根之一。是「眼識」發生之依據。爲實之眼根，體質清浄，不可以肉眼見，是名勝義根。肉眼可見之眼球，稱扶塵根，爲勝義根之所依托。如盲人有扶塵根，而無勝義根，故不能生眼識。《阿毘達磨俱舍論·分别界品》：「眼謂内處，四大（地水火風）所造，浄色爲性。」

〔七〕神，《全詩》注：「一作頻。」

勉詩僧〔一〕

莫把毛生刺〔二〕，低回謁李膺〔三〕。須防知佛者，解笑愛名僧〔四〕。道性宜如水〔五〕，詩情合似冰〔六〕。還同蓮社客，聯唱遶香燈〔七〕。

【校箋】

〔一〕本篇勖勉後輩詩僧，宜作於師法鄭谷詩名成就之後，姑依編次繫開平元年居道林寺時。《學佛考訓》卷九：「釋齊己嘗有詩曰：『莫把毛生刺，低徊謁李膺。須防知佛者，解笑愛名僧。』聞者足戒。」

〔二〕把：將也，拿著。毛生刺：名帖，猶今之名片。《唐摭言》卷十「名紙毛生」條：「劉魯風江西投謁所知，頗爲典謁所阻，因賦一絶曰：『萬卷書生劉魯風，煙波千里謁文翁。無錢乞與韓知客，名紙毛生不爲通。』」盧延讓《旅舍言懷》云：「名紙毛生五門下，家僮骨立六街中。」本集卷十《勉吟僧》：「忍著袈裟把名紙，學他低折五侯門。」

〔三〕低回：流連自得貌。劉禹錫《馬嵬行》：「貴人牽帝衣，低回轉美目。」謁李膺：喻投詩於名家。《後漢書·李膺傳》載：李膺字元禮，潁川襄城人也。歷官河南尹、司隸校尉。執法不撓，誅舉邪臣，肆之以法，衆庶稱宜。是時朝廷日亂，綱紀穨阤，膺獨持風裁，以聲名自高，士有被其容接者，名爲登龍門。天下士大夫皆高尚其道。

〔四〕解笑：會笑，能笑，謂因深知而嘲笑。元稹《獨醉》：「桃花解笑鶯能語，自醉自眠那藉人。」愛名僧：貪圖名利之僧人，被視爲修道之業障。白居易《重修香山寺畢題二十二韻以紀之》：「須除愛名障，莫作戀家因。」《分別善惡報應經》謂有十種業。其一云「貪愛名利，不修施行」。

〔五〕道性：佛道之性，僧人之心性。釋皎然《五言奉和陸使君長源水堂納涼效曹劉體》：「野香襲荷芰，道性親鳧鷖。」如水：釋皎然《唐蘇州東武邱寺律師塔銘序》：「律師道性淵默，水則澹然。迹不近名，身不關事，長在一室，寂如無人。」按，劉禹錫《歎水別白二十二》：「水至清盡美，從一勺，至千里。利人利物，時行時止。道性浄皆然，交情淡如此。」可與之參證。

〔六〕「詩情」句：韋應物《贈王侍御》：「心同野鶴與塵遠，詩似冰壺見底清。」

〔七〕「還同」二句：謂如同廬山蓮社諸人，在佛寺中酬唱和答，共同作詩。聯唱，酬唱和答，共同作詩。白居易《故滁州刺史贈刑部尚書滎陽鄭公墓誌銘》：「公尤善五言詩，與王昌齡、王之渙、崔國輔輩聯唱迭和，名動一時。」香燈，見卷一《留題仰山大師塔院》注〔六〕。

謝人墨〔一〕

珍重歲寒煙〔二〕，携來路幾千！只應真典誥〔三〕，消得苦磨研〔四〕。正色浮端硯〔五〕，精光動蜀牋〔六〕。因君强濡染〔七〕，舍此即忘筌。

【校箋】

〔一〕本篇寫作時地難以考實，姑依編次繫開平間居道林寺時。

〔二〕歲寒煙：指松墨，語本曹植《樂府》：「墨出青松煙，筆出狡兔翰。」歲寒，松之代稱。典出《論語·子罕》：「歲寒然後知松柏之後凋也。」李白《酬張司馬贈墨》：「上黨碧松煙，夷陵丹砂末。蘭麝凝珍墨，精光乃堪掇。」按宋蘇易簡《文房四譜·墨譜》引三國魏人韋誕《墨法》言「今之墨法」：以好醇松煙乾擣，細簁（篩）。煙一斤已上，好膠五兩，浸梣皮汁中。下去黄雞子白五枚，真珠一兩，麝香一兩，合調下鐵臼中，擣三萬杵，多益善。

〔三〕典誥：猶「經典」。《史通·論贊》：「孟堅辭惟温雅，理多愜當，其尤美者，有典誥之風，翩翩弈弈，良可詠也。」

〔四〕消得：值得。見《詩詞曲語辭匯釋》卷二。此句意謂值得苦心磨墨抄寫。

〔五〕端硯：以端州（今廣東肇慶市高要區）端溪之石製成的名硯。《方輿勝覽·肇慶府》：「土產：端硯。柳公權曰：『端州有溪曰端溪，其硯有赤白黄色點者，謂之鸜鵒眼。』……蘇易簡《硯譜》：『端溪硯，水中者石色青，山半者石色紫，山頂石尤潤，如猪肝色者佳。』……李賀《紫石硯歌》：『端州石匠巧如神，露天磨刀割紫雲。紗帷晝睡墨花春，輕漚漂沫松麝薫。』」唐宋人多有歌詠端硯之詩文。

〔六〕蜀牋：唐蜀地所産名紙。《唐國史補》卷下：「紙則有越之剡藤苔牋，蜀之麻面、屑末、滑石、金花、長麻、魚子、十色牋。」白居易《新昌新居書事四十韻因寄元郎中博士》：「緩步攜笻杖，徐吟展蜀牋。」

〔七〕濡染：蘸墨潤筆，寫字畫畫。李商隱《韓碑》：「公退齋戒坐小閣，濡染大筆何淋漓。」

送人遊玉泉寺〔一〕

西風大雪開〔二〕，萬疊向空堆〔三〕。客貴猶尋去，僧高肯不來？潭澄猿覰月，竇冷鹿眠苔〔四〕。公子將才子〔五〕，聯題興未迴〔六〕。

【校箋】

〔一〕玉泉寺在今湖北當陽市，詳見卷二《題玉泉寺大師影堂》注〔一〕。本篇疑亦作於居荆期間。

〔二〕風，柳、汲、明抄、《百家》、《全詩》作「峰」。

〔三〕「疊」字原脱，據柳、汲、明抄、清抄、《全詩》補。萬疊：指重重疊疊的高峰。李群玉《九日巴丘楊公臺上宴集》：「萬疊銀山寒浪起，一行斜字早鴻來。」

〔四〕竇：指玉泉寺周圍之鐘乳石窟。參見卷二《題玉泉寺大師影堂》注〔五〕。

〔五〕公子：對被送者之尊稱。盧照鄰《宴梓州南亭得池字》：「遊人惜將晚，公子愛忘疲。」將：與共也。

〔六〕興，清抄作「與」。聯題：同題分詠，數人同題賦詩。白居易《花樓望雪命宴賦詩》：「素壁聯題分韻句，紅爐巡飲暖寒杯。」

寄鄭谷郎中〔一〕

詩心何以傳〔二〕？所證自同禪〔三〕。覓句如探虎〔四〕，逢知似得僊。神清太古在〔五〕，字好雅風全〔六〕。曾沐星郎許〔七〕，終慙是斐然〔八〕。

【校箋】

〔一〕本篇自述作詩體悟而寄呈鄭谷，再求教也。言「曾沐星郎許，終慙是斐然」，自負詩境大進仍精益求精也。姑繫開平二年（九〇八）冬三赴袁州謁鄭前後。

〔二〕詩心：猶「詩道」，對詩歌本質之體悟，也指作詩之情致，猶「詩興」。參前《謝㴩湖茶》注〔三〕。

〔三〕證：佛教語，謂無漏之正智，能契合於所緣之真理。指修習正法，如實體驗而悟入真理，亦即是以智慧契合於真理。俗語稱「開悟」、「得道」。《大乘義章》第一：「亡情契實，名之爲證。」又第十：「證是知得契會之義。」《阿毘達摩俱舍論》：「如實覺知四聖諦理，故名爲證。」兩句謂詩、禪同理，惟在自己如實體驗而悟入。

〔四〕探虎：「探虎穴」之略語，喻歷經艱辛。《三國志·吴書·吕蒙傳》：「不探虎穴，安得虎子。」李中《送相里秀才之匡山國子監》：「已能探虎窮騷雅，又欲囊螢就典墳。」

〔五〕「神清」句：意謂詩存太古淳真之風。按《文心雕龍·神思》：「文之思也，其神遠矣。故寂然凝慮，思接千載；悄焉動容，視通萬里。」可與此參證。神清，詩思清朗。姚合《心懷霜》：「欲識爲詩苦，秋霜若在心。神清方耿耿，氣肅覺沈沈。」神謂神思。蕭子顯《南齊書·文學傳論》：「屬文之道，事出神思，感召無象，變化不窮。」太古，上古。李白《贈清漳明府姪聿》：「心和得天真，風俗猶太古。」

〔六〕字：謂遣詞用字，指詩歌語言。雅風：符合風雅之道的健康詩風。司空圖《與王駕評詩》：「國初，上好文章，雅風特盛，沈、宋始興之後，傑出於江寧，宏思於李、杜，極矣。」

〔七〕星郎：指鄭谷。見卷一《亂中聞鄭谷吴延保下世》注〔三〕。言其詩獲鄭之推許也。

〔八〕斐然：文采焕發之貌。語本《論語·公冶長》：「子在陳，曰：『歸與！歸與！吾黨之小子狂簡，斐然成章，不知所以裁之。』」

春雨〔一〕

欲布如膏勢〔二〕，先聞動地雷。雲龍相得起〔三〕，風電一時來。霡霂農桑野〔四〕，冥濛楊柳臺〔五〕。何人待晴暖？庭有牡丹開〔六〕。

【校箋】

〔一〕詩寫暮春之雨。據編次，前詩開平三年冬，此繫四年春。

〔二〕如膏：指雨。膏謂潤澤，俗語云「春雨貴如油」是也。《詩·小雅·黍苗》：「芃芃黍苗，陰雨膏之。」白居易《爲宰相賀雨表》：「發於若厲之誠，散作如膏之澤。」

〔三〕「雲龍」句：謂雲起而雨生。《易·乾文言》：「雲從龍。」故云「相得起」。

〔四〕霡霂：小雨。《詩·小雅·信南山》：「益之以霡霂，既優既渥。」謝朓《閑坐》：「霡霂微雨散，葳蕤蕙草密。」

〔五〕冥濛：幽暗貌，亦作「冥蒙」。張説《江山愁心賦寄趙子》：「江上之深林兮，杳冥蒙而不已。」此謂春雨細密、天宇幽暗。

〔六〕牡丹開：牡丹開於夏曆三月中旬。《黄帝内經·四氣調神大論》王砯注：「季春清明之節，初五日桐始華，次五日田鼠化爲鴽，牡丹華。」

明月峰〔一〕

明月峰頭石，曾聞學月明。别舒長夜彩〔二〕，高照一村耕。頗亂無私理〔三〕，徒驚鄙俗情。傳云遭鑿後，頑白在崢嶸〔四〕。

【校箋】

〔一〕明月峰：衡山山峰名。《重修南嶽志》：「明月峰，在嶽廟右。」詩當作於天祐初居衡嶽時。

〔二〕彩，汲作「彤」，形近而訛。

〔三〕私理：與公理相背的私欲。《管子·法禁》：「君之置其儀也不一，則下之倍法而立私理者必多矣，是以人用其私，廢上之制，而道其所聞。」張碧《遊春引三首》其三：「千條碧緑輕拖水，金毛泣怕春江死。萬彙俱含造化恩，見我春工無私理。」此謂月光無私，普照峰頭亂石。

〔四〕「傳云」二句：此用女媧鑿石補天典故，謂此石爲媧皇遺物。《列子·湯問》：「然則天地亦物也，物有不足，故昔者女媧氏練五色石以補其闕。」頑白，謂白色石頭。崢嶸，高峻貌，此指高聳的山峰。孫綽《遊天台山賦》：「陟峭崿之崢嶸。」

謝人惠紫栗拄杖〔一〕

仙掌峰前得〔二〕，何當此見遺〔三〕！百年衰朽骨〔四〕，六尺歲寒姿〔五〕。雪外兼松凭，泉邊待月欹〔六〕。他時出山去〔七〕，猶謝見相隨。

【校箋】

〔一〕紫栗：木名，其木堅實，可作手杖。賈島《寄喬侍郎》：「曉出爬船寺，手擎紫栗條。」

〔二〕仙掌峰：華山有仙掌峰，或指此。蓋言其珍重也。

〔三〕見遺：見贈。《廣雅·釋詁四》：「遺，送也。」

〔四〕百年：王逸《楚辭章句叙》：「雖保黄耇，終壽百年，蓋志士之所恥，愚夫之所賤也。」衰朽：杜甫《奉贈李八丈曛判官》：「所親問淹泊，泛愛惜衰朽。」

〔五〕歲寒姿：耐寒不凋之品格。此讚美拄杖。李白《送友生遊峽中》：「殷勤一杯酒，珍重歲寒姿。」（一作張籍詩）

〔六〕「雪外」二句：此言倚杖於松下、泉邊。凭、欹，皆「倚」也。兼，連同。

〔七〕出山：謂離開禪林外出遊方。劉禹錫《送鴻舉師游江西》：「禪客學禪兼學文，出山初似無心雲。」

送人遊湘湖〔一〕

君遊南國去，旅夢若爲寧〔二〕？一路隨鴻雁，千峯遶洞庭。林明楓盡落，野黑燒初經〔三〕。有興尋僧否？湘西寺最靈〔四〕。

【校箋】

〔一〕湘湖：泛指湖南。馬令《南唐書・隱者傳》：「沈彬，筠陽高安人，讀書能詩，屬唐末亂離，南游湘湖，隱于雲陽山十餘年，與僧虚中、齊己爲詩侶。」本篇疑亦居荆期間之作。荆州在湘北，故曰「遊南國」。

〔二〕若爲：怎能。開元宫人《袍中詩》：「沙場征戍客，寒苦若爲眠。」

〔三〕「林明」二句：楓落、野燒，深秋之景。燒謂秋收後燒田草爲肥料。

〔四〕湘西寺：杜甫《清明》：「此都好遊湘西寺，諸將亦自軍中至。」仇注：「湘西寺，即嶽麓道林二寺。」蓋寺在湘江西岸。

小松

發地纔過膝〔一〕，蟠根已有靈〔二〕。嚴霜百草白，深院一株青〔三〕。後夜蕭騷動〔四〕，空階蟋蟀聽。誰於千歲外，吟遶老龍形〔五〕？

【校箋】

〔一〕膝，原作「脉」，據諸本改。過膝，《全詩》注：「一作盈尺。」

〔二〕蟠根：樹根盤曲。吴均《詠慈姥磯石上松詩》：「根爲石所蟠，枝爲風所碎。」

〔三〕株，汲、《全詩》作「林」，意遜。

〔四〕蕭騷：風吹樹木聲。薛能《寄河南鄭侍郎》：「寒窗不可寐，風地葉蕭騷。」

〔五〕遶，《全詩》注：「一作倚。」老龍形：謂古松虬枝蟠曲如龍。杜甫《題李尊師松樹障子歌》：「陰崖却承霜雪幹，偃蓋反走虬龍形。」

金江寓居〔一〕

考盤應未永〔二〕，聊此養閑疎。野趣今何似〔三〕？詩題舊不如。春篁離籜盡〔四〕，陂藕折花初〔五〕。終要秋雲是〔六〕，從風恣卷舒〔七〕。

【校箋】

〔一〕金江：其地不詳。寓居：寄居。《孟子·離婁下》：「無寓人於我室」趙注：「寓，寄也。」此言暫居於此，故曰「考盤應未永」。據詩意本篇及下篇當爲唐末世亂時詩，金江疑即齊己大順、景福間北遊南歸隱居地。詩蓋有「從風卷舒」、「欲淬豪曹」之少年意氣，而以「時難」「聊養閑疏」也。姑繫於大順元年夏。

〔二〕考盤，原作「老盤」，柳、汲、明抄、《百家》、《全詩》作「考盤」，今從。案考盤亦作「考槃」，喻隱居也，本之《詩·衛風·考槃》。岑參《太乙舊廬招王學士》：「此地可遺老，勸君來考槃。」

〔三〕野趣：愛好山野田園的情趣。謝惠連《汎南湖至石帆》：「蕭疏野趣生，逶迤白雲起。」杜甫《重過何氏五首》其四：「頗怪朝參懶，應耽野趣長。」

〔四〕「春篁」句：蕭琛《餞謝文學》：「春篁方解籜，弱柳向低風。」春篁，春筍。籜，筍的外皮。

〔五〕陂：《廣雅·釋地》：「陂，池也。」

〔六〕要，原作「夜」，柳、汲、明抄、清抄、《百家》、《全詩》作「要」，意勝，今從。

〔七〕恣：盡情、任意。卷舒：劉禹錫《送鴻舉遊江南》：「禪客學禪兼學文，出山初似無心雲。從風卷舒來何處，繚繞巴江不得去。」

晚夏金江寓居答友生

日日衝殘熱〔一〕，相尋入亂蒿。閑中滋味遠，詩裏是非高〔二〕。碧聳新生竹，紅垂半熟桃。時難未可出，且欲淬豪曹〔三〕。

【校箋】

〔一〕衝殘熱：出入於殘暑之中。衝，冒也。韓愈《廣宣上人頻見過》：「三百六旬長擾擾，不衝風雨即塵埃。」

〔二〕「詩裏」句：句意言詩好壞是非道理高深。高，深也。《文選·張衡·西京賦》：「隅目高匡，威懾兕虎，莫之敢伉。」薛綜注：「高匡，深瞳子也。」

〔三〕淬豪曹：以磨礪古劍爲喻。豪曹爲越王勾踐之寶劍，見《越絶書·外傳記寶劍》。《抱朴子·博喻》：「青萍、豪曹，剡鋒之精絶也。」淬，鍛造工藝，將燒紅鍛件浸入水中，急速冷却而增强硬度。

寄李洞秀才〔一〕

到處聽時論，知君屈最深〔二〕。秋風幾西笑〔三〕，抱玉但傷心〔四〕。野水飜紅藕，滄江老白禽。相思未相識，聞在蜀中吟〔五〕。

【校箋】

〔一〕李洞：唐末詩人，字才江（一作「子江」）。京兆（今西安）人，爲宗室之後。家貧，苦吟，至廢寢食。酷慕賈島，詩亦逼真於島，新奇或過之，極爲吴融賞異。僖宗、昭宗時三上不第，失意流落，寓蜀，約景福間卒。生事見《唐才子傳》。諸史傳均載「李洞詩一卷」、「李洞集賈島句圖一卷」。《全唐詩》録存詩三卷一六七首。本詩當作於大順、景福間李洞寓蜀時。

〔二〕屈最深：即「時論」之意。《唐摭言》卷十「海叙不遇」條：「（李）洞三榜裴公（贄），第二榜策夜，簾獻曰：『公道此時如不得，昭陵慟哭一生休。』尋卒蜀中。裴公無子，人謂屈洞之致也。」

〔三〕西笑：望長安而笑，見卷一《同光歲送人及第東歸》注〔二〕。此謂應舉奪魁之情懷。

〔四〕抱玉：用楚人卞和獻玉之典喻其「屈」。《韓非子·和氏》：「和曰：吾非悲刖也，悲夫寶玉而題之以石，貞士而名之以誑，此吾所以悲也！」

〔五〕「聞在」句：據《登科記考》，裴贄第二榜在大順二年（八九一），洞赴試獻詩於贄，落第而入蜀，旋卒。齊己聞其事而賦詩，當爲景福元年，洞去世前。

過商山〔一〕

疊疊嵐寒，紅塵翠裹盤〔二〕。前程有名利，此路莫艱難〔三〕。雲木侵天老〔四〕，輪蹄到月殘〔五〕。何能尋四皓〔六〕？過盡見長安。

【校箋】

〔一〕商山：在今陝西商洛市丹鳳縣城西。《陝西通志·山川五·商州》：「商山，在州東八十里。」「在商洛縣（今丹鳳縣商鎮）南一里。」「秦始皇時，四皓共避世於商山。商阪在商洛間，適秦楚之險塞。」商山在唐代當長安東南孔道中樞，爲秦楚交通要隘。本篇言「過盡見長安」，乃詩人自荆襄經著名的商州道西入長安所作，繫於乾寧二年（八九五）。

〔二〕「疊疊」二句：首聯言商嶺層疊，驛道盤繞。《通典·州郡五》：「商山，亦名地肺山，亦名楚山，四皓所隱。其地險阻。王莽命明威侯王級曰：『繞霤之固，南當荆楚。』繞霤者，言四面塞阨，其道屈曲，水回繞而霤，即今七盤十二繞。」嵐：山林中之霧氣。

〔三〕「前程」二句：前程，前路。商山前程即長安，故云。王貞白《商山》：「商山名利路，夜亦有人行。」名利之路，故不言其艱難也。

〔四〕木，汲、《全詩》作「水」。《全詩》注：「一作木。」侵天：臨空，高聳入雲天。韓愈《風折花枝》：「浮豔侵天難就看，清香撲地只遥聞。」

〔五〕輪蹄：車馬。韓愈《南内朝賀歸呈同官》：「緑槐十二街，涣散馳輪蹄。」月殘：月落。賈島《寄毘陵徹公》：「早講林霜在，孤禪隙月殘。」按：本句句意謂夜以繼日。

〔六〕四皓：即東園公、角里先生、綺里季、夏黄公。見秦政虐乃隱商山，修道潔己，非義不動。漢高定鼎，徵之不至，深自匿不能屈。後代以爲隱者之典範。事跡散見《史記·留侯世家》《高士傳》等。按荀悦《申鑒·雜言》：「想伯夷於首陽，省四皓於商山，而知夫穢志者之足耻也。」

蟬八韻

咽咽復啾啾，多來自葢秋〔一〕。園林凉正好，風雨思相收〔二〕。在處聲無别，何人淚欲流？

冷憐天露滴，傷共野禽遊。静息深依竹，驚移瞥過樓〔三〕。分明晴渡口，凄切暮關頭〔四〕。

時節推應定〔五〕，飛鳴即未休。年年聞爾苦，遠憶所居幽〔六〕。

【校箋】

〔一〕蚤：同「早」。《初學記·蟬》：「《禮記》曰：仲夏之月蟬始鳴，孟秋之月寒蟬鳴。……《淮南子》曰：蟬無口而鳴，三十日而死。」

〔二〕收：收結，謂鳴聲停止。

〔三〕瞥過：疾飛而過。白居易《裴侍中晉公以集賢林亭即事詩二十六韻見贈猥蒙徵和才拙詞繁輒廣爲五百言以伸酬獻》：「瞥過遠橋下，飄旋深澗陲。」

〔四〕關頭：關口上。劉禹錫《述舊賀遷寄陝虢孫常侍》：「關頭古塞桃林静，城下長河竹箭回。」

〔五〕推：推移，移易。《易·繫辭下》：「寒暑相推而歲成焉。」

〔六〕所居幽：蓋即物而言懷。

鷺鷥二首〔一〕

其一

日日滄江去〔二〕，時時得意歸。自能終潔白，何慮誤翻飛〔三〕。晚立銀塘濶〔四〕，秋栖玉露微〔五〕。殘陽葦花畔，雙下釣魚磯〔六〕。

【校箋】

〔一〕鷺鷥：水禽，即白鷺。《詩·陳風·宛丘》孔疏：「鷺，水鳥也，好而潔白，故謂之白鳥。齊魯之間謂之春鉏，遼東、樂浪、吴揚人皆謂之白鷺。青脚，高尺七八寸，尾如鷹尾，喙長三寸，頭上有毛十數枚，長尺餘，毿毿然與衆毛異好，欲取魚時則弭之。今吴人亦養焉。」

〔二〕滄江：泛指江流。謝朓《和徐都曹出新亭渚》：「結軫青郊路，迴瞰滄江流。」

〔三〕慮，《全詩》作「處」，意遜。何慮：不慮也，與「自能」工對。飜飛：飛翔。曹植《臨觀賦》：「俯無鱗以遊遁，仰無翼以飜飛。」王維《送友人歸山歌二首》其二：「水鷺波兮翠菅靡，白鷺忽兮翻飛。」

〔四〕銀塘：清澈明净之池塘。梁簡文帝《和武帝宴詩二首》其一：「銀塘瀉清渭，銅溝引直漪。」

〔五〕玉露：秋露。謝朓《泛水曲》：「玉露霑翠葉，金風鳴素枝。」

〔六〕釣魚磯：江邊可以垂釣的石頭。方干《送婺州許録事》：「笑我中年更愚僻，醉醒多在釣魚磯。」

其二

雪裏曾迷我，籠中舊養君。忽從紅蓼岸〔一〕，飛出白鷗群。影照翹灘浪〔二〕，翎濡宿島雲〔三〕。鴛鴻解相憶〔四〕，天上列紛紛。

【校箋】

〔一〕「忽從」句：元稹《和樂天秋題曲江》：「綿綿紅蓼水，颺颺白鷺鷥。」

〔二〕翹灘浪：謂翹其一足立於灘面浪中。李咸用《和吴處士題村叟壁》：「戲日魚呈腹，翹灘鷺並肩。」

〔三〕濡：潤溼也。謂夜宿江島羽翎濡溼於雲氣中。

〔四〕鴛鴻：鵷鶵和鴻雁。皆高飛遠引之大鳥，詩文中多譬喻賢人。杜甫《贈王二十四侍御契四十韻》：「鴛鴻不易狎，龍虎未宜馴。」仇注：「鴛小鴻大，兩物不倫，當作鵷鴻。《莊子》：『鵷鶵發於南海，飛於北海。』此與鴻飛冥冥，舉翅摩天者正相類。」

送僧歸南岳〔一〕

濁世住終難〔二〕，孤峯念永安。逆風眉磔磔〔三〕，衝雪錫珊珊〔四〕。石室關霞嫩，松枝拂蘚乾。岩猿應認得，連臂下勾欄〔五〕。

【校箋】

〔一〕齊己天祐三年春離衡山入長沙，詩送僧「歸」岳，而言「濁世難住」、「孤峰永安」、「岩猿認得」，當爲天祐三年冬唐室未亡時詩。次年梁唐易代，乃以亂世稱矣。

〔二〕濁世：宋玉《九辯》：「處濁世而顯榮兮，非余心之所樂。」李群玉《昇仙操》：「濁世不久駐，清都路何窮。」

〔三〕磔磔：鬢髮剛硬直竪貌。此指眉毛迎風張開。《晉書·桓温傳》：「温眼如紫石棱，鬚作蝟毛磔。」皮日休《奉和魯望漁具十五詠·滬》：「波中植甚固，磔磔如蝦鬚。」

〔四〕珊珊：象聲詞，本指玉器碰撞之聲，此借指錫杖杖頭鐵環響聲。

〔五〕勾欄：回互屈曲的欄杆。王建《宫詞》：「風簾水閣壓芙蓉，四面勾欄在水中。」

夏日林下作〔一〕

煩暑莫相煎，森森在眼前〔二〕。暫來還盡日，獨坐只聞蟬。草媚終難死〔三〕，花飛卒未蔫〔四〕。秋風捨此去，滿篋貯新篇〔五〕。

【校箋】

〔一〕林下謂所居寺廟，已見卷二《夏日栖霞寺書懷寄張逸人》注〔二〕。此寫暫住寺中「過夏」，吟詩滿篋，秋日乃舍此它往。當爲天祐三年夏暫居長沙湘江東「獨院」之詩，蓋是年冬則入居道林寺矣。

〔二〕森森：林木繁盛貌。鮑照《遊思賦》：「波沄沄兮無底，山森森兮萬重。」

〔三〕媚：《廣雅·釋詁一》：「媚，好也。」貫休《書倪氏屋壁三首》其三：「水嬌草媚掩山路，睡槎鴛鴦如畫作。」

〔四〕蔫：枯萎。韓偓《春盡日》：「樹頭初日照西檐，樹底蔫花夜雨霑。」

〔五〕「秋風」二句：此謂待秋風起後乃攜滿篋新詩離開。篋，小箱子。徐陵《玉臺新詠序》：「清文滿篋，非惟芍藥之花；新製連篇，寧止蒲萄之樹。」

村居寄懷〔一〕

風雨如堯代〔二〕，何心欲退藏？諸侯行教化，下國自耕桑〔三〕。道挫時機盡，禪留話路長〔四〕。前溪久不過，忽覺早禾香。

【校箋】

〔一〕據詩意本篇亦作於唐亡前。依編次亦繫天祐三年入居道林寺前。

〔二〕「風雨」句：《太平御覽》卷九引《鹽鐵論》曰：「太平之時，風不鳴條，雨不破塊。」此美言今世風調雨順如帝堯太平時代。王甚夷《風不鳴條》：「康哉帝堯代，寰宇共澄清。」

〔三〕「諸侯」二句：諸侯、下國，泛指天子分封的大小諸侯國，借言唐代州郡地方。《文選·王延壽·魯靈光殿賦》：「初恭王始都下國，好治宮室。」李善注：「以天子爲上國，故諸侯爲下國。」

〔四〕「道挫」二句：時機，猶「機會」。《三國志·吴書·孫登傳》裴注引《江表傳》：「精識時機，達幽究微，則顧譚。」此「時機盡」謂不合時宜。杜荀鶴《寄從叔》：「爲儒皆可立，自是拙時機。」此聯或謂人生之道受挫由於未能把握時機，心中之禪長存仍能時相探究。

酬王秀才〔一〕

相於分倍親〔二〕，静論到吟真〔三〕。王澤曾無外，風騷甚少人〔四〕。鴻隨秋過盡，雪向臘飛頻〔五〕。何處多幽勝〔六〕？期君作近隣。

【校箋】

〔一〕王秀才：疑即王去微，江西彭蠡人。詳見卷一《謝王秀才見示詩卷》注〔一〕。寫作時間亦當在開平間。

〔二〕相於：猶「相與」，相親近。曹植《當來日大難》：「廣情故，心相於。」分：分外，格外。

〔三〕静論：身心静慧所發之論。裴説《寄貫休》：「憶昔與吾師，山中静論時。」本集卷八《懷匡阜》：「閒機但媿時機速，静論須慚世論長。」吟真：真情至性之吟詠。

〔四〕「王澤」二句：曾，《廣韻·登韻》：「曾，則也。」表示相承，猶「就」、「是」。此二句言：儘管王澤到處一樣，懂得「風騷」者則少有。讚王能詩也。

〔五〕臘：古代祭名。冬月祭祖先、衆神均稱臘。後亦作爲農曆十二月或歲末的代稱。元稹《酬復言長慶四年元日郡齋感懷見寄》：「臘盡殘銷春又歸，逢新别故欲沾衣。」

〔六〕幽勝：幽静美好之境。釋皎然《五言答俞校書冬夜》：「一宿覯幽勝，形清煩慮屏。」

贈無本上人〔一〕

往年吟月社〔二〕，因亂散揚州〔三〕。未免無端事〔四〕，何妨出世流〔五〕。洞庭禪過臘，衡岳坐經秋〔六〕。終説將衣鉢〔七〕，天台老去休〔八〕。

【校箋】

〔一〕無本：唐末西蜀脩覺寺詩僧。鄭谷有《别脩覺寺無本上人》詩云：「松上閑雲石上苔，自嫌歸去夕陽催。山門握手無他語，秖約今冬看雪來。」知爲鄭谷、齊己同時人。《才調集》（卷九）等唐人詩選集，於賈島詩外别録僧無本《行次漢上》（習家池沼草萋萋，嵐樹光中信馬蹄。漢主廟前湘水碧，一聲風角夕陽低。）《馬嵬》（長川幾處樹青青，孤驛危樓對翠屏。一自上皇惆悵後，至今來往馬蹄腥）詩二首。賈島《長江集》不收，當係無本詩。《全唐詩》誤録入賈島集（卷五七四）。李嘉言《長江集新校》録入《附集》，謂「無本，島之法名」，亦誤。蓋誤以唐末脩覺寺僧無本附會爲曾名「無本」之賈島也。脩覺寺在今成都市新津區。《蜀中廣記·名勝記》：「《志》云：南一里脩覺山，神秀禪師結廬於此，唐明皇駐蹕，爲題脩覺山三字。寺有左右二井，春夏汲東，秋冬汲西，水則甘冽。」無本爲唐末蜀僧無疑也。鄭谷廣明元年（八八〇）至光啟元年（八八五）在蜀中「多寓止精舍」（見《唐才子傳校箋》），其《别脩覺寺無本上人》詩當作於此期間。據本篇詩意，疑作於遊吳越南歸後居衡嶽第二年，即天祐二年（九〇五）。

〔二〕月社：明月詩社，或謂結爲詩社月下吟詩。皮日休《新秋即事三首》其一：「涼後每謀清月社，晚來專赴白蓮期。」案齊己天復間遊吳越，居金陵栖霞寺，與僧俗酬唱往還甚歡；卷九《懷金陵李推官僧自牧》云：「秣陵長憶共吟遊，儒釋風騷盡上流。」

〔三〕因，原作「固」，形近而訛，據柳、汲、《全詩》改。「因亂」句：《通鑑》卷二六四載天復三年八月，寧國節度使（治宣州，今安徽宣城）田頵與潤州（今江蘇鎮江）團練使安仁義同舉兵叛淮南節度楊行密，淮南兵與戰於昇州、宣州、潤州、常州。揚州爲淮南節度治所，與潤州隔江相望，時昇、宣、潤、常均歸屬淮南楊氏。齊己是年遊吳，寓金陵（昇州），「因亂」蓋指此。「散揚州」，謂離淮南西歸。案《唐僧弘秀集》卷七録僧無可《寄友》詩：「聞説到揚州，吹簫有舊遊。人來多不見，莫是上迷樓。」或即言齊己等吴地之遊。

〔四〕無端：亂來，無故肆虐爲害。此「無端事」指節鎮間之戰争。時楊行密坐大不臣於唐，其部屬復叛之。又行密與荆南成汭、湖南馬殷等鎮之間亦屢起戰端。陸龜蒙《自遣詩三十首》其十二：「雪侵春事太無端，舞急微還近臘寒。」

〔五〕出世流：自拔於流俗之中。世流，江總《金陵攝山栖霞寺碑文並序》：「漫漫心火，冥冥世流。」論生若寄，喻死如休。」清晝《唐杭州靈隱山天竺寺大德詵法師塔銘》：「世流有逝，法流何逝而常清；世土自騫，法山何騫而常存。」趙嘏《秋日吴中觀貢藕》：「梯山謾多品，不與世流同。」

〔六〕「洞庭」二句：齊己約光化間曾隱於洞庭西，遂東遊洪、廬、吴越。天復三年金陵兵亂乃西歸，於洞庭度臘月，天祐初入居衡岳。

〔七〕衣鉢：僧尼之袈裟、飯鉢。鉢亦作「鉢」。《敕修百丈清規》卷五：「鉢，梵云鉢多羅，此云應量器。今略云鉢。又呼云鉢盂，即華梵兼名。」

〔八〕台，汲本作「白」，形近而訛。天台：指天台山。周圍有赤城、四明、天姥諸山，爲浙東名勝之區。李白《天台曉望》：「天台鄰四明，華頂高百越。門標赤城霞，樓棲滄島月。憑高遠登覽，直下見溟渤。」天台國清寺，爲隋僧智顗所建，時以齊州靈巖、荆州玉泉、潤州栖霞、台州國清爲四絶。老去休：猶云「任其老去罷了」。釋見《詩詞曲語辭匯釋》卷三。案齊己天復遊吴越，曾登天台。

寄華山司空圖[一]

天下艱難際，全家入華山。幾勞丹詔問？空見使臣還[二]。瀑布寒吹夢，蓮峯翠濕關[三]。兵戈阻相訪，身老瘴雲間[四]。

【校箋】

[一]司空圖（八三七—九〇八）：字表聖，河中虞鄉（今山西永濟縣）人。唐末詩人，著名詩論家。咸通十年（八六九）進士登第。入宣歙觀察使王凝幕府。歷官禮部員外郎、郎中，知制誥、中書舍人。光啟二年僖宗出奔寶鷄，遂歸隱中條山。昭宗時，屢召不赴。後梁開平二年，聞唐哀帝被殺，遂不食而卒。兩《唐書》有傳，生平事跡亦見《唐詩紀事》、《唐才子傳》。現有《司空表聖詩文集》（文十卷、詩三卷）、單行本《二十四詩品》行世。《舊唐書》本傳載：「龍紀初……河北亂，乃寓居華陰。景福中，又以諫議大夫徵，……移疾不起。乾寧中，又以户部侍郎徵，一至闕廷致謝，數日乞還山，許之。昭宗在華，徵拜兵部侍郎，稱足疾不任趨拜，致章謝之而已。」「河北亂」蓋謂龍紀元年（八八九）五、六月河東節度使李克用大發兵攻河北，拔磁、洺二州，攻邢州，朱全忠發兵援河北。「昭宗在華」指乾寧三年（八九六）七月李茂貞兵逼京師，昭宗出避至

華州。司空圖隱華山即在此期間，所謂「天下艱難際，全家入華山」是也。華山，亦稱太華山。在唐華州華陰縣（今陝西省華陰市）南八里。案乾寧三年齊已入長安，次年謁鄭谷於華山，而未晤司空圖，詩中感嘆「兵戈阻相訪，身老瘴雲間」，當作於離華山後。姑繫乾寧五年（光化元年，八九八）。

〔二〕「幾勞」二句：幾勞、空見，謂屢徵不起也。丹詔，皇帝的詔書，以朱筆書寫，故稱。韓翃《送王光輔歸青州兼寄儲侍郎》：「身著紫衣趨闕下，口銜丹詔出關東。」

〔三〕蓮峯：華山主峰蓮花峰。關：門。此謂所居宅門。

〔四〕瘴雲：泛言深山裏鬱積的雲氣。杜甫《熱三首》其二：「瘴雲終不滅，瀘水復西來。」

題直州精舍〔一〕

波心精舍好，那岸是繁華。礙目無高樹〔二〕，當門即遠沙。晨齋來海客〔三〕，夜磬到漁家。石鼎秋濤静〔四〕，禪回有岳茶。

【校箋】

〔一〕直，原作「真」，柳、明抄作「直」，是，今據改。案唐真州在今四川省阿壩藏族羌族自治州松潘縣一帶，非齊己行跡所到之處。《舊唐書・地理志》載武德元年置西安州，旋改西安州爲直州。州廢，省寧都、廣德二縣入安康。至德二年二月改爲漢陰縣。其地即今陝西省安康市漢陰縣。地在荆州、長安間。乾寧二年齊己過荆襄走商於道西入長安，疑其自京南歸，或别走新道，經行直州，沿漢水東下達荆襄地也，此亦唐後期通行之要道（詳參嚴耕望《唐代交通圖考》第三卷《秦嶺仇池區・上津道》）。精舍：本指儒者教授生徒之所，猶「書齋」，後以指寺廟。意爲智德精練者所居，故名。《事物紀原・僧寺》：「漢明帝於東都城門外立精舍，以處攝摩騰竺法蘭，即白馬寺也。騰始自西域以白馬馱經來，初止鴻臚寺，遂取寺名，刱置白馬寺，即僧寺之始也。隋煬帝改曰道場，後復曰寺。」據詩意，蓋寺在江島之中，四周環水，與州城隔岸相望。《瀛奎律髓彙評》引無名氏謂：「真州，儀真。」當誤。案《方輿勝覽・真州》：「《禹貢》『揚州之域』。……國朝太祖陞迎鑾鎮爲建安軍，……真宗以鑄聖像成，陞爲真州。淳化始建漕臺，或兼大使。後又陞爲儀真郡，今領縣二，治揚子。」唐五代無真州、儀真縣建置。依前詩繫乾寧五年。

〔二〕目，《全詩》注：「一作日。」《文苑英華》卷三一四載庾肩吾《蔬圃堂》：「疏林不礙目，洄浦暫通潮。」注：「目，《初學記》作日。」

〔三〕海客：此與「漁家」爲對，泛言客行於江海之人。駱賓王《餞鄭安陽入蜀》：「海客乘槎渡，仙童馭竹迴。」

〔四〕石鼎：石質烹器，多用於煎茶。皮日休《冬曉章上人院》：「松扉欲啓如鳴鶴，石鼎初煎若聚蚊。」

懷道林寺因寄仁用二上人〔一〕

名山知不遠，長憶寺門松〔二〕。昨晚登樓見，前年過夏峰〔三〕。雨餘雲脚樹，風外日西鐘。莫更來東岸〔四〕，紅塵没馬踪。

【校箋】

〔一〕道林寺：長沙道林寺，在湘江西嶽麓山下。天祐三年（九〇六）起齊己入居此十年。據詩意，本篇當爲齊己居長沙期間曾短期離開道林寺時所作。仁、用二上人：疑即道林寺僧之長者。本集卷七有《寄玉泉寶仁上人》、卷十有《苦熱懷玉泉寺寄仁上人》，蓋指唐荆州當陽縣（今屬湖北省）玉泉寺僧。卷七又有《寄江夏仁公》，爲江夏（今湖北武昌）某寺僧，非一人。

〔二〕「名山」二句：名山，謂嶽麓山。寺門松，寺謂道林寺，按卷一《居道林寺書懷》云：「誰來看山寺？自要掃松門。」卷八《道林寺居寄岳麓禪師二首》其一：「長憶高窗夏天裏，古松青檜午時風。」其二：「月照經行更誰見，露華松粉點衣巾。」知道林寺内外多古松。

〔三〕「昨晚」二句：過夏，佛教語，義同夏安居。僧人夏天禁止外出，專心坐禪修學，安居經過九旬（九十日）。《碧巖録》：「且在這裏過夏。」慧琳《一切經音義》：「夏安居從四月十六日至七月十五日。」此聯謂前一年在嶽麓山道林寺過夏，嶽麓山峰「昨晚」登樓望見。

〔四〕東岸：嶽麓山、道林寺在湘江西岸，此即謂湘江東岸齊己所居寺。本集卷七《寄道林寺諸友》「江聲裏過東西寺，樹影中行上下方」可證。案齊己天祐三年至長沙後先寓居湘江東之「獨院」，秋後始得入居道林寺，東岸爲唐長沙縣治所在，故曰「紅塵没馬踪」。據《湖廣通志·古蹟志》，長沙縣潙潭寺、鐵佛寺、書堂寺、智度寺均爲唐寺。

尋陽道中作〔一〕

秋聲連岳樹〔二〕，草色遍汀洲〔三〕。多事時爲客〔四〕，無人處上樓。雲疎片雨歇，野闊九江流〔五〕。欲向南朝去，詩僧有惠休〔六〕。

【校箋】

〔一〕尋陽：即「潯陽」，今江西省九江市。《元和郡縣圖志·江南道》江州：「管縣三：潯陽、彭澤、都昌。潯陽縣：……廬山在縣東三十二里。」詩言「欲向南朝去」，乃爲自廬山東下吴越，經行於潯陽道上所作。齊己天復元年（九〇一）夏自洪州入廬山，秋離廬山東遊吴越，詩蓋此行之作。

〔二〕秋聲：秋風吹動樹木之聲，多寓客子悲秋之意。李白《沙丘城下寄杜甫》：「城邊有古樹，日夕連秋聲。」

〔三〕草色：此言秋草一派枯黄。江淹《秋至懷歸》：「草色斂窮水，木葉變吴川。」汀洲：江中平坦的沙洲。《楚辭·九歌·湘夫人》：「搴汀洲兮杜若，將以遺兮遠者。」王逸注：「汀，平也。」

〔四〕多事時：光化三年（九〇〇）十一月，宦官劉季述等引兵入宫，囚昭宗，矯詔令太子嗣位。光化四年（四月改元天復，九〇一）春正月，左神策指揮使孫德昭等擒殺諸宦官，昭宗返正。然藩鎮相攻不息，朱全忠與鳳翔節度使李茂貞、河東節度使李克用等皆欲挾天子令諸侯。

〔五〕九江：潯陽境内有九條江水合流注入長江，故稱。《尚書·禹貢》：「九江孔殷。」孔安國傳：「江於此州界分爲九道，甚得地勢之中。」孔穎達疏：「九江謂大江分而爲九，猶大河分爲九河。……《地理志》：『九江在今廬江潯陽縣南，皆東合爲大江。』……《潯陽記》有九江之名：一曰烏江，二曰蚌江，三曰烏白江，四曰嘉靡江，五曰畎江，六曰源江，七曰廩江，八曰提江，九曰箘江。雖名起近代，義或當然。」李白《廬山謠寄盧侍御虚舟》：「黄雲萬里動風色，白波九道流雪山。」

〔六〕「詩僧」句：李白《贈僧行融》：「梁有湯惠休，常從鮑照遊。」惠休，見卷一《題中上人院》注〔四〕。

東林雨後望香爐峰〔一〕

翠濕僧窗裏，寒堆鳥道邊〔二〕。靜思尋去路，危逷落來泉〔三〕。暮雨開青壁〔四〕，朝陽照紫煙〔五〕。二林多長老，誰憶上頭禪〔六〕？

【校箋】

〔一〕詩寫望中美景，末云「二林多長老，誰憶上頭禪」，似非久居熟稔語氣，疑亦天復元年（九〇一）初遊廬山之作。

〔二〕鳥道：鳥飛的路徑，借指高入雲天的山路。庾信《秦州天水郡麥積崖佛龕銘》：「鳥道乍窮，羊腸或斷。」

〔三〕危，汲、《全詩》作「急」，意遜。

〔四〕開青壁：山中青石壁，雨霖而色更青，故曰「開」。杜甫《返照》：「返照開巫峽，寒空半有無。」趙彦才注：「開謂開豁之義。」案即「使之明朗」也。青壁，嵇康《琴賦》：「丹崖嶮巇，青壁萬尋。」

〔五〕「朝陽」句：李白《望廬山瀑布》：「日照香爐生紫煙，遥看瀑布挂前川。」

〔六〕「二林」二句：此言東西二林寺高僧甚衆，誰爲位居最前頭之禪者。長老，本爲釋迦上首弟子之尊稱，通指年長法臘高、智德俱優之大比丘，漢傳佛教用以稱寺院之住持僧。《金剛經纂要》上：「長老者，德長年老，唐譯曰具壽，壽即是命。魏譯曰慧命，以慧爲命。」《祖庭事苑·釋名讖辨》：「今禪宗住持之者，必呼長老。」上頭，排列最前頭，位置最高。即所謂「首座」，亦稱上座。《釋氏要覽·稱謂》：「首座之名，即上座也。居席之端，處僧之上故也。」

寄雙泉大師師兄〔一〕

清泉流眼底，白道倚岩稜〔二〕。後夜禪初入，前溪樹折冰。南涼來的的，北魏去騰騰〔三〕。敢告吾師意〔四〕，密傳門外僧。

【校箋】

〔一〕雙泉大師，無考。詩言「清泉流眼底」，爲山巖泉流奔瀉之景。據地誌記載唐代多處建有雙泉寺，「雙泉」當爲寺名，大師蓋某雙泉寺住持僧。本集卷四另有《弔雙泉大師真塔》詩。

〔二〕白道：大路。李白《洗脚亭》：「白道向姑熟，洪亭臨道旁。」王琦注：「白道，大路也。人行跡多，草不能生，遥望白色，故曰白道。唐詩多用之。鄭谷『白道曉霜迷』、韋莊『白道向村斜』

是也。」

〔三〕南凉，宜作「南梁」。「南梁」二句：此用禪宗初祖菩提達磨祖師事。據《五燈會元》載，達磨祖師「汎重溟，凡三周寒暑，達于南海」，「廣州刺史蕭昂具主禮迎接」，並表奏梁武帝，武帝命使迎請。後因武帝不領悟禪旨，祖師遂「潛回江北，十一月二十三日，屆于洛陽」。是時江北爲北魏孝明帝孝昌三年。的的、騰騰，均爲禪宗習語。《鎮州臨濟慧照禪師語録》：「我二十年在黄檗先師處，三度問佛法的的大意，三度蒙他賜杖，如蒿枝拂著相似。」《黄檗斷際禪師宛陵録》：「如今但一切時中，行住坐卧，但學無心，亦無分别，亦無依倚，亦無住著。終日任運騰騰，如癡人相似。」

〔四〕告，柳、汲、明抄、清抄、《百家》、《全詩》作「把」。

送人潤州尋兄弟〔一〕

君話南徐去〔二〕，迢迢過建康〔三〕。弟兄新得信，鴻雁久離行〔四〕。木落空林浪，秋殘漸雪霜。閑遊登北固，東海望滄滄〔五〕。

【校箋】

〔一〕潤州：唐浙西觀察使駐地，州治丹徒縣，即今江蘇省鎮江市。《元和郡縣圖志·江南道一》

載：潤州「今爲浙西觀察使理所。管州六：潤州、常州、蘇州、杭州、湖州、睦州。管縣三十七。」又丹徒縣下載：「北固山，在縣北一里，下臨長江，其勢險固，因以爲名。」

〔二〕南徐：潤州歷史上或稱京城（京口），或稱徐陵，或稱丹徒；爲南兖州，又爲南徐州。詳見《元和郡縣圖志》。

〔三〕建康：即今江蘇省南京市。《元和郡縣圖志·江南道一》：潤州上元縣「建康故城在縣南三里，建安中改秣陵爲建業，晉復爲秣陵，孝武帝……改名建康。」

〔四〕鴻雁離行，喻兄弟分别，語本《禮記·王制》：「兄之齒雁行，朋友不相踰。」陳澔《集説》：「雁行，並行而稍後也。」李白《别中都明府兄》：「取醉不辭留夜月，雁行中斷惜離羣。」杜甫《惜别行送向卿進奉端午御衣之上都》：「逆胡冥寞隨烟燼，卿家兄弟功名震。麒麟圖畫鴻雁行，紫極出入黄金印。」

〔五〕海望，馮本校作「望海」。滄滄，諸本或作「蒼蒼」，義同。曠遠貌。《拾遺記》載《皇娥倚瑟歌》：「洽天蕩蕩望滄滄。」

貽張生

日日見入寺，未曾含酒容〔一〕。閑聽老僧語，坐到夕陽鐘。竹裏行多影，花邊偶過踪。猶言謝生計〔三〕，隨我去孤峰。

【校箋】

〔二〕酒容：醉態。白居易《飲後夜醒》：「枕上酒容和睡醒，樓前海月伴潮生。」

〔三〕謝生計：謝謂辭謝、抛開。生計，賴以度日的財産或職業。劉長卿《睢陽贈李司倉》：「只爲乏生計，爾來成遠遊。」

送人遊雍京〔一〕

君來乞詩别，聊與愴前程〔二〕。九野未無事〔三〕，少年何遠行？商雲盤翠險〔四〕，秦甸下煙平〔五〕。應見周南化〔六〕，如今在雍京。

【校箋】

〔一〕雍京：唐京都長安所在地「雍州」的别稱。《元和郡縣圖志·關内道》京兆府：「《禹貢》雍州之地。……武德元年復爲雍州，開元元年改爲京兆府。……管縣十二，又十一：萬年、長安、昭應、三原、醴泉、奉天、奉先、富平、雲陽、咸陽、渭南、藍田。」據尾聯，本篇當爲唐亡之前詩。然朱全忠既挾帝遷都洛陽，故言雍京。又詩言「君來乞別詩」、「九野未無事」，姑繫天復、天祐間。時齊己詩名已著而世亂益深也。

〔二〕「聯與」句：句意言前路艱難，爲之悲愴。愴，《玉篇・心部》：「愴，悲也，傷也。」前程，前途。

〔三〕九野：指全國。《後漢書・馮衍傳》：「疆理九野，經營五山。」李賢注：「九野，謂九州之野。」

〔四〕商雲：商山之雲。商山爲秦楚交通要隘，自湘赴長安必經之地。見前《過商山》注〔一〕。

〔五〕秦甸：猶言秦地原野。《説文・田部》：「甸，天子五百里地。」先秦時代指「天子服治田，去王城四面五百里」也。王維《奉和聖製上巳於望春亭觀禊飲應制》：「渭水明秦甸，黄山入漢宫。」下：「下」秦嶺即抵關中平原也。煙平，即言「暮雲平」。王維《觀獵》：「回看射雕處，千里暮雲平。」

〔六〕周南化：王化，帝王的教化。張繼《奉送王相公赴幽州》：「不改周南化，仍分趙北憂。」

春　草〔一〕

處處碧萋萋〔二〕，平原帶日西。堪隨遊子路，遠入鷓鴣啼〔三〕。金谷園應没〔四〕，夫差國已迷〔五〕。欲尋蘭蕙徑〔六〕，荒穢滿汀畦〔七〕。

【校箋】

〔一〕詩詠春草而寄意，慨歎世事翻覆，芳草不存而荒穢遍野。參前後詩編次，疑亦作於天復、天祐間世亂時。

〔二〕萋萋：草木茂盛之貌。崔顥《黄鶴樓》：「晴川歷歷漢陽樹，芳草萋萋鸚鵡洲。」

〔三〕「遠入」句：此藉詠春草寓遠客悲思。錢起《江行無題一百首》其二十六：「行到楚江岸，蒼茫人正迷。秖知秦塞遠，格磔鷓鴣啼。」

〔四〕「金谷」句：金谷園爲西晉巨富石崇在河陽（今洛陽西北）所建園林别館，窮極奢麗。後得罪趙王司馬倫，爲族滅。事見《晉書·石苞傳》。韋應物《金谷園歌》：「石氏滅，金谷園中水流絶。當時豪右争驕侈，錦爲步障四十里……禍端一發埋恨長，百草無情春自緑。」

〔五〕「夫差」句：夫差，春秋末期吴國君主，曾伐越興吴，終爲越王勾踐所敗，身死國滅。按《太平御覽》卷十二引《吴越春秋》：「子胥諫吴王，王怒。暮歸，舉衣出宫。宫中群臣皆曰：『天無霖雨，宫中無泥露，相君舉衣行高何爲？』子胥曰：『吾以越諫王，王心迷，不聽吾言。宫中生草棘，霧露沾吾衣。』群臣聞之，莫不悲傷。」國迷春草本此。

〔六〕蘭蕙徑：《楚辭·離騷》：「余既滋蘭之九畹兮，又樹蕙之百畝。」王逸注：「種蒔衆香，修行仁義，勤身勉力，朝暮不倦也。」劉向《九歎·逢紛》：「懷蘭蕙與蘅芷兮，行中壄而散之。」王逸注：「言已懷忠信之德，執芬香之志也。」

〔七〕荒穢：荒草蕪雜。陶淵明《歸園田居》其三：「晨興理荒穢，帶月荷鋤歸。」汀畦：泛指原野、田地。

懷華頂道人〔一〕

華頂星邊出，真宜上士家〔二〕。無人觸牀榻，滿屋貯煙霞。坐卧臨天井〔三〕，晴明見海涯。禪餘橋上去〔四〕，屐齒印松花〔五〕。

【校箋】

〔一〕華頂：浙江天台山華頂峰。《方輿勝覽·浙東路·台州》：「華頂峰，在天台縣東北六十里，蓋天台第八重最高處。高一萬丈，絶頂東望滄海，俗號望海尖。草木薰郁，殆非人世。孫綽所謂『陟降信宿，迄乎仙都』是也。」案《元和郡縣圖志·江南道》台州唐興縣：「天台山在縣北一十里。」唐唐興縣、宋天台縣，即今浙江天台。李白《天台曉望》：「天台鄰四明，華頂高百越。門標赤城霞，樓棲滄島月。」道人：僧人。葉夢得《避暑録話》卷下：「晉、宋間佛學初行，其徒猶未有僧稱，通曰道人。」齊己另有《懷天台華頂僧》（卷五），當爲一人。齊己遊洪州、入廬山，天復二年遊吴越，遊天台登華頂當即此時，兩詩爲離天台後之作。據前後詩編次，姑繫於天祐元年歸湘後。

〔二〕上士：佛教語，本指菩薩。謂遠離迷執邪見，正見法理，爲自利利他之行者。《釋氏要覽·稱謂》引《瑜珈論》：「無自利利他行者，名下士；有自利無利他者，名中士；有二利，名上士。」此指有上根之僧人，高僧。王勃《梓州飛烏縣白鶴寺碑》：「猗歟上士，道場真政。」本集卷五《渚宫莫問詩一十五首》其十五：「慇懃無上士，珍重有名僧。」

〔三〕天井：《延祐四明志》卷七：四明山「峯頂有天井，雲氣吐吞，……晉沙門白道猷從天台入四明，將築室，不敢居以還。」案天台、四明其地相接，天井在天台山西北。又明州有天井山，俗傳「神龍所居，有三井焉」。

〔四〕橋上，柳、汲、明抄、清抄、《百家》、《全詩》作「石橋」。案依聲律當作「橋上」，橋上即石橋也。天台石橋有晉高僧白道猷坐化靈跡。宋高似孫《剡録》卷三引《啟蒙記注》：「天台山水清險，前有石橋，逕不盈尺，長數十丈，下臨絶澗。冥忘其身，然後能濟。師梯巖壁，捫蘿葛，前山蔚然綺秀，雙嶺入天，有瓊臺玉閣，道猷過此，獲紫芝靈藥。」貫休《送友人及第後歸台州》：「終期華頂下，共禮渌身師。」自注：「天台石橋有白道猷坐化身渌也。」

〔五〕「屐齒」句：齒即木屐前後之齒，《宋書·謝靈運傳》：「尋山陟嶺，必造幽峻，巖障千重，莫不備盡。登躡常著木履，上山則去前齒，下山去其後齒。」

寄自牧上人〔一〕

五老回無計〔二〕，三峰去不成〔三〕。何言謝雲鳥〔四〕，此地識公卿。夢媿將僧説〔五〕，心嫌觸類生〔六〕。南朝古山寺，曾憶共尋行。

【校箋】

〔一〕自牧上人：金陵僧，詳見卷二《訪自牧上人不遇》注〔一〕。天復三年（九〇三）齊己於金陵訪自牧，與「共吟游」。秋冬之際金陵兵亂，遂南歸湘中。詩當作於南歸後。此前，齊己於乾寧、光化間既北遊長安、華山，天復元年首入廬山，久歷名山勝境，此時南歸長沙，乃有「五老」、「三峰」無計再往，故地塵寰枉識公卿之嘆。繫開平元年。

〔二〕五老：廬山五老峰。參見卷一《再遊匡山》注〔二〕。

〔三〕三峰：華山山峰名。《太平寰宇記·關西道五》：「按《名山記》云：『華岳有三峰，直上數千仞，基廣而峰峻疊秀，迄于嶺表，有如削成。』」

〔四〕謝雲鳥：謂告别山林生涯，入居城市之中。王粲《詔遺軒轅先生歸羅浮舊山賦》：「久處彤闈，恐鬱池魚之性；永懷碧洞，難忘雲鳥之情。」

〔五〕將：與也，同也。《世説新語·文學》：「支道林在白馬寺中，將馮太常共語。」

〔六〕心嫌：心所厭惡。《摩訶僧祇律·明單提九十二事法》：「心嫌不止，即往佛所。」楊憑《贈馬鍊師》：「心嫌碧落更何從，月帔花冠冰雪容。」觸類生：遇物而生，觸處皆生。類，物類也。《易·繫辭上》：「引而伸之，觸類而長之。」嵇康《琴賦》：「觸類而長，所致非一；同歸殊途，或文或質。」

静坐

日日只騰騰〔一〕，心機何以興〔二〕？詩魔苦不利〔三〕，禪寂頗相應〔四〕。硯滿塵埃點，衣多坐卧稜。如斯自消息〔五〕，合是箇閑僧〔六〕。

【校箋】

〔一〕騰騰：謂任運隨緣。騰騰和尚《了元歌》：「今日任運騰騰，明日騰騰任運。心中了了總知，且恁半癡半鈍。」（見《禪門諸祖師偈頌》）

〔二〕心機：機巧之心。《古尊宿語録·襄州洞山第二代初禪師語録》：「悟了始知言無異，休將巧妙用心機。」

〔三〕詩魔：愛詩入魔。此猶言詩興。參見卷一《嘗茶》注〔五〕。

〔四〕禪寂：使思慮寂静。《維摩詰所説經·方便品》：「一心禪寂，攝諸亂意。」李邕《嵩岳寺碑》：「凡人以塔廟者，敬田也，執於有爲；禪寂者，慧門也，得於無物。」

〔五〕消息：休養、休息。《晉書·謝玄傳》：「詔遣高手醫一人，令自消息。」

〔六〕僧，原作「生」，據柳、汲、明抄、《全詩》改。合：猶「應」，當也。

送人遊衡岳〔一〕

荆楚臘將殘，江湖蒼莽間〔二〕。孤舟載高興〔三〕，千里向名山。雪浪來無定，風帆去是閑。石橋僧問我〔四〕，應寄岳茶還〔五〕。

【校箋】

〔一〕遊，清抄作「歸」。衡岳：南嶽衡山。據首聯本篇蓋作於齊己居荆門期間。

〔二〕蒼莽：猶蒼茫，廣闊無邊貌。高適《宋中送族姪式顔時張大夫貶括州使人召式顔遂有此作》：「峥嶸縉雲外，蒼莽幾千里。旅雁悲啾啾，朝昏孰云已。」

〔三〕高興：高雅之情致。殷仲文《南州桓公九井作》：「獨有清秋日，能使高興盡。」李周翰注：「清秋感人，興喻之情可盡於此。」

〔四〕石橋僧：指衡山山僧。衡山有石橋，見卷二《送劉秀才南遊》注〔六〕。齊己天復、天祐間曾居衡岳，故有此語。謂問訊也。

〔五〕岳茶：指衡山所産名茶。《唐國史補》卷下：「風俗貴茶，茶之名品益衆……江陵有南木，湖南有衡山，岳州有澭湖之含膏。」詳參前《謝澭湖茶》注〔一〕。

答知己自闕下寄書〔一〕

故人勞札翰〔二〕，千里寄荆臺〔三〕。知戀文明在〔四〕，未尋江漢來〔五〕。羣機喧白晝〔六〕，陸海漲黄埃〔七〕。得路應相笑〔八〕，無成守死灰〔九〕。

【校箋】

〔一〕闕下：指京都。詩言「寄荆臺」、「尋江漢」，則爲居荆時詩。闕下未定，或指梁都開封，或指唐都洛陽。

〔二〕札翰：書信。高適《酬司空璲》：「江山滿詞賦，札翰起涼温。」

〔三〕荆臺：春秋時楚國著名高臺，故址在今湖北省監利縣北。《渚宫舊事》卷二：「昭王欲遊荆臺，司馬子期進曰：『荆臺之遊，左江右湖，前望獵山，下臨方淮，其樂使人遺老而忘死，人君遊者殆以亡國，願大王無遊焉。』」原注：「荆臺在章華（臺）之東，去江陵一百二十里，臺周迴百有餘丈。」此借指荆州江陵。

〔四〕文明：文采光明。《易·乾文言》：「見龍在田，天下文明。」孔穎達疏：「天下有文章而光明也。」又《易·噬嗑·彖》：「文明以止，人文也。觀乎天文以察時變，觀乎人文以化成天下。」王弼注：「止物不以威武，而以文明，人之文也。」此借指「闕下」。

〔五〕未，汲、《全詩》作「來」，當非。江漢：指荆州，《尚書·禹貢》：「荆及衡陽惟荆州，江漢朝宗于海。」孔傳：「二水經此州而入海。」

〔六〕羣機：猶萬物。釋道安《二教論》：「播闡五乘，接羣機之深淺；該明六道，辨善惡之升沈。」

〔七〕陸海：指物産富饒之秦地。《漢書·地理志》：「（秦地）有鄠杜竹林，南山檀柘，號稱陸海，爲九州膏腴。」顏師古注：「言其地高陸而饒物産，如海之無所不出，故云陸海。」此借言「闕下」。

〔八〕得路：謂仕途通達。孟郊《傷時》：「男兒得路即榮名，邂逅失途成不調。」相笑：相視而笑。劉禹錫《有所嗟二首》其一：「相逢相笑盡如夢，爲雨爲雲今不知。」

〔九〕守死灰：喻處逆境而不求改變。語本《漢書·韓安國傳》：「安國坐法抵罪，蒙獄吏田甲辱安國，安國曰：『死灰獨不復然乎？』甲曰：『然即溺之！』」此自言困居江陵也。

新筍

亂迸苔錢破〔一〕，參差小出欄〔二〕。層層離錦籜，節節露琅玕〔三〕。直上心終勁，四垂煙漸寬〔四〕。欲知含古律〔五〕，試剪鳳簫看〔六〕。

【校箋】

〔一〕迸：突然發出。句意言衆多新筍從遍地青苔中破土而出。

〔二〕小出，柳、汲、《全詩》作「出小」。參差：長短不齊。

〔三〕「層層」二句：「錦籜」形容新筍外皮光爛似錦，參見卷一《移竹》注〔八〕。「琅玕」譬喻新筍翠綠如玉。杜甫《鄭駙馬宅宴洞中》：「主家陰洞細烟霧，留客夏簟青琅玕。」仇注引趙汸云：「詩家多以琅玕比竹。」

〔四〕「直上」二句：「直上」言竹竿，「四垂」謂枝葉，「煙漸寬」言其朦朧含煙。

〔五〕古律：古音律。古代用管徑相等、長短不同的十二根竹管來定音高低，奇數六管叫律，偶數六管叫吕，合稱十二律。《書·舜典》：「聲依永，律和聲。」孔傳：「律謂六律六吕。」

〔六〕鳳簫：樂器名，即排簫。此指律管。《苑洛志樂》卷十：「樂器惟韶簫，乃十二律之本形，舜所製者，長短並列，有似鳳翼，故曰鳳簫。」剪：截斷（竹管）。

寄唐洙處士〔一〕

行僧去湘水，歸鴈度荆門〔二〕。彼此亡家國〔三〕，東西役夢魂〔四〕。多慵如長傲〔五〕，久住不生根。曾問興亡事，丁寧寄勿言〔六〕。

【校箋】

〔一〕唐洙處士：無考。據詩意，蓋秋雁南歸時與唐洙相遇於荆門，别後所作。言「久住不生根」，蓋居荆有年矣。

〔二〕「行僧」二句：行僧，行脚僧，詩人自指。李頻《送僧入天台》：「長亭舊别路，落日獨行僧。」下句「歸鴈」喻唐洙。

〔三〕亡家國：亡國離家，失去家國。周曇《幽王》：「狼煙篝火爲邊塵，烽候那宜悦婦人。厚德未聞聞厚色，不亡家國幸亡身。」

〔四〕「東西」句：做夢都在東奔西跑。役，驅遣。《玉篇·彳部》：「役，使役也。」徐鉉《和歙州陳使君見寄》：「未見歸驂動，空能役夢魂。」

〔五〕多慵：太懶散。白居易《絶句代書贈錢員外》：「欲尋秋景閑行去，君病多慵我興孤。」長傲：滋長傲氣。《唐語林》卷五引《顔真卿集·和政公主神道碑》：「怙貴長傲，何以律人？」

〔六〕寄勿，馮本作「勿寄」。

謝人惠竹蠅拂〔一〕

妙刮筠篁製〔二〕，纖柔玉柄同。拂蠅聲滿室，指月影遥空。敢捨經行外？常將宴坐中〔三〕。揮談一無取，千萬愧生公〔四〕。

【校箋】

〔一〕蠅拂：用以敺蠅的拂子，狀如麈尾、拂塵。杜甫《椶拂子》：「椶拂且薄陋，豈知身效能。不堪代白羽，有足除蒼蠅。」此謂竹柄之蠅拂。

〔二〕刮：削。筠篁：叢竹。梁簡文帝《答定襄侯餉卧簟書》：「筠篁多品，篠簜雜名。」

〔三〕「敢捨」兩句：謂外出經行、安坐室中均持拿不捨。敢，猶「不敢」。捨，捨棄。經行，出行，特指僧人出行之特定路線。徐陵《東陽雙林寺傅大士碑》：「遊巖倚樹，宴坐經行。」語蓋本佛典。《百緣經》云：「鸚鵡王見佛比邱寂然宴坐，甚懷喜悦。」《法苑珠林·興福篇·修造部》：「迦葉語婦：我若眠息，汝當經行；汝若眠息，我當經行。」參見卷二《臨行題友生壁》注〔三〕。將，手拿。宴，安也。

〔四〕「揮談」二句：自愧無前輩高僧之雅致，揮麈論禪。揮談，揮麈而談。晉人清談，常揮動麈尾以爲談助，習以成風。一無，無也。一爲語助詞，加强語氣。生公，對晉末高僧竺道生之尊稱。《明一統志・順德府》：「竺道生，鉅鹿（案今屬河北省）人。生而穎悟，聰哲若神，遂改俗，歸依沙門竺法汰，年十五便登講座，雖宿望老僧，莫敢詶抗。初入廬山，後遊長安，還止青園寺，宋太祖深加歎重。尋入吳之虎丘山，竪石爲徒，講《涅槃經》，石皆點頭。復入廬山，升法座而卒」。《高僧傳・竺道生傳》載其於宋元嘉十一年冬十一月庚子升座開講，「法席將畢，忽見麈尾紛然而墜，端坐正容，隱几而卒」。劉禹錫《生公講堂》：「生公説法鬼神聽，身後空堂夜不扃。」

新燕

燕燕知何事〔一〕？年年應候來〔二〕。却緣華屋在，長得好時催〔三〕。花外啣泥去，空中接食回。不同黃雀意，迷逐網羅媒〔四〕。

【校箋】

〔一〕燕燕：燕子。《詩·邶風·燕燕》：「燕燕于飛，差池其羽。」

〔二〕應候：順應時令節候。候謂節氣。陸雲《寒蟬賦序》：「應候守節，則其信也。」

〔三〕好時：好時節，此指春天的好時光。元稹《好時節》：「虚度東川好時節，酒樓元被蜀兒眠。」

〔四〕媒：謂鳥媒，原指獵人馴養作爲引誘飛禽的「媒子」。《周禮·秋官·翨氏》：「掌攻猛鳥，各以其物爲媒而掎之。」賈疏：「若今取鷹隼者，以鳩鴿置於羅網之下以誘之。」此指捕雀的「誘餌」。按，李白《野田黄雀行》：「遊莫逐炎洲翠，棲莫近吴宫燕。吴宫火起焚爾窠，炎洲逐翠遭網羅。」可與此參看。

謝王先輩寄氈〔一〕

深謝高科客，名氈寄惠重。静思生朔漠〔二〕，和雪長蒙茸〔三〕。摺坐資禪悦〔四〕，鋪眠減病容。他年從破碎〔五〕，擔去卧孤峰〔六〕。

【校箋】

〔一〕氈，原作「壇」，當爲「氈」之形訛，詩言「名氈寄惠重」可知，今改。王先輩：據首句，王先輩爲新科進士。本集卷二有《寄洛下王彝訓先輩》二首，其二云：「北極新英主，高科舊少年。」是此王先輩即王彝訓。本集另有《謝王先輩昆弟遊湘中回各見示新詩》（卷五）、《謝王先輩湘中回惠示卷軸》（卷七），句云：「携去湘江聞鼓瑟，袖來緱嶺伴吹笙。」蓋家居緱嶺，《太平寰宇記・河南道五》：「緱氏山在縣東南二十里。……盧氏《嵩山記》云：覆釜堆，亦名赴父堆，即緱嶺也。」案「緱氏」唐代爲東都洛陽屬縣。是王先輩洛陽人也。龍紀元年（八八九）齊己與王彝訓結交於洛陽，同遊嵩洛，情好甚殷，遂有寄贈，詩仍以「高科客」稱之，當爲此後不久齊己在湘中之所作。姑繫大順二年（八九一）。

〔二〕朔漠：本義爲北方沙漠地區，古籍中往往以指塞外遊牧民族所在地。陸雲《南征賦序》：「四海之内，朔漠之表，蒸徒贏糧而請奮，胡馬擬塞而思征。」杜甫《詠懷古跡五首》其三：「一去紫臺連朔漠，獨留青塚向黄昏。」此謂毛氊爲北方牧區所産。

〔三〕蒙茸：此謂氊毛蓬鬆叢雜。《史記・晉世家》：「狐裘蒙茸，一國三公，吾誰適從！」《集解》引服虔曰：「蒙茸以言亂貌。」高適《營州歌》：「營州少年厭原野，皮裘蒙茸獵城下。」

〔四〕資：助也。禪悦：進入禪定，心神愉悦。《維摩詰所説經・方便品》：「雖服寶飾，而以相好嚴身；雖復飲食，而以禪悦爲味。」徐陵《東陽雙林寺傅大士碑》：「非服名香，但資禪悦。」

〔五〕從：任從。

〔六〕擔，原作「儋」，據汲、馮、《全詩》改。孤，《全詩》注：「一作高。」

寄懷闕下高輦先輩卷〔一〕

去歲逢京使，因還所寄詩。難留天上作〔二〕，曾换月中枝〔三〕。趣極僧迷旨，功深鬼不知〔四〕。仍聞得名後，特地更忘疲〔五〕。

【校箋】

〔一〕懷，柳、汲、明抄、清抄、《全詩》作「還」。詩言「去歲」「還所寄詩」，此則「還」後復「懷」之而成篇詠，不當復言還。高輦：五代南唐詩人，據新、舊《五代史》、《資治通鑑》載：明宗長興三年（九三二），秦王從榮喜爲詩，聚浮華之士高輦等於幕府，與相唱和。時從榮參朝政，多驕縱不法。長興四年十一月，明宗疾甚，從榮帥兵入宫，被殺。乃追廢從榮爲庶人，誅所親者高輦等。闕下：指唐都洛陽。先輩：爲先達之稱。詳見卷二《贈曹松先輩》注〔一〕。詩稱高輦先輩，爲初入秦王幕未授官時詩，繫長興三年（九三二）。

〔二〕天上：言高輦高居朝堂之上。李白《單父東樓秋夜送族弟沈之秦》：「長安宫闕九天上，此地曾經爲近臣。」

〔三〕月中枝：桂樹枝，此指科舉及第，「折桂」。李群玉《送魏珪覲省》：「未折月中枝，寧隨宋都鴉。」

〔四〕「趣極」二句：趣極、功深，稱其詩作。僧迷旨、鬼不知，謂不知其旨歸，不辨其意。趣極，意趣高遠。許敬宗《謝皇太子玉華山宫銘賦啟》：「理含貞邃，雅達谷處之端；趣極幽閑，妙盡嵓居之體。」旨，意旨。案宋釋惠洪《邵陽别胡强仲序》：「以僧俗議優劣，則謂之迷旨。」

〔五〕特地：猶云「特别」。見《詩詞曲語辭匯釋》卷四。羅隱《汴河》：「當時天子是閑遊，今日行人特地愁。」

和孫支使惠示院中庭竹之什〔一〕

憶就江僧乞，和煙得一莖〔二〕。翦黄憎舊本，科緑惜新生〔三〕。護噪蟬身穩，資吟客眼明〔四〕。星郎有佳詠〔五〕，雅合此君聲〔六〕。

【校箋】

〔一〕柳、明抄、清抄、《百家》無「庭竹」二字。孫支使：指孫光憲。支使，唐代節度、觀察、採訪諸使的僚屬。《新唐書·百官志》：「節度使、副大使知節度事、行軍司馬、副使、判官、支使、掌書記、推官、巡官、衙推各一人。節度使……兼觀察使，又有判官、支使、推官、巡官、衙推各一人。」案光憲字孟文，陵州貴平（今四川貴平縣）人。唐時爲陵州判官。據《資治通鑑·後唐紀》，天成元年（九二六）夏四月，梁震薦孫光憲於荆南節度使高季興，使掌書記。清泰二年（九三五）冬十月，梁震固請退居。高從誨自是悉以政事屬孫光憲。光憲後繼侍高保融、保勖、高繼沖，三世皆在幕府，累官至荆南節度副使檢校祕書監兼御史大夫，賜金紫。入宋，授黄州刺史。乾德中卒。司馬光讚孫光憲仕荆南「見微而能諫」，蓋亦亂世之良臣。《續通志》、《十國春秋》有傳。天成間齊己居荆門，終其身與光憲交往，多所唱酬，卒後光憲爲作《白蓮集序》。集中亦稱「荆幕孫郎中」、「支使孫中丞」，蓋居荆幕之職銜也。唐制，中央政府各部有郎中，從五品上。此御史中丞正五品上。此均非光憲之實職也。本篇次於《寄懷闕下高輦先輩卷》後，姑繫長興三年。

〔二〕和煙得：謂得煙竹一竿，言其名貴。典出《唐國史補》卷下：「李舟好事，嘗得村舍煙竹，截以爲笛，鑑如鐵石，以遺李牟。牟吹笛天下第一，月夜泛江，維舟吹之，寥亮逸發，上徹雲表。俄有客獨立于岸，呼船請載。既至，請笛而吹，甚爲精壯，山河可裂，牟平生未嘗見。及入破，呼吸盤擗，其笛應聲粉碎，客散不知所之。舟著記，疑其蛟龍也。」

〔三〕「剪黄」二句：剪黄、科緑，謂修剪枯黄的舊枝，繁育新生枝葉。舊本，舊株。科，讀若「課」，滋生、發育之意。《廣韻·過韻》：「科，滋生也。」

〔四〕「護噪」二句：護鳴蟬安穩棲身、助詩客觀賞吟詠。

〔五〕星郎：對郎官的稱呼。見卷一《亂中聞鄭谷吴延保下世》注〔三〕。《十國春秋·荆南三》謂孫光憲「事南平三世，皆處幕中，累官荆南節度副使、朝議郎」，故稱。

〔六〕雅合：正合。此君聲：笛曲的雅音。王嘉《拾遺記》卷三：「岑華，山名也，在西海上。有象竹，截爲管，吹之爲羣鳳之鳴。」劉孝先《詠竹》：「誰能製長笛，當爲作龍吟。」即所謂「此君聲」也。

苦熱中江上懷爐峰舊居〔一〕

舊寄爐峰下，杉松遶石房。年年五六月，江上憶清涼。久别應荒廢，終歸隔渺茫〔二〕。何當便摇落〔三〕，披衲玩秋光〔四〕。

【校箋】

〔一〕本篇作於離廬山入居江陵之後，是「江上」即齊己在荆所居之「江上寺」。卷四《寄答武陵幕中何支使二首》其一言：「争知江雪寺，老病向寒灰。」卷七《夏日寓居寄友人》云：「北遊兵阻復南還，因寄荆州病揜關。日月坐銷江上寺，清涼魂斷剡中山。」卷八《江上夏日》云：「無處清陰似剡溪，火雲奇崛倚空齊。千山冷叠湖光外，一扇涼摇楚色西。」均指此。非謂江上舟中也。爐峰：指廬山香爐峰。見卷二《寄楚萍上人》注〔二〕。詩言「年年五六月」、「久别」，則居荆數年矣。姑繫同光三年夏。

〔二〕隔渺茫：相隔邈遠。崔塗《江上旅泊》：「欲問東歸路，遥知隔渺茫。」

〔三〕何當：猶云何日也，古詩：「何當大刀頭，破鏡飛上天。」摇落：草木凋謝，指秋天。宋玉《九辯》：「悲哉秋之爲氣也，蕭瑟兮草木摇落而變衰。」

〔四〕披衲：穿著僧袍。賈島《送僧》：「此生披衲過，在世得身閒。」秋光：秋月。江淹《哀千里賦》：「於時鴻雁既鳴，秋光亦窮，水黯黯兮蓮葉動，山蒼蒼兮樹色紅。」

送僧遊龍門香山寺〔一〕

君到香山寺，探幽莫損神。且尋風雅主〔二〕，細看樂天真〔三〕。

【校箋】

〔一〕龍門香山寺：在唐東都洛陽（今河南洛陽市）南郊龍門山東的香山坳。始建於北魏。《大唐傳載》：「洛東龍門香山寺上方，則天時名望春宫。則天常御石樓坐朝，文武百執事班於外而朝焉。」白居易《修香山寺記》：「洛都四郊，山水之勝，龍門首焉。龍門十寺，觀遊之勝，香山首焉。」唐詩人多有題詠。此依前後詩編次繫同光三年秋後。案《江西通志》卷一五六《藝文》録本篇爲作於江西詩，無據。

〔二〕風雅主：詩壇盟主，衆望所歸的詩人。皮日休《陸魯望昨以五百言見貽過有褒美内揣庸陋彌增愧悚因成一千言上述吾唐文物之盛次叙相得之懽亦迭和之微旨也》：「既作風雅主，遂司歌詠權。」

〔三〕樂天真：謂詩人白居易以詩文禮佛之真情。《五燈會元》卷四《佛光滿禪師法嗣》載：白居易「爲賓客，分司東都，罄己俸修龍門香山寺。寺成，自撰記。凡爲文，動關教化，無不贊美佛乘」。其《香山寺白氏洛中集記》云：「《白氏洛中集》者，樂天在洛所著書也。大和三年春，樂天始以太子賓客分司東都，及兹十有二年矣，其間賦格律詩凡八百首，合爲十卷，今納于龍門香山寺經藏堂。夫以狂簡斐然之文，而歸依支提法寶藏者，於意云何？我有本願，願以今生世俗文字之業，狂言綺語之過，轉爲將來世世讚佛乘之因，轉法輪之緣也。」

江上值春雨〔一〕

江皋正月雨〔二〕，平陸亦波瀾。半是峨眉雪，重爲澤國寒〔三〕。渚田淹寖盡〔四〕，客棹往來難。愁殺騷人路〔五〕，滄浪正渺漫〔六〕。

【校箋】

〔一〕詩言「半是峨眉雪」、「愁殺騷人路」，蓋指長江自西蜀岷峨東流入楚而來也。是「江上」亦指齊己在江陵所居之「江上寺」。姑依前詩編次，繫同光四年春正月移居江陵城西草堂前。

〔二〕江皋：江邊地。《九歌·湘君》：「鼂騁騖兮江皋，夕弭節兮北渚。」王逸注：「澤曲曰皋。」

〔三〕澤國：水鄉，江河水澤之區。《大清一統志·湖北省》：「《禹貢》荆州之域，周亦爲荆州，春秋爲楚國。……爲東南之澤國，實菰粟之巨區。」

〔四〕渚田，底本原作「□田」，汲本作「□渚」，並缺一字。明抄作「渚田」，蓋言江岸湖邊之田也，是，今從。《百家》、《全詩》作「農田」，然春雨或不致淹盡曠野之農田也，疑未可從。寖：漸。

〔五〕騷人：以屈原借言今之詩人。蕭統《文選序》：「騷人之文，自兹而作。」

〔六〕滄浪：古水名，在武陵（今湖南常德市）。《大清一統志·常德府》：「滄浪水：在龍陽縣西，源出武陵城南滄山，東北流至此，與浪水合。《寰宇記》：滄浪二水合流，乃漁父濯纓之處。《府志》：滄浪二水合流，出滄港入江。」《楚辭·漁父》：「滄浪之水清兮，可以濯吾纓；滄浪之水濁兮，可以濯吾足。」渺漫：水面廣闊渺茫。

七十作〔一〕

七十去百歲，都來三十春〔二〕。縱饒生得到〔三〕，終免死無因。密理方通理〔四〕，栖真始見真〔五〕。沃洲匡阜客〔六〕，幾劫不迷人〔七〕。

【校箋】

〔一〕作於長興四年（九三三）癸巳，詩人七十歲。

〔二〕都來：總共，算來。寒山詩：「五言五百篇，七字七十九，三字三十一，都來六百首。」

〔三〕縱饒：縱使，即令。詳《詩詞曲語辭匯釋》卷一。

〔四〕密理：嚴密條理之論說，所謂「文言隱密理致幽微」的學說。《文心雕龍・諸子》：「慎到析密理之巧，韓非著博喻之富。」此指佛理。《金光明經文句・釋散脂鬼神品》：「密有四義：謂名密、行密、智密、理密。……金光明是微密之教，從密教生密解。安住密理，行於密行，以密利他，故我名密。」《翻譯名義集》謂「修習相應，是祕密行；證得相應，是祕密理」是也。

〔五〕栖真：道家謂存真養性，反其本元。栖亦作棲。《晉書・葛洪傳》：「游德棲真，超然事外，全生之道，其最優乎！」釋家借言皈依佛境。駱賓王《和王記室從趙王春日遊陀山寺》：「鳥旗陪訪道，鷲嶺狎棲真。」《宋高僧傳・唐五臺山智頵傳》：「有華嚴寺，是大聖棲真之所。」

〔六〕沃洲匡阜客：指栖居名山之高僧。案沃洲山在今浙江新昌縣東。白居易《沃洲山禪院記》：「沃洲山在剡縣南三十里，禪院在沃洲山之陽，天姥岑之陰。……東南山水，越爲首，剡爲面，沃洲、天姥爲眉目。夫有非常之境，然後有非常之人棲焉。晉宋以來，兹山洞開，厥初有羅漢僧西天竺人白道猷居焉，次有高僧竺法潛、支道林居焉，次又有乾興淵支遁開威蘊崇實光識斐藏濟度逞印凡十八僧居焉。」匡阜即廬山，晉高僧慧遠結白蓮社於此。

〔七〕劫：梵語之音譯，「劫波」的略稱。佛教視之爲不可計數的極長時間。把世界經歷極長歲月歸於毀滅又重新開始的一個輪回稱一劫。此謂高僧乃歷劫不迷者。敦煌變文《温室講唱押座文》：「捨命捨身千萬劫，直至今身證菩提。」

謝虚中寄新詩〔一〕

舊友一千里，新詩五十篇。此文經大匠〔二〕，不見已多年！趣極同無迹〔三〕，精深合自然。相思把行坐〔四〕，南望隔塵煙。

【校箋】

〔一〕虚中：見前《謝虚中上人寄示題天策閣詩》注〔一〕。虚中居長沙，此言「舊友一千里」、「南望隔塵煙」，參本卷前後詩編次，當爲長興間江陵之作。依前篇《七十作》，姑繫長興四年。

〔二〕大匠：藝學大成爲衆所推崇者。賈島《即事》：「心被通人見，文叨大匠稱。」

〔三〕趣極：意趣高遠。見前《寄懷闕下高輦先輩卷》注〔四〕。無迹：釋皎然《畫救苦觀世音菩薩讚》：「至人之體兮有而無迹，至人之心兮用而常寂。」

〔四〕把行坐：謂行坐把玩不舍。把，持拿。

送彬座主赴龍安請講〔一〕

兩論久研精〔二〕，龍安受請行。春城雨雪霽〔三〕，古寺殿堂明。白髮老僧聽，金毛師子聲〔四〕。同流有誰共？別著國風清〔五〕。

【校箋】

〔一〕彬座主：無考。座主乃佛教語，有二義：一、猶言上座、首座，禪家稱住持。二、禪林中每稱從遠方來參問之講經僧爲座主。此當指講經僧。《釋氏要覽·稱謂》：「今釋氏取學解優贍穎拔者名座主。謂一座之主。古高僧呼講者爲高座，或是高座之主。」龍安：寺名。見於齊己詩中之龍安寺有二：一爲江陵龍安寺，《渚宮莫問詩十五首》序（卷五）：「予以辛巳歲，蒙主人命居龍安寺。」一爲湘西龍安寺，有《題贈湘西龍安寺利禪師》（卷七）。《大清一統志·長沙府》：「龍安寺，在湘潭縣東。唐柳宗元《龍安海禪師碑》：『師去於湘之西，人從之負大木、礱密石以益其居，又爲龍安寺焉。』」案本集卷八有《喜彬上人遠見訪》云：「高吟欲繼沃洲師，千里相尋問課虚。殘臘江山行盡處，滿衣風雪到閒居。」此彬上人當即赴龍安寺「請講」之「彬座主」，於殘冬臘盡自沃洲遠行至荆，初春雪霽入龍安講經，其時前後相接。據本卷、卷八兩詩前後諸詩編次，均爲長興間齊己居江陵時詩，疑上人亦長興間至江陵也。姑依本卷下篇《夏日荆渚書懷》，繫本篇於長興二年初春，卷八《喜彬上人遠見訪》則爲前年冬末之作。

〔二〕兩論：論爲「論藏」之略稱，經、律、論三藏之一。即明示教法，將經典所説之要義，加以分别、整理或解説。《大乘起信論義記》上云：「假立賓主，往復折徵。論量正理，故名爲論。」是「兩論」泛指兩種論藏經典。又論有二種，即辯明或發明佛説大小二乘諸經之奥義，或發明自宗之道，辯證他宗之非。《大明三藏法數》：「論有二種：一立自宗（立自宗者，立自家之本宗也）。二遮他宗（遮他宗者，遮止他家所立之宗也）。」此處「兩論」作二論解亦通。

〔三〕春城：此謂江陵之春。謝朓《和江丞北戍琅邪城》：「春城麗白日，阿閣跨層樓。」

〔四〕金毛師子：喻指佛菩薩或佛法精深之高僧。此即指彬座主。《神僧傳》：「但見五色雲中文殊乘金毛獅子往來。」

〔五〕「同流」二句：言己陪同共赴龍安講筵。同流：同輩之人。《本事詩・徵咎》：「范陽盧獻卿，大中中，舉進士，詞藻爲同流所推。」此自謂也。國風：以《詩經》之十五國風喻指詩作。

夏日荆渚書懷〔一〕

嵩岳去值亂，匡廬回阻兵〔二〕。中途息瓶錫，十載依公卿〔三〕。不那猿鳥性，但懷林泉聲〔四〕。何時遂情興，吟遶杉松行。

【校箋】

〔一〕詩人龍德元年（九二一）秋離廬山，至江陵，高季昌遮留於渚宫，命爲僧正。據詩意當作於長興二年（九三一）居荆十載前後。

〔二〕「嵩岳」二句：此憶前事。光啟文德間齊己北遊嵩洛，時中原大亂，戰火蔓延，殆將十年。「嵩岳值亂」當指此。匡廬回，指龍德元年秋齊己自廬山返湘。阻兵，當指江州一帶或返湘途中遇兵亂，其事未詳。

〔三〕「中途」二句：瓶錫爲僧人行脚所携，此言入蜀途中暫息於荆門，竟一住十年。

〔四〕「不那」二句：不那，猶「無如」、「無奈」，爲表示原因之連詞。此句言自性如猿鳥，只眷戀林泉，王維《愚公谷三首》其一：「非須一處住，不那兩心空。」

春日西湖作〔一〕

一水遶孤島，閑門掩春草〔二〕。曾無長者轍〔三〕，枉此問衰老〔四〕。

【校箋】

〔一〕本集卷九《移居西湖作二首》其二云：「官園樹影晝陰陰，咫尺清涼莫浣心。桃李別教人主掌，烟花不稱我追尋。蜩螗晚噪風枝穩，翡翠閒眠宿處深。争似出塵地行止，東林苔徑入西林。」明爲離開廬山二林寺後所作，此移居地乃「人主」之「官園」，必係江陵高氏之湖上園林，蓋即齊己江陵草堂所在地，詩則移居後某年春作，姑依前詩編次繫長興三年春。

〔二〕閑，原作「閉」，諸本作「閑」，意勝，今從。蓋「閉」、「閑」形近而訛。

〔三〕長者轍：謂顯貴者來訪之車轍。《史記·陳丞相世家》：「（陳平）以獘席爲門，然門外多有長者車轍。」杜甫《贈比部蕭郎中十兄》：「寧紆長者轍，歸老任乾坤。」

〔四〕枉：謂枉駕，對人來訪之敬辭。陸雲《嘲褚常侍》：「吕望漁釣而周王枉駕。」問衰老：慰問老者。

謝中上人寄茶〔一〕

春山穀雨前〔二〕，併手摘芳煙〔三〕。緑嫩難盈籠，清和易晚天〔四〕。且招鄰院客，試煮落花泉〔五〕。地遠勞相寄，無來又隔年〔六〕。

【校箋】

〔一〕中上人：虛中，見前《謝虛中上人寄示題天策閣詩》注〔一〕。本篇當亦居荆期間詩，據前後諸詩編次，亦繫長興三年春夏之際。

〔二〕穀雨前：《唐音癸籤·詁箋五》：「火前。白樂天茶詩：『紅紙一封書後信，緑芽十片火前春。』齊己詩：『高人愛惜藏巖裏，白甀封題寄火前。』火前者，寒食禁火之前也。今世俗多用穀雨前茶，稱爲『雨前』。《學林新編》云：『茶之佳者，造在社前；其次火前；其下則雨前。』」穀雨爲二十四節氣之一，在（陽曆）四月十九或二十、二十一日。

〔三〕芳煙：飄浮的香氣。孟浩然《從張丞相遊紀南城獵戲贈裴迪張參軍》：「高標迴落日，平楚散芳煙。」首聯蓋憶往時湘中共摘春茶。

〔四〕清和：指暮春時節天氣清明和暖。謝朓《出下館》：「麥候始清和，涼雨銷炎燠。」

〔五〕落花泉：春泉之美稱，漂著落花的泉水。戴叔倫《寄禪師寺華上人次韻三首》其一：「朝盤香積飯，夜甕落花泉。」「且招」二句轉叙今日得茶招客同飲。

〔六〕「無來」句：猶言過此時節（雨前茶）再也没有，只能待明年。無來，白居易《感化寺見元九劉三十二題名處》：「微之謫去千餘里，太白無來十一年。」「來」爲語尾助詞。

送節大德歸闕〔一〕

西京曾入内，東洛又朝天〔二〕。聖上方虚席〔三〕，僧中正乏賢。晨光金殿裏，紫氣玉簾前。知祝唐堯化〔四〕，新恩異往年。

【校箋】

〔一〕節大德：大德是對年高德劭之僧或佛、菩薩的敬稱，梵語音譯「婆檀陀」。《翻譯名義集·釋氏衆名篇》：「婆檀陀，《大論》：秦言大德。《毘奈耶律》云：佛言從今日後，小下苾芻，於長宿處，應唤大德。」節大德即卷四《荆門夏日寄洞山節公》之節公。洞山即洞山寺，爲唐代禪宗洞山派（曹洞宗）良价禪師開宗寺廟。《大清一統志·瑞州府》：「洞山寺在新昌縣東北五十里太平鄉，即普利寺。唐大中時良价禪師建。」《宋高僧傳·唐洪州洞山良价傳》：「大中末，於斯豐山大行禪法，後盛化豫章高安洞山，今筠州也。」（案唐宋筠州、清瑞州即今江西省高安市；清之新昌縣唐無建置，即今江西省宜豐縣。）據卷八《荆門暮冬與節公話别》：「漳河湘岸柳關頭，離别相逢四十秋。我憶黄梅夢南國，君懷明主去東周。」節公與齊己爲青年時代之道友，於漳河、湘岸、柳關數次相逢、離别，四十年後復在荆門話别，送節公入洛京朝覲。是兩詩（《歸闕》、《話别》）爲同時之作。漳河在今河北省南境臨漳、魏縣一帶，鄰近洛陽。柳關即藍田關，在唐都長安藍田縣（今西安市藍田縣），漳河、柳關相逢當在齊己北遊嵩山洛陽和入長安期間，齊己北遊嵩、洛在龍紀元年（八八九）二十六歲，乾寧三年（八九六）三十三歲入長安，則二詩作於後唐明宗天成四年（九二九）六十六歲至清泰三年（九三六）七十三歲間。姑依前詩編次繫長興、清泰間。

〔二〕「西京」二句：西京指唐京長安。東洛指後唐都洛陽。入内、朝天，義同「歸闕」，晉京朝覲帝王。

〔三〕虚席：虚位待賢之義。典出《史記·屈原賈生列傳》：「至夜半，文帝前席。」李商隱《賈生》：「宣室求賢訪逐臣，賈生才調更無倫。可憐夜半虚前席，不問蒼生問鬼神。」

〔四〕唐堯化：帝堯之教化，即所謂以德化民。《三國志·魏書·蘇則傳》：「則從行獵，槎桎拔，失鹿，帝大怒，踞胡牀拔刀，悉收督吏，將斬之。則稽首曰：『古之聖王不以禽獸害人，今陛下方隆唐堯之化，而以獵戲多殺羣吏，愚臣以爲不可。敢以死請！』」

覽清尚卷〔一〕

李洞僻相似〔二〕，得詩先示師。鬼神迷去處，風月背吟時〔三〕。格已搜清竭〔四〕，名還看紫卑〔五〕。從容味高作，飜爲古人疑。

【校箋】

〔一〕清尚：生事不詳。今存詩二首：《贈樊川長老》云：「瘦顔諸骨現，滿面雪毫垂。坐石鳥疑死，出門人謂癡。照身潭入楚，浸影檜生隋。太白曾經夏，清風凉四肢。」《瀛奎律髓》評曰：「『坐石鳥疑死』即與『鹿嗅安禪石』同意，皆不如劉得仁『螢入定僧衣』爲妙。然用工刻苦，不可不選，以備旁考。」又《哭僧》（《古今禪藻集》作《哭禪友》）曰：「道力自超然，身亡同坐禪。水流元在海，月落不離天。溪白葬時雪，風香焚處烟。世人頻下淚，不見我師玄。」可見其僻。

〔二〕李洞：見前《寄李洞秀才》注〔一〕。

〔三〕月，汲、《全詩》作「日」。時，清抄作「詩」，意遜。「風月」句：句意謂其詩不吟風月也。劉滄《匡城尋薛閔秀才不遇》：「不見故人勞夢寐，獨吟風月過南燕。」杜荀鶴《下第東歸道中作》：「苦吟風月唯添病，遍識公卿未免貧。」

〔四〕格：謂詩格，詩之格調。搜清：冥搜清絶之詩句。僧尚能《中秋旅懷》：「冥搜清絶句，恰似有神功。」此句言其竭盡「搜清」之能事。

〔五〕看，柳、汲、明抄、《百家》、《全詩》作「著」，意遜。著紫謂朝廷賜紫袈裟。此言其不以賜紫爲意，唯作詩是務，當作「看」爲是。

荆門送晝公歸彭澤舊居〔一〕

彭澤舊居在〔二〕，匡廬翠疊前。因思從楚寺〔三〕，便附入吴船〔四〕。岸遶春殘樹，江浮晚靄天〔五〕。應過虎溪社〔六〕，佇立想諸賢。

【校箋】

〔一〕晝公：彭澤僧乾晝，見卷二《竟陵遇晝公》注〔一〕。天成四年（九二九）初春乾晝訪齊己於江陵，見卷二《喜乾晝上人遠相訪》、卷五《再逢晝公》、卷六《招乾晝上人宿話》諸詩，此則暮春送乾晝歸彭澤之作。

〔二〕舊，明抄作「幽」。

〔三〕楚寺：指在江陵掛錫之寺，或即齊己所居寺。

〔四〕入吴舩：彭澤乃吴地。《元和郡縣圖志·江南道》江州潯陽：「彭澤縣，上，西南至州二百里。」「江水（長江）西自都昌縣界流入，經縣北二十五里，東北流入秋浦縣界。」自江陵舟行至彭澤，必經潯陽，廬山所在，故尾聯有「虎溪社」、「想諸賢」之語。

〔五〕晚，柳、汲、清抄、《百家》、《全詩》作「曉」。

〔六〕虎溪社：指白蓮社。《廬山記·叙山北篇第二》：東林寺「流泉匝寺，下入虎溪。昔遠師送客過此，虎輒號鳴，故名焉」。

齊己詩歌繫年箋注卷第四

登祝融峰〔一〕

猿鳥不共到〔二〕，我來身欲浮〔三〕。四邊空碧落〔四〕，絶頂正清秋。宇宙知何極，華夷見細流〔五〕。壇西獨立久，白日轉神州〔六〕。

【校箋】

〔一〕祝融峰：衡山七十二峰中的最高峰。《大明一統志·衡州府》：「祝融峰，在衡山縣西北三十里。」《方輿勝覽》引盧載詩：「五千里地望皆見，七十二峰中最高。」本詩當作於入居衡山之天祐元年秋。

〔二〕不共，汲、《全詩》作「共不」。

〔三〕身欲浮：言駕雲浮空而去。吴筠《遊仙二十四首》其十四：「排景羽衣振，浮空雲駕來。」

〔四〕碧落：青色的天宇。寒山詩：「碧落千山萬仞現，藤蘿相接次連谿。」

〔五〕華夷：猶言「中外」，此指華夏（中原）與周邊少數民族地區。江淹《立學詔》：「遠邇同風，華夷慕義。」杜甫《嚴公廳宴同詠蜀道畫圖》：「華夷山不斷，吴蜀水相通。」

〔六〕壇西：《初學記》引《湘州記》：「祝融峯上有青玉壇，方五丈，有蓋香峯行道處。」壇西指此。

寄貫休〔一〕

子美曾吟處〔二〕，吾師復去吟。是何多勝地〔三〕，銷得二公心〔四〕。錦水流春濶，峨眉叠雪深〔五〕。時逢蜀僧説，或道近遊黔〔六〕。

【校箋】

〔一〕貫休：見卷二《聞貫休下世》注〔一〕。據《禪月大師貫休年譜稿》，光化天復間，貫休曾遊湘粤，一度入居南岳；時齊己先後北遊京華、吴越；天祐元年齊己回湖南，入居衡山，貫休已入蜀，無緣相見。觀本詩首、尾聯，當作於天祐居南岳時；言「錦水流春」、「峨眉叠雪」，蓋二年（九〇五）春，與前篇《登祝融峰》時序相銜接也。

〔二〕子美曾吟處：指蜀地。杜甫字子美，居蜀八年（七六〇—七六八元月），作詩九百首。他稱讚蜀地「川嶽儲精英，天府興寶藏」（《劍門》），用詩作歌詠了蜀地山川人文諸方面。

〔三〕多勝地：唐張讀《宣室志》卷六：「杜陵韋弇，字景照，開元中舉進士第，寓遊於蜀，蜀多勝地，會春末，弇與其友數輩爲花酒宴，雖夜不怠。」「多勝地」本此。

〔四〕銷得：配得、值得。孫光憲《北夢瑣言》卷三：「唐鄭愚尚書……性本好華，以錦爲半臂。……魏公覽其卷首，尋已，賞歎至三四，不覺曰：『真銷得錦半臂也。』」

〔五〕「錦水」二句：錦水、峨眉，爲蜀地名山勝水，分見卷二《思遊峨眉寄林下諸友》注〔一〕、《酬西川楚巒上人卷》注〔三〕。

〔六〕「時逢」二句：貫休天復二年（九〇二）春忤荊帥成汭，遞放黔中（今重慶彭水）。天復三年春返荊門，夏成汭死，遂入蜀。齊己聞訊而不確知，故曰「或道」。

送唐稟正字歸萍川〔一〕

霜鬢芸閣吏〔二〕，久掩白雲扉〔三〕。來謁元戎後〔四〕，還騎病馬歸。煙村蔬飲淡，江驛雪泥肥〔五〕。知到中林日〔六〕，春風長澗薇。

【校箋】

〔一〕唐稟：唐末五代作家。《新唐書·藝文志》：「唐稟《貞觀新書》三十卷。」原注云：「稟，袁州萍鄉人，集貞觀以前文章。」《宋高僧傳·梁四明山無作傳》：「（無作）至廬陵三顧山，檀越造云亭院，豫章創南平院，請作住持，皆拂衣而去。前進士唐禀作《藏經碑》，述作公避請之由。」《全唐詩》卷六九四録作「唐廩」，云：「唐廩，萍鄉人，乾寧元年（八九四）登進士第，官祕書正字。詩一首。」所録《楊岐山》詩云：「逗竹穿花越幾村，還從舊路入雲門……重來白首良堪喜，朝露浮生不足言。」案唐袁州萍鄉縣即今江西省萍鄉市，楊岐山在市北，此爲唐退隱歸鄉所作。萍川：今稱萍水河。《大明一統志·袁州府》：「形勝：秀水東奔，萍川西注。唐袁皓詩：『秀水東奔彭蠡浪，萍川西注洞庭湖。』」據本詩言「霜鬚芸閣吏，久掩白雲扉。來謁元戎後，還騎病馬歸」，蓋唐禀秘書省爲官，久違故里。以見棄於某「元戎」，遂歸隱江南。史載：天復初，朱全忠、李茂貞交相挾持昭宗，長安連年戰火，至天復三年，天下兵權盡歸朱全忠，昭宗已成傀儡。知是詩中「元戎」即指朱全忠輩。唐禀離京歸隱應在天復間。謂「煙村蔬飲淡，江驛雪泥肥。到中林日，春風長澗薇」。蓋二人天復三年冬日相遇於煙村江驛，預知其春日返抵萍鄉，則湘北洞庭一帶也。又本集卷八有《寄萍鄉唐禀正字》詩，作於《送唐禀正字歸萍川》之次年，即天復四年（天祐元年）春赴袁州謁鄭谷，自湘出入袁州道經萍鄉之時。

〔三〕芸閣：秘書省的别稱。亦作芸香閣。芸，香草名，古代藏書辟蠹用芸香草。秘書省司典圖籍，故稱。盧照鄰《雙槿樹賦》：「蓬萊山上，即對神仙；芸香閣前，仍觀秘寶。」《史通·忤時》：「芸閣之中，英奇接武。」

〔三〕白雲扉：猶言雲窗，指隱士山林居處。宋之問《春泉山家》：「悠然紫芝曲，晝掩白雲扉。」

〔四〕來，原作「求」，諸本均作「來」，據改。元戎：主將。此指左右朝政之朱全忠輩。

〔五〕「煙村」二句：煙村、江驛，暮冬歸途之景。雪泥，李商隱《西南行却寄相送者》：「百里陰雲覆雪泥，行人只在雪雲西。」肥謂泥土肥厚滑膩。

〔六〕中林：林中，林野之中；謂隱居處。此代指萍鄉。習鑿齒《諸葛武侯宅銘》：「跡逸中林，神凝巖端。」王績《田家三首》其二：「自得中林士，何忝上皇人。」

寄懷江西栖公〔一〕

龍沙爲别日〔二〕，廬阜得書年〔三〕。不見來香社〔四〕，相思遶白蓮。江僧歸海寺，楚路接吴煙〔五〕。老病何堪説，扶羸寄此篇〔六〕。

【校箋】

〔一〕江西栖公：晚唐詩僧釋栖隱。俗姓徐，名巨徵。少出家，廣明中，避黄巢之亂入廬山折桂峰，與貫休、處默、脩睦爲詩道之遊，與諸文士爲唱酬之友。亂後入荆楚，登南嶽。光化三年（九〇〇）遊番禺，後唐同光二年（九二四）歸洪州上藍禪寺。天成中卒。有詩百餘首録爲《桂峰集》，今佚。《宋高僧傳》卷三十有傳。據詩意本篇當作於棲公歸洪州後之同光天成間。本集卷六有《匡山寓居棲公》，卷九有《送錯公棲公南遊》均爲此前之作。

〔二〕龍沙：洪州城北沙州名，詳見卷一《和岷公送李評事往宜春》注〔二〕。

〔三〕廬阜：廬山。孟浩然《夜泊廬江聞故人在東林寺以詩寄之》：「江路經廬阜，松門入虎溪。」此聯載龍沙爲別、廬阜得書，蓋光化末齊己遊洪州、廬山時事。

〔四〕香社：香火社。僧徒結社，取「香火因緣」之意。白居易《興果上人殁時題此訣别兼簡二林僧社》：「本結菩提香火社，爲嫌煩惱電泡身。」此指東林寺，下句「白蓮」即東林白蓮池。

〔五〕「江僧」二句：海寺，倚江傍水之寺院。本卷《夏滿日偶作寄孫支使》：「憶歸滄海寺，冷倚翠崖稜。」《渚宫莫問詩十五首》其七：「六年滄海寺，一别白蓮池。」均此義。此聯「江僧」「海寺」「楚路」「吴煙」，言其經楚入吴，歸洪州上藍禪寺也。洪州屬吴地。

〔六〕扶羸：體弱拄杖也。白居易《偶詠》：「禦熱蕉衣健，扶羸竹杖輕。」同光四年（天成元年），詩人六十三歲。

山中喜得友生書〔一〕

柴門關樹石〔二〕，未省夢塵埃〔三〕。落日啼猿裏，同人有信來〔四〕。自成爲拙隱〔五〕，難以謝多才〔六〕。見説相思處，前峰對古臺〔七〕。

【校箋】

〔一〕友生：朋友。《詩·小雅·常棣》：「雖有兄弟，不如友生。」據詩意，疑作於早年居南嶽期間。

〔二〕柴門：架木爲門，言其簡陋。曹植《泰山梁甫行》：「柴門何蕭條，狐兔翔我宇。」

〔三〕未省：省讀若「醒」，不曾。劉禹錫《九日登高》：「年年上高處，未省不傷心。」

〔四〕同人：同道者，知友。王勃《送白七序》：「同人者少，方見阮籍之眼青；知我者稀，不學馮唐之首白。」

〔五〕拙隱：守拙而隱居。謂固守立身行事之道而避世，是「自成」之義。陶淵明《歸園田居五首》其一：「開荒南野際，守拙歸園田。」駱賓王《夏日遊德州贈高四》：「棲拙隱金華，狎道訪僊查。」

〔六〕「才」字原脱，據諸本補。謝，一作「語」。按，謝猶「語」也。寄謝，猶云寄語也。多才：美稱友生。陳子昂《宴胡楚真禁所》：「寄謝韓安國，何驚獄吏尊。」詳參《詩詞曲語辭匯釋》卷五。高適《酬祕書弟兼寄幕下諸公》：「多才陸平原，碩學鄭司農。」

〔七〕古臺：南嶽衡山有觀音臺，在祝融峰南，傳爲禪宗七祖懷讓禪師傳法於馬祖道一處，有「磨磚成鏡」之傳説，後遂稱磨鏡臺。見《南嶽總勝集》。「古臺」疑指此。

謝人惠扇子及茶

鎗旗封蜀茗〔一〕，圓潔製蛟綃〔二〕。好客分烹煮，青蠅避動摇。陸生誇妙法〔三〕，班女恨涼飇〔四〕。多謝崔居士〔五〕，相思寄寂寥。

【校箋】

〔一〕鎗旗：茶名。亦作「槍旗」。《事類賦注》引《茶譜》云：「團黄有一旗二槍之號，言一葉二牙也。」《續茶經》卷上之一：「李詡《戒庵老人漫筆》：昔人論茶，以槍旗爲美，而不取雀舌、麥顆，蓋芽細則易雜他樹之葉而難辨耳。槍旗者，猶今稱壺蜂翅是也。」王得臣《麈史》卷中：「閩人謂茶芽未展爲槍，展則爲旗，至二旗則老矣。」葉石林《避暑録話》卷下：「茶極品唯雙井、顧渚，……其初萌如雀舌者謂之槍，稍敷而爲葉者謂之旗。旗非所貴，不得已取一槍一旗猶可，過是則老矣，此所以爲難得也。」《浙江通志·山川四》：「槍旗嶺：《弘治湖州府志》在縣（案長興縣）東南三十里弁山上，石多槍旗所植之竅。……此山舊亦産茶而嘉，故曰槍旗。」又《蜀中廣記·方物記第七》：「《南江志》：縣北百五十里味坡山産茶。《方輿勝覽》詩『鎗旗争勝味坡春』即此。」案文獻所載，浙、閩、蜀等地均産槍旗，此蓋言蜀茶耳。封：封緘、封裝。

〔二〕蛟綃：即鮫綃，傳説爲海中鮫人（人魚）所織的綃。《述異記》卷上：「南海出鮫綃紗，泉先潛織，一名龍紗，其價百餘金。以爲服，入水不濡。」此借指製扇子的薄絹。

〔三〕陸生：指陸羽，字鴻漸，中唐復州竟陵（今湖北省天門縣）人。著《茶經》三卷。《新唐書》有傳。

〔四〕班女：指漢成帝婕妤班氏，作《怨歌行》云：「新裂齊紈素，皎潔如霜雪。裁爲合歡扇，團團似明月。出入君懷袖，動摇微風發。常恐秋節至，凉飇奪炎熱。棄捐篋笥中，恩情中道絶。」其事跡見劉向《列女傳》。

〔五〕多謝：殷勤問候。陶淵明《贈羊長史》：「路若經商山，爲我少躊躇。多謝綺與甪，精爽今何如。」居士：傳統上指有才德而隱居不仕者，猶「處士」。《禮記·玉藻》：「居士錦帶」鄭注：「居士，道藝處士也。」佛教指居家奉佛者爲居士，參見卷六《假山》注〔一二〕。此崔居士無考。

寄監利司空學士〔一〕

詩家爲政别，清苦日聞新〔二〕。亂後無荒地，歸來盡遠人。寬容民賦税，憔悴吏精神〔三〕。何必河陽縣，空傳桃李春〔四〕？

【校箋】

〔一〕監利司空學士：疑爲司空薰。據《十國春秋·荆南三》：「司空薰，其先臨淮人，唐知制誥圖之族子也。武信王鎮荆南，薰與梁震、王保義等偕居幕府，遇事時多匡正。梁亡，唐莊宗入洛，下詔慰諭藩鎮，薰固勸武信王朝京師，用結唐主心，時梁震切諫不可，而武信王卒從薰言，幾不得脱歸。然唐舍江陵而竟先滅蜀者，亦薰一言力也。薰後事不見於史，未詳所終。」監利（今湖北省監利市）爲荆南屬地，或薰曾從事於監利。本集卷八有《送司空學士赴京》云：「弘文初命下江邊，難戀沙鷗與釣船。藍綬乍稱新學士，白衫初脱舊神僊。龍山送别風生路，雞樹從容雪點筵。重謁往年金榜主，便將才術佐陶甄。」當爲梁唐更代後送薰入洛京任弘文館學士之作。可補《十國春秋》所謂「後事不見於史」者。案齊己龍德元年（九二一）秋入居江陵，本篇當爲龍德、同光之際作。

〔二〕「詩家」二句：首聯上四、下一句式，稱道學士清苦爲政，新風日聞。元吴澄《次韻酬彭澤和縣尉》：「自是儒流爲政别，超然德度感人深。」本此。

〔三〕「亂後」四句：中二聯讚其開墾荒穢、招徠遠人、寬徭薄賦之治積。《新五代史·南平世家》：「（荆南節度使高）季興始至江陵，一城而已，兵火之後，井邑凋零，季興招緝綏撫，人士歸之。」得非薰與梁震等「遇事時多匡正」乎？亦可見薰治監利之「政」。

〔四〕「何必」二句：尾聯反用晉潘岳事贊學士治監利之實績。庾信《枯樹賦》：「若非金谷滿園樹，即是河陽一縣花。」倪璠注：「《晉書》云：潘岳爲河陽令，滿縣皆栽桃花。」《職官分紀》卷四十二「縣令」條：「河陽一縣花：潘岳爲河陽令，縣樹桃李花，人號曰『河陽一縣花』。」河陽縣，唐河南府屬縣，今河南省孟州市。

答陳秀才〔一〕

萬事皆可了，有詩門最深〔二〕。古人難得志，吾子苦留心。野叠凉雲朵，苔重怪木陰。他年立名字，笑我老雙林〔三〕。

【校箋】

〔一〕陳秀才：見卷二《酬洞庭陳秀才》注〔一〕，蓋巴陵（今湖南岳陽市）習詩藝者，齊己答詩勖勉之。詩言「笑我老雙林」，當作於貞明居廬山後期。今繫貞明六年（九二〇）。

〔二〕「萬事」二句：可了，可以了然清晰。了爲瞭解、明瞭義。柳宗元《與崔策登西山》：「西岑極遠目，毫末皆可了。」首聯言詩道最深，超過人生萬事。

〔三〕雙林：本指釋迦牟尼涅槃處。《洛陽伽藍記·法雲寺》：「神光壯麗，若金剛之在雙林。」此借指寺院。韓翃《題龍興寺澹師房》：「雙林彼上人，詩興轉相親。」

遊橘洲〔一〕

春日上芳洲，經春蘭杜幽〔二〕。此時尋橘岸，昨日在城樓。鷺立青楓杪〔三〕，沙沉白浪頭。漁家好生計〔四〕，簷底繫扁舟。

【校箋】

〔一〕橘洲：今湖南長沙市橘子洲。《方輿勝覽·湖南路·潭州》：「橘洲，《類要》：在長沙西南四十里。湘江中四洲，曰橘洲，曰直洲，曰誓洲，曰白小洲。夏中水泛，惟此不没。上多美橘，故名。」本篇當爲天祐三年初至長沙往遊橘洲詩。

〔二〕蘭杜：蘭草、杜若，皆香草。武元衡《奉酬李十一尚書大使西亭暇日書懷見寄十二韻之作》：「遐挹清静理，眷言蘭杜幽。」

〔三〕青楓：湖南多楓林，張九齡《雜詩五首》其四：「浦上青楓林，津傍白沙渚。」李白《留别曹南羣官之江南》：「帝子隔洞庭，青楓滿瀟湘。」杪：讀若「秒」，樹梢。

〔四〕生計：維持生活的辦法。劉長卿《睢陽贈李司倉》：「只爲乏生計，爾來成遠遊。」

寄武陵道友〔一〕

阮肇迷仙處〔二〕，禪門接紫霞〔三〕。不知尋鶴路〔四〕，幾里入桃花？晚樹陰摇蘚，春潭影弄砂。何當見招我，乞與片生涯〔五〕。

【校箋】

〔一〕武陵：《新唐書·地理志》載山南道朗州武陵郡有縣二，爲武陵、龍陽。其地即今湖南省常德市，沅水流經，東注洞庭湖。道友：同修道者，此即指禪友。據尾聯疑爲早年居大潙山時詩，尚未行遊於武陵也。

〔二〕阮肇迷仙：《藝文類聚·天台山》引《幽明録》曰：「漢帝永平五年，剡縣劉晨、阮肇，共入天台山。度山，出一大溪，溪邊有二女子，姿質妙絶，遂留半年。懷土思求歸。既出，親舊零落，邑屋改異，無復相識。訊問得七世孫。」案《剡録》卷三載劉阮遇仙事曰：「剡有桃源，在縣三里。《舊經》曰：劉、阮入天台遇仙，此其居也。」此蓋借剡縣桃源附會於武陵桃花源。陶淵明《桃花源記》：「晉太元中，武陵人捕魚爲業，緣溪行，忘路之遠近，忽逢桃花林，夾岸數百步，中無雜樹，芳草鮮美，落英繽紛。」

〔三〕紫霞：神仙駕馭的紫色雲霞。《文選·陸機·前緩聲歌》：「獻酬既已周，輕舉乘紫霞。」劉良注：「衆仙會畢，乘霞而去。」案神仙事本道家之言説，與禪門無涉，此禪友而居武陵仙境，故曰「禪門接紫霞」。

〔四〕尋鶴路：猶言尋仙路，鶴爲仙人坐騎也。吕巖詩：「鶴爲車駕酒爲糧，爲戀長生不死鄉。」又：「雲鬢雙明骨更輕，自言尋鶴到蓬瀛。」

〔五〕片生涯：些許落脚（寄居）之地。片，片刻、些許。形容時間短暫或面積狹小。生涯，猶生活，此謂寄居其地。劉長卿《過湖南羊處士别業》：「杜門成白首，湖上寄生涯。」

謝人惠藥〔一〕

五金元造化〔二〕，九鍊更精新〔三〕。敢謂長生客，將遺必死人〔四〕？久飡應换骨，一服已通神。終逐淮王去〔五〕，永抛浮世塵〔六〕。

【校箋】

〔一〕藥：謂丹藥。道教術士用黄金或鉛汞等「八石」燒煉成的「金丹」，以爲服之可以長生不死。

〔二〕「五金」句：五金，概指金、銀、銅、鐵、錫。元，本原。造化，指大自然。句意言「五金」爲造化生成。《莊子·大宗師》：「今一以天地爲大鑪，以造化爲大冶，惡乎往而不可哉！」

〔三〕九鍊：義同九轉、九還，即多次反復燒鍊。道教術士鍊丹，以爲燒鍊時間愈久，反復次數愈多，藥力愈足，服之成仙愈速；以九轉爲貴。獨孤授《河上姹女賦》：「我色則爲黄爲丹，彼神則九鍊九轉。」吕巖詩：「九轉九還功若就，定將衰老返長春。」

〔四〕遺：贈與，致送。

〔五〕「終逐」句：淮王，即淮南王。按《論衡·道虚》篇：「儒書言：淮南王學道，招會天下有道之人。傾一國之尊，下道術之士，是以道術之士，並會淮南，奇方異術，莫不争出。王遂得道，舉家升天。畜産皆仙，犬吠於天上，雞鳴於雲中。此言仙藥有餘，犬雞食之，并隨王而升天也。好道學仙之人，皆謂之然。此虚言也。」即此句典故所出。

〔六〕浮世：人世浮沉聚散無定之謂。阮籍《大人先生傳》：「逍遥浮世，與道俱成。」釋家稱無常之世，言世間動盪不定，充滿憂苦，意固相近。《高僧傳·宋蜀安樂寺釋普恒》：「俗物故參差，真性理恒炳。韜光寄浮世，遺德方化迴。」

還族弟卷〔一〕

豈要私相許〔二〕？君詩自入神。風騷何句出〔三〕？瀑布一聯新。苦若長如此〔四〕，名須遠逐身〔五〕。閑齋舒復卷〔六〕，留滯忽經旬。

【校箋】

〔一〕據詩意，本篇疑作於早年居湘期間。

〔二〕私相許：以私交而妄加稱許。許猶「許與」，稱許。《南史·蔡興宗傳》：「私相許與，自相選署，亂羣害政，混穢大猷。」杜甫《壯遊》：「許與必詞伯，賞遊實賢王。」

〔三〕風騷：此謂本於《詩》《騷》之雅正之作。

〔四〕苦，汲、《全詩》脱。四庫本作「詣」。

〔五〕逐身：隨身。白居易《遊坊口懸泉偶題石上》：「談笑逐身來，管絃隨事有。」「苦若」二句意謂能長苦心於詩道，名必遠隨之而至。

〔六〕舒復卷：猶開復合，謂開卷、掩卷，形容閱讀吟哦。謝靈運《書帙銘》：「用捨以道，舒卷不失。亮惟勤玩，無或暇逸。」

送周秀遊峽〔一〕

又向夔城去〔二〕，知難動旅魂〔三〕。自非亡國客，何慮斷腸猿〔四〕。灎澦分高仞〔五〕，瞿塘露洩痕〔六〕。明年期此約，平穩到荆門。

【校箋】

〔一〕周秀：《蜀中廣記·名勝記·夔州府》引本篇題作周秀才。據詩頷聯、尾聯，約作於後梁年間初居江陵心懷不暢時。姑繫龍德元年（九二一）。

〔二〕夔城：古夔城在今湖北省秭歸縣，唐屬歸州，地在長江西陵峽西、巫峽東。《水經注·江水》：「江水又東南逕夔城南……《春秋左傳》：僖公二十六年，楚令尹子玉城夔者也。服虔曰：在巫之陽，秭歸歸鄉矣。」

〔三〕「知難」句：謂不懼艱難而往遊。案「難」字，《蜀中廣記》卷二一引作「誰」。皇甫湜《答李生第二書》：「知難而退，宜也。」旅魂，駱賓王《邊夜有懷》：「旅魂勞泛梗，離恨斷征蓬。」

〔四〕「自非」二句：頷聯言若非亡國流離他鄉者，何愁三峽猿聲斷腸，反語也。自，苟也，假如。斷腸猿，語本《水經注·江水》：「漁者歌曰：巴東三峽巫峽長，猿鳴三聲淚沾裳。」

〔五〕灧澦：灧澦堆，長江瞿塘峽口矗立江中的巨石，爲古代江行極險處。《唐國史補》卷下：「蜀之三峽……皆險絶之所，自有本處人爲篙工。大抵峽路峻急，故曰『朝發白帝，暮徹江陵』。四月、五月爲尤險時，故曰『灧澦大如馬，瞿塘不可下；灧澦大如牛，瞿塘不可留；灧澦大如襆，瞿塘不可觸』。」分高仞：言分辨江水中高大之巨石。陰鏗《登武昌岸望》：「荒城高仞落，古柳細條疏。」

〔六〕洩，汲、明抄、《百家》、《全詩》作「淺」，非。洩痕：江水流瀉之痕跡。

荆門夏日寄洞山節公〔一〕

湖光摇翠木〔二〕，靈洞叠雲深。五月經行處〔三〕，千秋檜柏陰。山形臨北渚，僧格繼東林〔四〕。莫惜相招信，余心是此心。

【校箋】

〔一〕洞山節公：見卷三《送節大德歸闕》注〔一〕。本篇爲居荆時寄往洞山之作，當在《送節大德歸闕》、《荆門暮冬與節公話别》（卷八）之前。詳參二詩注。

〔二〕湖，底本、四庫本作「叠」，蓋涉下句「叠」字致訛，今據諸本改。木，柳、明抄、《百家》作「岑」。

〔三〕五月經行：此言僧徒夏安居修習期間行走於一定之路線。參卷二《臨行題友生壁》注〔三〕。

〔四〕僧格：格謂品格風度。貫休《題靈溪暢公墅》：「境清僧格冷，新斬古林開。」此言與廬山東林寺風一脈相通。

再經蔣山與諸長老夜話〔一〕

遠迹都如鴈〔二〕，南行又北回。老僧猶記得，往歲已曾來。話遍名山境，燒殘黑櫟灰〔三〕。無因伴師往，歸思在天台〔四〕。

【校箋】

〔一〕蔣，柳本作「獎」。案蔣山即鍾山，在今南京市。《元和郡縣圖志》引《輿地志》云：「古金陵山也，邑縣之名，皆由此而立。吴大帝時，蔣子文發神異於此，封之爲蔣侯，改山曰蔣山。宋復名鍾山。梁武帝於西麓置愛敬寺，江表上巳常遊於此，爲衆山之傑。」獎山者，案《大清一統志》言建寧府政和縣（今福建縣名）有獎山。《福建通志》謂唐時僧元獎創庵其上，故名。似非齊己足跡所及。長老：謂年高德劭之僧。天復二年（九〇二）詩人遊金陵，復東遊吴越，本篇蓋「南行又北回」所作，今繫天復二年。

〔二〕都，清抄作「多」。遠迹：此指遠行之足迹。

〔三〕櫟：木名。因木理斜曲，古人視爲不材之木，多作炭薪。「燒殘黑櫟灰」指此。據此知詩人此行入吴越北返抵金陵在冬日也。

〔四〕「歸思」句：天台山國清寺爲佛教天台宗祖庭，又有「海内四絶」之譽。參見卷三《贈無本上人》注〔八〕。齊己此行既遊天台，乃有思歸之意。

寄當陽張明府〔一〕

玉泉神運寺〔二〕，寒磬徹琴堂〔三〕。有境靈如此，爲官興亦長。吏愁清白甚，民樂賦輸忘〔四〕。聞説巴山縣，今來尚憶張〔五〕。

【校箋】

〔一〕當陽：唐時屬荆州江陵府，見《舊唐書·地理志二》即今湖北省當陽市。明府：漢魏時多稱郡守爲明府，唐人專稱縣令。杜甫《北鄰》：「明府豈辭滿，藏身方告勞。」齊己曾遊玉泉寺，有《題玉泉寺大師影堂》（卷二）、《苦熱懷玉泉寺寄仁上人》（卷十）等詩，或時結識張明府，别後寄詩稱之。然明府何人、何時所作均難考實。據卷七《寄玉泉實仁上人》云：「往歲曾尋聖跡時，樹邊三遶禮吾師……後會未期心的的，前峰欲下步遲遲。今來老劣難行甚，空寂無緣但寄詩。」疑「初尋」蓋在居荆初期。姑繫龍德、同光間。

〔二〕玉泉：玉泉寺，在當陽。見卷二《題玉泉寺大師影堂》注〔三〕。神運：此言佛教興盛之氣運；

以玉泉寺有智顗、神秀大師靈踪也。

〔三〕琴堂：形容士人高雅之廳堂。蕭統《錦帶書十二月啟・太簇正月》：「神遊書帳，性縱琴堂。」李白《贈從孫義興宰銘》：「退食無外事，琴堂向山開。」此言玉泉之磬聲響徹明府之琴堂。

〔四〕賦輸忘：此贊美明府薄賦之德。賦輸，繳納賦税。輸，獻納，繳付。

〔五〕「聞説」二句：尾聯以三國張飛事諧稱張明府。巴山縣，唐一度置巴山縣，舊治在今湖北五峰北清江（古夷水）北岸。見《舊唐書・地理志》。按，《三國志・蜀書・張飛傳》：「曹公入荆州，先主奔江南。曹公追之，一日一夜，及於當陽之長阪。先主聞曹公卒至，棄妻子走，使飛將二十騎拒後。飛據水斷橋，瞋目横矛曰：『身是張益德也，可來共決死！』敵皆無敢近者，故遂得免。先主既定江南，以飛爲宜都太守，征虜將軍，封新亭侯。……飛與諸葛亮等泝流而上，分定郡縣，至江州，破璋將巴郡太守嚴顔。……飛所過戰克，與先主會于成都。……以飛領巴西太守。」知平定巴地皆張飛之功，是此「巴山縣」當指巴地之山河郡縣。

遊三覺山〔一〕

白石路重重，縈紆勢忽窮〔二〕。孤峰擎像閣〔三〕，萬木蔽星空。世論隨時變，禪懷歷劫同〔四〕。良宵正冥目〔五〕，海日上窗紅。

【校箋】

〔一〕三覺山：無考。釋迦謂自覺、覺他、覺行圓滿爲三覺圓明。初唐王勃有《遊梵宇三覺寺》：「香閣披青磴，琱臺控紫岑。葉齊山路狹，花積野壇深。蘿幌棲禪影，松門聽梵音。遽欣陪妙躅，延賞滌煩襟。」或即此。案本卷有《寄三覺山從益上人》，而集中另有《送益公歸舊居》（卷一）、《寄益上人》（卷八）諸詩，據楊夔《題宣州延慶寺益公院》詩，疑「益上人」、「從益」、「益公」爲同一人，其舊居在宣州（今安徽宣城），三覺山或即在宣州境。詳見卷一《送益公歸舊居》注〔一〕。齊己天復元年（九〇一）遊吴越，經池州、宣州之九華、敬亭，其遊三覺山，訪從益上人或即在此時。

〔二〕「縈紆」句：謂山路彎曲直到山巔。權德輿《棲霞寺雲居室》：「一徑縈紆至此窮，山僧盥漱白雲中。」

〔三〕「孤峰」句：謂寺在峰頂。像閣，佛寺。張祜《石頭城寺》：「連簷金像閣，半壁石龕廊。」

〔四〕「世論」二句：世論，謂塵世之論、塵心。禪懷，謂奉佛之情懷、禪心。歷劫同，歷久不變。本聯與卷八《懷匡阜》：「閒機但媿時機速，静論須慚世論長」意同。

〔五〕冥目：謂禪定。《法苑珠林·六度篇·禪定部》：「衆生心性，譬若獼猴，戲跳攀緣，歡娱奔逸，不能冥目束體，端心勤意。」貫休《寄山中伉禪師》：「萬緣冥目盡，一句不言深。」

庭際晚菊上主人〔一〕

九月將欲盡，幽叢始綻芳。都緣含正氣〔二〕，不是背重陽〔三〕。採去蜂聲遠，尋來蝶路長。王孫歸未晚〔四〕，猶得泛金觴〔五〕。

【校箋】

〔一〕主人：指高季昌。本集卷五《渚宮莫問詩一十五首》序云：「予以辛巳歲，蒙主人命居龍安寺」，卷七《中秋十四日夜對月上南平主人》、卷四《謝主人石筍》均以「主人」稱高，以「奴僕」自居也。詩以晚菊「背時」不失「正氣」自抒心懷，充溢傲兀之氣，姑繫龍德二年秋末。

〔二〕含正氣：鍾會《菊花賦》：「百卉彫瘁，芳菊始榮。紛葩曄曄，或黄或青。」盧諶《菊賦》：「何斯草之特瑋，涉節變而不傷。超松柏之寒茂，越芝英之冬芳。」此乃所謂「含正氣」。

〔三〕重陽：九月九日重陽節。《初學記·菊》引周處《風土記》曰：「霜降之時，唯此草盛茂。九月律中無射，俗尚九日而用，候時之草也。」此晚菊，故云。

〔四〕王孫：對人之敬稱。此指「主人」。《文選·左思·蜀都賦》：「有西蜀公子者，言於東吴王孫。」李善注引《博物志》曰：「王孫、公子，皆相推敬之辭。」

〔五〕泛金觴：猶「泛觴」，乾杯。此言舉杯對飲也。「金」蓋美言之。《太平御覽·地部·灣》引《吴志》云：「孫權與群臣泛觴於大船。」案《西京雜記》，漢武帝宫人九月九日佩茱萸，食蓬餌，飲菊花酒，云令人長壽。又案宗懔《荆楚歲時記》，漢費長房教桓景令家人各作絳囊，九月九日盛茱萸繫臂上，登山飲菊酒消厄。

送趙長史歸閩川〔一〕

荆門與閩越〔二〕，關戍隔三千〔三〕。風雪揚帆去，臺隍指海邊〔四〕。客情消旅火〔五〕，王化似堯年〔六〕。莫失春迴約，江城榖雨前〔七〕。

【校箋】

〔一〕長史：唐諸王府、都督府、諸州皆置長史，爲屬吏之長，位任甚重。中唐後其任漸輕，至爲閑散之職。趙長史無考。閩川：猶閩地，指唐福、建、泉、漳、汀諸州，五代十國閩國之地，相當今福建省。唐黄璞有《閩川名士傳》，録唐神龍以來閩人知名於世者。據詩首尾二聯，蓋居江陵期間某年冬日作。依前詩繫龍德二年冬。

〔二〕閩越：閩地爲古百越之屬，故泛稱閩越。《漢書·西南夷兩粤朝鮮傳》：「閩粤王無諸及粤東海王搖，其先皆粵王句踐之後也，姓騶氏。秦并天下，廢爲君長，以其地爲閩中郡。」顏師古注：「即今之泉州建安是也。」

〔三〕關戍：守衛的關隘、營寨。孟浩然《長安早春》：「關戍惟東井，城池起北辰。」此以「三千」泛言戰亂時期割據者衆、兵戈擾攘。

〔四〕臺隍：城池。王勃《滕王閣序》：「臺隍枕夷夏之交，賓主盡東南之美。」

〔五〕火，原作「大」，據柳、汲、《全詩》改。旅火：旅途之薪火。羅隱《投鄭尚書啟》：「福星不照於命宮，旅火但焚其生計。」

〔六〕王化：此指稱閩主之治。案開平三年夏四月，後梁加拜王審知爲中書令、福州大都督長史，進封閩王。史稱「王雖遽有一方，府舍卑陋，未常葺居，恒常躡麻屨，寬刑薄賦，公私富實，境内以安。」（參《十國春秋·閩太祖世家》「開平三年」條）

〔七〕江城：謂江陵。

擬嵇康絶交寄湘中貫微〔一〕

何處同嵇懶〔二〕，吾徒道異諸〔三〕？本無文字學，何有往來書〔四〕。嶽寺逍遥夢，侯門勉强居〔五〕。相知在玄契，莫訝八行疎〔六〕。

【校箋】

〔一〕擬：擬作。《師友詩傳録》：「幽思激切謂之怨，擬録别之類謂之擬。」嵇康絶交：山濤字巨源，早年與嵇康同遊，皆有高世之志；後山濤出爲選曹郎，舉康自代，康作《與山巨源絶交書》拒絶。書中有云：「今但願守陋巷，教養子孫，時與親舊叙闊，陳説平生，濁酒一杯，彈琴一曲，志願畢矣。」而自述於人倫、朝廷禮法有「七不堪」。此擬嵇康《絶交書》之意，而寄友以述志，表達被留渚宫不得已、「侯門勉强居」之情。貫微：湘中武陵僧，與齊己有深交。詳參卷一《酬微上人》注〔一〕。詩當作於龍德間被高季昌遮留於渚宫之初。姑依本卷詩編次繫龍德三年。

〔二〕「何處」句：同，即「擬」，指依他人作品題材内容或形式作詩，也就是「和」。首聯自言與嵇康心志相通，故擬《絶交》之作。嵇懶，嵇康自言「性復疏懶」，後遂以「嵇懶」稱之。庾信《奉和永豐殿下言志十首》其八：「阮籍長思酒，嵇康懶著書。」吴兆宜注：「晉嵇康《與山濤絶交書》：『少加孤露，母兄見驕，不涉經學，性復疏懶，筋駑肉緩。』」

〔三〕吾徒：猶吾輩，此指釋子、佛徒。諸：「之乎」的合音。

〔四〕有，底本原脱，據諸本補。「本無」二句：頷聯承上，指明與絶交者。無文字學，謂非文士也，武夫耳；無往來書，曾無詩文之交也。蓋與山濤、嵇康同爲文士之遊迥然有别。《晉書·嵇康傳》：「所與神交者，惟陳留阮籍、河内山濤，豫其流者河内向秀、沛國劉伶、籍兄子咸、琅邪王戎，遂爲竹林之游，世所謂『竹林七賢』也。」

〔五〕「嶽寺」二句：頸聯轉舒居渚宫前後境況。嶽寺，概言前此所居衡嶽、嶽麓、廬山諸寺廟。

〔六〕「相知」二句：尾聯以寄知音應題收結。玄契，默契，謂貫微也。李華《杭州餘姚縣龍泉寺故大律師碑》：「或有默修玄契於文義，受教頓悟於宗師。」八行疎，疏於書信也。行，讀若「杭」。《藝文類聚·贈答》：「後漢馬融《與竇伯向書》曰：孟陵奴來，賜書，見手迹，歡喜何量，次於面也。書雖兩紙，紙八行，行七字。」後以「八行」稱書信。王勃《宇文德陽宅秋夜山亭宴序》：「雲委八行，抒勞思於彩筆。」

寄許州清古〔一〕

北來儒士説，許下有吟僧。白日身長倚，清秋塔上層〔二〕。言雖依景得，理要入無徵〔三〕。敢望多相示，孱微老不勝〔四〕。

【校箋】

〔一〕許州：《元和郡縣圖志·河南道》：「許州，今爲陳許節度使理所。管州二：許州、陳州。縣十三。」唐許州治今河南許昌市。清古：許州僧，生事無考。詩稱「北來文士」，自言「孱老不勝」，當爲居荆之作；依前詩編次，亦繫龍德間。

〔二〕「白日」二句：身長倚、塔上層，謂倚杖遠眺、登高攬勝，即景吟詠。杜甫《同諸公登慈恩寺塔》：「方知象教力，足可追冥搜。」可參。

〔三〕無徵：没有跡象。言詩可入理而需做到無跡可求，即寓於理而勿用理語。

〔四〕孱微：卑賤低微。白居易《謝蒙恩賜設狀》：「臣生長窮賤，才質孱微。」

謝丁秀才見示賦卷〔一〕

五首新裁剪，搜羅盡指歸〔二〕。誰曾師古律〔三〕，君自負天機〔四〕。聖后求賢久〔五〕，名公得儁稀〔六〕。乘秋好携去，直望九霄飛〔七〕。

【校箋】

〔一〕丁秀才：生事無考。據齊己詩，蓋爲早年居長沙相交之故友，頗以詩文自負，然未登科第。味「聖后」語，當作於天祐間唐亡之前。姑繫天祐三年夏秋之際長沙詩。本集卷十另有《答長沙丁秀才書》云：「月月使車奔帝闕，年年貢士過荆臺。如何三度槐花落，未見故人携卷來？」知齊己入居江陵初仍有書信，後遂音問渺然。賦卷：所賦詩文之卷帙。

〔二〕指歸：謂文章之主旨，創作之意向。句意言搜羅文字以發明其意指。獨孤及《檢校尚書吏部員外郎趙郡李公中集序》：「風雅之指歸，刑政之本根，忠孝之大倫，皆見於詞。」

〔三〕古律：謂古體、律體詩。見卷一《酬微上人》注〔二〕。誰曾師，言不曾師法他人也。

〔四〕天機：天賦之機巧，猶靈性也。《莊子·大宗師》：「其耆欲深者，其天機淺。」李白《大鵬賦》：「南華老仙發天機於漆園，吐崢嶸之高論。」以上兩句設爲問答。

〔五〕聖后：聖皇，此指唐帝。曹植《魏德論》：「惟我聖后，神武蓋天。」張説《開元樂章十九首·皇帝行太和之樂一章》：「時文聖后，清廟肅邕。」

〔六〕名，諸本或作「明」，或作「名」，意同。名公：蓋對有名位者之敬稱。得雋：得賢才。雋與俊同，言才俊。韓愈等《城南聯句》詩云：「得雋蠅虎健，相殘雀豹趟。」

〔七〕「乘秋」二句：尾聯勉其入朝應舉高中也。乘秋，謂秋貢也。唐時州府向朝廷薦舉人員選拔考試在秋日。九霄，喻皇帝居處，朝廷。劉得仁《上翰林丁學士》其二：「翻令浮議者，不許九霄飛。」

驚秋〔一〕

褰簾聽秋信〔二〕，晚傍竹聲歸。多故堪傷骨〔三〕，孤峰好拂衣〔四〕。梧桐凋緑盡，菡萏墮紅稀〔五〕。却恐吾形影，嫌心與口違〔六〕。

【校箋】

〔一〕依前篇編次，疑亦作於天祐三年深秋，齊己入長沙求居道林寺時。

〔二〕褰簾：揭起門簾。白居易《閑卧有所思》：「向夕褰簾卧枕琴，微涼入户起開襟。」秋信：秋之信息。釋皎然《五言早秋桐廬思歸示道諺上人》：「桐江秋信早，憶在故山時。」

〔三〕傷骨：猶痛徹骨髓。柳宗元《寄許京兆孟容書》：「顧眄無後繼者，惸惸然欷歔惴惕，恐此事便已，摧心傷骨，若受鋒刃。」

〔四〕拂衣：振衣而去，多指棄塵世而歸山林。拂言振動、揮動。謝靈運《述祖德二首》其二：「高揖七州外，拂衣五湖裏。」

〔五〕「梧桐」二句：梧桐緑盡、菡萏紅稀，深秋之景。菡萏，荷花。《爾雅·釋草》：「荷，芙蕖。……其華菡萏，其實蓮，其根藕。」墮紅，落花，此謂荷花散落之花瓣。李賀《河南府試十二月樂詞·四月》：「老景沈重無驚飛，墮紅殘萼暗參差。」

〔六〕「却恐」二句：意恐形與影、心與口相違，謂心願難遂也。恐、嫌同義，恐怕、厭惡。

夏日雨中寄幕中知己〔一〕

北風吹夏雨，和竹亞南軒〔二〕。豆枕欹涼冷〔三〕，蓮峰入夢魂〔四〕。窗多斜迸濕，庭徧暴流痕〔五〕。清興知無限，晴來示一言〔六〕。

【校箋】

〔一〕幕中：當指荆南節度幕。據「蓮峰入夢魂」句，詩必作於離廬山滯留荆南時。若梁震、孫光憲輩，均可謂荆南幕中知己也。又齊己爲高季昌遮留荆南初期，鬱悶難申，加之城東龍安寺環境仄逼，暑熱難當。移居城西草堂後，情懷稍舒，若此詩所謂「清興知無限」者。又詩言「北風吹夏雨，和竹亞南軒」，當亦居西湖草堂詩，姑繫天成、長興間。

〔二〕和竹：謂風雨聲與竹林響聲相應和。亞：偃抑。杜甫《戲題王宰畫山水圖歌》：「舟人漁子入浦溆，山木盡亞洪濤風。」

〔三〕豆枕：以豆類填充枕芯製成枕頭，有清凉之功效。今民間猶使用。攲：讀若「欹」，依也，倚也。

〔四〕蓮峰：廬山有蓮花峰，峰上有蓮花庵，「凡佛老之居八，同在蓮花峰下」。見《廬山記·叙山北篇》。案齊己貞明間居廬山六年，離開後魂牽夢繞於此，詩文中多表達終老於廬山之心願。故此處之「蓮峰」當指廬山。

〔五〕瀑，原作「暴」，汲、《全詩》作「瀑」，據改。

〔六〕「清興」二句：尾聯蓋與知己相約「晴來」晤談也。

夜次湘陰〔一〕

風濤出洞庭，帆影入澄清〔二〕。何處鷩鴻起〔三〕？孤舟趁月行。時難多戰地〔四〕，野濶絶春耕。骨肉知存否？林園近郡城〔五〕。

【校箋】

〔一〕次：停留。湘陰：唐岳州（今岳陽市）屬縣。《元和郡縣圖志·江南道》：「岳州，本巴丘地，古三苗國也……武德六年，復爲岳州。……管縣五：巴陵、華容、湘陰、沅江、昌江。」案即今湖南省湘陰縣。按，據「時難」「絶耕」、「骨肉存否」之語，本詩當爲唐末節鎮紛争、馬殷略定湖南時之詩。疑爲天復三年（九〇三）冬末出洞庭赴袁州謁鄭谷途中也。

〔二〕澄清：此指清澈明潔之水面。陸雲《南征賦》：「閑夜冽以澄清，中原曠而曖昧。」按，《元和郡縣圖志》：「湘水，南自長沙縣界流入，又北入青草湖。……湘水至清，雖深五六丈，了了見底。」此蓋言舟行出自洞庭（即青草湖）入湘水而泊於湘陰也。

〔三〕鷩鴻：曹植《洛神賦》：「翩若鷩鴻，婉若游龍。」

〔四〕時難：危難時世。劉長卿《至德三年春正月時謬蒙差攝海鹽令聞王師收復二京因書事寄上浙西節度李侍郎中丞行營五十韻》：「世危看柱石，時難識忠貞。」

〔五〕林園：指益陽故居。郡城：潭州長沙郡。湘陰南通長沙、西南接益陽。

寄唐禀正字〔一〕

疎野還如舊〔二〕，何曾稱在城〔三〕。水邊無伴立，天際有山横。落日雲霞赤，高窗筆硯明。鮑昭多所得〔四〕，時憶寄湯生〔五〕。

【校箋】

〔一〕唐禀正字：見前《送唐禀正字歸萍川》注〔一〕。詩前半自叙，後半懷友，據「疎野還如舊，何曾稱在城」等語，宜作於天祐三年初入長沙時，蓋前送唐歸鄉，天祐二年有《寄萍鄉唐禀正字》（卷八）問訊，此復懷思之。

〔二〕疎野：放縱不拘之謂。白居易《答裴相公乞鶴》：「不知疎野性，解愛鳳池無？」

〔三〕稱：讀去聲，合宜。李白《江夏贈韋南陵冰》：「頭陀雲月多僧氣，山水何曾稱人意。」

〔四〕鮑昭：南朝宋詩人鮑照，唐避武則天諱作「昭」。此以稱美唐禀。

〔五〕湯生：以南朝宋僧湯惠休自喻。

宿舒湖希上人房〔一〕

入寺先來此，經窗半在湖。秋風新菡萏，暮雨老菰蒲〔二〕。任聽浮生速，能消默坐無〔三〕？語來燈焰短，嘒嘆發高梧〔四〕。

【校箋】

〔一〕舒湖、希上人：均無考。疑舒湖或指舒州某湖泊。唐舒州同安郡，領縣五：懷寧、宿松、望江、太湖、桐城。其地即今安徽潛山、安慶、桐城、宿松一帶，地多湖泊，南濱大江與九江相望，西鄰蘄州、黄梅。齊己曾遊此，於詩中多所吟詠。如卷二《浣口泊舟曉望天柱峯》即是。其時當在天復三年離金陵返湘之前。

〔二〕菰蒲：兩種水草。菰之嫩莖即「茭白」，果實稱「菰米」，均可食用。蒲可編席。謝靈運《從斤竹澗越嶺溪行》：「蘋萍泛沈深，菰蒲冒清淺。」

〔三〕消：經受，消受。白居易《哭從弟》：「一片緑衫消不得，腰金拖紫是何人。」默坐：謂僧人打坐修煉。無：猶「否」。

〔四〕嘒嘆：蟬鳴聲。《古今注》卷下《問答釋義第八》：「牛亨問曰：蟬名齊女者何？答曰：齊王后忿而死，屍變爲蟬，登庭樹，嘒唳而鳴。王悔恨，故世名蟬曰齊女也。」發高梧：化用虞世南《蟬》：「垂緌飲清露，流響出疎桐。居高聲自遠，非是藉秋風。」尾聯謂宿話達旦也。

戊辰歲江南感懷〔一〕

忽忽動中私〔二〕，人間何所之？老過離亂世，生在太平時。桃李春無主，杉松寺有期〔三〕。曾吟子山賦〔四〕，何啻舊淩遲〔五〕。

【校箋】

〔一〕戊辰歲：後梁開平二年（九〇八）歲次戊辰，齊己四十五歲，居長沙道林寺。詩爲春日所作。

〔二〕忽忽：恍惚。《文選·宋玉·高唐賦》：「悠悠忽忽，怊悵自失。」李善注：「忽忽，迷貌。」動中私：心有所思。私通「思」，思維、思考之義。《老子》十九章：「見素抱朴，少私寡欲。」朱謙之校釋：「『私』本作『思』。」

〔三〕期：柳、馮、明抄、清抄、《百家》作「旗」，當非。期，期待，希望。《南齊書·蔡約傳》：「想副我所期。」李白《寄王屋山人孟大融》：「所期就金液，飛步登雲車。」

〔四〕子山賦：指庾信《哀江南賦》。信字子山，仕梁，出聘西魏羈留北周，信雖位望通顯，常作鄉關之思，乃作《哀江南賦》以致其意云：「信年始二毛，即逢喪亂，藐是流離，至于暮齒。燕歌遠別，悲不自勝；楚老相逢，泣將何及。」

〔五〕何啻：豈止。凌遲：剮刑。古代開膛、割肉、碎屍的酷刑。《宋史·刑法志一》：「凌遲者，先斷其肢體，乃抉其吭，當時之極法也。」

送林上人歸永嘉舊居〔一〕

東越常懸思〔二〕，山門在永嘉〔三〕。秋光浮楚水，帆影背長沙。城黑天台雨，村明海嶠霞〔四〕。時尋謝公跡〔五〕，春草有瑤花〔六〕。

【校箋】

〔一〕林，柳、明抄、《百家》作「休」。《全詩》注：「一作休。」林上人、休上人均無考。永嘉：今浙江省温州市。《元和郡縣圖志·江南道》：「温州，本漢會稽東部之地，……高宗上元元年，於永嘉縣置温州。……管縣四：永嘉、安固、横陽、樂成。」其地在今甌江南岸，非今永嘉縣。據頷聯，送行之地爲長沙，詩當作於天祐、開平居長沙道林寺期間。據前詩繫開平二年秋。

〔二〕懸思：掛念。庾信《周故大將軍趙公墓誌銘》：「石上木生，懸思即悟。」

〔三〕山門：此指山寺之門，謂上人舊居山寺。杜甫《秦州雜詩二十首》其二：「秦州城北寺，勝跡隗囂宮。苔蘚山門古，丹青野殿空。」孟浩然《雲門寺西六七里聞符公蘭若最幽與薛八同往》：「依止此山門，誰能效丘也。」

〔四〕天台：在台州，與温州比鄰。海嶠：海邊山嶺。張九齡《送使廣州》：「家在湘源住，君今海嶠行。」温州面海，故曰「海嶠」。

〔五〕謝公：指謝靈運。《宋書·謝靈運傳》：「（靈運）出爲永嘉太守。郡有名山水，靈運素所愛好，出守既不得志，遂肆意游遨，徧歷諸縣，動踰旬朔。……所至輒爲詩詠，以致其意焉。」

〔六〕「春草」句：即「有春草瑶花」之倒裝。《南史·謝惠連傳》載：「（靈運）嘗於永嘉西堂思詩，竟日不就，忽夢見惠連，即得『池塘生春草』，大以爲工。嘗云『此語有神功，非吾語也』。」瑶花，玉花。此美言其詩詞彩聲韻如玉花。《楚辭·九歌·大司命》：「折疏麻兮瑶華，將以遺兮離居。」王逸注：「瑶華，玉華也。」謝朓《郡内高齋閑望答吕法曹》：「惠而能好我，問以瑶華音。」

答友生山居寄示

嘉遁有新吟〔一〕，因僧寄竹林〔二〕。静思來鳥外，閑味遶松陰〔三〕。兵寇憑陵甚〔四〕，溪山幾許深！休爲反招隱〔五〕，携取一相尋。

【校箋】

〔一〕嘉遁：合乎正道之隱遁。語本《易·遯·九五》：「嘉遯貞吉。」遯同遁。王績《遊北山賦》：「容北海之嘉遁，許南山之不臣。養拙辭官，全和保真。」據頸聯「兵寇憑陵」語及前後詩編次，亦繫開平二年。時湖南境内戰火不息。

〔二〕竹林：即竹林園，指佛教寺院。中印度迦蘭陀村之竹林精舍，爲古印度最初寺院，如來説法場所。故詩文中多以竹林園泛指寺院。陳子昂《夏日遊暉上人房》：「山水開精舍，琴歌列梵筵。人疑白樓賞，地似竹林禪。」

〔三〕味：與上句「思」爲對，謂「吟味」，斟酌品味詩句也。

〔四〕憑陵：猖獗横行。《文選·王儉·褚淵碑文》：「嗣王荒怠於天位，彊臣憑陵於荆楚。」張銑注：「憑陵，勇暴貌也。」杜甫《病橘》：「寇盜尚憑陵，當君減膳時。」案開平元年五、六月，淮南水軍三萬擊楚，楚王馬殷命將與戰於瀏陽、岳州，馬殷復遣兵攻洪州。同月，武貞節度使雷彦恭會楚兵攻江陵荆南節度使高季昌，七月雷彦恭攻楚岳州。史稱「彦恭貪殘」，「專以焚掠爲事，荆湖間常被其患」。冬十月，彦恭降於淮南，淮南兵出平江、瀏陽，楚兵敗之。開平二年五月，楚兵寇鄂州。澧州刺史向瓌降於楚，馬殷得澧、朗二州。九月荆南高季昌與楚戰於漢口。楚兵擊嶺南。是月楚與清海節度使劉隱十餘戰，取昭、賀、梧、蒙、龔、富六州。

〔五〕反招隱：語本王康琚《反招隱詩》。《文選》吕向注云：「康琚以爲混俗自處，足以免患，何必山林然後爲道。故作《反招隱》之詩，其情與隱者相反。」白居易《山中戲問韋侍郎》：「我抱棲雲志，君懷濟世才。常吟反招隱，那得入山來。」休爲：謂己不爲也。

新秋霽後晚眺懷先公〔一〕

雨霽湘楚晚，水凉天亦澄。山中應解夏〔二〕，渡口有行僧。鳥列滄洲隊〔三〕，雲排碧落層〔四〕。孤峰磬聲絶，一點石龕燈〔五〕。

【校箋】

〔一〕先公：本集卷六有《寄雲蓋山先禪師》詩，先公、先禪師疑爲一人，蓋長沙善化縣雲蓋山寺僧。依本卷前後詩編次，繫於開平三年新秋。

〔二〕解夏：佛教術語，指僧衆一夏九旬安居期滿，解「夏安居」之制而散去，亦稱「解制」。《荆楚歲時記》：「四月十五日……僧尼就禪刹掛搭，謂之結夏，又謂之結制。按夏乃衆僧長養之節，在外行則恐傷草木蟲類，故九十日安居……至七月十五日，應禪寺掛搭，僧尼盡皆散去，謂之解夏，又謂之解制。」

〔三〕滄洲：濱水之沙洲。謝朓《之宣城郡出新林浦向板橋》：「既歡懷禄情，復協滄洲趣。」

〔四〕碧落：青天。寒山詩：「碧落千山萬仞現，藤蘿相接次連谿。」

〔五〕「孤峰」二句磬聲、龕燈，謂佛寺也。磬爲佛寺法會、課誦時擊鳴之法器。形狀、大小不定，就其性質而別，石龕乃供奉佛像的龕窟。顧況《山僧蘭若》：「世人那得知幽徑，遥向青峯禮磬聲。」

池上感興〔一〕

所向似無端〔二〕，風前冷凭闌〔三〕。旁人應悶見〔四〕，片水自閑看。碧底紅鱗鬣〔五〕，澄邊白羽翰〔六〕。南山衆木葉，飄著竹聲乾〔七〕。

【校箋】

〔一〕依前詩亦繫開平三年深秋居道林寺時詩。

〔二〕所向：謂行止也。無端：没來由，無緣無故。宋玉《九辯》：「蹇充倔而無端兮，泊莽莽而無根。」王逸注：「媒理斷絶，無因緣也。」

〔三〕冷，汲、明抄、《全詩》作「吟」。詩寫深秋木落之境，作「冷」意勝。闌，他本或作「欄」，通，欄杆之意。

〔四〕悶見：謂見而不解。元稹《江上行》：「悶見漢江流不息，悠悠漫漫竟何成。」

〔五〕碧底：水底。鱗鬣：魚類的鱗和鰭，以指魚。「紅鱗鬣」謂赤色鯉魚。張籍《遠别離》：「長江鯉魚鬌鬣赤。」

〔六〕澄邊：水邊。羽翰：鳥類的羽翎，以指鳥。「白羽翰」指水邊的白鷺之類。鮑照《詠雙燕二首》其一：「雙燕戲雲崖，羽翰始差池。」

〔七〕「南山」二句：尾聯寫暮秋山景。岑參《暮秋會嚴京兆後廳竹齋》：「甌香茶色嫩，窗冷竹聲乾。」

和曇域上人寄贈之什〔一〕

百病煎衰朽〔二〕，棲遲戰國中〔三〕。思量青壁寺，行坐赤松風〔四〕。道寄虚无合〔五〕，書傳往復空。可憐禪月子〔六〕，香火國門東〔七〕。

【校箋】

〔一〕曇域：僧貫休門弟子，五代西蜀龍華寺僧，號惠光大師。史籍載其「戒學精嚴，能詩，善篆，重集許氏《説文》行于蜀。貫休詩集皆出曇域所校輯者」。有《龍華集》十卷、《補説文》三十卷，惜均不存。事跡見《宋高僧傳》、《十國春秋》。《唐詩紀事》録存詩三首，《全唐文》録文二篇。本詩作於乾化三年（九一三）貫休歸葬後。

〔二〕煎：俗言「熬煎」，折磨也。元稹《酬樂天歎窮愁見寄》：「病煎愁緒轉紛紛，百里何由説向君。」衰朽：猶衰老。此自指。庾肩吾《八關齋夜賦四城門》其四《南城門老》（聯句）：「盛年歌吹日，顧步惜容儀。一朝衰朽至，星星白髮垂。」

〔三〕栖遲：栖止。亦作「棲遲」。《詩·陳風·衡門》：「衡門之下，可以棲遲。」朱熹集傳：「棲遲，遊息也。」案指生活於某種環境之中。戰國：借指五代十國紛争之時。

〔四〕「思量」二句：青壁寺，山寺也。青壁，山中石壁。嵇康《琴賦》：「丹崖嶮巇，青壁萬尋。」此聯言修道，行吟於山寺松林。

〔五〕「道寄」二句：此聯言兩人「道」合，書傳「空」理。案曇域《懷齊己》詩云：「鬢髯秋景兩蒼蒼，静對茅齋一炷香。病後身心俱澹泊，老來朋友半凋傷。峨眉山色侵雲直，巫峽灘聲入夜長。猶喜深交有支遁，時時音信到松房。」所謂「身心澹泊」、「往復書信」，均不離「空」理也。

〔六〕可憐：可喜。王昌齡《蕭駙馬宅花燭》：「可憐今夜千門裏，銀漢星回一道通。」禪月：本爲對僧人之美稱，言其如滿月朗照。李白《爲竇氏小師祭璿和尚文》：「寶舟輟棹，禪月掩魄。」此「禪月子」指僧貫休，暗寓曇域爲禪月大師貫休嫡傳之義。史載貫休入蜀，蜀王建「留住東禪院，賜賚優渥，署號禪月大師。已而建龍華道場令居之」。子：對人之敬稱。

〔七〕香火：以香火供奉。國門：國都之門，此指蜀國都城成都。曇域《禪月集序》：「以癸酉年三月十七日，於成都北門外十餘里置塔之所，地號昇僊，葬事既周，哀制斯畢。」

弔雙泉大師真塔〔一〕

塔聳層峰後，碑鎸巨石新。不知將一句〔二〕，分付與何人？静坐雲生衲，空山月照真〔三〕。後徒遊禮者〔四〕，猶認指迷津〔五〕。

【校箋】

〔一〕雙泉大師：見卷三《寄雙泉大師師兄》注〔一〕。真塔：埋葬僧人之塔形建築。

〔二〕一句：禪語。原意指一言，又作「一句子」、「向上一句」、「提宗一句」、「臨機一句」等。爲指示「禪」無言無説、無示無識之究竟之語，即能使禪者内心體悟到究極禪理之言説。《筠州洞山悟本禪師語録》：「藥山夜參不點燈。山垂語曰：『我有一句子，待特牛生兒即向汝道。』」又《撫州曹山元證禪師語録》：「藥山云：我有一句子，未曾向人説。」能辨得、道出「一句子」者，乃爲見性徹悟之人。貫休《寄山中伉禪師》：「萬緣冥目盡，一句不言深。」此指雙泉所傳禪法。

〔三〕真：指真塔。暗寓其真身神魂所在之義。

〔四〕遊禮：遊方禮拜，遠行前來參拜。沈彬《麻姑山》：「我來遊禮酬心願，欲共怡神契自然。」

〔五〕迷津：佛教語，迷妄之渡頭。謂三界六道衆生處迷妄之境界，賴佛引渡之。《大唐西域記·敬播序》：「廓羣疑於性海，啟妙覺於迷津。」

暮冬送璘上人歸華容[一]

故園雖不遠，那免愴行思！莽蒼平湖路[二]，霏微過雪時[三]。全無山阻隔，或有客相隨。得見交親後[四]，春風動柳絲。

【校箋】

〔一〕璘上人：華容僧，生事無考。華容：《元和郡縣圖志·江南道》：「（岳州）管縣五：巴陵、華容、湘陰、沅江、昌江。……華容縣，本漢孱陵縣地，吴分置南安縣，隋平陳，以縣屬岳州，開皇十八年改爲華容縣。」案唐華容縣故址在今湖南省華容縣東南，洞庭湖北。詩言故園不遠、一路平湖，無山阻隔，送行之地當爲長沙，蓋開平、乾化間齊己居長沙時詩。

〔二〕莽蒼：空曠無際、渺渺茫茫。莽同莽。高適《淇上别劉少府子英》：「南登黎陽渡，莽蒼寒雲陰。」據《元和郡縣圖志》，岳州（今岳陽市）「南至潭州五百五十里。華容縣，東至（岳）州一百六十里」。自潭州順湘江入洞庭湖北渡即達華容，是所謂「不遠」、「平湖路」也。

〔三〕霏微：此指雪花飄飛貌。張九齡《奉和聖製瑞雪篇》：「初瑞雪兮霏微，俄同雲兮蒙密。」過雪時：「雪時過」之倒裝。

〔四〕交親：親戚朋友。盧照鄰《悲今日》：「自高枕箕潁，長揖交親。以蕙蘭爲九族，以風烟爲四隣。」

秋夜聽業上人彈琴〔一〕

萬物都寂寂，堪聞彈正聲〔二〕。人心盡如此，天下自和平〔三〕。湘水瀉秋碧，古風吹太清〔四〕。往年廬岳奏〔五〕，今夕更分明。

【校箋】

〔一〕業上人：據詩意，業上人曾與齊己同遊廬山，今夕復聚首湘中。考齊己初入廬山在光化、天復間，天祐元年返湘，居衡山，旋入居長沙道林寺，十年後再入廬山，居六年，遂滯留荆門終老。本篇臨湘水而憶「往年廬岳奏」，亦當作於居長沙期間。蓋處亂世而冀正聲以化人心也，亦繫開平、乾化間。

〔二〕正聲：雅正之音樂。《荀子・樂論》：「正聲感人而順氣應之，順氣成象而治生焉。」

〔三〕和平：和睦安定。嵇康《養生論》：「泊然無感，而體氣和平。」張説《鄎國長公主神道碑銘》：「四海謐清，九族和平。」

〔四〕古風：指上古淳樸之風氣習俗。《文選·謝惠連·祭古冢文》：「仰羨古風，爲君改卜。」太清：天空。劉向《九歎·遠游》：「譬若王僑之乘雲兮，載赤霄而淩太清。」

〔五〕廬岳：廬山。徐陵《與齊尚書僕射楊遵彦書》：「峰號香爐，依然廬岳。」此言早年廬山聽彈琴也。

謝人惠丹藥〔一〕

別後聞飡餌〔二〕，相逢訝道情〔三〕。肌膚紅色透，鬚髮黑光生。仙洞誰傳與？松房自煉成〔四〕。常蒙遠分惠〔五〕，亦覺骨毛輕。

【校箋】

〔一〕丹藥：道教術士提煉的金丹，見前《謝人惠藥》注〔一〕。

〔二〕飡餌：服食。徐陵《天台山館徐則法師碑》：「飡餌芝髓，忽矣身輕。」

〔三〕道情：悟道之情懷，此特指道士服食丹藥後的精神面貌。釋皎然《五言杼山上峯和顔使君真卿袁侍御五韻賦得印字仍期明日登開元寺樓之會》：「道情寄遠岳，放曠臨千仞。」

〔四〕松房：泛指山中木屋，仙、釋修道之所。白居易《正月十五日夜東林寺學禪偶懷藍田楊六主簿因呈智禪師》：「花縣當君行樂夜，松房是我坐禪時。」

〔五〕分，底本、汲本作「公」，柳、馮、明抄、清抄、《百家》、《全詩》作「分」，當是。作「公」則惠藥者爲僧人矣。

荆門病中寄懷貫微上人〔一〕

我衰君亦老，相憶更何言？除泥安禪力〔二〕，難醫必死根〔三〕。梅寒争雪彩，日冷釀冰痕〔四〕。早晚東歸去〔五〕，同尋入石門。匡山遠大師常與諸賢遊石門洞，玩錦綉谷〔六〕。

【校箋】

〔一〕貫微：見卷一《酬微上人》注〔一〕及本卷《擬嵇康絶交寄湘中貫微》注〔一〕。本篇作於《擬嵇康絶交》之後。案：齊己天福二年秋重病久卧四十日，有《荆門病中》、《病起》詩二十餘首，反復吟詠其事，其時則自初秋而及殘秋，本篇謂及臘而體猶未健，當亦此次病後之詩。

〔二〕除，原作「際」，諸本作「除」，據改。泥：讀去聲，執著。《論衡·書解》：「問事彌多而見彌博，官彌劇而識彌泥。」安禪：打坐，進入禪定。徐陵《東陽雙林寺傅大士碑》：「安禪合掌，説偈論經。」王維《過香積寺》：「薄暮空潭曲，安禪制毒龍。」

〔三〕死根：佛教對人生死因緣的形象説法，生有生根，死有死根。死不可免，奉佛修道即可拔去死根入於涅槃。《法苑珠林·敬佛篇·彌陀部》：「天道乃是生死根本，由來非願，常祈心浄土，如何此誠不遂意耶！」《大智度論·釋顧視品》：「若佛及菩薩出世者，化度我民，拔生死根，入無餘涅槃，永不復還。」

〔四〕釀，諸本作「讓」，形近而訛。釀，喻逐漸形成。《論衡·率性》：「善以化渥，釀其教令，變更爲善。」

〔五〕早晚：早晚之間，言時間不長，終將。白居易《登西樓憶行簡》：「早晚東歸來下峽，穩乘船舫過瞿唐。」

〔六〕「同尋」句：錦綉谷，即錦繡谷。《廬山記·叙山北篇》：「（錦繡）谷中奇花異卉不可殫述，三四月間，紅紫匝地，如被錦繡，故以爲名。……（谷之）水傍有雙龍庵，次廣福庵，次尊勝庵，次寶寧庵。寶寧之西，前有石門，其源出于石門間，東與錦繡谷之水合。……靈運《望石門》詩曰：『高峰隔半天，長崖斷千里。雞鳴青澗中，猿嘯白雲裏。』」

答孔秀才〔一〕

早向文章裏〔二〕，能降少壯心〔三〕。不愁人不愛，閑處自閒吟。水國雲雷潤〔四〕，僧園竹樹深。無嫌我衰颯〔五〕，時此一相尋。

【校箋】

〔一〕孔秀才：無考。據詩意，本篇疑作於居長沙道林寺期間，齊己年四五十歲時。案卷八《寄居道林寺作》：「如今衰颯成多病，黄葉風前晝掩關。」均作於同一時期，同一語例。

〔二〕文章：文采，此處泛指詩文。杜甫《偶題》：「文章千古事，得失寸心知。」

〔三〕降：悦服之意。《詩·召南·草蟲》：「亦既覯止，我心則降。」孔穎達疏：「故我心之憂即降下也。」

〔四〕水國：泛言南方多水地區。張説《岳州西城》：「水國何遼曠，風波遂極天。」雲雷：猶言風雲雷電。劉長卿《雨中登沛縣樓贈表兄郭少府》：「楚澤秋更遠，雲雷有時作。晚陂帶殘雨，白水昏漠漠。佇立收煙氛，洗然静寥廓。」

〔五〕衰颯：衰老。杜甫《秦州雜詩二十首》其七：「烟塵一長望，衰颯正摧顔。」杜甫居秦州時四十八歲，自言「衰颯」。

秋　江〔一〕

兩岸山青映，中流一棹聲〔二〕。遠無風浪動，正向夕陽横。島嶼蟬分宿，沙洲客獨行。浩然心自合〔三〕，何必濯吾纓〔四〕？

【校箋】

〔一〕本篇以下《舩窗》、《永夜》、《中春愴懷寄二三知己》、《自遣》數篇，即景抒懷，追求神閑心静、冥合萬物的了悟之境，依前篇疑皆爲開平乾化間居長沙道林寺時詩。姑繫於乾化四年離長沙入居廬山前。

〔二〕棹聲：船槳划船聲。白居易《渡淮》：「春浪棹聲急，夕陽帆影殘。」此聯有「欸乃一聲山水緑」（柳宗元《漁翁》）境界。

〔三〕浩然：水盛大貌。《法苑珠林·救厄篇·獸王部》：「時積雨大水，懿前望浩然，不知何處爲淺，可得揭厲。」此以水波浩然喻内心浩然之氣。陶淵明《扇上畫贊》：「至矣於陵，養氣浩然。」

〔四〕「必濯吾纓」四字，汲本脱。濯吾纓：語本《楚辭·漁父》：「屈原曰：『舉世皆濁我獨清，衆人皆醉我獨醒。……安能以身之察察，受物之汶汶者乎？寧赴湘流，葬於江魚之腹中，安能以皓皓之白，而蒙世俗之塵埃乎？』漁父莞爾而笑，鼓枻而去，歌曰：『滄浪之水清兮，可以濯吾纓；滄浪之水濁兮，可以濯吾足。』遂去不復與言。」

舩窗

孤舸凭幽窗，清波逼面涼。舉頭還有礙，低眼即無妨。瞥過沙禽翠，斜分夕照光。何時到山寺，上閣看江鄉〔一〕。

【校箋】

〔一〕上閣：猶高閣，指寺中之高閣。佛典中多有上閣、中閣、下閣之記載。或指「上方」，杜甫《山寺》：「上方重閣晚，百里見秋毫。」邵注：「上方，謂僧之方丈在山頂也。」

永　夜〔一〕

永日還攲枕，良宵亦曲肱〔二〕。神閑無萬慮，壁冷有殘燈。香影浮龕象〔三〕，瓶聲著井冰〔四〕。尋思到何處，海上斷崖僧〔五〕。

【校箋】

〔一〕永夜：長夜。鮑照《月下登樓連句》：「清氣澄永夜，流吹不可臨。」此當指夜長晝短之冬夜。

〔二〕「永日」二句：永日，指整天，從早到晚。劉楨《公讌》：「永日行遊戲，歡樂猶未央。」攲枕，（頭）挨著枕頭，與下句「曲肱」均指睡覺不起。攲，倚也。曲肱，彎曲手臂。《論語·述而》：

「曲肱而枕之，樂亦在其中矣。」

〔三〕龕象：謂龕中佛菩薩塑像。象同像。

〔四〕瓶：浄瓶，梵語「軍遲」，常貯水隨身用以浄手。

〔五〕尋思：思忖，思考。此借言「神遊」。寒山詩：「癡人何用疑，疑不解尋思。」張籍《逢王建有贈》：「新作句成相借問，閑求義盡共尋思。」尾聯蓋以僧立「海上斷崖」點化「神閑」境界。

中春愴懷寄二三知己〔一〕

眼暗心還白〔二〕，逢春强凭欄。因聞積雨夜〔三〕，却憶舊山寒。竹撼煙叢滑，花燒露朵乾〔四〕。故人相會處，應話此衰殘。

【校箋】

〔一〕愴懷：猶傷懷，内心淒愴悲傷。杜荀鶴《題宗上人舊院》：「分明記得談空日，不向秋風更愴懷。」

〔二〕白，明亮，明白。《玉篇·白部》：「白，明也。」按本集卷七《荆門病中雨後書懷寄幕中知己》：「心白未能忘水月，眼青猶得見秋毫。」

〔三〕雨夜，《全詩》注：「一作夜雨。」

〔四〕燒：謂日光曝曬也。白居易《别行簡》：「豈是遠行時，火雲燒棧熱。」本集卷十《短歌寄鼓山長老》：「雪峰雪峰高且雄，峩峩堆積青冥中。六月赤日燒不鎔，飛禽瞥過人難通。」

自遣〔一〕

了然知是夢，既覺更何求？死入孤峰去，灰飛一燼休。雲無空碧在〔二〕，天静月華流〔三〕。免有諸徒弟，時來吊石頭〔四〕。

【校箋】

〔一〕遣：排遣，抒發、排除鬱結於心的某種情懷。元稹《白氏長慶集序》：「諷喻之詩長於激，閑適之詩長於遣。」

〔二〕空碧：碧空，青天。李白《淮陰書懷寄王宗成》：「雲天掃空碧，川岳涵餘清。」

〔三〕月華流：張正見《關山月》：「巖間度月華，流彩映山斜。」張若虚《春江花月夜》：「此時相望不相聞，願逐月華流照君。」頸聯言雲雖無而碧空長在，天若静而月光流動。蓋寓天人之理。

〔四〕「免有」二句：尾聯用晉僧竺道生典故。《中吴紀聞》卷二「石點頭」條：「今虎邱千人坐，旁有石點頭。《十道四蕃志》云：『生公，異僧竺道生也。講經於此，無信之者，乃聚石爲徒，與談至理，石皆爲點頭。』」參卷三《謝人惠竹蠅拂》注〔四〕。

送陳覇歸閩〔一〕

涼風動行興〔二〕，含笑話臨途〔三〕。已得身名了〔四〕，全忘客道孤。鄉程過百越〔五〕，帆影遶重湖〔六〕。家在飛鴻外，音書可寄無？

【校箋】

〔一〕陳覇：閩人，據詩意，覇以「身名」有成歸鄉，舟行而「遶重湖」，疑作於居荆門時，蓋途經洞庭湖區舟行沿大江達鄱陽湖而東。

〔二〕行興：出行之興致，情趣。杜甫《秦州雜詩二十首》其十五：「阮籍行多興，龐公隱不還。」

〔三〕臨途：臨行。沈約《豫章行》：「一見塵波阻，臨途引征思。」

〔四〕身名：指身份名譽。如接受朝廷官府封贈之類。案此非科舉高中得身名，疑爲在節鎮幕中被任用。白居易《妻初授邑號告身》：「倚得身名便慵墮，日高猶睡緑窗中。」

〔五〕百越：亦作「百粤」。本指百越族居之地，此指閩中。韓愈《送竇從事序》：「踰甌閩而南，皆百越之地。」

〔六〕重湖：重讀若「崇」，此指洞庭湖。李商隱《爲滎陽公舉王克明等充縣令主簿狀》：「水接重湖，山當五嶺。」徐樹穀、徐炯箋注：「《巴陵舊志》：洞庭湖南連青草，西吞赤沙，横亘七八百里，因名三湖，又謂之重湖。重湖者，一湖之内，南名青草，北名洞庭，有沙洲間之也。」

寄孫闢呈鄭谷郎中〔一〕

衡岳去都忘，清吟戀省郎〔二〕。淹留才半月〔三〕，詶唱頗盈箱。雪長松樫格〔四〕，茶添語話香。因論樂安子〔五〕，年少老篇章。

【校箋】

〔一〕孫闢：據詩意爲樂安人，或侍鄭谷居宜春。齊己天復四年（九〇四）至袁州謁鄭谷，拜爲師，乃返衡岳。詩紀此行情況，當爲返衡山後之作。

〔二〕「衡岳」二句：言去而忘返，因戀省郎之清吟也。清吟：清雅之吟詠。錢起《過王舍人宅》：「清吟送客後，微月上城初。」案鄭谷時爲尚書省都官郎中，故稱「省郎」。

〔三〕留，原訛作「流」，據柳、汲、《全詩》改。淹留：久留，停留。《楚辭·離騷》：「時繽紛其變易兮，又何可以淹留。」王逸注：「言時世溷濁，善惡變易，不可以久留，宜速去也。」

〔四〕檉：檉柳。《詩·大雅·皇矣》：「啟之辟之，其檉其椐。」朱熹集傳：「檉，河柳也，似楊，赤色，生河邊。」此言「雪長松檉格」，蓋因松連類而及「檉」，稱其傲霜雪之品格。

〔五〕樂安：縣名。《元和郡縣圖志·江南道》：「台州……管縣五：臨海、唐興、黄巖、樂安、寧海。」《新唐書·地理志》載同。案樂安即今浙江省仙居縣。又唐一度於光州（弋陽郡）置樂安縣，其地在今河南省光山縣西北，其時甚短。此「樂安子」蓋指孫闢。

荆門送人自峨嵋遊南岳〔一〕

峨嵋來已遠，衡岳去猶賒〔二〕。南浦懸帆影〔三〕，西風亂荻花〔四〕。天涯遥夢澤〔五〕，山衆近長沙。有興多新作，携將大府詩〔六〕。

【校箋】

〔一〕本篇爲居荆門期間詩，據下篇《謝主人石筍》，繫天成元年秋後。

〔二〕賒：遠。王勃《爲人與蜀城父老書》：「吴宫尚遠，頻驚去燕之心；楚峽猶賒，已下聞猿之淚。」

〔三〕南浦：此指荆州城南長江邊之渡口。

〔四〕荻花：蘆葦秋日所開白花。杜甫《秋興》：「請看石上藤蘿月，已映洲前蘆荻花。」釋皎然《七言答裴評事澄荻花間送梁肅拾遺》：「波上荻花非雪花，風吹撩亂滿袈裟。」

〔五〕夢澤：即雲夢澤，古澤藪名，在洞庭湖北，夏秋水漲，則與洞庭爲一。晉以後往往把洞庭湖視爲夢澤之一部分。李白《大獵賦序》：「楚國不過千里，夢澤居其太半。」孟浩然《與諸子登峴山》：「水落魚梁淺，天寒夢澤深。」此即泛指洞庭湖。

〔六〕大，原作「天」，與頸聯「天涯」字重。諸本作「大」，從之。大府謂府尹。天府言神仙之府，猶「天庭」，此登南嶽，作天府義未是。

謝主人石筍〔一〕

西園罷宴遊，東閣念林丘〔二〕。特減花邊峭，來添竹裏幽〔三〕。憶過陽朔見〔四〕，曾記太湖求〔五〕。從此頻吟遶，歸山意亦休。

【校箋】

〔一〕石筍：園林景觀石，挺立如筍，故稱。杜甫《石筍行》：「君不見益州城西門，陌上石筍雙高蹲。古來相傳是海眼，苔蘚蝕盡波濤痕。」此主人當即荆帥高季興。詩寫在主人門下遊宴酬應，蒙贈石筍,而消解歸山之意。宜爲天成元年移居江陵城西建草堂後所獲贈。石筍貴重,固非庶民私贈之物也。

〔二〕「西園」二句:西園、東閣,借言在荆州酬宴場所。西園爲遊宴苑囿,東閣指主人官署。曹植《公宴》:「公子敬愛客,終宴不知疲。清夜遊西園,飛蓋相追隨。」王勃《上劉右丞書》:「伏願闢東閣,開北堂,待之以上賓,期之以國士。」

〔三〕「特減」二句:減峭、添幽,贊所贈石筍添其幽景。此與上聯相應,「花邊」承「東閣」,「竹裏」應「林丘」。

〔四〕陽朔:《元和郡縣圖志·嶺南道》:「桂州……管縣十:臨桂、全義、靈川、陽朔……荔浦。」即今廣西陽朔。其地山水雄奇。《方輿勝覽·静江府》引宋咸《陽朔山》詩云:「獨起獨高雄入漢,相輝相映翠成堆。若非群玉崑西至,即是三峯海上來。疑有洞天通日月,絶無樵路到塵埃。如何得似巨靈手,擘向天家對鳳臺。」宋祖無擇《題袁州東湖盧肇石》:「余嘗南游到陽朔,衆峰矗矗春筍植。捫蘿踏蘚窮之遍,若此奇觀曾未識。」

〔五〕太,諸本或作「大」。案「大」本「太」之古字,音義並同。「太」即極大之義。江蘇太湖所産石,自古爲構築園林庭院之名選,則此句特指「太湖」,非泛言大湖泊。《舊唐書·白居易傳》:「罷蘇州刺史時,得太湖石五。」宋杜綰《雲林石譜·平江府太湖石》:「性堅而潤,有嵌空穿眼宛轉嶮怪勢。……唯宜植立軒檻,裝治假山,或羅列園林廣榭中。」

經安公寺[一]

大聖威靈地[二]，安公晏坐蹤[三]。未知長寂默，不見久從容。塔影高羣木[四]，江聲壓暮鐘[五]。此遊幽勝後，來夢亦應重[六]。

【校箋】

〔一〕安公寺：指襄陽檀溪寺，東晉釋道安所建。道安（三一四？—三八五）爲東晉佛教中心人物。早年師佛圖澄，窮覽經典，鈎深致遠，歷遊訪道。晉武帝寧康元年，避石氏亂，率弟子慧遠等四百餘人至襄陽，建檀溪寺，講説教化十五年。後被苻堅迎入長安。一生致力於佛典翻譯，及諸經序文、注釋之作，於佛教史貢獻至鉅。事跡見《高僧傳·晉長安五級寺釋道安》。詩言「經」寺，當非晚年居荆州、遊襄陽時專行參訪之作，疑乃乾寧二年（八九五）自湘北遊，過襄陽之時所作。

〔二〕大聖：佛教稱佛、菩薩。《佛説無量壽經》卷上：「一切大聖，神通已達。」李白《崇明寺佛頂尊勝陁羅尼幢頌》：「西方大聖稱大雄，横絶苦海舟群蒙。」威靈：猶神靈、神威。《九歌·國殤》：「天時墜兮威靈怒，嚴殺盡兮棄原壄。」

〔三〕晏，諸本作「宴」。案晏、宴均「安」義，通用。晏坐：默然静坐，指僧人坐禪。《維摩經・弟子品》：「宴坐樹下。」劉禹錫《牛頭山第一祖融大師新塔記》：「宴坐石室，以慧力感通。」

〔四〕塔影：《高僧傳・晉長安五級寺釋道安》謂安於檀溪寺「建塔五層，起房四百」。

〔五〕江：此謂漢水，流經襄陽城下。

〔六〕重：重複，謂心儀而屢屢夢之。李咸用《夜吟》：「竹軒吟未已，錦帳夢應重。」

秋夕寄諸姪〔一〕

每到秋殘夜，燈前憶故鄉。園林紅橘柚，窗户碧瀟湘。離別身垂老〔二〕，艱難路去長。弟兄應健在，兵火理耕桑〔三〕。

【校箋】

〔一〕據卷二《示諸侄》、卷三《勉道林謙光鴻藴二侄》，詩亦作於乾化末入居廬山後，齊己五十餘歲。

〔二〕垂老：將老。楊炯《送楊處士反初卜居曲江》：「鴈門歸去遠，垂老脱袈裟。」杜甫《贈翰林張四學士垍》：「此生任春草，垂老獨漂萍。」杜甫時年四十一歲。

〔三〕理，諸本作「裹」，義遜。「理」謂打理、從事。則艱難畢見。

謝炭〔一〕

正擁寒灰次〔二〕，何當惠寂寥〔三〕。且留連夜向，未敢滿爐燒〔四〕。必恐吞難盡，唯愁撥易消。豪家捏爲獸〔五〕，紅迸錦茵燋〔六〕。

【校箋】

〔一〕據詩意及前詩編次，疑爲乾化末入居廬山後冬日之詩。前詩秋夕，此則冬夜，編次相接。

〔二〕「正擁」句：擁寒灰，擁抱已熄滅的火爐（取暖）。次，《廣雅·釋詁三》：「次，近也。」指身旁。鮑照《贈故人馬子喬》其二：「寒灰滅更燃，夕華晨更鮮。」

〔三〕何當：合當。恰當其時之意。杜甫《徐九少尹見過》：「何當看花蕊，欲發照江梅。」寂寥：冷落蕭條，此有貧寒寂寞意。江淹《還故園》：「山中信寂寥，孤景吟空堂。」

〔四〕「且留」二句：此言留在整夜之用，不敢滿爐一次燒盡。向，猶「在」。白居易《江州赴忠州至江陵已來舟中示舍弟五十韻》：「玉向泥中潔，松經雪後貞。」

〔五〕豪家捏爲獸：典本《晉書·羊琇傳》：「琇性豪侈，費用無復齊限，而屑炭和作獸形以温酒，洛下豪貴咸競效之。」蕭統《錦帶書十二月啟·黄鍾十一月》：「酌醇酒而據切骨之寒，温獸炭而祛透心之冷。」《新唐書·德宗紀》有「九成宫貢立獸炭」之記載。

〔六〕燋，《全詩》作「焦」，通，燒焦義。錦茵：錦製墊褥。句意謂火星四濺燒焦錦繡地毯。

夏滿日偶作寄孫支使 其年閏五月〔一〕。

一百二十日，煎熬幾不勝〔二〕。憶歸滄海寺〔三〕，冷倚翠崖稜〔四〕。舊扇猶操執，新秋更鬱蒸〔五〕。何當見涼月，擁衲訪詩朋。

【校箋】

〔一〕夏滿日：七月十六日。孫支使：指孫光憲。詳見卷三《和孫支使惠示院中庭竹之什》注〔一〕。詩題下原注：「其年閏五月。」知本篇作於長興二年（九三一），其年五月閏。

〔二〕「一百」二句：夏季三月並閏月爲一百二十日，不堪暑熱，故有此語。

〔三〕滄海寺：指廬山東林寺，山陵疊翠，下臨江湖。本集卷五《渚宫莫問詩一十五首》其七：「六年滄海寺，一别白蓮池。」

〔四〕崖稜：高聳之山崖。「稜」亦作「棱」。本集卷八《暮遊岳麓寺》：「寺樓高出碧崖棱。」

〔五〕鬱蒸：悶熱。陳子昂《南山家園林木交映盛夏五月幽然清凉獨坐思遠率成十韻》：「鬱蒸炎夏晚，棟宇閟清陰。」

寄清溪道友〔一〕

山門摇落空，霜霰滿杉松〔二〕。明月行禪處〔三〕，青苔遶石重。泉聲喧萬壑，鐘韻遍千峰。終去焚香老，同師大士蹤〔四〕。

【校箋】

〔一〕清溪：唐代縣名。《元和郡縣圖志·江南道》：「睦州……管縣六：建德、桐廬、遂安、清溪、分水、壽昌。……（清溪）開元二年改爲還淳，今改爲清溪。」即今浙江省淳安縣。又《元和郡縣圖志·劍南道》：「資州……管縣八：盤石、資陽、内江、丹山、銀山、龍水、清溪、月山。清溪縣，本漢資中縣地……天寶元年改爲清溪縣。」齊己天復間遊吴越，至睦州，或於此結交此道友，别後寄懷之。劍南之地行蹤未及也。又本集卷九有《寄清溪道者》：「萬重千叠紅霞嶂，夜燭朝香白石龕。常寄溪窗凭危檻，看經影落古龍潭。」卷十有《夏日寄清溪道者》：「老病不能求藥餌，朝昏祇是但焚燒。不知誰爲收灰骨，壘石栽松傍寺橋。」合三詩觀之，「道者」蓋同一人，或爲居某深山「清溪」旁修道之老僧。

〔二〕霜霰：猶霜雪。霰，雪珠。陶淵明《歸園田居五首》其二：「常恐霜霰至，零落同草莽。」

〔三〕行禪：泛言修禪定。禪修者或坐禪，或經行於一定路綫修習，故亦稱行禪。《大智度論·毘梨耶波羅蜜義》：「今欲得知諸法實相，行般若波羅蜜故，修行禪定；禪定是實智慧之門，是中應懃修精進，一心行禪。」

〔四〕大士：對佛、菩薩之敬稱。詳見卷二《題東林白蓮》注〔二〕。

謝重緣舊山水障子〔一〕

敢望重緣飾？微茫洞壑春。坐看終未是，歸卧始應真。已覺中心朽，猶憐四面新〔二〕。不因公子鑒〔三〕，零落幾成塵〔四〕。

【校箋】

〔一〕山水障子：山水畫屏風。緣：飾邊也，謂修飾裝裱。

〔二〕中心，諸本均作「心中」。《四庫考證》云：「刊本『中心』二字互倒。」中心、四面，言畫幅之中心與新飾之四周邊緣。作「心中」非。

〔三〕鑒：見識，品鑒的能力。嵇康《贈兄秀才公穆入軍十九首》其十九：「至人遠鑒，歸之自然。」此言以公子之品鑒而重爲緣飾也。

〔四〕零落：謂朽敗散落。《禮記·月令》：「行秋令則草木零落。」

寺居

鄰井雙梧上，一蟬鳴隔牆。依稀舊林日〔一〕，撩亂遶山堂〔二〕。難嘿吟風口〔三〕，終清飲露腸〔四〕。老僧加護物〔五〕，應任噪殘陽。

【校箋】

〔一〕依稀：彷彿，隱約不明貌。謝靈運《行田登海口盤嶼山》：「依稀採菱歌，彷彿含嚬容。」舊林：猶舊居。陶淵明《歸園田居五首》其一：「羈鳥戀舊林，池魚思故淵。」此憶兒時在益陽大潙山同慶寺之情景；詩或爲早年湘中寺居所作。

〔二〕撩亂：鳴聲紛亂。元稹《襄陽爲盧竇紀事五首》其三：「鶯聲撩亂曙燈殘，暗覓金釵動曉寒。」山堂：猶山寺，言寺中殿堂。王勃《益州綿竹縣武都山浄慧寺碑》：「春巖橘柚，影入山堂；秋壑芙蓉，光浮水殿。」

〔三〕嘿：同「默」，不出聲。吟風口：指蟬。傅玄《蟬賦》：「泊無爲而自得，聆商風而和鳴。」李百藥《詠蟬》："清心自飲露，哀響乍吟風。"

〔四〕"終清"句：《初學記·蟬》引徐廣《車服雜注》云："侍臣加貂蟬者，取其清高飲露而不食也。"陸雲《寒蟬賦》："頭上有緌，則其文也；含氣飲露，則其清也。"

〔五〕加護：專心愛護。

剃　髮

金刀閃冷光，一剃一清涼。未免隨朝夕，依前長雪霜〔一〕。夏林欹石膩〔二〕，春澗沐泉香〔三〕。向老凋疎盡〔四〕，寒天不出房。

【校箋】

〔一〕雪霜：指白髮。

〔二〕欹，《百家》作"欺"，同音致訛。欹：倚也，依靠、斜靠之意。膩：滑潤之義。

〔三〕沐，《全詩》作"水"，意遜。此言倚石而剃，沐泉而滌，作"沐"是。

〔四〕向老：臨老，接近老年。張説《送薛植入京》："款言人向老，飲別歲方秋。"凋疎：（頭髮）零落稀疏。

謝高輦先輩寄新唱和集〔一〕

敢謂神仙手，多懷老比丘〔二〕。編聯來鹿野〔三〕，酬唱在龍樓〔四〕。洛浦精靈懾，邙山鬼魅愁〔五〕。二南風雅道，從此化東周〔六〕。

【校箋】

〔一〕高輦：見卷三《寄懷闕下高輦先輩卷》注〔一〕。此謝其又寄新唱和集，當作於《寄懷》詩之後，繫長興三年。

〔二〕比丘：梵語音譯，亦作「苾芻」、「煏芻」，出家受具足戒者之通稱。男曰比丘，俗稱和尚；女曰比丘尼，俗稱尼姑。

〔三〕編聯：見卷一《丙寅歲寄潘歸仁》注〔六〕。此指新唱和集。鹿野：指鹿野苑，釋迦成道之後，說四諦法、度五比丘之地。故名仙人論處。《雜阿含經》卷二十三：「此處仙人園鹿野苑，如來於中爲五比丘三轉十二行法輪。」此借指齊己在荆門所居寺廟。

〔四〕龍樓：指朝堂。蔣防《題杜賓客新豐里幽居》：「已去龍樓籍，猶分御廪儲。」

〔五〕「洛浦」二句：贊高輦詩作享譽洛京、感動神鬼。洛浦，洛水邊。精靈，或用曹植《洛神賦》典故：「黄初三年，余朝京師，還濟洛川。古人有言，斯水之神，名曰宓妃。」邙山，在洛陽北，東漢、魏、晉公卿多葬此。沈佺期《邙山》：「北邙山上列墳塋，萬古千秋對洛城。」

〔六〕「二南」二句：贊高詩得《詩經》風雅之精髓，得以化育時世。二南，指《詩經》十五國風之《周南》、《召南》。東周都洛陽，此借指都洛陽之後唐。

送徐秀才遊吴國〔一〕

西江東注急〔二〕，孤棹若流星。風浪相隨白，雲中獨過青〔三〕。他時誰共説，此路我曾經〔四〕。好向吴朝看，衣冠盡漢庭〔五〕。

【校箋】

〔一〕徐秀才：未詳。卷一有《送徐秀才之吴》，兩篇當作於同時，今繫於天成四年（九二九）。詳見前注。

〔二〕西江：唐人多稱長江中下游爲西江。李白《夜泊牛渚懷古》：「牛渚西江夜，青天無片雲。」

〔三〕獨，《全詩》注：「一作暫。」

〔四〕「此路」句：齊己唐末天復間即曾由西江入吴。

〔五〕衣冠：概言衣冠文物、禮樂制度，以指文明禮教。徐陵《爲陳武帝作相時與北齊廣陵城主書》：「衣冠之國，禮樂相承。」漢庭：漢朝。張衡《思玄賦》：「王肆侈於漢庭兮，卒銜恤而絶緒。」尾聯意謂吴雖江南小國，而宗奉中原大漢文明。暗含分裂割據將結束、國家終將統一之意。

憶在匡廬日〔一〕

憶在匡廬日，秋風八月時。松聲虎溪寺〔二〕，塔影鴈門師〔三〕。步碧葳蕤徑，吟香菡萏池〔四〕。何當舊泉石，歸去洗心脾〔五〕。

【校箋】

〔一〕本篇疑作於被高季昌遮留荆門初期，不滿新「主人」，思歸舊泉石也。與前《庭際晚菊上主人》蓋同時詩。

〔二〕虎溪寺：指東林寺。《廬山記·叙山北篇》：「（東林寺）流泉匝寺，下入虎溪，昔遠師送客過此，虎輒號鳴，故名焉。」

〔三〕「塔影」句：塔影，指慧遠墓塔。《廬山記·叙山北篇》：「遠公初謚辯覺，昇元三年謚正覺大師，興國三年謚圓悟大師，仍名其墳曰凝寂之塔。塔在二林之間……遠公以晉義熙十二年卒，葬此山。」鴈門師，指慧遠，本姓賈氏，雁門婁煩人。慧遠師從釋道安於恒山，隨道安南下襄陽。後届潯陽，見廬山清静，足以息心，始住龍泉精舍。刺史桓伊爲建東林寺。遠居廬山三十餘年，影不出山，跡不入俗。事見《高僧傳·晉廬山釋慧遠》。

〔四〕「步碧」二句：此句乃「步葳蕤之碧徑，吟菡萏之香池」之倒裝。葳蕤，枝葉繁茂下垂之貌。東方朔《七諫·初放》：「上葳蕤而防露兮，下泠泠而來風。」

〔五〕洗心脾：陳子昂《爲司刑袁卿讓官表》：「每以清白洗心，不爲寒温變節。」李白《與周剛清溪玉鏡潭宴別》：「迴作玉鏡潭，澄明洗心魂。」

寄三覺寺從益上人 又云三覺山〔一〕。

山下人來説，多時不下山。是應終未是〔二〕，閑得且須閑。海面雲歸竇〔三〕，猿邊月上關〔四〕。尋思亂峰頂〔五〕，空送衲僧還〔六〕。

【校箋】

〔一〕三覺寺：題下原注：「又云三覺山。」案「寺」諸本或作「山」。知寺在三覺山上。參見本卷《遊三覺山》注〔一〕。僧從益：見卷一《送益公歸舊居》注〔一〕。詩當作於《遊三覺山》之後，疑天復元年遊吴越時之作。

〔二〕「是應」句：疑其「未下山」傳言之真否也。《列子·説符》：「天下理無常是，事無常非。先日所用，今或棄之；今之所棄，後或用之。此用與不用，無定是非也。」

〔三〕竇：山洞。

〔四〕猿邊：猶言高山上。關：門户稱「關」，僧人修行所住龕房亦稱「關」，此當指月亮照進僧院門户。

〔五〕尋思：回想。寒山詩：「尋思少年日，遊獵向平陵。」

〔六〕衲僧：著僧衣者，僧人通稱。鄭谷《前寄左省張起居一百言尋蒙唱酬見譽過實却用舊韻重答》：「釣朋蓑叟在，藥術衲僧傳。」

殘秋感愴〔一〕

日日加衰病，心心趣寂寥〔二〕。殘陽起閑望，萬木聳寒條。楚寺新爲客，吴江舊看潮〔三〕。
此懷何以寄？風雨暮蕭蕭。

【校箋】

〔一〕感愴：感傷也。詩言「楚寺新爲客」，宜作於龍德元年（九二一）始至江陵時，齊己年五十八。

〔二〕心心：佛教語，指連綿不斷之思想念頭。《仁王經·奉持品》：「心心寂滅，無身心相，猶如虚空。」孟郊《結愛》：「心心復心心，結愛務在深。」

〔三〕楚寺：指江陵龍安寺。《渚宫莫問詩一十五首》序：「予以辛巳歲，蒙主人命居龍安寺。」吴江：長江今武漢以東皆得稱吴江。此指廬山下臨之吴地江水。李白《鸚鵡洲》：「鸚鵡來過吴江水，江上洲傳鸚鵡名。」王琦注引胡三省《通鑑注》：「鸚鵡洲，在江夏江中。禰衡作《鸚鵡賦》於此洲，因以爲名。洲之下即黄鵠磯。」

寄南徐劉員外二首〔一〕

其一

竟陵兵革際〔二〕，歸復舊園林。早歲爲官苦，常聞説此心。海邊山夜上〔三〕，城外寺秋尋〔四〕。應訝嵩峰約〔五〕，蹉跎直到今。

【校箋】

〔一〕南徐：唐潤州（今江蘇鎮江市）的别稱。《元和郡縣圖志·江南道》：「潤州，……吴時或稱京城，或稱徐陵，或稱丹徒，……吴晉以後，皆爲重鎮。晉咸和中郗鑒自廣陵鎮於此，爲僑徐州理所。……後又爲南徐州。……（隋開皇）廢南徐州，改爲延陵鎮。十五年罷鎮，置潤州。」劉員外蓋風雅之士，曾仕竟陵，歸於潤州。本詩招其重遊江漢，携手探幽也。據「竟陵兵革際，歸復舊園林」語，姑繫天成四年（九二九）。

〔二〕竟陵：《元和郡縣圖志·山南道》：「復州（竟陵）：《禹貢》荆州之域，春秋戰國時並屬楚。秦屬南郡，在漢即江夏郡之竟陵縣地也。晉惠帝分江夏立竟陵郡，周武帝改置復州。……貞觀七年州理在沔陽縣，寶應二年移理竟陵縣。」竟陵縣即今湖北天門市。天成二年（九二七），後唐削奪高季興官爵，命將將兵會湖南馬殷軍進攻高季興。高求救於吴，吴人遣水軍援之。次年三月，馬殷如岳州，遣水軍擊荆南，高季興軍大敗，楚軍進逼江陵，季興請和。是冬高季興卒。「竟陵兵革」當指此，劉員外蓋荆南屬下竟陵之地方官員，因戰亂而東歸。齊己時在江陵，與劉酬唱交遊，得知前後情事。謂「蹉跎直到今」，闊别經年矣。

〔三〕海邊山：謂潤之名山北固山。《元和郡縣圖志·江南道》云：「北固山，在（州治丹徒）縣北一里，下臨長江，其勢險固，因以爲名。……宋高祖云：『作鎮作固，誠有其緒。然北望海口，實爲壯觀，以理而推，固宜爲顧。』江今闊一十八里，春秋朔望有奔濤。」

〔四〕外，底本原脱，柳、馮、明抄、清抄、《百家》作「上」。汲、《全詩》作「外」，意勝，據補。丹徒有諸多晉宋古寺名剎。如超岸寺（在北固山，舊名甘露寺）、江天寺（在金山，梁）、鶴林寺（在黄鶴山下，晉）、竹林寺、浄因寺（皆創自晉）等，詳見《大清一統志·鎮江府》「寺觀」條。

〔五〕嵩峰，原作「松風」，柳、汲、明抄、《全詩》作「嵩峰」，從之。清抄作「松峰」，《百家》作「高峰」。

其二

晝公評衆製〔一〕，姚監選諸文〔二〕。風雅誰收我？編聯獨有君〔三〕。餘生終此道，萬事盡浮雲。争得重携手〔四〕，探幽楚水濆〔五〕。

【校箋】

〔一〕晝公：釋皎然（七二〇？—？），俗姓謝，字清晝。湖州長城（今浙江長興）人。中唐著名詩僧。與公卿大夫廣爲交接，過從酬唱，廣開詩會，頗負盛名。其詩論著作《詩式》標舉意境，歸納風格，品評歷代詩人詩作。「評衆製」謂此。有《杼山集》（亦作《皎然集》）十卷，生平事跡見《宋高僧傳》、《唐才子傳》。

〔二〕姚監：晚唐詩人姚合（七八一？—八四六），吴興（今浙江湖州）人。元和十一年進士登第，曾官武功主簿，歷秘書少監，終秘書監，世稱姚武功、姚秘監。詩與賈島齊名，時稱「姚賈」。曾選王維至戴叔倫二十一人詩一百首爲《極玄集》，「選諸文」指此。有《姚少監詩集》十卷。兩唐書有傳，生平事跡亦見《唐詩紀事》、《唐才子傳》。

〔三〕「風雅」二句：此蓋言劉員外曾輯録齊己之作編爲詩集。

〔四〕争得：怎得。《助字辨略》：「争，俗云怎，方言如何也。」劉禹錫《楊柳枝詞九首》其四：「城中桃李須臾盡，争似垂楊無限時。」

〔五〕楚水濆：猶言楚江邊，此指荆州之地。《説文·水部》：「濆，水厓也。」

貽王秀才〔一〕

功到難搜處，知難始是詩。自能探虎子〔二〕，何慮屈男兒。此道真清氣，前賢早白髭。須教至公手〔三〕，不惜付丹枝〔四〕。

【校箋】

〔一〕王秀才：疑即王去微，江西彭蠡人。見卷一《謝王秀才見示詩卷》注〔一〕。本篇當作於《謝》詩稍後，亦開平期間之作。

〔二〕探虎子：本集卷二《寄鄭谷郎中》：「覓句如探虎，逢知似得仙。」詳參彼注。

〔三〕至公手：謂最公正無私的評判者。張九齡《和裴侍中承恩拜掃旋轡途中有懷寄州縣官寮鄉園親故》：「天下稱賢相，朝端挹至公。」此指知貢舉之官員。錢起《同鄔戴關中旅寓》：「文士皆求遇，今人誰至公？」

〔四〕付丹枝：指科舉登第。見卷一《送韓蛻秀才赴舉》注〔四〕。

贈孫生〔一〕

詩家詩自別〔二〕，君是繼詩人。道出千途外，功争一字新〔三〕。寂寥中影跡，霜雪裏精神〔四〕。待折東堂桂〔五〕，歸來更苦辛。

【校箋】

〔一〕孫生：無考。生爲古代對讀書人之通稱。據前後諸詩編次，本篇疑亦居荆期間詩。

〔二〕詩家，汲、《全詩》作「見君」，《全詩》注：「一作傳家。」詩家：猶詩人，善於寫詩、以詩名家者。杜甫《哭李尚書》：「史閣行人在，詩家秀句傳。」

〔三〕「道出」二句：言詩作有獨特之道途，著力之功在創新。本集卷十《勉吟僧》：「千途萬轍亂真源，白晝勞形夜斷魂。」

〔四〕「寂寥」二句：謂心地寂寥方能捕獲詩的「影跡」，表達淩霜傲雪之精神。寂寥，謂志向高遠，恬静淡泊。嵇康《卜疑》：「有宏達先生者，恢廓其度，寂寥疏闊。」王維《登河北城樓作》：「寂寥天地暮，心與廣川閒。」

〔五〕東堂桂：指科舉及第。羅隱《思歸行》：「不耕南畝田，爲愛東堂桂。」

酬元員外〔一〕

清洛碧嵩根，寒流白照門〔二〕。園林經難別，桃李幾株存〔三〕？衰老江南日，凄凉海上村。閑來曬朱紱，淚滴舊朝恩〔四〕。

【校箋】

〔一〕元員外：見卷一《酬元員外見寄》注〔一〕，詩亦龍德年間居荆同時前後之作。

〔二〕「清洛」二句：首聯言員外「故園」所在。清洛、碧嵩，即洛水、嵩山。白居易《送河南尹馮學士赴任》：「清洛飲冰添苦節，碧嵩看雪助高情。」根，指山下。

〔三〕「園林」二句：謂故鄉毁於世亂。别，異樣，改變面貌。

〔四〕朝恩，底本原作「煙蘿」，諸本均作「朝恩」，當是，今從。「煙蘿」出韻，疑涉下章末二字致訛。

與楊秀才話别〔一〕

庾信哀何極〔二〕，仲宣悲苦多〔三〕。因思學文賦〔四〕，不勝弄干戈。自古有如此，於今終若何！到頭重策蹇〔五〕，歸去舊烟蘿〔六〕。

【校箋】

〔一〕楊秀才：生平無考。本集卷八有《渚宫謝楊秀才自嵩山相訪》詩，本篇乃晤後告别之作。案楊秀才於江陵訪齊己約在同光之際，本篇爲同時先後之作。參見卷八詩注。

〔二〕「庾信」句：首句以庾信被遣入北、羈留不歸喻楊秀才。蓋楊秀才亦五代戰亂之際南人滯留嵩洛者。庾信事見前《戊辰歲江南感懷》注〔四〕。

〔三〕仲宣：漢末文學家王粲字仲宣，建安七子之一。少有異才，大儒蔡邕在長安一見傾倒，極口稱之。粲以西京擾亂，乃之荆州依劉表。「表以粲貌寢而體弱通侻，不甚重也」。粲登荆州當陽縣城樓，作《登樓賦》，抒發亂世之中懷土思鄉之情。此以仲宣悲苦自喻。王粲生平事跡見《三國志·魏書》本傳。

〔四〕學文賦：學文學賦。案文爲文學，本義指「文章博學」，即「德行、言語、政事、文學」之「文學」。

顔真卿《曹州司法參軍祕書省麗正殿二學士殷君墓碣銘》：「經天緯地之謂文，博古知今之謂學。文學也者，其德之藴歟，誰其兼之。」賦指辭賦，概言詩詞歌賦等「純文學」形式。高承《事物紀原·辭賦》：「唐天寶十三載，始試詩賦，蓋用梁、陳之意云。科舉之以辭賦，此其初也。」寒山詩：「東守文不賞，西征武不動。學文兼學武，學武兼學文。」

〔五〕策蹇：驅驢，謂騎驢上路。《北齊書·楊愔傳》：「將涉千里，殺騏驥而策蹇驢，可悲之甚。」張九齡《在郡秋懷二首》其二：「策蹇慚遠途，巢枝思故林。」

〔六〕舊烟蘿：指山林中之舊居。武元衡《送李正字歸蜀》：「漢官新組綬，蜀國舊烟蘿。」

寄何崇丘員外〔一〕

門底桃源水〔二〕，涵空復映山〔三〕。高吟煙雨霽，殘日郡樓間。變俗真無事〔四〕，分題是不閑〔五〕。尋思章岸見〔六〕，全未有年顔〔七〕。

【校箋】

〔一〕何崇丘：詩云「門底桃源水」，蓋居武陵。本卷尚有《寄答武陵幕中何支使二首》，卷九又有《懷武陵因寄幕中韓先輩何從事》，疑何支使、何從事即何崇丘也。員外爲正員之外辟任之僚佐，與支使、從事相應。《寄答武陵幕中何支使二首》爲同光間遷居江陵城西草堂前詩，本篇或較早於此。

〔二〕桃源：即桃花源，在武陵桃源縣（今湖南常德市桃源縣）。《方輿勝覽·常德府》：「桃源山，在桃源縣二十里。」

〔三〕涵空：水映天空。張説《石橋銘》：「玉梁架迥，碧沼涵空。」温庭筠《春江花月夜》：「千里涵空照水魂，萬枝破鼻團香雪。」

〔四〕變俗：風移俗易，言其治跡。庾信《象戲賦》：「可以變俗移風，可以涖官行政。」無事：本謂帝王垂拱無爲而治，此借言地方官員不擾民。《文子·微明》：「上无事而民自富，上无爲而民自化。」

〔五〕分題：亦稱「探題」，詩人聚會，分探題目而賦詩。《滄浪詩話·詩體》：「有擬古，有連句，有集句，有分題。」自注：「古人分題，或各賦一物，如云送某人分題得某物也。或曰探題。」劉禹錫《三月三日與樂天及河南李尹奉陪裴令公泛洛禊飲各賦十二韻》：「棹歌能儷曲，墨客競分題。」

〔六〕章岸：不詳。案虔州之贛縣（今江西贛州贛縣區）、郴州之宜章（今湖南宜章縣）有章水。《元和郡縣圖志·江南道》：「虔州……管縣七：贛，南康……贛縣，貢水西南自南康縣來，章水東南自雩都縣來，二水至州北合而爲一，通謂之贛水，因爲縣名。」《元和郡縣圖志·江南道》：「郴州……管縣八：郴，義章……章水在（義章）縣北六十五里。」此或回憶早年在某處「章岸」

相見情景。尋思：回憶。寒山詩：「尋思少年日，遊獵向平陵。」

〔七〕年顔：容顔隨年齡而變異，故稱年顔。白居易《途中感秋》：「節物行摇落，年顔坐變衰。」又《秋寒》：「雪鬢年顔老，霜庭景氣秋。」

贈劉五經〔一〕

往年長白山〔二〕，發憤忍飢寒。掃葉雪霜濕〔三〕，讀書脣齒乾。羣經通講解，八十尚輕安〔四〕。今日江南寺，相逢話世難。

【校箋】

〔一〕劉五經：科舉明經科通五經者。《新唐書·選舉志》：「其科之目，有秀才、有明經……明經之別，有五經，有三經，有二經，有學究一經，……凡《禮記》、《春秋左氏傳》爲大經，《詩》、《周禮》、《儀禮》爲中經，《易》、《尚書》、《春秋公羊傳》、《穀梁傳》爲小經。通二經者，大經、小經各一，若中經二。通三經者，大經、中經、小經各一。通五經者，大經皆通，餘經各一，《孝經》、《論語》皆兼通之。」案李商隱有《贈前劉五經映三十四韻》，葉蔥奇《疏注》繫於開成三年（八三八），商隱二十六歲。據《選舉志》，諸生受經「限年十四以上，十九以下」，「凡治《孝經》、《論語》共限一歲，《尚書》、《公羊傳》、《穀梁傳》各一歲半，《易》、《詩》、《周禮》、《儀禮》各二歲，《禮記》、《左氏傳》各三歲。」則終五經之業，在二十五至三十歲間。本篇言「八十尚輕安」，竊疑劉五經即商隱詩中之劉映，時年三十餘歲，暮年流寓湖南。本詩約作於唐末中和、光啟間（八八五前後）齊己在湘南時。

〔二〕長白山：《元和郡縣圖志·河南道》：「齊州……管縣九：歷城，全節，章丘……章丘縣……長白山，在縣東南三十里，高二千九百丈，周迴六十里。……《齊記》曰：『於陵城西三里有長白山，陳仲子夫妻所隱也。』」又：「淄州……長山縣，本漢於陵縣地也，宋武帝於此立武强縣，隋開皇十八年，改武强爲長山縣，取長白山爲名，屬淄州。……長白山在縣西南四十里。」案山在唐章丘、長山縣間，今山東鄒平。

〔三〕掃葉：此謂隱居自食其力的貧寒生活。張蠙《贈棲白大師》：「掃葉寒燒鼎，融冰曉注瓶。」

〔四〕輕安：輕健安康。

送遊山道者〔一〕

我亦遊山者，常經舊所經。雪消天外碧，春曉海中青。可見亂離世，況臨衰病形〔二〕。憐君此行興，獨入白雲屏〔三〕。

【校箋】

〔一〕道者：謂修行佛道之人，詳見卷二《山寺喜道者至》注〔一〕。據詩意本篇當作於早年詩人四處遊方之際。詩言「可見亂離世，況臨衰病形」，大抵爲唐末天祐間詩人四十餘歲之時。

〔二〕「況臨」句：卷二《再遊匡山》：「久別成衰病，重來更上難。」作於貞明初年過五十時。本卷《殘秋感愴》：「日日加衰病，心心趣寂寥。」作於龍德初居江陵年近六十時。此言「況臨」，蓋四十餘歲時也。

〔三〕白雲屏：言雲峰高聳若屏風。元稹《遭風二十韻》：「俄驚四面雲屏合，坐見千峯雪浪堆。」

舟中江上望玉梁山懷李尊師〔一〕

殘照玉梁巔，峨峨遠棹前〔二〕。古來傳勝異〔三〕，人去學神仙。白鹿老碧壑〔四〕，黄猿啼紫煙〔五〕。誰心共無事？局上度流年〔六〕。

【校箋】

〔一〕玉梁山：無考。尊師爲對道士之敬稱。案唐末詩人李咸用有《送李尊師歸臨川》詩，咸用袁州（今江西宜春）人，長期活動於江西，疑此李尊師爲同一人，則江西臨川人（今撫州市臨川區），其地傍贛江支流撫河。玉梁山或即在臨川。詩宜作於天祐開平間齊己出入江西時期。

〔二〕峨峨：高峻貌。劉向《九歎·惜賢》：「握申椒與杜若兮，冠浮雲之峨峨。」王逸注：「峨峨，高貌也。」遠棹：遠方（或遠行）之船。許渾《霅上宴别》：「笙歌留遠棹，風雨寄華堂。」

〔三〕勝異：景色奇妙特出。元結《浯溪銘序》：「浯溪在湘水之南，北匯于湘，愛其勝異，遂家溪畔。」

〔四〕白鹿：通體白色的鹿。傳説中爲仙人坐騎。曹植《飛龍篇》：「乘彼白鹿，手翳芝草。」

〔五〕紫煙：仙山中的祥瑞煙氣。王勃《三月曲水宴得煙字》：「列室窺丹洞，分樓瞰紫煙。」李白《古風》：「金華牧羊兒，乃是紫煙客。」

〔六〕「局上」句：用晉王質入山觀仙人弈棋而斧柯爛典故（見《述異記》）。局，古代的博具、棋盤均稱「局」。《子夜歌》：「今夕已歡别，合會在何時？明燈照空局，悠然未有期。」又：「駐筯不能食，蹇蹇步闈裏。投瓊著局上，終日走博子。」此指棋局。流年：如水流失之年華。鮑照《登雲陽九里埭》：「宿心不復歸，流年抱衰疾。」

角〔一〕

聞説征人説，嗚嗚何處邊〔二〕。孤城沙塞地〔三〕，殘月雪霜天。會轉胡風急〔四〕，吹長磧雁連〔五〕。應傷漢車騎，名未勒燕然〔六〕。

【校箋】

〔一〕角：古代樂器，號角。《通典·樂一》：「蚩尤氏帥魑魅與黃帝戰於涿鹿，帝乃命吹角爲龍吟以禦之。」

〔二〕嗚嗚：角聲。白居易《東南行一百韻寄通州元九侍御澧州李十一舍人果州崔二十二使君開州韋大員外庾三十二補闕杜十四拾遺李二十助教員外竇七校書》：「黄昏鐘寂寂，清曉角嗚嗚。」

〔三〕地，清抄作「外」。沙塞：西北邊疆沙漠之地，徐陵《廣州刺史歐陽頠德政碑》：「漢武承基，方通沙塞。」

〔四〕胡，底本作「吴」，諸本均作「胡」，蓋音訛，據改。「會轉」句：此句言角聲因北風吹送而轉急促。會，應、當。胡風，北風，胡地吹來的風。鮑照《學劉公幹體五首》其三：「胡風吹朔雪，千里度龍山。」

〔五〕磧雁：（從沙漠地帶）南飛的大雁。賈島《雨夜同厲玄懷皇甫荀》：「磧雁來期近，秋鐘到夢遲。」

〔六〕「應傷」二句：尾聯用東漢車騎將軍竇憲勒石燕然典故以傷時。《後漢書·竇憲傳》言憲擊北匈奴，大破之，降者前後二十餘萬人，于是「登燕然山，去塞三千餘里，刻石勒功，紀漢威德，令班固作銘」。案後唐末契丹跋扈，屢南侵，清泰三年石敬瑭稱臣於契丹，以父禮事之，契丹發兵助敬瑭，立瑭爲大晉皇帝，遂割幽薊等十六州以與契丹，仍許歲輸帛三十萬匹。詩疑作於此時，清泰天福間也。

言詩〔一〕

畢竟將何狀〔二〕？根元在正思〔三〕。達人皆一貫，迷者自多岐〔四〕。觸類風騷遠〔五〕，懷賢肺腑衰〔六〕。河橋送別者〔七〕，二子好相知。

【校箋】

〔一〕詩題，汲本作「五言詩」。據詩意，本篇蓋齊己對求教之「二子」言詩之作。

〔二〕狀：《古今韻會舉要》：「狀，形容之也。」杜牧《晚晴賦》：「千千萬萬之容兮，不可得而狀也。」此言「詩」難以形容、描述。

〔三〕根元：根本。《抱朴子·對俗》：「其根元可考也，形理可求也。」正思：情思合乎正道。孟郊《答友人》：「君子業高文，懷抱多正思。」

〔四〕「達人」二句：以達人、迷者對舉，謂達者堅守「正思」之本，而迷者多入岐途。《左傳·昭公七年》：「聖人有明德者，若不當世，其後必有達人。」孔穎達疏：「謂知能通達之人。」「多岐」用《列子·説符》「大道以多歧亡羊，學者以多方喪生」典故。岐、歧字通。

〔五〕「觸類」句：謂爲詩之道，觸類旁通，理固深遠。《周易·繫辭上》：「引而伸之，觸類而長之，天下之能事畢矣。」風騷，猶言詩道。

〔六〕「懷賢」句：謂竭力學習前賢。張九齡《南還以詩代書贈京師舊寮》：「望美音容闊，懷賢夢想疲。」肺腑，喻内心。杜甫《岳麓山道林二寺行》：「一重一掩吾肺腑，山鳥山花吾友于。」此「肺腑衰」謂勞竭其心肺也。

〔七〕河橋送别：指抒寫離别真情之作，爲古來詩賦永恒之主題。結言作詩不離真情也。

酬王秀才〔一〕

離亂幾時休？儒生厄遠遊〔二〕。亡家非漢代〔三〕，何處覓荆求〔四〕！旅夢寒燈屋，鄉懷晝雨樓〔五〕。相逢話相殺，誰復念風流〔六〕？

【校箋】

〔一〕王秀才疑即王去微，江西彭蠡人。參卷一《謝王秀才見示詩卷》、卷三《酬王秀才》及本卷《貽王秀才》注，詩亦作於開平初年，即所謂「離亂幾時休」、「相逢話相殺」之時局也。秀才蓋因亂離而遠遊入湘矣。

〔二〕厄，《百家》作「危」，意遜。厄，玄應《一切經音義》：「厄，困也。」

〔三〕亡家：國破家亡。蔡琰《胡笳十八拍》：「亡家失身兮不如無生。」

〔四〕求，《全詩》作「州」。案：荆謂「荆枝」，喻兄弟骨肉。楊炯《唐恒州刺史王公神道碑》：「荆枝擢秀，棣萼生輝。」作「荆州」則用漢末王粲依劉表典故。頷聯言因唐亡、戰亂而流落，難覓棲身處。疑王秀才或在湘與齊己以詩相交。

〔五〕「旅夢」句：寫旅中鄉愁。劉長卿《至德三年春正月謬蒙差攝海鹽令聞王師收二京因書事寄上浙西節度李侍郎中丞行營五十韻》：「旅夢親喬木，歸心亂早鶯。」杜荀鶴《亂後出山逢高員外》：「窗迴旅夢城頭角，柳結鄉愁雨後蟬。」

〔六〕風流：指治世醇厚之風俗習尚。《漢書·刑法志》：「吏安其官，民樂其業，畜積歲增，户口寖息，風流篤厚，禁罔疏闊。」

春居寄友生〔一〕

莎逕荒蕪甚〔二〕，君應共此情〔三〕。江村雷雨發，竹屋夢魂驚。社過多來燕〔四〕，花繁漸老鶯。相思意何切，新作未曾評。

【校箋】

〔一〕書倉本此首錯入前《貽王秀才》下。

〔二〕莎逕：姚合《和李舍人秋日卧疾言懷》：「果墜青莎徑，塵離緑蘚牆。」逕同「徑」。

〔三〕君，原作「名」，諸本均作「君」，是，今從。

〔四〕社：指社日，古代祭土地神之節日。《禮記·月令》：「（仲春之月）擇元日，命民社。」鄭玄注：「社，后土也，使民祀焉。」一年有春、秋二社，一般在立春、立秋後第五個戊日。此謂春社。杜甫《遭田父泥飲美嚴中丞》：「田翁逼社日，邀我嘗春酒。」

寄答武陵幕中何支使二首〔一〕

其一

十萬雄軍幕，三千上客才〔二〕。何當談笑外，遠慰寂寥來。騷雅鏘金擲〔三〕，風流醉玉頹〔四〕。争知江雪寺〔五〕，老病向寒灰〔六〕。

【校箋】

〔一〕陵，原作「林」，音近而訛。據諸本改。武陵：即唐朗州武陵郡，其地在今湖南省常德市。爲兩漢舊郡，史籍多載。唐初曾置武林縣，旋改潁陽縣，自非「十萬雄軍幕」之地。何支使：疑即何崇丘，武陵幕府僚屬，詳見前《寄何崇丘員外》注〔一〕。又本集卷九有《懷武陵因寄幕中韓先輩何從事》，何從事即此何支使。本篇以「蘇子卿」自傷，乃作於滯留荆南時。言「争知江雪寺，老病向寒灰」。爲天成元年移居城西草堂前詩，姑繫於同光三年，時年六十二。

〔二〕上客：貴客，頭等幕僚。此用《史記》楚春申君客三千、上客皆躡珠履典故。謝朓《永明樂十首》其七：「清歌留上客，妙舞送將歸。」

〔三〕鏘金：振玉鏘金，亦作鏘金鳴玉，鏘金鏗玉，以金玉撞擊聲比喻詩歌音節響亮優美。《晉書·文苑傳贊》：「美哉群彦，揚蕤翰林。俱諧振玉，各擅鏘金。子安、太沖，遒文綺爛；袁、庾、充、愷，縟藻霞焕。架彼辭人，共超清貫。」駱賓王《帝京篇》：「綺柱璇題粉壁映，鏘金鳴玉王侯盛。」

〔四〕風流：風雅灑脱。《後漢書·方術列傳》：「漢世之所謂名士者，其風流可知矣。」醉玉頹：形容醉態若玉山傾倒。《世説新語·容止》：「嵇叔夜之爲人也，巖巖若孤松之獨立。其醉也，傀俄若玉山之將崩。」黄滔《二月二日宴中貽同年封先輩渭》：「帝堯城裏日銜盃，每倚嵇康到玉頹。」

〔五〕江雪寺：雪中江寺，指在江陵所居龍安寺。見卷七《江寺春殘寄幕中知己二首》、卷九《荆渚偶作》注〔一〕。

〔六〕向：猶「在」也。寒灰：言不蒙塵世之念也。見卷二《城中示友人》注〔二〕。

其二

南州無百戰，北地有長征〔一〕。閒殺何從事〔二〕，傷哉蘇子卿〔三〕。江樓聯雪句，野寺看春耕。門外滄浪水〔四〕，風波雜雨聲。

【校箋】

〔一〕南州：指湖南之地。唐末光化間馬殷平定湖南、桂北，旋封楚王，此後湖南之地無大戰事。北地：疑指長江以北地。終齊己在世之五代時期，北中國黄河流域政權更迭征戰不息，荆南（南平）在南唐時亦仍有較大戰事。

〔二〕殺：副詞，置謂語後，表程度之深。李白《陪侍郎叔遊洞庭醉後三首》其三：「巴陵無限酒，醉殺洞庭秋。」

〔三〕蘇子卿：以漢蘇武羈留北地自喻。《漢書·昭帝紀》：「移中監蘇武前使匈奴，留單于庭十九歲乃還。奉使全節，以武爲典屬國。」其事跡詳見《漢書·蘇武傳》。

〔四〕滄浪水：見《江上值春雨》注〔六〕。

浙江晚渡〔一〕

去年曾到此，久立滯前程。歧路時難處〔二〕，風濤晚未平〔三〕。汀蟬含老韻，岸荻簇枯聲〔四〕。莫泥關河險〔五〕，多遊自遠行。

【校箋】

〔一〕浙江：即錢塘江，上游爲富春江，爲新安江、桐江等支流。《元和郡縣圖志·江南道》：「杭州……錢塘縣……浙江，在縣南一十二里，《莊子》云浙河，即謂浙江，蓋取其曲折爲名。」詩言「去年曾到此，久立滯前程」，是第二次渡浙江所作，詩人天復元年（九〇一）秋自廬山入吴，自金陵南遊越，此當爲天復二年秋自越返吴時所作。

〔二〕歧路：用《列子·説符》楊子歧路亡羊典，謂處艱難時世不知所往也。時難：天復初，朱全忠與鳳翔節度使李茂貞皆欲挾天子令諸侯，關中兵火不息。

〔三〕風濤：指浙江潮。《元和郡縣圖志·江南道》載：「江濤每日晝夜再上，常以月十日、二十五日最小，月三日、十八日極大。小則水漸漲不過數尺，大則濤湧高至數丈。每年八月十八日，數百里士女，共觀舟人漁子泝濤觸浪，謂之弄潮。」

〔四〕「汀蟬」二句：老韻、枯聲，深秋蟬老、葦枯，故云。

〔五〕泥：滯留，留連。《廣韻·霽韻》：「泥，滯陷不通。」曹植《贈白馬王彪》：「霖雨泥我塗，流潦浩縱横。」

送人下第東歸再謁舊主人〔一〕

一戰偶不捷〔二〕，東歸計未空。還携故書劍，去謁舊英雄〔三〕。楚雪連吴樹，西江正北風〔四〕。男兒藝若是〔五〕，會合值明公〔六〕。

【校箋】

〔一〕據頸聯，詩宜作於齊己居江陵時。又後梁、晉均都開封，自吴入京科考，斷無枉道經江陵之理，唯後唐都洛陽，自吴入荆北至襄、洛，乃通行之大道，故詩當作於後唐期間。詩編次於《寄謝高先輩見寄二首》之前，姑繫長興初。

〔二〕一戰：喻科舉考試。韓愈《縣齋有懷》：「雖免十上勞，何能一戰霸。」殷文圭《寄賀杜荀鶴及第》：「一戰平疇五字勞，畫歸鄉去錦爲袍。」

〔三〕舊英雄：即舊主人，蓋指以武力割據一方者。羅隱《讒書·英雄之言》：「視家國而取者則曰救彼塗炭……爲英雄者猶若是，況常人乎！」

〔四〕西江：唐人稱長江中下游爲西江，已見前注。此處楚雪吴樹、西江北風，言冬日自荆楚東歸吴地也。

〔五〕藝：泛言藝文、才藝。《論語·述而》：「志於道，據於德，依於仁，遊於藝。」唐代科舉名目繁多，科考内容包括六藝群籍、經史辭章及時策等。

〔六〕會合：猶「遇合」，此謂相遇而被識拔。《史記·佞幸列傳》：「諺曰『力田不如逢年，善仕不如遇合』，固無虚言。」明公：對有名位者之尊稱，此指眼光過人之考官。杜甫《秋日夔府詠懷奉寄鄭監審李賓客之芳一百韻》：「困學違從衆，明公各勉旃。」

寄謝高先輩見寄二首〔一〕

其一

穿鑿堪傷骨〔二〕，風騷久痛心〔三〕。永言無絶唱〔四〕，忽此惠希音〔五〕。楊柳江湖晚，芙蓉島嶼深。何因會儑手，臨水一披襟〔六〕。

【校箋】

〔一〕高先輩：高輦，見卷三《寄懷闕下高輦先輩卷》注〔一〕。本篇約作於長興三年之際。

〔二〕穿鑿：猶牽强附會。《漢書·禮樂志》：「以意穿鑿，各取一切。」此指堆砌詞語以成詩。傷骨：傷害詩文之骨骼。《文心雕龍·風骨》：「怊悵述情，必始乎風；沉吟鋪辭，莫先於骨。故辭之待骨，如體之樹骸；情之含風，猶形之包氣。結言端直，則文骨成焉；意氣駿爽，則文風清焉。若豐藻克贍，風骨不飛，則振采失鮮，負聲無力……故練於骨者，析辭必精；深乎風者，述情必顯。捶字堅而難移，結響凝而不滯，此風骨之力也。若瘠義肥辭，繁雜失統，則無骨之徵也。」穿鑿傷骨即「瘠義肥辭，繁雜失統」之謂也。

〔三〕「風騷」句：句意謂爲詩道不振而痛心疾首。陳子昂《與東方左史虬修竹篇》序：「僕嘗暇時觀齊梁間詩，彩麗競繁，而興寄都絶，每以永嘆，思古人，常恐逶迤頹靡，風雅不作，以耿耿也。」

〔四〕永言：長言。《書·舜典》：「詩言志，歌永言。」孔傳：「謂詩言志以導之歌，詠其義以長其言。」原意指拉長聲音以吟詠。這裏是「常説」之義。意爲一直認爲今天（詩道敗壞）已無「絶唱」。寒山詩：「我聞天台山，山中有琪樹。永言欲攀上，莫曉石橋路。」

〔五〕希音：稀世之音。江總《明慶寺尚禪師碑》：「空行已無，希音和寡。」

〔六〕「何因」二句：偃手喻其高妙也。韋莊《乞彩牋歌》：「人間無處買煙霞，須知得自神偃手。」披襟，敞開衣襟，喻推誠相與。杜甫《奉贈盧五丈參謀琚》：「入幕知孫楚，披襟得鄭僑。」

其二

詩在混茫外〔一〕，難搜到極玄〔二〕。有時還積思，度歲未終篇。片月雙松際，高樓濶水邊〔三〕。前賢多此得，風味若爲傳〔四〕？

【校箋】

〔一〕外，原作「水」，明抄本作「外」，《全詩》作「前」，三字草書形近，今從明抄本。混茫：廣大無邊之境界。杜甫《灧滪堆》：「天意存傾覆，神功接混茫。」此言詩境廣大無垠，不可局限。

〔二〕搜：謂冥搜，指詩歌創作，屢見前注。極玄：深遠玄妙。姚合自稱詩家射雕手，選《極玄集》，取王維至戴叔倫二十一人之詩凡一百首（今存九十九首）。

〔三〕「有時」四句：中二聯承上，先言「難搜」，復言「得之」。

〔四〕此，明抄作「古」。二字草書形近。案尾聯「此」字合前三聯之意，作詩所悟「得」。風味謂作詩甘苦也，風味自知，却非片言隻語得以明傳，故曰「若爲傳」。陸機《文賦》：「至於操斧伐柯，雖取則不遠；若夫隨手之變，良難以辭逮。」

齊己詩歌繫年箋注卷第五

寄仰山光味長者〔一〕

大仰禪棲處〔二〕，杉松到頂陰。下來雖有路，歸去每無心〔三〕。鳥道峰形直，龍湫石影深〔四〕。經行誰得見？半夜老猿吟。

【校箋】

〔一〕仰山：袁州宜春郡之鎮山，在州南八十五里，周迴數百里，高聳萬仞。峻險不可登陟，但可仰觀，以此爲名。已見前注。光味：無考。長者：此指年高德劭之僧。詩疑作於天祐二年秋再入袁州期間。

〔二〕大仰：當指晚唐禪僧仰山慧寂，唐僖宗年間入居大仰山，振溈山靈佑之法道，是爲溈仰宗。有仰山小釋迦之號。事跡見《宋高僧傳》卷十二。

〔三〕每，柳、明抄、《百家》作「要」。無心：脱離妄念之真心，超脱世俗之情識，而處於不執著、無窒礙之境界。《宗鏡録》卷八十三：「若不起妄心，則能順覺。所以云無心是道，亦云冥心合道。」此以歸山言「歸道」也

〔四〕龍湫：猶龍潭。泛指山中之深潭。

貽廬岳陳沆秀才〔一〕

爲儒老雙鬢，勤苦竟何如？四海方磨劍〔二〕，空山自讀書〔三〕。石圍泉眼碧，秋落洞門虚。莫慮搜賢僻〔四〕，徵君舊此居〔五〕。

【校箋】

〔一〕陳沆：南唐時廬山隱士。《全唐詩》録其詩一首，佚句三聯。《五代詩話》卷三謂其「廬山人，立性僻野，不接俗士，黄損、熊皎、虚中師事之」。《登科記考》載陳沆開平二年（九〇八）進士。此稱秀才，又云「四海方磨劍，空山自讀書」，蓋唐亡前之詩。姑繫光化四年（天復元年，九〇一）齊己初入廬山期間。

〔二〕磨劍：謂戰争。王建《隴頭水》：「胡兵夜回水旁住，憶著來時磨劍處。」

〔三〕空，《詩話總龜》卷十三、《五代詩話》卷三引本詩作「深」。

〔四〕搜賢：謂朝廷搜訪賢良才俊以任用。白居易《飽食閑坐》：「朝庭重經術，草澤搜賢良。」僻：不常見，少有。

〔五〕徵君：對徵士的尊稱。《後漢書·黄憲傳》：「友人勸其仕，憲亦不拒之，暫到京師而還，竟無所就。年四十八終，天下號曰『徵君』。」案廬山爲歷代士人隱處。《廬山記·叙山南篇》：「白鹿洞，貞元中李渤字濬之與仲兄偕隱居焉，後徙少室，以右拾遺召，不拜。即韓文公詩所謂『少室山人』者。大和間仕至太子賓客。先是，寶曆中嘗爲江州刺史，乃即洞創臺榭，環以流水，雜植花木，爲一時之勝。」此即所謂「徵君舊此居」也。

邊上〔一〕

漢地從休馬〔二〕，胡家自牧羊〔三〕。都來銷帝道〔四〕，渾不用兵防〔五〕。草上孤城白，沙翻大漠黄。秋風起邊雁，一一向瀟湘〔六〕。

【校箋】

〔一〕此詩乃見秋雁南過瀟湘而發「都來銷帝道，渾不用兵防」之感歎，正唐末「王室日卑，號令不出國門，此乃志士憤痛之秋」(《通鑑》載景福二年昭宗語宰相杜讓能)之現實。以下《蟋蟀》、《讀參同契》、《聞落葉》諸詩，除錯入《寄西山鄭谷神》一首爲天祐年間與詩人鄭谷交往時詩，它則均爲湘中秋冬隱居獨處記事寫景抒懷之作。以其編次《謝王先輩昆弟遊湘中回各見示新詩》之前，疑皆爲景福年間隱居金江時詩也。

〔二〕從：猶任也，聽任。李白《白頭吟》：「莫卷龍鬚席，從他生網絲。」休馬：休兵息戰。柳宗元《平淮夷雅·皇武》：「歸牛休馬，豐稼于野。」韋莊《汴堤行》：「纔聞破虜將休馬，又道征遼再出師。」

〔三〕胡家：指胡人，西北邊疆少數族或境外民族。周捨《上雲樂》：「鳳皇是老胡家雞，師子是老胡家狗。」

〔四〕都來：猶云「統統」，見《詩詞曲語辭匯釋》卷三。羅隱《晚眺》：「天如鏡面都來静，地似人心總不平。」帝道：猶「王道」，與「霸道」相對，推崇德化的帝王治國之道。《莊子·天道》：「天道運而無所積，故萬物成；帝道運而無所積，故天下歸。」王翰《奉和聖製樂遊園宴》：「未極人心暢，如何帝道明。」此言戰争統統銷息於王道德化中。

〔五〕渾不：全不。渾，猶全也，直也。見《詩詞曲語辭匯釋》卷三。

〔六〕「秋風」三句：尾聯起句《風騷旨格》引作「西風起過雁」，《全唐詩》卷七九六無名氏句作「西風起邊雁」。秋雁南飛至瀟湘，暗用衡陽回雁峰之典。《詩傳名物集覽》：「舊説雁不過衡山，今衡山之旁有回雁峰，蓋南去極燠，人罕識雪者，故雁望衡山而止。」

蟋　蟀〔一〕

聲異蟪蛄聲〔二〕，聽須是正聽〔三〕。無風來竹院，有月在莎庭〔四〕。雖不妨調瑟〔五〕，多堪伴誦經。誰人向秋夕，爲爾欲忘形〔六〕？

【校箋】

〔一〕本篇與前篇當爲同時之作，獨處無伴，聽秋蟲而誦經，正隱居金江之生活情態。繫天福間。

〔二〕蟪蛄：蟬的一種。《爾雅·釋蟲》云：「蜩，蜋蜩、螗蜩。」舍人注曰：「皆蟬也。方語不同，三輔以西爲蜩，梁宋以東謂蜩爲蝘，楚地謂之蟪蛄。」

〔三〕正聽：對聲音的賞鑒合乎正道。李商隱《容州經略使元結文集後序》：「正聽嚴毅，不滓不濁。如坐正人，照彼佞者。」

〔四〕「無風」二句，《全唐詩》卷七九六録此作無名氏句。

〔五〕調瑟：鼓瑟，指彈奏樂器。揚雄《法言·先知》：「以往聖人之法治將來，譬猶膠柱而調瑟，有諸？」劉禹錫《調瑟詞》：「調瑟在張弦，弦平音自足。」

〔六〕「誰人」二句：向，猶「在」也，介詞。忘形，謂勤奮織作。尾聯用「促織鳴女作縑」典故。《爾雅翼》「蟋蟀」條：「一名促織，以夏生，秋始鳴……趨婦女織績女工之象。《詩》曰：『蟋蟀在堂，歲聿其莫。』又曰：『七月在野，八月在宇，九月在户，十月蟋蟀入我牀下』……其鳴時正織之候，故以戒婦功。《春秋説題辭》曰：『趣織，爲言趣織也，織興事遽，故趣織鳴，女作兼。』又里語曰：『趣織鳴，懶婦驚。』」

寄西山鄭谷神〔一〕

西望鄭先生，焚修在杳冥〔二〕。幾番松骨朽〔三〕，未换鬓根青〔四〕。石闕凉調瑟〔五〕，秋壇夜拜星〔六〕。俗人應撫掌〔七〕，閑處誦《黄庭》〔八〕。

【校箋】

〔一〕西山：指袁州仰山鄭谷卜居處。本集卷八《江上望遠山寄鄭谷郎中》自注云：「公時退居仰山。」《全唐詩》題作《題鄭郎中谷仰山居》。仰山蓋統稱也，周迴連延數百里，西山或即其子山。神：稱道其詩藝超群也。王嘉《拾遺記》：「京師謂康成爲『經神』。」《少室山房筆叢·華陽博議下》：「古今博洽之士……有稱神者。」自注：「鄭康成號『經神』。」詩當作於天祐元年初抵袁州將入西山謁鄭時，故有「西望」西山語，崇仰之極，則「神」稱之。

〔二〕焚修：焚香修行。本集卷三《勉道林謙光鴻藴二姪》：「共掃焚修地。」杳冥：高遠之處。江淹《從冠軍行建平王登廬山香爐峯》：「絳氣下縈薄，白雲上杳冥。」

〔三〕松骨：松樹枝榦勁健，故稱。杜甫《寒雨朝行視園樹》：「鎖石藤梢元自落，倚天松骨見來枯。」

〔四〕鬢根：鬢角。白居易《朱陳村》：「悲火燒心曲，愁霜侵鬢根。」

〔五〕石闕：山石高聳如門闕。庾信《終南山義谷銘》：「銅梁四柱，石闕雙聳。」吴兆宜注：「《水經注》：平房城南門，夾道有兩石柱，翼路若闕焉。」

〔六〕拜星：道教將天上衆星納入其神系，賦予掌管人間生死禍福之職能，故有拜星之禮儀。章孝標《玄都觀栽桃十韻》：「拜星春錦上，服食晚霞中。」

〔七〕撫掌：拍手。庾信《哀江南賦》：「陸士衡聞而撫掌，是所甘心；張平子見而陋之，固其宜矣。」

〔八〕黄庭：即《上清黄庭外景經》和《上清黄庭内景經》，合稱《黄庭經》，爲南北朝時流行的道教經典，均以七言歌訣述養生修煉原理，爲歷代道教徒及修身養性者所重。

讀參同契〔一〕

堪笑修仙侣，燒金覓大還〔二〕。不知消息火〔三〕，只在寂寥關〔四〕。鬢白爐中術，魂飛海上山〔五〕。悲哉五千字〔六〕，無用在人間。

【校箋】

〔一〕參同契：道家書名，全稱《周易參同契》，東漢魏伯陽撰。爲道教系統論述煉丹的最早著作，道教奉爲丹經王。據本卷前後詩編次，姑繫景福間。蓋隱居修道，雖奉佛而廣涉百氏之書也。

〔二〕燒金：《抱朴子·金丹》：「夫金丹之爲物，燒之愈久，變化愈妙。黄金入火，百鍊不消，埋之，畢天不朽。服此二藥，鍊人身體，故能令人不老不死。」李白《登敬亭山南望懷古贈竇主簿》：「願隨子明去，鍊火燒金丹。」大還：道教丹藥名。《雲笈七籤·金丹部》有「黄帝九鼎丹、九轉丹、大還丹、小還丹」。李白《草創大還贈柳官迪》：「赫然稱大還，與道本無隔。」

〔三〕消息火：道家所稱乾坤陰陽之變化。乾六爻爲息，坤六爻爲消。《易》之乾卦主陽，坤卦主陰。陽升則萬物滋長，稱息；陰降則萬物滅，稱消。《史記·曆書》：「起消息，正閏餘。」張守節正義引皇侃曰：「乾者陽，生爲息；坤者陰，死爲消也。」

〔四〕寂寥關：天地形成以前空虚無形的狀態。《老子》：「有物混成，先天地生，寂兮寥兮，獨立不改。」《雲笈七籤·混元混洞開闢劫運部》：「混元者，記事於混沌之前，元氣之始也。元氣未形，寂寥何有？」

〔五〕「鬓白」二句：言服食、求仙無益於長生。爐中術，煉丹術。白居易《題酒甕呈夢得》：「凌烟閣上功無分，伏火爐中藥未成。」海上山，神仙居處。白居易《長恨歌》：「忽聞海上有仙山，山在虛無縹緲間。」

〔六〕「悲哉」二句：五千字，指《老子道德經》。案本卷下《話道》：「大道多大笑，寂寥何以論？」卷六《與聶尊師話道》：「伯陽遺妙旨，杳杳與冥冥。説即非難説，行還不易行。」卷十《輕薄行》：「伯陽道德何唾洟，仲尼禮樂徒卑栖。」皆慨歎大道難悟，人間視若無用，唯知推奉金丹之術而妄稱爲「道」！

聞落葉〔一〕

楚樹雪晴後，蕭蕭落晚風。因思故園夜〔二〕，臨水幾株空〔三〕？煮茗燒乾脆〔四〕，行苔踏爛紅〔五〕。來年未離此，還見碧叢叢〔六〕。

【校箋】

〔一〕據詩意本篇疑亦作於景福隱居金江時，聞秋風落葉而思故園。

〔二〕園，諸本作「國」，《全詩》注：「一作園。」

〔三〕臨，《全詩》注：「一作流。」株，《全詩》注：「一作林。」

〔四〕乾脆：謂落葉乾燥易燃。

〔五〕爛紅：此言秋葉紅豔斑斕。

〔六〕碧叢叢：緑葉叢聚。李賀《巫山高》：「碧叢叢，高插天，大江翻瀾神曳烟。」

謝王先輩昆弟遊湘中回各見示新詩〔一〕

瀟湘多勝異，宗社久徘徊〔二〕。兄弟同遊去，幽奇盡采來〔三〕。只應求妙唱，何以示寒灰〔四〕？上國携歸後〔五〕，唯呈不世才〔六〕。

【校箋】

〔一〕王先輩：即王彝訓，洛陽人。詳見卷二《寄洛下王彝訓先輩》注〔一〕。據本篇詩題、詩意，當作於王先輩兄弟離湘北返途中，得見齊己而示以新詩，與卷七《謝王先輩湘中回惠示卷軸》當爲同時之作。其時約當北遊嵩洛後之數年間也。彝訓前此少年取高科，而今正當青春英年，已在朝中獲得好名，時間自非久遠。姑繫乾寧元年（八九四）。

〔二〕宗社：宗廟社稷，指國家政權。此借指湘中之宗法人文。蔡邕《獨斷》：「天子之宗社曰泰社，天子所爲羣姓立社也。……諸侯爲百姓立社曰國社。……百姓已上則共一社，今之里社是也。」徘徊：留連。《漢書・杜欽傳》：「宿夜徘徊，不忍遠去。」

〔三〕幽奇：幽雅奇妙（的景色）。寒山詩：「寒山多幽奇，登者皆恒懾。」

〔四〕寒灰：自喻體道寂滅之心性若灰冷也。

〔五〕上國：此指唐東都洛陽。

〔六〕不世才：非一代所常有之奇才。《後漢書・隗囂列傳》：「足下將建伊、呂之業，弘不世之功。」李賢注：「不世者，言非代之所常有也。」杜甫《寄狄明府博濟》：「時危始識不世才，誰謂荼苦甘如薺。」

寄酬高輦推官〔一〕

道自閑機長，詩從静境生〔二〕。不知春艷盡，但覺雅風清〔三〕。竹膩題幽碧〔四〕，蕉乾裂翠聲〔五〕。何當九霄客〔六〕，重叠記無名〔七〕。

【校箋】

〔一〕高輦：五代南唐詩人，詳見卷三《寄懷闕下高輦先輩卷》注〔一〕。推官：唐節度、觀察使僚屬，掌推勘刑獄訴訟。高輦於秦王從榮幕府任推官。長興四年末從榮伏誅，高輦從死，詩乃前此之作。

〔二〕「道自」二句：閑機，猶「雅思」，安閑開闊之文思。見卷一《新秋雨後》注〔四〕。「道自」二句意謂詩道萌自詩人之雅思。首聯兩句互文見義。

〔三〕雅風：指雅正之詩風。戎昱《聽杜山人彈胡笳》：「如今世上雅風衰，若箇深知此聲好。」

〔四〕膩：形容新竹潤澤細滑。《楚辭·招魂》：「靡顔膩理，遺視矊些。」王逸注：「靡，緻也；膩，滑也。」

〔五〕翠：諸本作「脆」。案作「翠」意勝，謂翠葉舒張開裂之聲，此通感也。又：蕉葉層層包裹，乾則剥裂。

〔六〕何當：猶「何嘗」，反詰語。見徐仁甫《廣釋詞》卷四。九霄：九天，天空最高遠處。此言高輦爲當朝寵幸。王維《奉和聖製幸玉真公主山莊因題石壁十韻之作應制》：「還瞻九霄上，來往五雲車。」

〔七〕重疊：猶反復、一再。無名：詩人自指。《楚辭·卜居》：「讒人高張，賢士無名。」王逸注：「（高張）居朝堂也，（無名）身窮困也。」

逢詩僧

禪玄無可並〔一〕，詩妙有何評？五七字中苦〔二〕，百千年後清。難求方至理，不朽始爲名〔三〕。
珍重重相見，忘機話此情〔四〕。

【校箋】

〔一〕並，明抄、《百家》、《小集》作「示」。《全詩》注：「一作示。」禪玄：對佛教義理的闡述。袁宏《後漢紀·孝明皇帝紀》：「（佛）有經數千萬，……世俗之人以爲虛誕，然歸於玄微，深遠難得而測。」並：比並，匹敵。李商隱《荷花》：「都無色可並，不奈此香何。」

〔二〕五七字：謂五言、七言詩。鄭谷《送京參翁先輩歸閩中》：「名高五七字，道勝兩重科。」

〔三〕「難求」二句：方、始爲對。方，亦始也，副詞，才。《廣雅·釋詁一》：「方，始也。」

〔四〕忘機：擯除世俗機巧之心。豐干詩：「一身如雲水，悠悠任去來。逍遥絶無鬧，忘機隆佛道。」

話道〔一〕

大道多大笑〔二〕，寂寥何以論〔三〕？霜楓翻落葉，水鳥啄閑門〔四〕。服藥還傷性〔五〕，求珠亦損魂〔六〕。無端鑿混沌，一死不還源〔七〕。

【校箋】

〔一〕話道：説説「道」這個東西。爲齊己對世人所言「道」的理解。

〔二〕「大道」句：語本《老子》四十一章：「上士聞道，勤而行之；中士聞道，若存若亡；下士聞道，大笑之。不笑不足以爲道。」河上公注云：「下士貪狼多欲，見道柔弱謂之恐懼，見道質朴謂之鄙陋，故大笑之。不爲下士所笑，不足以名爲道。」大道，至高之道。指天地萬物（生滅）自然社會（運行）之根本法則。《莊子·天下》：「天能覆之而不能載之，地能載之而不能覆之，大道能包之而不能辯之，知萬物皆有所可，有所不可。」

〔三〕寂寥：語本《老子》二十五章：「有物混成，先天地生，寂兮寥兮，獨立不改，周行而不殆，可以爲天下母。」河上公注：「謂道無形，混沌而成萬物，乃在天地之前。寂者無音聲，寥者空無形，獨立者無匹雙，不改者化有常。道育養萬物精氣，如母之養子。」此言大道寂寥，非形、不可見，非聲，不可聞，無以具論。唯上智者聞道能行之。

〔四〕「霜風」二句：此聯承「何以論」，即景寓意，即事明理以言「道」之所寄。霜楓，謝靈運《晚出西射堂詩》：「曉霜楓葉丹，夕曛嵐氣陰。節往慼不淺，感來念已深。」

〔五〕「服藥」句：明朱橚《普濟方》卷二百六十：「《内經》謂石藥性悍，非性緩心和，人不可服，……世之服乳石者，至於輕生傷性。」藥謂丹藥也。

〔六〕求珠：語本《莊子·天地》：「黄帝遊乎赤水之北，登乎崑崙之丘而南望，還歸，遺其玄珠。使知索之而不得，使離朱索之而不得，使喫詬索之而不得也，乃使象罔。象罔得之。黄帝曰：『異哉！象罔乃可以得之乎！』」宋人林希逸注此曰：「此段言求道不在於聰明，不在於言語，即佛經所謂『以有思惟心求大圓覺，如以螢火燒須彌山』。却粧出一段説話如此。玄珠，道也。知，知覺也；離朱，明也；喫詬，言辯也；象罔，無心也。知覺、聰明、言辯皆不可以得道，必無心而後得之。此等譬諭，也自奇絶。」

〔七〕「無端」二句：尾聯用《莊子·應帝王》典故：「南海之帝爲儵，北海之帝爲忽，中央之帝爲渾沌。儵與忽時相與遇於渾沌之地，渾沌待之甚善。儵與忽謀報渾沌之德，曰：『人皆有七竅，以視聽食息，此獨無有，嘗試鑿之。』日鑿一竅，七日而渾沌死。」郭象注：「爲者敗之。」案前四蓋謂「道無所不在」，後四明不以穿鑿得之。無端，猶無知，謂因無知而造成惡果。《北夢瑣言》卷八「張仁龜陰責」條：「我少年無端，致其父子死生永隔，我罪多矣。」

謝歐陽侍郎寄示新集〔一〕

宮錦三十段，金梭新織來〔二〕。殷勤謝君子，迢遞寄寒灰〔三〕。鸑鷟對鼓舞〔四〕，神僊雙徘徊〔五〕。誰當巧裁製，披去升瑤臺〔六〕？

【校箋】

〔一〕歐陽侍郎：據卷七《寄歐陽侍郎》、《荊門病中寄懷鄉人歐陽侍郎彬》二詩，知歐陽侍郎即歐陽彬。彬字齊美，衡州衡山人。《五代史補》卷三、《十國春秋·後蜀六》有傳，稱彬「特好學，工於詞賦，……雅有風儀，其爲文辭近而理真，聞之者雖不知書，亦釋然曉之」。馬楚時以干謁不遂，憤而入蜀，獻《獨鯉朝天賦》，蜀主大悦，擢居清要。同光二年（九二四）十一月，蜀以「翰林學士、兵部侍郎歐陽彬爲唐國通好使」聘洛陽。廣政初後主以爲嘉州刺史。累官尚書左丞，出爲寧江軍節度使。廣政十三年（九五〇）十一月卒。事跡亦見《蜀檮杌》。諸詩均作於同光、天福間詩人居荆門時。本篇作年不得早於同光二年十一月。

〔二〕「宫錦」二句：宫錦，按照皇宫規制織造的錦緞。岑參《胡歌》：「葡萄宫錦醉纏頭。」段，量詞，布帛一截。首聯以宫錦、金梭比擬侍郎華美之新詩集。

〔三〕迢遞：遥遠貌。嵇康《琴賦》：「指蒼梧之迢遞，臨迴江之威夷。」寒灰：自喻心志。見前注。

〔四〕鸑鷟：泛指鳳凰。《禽經》：「鳳雄凰雌，亦曰瑞鶠，亦曰鸑鷟。」注曰：「鳳之小者曰鸑鷟，五采之文，三歲始備。」對鼓舞：伴著音樂相對而起舞。張九齡《奉和聖製燭龍齋祭》：「精意允溢，羣靈鼓舞。」

〔五〕徘徊：迴旋舞動之貌。《荀子·禮論》：「今夫大鳥獸則失亡其群匹，越月逾時則必反鉛過故鄉，則必徘徊焉。」楊倞注：「徘徊，回旋飛翔之貌。」此言神仙雙雙起舞。

〔六〕瑶臺：玉臺也。《楚辭·離騷》：「望瑶臺之偃蹇兮，見有娀之佚女。」此借指朝廷。

西墅新居〔一〕

漸漸見苔青，疎疎遍地生。閑穿藤屐起〔二〕，亂踏石堦行。野鳥啼幽樹，名僧笑此情。殘陽竹陰裏，老圃打門聲〔三〕。

【校箋】

〔一〕墅：鄉間房舍。《玉篇·土部》：「墅，田廬也。」本篇當爲同光四年春夏之際自江陵城東移居「西城池上居」時之作。

〔二〕藤屐：用藤條編製的便鞋。《説文·履部》：「屐，屩也。」段玉裁注：「《釋名》曰：屩，蹻也。出行著之，蹻蹻輕便，因以爲名。」

〔三〕老圃：菜農。《論語·子路》：「樊遲請學稼，子曰：『吾不如老農。』請學爲圃，曰：『吾不如老圃。』」何晏集解引馬融曰：「樹菜蔬曰圃。」

酬孫魴〔一〕

幽人還愛雲，才子已從軍〔二〕。可信鴛鴻侶〔三〕，更思麋鹿羣〔四〕。新題雖有寄，舊論竟難聞。知己今如此，編聯悉欲焚〔五〕。

【校箋】

〔一〕孫魴：江西南昌人，齊己詩友，同師鄭谷。後仕吴、南唐。詳見卷二《寄江西幕中孫魴員外》注〔一〕。詩言「才子已從軍」，疑作於初入江西幕時。爲貞明間居廬山詩。

〔二〕幽人，自指。才子，稱孫。

〔三〕鴛鴻侣：謂官中僚友。王維《同盧拾遺韋給事東山别業二十韻給事首春休沐維已陪遊及乎是行亦預聞命會無車馬不果斯諾》：「遂陪鵷鴻侣，霄漢同飛翻。」

〔四〕麋鹿羣：指隱居山林之同伴。陳子昂《感遇三十八首》其十一：「豈徒山木壽，空與麋鹿羣。」

〔五〕編聯：指成編之詩文集。見卷一《丙寅歲寄潘歸仁》注〔六〕。

掃地〔一〕

日日掃復灑，不容纖物侵。敢望來客口，道似主人心〔二〕。蟻過光中少，苔依潤處深。門前亦如此，一徑入疎林。

【校箋】

〔一〕詩以掃地爲題而發「敢望來客口，道似主人心」之慨，非己所樂爲者也。當亦天祐四年（九〇七）居道林寺執役之詩。

〔二〕似：猶「與」，向也。介詞，用於動詞之後，表示動作影響及於他處。「道與主人心」，即稱道主人灑掃潔淨之用心。

書匡山隱者壁〔一〕

紅霞青壁底，石室薜蘿垂〔二〕。應有迷仙者，曾逢採藥時。桃花饒兩頰〔三〕，松葉淺長髭〔四〕。直是來城市〔五〕，何人識得伊？

【校箋】

〔一〕匡山：廬山別稱，詳見卷二《再遊匡山》注〔一〕。詩爲貞明年間廬山作。

〔二〕石室：山上的岩洞。曹植《苦思行》：「鬱鬱西岳巔，石室青葱與天連。」

〔三〕饒：豔麗、美好。此謂面頰紅豔若桃花。

〔四〕髭：唇上之鬍鬚。髭鬚深淺如松針，言其體魄壯健也。

〔五〕直是：就使、即使。「直」爲「假定之辭」，凡文筆作開合之勢者，往往用「直」字以墊起，與就使、即使之就、即字相當。詳見《詩詞曲語辭匯釋》卷一。

送乾康禪師入山過夏〔一〕

由來喧滑境〔二〕，難駐寂寥蹤。逼夏摇孤錫〔三〕，離城入亂峯。雲門應近寺〔四〕，石路或穿松〔五〕。知在栖禪外〔六〕，題詩寄北宗〔七〕。

【校箋】

〔一〕乾康：五代、宋初詩僧。《詩話總龜》卷十一：「僧乾康，零陵人。齊己在長沙，居湘西道林寺，乾康往謁之。齊己知其爲人，使謂曰：『我師門仞，非詩人不遊。大德來非詩人耶？請爲一絶，以代門刺。』乾康詩曰：『隔岸紅塵忙似火，當軒青嶂冷如冰。烹茶童子休相問，報道門前是衲僧。』齊己大喜，日與款接。及别，以詩送之。乾康有《經方干舊居》詩云：『鏡湖中有月，處士後無人。荻笋抽高節，鱸魚躍老鱗。』爲齊己所稱。乾德中，左補闕王仲知永州，康捧詩見，仲覩其老醜，曰：『豈有狀貌如此，能爲詩乎？宜試之。』時積雪方消，命爲詩。康曰：『六出奇花已住開，郡城相次見樓臺。時人莫把和泥看，一片飛從天上來。』仲驚曰：『其旨不淺，吾豈可以貌相人也？』待以殊禮。」《十國春秋·楚十》：「湘南僧文喜、乾康，亦以詩名。文喜《失鶴》詩、乾康《詠雪》詩，皆甚傳湖南。」其事跡亦見《宋詩紀事》、《五代詩話》。本篇當即齊己於道林寺送別之作，姑繫於開平四年。過夏：即夏安居，詳見卷三《懷道林寺因寄仁用二上人》注〔三〕。

〔二〕喧滑：喧鬧嘈雜。本集卷七《答崔校書》：「不隨喧滑迷貞性，何用潺湲洗汙聞。」是喧滑亦含紅塵擾攘之義。

〔三〕逼夏：及夏，近夏。摇孤錫：謂獨自杖錫出行。詳見卷一《送僧》注〔三〕。

〔四〕應，《百家》本作「慮」。雲門：雲峰高聳若門，指深山。或謂寺名，爲「應近雲門寺」之倒裝句。

〔五〕石，原作「在」，汲、明抄、《全詩》作「石」，據改。形近而訛。

〔六〕栖禪：深居山林專意修禪。沈約《栖禪精舍銘》：「巖靈旅逸，地遠栖禪。」

〔七〕北宗：中國佛教禪宗宗派名，爲「南宗禪」之對稱。禪宗五祖弘忍之門下大通神秀，在江陵當陽山（今湖北）弘法，力主漸悟之説，其教説盛行於長安、洛陽等北地，被稱爲北宗禪。而南方，六祖慧能則於韶州（今廣東）曹溪山説法教化，主張頓悟之思想，蔚成南宗禪。《舊唐書·方伎傳》：「達摩傳慧可，……慧可傳璨，璨傳道信，道信傳弘忍，……神秀既師事弘忍，……弘忍以咸亨五年卒，神秀乃往荆州，居於當陽山。則天聞其名，追赴都，肩輿上殿，親加跪禮，敕當陽山置度門寺以旌其德。時王公已下及京都士庶，聞風争來謁見，望塵拜伏，日以萬數。……神秀同學僧慧能者，新州人也，與神秀行業相埒。弘忍卒後，慧能住韶州廣果寺。……天下乃散傳其道，謂神秀爲北宗，慧能爲南宗。」

野　鴨〔一〕

野鴨殊家鴨，離羣忽遠飛。長生緣甚瘦，近死爲傷肥。江海遊空濶，池塘啄細微。紅蘭白蘋渚〔二〕，春暖刷毛衣〔三〕。

【校箋】

〔一〕此詠野鴨而寓以理，或有身世之感。

〔二〕「紅蘭」句：蘭花紅、蘋花白也。蘋，水草，夏秋開小白花。杜甫《麗人行》：「楊花雪落覆白蘋，青鳥飛去銜紅巾。」仇兆鰲注引《爾雅翼》：「萍之大者曰蘋，五月有花，白色，謂之白蘋。」渚，水邊地。

〔三〕刷毛衣：亦稱「刷羽」，禽類以喙清理羽毛。庾信《鴛鴦賦》：「浮波弄影，刷羽乘風。」毛衣，毛羽。曹植《白鶴賦》：「同毛衣之氣類兮，信休息而同行。」

傷　秋〔一〕

旦暮餘生在〔二〕，肌膚十分無〔三〕。眠寒半榻朽，立月一株枯。夢已隨雙樹〔四〕，詩猶却萬夫〔五〕。名山未歸得，可惜死江湖。

【校箋】

〔一〕據詩意，本篇當作於天福二年（九三七）秋末久病之後臨終之前。

〔二〕旦暮：早晚之間。首句乃「餘生在旦暮」之倒裝。

〔三〕肌膚十分無：謂肌膚消瘦也。

〔四〕雙樹：娑羅雙樹之略，爲佛入滅之處。《魏書·釋老志》：「釋迦年三十成佛，導化群生四十九載，乃於拘尸那城娑羅雙樹間，以二月十五日而入般涅槃。」

〔五〕却萬夫：使萬人退讓。北周釋亡名《五苦詩·病苦》：「拔劍平四海，横戈却萬夫。」

懷東湖寺〔一〕

鐵柱東湖岸〔二〕，寺高人亦閒。往年曾每日，來此看西山〔三〕。竹徑青苔合，茶軒白鶴還〔四〕。

而今在天末，欲去已衰顔〔五〕。

【校箋】

〔一〕詩中東湖、西山、鐵柱均爲南昌著名勝跡，唐人詩文詠讚極多，如張九齡《臨泛東湖》：「郡庭日休暇，湖曲邀勝踐。……林與西山重，雲因北風卷。」本篇所懷蓋南昌也。文獻無「東湖寺」之記載，或指傍臨東湖之某寺廟。詩言「而今在天末，欲去已衰顔」，當作於暮年居江陵時。

〔三〕鐵柱：南昌牙城南有鐵柱宫。《大明一統志·南昌府》：「鐵柱宫，在府城内市中。宫前有井，水黑色，其深莫測，與江水相消長。鐵柱立其中，相傳晉許真君所鑄以息蛟害者。元吴全節詩：『八索縱横維地脉，一泓消長定江流。』」《江西通志·仙釋》詳載許遜於豫章斬蛟事，以「慮豫章爲浮州，蛟龍所穴，因於牙城南井鑄爲鐵柱，下施八索，鉤鎖地脈」。又《江西通志·山川》：「鐵柱觀井，在府城廣潤門左。舊傳井與江水相消長，中有鐵柱，許旌陽所鑄以鎮蛟螭。考鐵柱有二，其一在西山雙嶺南。」案許真君即許遜，字敬之，拜蜀旌陽令，慕道棄官，道書謂其於洪州西山舉家拔宅昇天。《大明一統志·南昌府》：「東湖，在府城東南隅，周廣五里，舊通大江。漢太守張躬築堤以通南路，謂之南塘。唐刺史韋丹開斗門以節江水，俗呼謂南塘塍。其水清魚美，爲一郡之勝。」《江西通志·山川》：「東湖，在府城東隅，水清魚美，酈道元稱『東太湖十里二百二十六步，北與城齊，南緣迴折至南塘，水通大江』者是也。」

〔三〕西山：《大明一統志・南昌府》：「西山，在府城西大江之外三十里。一名厭原山，又名南昌山。上有仙洞，道書第十二天柱寶極真天即此。……有梅嶺，即梅福學仙處。嶺之南有葛仙峰，……乃洪崖先生乘鸞所憩處。西有鶴嶺，王子喬控鶴所。又有大簫、小簫二峰，世傳蕭史嘗遊其側。」

〔四〕鶴，柳、汲、明抄、《百家》、《全詩》作「鳥」。

〔五〕衰顏：老病之態。陸雲《歲暮賦》：「普區宇之瘁景兮，頫萬物之衰顏。」鮑照《擬行路難十八首》其十三：「形容憔悴非昔悅，蓬鬢衰顏不復粧。」

寄峴山願公三首〔一〕

其一

形影更誰親？應懷漆道人〔二〕。片言酬鑿齒〔三〕，半偈伏姚秦〔四〕？榛莽池經燒，蒿萊寺過
春〔五〕。心期重西去，一共吊遺塵〔六〕。

【校箋】

〔一〕峴山：見卷二《讀峴山碑》注〔一〕。願公：僧无願。本集卷八《寄无願上人》云：「六十八去

七十歲，與師年鬢不争多。」《答无願上人書》曰：「鄭生驅蹇峴山回，傳得安公好信來。……必有南遊山水興，漢江平穩好浮杯。」无，即無之手寫體。知爲峴山僧，年與齊己相若。《崇文總目》、《通志·藝文略》唐别集均録「無願詩一卷」，《宋史·藝文志》作「僧無願集一卷」。又本集卷七有《謝无願上人遠寄檀溪集》：「白首蕭條居漢浦，清吟編集號檀溪。」則无願自號其詩集爲《檀溪集》也。首章緬懷襄陽高僧之業績。據其二「心期重西去」、其三「携手虎溪橋」，本篇作於詩人貞明居廬山期間。

〔二〕「形影」二句：首聯以形影相親不相離喻與願公之友誼，借追懷高僧釋道安表達對願公之思念。陶淵明《形影神三首·影答形》：「與子相遇來，未嘗異悲悦，憩蔭若暫乖，止日終不别。」何遜《贈族人秣陵兄弟》：「羈旅無儔匹，形影自相親。」漆道人，指釋道安。《高僧傳·晉長安五級寺釋道安》言道安講經辯難，「挫鋭解紛，行有餘力，時人語曰：『漆道人，驚四鄰。』」道安率徒衆至襄陽，先居白馬寺，以寺狹，更立檀溪寺。无願上人名其集爲《檀溪集》，蓋爲檀溪寺僧也。

〔三〕「片言」句：《高僧傳》載：「襄陽習鑿齒鋒辯天逸，籠罩當時，……及聞安至止（襄陽），即往修造。既坐，稱言：『四海習鑿齒。』安曰：『彌天釋道安。』時人以爲名答。」

〔四〕「半偈」句：未詳。姚秦，十六國之後秦，爲姚萇、姚興父子滅苻氏前秦而建國，故稱。案道安卒於前秦建元二十一年（三八五），未及後秦。然《高僧傳》載：「苻堅遣使送外國金箔倚像，高七尺，又金坐像、結珠彌勒像、金縷繡像、織成像，各一張。每講會法聚，輒羅列尊像，布置幢幡，珠珮迭暉，烟華亂發。使夫昇階履闥者，莫不肅焉盡敬矣。有一外國銅像，形製古異，時衆不甚恭重。安曰：『像形相致佳，但髻形未稱。』令弟子爐治其髻，既而光焰焕炳，耀滿一堂。詳視髻中，見一舍利，衆咸愧服。安曰：『像既靈異，不煩復治。』乃止。」疑本句當作「半髻伏苻秦」。

〔五〕「榛莽」二句：頸聯寫檀溪寺自東晉（道安）至唐末五代（願公）歷經春秋。

〔六〕「心期」二句：尾聯期望西去襄陽憑吊道安遺蹤。《高僧傳》載：「（道）安每與弟子法遇等於彌勒前立誓，願生兜率。後至秦建元二十一年正月二十七日，忽有異僧，形甚庸陋，來寺寄宿。……安請問來生所往處，彼乃以手虛撥天之西北，即見雲開，備覩兜率妙勝之報。……至其年二月八日，忽告衆曰：『吾當去矣。』是日齋畢，無疾而卒。」案齊己早年北遊嵩洛、西入長安，屢經襄陽，故曰「重西去」。一共，共同。一爲句首助詞。

其二

相思恨相遠，至理那時何〔一〕？道笑忘言甚，詩嫌背俗多〔二〕。青苔閑閣閉，白日斷人過。獨上西樓望，荆門千萬坡。

【校箋】

〔一〕至理：正常的道理。《新唐書·盧承慶傳》：「死生至理，猶朝有暮。」那時何：奈時何。那，讀若「挪」，奈何之合音；《日知録》卷三十二：「直言之曰『那』，長言之曰『奈何』，一也。」此言遭逢亂世無奈不得相聚。

〔三〕「道笑」二句：頷聯兩句，爲上一、下四句法。笑言吾「道」盡在忘言中，人嫌吾「詩」多違時背俗。

其三

彼此無消息，所思江漢遥。轉聞多患難，甚説遠相招〔一〕。老至何悲歎？生知便寂寥〔二〕。終期踏松影〔三〕，携手虎溪橋〔四〕。

【校箋】

〔一〕甚：猶「是」也；順承上文以領句。見《詩詞曲語辭匯釋》卷二。

〔二〕生知：本《論語》「生而知之」之義。此言有生之知己，與「老至」爲對。蓋有生之年，知己無消息，倍感寂寞。白居易《感逝寄遠》：「昨日聞甲死，今朝聞乙死……存者今如何，去我皆萬里。平生知心者，屈指能有幾？」

〔三〕期，原作「朝」，據汲、《全詩》改。

〔四〕虎溪：在廬山。詳見卷三《荆門送晝公歸彭澤舊居》注〔六〕。

清夜作〔一〕

不惜白日短，乍容清夜長〔二〕。坐聞風露滴〔三〕，吟覺骨毛凉。興寝無諸病〔四〕，空閑有一床。天明振衣起〔五〕，苔砌落花香。

【校箋】

〔一〕清夜：清朗寂静之夜。司馬相如《長門賦》：「懸明月以自照兮，徂清夜於洞房。」

〔二〕乍：正好、恰好。張九齡《晨坐齋中偶而成詠》：「孤頂乍脩聳，微雲復相續。」詳參《詩詞曲語辭匯釋》卷一。

〔三〕風，原作「清」，諸本作「風」，是。今以二三句第三字「清」字犯重，因改。孟浩然《夏日南亭懷辛大》：「荷風送香氣，竹露滴清響。」

〔四〕興寝：起卧。或起床或睡覺。張紘《瓌材枕箴》：「興寝有節，適性和神。」

〔五〕振衣：抖動衣服。《楚辭·漁父》：「新沐者必彈冠，新浴者必振衣。」王逸注：「去塵穢也。」

謝朓《觀朝雨》：「平明振衣坐，重門猶未開。」

贈白處士〔一〕

莘野居何定〔二〕，浮生知是誰〔三〕？衣衫同野叟〔四〕，指趣似禪師〔五〕。白髮應無也，丹砂久服之〔六〕。仍聞創行計，春暖向峨嵋。

【校箋】

〔一〕本集卷七另有《送白處士遊峨嵋》，蓋同時之作。白處士爲汴州陳留莘城人。《送白處士遊峨嵋》云：「莫爲寰瀛多事在，客星相逐不迴休。」疑爲唐末五代初之時。詩曰：「琴鶴幾程隨客棹，風霜何處宿龍湫。」蓋乘舟自汴州入蜀。溯河入洛南下荆州轉大江爲便捷之道。則齊己迎送當在居荆時也。姑繫龍德同光梁、唐更代之際。

〔二〕莘野：語本《孟子·萬章上》：「伊尹耕於有莘之野，而樂堯舜之道焉。」此借指處士隱居而樂道。《史記·殷本紀》正義引《括地志》：「古莘國在汴州陳留縣東五里，故莘城是也。」案今河南開封市祥符區陳留鎮。

〔三〕浮生：虛浮不定之人生。詳見卷一《白髮》注〔六〕。

〔四〕墅，原作「野」，馮、清抄同，柳、汲、明抄、《百家》、《全詩》作「墅」，今據改。蓋首聯已言「莘野」，此當以「墅叟」別之。《四庫考證》云：「刊本野訛墅，今改。」中華書局本《全唐詩》亦校作「野」，均不必。

〔五〕禪師：僧人通達禪定者。詳見卷二《荆門送興禪師》注〔一〕。

〔六〕丹砂：以丹砂（朱砂）煉成的道教丹藥。李白《古風五十九首》其五：「吾將營丹砂，永與世人別。」

崔秀才宿話〔一〕

事轉聞多事，心休話苦心〔二〕。相留明月寺〔三〕，共憶白雲岑〔四〕。蘚壁殘蛩韻〔五〕，霜軒倒竹陰〔六〕。開門又言別，誰竟懷塵襟〔七〕？

【校箋】

〔一〕崔秀才：未詳。宿話：夜談。此蓋爲秀才留宿寺中徹夜傾談而作。疑作於天祐初詩人居衡山時。

〔二〕「事轉」二句：首聯總寫宿話情事。爲上一、下四句法，謂傾談言事遂轉聞世間諸多之事，吐露心懷而告勉勿言説苦痛心事。

〔三〕明月寺：未詳。本集卷三《明月峰》：「明月峰頭石，曾聞學月明。」詠衡山明月峰。卷二《寄明月山僧》：「山稱明月好，月出遍山明。」蓋寺居明月山者。則此明月寺或爲明月峰中寺名。

〔四〕白雲岑：白雲掩映之山。徐彦伯《奉和幸韋嗣立山莊侍宴應制》：「移鑾明月沼，張組白雲岑。」「白雲岑」與「明月寺」爲對，謂山寺月下雲飛。

〔五〕蛩，柳、汲、馮、明抄、清抄俱作「蟲」。《百家》作「主」，當是訛字。蛩韻：猶蛩吟，蟋蟀吟聲。林寬《和周繇校書先輩省中寓直》：「伴直僧談静，侵霜蛩韻低。」

〔六〕霜軒：猶言秋軒、寒軒。軒，泛言廊下、堂前或房室。方干《贈喻鳬》：「月閣欹眠夜，霜軒正坐時。」竹陰：指月下竹影。儲光羲《秦中歲晏馬舍人宅宴集》：「廣庭竹陰静，華池月色寒。」

〔七〕懷，諸本作「慰」。襟，柳本作「心」。均通。塵襟，世俗的胸襟。張九齡《出爲豫章郡途次廬山東巖下》：「迨兹刺江郡，來此滌塵襟。」塵心，世俗之心懷。王維《桃源行》：「不疑靈境難聞見，塵心未盡思鄉縣。」

懷天台華頂僧〔一〕

華頂危臨海，丹霞裏石橋〔二〕。曾從國清寺〔三〕，上看月明潮。好鳥親香火，狂泉噴泬寥〔四〕。

欲歸師智者〔五〕，頭白路迢迢。

【校箋】

〔一〕天台山華頂峰，在唐台州臨海郡天台縣東北，今屬浙江省。詳見卷二《題玉泉寺大師影堂》注〔二〕。詩憶遊天台時事，而曰「欲歸師智者，頭白路迢迢」，宜作於歸湘後。案齊己入居道林詩有「鬆根盡白」（《道林寺居寄岳麓禪師二首》）之語，疑本篇亦作於同時。蓋入長沙意有不爽，乃生「歸師智者」之念。繫天祐三年（九〇六）。

〔二〕石橋：天台山勝跡，傳爲晉高僧白道猷坐化處。詳見卷三《懷華頂道人》注〔四〕。

〔三〕國清寺：在天台山佛隴峰南麓，爲隋智者大師道場。《方輿勝覽·台州》：「國清寺，在天台縣北十里。隋僧智顗夢定光告曰：『寺若成，國即清。』故名。李邕記，柳公權書額。時以齊州靈巖、荆州玉泉、潤州棲霞、台州國清爲四絶。」

〔四〕泬寥：曠蕩空虛之貌。詳見卷三《瀟湘二十韻》注〔一四〕。

〔五〕智者：釋智顗，姓陳氏，祖籍潁川，家居荆州華容。北齊慧思禪師弟子，悟《法華》三昧，後居天台佛壠山，隋賜號「智者大師」。嘗著《止觀》十卷，爲天台宗開山祖師。開皇十七年十一月二十四日示寂。《續高僧傳》載其事跡。

送人赴官〔一〕

年少作初官〔二〕，還如行路難。兵荒經邑里，風俗久凋殘。照硯花光淡，漂書柳絮乾〔三〕。聊應充侍膳，薄俸繼朝飡〔四〕。

【校箋】

〔一〕赴官：赴任，到官府上任。言「兵荒經邑里，風俗久凋殘」，爲唐末兵亂社會凋敝之縮影，據編次亦爲天祐三年居長沙詩。

〔二〕初官：初次任職委官。《史記·萬石張叔列傳》：「然自初官以至丞相，終無可言。」

〔三〕「照硯」二句：此寫官府中春日景象，淡淡花光反照在硯水中，半乾柳絮飄拂到書頁上。漂，通「飄」。

〔四〕「聊應」二句：尾聯叙官況無奈，聊充生計而已。侍膳，侍奉長輩用膳。劉禹錫《送太常蕭博士棄官歸養赴東部》：「侍膳曾調鼎，循陔更握蘭。」

水　鶴〔一〕

鴛鴦與鸂鶒，相狎豈慚君〔二〕？比雪還勝雪，同羣亦出羣〔三〕。静巢孤島月，寒夢九皋雲〔四〕。歸路分明過〔五〕，飛鳴即可聞。

【校箋】

〔一〕此乃聞鶴飛鳴經過，即興成詠，亦天祐、開平間長沙詩。杜甫《詠懷古跡五首》其四：「古廟杉松巢水鶴，歲時伏臘走村翁。」張籍《送越客》：「水鶴沙邊立，山鼯竹裏啼。」

〔二〕「鴛鴦」二句：鴛鴦、鸂鶒皆水禽，雌雄相依。《駢雅·釋鳥》：「鴛鴦、鸂鶒，匹鳥也。」狎，親昵。黄滔《狎鷗賦》：「遂將窮於賞翫，乃相狎以遨遊。」

〔三〕同羣：謂鴛鴦、鸂鶒與鶴同爲群聚之禽。《初學記·鶴》引《詩義疏》曰：「鶴大如鵝，長三尺，脚青黑，高三尺，……常夜半鳴，其鳴高朗，聞八九里。」又引《相鶴經》曰：「體尚潔，故其色白；聲聞天，故頭赤；食於水，故其喙長；軒於前，故後指短。棲於陸，故足高而尾凋；翔於雲，故毛豐而肉疏；大喉以吐故，脩頸以納新，故生大壽不可量。……是以行必依洲嶼，止不集林木，蓋羽族之宗長，仙人之騏驥也。……鳴則聞於天，飛則一舉千里。」此皆所謂「出羣」

者也。

〔四〕九皋：九曲幽深之沼澤。《詩·小雅·鶴鳴》：「鶴鳴于九皋，聲聞于野。」毛傳：「皋，澤也。言身隱而名著也。」陸德明釋文：「《韓詩》云：九皋，九折之澤。」

〔五〕過，諸本均作「個」，中華本《全唐詩》校作「過」，是。音近而訛。

湘中感興〔一〕

漁翁那會我〔二〕，傲兀葦邊行〔三〕？亂世難逸跡〔四〕，乘流擬濯纓〔五〕。江花紅細碎，沙鳥白分明。向夕題詩處，春風斑竹聲〔六〕。

【校箋】

〔一〕感興：感物寄興之作。興者，情懷也。白居易《與元九書》：「鮑魴有《感興》詩十五首。」本篇爲湘中詩，據漁翁、濯纓、斑竹等語，姑繫於開平間梁、唐易代之初。

〔二〕那，原作「即」，諸本作「那」。意勝。那會：哪能理解。「那」爲疑問代詞。會，理解、懂得。于濆《擬古諷》：「余心甘至愚，不會皇天意。」

〔三〕傲兀：高傲。韓愈《寄崔二十六立之》：「傲兀坐試席，深叢見孤羆。」

〔四〕逸跡：高逸之行跡，指隱遁避世。王粲《七釋》：「是以棲林隱谷之夫，逸跡放言之士，鑒乎有道，貧賤是耻。」皮日休《七愛詩・盧徵君鴻》：「高名無階級，逸跡絶涯涘。」

〔五〕濯纓：《楚辭・漁父》：「滄浪之水清兮，可以濯吾纓；滄浪之水濁兮，可以濯吾足。」山帶閣注：「纓，冠繫也。濯纓、濯足，蓋與世推移之意。」

〔六〕斑竹：亦稱湘妃竹，莖上有紫褐色斑點。《博物志》卷八：「堯之二女，舜之二妃，曰湘夫人，舜崩，二妃啼，以涕揮竹，竹盡斑。」張九齡《雜詩五首》其四：「湘水弔靈妃，斑竹爲情緒。」斑竹聲蓋言中情之悲也。

九日逢虛中虛受〔一〕

楚后萍臺下〔二〕，相逢九日時。干戈人事地〔三〕，荒廢菊花籬。我已多衰病，君猶盡黑髭〔四〕。皇天安罪得〔五〕？解語便吟詩〔六〕。

【校箋】

〔一〕九日：夏曆重陽節。虛中：見卷三《謝虛中上人寄示題天策閣詩》注〔一〕。虛受（？—九二五）：唐末五代僧。《宋高僧傳・後唐會稽郡大善寺虛受傳》謂其咸通中在長安，累應奉聖節，充左街鑒義。廣明中京闕盜據，逃難抵越大善寺，講《涅槃》、《維摩》二經，又講《俱舍論》，皆著鈔解。卒於後唐同光乙酉歲（同光三年）。有文集數卷，《述義章》三十餘卷。詩言「楚后萍臺下」、「皇天安罪得」，當爲居江陵初期之作，姑繫同光元年，是年曾北遊襄陽、峴首，於荆臺偶遇虚中、虚受也。又本卷《謝虚中上人晚秋見寄》云：「楚外同文在，荆門得信時。」蓋此前在荆已得虚中寄贈詩。

〔二〕楚后：楚君也。萍臺：未詳。疑爲荆臺之訛。《渚宫舊事》卷二：「昭王欲遊荆臺，司馬子期進曰：『荆臺之遊，左江右湖，前望獵山，下臨方淮，其樂使人遺老而忘死，人君遊者殆以亡國，願大王無遊焉。』」原注：「荆臺在章華（臺）之東，去江陵一百二十里，臺周迴百有餘丈。」

〔三〕「干戈」句：五代十國時期，江陵居北方梁、唐「中央政權」與東吴（南唐）、西蜀、南楚之間，是爲干戈人事紛争之地。

〔四〕黑髭：泛言黑鬍鬚。唇上之鬚曰髭。李昭象《赴舉出山留寄山居鄭參軍》：「理琴寒指倦，試藥黑髭生。」

〔五〕皇天：對天之尊稱，猶言「天帝」。《楚辭·離騷》：「皇天無私阿兮，覽民德焉錯輔。」安：疑問副詞，豈可，怎能。

〔六〕解語：會説話。解，能够，會。蓋謂不以多言得罪，唯「吟詩」自遣。此屈居荆門心態。張祜《再吟鸚鵡》：「美人憐解語，凡鳥畏多機。」

贈李明府〔一〕

名家宰名邑，將謂屈鋒鋩〔二〕。直是難蘇俗〔三〕，能消不下堂〔四〕？冰痕生硯水，柳影透琴床。何必稱瀟灑，猶爲詩酒狂〔五〕。

【校箋】

〔一〕李明府及本篇寫作時地均無考。

〔二〕鋒鋩：喻人之鋭氣。劉長卿《瓜洲驛奉餞張侍御公拜膳部郎中却復憲臺充賀蘭大夫留後使之嶺南時侍御先在淮南幕府》：「骨鯁知難屈，鋒鋩豈易干。」

〔三〕直是：只是。直猶「但」也，副詞。蘇俗：猶言拯救民衆。蘇謂蘇息、使復活。《書・仲虺之誥》：「徯予后，后來其蘇。」孔傳：「待我君來，其可蘇息。」

〔四〕消：謂消受，受用也。不下堂：謂不下堂而大治，用「宓子賤治單父，彈鳴琴，身不下堂而單父治」典故，見《韓詩外傳》卷二。錢起《送武進韋明府》：「理邑想無事，鳴琴不下堂。」

〔五〕猶，諸本均作「獨」。

暮春久雨作〔一〕

積雨向春陰，冥冥獨院深。已無花落地，空有竹藏禽。簷溜聲何暴〔二〕，隣僧影亦沉〔三〕。誰知力耕者〔四〕，桑麥最關心。

【校箋】

〔一〕本篇疑爲齊己天祐三年初入長沙居湘江東之「獨院」時詩，詳參卷一《獨院偶作》注〔一〕。

〔二〕簷溜：亦作簷霤，屋簷排水的溝槽。此指排下之雨水。白居易《雨夜贈元十八》：「共聽簷溜滴，心事兩悠然。」暴：猛烈。郭璞《江賦》：「駭浪暴灑，驚波飛薄。」

〔三〕沉：隱没也，謂深居不出、不見人影。揚雄《太玄·玄圖》：「陰陽沉交，四時潛處。」范望注：「沉，猶隱也。」

〔四〕力耕：努力耕作。屈原《卜居》：「寧誅鋤草茅以力耕乎？將游大人以成名乎？」

渚宫莫問詩一十五首并序

予以辛巳歲，蒙主人命居龍安寺〔一〕，察其踈鄙，免以趨奉，爰降手翰曰：蓋知心不在常禮也〔二〕。予不覺欣然而作，顧謂形影曰：爾本青山一衲，白石孤禪，今王侯搆室安之〔三〕，給俸食之，使之樂然，萬事都外，遊息自得，則雲泉猿鳥，不必爲狎，其放縱若是，夫何繫乎？自是龍門牆仞〔四〕，歷稔不復瞻覬〔五〕，況他家哉！因創莫問之題，凡一十五篇，皆以莫問爲首焉。

【校箋】

〔一〕後梁貞明七年（龍德元年，九二一）歲次辛巳，齊己時年五十八歲。主人謂荆南節度使高季昌，遮留齊己於渚宫，命爲僧正，居龍安（興）寺。案諸史傳均言龍興寺，此作龍安。據詩第三首「莫問依劉跡，金臺又度秋」組詩或作於龍德二年。

〔二〕不在常禮，底本原脱「不」字，據諸本補。

〔三〕今，原作「全」，據諸本改。

〔四〕龍門牆仞：喻指顯貴者之門牆，即高氏之府第。李白《與韓荆州書》：「一登龍門，則聲譽十倍。」

〔五〕稔：年。瞻覲：謂拜見、晉謁。

其一

莫問疎人事〔一〕，王侯已任伊〔二〕。不妨隨野性，還似在山時。静入無聲樂〔三〕，狂抛正律詩〔四〕。自爲仍自愛，敢望至公知〔五〕？

【校箋】

〔一〕疎人事：疏於人際交往、不懂人事。庾信《奉和永豐殿下言志十首》其十：「野情風月曠，山心人事疏。」白居易《早春獨遊曲江》：「慵慢疏人事，幽棲遂野情。」

〔二〕伊：他。此句謂己身已任王侯主宰。

〔三〕無聲樂：《三國志·蜀書·姜維傳》：「側室無妾媵之褻，後庭無聲樂之娱。」謂其自奉儉約也。

〔四〕正律詩：格律嚴整之詩。

〔五〕敢望至公知，汲本作「敢浄裏尋思」。《全詩》作「清浄裏尋思」，注：「一作『敢望至公知』。」案「清浄裏尋思」乃組詩原次序第七首結句錯入。至公：唐人稱知貢舉者（科舉主考官）爲「至公」，冀其大公無私也。此借指荆南「主人」，含諷言外。

其二〔一〕

莫問休持鉢〔二〕，從貧乞已疎。侯門叨月俸，齋食剩年儲〔三〕。簪履三千外〔四〕，形骸六十餘〔五〕。舊峯何鍊若〔六〕，松徑接匡廬。

【校箋】

〔一〕本篇，汲、《全詩》列爲組詩第八首。柳、書倉、馮、明抄、清抄、《百家》組詩排列次第全同底本。

〔二〕持鉢：手持鉢盂，指僧人行脚。休持鉢，言「命居龍安寺」，不得離去也。

〔三〕「侯門」二句：此言居荆俸給豐足。叨，謙辭，忝受。年儲，一年的儲糧。白居易《大和戊申歲大有年詔賜百寮出城觀稼謹書盛事以俟采詩》：「散爲萬姓食，堆作九年儲。」

〔四〕簪履：髮簪和鞋履，舊時以喻地位卑微之舊臣。此以「簪履三千」借指荆門節度屬下衆多門生故吏。

〔五〕形骸：軀體。《莊子·天地》：「汝方將忘汝神氣，墮汝形骸，而庶幾乎！」嵇康《養生論》：「精神之於形骸，猶國之有君也。」案本年（龍德二年）齊己五十九歲，組詩其十一言「已過知命歲」，不及「耳順」是矣，則此處乃自歎形骸衰老，非實指年歲。或以古人計歲法，五十九則稱六十，今民間謂「虚歲」。既過其生辰乃言六十餘，亦可通。

〔六〕何，汲本、《全詩》作「呵」。何鍊若：梵語「寺院」之音譯，或作「阿練若」、「阿蘭若」等，略稱「蘭若」。意譯爲山林、荒野適合出家人修行、居住之僻静場所。《大日經義釋》卷三：「阿練若，名爲意樂處，謂空寂行者所樂之處。或獨一無侣，或二三人，於寺外造限量小房，或施主爲造，或但居樹下空地，皆是也。」

其三〔一〕

莫問依劉跡〔二〕，金臺又度秋〔三〕。威儀非上客〔四〕，談笑愧諸侯〔五〕。禮許無拘檢〔六〕，詩推異輩流〔七〕。東林未歸得，摇落楚江頭〔八〕。

【校箋】

〔一〕本篇，汲、《全詩》列爲組詩第九首。

〔二〕依劉：用漢末亂世王粲入荆州依劉表典故，自抒留荆之無奈。杜甫《奉送郭中丞兼太僕卿充隴右節度使三十韻》：「徑欲依劉表，還疑厭禰衡。」

〔三〕金臺：堆金砌玉之華美樓臺。《藝文類聚·行旅》引崔琰《述初賦》：「列金臺之蹇産，方玉闕之嵯峨。」或以爲燕昭王延攬人才之「黄金臺」的省稱，恐非。齊己留荆，憤懣之情屢發言表，固不以受尊禮視此。

〔四〕威儀：泛指容貌舉止、風度儀表。此指僧人行坐住卧舉止動作的律儀規範。參卷二《寄懷江西徵岷二律師》注〔四〕。

〔五〕諸侯：指州郡等地方長官。見卷一《訪自牧上人不遇》注〔三〕。

〔六〕拘檢：拘束。韋應物《南園陪王卿遊矚》：「形跡雖拘檢，世事澹無心。」

〔七〕輩流：流輩，同輩。韓愈《八月十五夜贈張功曹》：「同時輩流多上道，天路幽險難追攀。」言傑出於同輩而被推許。

〔八〕摇落：以花草凋落喻人之衰老、死去。王績《春桂問答》其二：「春華詎能久，風霜摇落時。」

其四〔一〕

莫問無機性〔二〕，甘名百鈍人〔三〕。一床鋪冷落，長日卧精神。分已疎知舊〔四〕，詩還得意新。多才碧雲客〔五〕，時或此相親。

【校箋】

〔一〕本篇，汲、《全詩》列爲組詩第十首。

〔二〕機性：猶機心。謂機巧功利的心性。許渾《王居士》：「有藥身長健，無機性自閑。」陸龜蒙《奉和襲美初夏遊楞伽精舍次韻》：「塵機性非便，静境心所著。」

〔三〕名：稱名，稱呼。鈍：愚笨，與「機」相對。白居易《自喜》：「忙驅能者去，閑逐鈍人來。」

〔四〕分：讀去聲，料想，自知。劉長卿《客舍喜鄭三見寄》：「此中分與故交疏，何幸仍迴長者車。」知舊：舊知，老友。

〔五〕碧雲客：此指詩友。見卷二《聞貫休下世》注〔三〕。

其五〔一〕

莫問關門意，從來寡往還。道應歸淡泊〔二〕，身合在空閑。四面苔圍緑，孤窗雨灑斑。夢尋何處去？秋色水邊山。

【校箋】

〔一〕本篇，汲、《全詩》列爲組詩第十一首。

〔二〕淡泊：清浄静寂，無慾無爲。《佛般泥洹經》卷下：「吾道之志，斷求念空，不願世榮，淡泊無爲，以斯爲樂。」

其六〔一〕

莫問□□□，□□逐性情〔二〕。人間高此道，禪外剩他名。夏□松邊坐〔三〕，秋光水畔行。

更無時忌諱〔四〕，容易得題成〔五〕。

【校箋】

〔一〕本篇，汲、《全詩》列爲組詩第十二首。

〔二〕諸本「莫問」以下脱五字。文淵閣本補作「莫問休貪戀，浮雲逐性情」。

〔三〕「夏」字下諸本脱一字，文淵閣、文津閣本補作「日」。

〔四〕「更無」句：白居易《傷唐衢二首》其二：「但傷民病痛，不識時忌諱。」

〔五〕得題成：得題成篇。末二句言無外物之忌諱而任情以成詠也。

其七〔一〕

莫問多山興，晴樓獨凭時〔二〕。六年滄海寺，一別白蓮池〔三〕。句早逢名匠〔四〕，禪曾見祖師〔五〕。冥搜與真性，清浄裏尋思〔六〕。

【校箋】

〔一〕本篇，汲、《全詩》列爲組詩第十三首。

〔二〕樓獨凭：謂高樓上獨自凭欄遠眺。韋莊《清河縣樓作》：「有客微吟獨凭樓，碧雲紅樹不勝愁。」

〔三〕「六年」二句：滄海寺、白蓮池，憶居廬山也。詩人乾化五年（貞明元年，九一五）秋至貞明七年（龍德元年，九二一）初秋在廬山東林寺。按卷四《夏滿日偶作寄孫支使》：「憶歸滄海寺，冷倚翠崖稜。」

〔四〕名匠：指鄭谷。案齊己以鄭谷爲師，而谷詩名入「咸通十哲」，故有此語。

〔五〕祖師：釋氏稱創立宗派之人。禪宗立西天二十八祖、東土六祖。詳卷一《酬尚顔》注〔五〕。案齊己幼出家大潙山寺，爲潙仰宗靈祐禪師開山立宗之地。早年於「藥山、鹿門、護國，凡百禪林，孰不參請」，「於石霜法會，請知僧務。」（《宋高僧傳》）故有此語。

〔六〕清淨裏尋思，汲、《全詩》作「清外認揚眉」。《全詩》注：「一作『清淨裏尋思』。」案「外認揚眉」四字爲組詩原次序第十三首錯入。柳、書倉、馮、明諸本均不誤。意謂詩、禪唯在清淨裏尋得。

其八〔一〕

莫問伊嵇懶〔二〕，流年已付他。話通時事少，詩著野題多〔三〕。夢外春桃李，心中舊薜蘿〔四〕。浮生此不悟，剃髮竟如何？

【校箋】

〔一〕本篇，汲、《全詩》列爲組詩第二首。

〔二〕伊：發語詞。《史通·浮詞》：「伊、惟、夫、蓋，發語之端也；焉、哉、矣、兮，斷句之助也。去之則言語不足，加之則章句獲全。」嵇懶：指嵇康。此自言疏散若嵇康。見卷四《擬嵇康絶交寄湘中貫微》注〔一〕。

〔三〕著：撰寫。野題：與「時事」爲對，無關時事、鄙野之題。

〔四〕舊薜蘿：指深山舊寺。本集卷二《别東林後回寄修睦》：「昨夜從香社，辭君出薜蘿。」

其九〔一〕

莫問休行脚〔二〕，南方已徧尋。了應須自了〔三〕，心不是他心。赤水珠何覓〔四〕？寒山偈莫吟〔五〕。誰同論此理，杜口少知音〔六〕。

【校箋】

〔一〕本篇，汲、《全詩》列爲組詩第三首。

〔二〕行脚：亦稱遊方。僧人爲尋師、修持或教化他人，而廣遊四方。《祖庭事苑·雜志》：「行脚者，謂遠離鄉曲，脚行天下，脱情捐累，尋訪師友，求法證悟也。所以學無常師，徧歷爲尚。」

〔三〕了：謂透徹佛理之究竟。釋氏教法有了義、不了義之别。了義，即真實之義，最圓滿的義諦。宗密《圓覺經大疏》：「若諸經中宣説世俗，名不了義；宣説勝義，名爲了義；若諸經中宣説作業煩惱，名不了義；宣説煩惱業盡，名爲了義。若諸經中宣説厭離生死，趣求涅槃，名不了義；宣説生死涅槃，無二無别，名爲了義。若諸經中宣説種種文句差别，名不了義；宣説甚深難見難覺，名爲了義。」此言自覺修心以徹悟了義。高適《同馬太守聽九思法師講金剛經》：「了義同建瓴，梵法若吹籟。」

〔四〕赤水珠：神話傳説中的寶珠。此喻佛道。《山海經·海外南經》：「三株樹在厭火北，生赤水上，其爲樹如栢，葉皆爲珠。」案《莊子·天地》：「黄帝遊乎赤水之北，登乎崐崘之丘而南望，還歸，遺其玄珠。使知索之而不得，使離朱索之而不得，使喫詬索之而不得也，乃使象罔。象罔得之。黄帝曰：『異哉！象罔乃可以得之乎？』」郭象注：「言用知（智）不足以得真。聰明喫詬，失真愈遠。明得真者非用心也，象罔然即真也。」《文選·劉孝標·廣絶交論》注引司馬云：「赤水，水假名。玄珠，喻道也。」此正言佛道非以才智覓得。

〔五〕寒山偈：中唐天台山國清寺僧寒山子傳世的詩偈，今存三百餘首，其内容多爲諷世、勸世、樂道之説教。寒山事跡見《宋高僧傳·唐天台山封干師傳》附傳。此謂寒山偈非真禪也。

〔六〕杜口：謂閉口，不説話。杜，堵塞。柳宗元《古東門行》：「兇徒側耳潛愜心，悍臣破膽皆杜口。」此謂因無知音而不言。

其十〔一〕

莫問孱愚格〔二〕，天應只與閑。合居長樹下〔三〕，那稱衆人間〔四〕。跡絶爲真隱，機忘是大還〔五〕。終當學支遁，買取箇青山〔六〕。

【校箋】

〔一〕本篇，汲、《全詩》列爲組詩第四首。

〔二〕孱愚格：鄙陋愚拙的個性。賈島《酬姚少府》：「枯槁彰清鏡，孱愚友道書。」

〔三〕長樹：猶言高樹。

〔四〕稱：讀去聲，相合、相當。汪遵《郢中》：「莫言白雪少人聽，高調都難稱俗情。」

〔五〕機忘：猶忘機，消除機巧之心，甘於澹泊。大還：道教求長生之丹藥大還丹。馬湘《詩二首》其二：「何用燒丹學駐顔，鬧非城市静非山。時人若覓長生藥，對景無心是大還。」此借言還歸大道。

〔六〕支遁（三一四—三六六）：東晉高僧支道林。事跡見《高僧傳》。買青山，《世説新語・排調》：「支道林因人就深公（竺潛字法深）買印山，深公答曰：『未聞巢、由買山而隱。』」《高僧傳・晉剡東仰山竺法潛》載作：「（潛）隱迹剡山，以避當世。……支遁遣使求買仰山之側沃洲小嶺，欲爲幽棲之處，潛答云：『欲來輒給，豈聞巢、由買山而隱。』」

其十一〔一〕

莫問無求意〔二〕，浮雲喻可知〔三〕。滿盈如不戒〔四〕，倚伏更何疑〔五〕。樂矣賢顔子〔六〕，窮乎聖仲尼〔七〕。已過知命歲〔八〕，休把運行推〔九〕。

【校箋】

〔一〕本篇，汲、《全詩》列爲組詩第五首。

〔二〕無求：謂於塵世無所企求。諸法無我，無我則無欲，無欲則無求。《黄檗山斷際禪師傳心法要》：「上堂云百種多知，不如無求，最第一也。」又案：屈原《橘頌》：「深固難徙，廓其無求兮；蘇世獨立，横而不流兮。」則爲傳統士大夫絶世獨立之義。

〔三〕浮雲喻：佛教多以寓言故事演述佛法，如漢譯之《百喻經》。此浮雲喻當係以浮雲喻示世事人生之虚幻。杜甫《哭長孫侍御》：「流水生涯盡，浮雲世事空。」劉長卿《惠福寺與陳留諸官茶會》：「因知萬法幻，盡與浮雲齊。」

〔四〕滿盈：充滿至極。《顔氏家訓·止足》：「天地鬼神之道，皆惡滿盈；謙虚沖損，可以免害。」李世民《允長孫無忌遜位詔》：「深知止足，有戒滿盈。」

〔五〕倚伏：謂禍福相依存、相轉化。倚，依托。伏，隱藏。《老子》：「禍兮福之所倚，福兮禍之所伏。」揚雄《太玄賦》：「觀大易之損益兮，覽老氏之倚伏。」

〔六〕「樂矣」句：用孔子弟子顔回簞食瓢飲之典。《論語·雍也》：「子曰：『賢哉回也！一簞食，一瓢飲，在陋巷，人不堪其憂，回也不改其樂。賢哉回也！』」孔安國曰：「顔淵樂道，雖簞食在陋巷，不改其所樂。」

〔七〕「窮乎」句：用孔子厄於陳蔡典故。《論語·衛靈公》：「（孔子）在陳絶糧，從者病，莫能興。子路愠見曰：『君子亦有窮乎？』子曰：『君子固窮，小人窮斯濫矣。』」何晏注：「君子固亦有窮時，但不如小人窮則濫溢爲非。」

〔八〕「已過」句：言年過五十。知命，《論語·爲政》：「五十而知天命。」

〔九〕運行：猶「命運」「世運」。白居易《江上對酒二首》其一：「忽忽忘機坐，倀倀任運行。」推：推究、推問也。

其十二〔一〕

莫問閑行趣，春風野水涯。千門無謝女〔二〕，兩岸有楊花。好鶴曾爲客〔三〕，真龍或作虵〔四〕。踟躕自迴首，日脚背樓斜〔五〕。

【校箋】

〔一〕本篇，汲、《全詩》列爲組詩第六首。

〔二〕千門：謂宫殿之門。這裏借指江陵高氏宅第。杜甫《哀江頭》：「江頭宫殿鎖千門，細柳新蒲爲誰緑。」謝女：晉女詩人謝道韞，才識聰敏，後借爲才女之代稱。劉禹錫《柳絮》：「縈迴謝女題詩筆，點綴陶公漉酒巾。」温庭筠《贈知音》：「窗間謝女青蛾斂，門外蕭郎白馬嘶。」五代十國之際，武夫跋扈，高氏亦出身行伍，故有此語。

〔三〕鶴爲客：《韓詩外傳》卷六：「晉平公遊於河而樂，曰：『安得賢士與之樂此也？』船人蓋胥跪而對曰：『夫珠出於江海，玉出於崑山，無足而至者，猶主君之好也。士有足而不至者，蓋主君無好士之意耳，何患無士乎？』公曰：『吾食客門左千人，門右千人，朝食不足，夕收市賦，暮食不足，朝收市賦。吾可謂不好士乎？』對曰：『夫鴻鵠一舉千里，所恃者六翮耳。背上之毛，腹下之毳，益一把，飛不爲加高；損一把，飛不爲加下。今君之食客，門左門右各千人，亦有六翮在其中矣，將皆背上之毛、腹下之毳耶？』」好（讀去聲）鶴爲客，蓋言禮賢下士也。又《世説新語》載僧支道林好鶴。陸龜蒙《奉和襲美二遊詩·任詩》：「秋籠支遁鶴，夜榻戴顒客。」

〔四〕真龍：語本《新序》所載葉公好龍典故。葉公好龍，真龍爲之降。此處以真龍喻賢者。《唐大詔令集》卷一百二《諸州舉賓才詔》：「致化之道，必於求賢；得人之要，在於徵實。頃雖屢存賁帛，無輟翹車，而駿骨空珍，真龍罕覿。」龍作蛇，喻龍蛇混雜，賢不肖難分。

〔四〕「曉煙」二句：紫氣、黃雲，謂祥瑞之雲氣。庾信《象戲賦》：「白鳳遥臨，黃雲高映。」吴兆宜注：「《春秋孔演圖》：舜將興，黃雲升於堂。」王勃《九成宫頌》其十一：「紫氣雲蒸，黃星月映。」張説《奉和渡蒲關應制》：「黃雲隨寶鼎，紫氣逐真人。」

病起見圖畫

病起見圖畫，雲門興似燒〔一〕。衲衣椶笠重，嵩岳華山遥〔二〕。命在齋猶赴，刀閑髮盡凋〔三〕。秋光漸輕健，欲去倚江橋。

【校箋】

〔一〕燒，《百家》、《全詩》作「饒」。汲本同底本。雲門：山門，借指寺廟。此蓋見雲山圖畫而興起遊山謁寺之情如火燒灼。杜甫《惠義寺送王少尹赴成都》：「雲門青寂寂，此别惜相從。」尚顔《寄荆門鄭準》：「不許姓名留月觀，終携瓶錫去雲門。」

〔二〕「衲衣」二句：久病初起，故覺衣笠重而嵩、華遥。椶笠：棕櫚皮編製之斗笠。李洞《送行脚僧》：「毳衣霑雨重，椶笠看山欹。」

〔三〕刀：剃刀。「刀閑」者，因髮凋盡也。

病起見苔錢〔一〕

病起見苔錢，規模遍地圓〔二〕。兒童掃不破，子母自相連〔三〕。潤屋何曾有？緣牆謾可憐〔四〕。虚教作銅臭，空使外人傳〔五〕。

【校箋】

〔一〕苔錢：青苔，狀圓如錢，雨後滋生極快。李賀《巫山高》：「楚魂尋夢風颸然，曉風飛雨生苔錢。」

〔二〕規模：猶範圍、場面。此言苔錢之滋生面積。

〔三〕「子母」句：此喻苔錢大小綿延成片。

〔四〕謾：聊且也。見《詩詞曲語辭匯釋》卷二。可憐：可愛。此謂青苔雖無潤澤居室之功，聊喜其緣牆透緑之色。

〔五〕「虚教」二句：尾聯言其空有「錢」名，實無「銅臭」。銅臭，用崔烈典故。《後漢書·崔駰列傳》載崔烈以錢買官，位至三公，天下失望。烈問其子均：「何爲然也？」鈞曰：「論者嫌其銅臭。」

病起見庭竹

病起見庭竹，君應悲我情。何妨甚消瘦〔一〕，却稱苦修行〔二〕。每謝侵牀影，時迴傍枕聲。

秋來漸平復，吟遶骨毛輕〔三〕。

【校箋】

〔一〕「何妨」句：白居易《遊大林寺序》：「環寺多清流蒼石，短松瘦竹。」韓偓《歸紫閣下》：「瘦竹迸生僧坐石，野藤纏殺鶴翹松。」

〔二〕稱：讀去聲，切合，兩相貼切。按，貫休《題簡禪師院》：「機忘室亦空，静與沃洲同。唯有半庭竹，能生竟日風。」可與此參看。

〔三〕「秋來」二句：尾聯言病體康復繞竹行吟。卷四《謝人惠丹藥》：「常蒙遠分惠，亦覺骨毛輕。」

病起見生涯

病起見生涯〔一〕，資緣覺甚奢〔二〕。方袍嫌垢弊〔三〕，律服變光華〔四〕。頗愧同諸俗，何嘗異出家。三衣如兩翼〔五〕，珍重你寒鴉〔六〕。

【校箋】

〔一〕生涯：猶生機。元稹《放言五首》其二：「總被天公霑雨露，等頭成長盡生涯。」

〔二〕資緣：佛教語，指資助修行的外緣，如衣食住等。蕭子良《浄住子·十種慚愧門》：「所以諸俗爲道興福，供給資緣，故隆正業，而惑不全，失於敬重，亦可深愧。」

〔三〕方袍：袈裟。僧人所穿著三種袈裟皆爲方型，故稱。參見下「三衣」注。釋皎然《五言贈李中丞》：「乃是方袍客，頓了空王旨。」

〔四〕律服：守戒律者所穿法衣。此即謂僧衣。

〔五〕三衣：梵文意譯，僧人穿著的三種衣服，即：安陀會、鬱多羅僧、僧伽梨。安陀會，漢譯爲中著衣，五條布製成，是平常起卧時穿著。鬱多羅僧，漢譯爲上衣，七條布製成，是作法事入衆時所披。僧伽梨，漢譯爲衆聚時衣，又稱爲大衣，由九條至二十五條布製成，是做大法會，或覲見國家元首重臣時所穿。此處泛指僧衣袈裟。《大唐西域記·印度總述》：「沙門法服，唯有三衣。……三衣裁製，部執不同。或緣有寬狹，或葉有小大。」賈島《送去華法師》：「秋江洗一鉢，寒日曬三衣。」

〔六〕你，本、《全詩》作「汝」。《全詩》注：「一作爾。」寒鴉，此以鴉自喻。

病起見秋扇〔一〕

病起見秋扇，風前悟感傷〔二〕。念予當咽絶〔三〕，得爾致清涼〔四〕。沙鷺如摇影，汀蓮似綻香。不同婕妤詠〔五〕，託意怨君王。

【校箋】

〔一〕此取班婕妤秋扇捐篋之意，喻不適時而見棄也。詳見下「婕妤詠」注。

〔二〕悟，明抄作「倍」。

〔三〕咽絶：悲傷嗚咽。韓愈《莎栅聯句》：「冰溪時咽絶，風櫪方軒舉。」孫汝聽注：「冰溪，言水溪如冰。咽絶，斷續聲也。」

〔四〕清，原作「秋」，與首句「秋」字重，諸本作「清」，據改。張九齡《白羽扇賦》：「安知煩暑，可致清涼。豈無紈素，采畫文章。」

〔五〕婕妤詠：《玉臺新詠》卷一：「昔漢成帝班婕妤失寵，供養于長信宫，乃作賦自傷，并爲《怨詩》一首：『新裂齊紈素，鮮潔如霜雪。裁爲合歡扇，團團似明月。出入君懷袖，動摇微風發。常恐秋節至，涼風奪炎熱。棄捐篋笥中，恩情中道絶。』」

病起見衰葉

病起見衰葉〔一〕，飄然似我身〔二〕。偶乘風有韻〔三〕，初落地無塵。縱得紅霑露，争如緑帶春〔四〕。因傷此懷抱，聊寄一篇新。

【校箋】

〔一〕衰葉：枯萎之葉。白居易《秋題牡丹叢》：「晚叢白露夕，衰葉涼風朝。」

〔二〕飄然：流落散失之貌，言漂泊也。杜甫《冬狩行》：「飄然時危一老翁，十年厭見旌旗紅。」

〔三〕乘風有韻：形容落葉乘風飄落之姿態或聲息。爲上三下一句式。杜甫《高柟》：「落景陰猶合，微風韻可聽。」

〔四〕「縱得」二句：此言落葉即使霑秋露而紅艷，不如隨春天而自緑。有言外意。

病起見庭柏

病起見庭柏，青青我不任〔一〕。力扶乾瘦骨，勉對歲寒心〔二〕。韻謝疎篁合〔三〕，根容片石侵。衰殘想長壽〔四〕，時倚就閑吟。

【校箋】

〔一〕不任：猶不堪，不勝。《廣韻·侵韻》：「任，堪也。」

〔二〕歲寒心：語本《論語·子罕》：「歲寒，然後知松柏之後彫也。」張説《和魏僕射還鄉》：「衆芳摇落盡，獨有歲寒心。」

〔三〕韻：氣韻，風度。陶淵明《歸園田居五首》其一：「少無適俗韻，性本愛丘山。」謝：告訴。《集韻・禡韻》：「謝，告也。」《古詩爲焦仲卿妻作》：「多謝後世人，戒之慎勿忘。」踈篁：疏疏落落之竹叢。柳宗元《清水驛叢竹天水趙云余手種一十二莖》：「簷下疏篁十二莖，襄陽從事寄幽情。」

〔四〕想長壽：《初學記・柏》引《漢武内傳》：「藥有松柏之膏，服之可以延年。」又引《抱朴子》曰：「天陵偃蓋之松，大谷倒生之柏，凡此諸木，皆與天齊其長，地等其久也。」左九嬪《松柏賦》：「赤松遊其下而得道，文賓飡其實而長生。詩人歌其榮蔚，齊南山以永寧。」

病起見庭蓮

病起見庭蓮，風荷已颯然〔一〕。開時聞馥郁，枕上正纏綿〔二〕。本在滄江澗，移來碧沼圓〔三〕。却思香社裏，葉葉漏聲連〔四〕。

【校箋】

〔一〕風荷：微風中的荷花。白居易《答元八宗簡同遊曲江後明日見贈》：「水禽翻白羽，風荷嫋翠莖。」颯然：衰頹貌。李白《送黄鐘之鄱陽謁張使君序》：「汀葭颯然，海草微落。」

〔二〕「開時」二句：回思病中聞荷香濃郁。馥郁，香氣濃烈。徐光溥《題黄居宷秋山圖》：「曲沼芙蓉香馥郁，長汀蘆荻花藂蔌。」纏綿，形容病久不愈。《洛陽伽藍記》：「遂動舊疹，纏綿經月。」

〔三〕「本在」二句：此寫庭蓮來歷。指蓮本自大江移來庭中小池。李商隱《偶成轉韻七十二句贈四同舍》：「青袍白簡風流極，碧沼紅蓮傾倒開。」

〔四〕「却思」二句：此二句憶廬山情事以抒懷。香社，借白蓮社言居廬山詩友酬唱。漏聲，銅壺滴漏之聲。杜甫《奉和賈至舍人早朝大明宮》：「五夜漏聲催曉箭，九重春色醉仙桃。」此謂香社夜吟、時伴風葉滴漏之聲。

病起見庭菊

病起見庭菊，幾勞栽種工。可能經臥疾，相倚自成叢〔一〕。翠萼低含露，金英盡亞風〔二〕。那知予愛爾，不在酒盃中〔三〕。

【校箋】

〔一〕「可能」二句：頷聯乃見往昔悉心栽種之菊株，叢生倚伏，疑其若己「臥疾」。推己及物也。可能，何至、難道。參見《詩詞曲語辭匯釋》卷一。

〔二〕「翠萼」二句：翠萼，翠緑的花萼。金英，金色的花朵。王筠《摘園菊贈謝僕射舉》：「菊花偏可憙，碧葉媚金英。」謝萬《蘭亭》：「碧林輝翠萼，紅葩擢新莖。」亞風，在風中低垂。

〔三〕「那知」二句：尾聯抒愛菊之情。不在酒盃中，按《西京雜記》卷三：「九月九日佩茱萸，食蓬餌，飲菊華酒，令人長壽。」此蓋反用之愛其傲霜也。

病起見庭石

病起見庭石，豈知經夏眠。不能資藥價，空自作苔錢〔一〕。翠憶藍光底，青思瀑影邊〔二〕。嵓僧應笑我，細碎種階前〔三〕。

【校箋】

〔一〕「不能」二句：意謂庭石所産之苔錢雖名錢，然無助于購買藥物。資，資助。

〔二〕「翠憶」二句：頸聯言庭石採自水底、瀑布邊。藍光：湛藍色的水光。杜牧《丹水》：「沉定藍光徹，喧盤粉浪開。」

〔三〕「嵓僧」二句：尾聯謂庭石細碎，豈比山岩。嵓僧，深居於山巖之僧。種，植也，立石於階前。《藝文類聚·玉》引《搜神記》載：羊公雍伯，種石得玉，天子異之，拜爲大夫。其種玉處，名曰玉田。

病起見庭莎

病起見庭莎，緑階傍竹多。遶行猶未得，静聽復如何？蟋蟀幽中響，螻蛄深處歌〔一〕。不緣田地窄〔二〕，剩種任婆娑〔三〕。

【校箋】

〔一〕蟪蛄：蟬的一種，見前《蟋蟀》注〔二〕。

〔二〕田地：猶處所，地方。此指庭院。陸龜蒙《奉酬襲美苦雨見寄》：「不如驅入醉鄉中，只恐醉鄉田地窄。」

〔三〕剩種：多多栽種。剩，《詩詞曲語辭匯釋》卷二：「賸，甚辭，猶多也。字亦作『剩』。」婆娑：枝葉紛披貌。杜甫《惡樹》：「方知不材者，生長漫婆娑。」

病起見苔色

病起見苔色，凝然陣未枯〔一〕。淺深圍柱礎，詰曲遶廊廡〔二〕。碧翠文相間，青黄勢自鋪〔三〕。爲錢虚玷染〔四〕，畢竟不如無。

【校箋】

〔一〕凝然：猶安然，謂静止不動。李咸用《昇天行》：「玉皇據案方凝然，仙官立杖森幢幡。」陣：結成隊列，此指生長成片的青苔。

〔二〕「淺深」二句：此寫青苔蔓延之區域。柱礎，承柱的石基。岑參《敬酬李判官使院即事見呈》：「草根侵柱礎，苔色上門關。」廊廡，堂前的廊屋。《漢書・竇嬰傳》：「陳廊廡下。」顔師古注：「廊，堂下周屋也。廡，門屋也。」儲光羲《石甕寺》：「下見宮殿小，上看廊廡深。」

〔三〕「碧翠」二句：頸聯描摹青苔欣欣向榮之氣色。文謂文彩，勢謂長勢。

〔四〕玷染：污染，受玷污。言青苔形若錢，空受銅臭污染。

病起見秋月

病起見秋月，正當三五時〔一〕。清光應鑒我〔二〕，幽思更同誰？惜坐身猶倦，牽吟氣尚羸〔三〕。明年七十六，約此健相期。

【校箋】

〔一〕三五：夏曆十五日。此指新秋七月十五。温庭筠《寒食節日寄楚望二首》其一：「繁花如二八，好月當三五。」曾益注：「王僧孺詩：『二八人如花，三五月如鏡。』」

〔二〕清光：清朗之月光。李白《金陵江上遇蓬池隱者》：「水影弄月色，清光奈愁何。」鑒：映照。阮籍《詠懷八十二首》其一：「薄帷鑒明月，清風吹我襟。」

〔三〕羸，馮本訛作「應」，蓋誤識「羸」爲「贏」，「贏」音誤「應」。清抄字脱。羸謂病弱也。牽吟：謂月色牽動詩興。薛能《中秋夜寄李溟》：「滿魄斷埃氛，牽吟並舍聞。」

病起見閑雲

病起見閑雲，空中聚又分。滯留堪笑我，舒卷不如君〔一〕。觸石終無跡〔二〕，從風或有聞〔三〕。

仙山足鸞鳳，歸去自同群〔四〕。

【校箋】

〔一〕「滯留」二句：此即景抒懷。出句爲「堪笑我滯留」之倒裝，謂止荆州也，是不如行雲舒卷自如。李白《贈丹陽横山周處士惟長》：「閑雲隨舒卷，安識身有無。」

〔二〕觸石：指雲。《説苑·辨物》：「雲，觸石而出，膚寸而合。」句意謂雲起於山石頃刻消散無跡。

〔三〕「從風」句：言雲隨風則時或有聲。《詩·鄭風·出其東門》「有女如雲」，鄭箋：「如雲者，如其從風，東西南北，心無有定。」

〔四〕「仙山」二句：尾聯以白雲歸山寄意舊山之思。足，多也。按《相鶴經》：「(鶴)千六百年後，飲而不食，與鸞鳳同羣。」則齊己蓋隱喻己身爲鶴也。

夜坐聞雪寄所知〔一〕

初宵飛霰急〔二〕，竹樹洒乾輕〔三〕。不是知音者，難教愛此聲。漸凌孤燭白，偏激苦心清〔四〕。堪想同文友〔五〕，忘眠坐到明。

【校箋】

〔一〕據詩情詩意及前後詩編次，本篇蓋亦暮年之作，繫天福二年冬。

〔二〕初宵：即「初宵」，猶初更，剛入夜。杜甫《北風》：「向晚霾殘日，初宵鼓大鑪。」霰：雪珠。釋慧琳《武丘法綱法師誄》：「寒風颼幕，飛霰入艘。」

〔三〕乾輕：霰不易融化，不易積聚於竹樹，故有此語。

〔四〕「漸凌」二句：頸聯謂霰珠遍地堆白，激起詩人淒清的心情。凌，超越。孤燭白，一支蠟燭之亮光。江淹《銅爵妓》：「清夜何湛湛，孤燭映蘭幕。」

〔五〕想，汲、明抄、《全詩》作「笑」，非。同文友：詩文酬唱之友。堪想者唯同文之友，即詩題「寄所知」之意。杜甫《贈高式顏》：「自失論文友，空知賣酒壚。」

懷洞庭〔一〕

憶過巴陵歲，無人問去留〔二〕。中霄滿湖月〔三〕，獨自在僧樓。漁父真閑唱，靈均是謾愁〔四〕。今來欲長往，誰借木蘭舟〔五〕？

【校箋】

〔一〕詩憶昔年過洞庭情景，發今來欲往無計之歎，爲暮年羈留江陵述懷之作，依前詩亦繫天福二年。

〔二〕巴陵：今湖南岳陽市，西傍洞庭湖。詳卷一《送中觀進公歸巴陵》注〔一〕。案齊己約於中和三年（八八三）離大潙山寺出遊，臨洞庭、過巴陵疑即在此時，其時稚幼尚未爲人知，乃有「無人問去留」之嘆。

〔三〕霄，汲、《全詩》作「宵」，通。中霄：半夜。

〔四〕「漁父」二句：此用屈原作《漁父》事以寄意。案《漁父》王逸注云：「《漁父》者，屈原之所作也。屈原放逐，在江湘之間，憂愁歎吟，儀容變易。而漁父避世隱身，釣魚江濱，欣然自樂。時遇屈原川澤之域，怪而問之，遂相應答。」靈均，屈原字。《楚辭·離騷》：「皇覽揆余初度兮，肇錫余以嘉名：名余曰正則兮，字余曰靈均。」稱漁父避世自樂爲「閑唱」，以屈原放逐憂愁爲「謾愁」，可見其意。謾愁，空愁，不該愁而愁。賀知章《題袁氏別業》：「莫謾愁沽酒，囊中自有錢。」

〔五〕「誰借」句：言「誰借」，歎擬歸而無助也。木蘭舟，舟船之美稱。《述異記》卷下：「木蘭川在潯陽江中，多木蘭樹。昔吴王闔閭植木蘭於此，用構宫殿也。七里洲中有魯班刻木蘭爲舟，舟至今在洲中。詩家云『木蘭舟』出於此。」獨孤及《官渡柳歌送李員外承恩往揚州覲省》：「夾郎木蘭舟，送郎千里行。」

欲游龍山鹿苑有作〔一〕

龍山門不遠，鹿苑路非遥。合逐閑身去〔二〕，何須待客招。年華殘兩鬢，筋骨倦長宵〔三〕。聞説峯前寺，新修白石橋。

【校箋】

〔一〕「龍山」二句：龍山、鹿苑，未詳。案唐宋地誌所載，天下稱「龍山」者無數，僅就詩意難明所指。然據頸聯及前後詩編次，疑亦居荆晚期之作。

〔二〕合：當也。逐：追尋。白居易《遊坊口懸泉偶題石上》：「談笑逐身來，管絃隨事有。」

〔三〕「年華」二句：兩鬢衰殘可見年華，筋骨勞倦難耐長夜。據此當亦暮年詩。

再逢晝公〔一〕

竟陵西別後，徧地起刀兵。彼此無緣著〔二〕，雲山有處行。久吟難敵句，終忍不求名。年鬢俱如雪〔三〕，相看眼且明〔四〕。

【校箋】

〔一〕晝公：彭澤僧乾晝，詳卷二《竟陵遇晝公》注〔一〕。此「再逢」、「年鬢如雪」，則暮年矣。案卷二有《喜乾晝上人遠相訪》、卷三《荆門送晝公歸彭澤舊居》、卷六有《招乾晝上人宿話》，均爲同時之作。繫天成四年（九二九）。

〔二〕緣著：執著於緣念。《雜阿含經》卷十一：「心不緣著，心得解脱。」《別譯雜阿含經》卷十二：「欲枝下垂布，衆生樂緣著。能斷於欲林，是名爲比丘。」

〔三〕年鬢：年齡與鬢髮。庾信《擬詠懷二十七首》其三：「自憐才智盡，空傷年鬢秋。」

〔四〕眼且明：眼尚明。杜甫《春水生二絶》其一：「鸕鷀鸂鶒莫漫喜，吾與汝曹俱眼明。」

送人遊武陵湘中〔一〕

爲子歌行樂，西南入武陵。風烟無戰士〔二〕，賓榻有吟僧〔三〕。山遶軍城叠，江臨寺閣層。遍尋幽勝了，湘水泛清澄〔四〕。

【校箋】

〔一〕武陵：唐郡名（朗州武陵郡），治所即今湖南省常德市。湘中：泛指唐潭州湖南觀察使所轄地。武陵湘中大抵相當今湖南省之地。據「西南入武陵」、「風烟無戰士」等語，本篇當作於齊己居荆州中後期，馬楚境内安定無大戰事之時。兹參前篇繫天成、長興間。

〔二〕無戰士：言戰争平息、士民安居。戰士，猶士兵。蔡邕《釋誨》：「武夫奮略，戰士講鋭。」

〔三〕賓榻：猶言客座。吕温《道州夏日郡内北橋新亭書懷贈何元二處士》：「寄言徐孺子，賓榻且徘徊。」吟僧：猶詩僧。杜荀鶴《春日山中對雪有作》：「牢繫鹿兒防獵客，滿添茶鼎候吟僧。」

〔四〕泛清澄：泛舟於澄澈之江流。清澄，語本屈原《遠遊》：「保神明之清澄兮，精氣入而麤穢除。」此謂水流清澈。李白《秋夜板橋浦汎月獨酌懷謝朓》：「漢水舊如練，霜江夜清澄。」

酬九經者〔一〕

九經三史學〔二〕，窮妙又窮微。長白山初出〔三〕，青雲路欲飛〔四〕。江僧酬雪句〔五〕，沙鶴識麻衣〔六〕。家在黄河北，南來偶未歸。

【校箋】

〔一〕九經：指《周禮》、《儀禮》、《禮記》（合稱三禮），《周易》、《詩經》、《尚書》，《左傳》、《公羊》、《穀梁》（合稱三傳），九部儒家經典。九經者謂研習九經之人。唐科舉有明經科，分爲通二經、三經、五經。詳參卷四《贈劉五經》注〔一〕。案劉五經早年苦讀於長白山，此言「長白山初出」，是此習九經者即後應明經科通五經入仕之劉映。詩亦作於唐末中和、光啟間（八八五前後）齊己在湘南時。

〔二〕三史學：指《史記》《漢書》《後漢書》。唐代設三史科。參見《唐會要》卷七十六。

〔三〕長白山：在唐淄州長山縣西南，今山東鄒平縣地。詳參卷四《贈劉五經》注〔二〕。案黄河在長白山北自西向東横貫淄州全境，此言「家在黄河北」，蓋淄州北部地是也。

〔四〕青雲路：喻仕途，猶言飛黄騰達之路。釋皎然《五言酬烏程楊明府華將赴渭北對月見懷》：「翻飛青雲路，宿昔滄洲情。」

〔五〕「句」字原脱，據諸本補。雪句，本集卷四《寄答武陵幕中何文使二首》其二：「江樓聯雪句，野寺看春耕。」

〔六〕沙鶴：江邊沙洲之鶴。劉長卿《泛曲阿後湖簡同遊諸公》：「水雲去仍濕，沙鶴鳴相留。」麻衣：此指官員居家之衣服。猶言官服。《詩·曹風·蜉蝣》：「蜉蝣掘閲，麻衣如雪。」毛傳：「如雪，言鮮絜。」鄭箋：「麻衣，深衣。諸侯之朝，朝服朝，夕則深衣也。」蓋指鶴，仙禽也，故有「識麻衣」之語。

寄贈集灘二公〔一〕

聞有難名境〔二〕，因君住更名。軒窗中夜色，風月遶灘聲〔三〕。客好過無厭，禽幽晝不成。終期一尋去，聊且寄吟僧〔四〕。

【校箋】

〔一〕集、灘二公及本詩寫作時地均無考。

〔二〕難名境：奥妙莫名之境界，喻二公居地之幽勝也。張説《中書令逍遥公墓誌銘》：「入難名之閫域，窺妙德之形容。」

〔三〕風月：清風明月，指美好景色。王勃《别人四首》其三：「林塘風月賞，還待故人來。」

〔四〕僧，柳、汲、明抄、《百家》、《全詩》作「情」。「吟僧」蓋指集、灘二公。「終期」二句謂思終尋訪，聊先寄詩也。

夏日作〔一〕

燕雀語相和〔二〕，風池滿芰荷〔三〕。可驚成事晚〔四〕，殊喜得閑多。竹衆涼欺水〔五〕，苔繁緑勝莎。無慙孤聖代〔六〕，賦詠有詩歌。

【校箋】

〔一〕據詩意，爲天祐間在湘中之作。

〔二〕雀，原作「省」，形近致訛，據諸本改。句意言燕雀啾啁和鳴也。白居易《吴宫辭》：「坐對珠籠閑理曲，琵琶鸚鵡語相和。」

〔三〕「風池」句：微風滿池拂芰荷。風池，庾信《奉報趙王惠酒》：「風池還更煖，寒谷遂成暄。」芰荷，菱花和荷花。《楚辭·離騷》「製芰荷以爲衣兮」，王逸注：「芰，菱也，秦人曰薢茩。荷，芙蕖也。」

〔四〕成事：謂有所作爲，事業成就。杜荀鶴《近試投所知》：「敢辭成事晚，自是出山遲。」

〔五〕喜，原作「甚」，柳、汲、明抄、《百家》、《全詩》作「喜」，意勝，據改。案句中「殊」字爲甚意，涉此而訛「喜」成「甚」。

〔六〕此聯「欺水」與「勝莎」爲對，欺、勝同義，皆壓過、勝過之意。

〔七〕孤：《集韻·模韻》：「孤，負也。」聖代：對當朝的美稱。李白《古風五十九首》其一：「聖代復元古，垂衣貴清真。」王琦注：「聖代，李唐也。」

行路難〔一〕

下浸與高盤〔二〕，不爲行路難。是非真險惡，翻覆作峯巒〔三〕。漆媿同時黑，朱慙巧處丹〔四〕。
令人畏相識，欲畫白雲看。

【校箋】

〔一〕行路難，《樂府詩集》卷七十云：「《樂府解題》曰：『《行路難》，備言世路艱難及離別悲傷之意，多以君不見爲首。』按《陳武别傳》曰：『武常牧羊，諸家牧豎有知歌謡者，武遂學《行路難》。』則所起亦遠矣。唐王昌齡又有《變行路難》。」此歎時世之險惡、翻覆，連前篇疑亦唐、後梁更代時詩。

〔二〕下浸：低窪水流之地。王勃《益州縣竹縣武都山浄慧寺碑》：「綿溪錦瀆，下浸重巒。」高盤：高山盤曲之道路。

〔三〕翻覆：杜甫《貧交行》：「翻手作雲覆手雨，紛紛輕薄何須數。」「翻覆」語本此。

〔四〕巧，《全詩》注：「一作汙。」「漆媿」二句謂「黑漆」自愧如時世之「黑」，「朱色」自慚若巧僞之「丹紅」。

送玉泉道者回山寺〔一〕

却憶西峰頂，經行絶愛憎。别來心念念，歸去雪層層。石塢尋春筭〔二〕，苔龕續夜燈。應悲塵土裏，追逐利名僧〔三〕。

【校箋】

〔一〕玉泉：指唐荆州當陽縣（今屬湖北省）玉泉山之玉泉寺。見前注。卷七《寄玉泉實仁上人》

云：「往歲曾尋聖跡時，樹邊三遶禮吾師。」蓋齊己居荊初期曾參禮玉泉，後與玉泉道友多有交往，本篇當亦居荊中詩。

〔二〕石塢：石頭圍砌的園地。皮日休《茶中雜詠·茶人》：「生於顧渚山，老在漫石塢。」

〔三〕「應悲」二句：尾聯爲十字句，悲憫「塵土裏，追逐利名」之僧也。李中《晚春客次偶吟》：「蹔逐利名頭易白，欲眠雲水志猶難。」宋釋真浄《留題佚老庵》：「却顧群情塵土裏，名牽利役自忘艱。」本此。

謝王拾遺見訪兼寄篇什〔一〕

竹裏安禪處〔二〕，生涯一印灰〔三〕。經年乞食過〔四〕，昨日諫臣來〔五〕。愧把黄梅偈〔六〕，曾酬白雪才〔七〕。因令識鳥跡，重疊在蒼苔〔八〕。

【校箋】

〔一〕案本集卷一有《寄王振拾遺》，寫王振棄梁歸隱深山。前詩贊其「近來焚諫草，深去覓山居。志定榮枯外，身全寵辱餘」，此言「昨日諫臣來」是此王拾遺即王振，則詩當作於其後不久，姑繫開平三年，訪己於長沙道林寺也。

〔二〕安禪：僧人打坐，進入禪定。見卷四《荆門病中寄懷貫微上人》注〔一〕。此「竹裏安禪」言竹林中寺。

〔三〕生涯：猶此生。語本《莊子·養生主》：「吾生也有涯，而知也無涯。」謂生命之邊際，後因指人之生命。沈炯《獨酌謡》：「生涯本漫漫，神理暫超超。」一印灰：猶言「一柱香灰」，意爲生涯在焚香（奉佛）禪誦中。印，印香，和合多種香料製成的香。王建《香印》：「閑坐燒印香，滿户松柏氣。」

〔四〕乞食：僧人爲資養色身而乞食於人的行儀，乃十二頭陀行之一。故有「乞食十利（謂利益）」「乞食十爲（謂所爲）」諸種言説。僧人托鉢行乞，心念威儀，專注于道，此言「經年乞食過」即謂爲僧修道也。

〔五〕諫臣：謂王拾遺。拾遺職掌諷諫，詳見卷一《寄王振拾遺》注〔一〕。

〔六〕「愧把」句：此言持偈語以酬王拾遺，故曰愧。自謙語。把，握持也。黄梅偈，禪宗悟道之偈語。禪宗五祖弘忍傳道於蘄州黄梅，各令弟子作偈，神秀、慧能遂各作詩偈。此以謂自己所作之詩乃是偈語，自謙之詞也。

〔七〕白雪才：謂詩才，用謝道韞典故以讚王拾遺也。《世説新語·言語》：「謝太傅寒雪日内集，與兒女講論文義。俄而雪驟，公欣然曰：『白雪紛紛何所似？』兄子胡兒曰：『撒鹽空中差可擬。』兄女曰：『未若柳絮因風起。』公大笑樂。即公大兄無奕女，左將軍王凝之妻也。」

〔八〕鳥，柳、《百家》作「馬」，非。「因令」二句：尾聯以「寄篇什」收結。自言己詩如鳥跡印蒼苔，供識文斷字而已，亦自謙也。鳥跡，謂文字。蔡邕《篆勢》：「字畫之始，因於鳥跡。蒼頡循聖，作則制文，體有六篆，要妙入神。」杜甫《李潮八分小篆歌》：「蒼頡鳥跡既茫昧，字體變化如浮雲。」

題張氏池亭〔一〕

樹石叢叢别，詩家趣向幽〔二〕。有時閑客散，始覺細泉流。蝶到琴棋畔，花過島嶼頭〔三〕。月明紅藕上，應見白黿遊。

【校箋】

〔一〕本篇寫詩家幽趣，全作景語而體物細密。疑爲中年湘中作，據前後詩編次，姑繫開平長沙詩内。

〔二〕趣向：猶志趣，此言詩人情趣之所鍾。杜牧《春末題池州弄水亭》：「趣向人皆異，賢豪莫笑渠。」

〔三〕「花過」句：言花開遍及島嶼頭尾。

送人南遊〔一〕

且聽吟贈遠，君此去蒙州〔二〕。瘴國頻聞説〔三〕，邊鴻亦不遊〔四〕。蠻花藏孔雀，野石亂犀牛〔五〕。到彼誰相慰？知音有郡侯〔六〕。

【校箋】

〔一〕本篇當爲湘中之作，亦據前後詩繫開平長沙詩内。

〔二〕蒙州：唐州名，州治立山，在今廣西蒙山縣南。《元和郡縣圖志·嶺南道》：「蒙州，本漢蒼梧郡地，今州即漢蒼梧郡之荔浦縣也。……武德五年於此置南恭州，貞觀八年改爲蒙州，因蒙水以爲名。」

〔三〕瘴國：瘴癘之區。《廣西通志·藝文》引宋王棐《瘴瘧説》曰：「南方天氣温暑，地氣鬱蒸，陰多閉固，陽多發泄，草木水泉，皆禀惡氣，人生其間，元氣不固，感而病作，是謂之瘴。輕者寒熱往來，正類痎瘧，謂之冷瘴；重者藴熱沉沉，晝夜如卧灰火中，謂之熱瘴。」

〔四〕「邊鴻」句：此用鴻雁不過回雁峰典故。《方輿勝覽·衡州》：「回雁峰，在衡陽之南，雁至此不過，遇春而回，故名。」《五代詩話》卷八引《留青日札》曰：「齊己云：『瘴國頻聞説，邊鴻亦不遊。』……即諺所謂『雁飛不到處，人被利名牽』者也。」

〔五〕鑾，《全詩》作「巒」，中華本校作「鑾」，是。亂，《全詩》注：「一作隱。」「鑾花」二句：此聯詠南中風物，言孔雀隱藏繁花之中，野石間犀牛出没，亂人眼目。《太平寰宇記・嶺南道》：「鬱林州（案今廣西玉林一帶）……南流縣……多翡翠、孔雀，其地近海，……犀牛，有角在額上，其鼻上又有一角，食荆棘。」

〔六〕郡侯：州郡長官。杜荀鶴《旅泊遇郡中叛亂示同志》：「郡侯逐出渾閒事，正是鑾輿幸蜀年。」

題明公房〔一〕

寺北聞湘浪〔二〕，窗南見嶽雲〔三〕。自然高日用〔四〕，何要出人群？瓦滴殘松雨，爐香匝印文〔五〕。近年精《易》道〔六〕，疑者曉紛紛。

【校箋】

〔一〕明公不詳。據首聯，此爲長沙詩，參前詩編次，亦繫開平三年。

〔二〕聞，柳、明抄、《百家》作「間」。

〔三〕嶽雲：當指嶽麓山之雲。

〔四〕自然：天然之本性，非刻意爲之。《後漢書·郎顗列傳》：「江夏黄瓊，耽道樂術，清亮自然，被褐懷寶，含味經籍。」日用：日常，平時。《景德傳燈録·杭州龍册寺曉榮禪師》：「問：日用事如何？師曰：一念周沙界，日用萬般通。湛然常寂滅，常轉自家風。」

〔五〕匝：周也，謂繚繞。印文：燃燒「印香」之紋。

〔六〕精《易》道：謂精通《易》理。下句謂使疑者皆曉也。

寄顧處士〔一〕

半年離别夢，來往即湖邊。兩幅關山雪，尋常在眼前〔二〕。項容藏古翠，張藻卷寒煙〔三〕。藍淀圖花鳥〔四〕，時人不惜錢。

【校箋】

〔一〕據詩意顧處士蓋亦善畫者。依前諸詩編次，疑亦開平間長沙詩。

〔二〕尋常：經常。杜甫《江南逢李龜年》：「岐王宅裏尋常見，崔九堂前幾度聞。」此謂見畫思人。

〔三〕「項容」二句：項容、張藻，皆唐代畫家。此借以讚處士之畫作。《歷代名畫記·叙歷代能畫人名》有項容之名又曰：「天台項容處士，……畫山水。……頑澀。」《唐朝名畫録》列於「能品下」。《唐朝名畫録》：「神品下七人，……張藻：松石、山水、人物。」謂「張藻員外，衣冠文學，時之名流。畫松石、山水，當代擅價，惟松石特出古今，得用筆法，……可居神品也」。

〔四〕藍淀：亦作藍靛、藍澱，一種深藍色的染料。《齊民要術·種藍》：「別作小坑，貯藍澱著坑中，候如强粥，還出甕中盛之，藍澱成矣。」

貽徐生〔一〕

可能東海子〔二〕，清苦在貧居。掃地無閑客，堆窗有古書。少年猶若此，向老合何如〔三〕？去歲頻相訪，今來亦見疏。

【校箋】

〔一〕本篇寫作時地無考，依前詩姑繫於開平長沙詩内。貽，《全詩》注：「一作贈。」

〔二〕可能：推論之辭，難道、可是之義。見《詩詞曲語辭匯釋》卷一。東海：《元和郡縣圖志·河南道》：「海州……管縣四：朐山、東海、沭陽、懷仁。」郡治朐山，在今江蘇省連云港市西。徐生蓋東海人，客居湘中而清貧。

〔三〕向：假設連詞，與「假若」同。見《詞詮》卷四。合：當也。

胡大浚　箋注

齊己詩歌繫年箋注

下册

中華書局

〔四〕言，柳、汲、明抄、清抄、《百家》、《全詩》作「佯」。

〔五〕聊，柳、汲、明抄、《百家》、《全詩》作「寥」，同音致訛。無聊：鬱悶不樂。王逸《九思·逢尤》：「被詠譖兮虛獲尤，心煩憒兮意無聊。」王逸注：「聊，樂也。」

寒節日寄鄉友〔一〕

歲歲逢寒食，寥寥古寺家〔二〕。踏青思故里〔三〕，垂白看楊花〔四〕。原野稀疎雨，江天冷淡霞。滄浪與湘水〔五〕，歸恨共無涯。

【校箋】

〔一〕寒節日：即寒食節，在清明前一日或二日。《荆楚歲時記》：「去冬至節一百五日，即有疾風甚雨，謂之寒食。禁火三日，造餳大麥粥。」據詩中情懷，本篇當作於被强留荆門之後不久，以次《寄東林言之禪子》後，姑繫龍德三年寒食。

〔二〕寥寥：空虚静寂貌。江淹《雜體三十首·謝僕射遊覽》：「淒淒節序高，寥寥心悟永。」李善注：「《莊子》曰：『寥已吾志。』郭象曰：『寥然空虚也。』」

〔三〕踏青：自古清明節前後往郊野遊覽之習俗。孟浩然《大堤行寄萬七》：「歲歲春草生，踏青二三月。」

〔四〕垂白：年老白髮下垂。《漢書·杜周傳》「誠哀老姊垂白」，顔師古注：「垂白者，言白髮下垂也。」本年齊己六十歲。

〔五〕「滄浪」句：滄浪、湘水，二水名，均在今湖南境。並見前注。

聞西蟾從弟卜岩居岳西有寄〔一〕

瀑布見高低，岩開岩壁西。碧雲多舊作〔二〕，紅葉幾新題〔三〕？滴瀝中疎磬〔四〕，嵌空半倚梯〔五〕。仍聞樵子徑，亦不到前溪〔六〕。

【校箋】

〔一〕西蟾：當即栖蟾，亦作棲蟾。《唐詩紀事》卷七五「僧虛中」條謂：「虛中，宜春人也。遊瀟湘山水，與齊己、尚顔、栖蟾爲詩友。」卷七六録僧栖蟾《再宿京口禪院》、《宿巴江》、《遊邊》等詩六首。《全唐詩》録十二首（含重出詩）。從弟：堂弟，叔伯弟弟。卜岩居岳西：卜謂卜居，擇地居住也。栖蟾有《居南岳懷沈彬》詩，知其曾居衡山。又僧虛中《贈屏風巖栖蟾上人》：「巖房高且静，住此幾寒暄。」「岩居岳西」當指居衡山西之屏風巖。（據歷代地志所載，在今廣西桂林有屏風巖。《方輿勝覽・廣西路・静江府》：「屏風巖：在平地。斷山峭壁之下入洞門，上下左右皆高廣百餘丈，如康莊大逵。延納光景，内外明徹。中有平地，可宴百客。仰視鍾乳床，森然倒垂，如珠玉瓔珞寶蓋者甚多。石乳融結丈餘，圓如囷廩，外紋縠皺星燦極可觀。躡石磴五十級，有石穴通明，逗穴而出，則山川城郭，恍然無際。余因其處作壺天觀，而命其洞曰空明。」范成大《桂海虞衡志》載同。《大明一統志》、《廣西通志》均謂「屏風巖在府城東北五里」。桂林地屬南嶺，當五嶺西端越城嶺西南。「岳西」當泛指南岳以西地。或衡山西側有另一屏風巖也，姑存疑。）據下詩《寄懷西蟾師弟》云：「見説南遊遠，堪懷我姓同。江邊忽得信，回到岳門東。」當作於齊己初離衡山入居長沙時，今繫天祐三年。

〔二〕碧云：指傷離念遠言情婉至之詩作。詳見卷二《聞貫休下世》注〔三〕。

〔三〕「紅葉」句：宋祝穆《古今事文類聚・人倫部》「紅葉題詩」條引《青瑣高議》：「唐僖宗時，有于祐晚步禁衢，流一紅葉，上有二句云：『殷勤謝紅葉，好去到人間。』祐復題云：『曾聞葉上題紅怨，葉上題詩寄阿誰？』祐後娶一宫人韓氏，於祐書篋中見一紅葉，驚曰：『此吾所作。吾水中亦得紅葉。』即祐所題詩。於是相對感泣，曰：『事豈偶然，莫非前定也。』」許渾《長慶寺遇常州阮秀才》：「晚收紅葉題詩遍，秋待黄花釀酒濃。」

〔四〕「滴瀝」句：指岩洞滴水聲，若寺中斷續之磬聲。滴瀝，江淹《雜體三十首・謝臨川遊山》：「乳竇既滴瀝，丹井復寥泬。」疎磬，釋皎然《五言遊谿待月》：「殘燈逢水店，疎磬憶山扉。」

〔五〕「嵌空」句：倚，原作「椅」，據諸本改。此句指巖洞位居半山腰，需倚梯上下。顧況《苔蘚山歌》：「嶮峭嵌空潭洞寒，小兒兩手扶欄干。」嵌空，凹陷。

〔六〕亦，底本、汲、馮、《全詩》均脱，據柳、明抄補。

寄懷西蟾師弟 蟾師有「萬里八九月，一身西北風」之句〔一〕。

萬里八九月，一身西北風。自從相示後，長記在吟中。見説南遊遠，堪懷我姓同〔二〕。江邊忽得信，回到岳門東〔三〕。

【校箋】

〔一〕西蟾，即栖蟾。題下原注：「蟾師有『萬里八九月，一身西北風』之句。」案「萬里」二句，《唐僧弘秀集》、《唐詩紀事》録爲僧栖蟾《遊邊》中句。《石倉歷代詩選》作僧尚顔詩，《古今禪藻集》作僧歸仁，據齊己詩當爲栖蟾之作。蓋栖蟾曾遠遊西北邊塞之地。

〔二〕「見説」二句：「南遊遠」當指南入桂州居屏風巖，或又遠行南海各地。栖蟾爲齊己從弟，故曰「姓同」。

〔三〕江邊：指湘江邊，蓋齊己自謂。岳門：衡山山門，言栖蟾行蹤也。

撲滿子〔一〕

祇愛滿我腹，争知滿害身〔二〕！到頭須撲破，却散與他人。

【校箋】

〔一〕詩題，《全詩》注：「一作《詠撲滿》。」撲滿：存錢的瓦罐。《西京雜記》卷五：「撲滿者，以土爲器，以蓄錢具，其有入竅而無出竅，滿則撲之。」貫休《續姚梁公座右銘》：「勵志須至，撲滿必破。」

〔二〕知，《全詩》作「如」。案：「如」義同「奈」。

寄西川惠光大師曇域〔一〕

禪月有名子〔二〕，相知面未曾〔三〕。筆精垂壁溜〔四〕，詩澁滴杉冰〔五〕。蜀國從栖泊〔六〕，蕪城幾廢興〔七〕。憶歸應寄夢，東北過金陵〔八〕。

【校箋】

〔一〕曇域：僧貫休門弟子，五代西蜀龍華寺僧。詳見卷四《和曇域上人寄贈之什》注〔一〕。詩寄曇域，表達對禪月大師貫休下世哀悼之情，亦當作於《和曇域上人寄贈之什》同時，姑繫乾化三年（九一三）時年五十，居長沙道林寺。

〔二〕禪月有名子：指曇域之師僧貫休。參見《和曇域上人寄贈之什》「可憐禪月子」注。

〔三〕面：動詞「晤面」。齊己與貫休、曇域均未曾晤面。

〔四〕「筆精」句：此指貫休書法精妙。壁溜，壁上流水。以此形容貫休書法若行雲流水。案貫休擅長書畫，《宣和書譜》稱其：「作字尤奇崛，至草書益勝，嶄峻之狀，可以想見其人。喜書《千文》，世多傳其本，雖不可以比迹智永，要自不凡。」又《書史會要》謂曇域「工小篆，學李陽冰」。則此聯稱道貫休亦兼及曇域也。

〔五〕詩澁：謂詩風艱澀。澁即澀字。李肇《唐國史補》卷下：「元和已後，爲文筆則學奇詭于韓愈，學苦澀于樊宗師。」滴杉冰：形容詩意婉曲，如冰溜滴落於杉樹枝葉之中。

〔六〕從栖泊：任栖泊也。從，猶「任」也，「聽」也。見《詩詞曲語辭匯釋》卷一。栖泊：寄居。陳子昂《古意題徐令壁》：「聞君太平世，栖泊靈臺側。」

〔七〕蕪城：古城廣陵的别稱，故址在今江蘇江都。廣陵建于西漢，南朝宋劉誕據城反，敗死，城遂荒蕪，鮑照作《蕪城賦》諷之，因得名。釋皎然《五言京口送孟明還揚州》：「萋萋御亭草，渺渺蕪城雲。」案貫休爲江南東道婺州人，此以蕪城廢興概言東南大地戰亂興亡。

〔八〕金陵：今南京市。自蜀夢歸婺州，順大江東行，故有此語。

憶別匡山寄彭澤乾晝上人〔一〕

憶別匡山日，無端是遠遊〔二〕。却迴看五老〔三〕，翻悔上孤舟。蹭蹬三千里，蹉跎二十秋〔四〕。近來空寄夢，時到虎溪頭〔五〕。

【校箋】

〔一〕乾晝上人：彭澤僧，齊己詩友。詳見卷二《竟陵遇晝公》注〔一〕。詩言悔別匡山，「蹉跎二十秋」，齊己龍德元年（九二一）離廬山至荆門，至天福三年（九三八）初春遽卒，是詩當作於天福二年秋，幾二十年矣。

〔二〕無端：無始無終。語本《管子·幼官》：「始乎無端，卒乎無窮。始乎無端，道也。卒乎無窮，德也。」此借言僧人行脚、遠遊，自歎擬遠遊入蜀致滯留渚宮。王昌齡《大梁途中作》：「怏怏步長道，客行渺無端。」

〔三〕五老：廬山峰名。見卷二《再遊匡山》注〔二〕。

〔四〕「蹭蹬」二句：二句互文見義，言在荆州艱難困頓。蹭蹬、蹉跎，本義均爲道路險阻難行，引申爲人生困頓失意貌。《洛陽伽藍記·正始寺》：「若乃絶嶺懸坡，蹭蹬蹉跎。」杜甫《上水遣懷》：「蹭蹬多拙爲，安得不皓首。」李頎《放歌行答從弟墨卿》：「由是蹉跎一老夫，養雞牧豕東城隅。」三千里，概言自廬山歸湘復自湘北去至荆門，約其成數也。

〔五〕虎溪：在廬山。見卷三《荆門送晝公歸彭澤舊居》注〔六〕。

又寄彭澤晝公〔一〕

聞君彭澤住，結構近陶公〔二〕。種菊心相似〔三〕，嘗茶味不同。湖光秋枕上，岳翠夏窗中。八月東林去，吟香菡萏風〔四〕。

【校箋】

〔一〕本篇與《憶別匡山寄彭澤乾晝上人》爲同時先後之作，蓋暮年懷友，思憶彌甚，寄之言未盡意，又復寄之。

〔二〕結構：指屋舍。本義爲連結構架已成房屋。謝朓《郡内高齋閑望答吕法曹》：「結構何迢遰，曠望極高深。」陶公：陶淵明，潯陽柴桑人，爲彭澤令。

〔三〕「種菊」句：陶淵明《飲酒二十首》其五：「結廬在人境，而無車馬喧。問君何能爾，心遠地自偏。采菊東籬下，悠然見南山。山氣日夕佳，飛鳥相與還。此中有真意，欲辯已忘言。」心相似謂此。

〔四〕菡萏：荷花。皮日休《鴛鴦二首》其二：「煙濃共拂芭蕉雨，浪細雙遊菡萏風。」又本集卷四《憶在匡廬日》：「步碧葳蕤徑，吟香菡萏池。」

因覽支使孫中丞看可準大師詩序有寄〔一〕

一千篇裏選，三百首菁英。玉尺新量出，金刀舊翦成〔二〕。錦江增古翠〔三〕，僊掌減元精〔四〕。準公曾以詩道訪司空圖于華下〔五〕。自此爲風格〔六〕，留傳諸後生〔七〕。

【校箋】

〔一〕支使孫中丞：指孫光憲，侍荆南節度使高季興、高從誨父子數代。詳見卷三《和孫支使惠示院中庭竹之什》注〔一〕。《十國春秋·荆南三》本傳謂光憲在荆南「累官荆南節度副使、朝議郎、檢校祕書少監、試御史中丞，賜紫金魚袋」，其「試御史中丞」約當高從誨暮年之時。從誨卒於乾祐元年（九四八），然齊己天福三年（九三八）已卒，詩稱「孫中丞」，當爲天福二年齊己卒前之詩。可準：西蜀僧，法號普明。詳參卷二《寄普明大師可準》注〔一〕。按齊己與可準素有文學往來，本卷復有《謝西川可準上人遠寄詩集》，可知二人關係之密切。

〔二〕「玉尺」二句：玉尺、金刀，借喻良匠度量、剪裁。翦，同「剪」。新量出，謂新選三百首。舊翦成，指舊作一千篇。李白《上清寶鼎詩》：「仙人持玉尺，度君多少才。玉尺不可盡，君才無時休。」

〔三〕「錦江」句：濯錦江在成都，借指可準在西蜀之詩作，使錦江增其古翠。

〔四〕僊掌：即仙掌。華山有仙掌峰。詳見卷九《僊掌》注〔一〕。元精：天地之精氣。《論衡·超奇》：「天稟元氣，人受元精。」此以華山元精讚賞可準之詩。

〔五〕道，原作「遺」，清抄作「遣」，非。其餘各本作「道」，是，今據改。華下：指華山之下，即華州。訪圖于華下之事，詳見卷二《寄普明大師可準》注〔三〕。

〔六〕風格：指詩作之格調特色。杜甫《蘇端薛復筵簡薛華醉歌》：「坐中薛華能醉歌，歌辭自作風格老。」

〔七〕後生：謂後學者，弟子。

新秋病中枕上聞蟬〔一〕

枕上稍醒醒〔二〕，忽聞蟬一聲〔三〕。此時知不死，昨日即前生〔四〕。更欲臨窗聽，猶難策杖行〔五〕。尋應同蜕殼〔六〕，重飲露華清〔七〕。

【校箋】

〔一〕本集卷一有《病起二首》云：「一卧四十日，起來秋氣深。」卷五復有《荆州新秋病起雜題一十五首》，詳寫此次久病初起情狀。諸詩情事相同，當爲同時之作，本篇則久病未起時也。繫天福二年（九三七）荆州詩。

〔二〕醒醒：清醒。白居易《歡喜二偈》其二：「眼闇頭旋耳重聽，唯餘心口尚醒醒。」

〔三〕一，原作「上」，據諸本改。蓋涉詩題「枕上」致訛。

〔四〕生，馮本作「身」。前生，義同「前身」。佛教術語，指過去世之身。寒山詩：「今日如許貧，總是前生做。今生又不修，來生還如故。」

〔五〕策杖：拄杖。曹植《苦思行》：「策杖從我遊，教我要忘言。」杜甫《戲題寄上漢中王三首》其二：「策杖時能出」，仇兆鰲注：「杖策者，策杖而行……則古人於杖，雖少年皆用之矣。」

〔六〕尋：副詞，俄也，旋也，猶「不久」。《古詩爲焦仲卿妻作》：「媒人去數日，尋遣丞請還。」蜕殼：指新蟬蜕皮。借言病愈體健。

〔七〕飲露華：虞世南《蟬》：「垂緌飲清露，流響出疎桐。居高聲自遠，非是藉秋風。」露華即露水。

寄雲蓋山先禪師〔一〕

曾尋湘水東，古翠積秋濃。長老禪栖處，半天雲蓋峰〔二〕。閒床饒得石〔三〕，雜樹少于松。近有誰堪話〔四〕？瀏陽妙指蹤〔五〕。

【校箋】

〔一〕雲蓋山：據明清諸地志，雲蓋山在潭州善化縣西南，峰巒秀麗，望之如蓋，一名靈蓋山。山有虎溪、蛇井。明、清善化縣地屬今長沙市。先禪師：本集卷四有《新秋霽後晚眺懷先公》詩，疑先禪師、先公爲同一人。案雲蓋寺爲唐五代禪宗寺院，見諸《五燈會元》等佛典記載，先禪師蓋禪修於此者。前開平三年秋有《晚眺懷先公》詩，此則尋訪後寄懷之作，姑繫開平五年（九一一）。

〔二〕峰，原作「風」，據柳、汲、《全詩》改。

〔三〕饒：多。《玉篇·食部》：「饒，豐也。」

〔四〕話，汲、《全詩》作「語」。

〔五〕瀏陽：唐潭州長沙郡屬縣，即今湖南省瀏陽市地。《新唐書·地理志》：「潭州長沙郡……縣六。……瀏陽，中。景龍二年析長沙置。」其地西與善化縣接壤。瀏陽道吾寺爲禪宗石頭希遷法嗣道吾和尚道場。《祖堂集》卷五《道吾和尚》：「道吾和尚嗣藥山，在瀏陽縣。」《湖廣通志·古蹟志》瀏陽縣：「道吾寺，在二十四都道吾山，唐修一禪師建（案道吾和尚諱圓智，謚修一大師）。師初覓道場，行至半山，路塞，忽雷震巨石，石裂，始得路。至石湫上，見白衣老人危坐，參師曰：『吾此山龍神，黎姓，吴人也。守是山待師四十餘年矣。』遂立道場於此，號曰道吾。」指蹤：發蹤指示。《祖堂集》卷十五《盤山和尚》：「若言即心即佛，今時未入玄微；若言非心非佛，猶是指蹤之極則。」此借言先禪師赴道吾寺參禪也。

落　葉〔一〕

落多秋亦晚，窗外見諸鄰。世上誰驚盡，林間獨掃頻。蕭騷微月夜〔二〕，重疊早霜晨。昨日繁陰在〔三〕，鶯聲樹樹春。

【校箋】

〔一〕此感時序之變遷詠物寄意之作。言「林間獨掃頻」，爲居道林寺時詩（《居道林寺書懷》：「誰來看山寺？自要掃松門。」）蓋與前篇《寄雲蓋山先禪師》同時作。

〔二〕蕭騷：象聲詞，風吹落葉聲。薛能《寄河南鄭侍郎》：「寒窗不可寐，風地葉蕭騷。」

〔三〕繁陰：猶濃蔭。王維《宋進馬哀辭》：「背春涉夏兮，衆木藹以繁陰。」

次耒陽作〔一〕

遶岳復沿湘〔二〕，衡陽又耒陽。不堪思北客，從此入南荒〔三〕。旦夕多猿狖〔四〕，淹留少雪霜。因經杜公墓〔五〕，惆悵學文章〔六〕。

【校箋】

〔一〕耒陽：《元和郡縣圖志·江南道》：「衡州……管縣六：衡陽、攸、茶陵、耒陽、常寧、衡山。」「耒陽縣（上。西北至州一百六十八里）。本秦縣，因耒水在縣東爲名。……後漢蔡倫即此縣人，有宅基在縣西一里。」案唐耒陽即今湖南省耒陽市。據詩意，本篇疑爲早年初離大潙山寺，南遊湘中至耒陽之作，姑繫中和四年（八八四）二十餘歲時。詩言「淹留少雪霜」，蓋秋冬之作。

〔二〕「遶岳」句：岳，謂衡山。湘，指湘水。案耒水北流入湘，故有此語。《水經注·耒水》：「（耒陽）東傍耒水，……耒水西北至臨承縣而右注湘水，謂之耒口也。」

〔三〕南荒：泛指南方邊遠之地。李德裕《汨羅》：「遠謫南荒一病身，停舟暫弔汨羅人。」

〔四〕「旦夕」二句：杜甫《虎牙行》：「杜鵑不來猿狖寒，山鬼幽陰雪霜逼。」

〔五〕杜公墓：耒陽有杜甫墓，位於今耒陽市沿江路耒陽市第一中學校園内。傳韓愈有《題杜工部墳》：「今春偶客耒陽路，悽慘去尋江上墓。召朋特地踏煙蕪，路入溪村數百步。招手借問騎牛兒，牧童指我祠堂路。入門古屋三四間，草茅緣砌生無數。寒竹珊珊摇晚風，野蔓層層纏庭户。……一堆空土煙蕪裏，虚使詩人歎悲起。」或以爲耒陽杜甫墓、韓愈題詩皆後人附會，然齊己固「經杜公墓」矣，後復有《弔杜工部墳》詩作。

〔六〕文章：泛指詩文。杜甫《偶題》：「文章千古事，得失寸心知。」

舟中晚望祝融峰〔一〕

天際卓寒青〔二〕，舟中望晚晴。十年關夢寐〔三〕，此日向崢嶸〔四〕。巨石凌空黑，飛泉照野明。終當躡孤頂〔五〕，坐看白雲生〔六〕。

【校箋】

〔一〕祝融峰：南嶽衡山最高峰，詳見卷四《登祝融峰》注〔一〕。詩言「十年關夢寐，此日向崢嶸」。

蓋齊己七歲爲大潙山寺牧牛，旋出家學戒律，經「十年」修行，約當於二十歲受持具足戒後外出行脚。詩言「天際卓寒青」，當與前篇《次耒陽作》同時作。

〔二〕卓：高聳。《論語·子罕》：「如有所立，卓爾。」皇侃疏：「卓，高遠貌也。」薛能《華嶽》：「簇簇復亭亭，三峯卓杳冥。」

〔三〕關夢寐：魂牽夢繞。賈島《南池》：「淹泊方難遂，他宵關夢魂。」關，猶牽繫也。陳琳《飲馬長城窟行》：「結髮行事君，慊慊心意關。」案：衡山唐代即爲佛教禪宗勝地，衆多禪門大師居此禪修，僧衆入衡山參禮者不絶。僅見於《宋高僧傳》所載，唐前即有南嶽思大師，初唐以降，南嶽觀音臺懷讓、南嶽石頭山希遷、南嶽雲峰寺法照、南嶽西園蘭若曇藏、衡山昂頭峰日照、衡嶽寺曇清、南嶽七寶臺寺玄泰、南嶽般舟道場惟勁、南嶽山明瓚、南嶽蘭若行明、南嶽澄心、南嶽山全玼等十多人，皆一代名師。「十年關夢寐」者以此。

〔四〕向峥嶸：面對高峻的山景。向，介詞，臨也、當也。

〔五〕終當：會當。杜甫《望岳》：「會當淩絶頂，一覽衆山小。」躡：登上。孤頂：孤高之峰頂。張九齡《晨坐齋中偶而成詠》：「孤頂乍脩聳，微雲復相續。」

〔六〕坐看：且看。王維《終南别業》：「行至水窮處，坐看雲起時。」

弔杜工部墳〔一〕

鵬翅蹋于斯〔二〕，明君知不知？域中詩價大〔三〕，荒外土墳卑〔四〕。瘴雨無時滴，蠻風有穴吹。唯應李太白〔五〕，魂魄往來疲〔六〕。

【校箋】

〔一〕杜工部墳：即杜甫墓，見前《次耒陽作》注〔五〕。本篇亦爲中和四年南遊經耒陽時作。

〔二〕鵬翅：喻大賢偉才。韓愈《送汴州監軍俱文珍序》：「衝天鵬翅闊，報國劍鋩寒。」蹋：下垂貌。此謂蹋翅，耷拉著翅膀。意爲大鵬殞落於此。顧況《剡紙歌》：「政是垂頭蹋翼時，不免向君求此物。」

〔三〕域，柳、汲、明抄、《全詩》作「城」，當非。中華書局本《全唐詩》校作「域」。域中：猶言境内，指全國。蕭統《謝敕賚地圖啟》：「域中天外，指掌可求。」詩價：借言詩歌成就。張籍《送從弟刪東歸》：「詩價已高猶失意，禮司曾賞會成名。」

〔四〕荒外：邊遠地方。此指耒陽。李隆基《春晚宴兩相及禮官麗正殿學士探得風字》：「介胄清荒外，衣冠佐域中。」

〔五〕李，原作「學」，據諸本改。清抄「李太白」作「李學士」。

〔六〕魂，明抄、《小集》作「精」。疲，清抄作「頻」。杜甫《夢李白二首》其一：「故人入我夢，明我長相憶。……魂來楓林青，魂返關塞黑。……落月滿屋梁，猶疑照顔色。」其二：「三夜頻夢君，情親見君意。告歸常局促，苦道來不易。江湖多風波，舟楫恐失墜。出門搔白首，若負平生志。」

岳中寄殷處士〔一〕

出岳與入岳，新題寄後題〔二〕。遍尋僧壁上，多在鴈峰西〔三〕。近説遊江寺，將誰話石梯〔四〕？相思立高巘〔五〕，山下草萋萋〔六〕。

【校箋】

〔一〕岳：指衡山。亦中和南遊期間詩：前爲秋冬詩，此言「相思立高巘，山下草萋萋」，次年春日矣。蓋出岳入岳，行遊已久。繫光啟元年（八八五）。殷處士：生平無考，蓋亦行遊南岳者。

〔二〕新，柳、汲、明抄、《全詩》作「前」。寄，柳、汲、明抄、《全詩》作「繼」。

〔三〕「遍尋」二句：謂尋僧於雁峰西之山崖石壁上。鴈峰，衡山回鴈峰。

〔四〕將：與也。石梯：登山的石蹬。謝朓《登山曲》：「暮春春服美，遊駕躡石梯。」此或指石梯嶺。《湖廣通志·山川志》：「石梯嶺在（寧遠）縣西北八十里。」

〔五〕高巘：許渾《秋霽潼關驛亭》：「霽色明高巘，關河獨望遥。」

〔六〕萋萋：淮南小山《招隱士》：「王孫游兮不歸，春草生兮萋萋。」

送幽禪師〔一〕

霜繁野葉飛，長老卷行衣〔二〕。浮世不知處〔三〕，白雲相待歸。磬和天籟響，禪助岳神威〔四〕。莫使言長往〔五〕，勞生待發機〔六〕。

【校箋】

〔一〕幽禪師：生事無考。詩言「霜繁野葉飛」、「禪助岳神威」，據本卷詩編次，當亦光啟元年秋日在衡山作。

〔二〕長老：通指年長法臘高、智德俱優之大比丘，或指寺院之住持僧。此指幽禪師。詳見卷三《東林雨後望香爐峰》注〔六〕。

〔三〕浮世：佛家謂世間動盪不定，充滿憂苦；亦即無常之世。此謂不知行脚所往之處。參卷二

《謝人惠藥》注〔六〕。劉瑶《暗别離》：「青鸞脈脈西飛去，海闊天高不知處。」

〔四〕助，柳、汲、馮、《全詩》作「動」。

〔五〕使，柳、汲、馮、明抄、《全詩》作「便」。莫使：猶言「不要」、「别讓」。鮑照《代邊居行》：「遇樂便作樂，莫使候朝光。」

〔六〕勞生：勞苦之人生，語本《莊子·大宗師》：「大塊載我以形，勞我以生。」張喬《江南别友人》：「勞生故白頭，頭白未應休。」佛教以指在苦海中的衆生。發機：撥動機關，猶言發射。《三國志·魏書·杜襲傳》：「千鈞之弩不爲鼷鼠發機，萬石之鐘不以莛撞起音。」此言以佛法發其根機，以得智慧光明。湛然《法華文句記》卷二：「機雖可發，必藉先導；導機既發，影響扶疎。」《五燈會元》卷十《清涼益禪師法嗣》：「諸佛時常出世，時常説法度人，未曾間歇。乃至猿啼鳥叫，草木叢林，常助上座發機。」

燒〔一〕

獵獵寒蕪引〔二〕，承風勢不還〔三〕。放來應有主，焚去到何山！焰入空濛裏〔四〕，煙飛蒼莽間〔五〕。石中有良玉〔六〕，惆悵但傷顔。

【校箋】

〔一〕詩題，《全詩》作「觀燒」。「燒」讀去聲，指野火或放火燒荒肥田。據詩意疑亦此次行遊衡山時寒秋日作。

〔二〕獵獵：象聲詞。鮑照《上潯陽還都道中作》：「鱗鱗夕雲起，獵獵晚風遒。」寒蕪：寒秋之雜草。駱賓王《久戍邊城有懷京邑》：「層陰籠古木，窮色變寒蕪。」引：引火，導火使燃燒。

〔三〕勢，底本原作「執」，據諸本改。

〔四〕空濛：迷茫、縹緲貌。謝朓《觀朝雨》：「空濛如薄霧，散漫似輕埃。」

〔五〕蒼莽，柳、明抄作「莽蒼」，皆曠遠迷茫貌。

〔六〕「石中」句：陸機《文賦》：「石韞玉而山輝，水懷珠而川媚。」

詠茶十二韻〔一〕

百草讓爲靈，功先百草成〔二〕。甘傳天下口〔三〕，貴占火前名〔四〕。出處春無雁，收時谷有鶯〔五〕。封題從澤國〔六〕，貢獻入秦京。鶗覺精新極〔七〕，嘗知骨自輕〔八〕。研通天柱響，摘遶蜀山明〔九〕。賦客秋吟起，禪師晝卧驚。角開香滿室〔一〇〕，爐動緑凝鐺〔一一〕。晚憶涼泉對，閒思異果并〔一二〕。松黄乾旋泛，雲母滑隨傾〔一三〕。頗貴高人寄，尤宜別匱盛〔一四〕。曾尋修事法，妙盡陸先生〔一五〕。

【校箋】

〔一〕詩言「賦客秋吟」、「禪師晝卧」，寫寒秋日與道友山中品茗情景，深贊新茶健體清神之功效，據前詩編次，或亦此次行遊衡山時之詩。

〔二〕「百草」二句：王禎《農書》卷三十六《穀譜十》：「夫茶，靈草也。種之則利博，飲之則神清，上而王公貴人之所尚，下而小夫賤隸之所不可闕。誠民生日用之所資，國家課利之一助也。」陸龜蒙《奉和襲美茶具十詠·茶人》：「天賦識靈草，自然鍾野姿。」

〔三〕「甘傳」句：王禎《農書》卷三十六《穀譜十》：「六經中無茶字，蓋荼即茶也。《詩》云：『誰謂荼苦，其甘如薺。』以其苦而甘味也。」案引《詩》乃《詩·邶風·谷風》。

〔四〕火前：寒食前採摘之茶。寒食禁火，故曰火前。見卷三《謝中上人寄茶》注〔二〕。

〔五〕「出處」二句：出處，指茶之萌孽，時在初春。收時，言茶之採摘。無雁、有鶯，言春雁北飛，唯有春鶯，蓋湘中也。劉孝綽《賦得始歸鴈詩》：「洞庭春水緑，衡陽旅鴈歸。」

〔六〕封題：封裝完畢題簽於封口，以防假冒。杜甫《路逢襄陽楊少府入城戲呈楊四員外綰》：「翻動龍蛇窟，封題鳥獸形。」澤國：水鄉。此謂湖南。元稹《後湖》：「答云潭及廣，以至鄂與吴，萬里盡澤國，居人皆墊濡。」

〔七〕齅：「嗅」之古體，以鼻聞。《説文·鼻部》：「齅，以鼻就臭也。」

〔八〕自，柳、明抄作「目」。朱勝非《紺珠集》卷十引陶弘景云：「苦茶換骨輕身，丹丘山黄仙服之。」

〔九〕「研通」三句：研，用茶碾研磨茶葉。天柱，山名，在今安徽省霍山縣。詳見卷二《浣口泊舟曉望天柱峰》注〔一〕。此蓋寫處處品茶研磨聲震耳鼓，以眼前衡山景連類而及天柱，故曰「通」。下句由湘而及蜀，皆唐代名茶産地。《唐國史補》卷下：「風俗貴茶，茶之名品益衆。劍南有蒙頂石花，或小方，或散牙，號爲第一。……東川有神泉、小團、昌明、獸目，……湖南有衡山，岳州有㴩湖之含膏，……壽州有霍山之黄牙。」

〔一〇〕角：貯茶器。林逋《夏日寺居和酬葉次公》：「社信題茶角，樓衣笐酒痕。」

〔一一〕鐺：茶鐺，煮茶的小鍋。李洞《贈曹郎中崇賢所居》：「藥杵聲中搗殘夢，茶鐺影裏煮孤燈。」

〔一二〕并，汲、《全詩》作「平」。

〔一三〕「松黄」二句：此説唐代飲茶風俗。陸羽《茶經》：「或用葱薑、棗、橘皮、茱萸、薄荷之等，煮之百沸，或揚令滑，或煮去沫，斯溝渠間棄水耳，而習俗不已。」知唐時飲茶，多用他物同研磨過的茶葉同煮。松黄，《證類本草》卷十二引《唐本草》：「松花，名松黄。拂取似蒲黄。」又引《本草圖經》：「其花上黄粉名松黄，山人及時拂取，作湯點之甚佳。但不堪久，故鮮用寄遠。」雲母，礦石名，可入藥，其性潤滑。

〔一四〕別匱盛：單獨盛放。櫃爲匱之後出字，藏物器具。此指收藏茶葉的箱匱。

〔一五〕「修事」二句：修事，謂治理飲饌之事。李匡文《資暇集·非五臣》：「又子建《七啟》……此篇全説修事之意。」即此義。此處「修事法」謂茶道也。陸先生，指陸羽（七三三—八〇四），字鴻漸，復州竟陵（今湖北天門）人。撰《茶經》，述茶性狀、産地、采製、烹飲法及器具等，爲茶學第一部專門著述。生平事跡詳見《新唐書》本傳。

寄陽岐西峰僧〔一〕

西峰殘照東，瀑布灑冥鴻〔二〕。閒憶高窗外，秋晴萬里空。藤陰藏石磴，衣毳落杉風〔三〕。日有誰來覓？層層鳥道中。

【校箋】

〔一〕陽岐，清抄本作「岐陽」，非。《宋高僧傳》卷十《唐袁州陽岐山甄叔傳》載釋甄叔見宜春陽岐山群峰四合，歎曰：「坤元作鎮，造我法城。」宴坐四十餘年，入定。門弟子如坦、良賓等，於東峰下建窣堵波。卷二十《唐袁州陽岐山廣敷傳》載其掛錫陽岐山，道化既成，春秋九十一入滅。是亦佛教名山。案《大清一統志·荆州府》：「陽岐山，在石首縣西百步，一名東嶽山。《晉書·隱逸傳》：『劉驎之居於陽岐，在官道之側。』……《舊唐書·地理志》：『石首縣，顯慶元年移治陽岐山下。』」唐石首即今湖北省石首市，與湖南省華容縣比鄰。如此，詩之「陽岐」當指袁州陽岐山也。天祐二年秋齊己二人袁州謁鄭谷，遍遊宜春諸勝地，詩當作於其時。

〔二〕冥鴻：高飛之鴻雁。李白《流夜郎半道承恩放還兼欣剋復之美書懷示息秀才》：「弋者何所慕，高飛仰冥鴻。」

〔三〕衣毳：穿毳衣。毳乃僧衣之一種。《法苑珠林·六度篇·頭陀部》：「衣中四者：一、糞掃衣，二、毳衣，三、衲衣，四、三衣。」趙璘《因話録·徵部》：「有士人退朝，詣其友生，見衲衣道人在坐，不懌而去。他日，謂友生曰：『公好衣毳褐之夫，何也？吾不知其賢愚，且覺其臭。』友生應曰：『毳褐之臭外也，豈甚銅乳？銅乳之臭，並肩而立，接跡而趨，公處其間，曾不嫌耻，反譏余與山野有道之士遊？南朝高人，以蛙鳴蒿萊勝鼓吹，吾視毳褐，愈于今之朱紫遠矣！』」

迴雁峰〔一〕

瘴雨過孱顏〔二〕，危邊有逕盤〔三〕。壯堪扶壽岳〔四〕，靈合置僊壇。影北鴻聲亂，青南客道難〔五〕。他年思隱遁〔六〕，何處凭闌干？

【校箋】

〔一〕迴雁峰：衡山七十二峰之一，在衡陽南，有「雁至此不過，遇春而迴」之説。言「他年思隱遯，何處憑闌干」，乃光啟元年首遊南嶽時作。

〔二〕瘴雨：南方山林中含瘴氣之雨水。盧綸《和常舍人晚秋集賢院即事十二韻寄贈江南徐薛二侍郎》：「滄海風濤廣，黔山瘴雨偏。」孱顔：高聳險峻貌。見卷一《謝輿公上人寄山水簇子》注〔二〕。

〔三〕危：高而險。《國語・晉語》：「拱木不生危，松柏不生埤。」高誘注：「危，高險也。」

〔四〕壽岳：即衡山。《景德傳燈録・前潭州石霜山慶諸禪師法嗣》：「（玄泰）嘗以衡山多被山民斬木燒畬，爲害滋甚，乃作《畬山謡》曰：『畬山兒，畬山兒，無所知。年年斫斷青山嵋，就中最好衡嶽色，杉松利斧摧貞枝。……國家壽嶽尚如此，不知此理如之何。』」詩亦見《古今禪藻集》卷三。

〔五〕「影北」二句：影北、青南，謂山北、山南。亂，紛繁也。孟浩然《行至漢川作》：「猿聲亂楚峽，人語帶巴鄉。」

〔六〕隱遁：隱逸，謂隱居避世。《後漢書・獨行列傳》：「（譙玄）間竄歸家，因以隱遁。」

贈詢公上人〔一〕

威儀何貴重〔二〕，一室貯冰清〔三〕。終日松杉逕，自多虫蟻行。像前孤立影〔四〕，鐘外數珠聲〔五〕。知悟修來事〔六〕，今爲第幾生〔七〕。

【校箋】

〔一〕詢上人，詩作時地均無考。然據本卷編次疑以下數篇均作於中和、光啟之際南遊湘南時。

〔二〕威儀：風度儀表。此指作爲僧人舉止動作合乎律儀規範。詳見卷二《寄懷江西徵岷二律師》注〔四〕。

〔三〕冰，汲、《全詩》作「水」，意遜。「冰清」蓋冰清玉潔之意。

〔四〕像：指佛祖像。釋貫休《酬王相公見贈》：「一從麟筆題牆後，常秖冥心古像前。」

〔五〕數珠：亦稱念珠、佛珠，爲佛徒誦經時用以攝心計數之串珠，每串多爲一百零八顆。《釋氏要覽》卷中：「數珠，《牟梨曼陀羅咒經》云：梵語鉢塞莫，梁云數珠。此乃是引接下根，牽課修業之具也。」

〔六〕修來事：爲來世而修行。寒山詩：「唯作地獄滓，不修來世因。」

〔七〕第幾生：佛教語。佛教以前生（過去）、今生（現在）、後生（未來）爲「三生」，華嚴宗主張經三生即能成佛，即於過去生見佛聞法，植佛種子，稱見聞生。於今生完成十信乃至十地之解行，稱解行生。於來世之生證道得果，稱證入生，又作證果生。即以三生而成佛。又一説見聞等三生各自其一生成佛。三生成佛之説由智儼首倡，而由法藏集大成。《新華嚴經論・十住品》：「一如龍女，一刹那之際，已具三生，普賢行滿，佛果亦就。」

秋　興

所見背時情〔一〕，閑行亦獨行〔二〕。晚涼思水石，危閣望崢嶸〔三〕。雨外殘雲片，風中亂葉聲。舊山吟友在，相憶夢應清〔四〕。

【校箋】

〔一〕背時情：與世情相左。盧照鄰《對蜀父老問》：「蓋聞智者不背時而徼幸，明者不違道以干非。」釋皎然《送顧處士歌》：「性背時人高且逸，平生好古無儔匹。」

〔二〕獨行：單獨行走，亦謂節操高尚，行不媚俗。《禮記・儒行》：「世治不輕，世亂不沮……其特立獨行有如此者。」東方朔《七諫・沈江》：「彼離畔而朋黨兮，獨行之士其何望？」

〔三〕危閣：高閣。韋應物《滁州園池燕元氏親屬》：「水門架危閣，竹亭列廣筵。」峥嶸：高曠貌。李白《金陵與諸賢送權十一序》：「舉目四顧，霜天峥嶸。」

〔四〕「舊山」二句：句意謂夢中故友相會。清夢猶言美夢，「夢應清」取此意。王初《送葉秀才》：「行想北山清夢斷，重遊西洛故人稀。」

古寺老松〔一〕

百歲禪師説，先師指此松。小年行道遶〔二〕，早見偃枝重〔三〕。月檻移孤影〔四〕，秋庭卓一峰〔五〕。終當因夜電，拏攫便雲龍〔六〕。

【校箋】

〔一〕本篇爲即景之作，據其編次，疑或此次行脚湘南時作。

〔二〕小年：少小年紀。杜甫《醉歌行》：「陸機二十作《文賦》，汝更小年能綴文。」

〔三〕偃枝：指松枝覆壓下垂。張喬《尋桃源》：「水垂青靄斷，松偃緑蘿低。」重：層疊。

〔四〕月檻：月下亭臺。檻爲亭閣之欄杆。李商隱《因書》：「猿聲連月檻，鳥影落天窗。」

〔五〕庭，柳、汲、清抄、《全詩》作「亭」，意遜。卓：聳立。

〔六〕便，汲、《全詩》作「從」。拏攫：搏鬥。揚雄《羽獵賦》：「熊羆之拏攫，虎豹之凌遽。」

題無餘處士書齋〔一〕

閒地從莎蘚〔二〕，誰人愛此心。琴碁懷客遠，風雪閉門深。枕外江灘響，窗西樹石陰。他年衡岳寺〔三〕，爲我一相尋。

【校箋】

〔一〕無餘處士，無考。據詩尾聯，爲衡山地區隱士，詩亦作於齊己初次遊湘南之際，時則冬日。繫光啟元年。

〔二〕「閒地」句：莎蘚，莎草、苔蘚。任從滋生，地閒心尤閒矣。

〔三〕衡岳寺：衡州衡陽有南岳寺。《宋高僧傳·唐南嶽山明瓚傳》：「初遊方詣嵩山，……尋于衡嶽閑居。……天寶初，至南岳寺執役，晝專一寺之工。」

歲暮江寺住〔一〕

山衣枯槁容〔二〕，何處見年終。風雪軍城外〔三〕，蒹葭古寺中〔四〕。孤村誰認磬，極浦夜鳴鴻〔五〕。坐憶匡廬隱〔六〕，泉聲滴半空。

【校箋】

〔一〕詩言「坐憶匡廬隱」，宜作於貞明七年離廬山入居荆州龍安寺後。前《寄東林言之禪子》曰：「可惜東窗月，無聊過一年。」此云「何處見年終」則歲末矣，皆同一情懷，繫龍德二年（九二二）。

〔二〕衣，《全詩》作「依」，意遜。山衣：山人、隱者之衣。釋皎然《太湖館送殷秀才赴舉》：「數日聞天府，山衣製芰荷。」

〔三〕軍城：軍事重鎮，用兵之地。此指荆州江陵。

〔四〕古，柳本作「水」。蒹葭：《詩·秦風·蒹葭》：「蒹葭蒼蒼，白露爲霜。」毛傳：「蒹，薕；葭，蘆也。」正義引郭璞曰：「蒹似萑而細，高數尺，蘆，葦也。」

〔五〕極浦：《楚辭·九歌·湘君》：「望涔陽兮極浦，横大江兮揚靈。」王逸注：「極，遠也。浦，水涯也。」夜鳴鴻：本集卷二《傷鄭谷郎中》：「吟齋春長蕨，釣渚夜鳴鴻。」

〔六〕坐：深也，殊也。張九齡《感遇十二首》其一：「誰知林棲者，聞風坐相悦。」

新燕[一]

棲託近佳人[二]，應憐巧語新[三]。風光華屋暖，絃管牡丹晨。遠采江泥膩，雙飛麥雨匀。差池自有便[四]，敢觸杏梁塵[五]？

【校箋】

[一] 即景之詠，言「差池有便」、「敢觸杏梁」，或寓寄居荆渚之感慨。依前詩繫龍德三年春。

[二] 棲，原作「樓」，據諸本改。棲託：棲居寄託。蕭統《七召》：「譬光影於飛浮，比生靈於栖託。」佳人：美人，賢人。杜甫《佳人》：「絶代有佳人，幽居在空谷。」

[三] 「應憐」句：句言料應得「佳人」之憐愛也。巧語，白居易《鸚鵡》：「人憐巧語情雖重，鳥憶高飛意不同。」

[四] 差池：形容鳥類揮動羽翼。《詩·邶風·燕燕》：「燕燕于飛，差池其羽。」鄭箋：「差池其羽，謂張舒其尾翼。」鮑照《詠雙燕二首》其一：「雙燕戲雲崖，羽翰始差池。」差池有便，言飛翔隨意。

[五] 杏梁：文杏木之屋梁，言其華貴。司馬相如《長門賦》：「刻木蘭以爲榱兮，飾文杏以爲梁。」

喻吟〔一〕

日用是何事？吟疲即坐禪〔二〕。此生還可喜，餘事不相便〔三〕。頭白無邪裏，魂清有象先〔四〕。江花與芳草，莫染我情田〔五〕。

【校箋】

〔一〕此自抒吟詩之情懷，言終日以詩禪爲事。據「頭白」、「魂清」，「餘事不相便」等語，疑亦居荆之作。依前篇亦繫龍德三年。

〔二〕「日用」二句：此言吟詩、坐禪即日用所專。

〔三〕便，《風騷旨格》引作「侵」，《全唐詩》卷七九六録無名氏句同。「便」讀若「駢」，平聲，《説文》：「便，安也。」不相便，即不相干擾造成不便之意。《漢書·李尋傳》：「陰陽俱傷，兩不相便。」

〔四〕「頭白」二句：此以清正到老自勵。無邪，《論語·爲政》：「子曰：『詩三百，一言以蔽之，曰：思無邪。』」何晏集解引包咸曰：「歸於正。」魂清，李華《唐故東光縣主神道碑銘》：「慶集家國，魂清冢墓。」有象先，事物形成之前。

〔五〕情田：猶心地。語本《禮記·禮運》：「聖人修義之柄，禮之序，以治人情。故人情者，聖王之田也。」《禪林妙記後集序》：「龍宮逸寶，照爛於情田；鹿苑遺芳，芬葩於字葉。」

過湘江唐宏書齋〔一〕

四隣無俗迹，終日大開門。水晚來邊雁〔二〕，林秋下楚猿。一家隨難在〔三〕，雙眼向書昏。況近騷人廟〔四〕，吟應是古魂〔五〕。

【校箋】

〔一〕唐宏：生事無考。蓋唐末亂世湘中隱士，據詩意書齋或在湘陰附近。參見本篇注〔四〕。詩當亦中和間南遊或大順、乾寧間過湘陰所作。

〔二〕晚，原作「曉」。據柳、汲、明抄、《全詩》改。

〔三〕隨，原作「誰」，諸本作「隨」，意勝。隨難在：猶言歷劫猶存。《廣雅·釋詁一》：「隨，順也。」寒山詩：「宛轉任風吹，高低隨浪簸。」

〔四〕騷人廟：指屈原廟。《宋史·禮志》：「屈原廟……在潭州者封忠潔侯。」此即《大明一統志·長沙府》所載「屈原廟，在湘陰縣北六十里」者，亦即《湖廣通志·湘陰縣》所載「汨羅廟在汨羅江，上祀楚屈原」者。《水經注・湘水》：「(汨羅)淵北有屈原廟，廟前有碑，又有漢太守程堅碑，寄在原廟。」詩中所言當即此。此外地誌所載尚有常德、武陵縣之屈原廟，平江縣屈原廟，均不在湘江附近。

〔五〕是，柳、汲、馮、明抄、《全詩》作「見」。古魂：韓偓《春盡》：「人間易有芳時恨，地勝難招自古魂。」

讀賈島集

遺編三百首〔一〕，首首是遺冤〔二〕。知到千年外，更逢何者論？離秦空得罪，入蜀但聽猿〔三〕。還似長沙祖，惟餘賦鵩言〔四〕。

【校箋】

〔一〕「遺編」句：按《新唐書・藝文志》云：「賈島《長江集》十卷，又《小集》三卷。」《文獻通考・經籍考》云：「《賈長江集》十卷。鼂氏曰：唐賈島浪仙詩共三百七十九首。」案「鼂氏」指鼂公武《郡齋讀書志》。詩言「三百首」，蓋舉其成數。

〔二〕「首首」句：賈島一生貧苦，《唐才子傳》稱其「臨死之日，家無一錢，惟病驢古琴而已。當時誰不愛其才而惜其命薄」。其詩多寫自身之不幸，發「窮愁潦倒、消極哀傷的悲鳴」，「後人稱他爲苦吟詩人，是同他的生活苦、思想苦、作詩的態度苦分不開的」（李嘉言《長江集新校・前言》）。「首首是遺冤」謂此。參卷一《經賈島舊居》注〔一〕。

〔三〕「離秦」二句：《鑒誡録》卷八「賈忤旨」條：「上（宣宗）聆鐘樓上有秀才吟詠之聲，遂登樓，於島案上取吟次詩欲看，島不識帝，攘臂睨帝，遽於帝手奪之曰：『郎君何會耶？』帝慚赧下樓。……島撫膺追悔，欲投鐘樓。帝惜其才，急詔釋罪，謂島曰：『方知卿薄命矣。』遂御札墨制，除島爲遂州長江主簿。」長江縣在蜀（今四川蓬溪縣），故言「離秦」、「入蜀」。

〔四〕「還似」二句：長沙祖，指賈誼。漢文帝二年（前一七八）賈誼被疏，自大中大夫出爲長沙王太傅，事見《漢書》本傳。按《鑒誡録》卷八「賈忤旨」條：「漢賈誼昔在長沙，爲《鵩鳥賦》，史書稱之爲屈矣。賈島字浪仙，忤旨，授長江主簿，卑則至卑，名流海內矣。」

寄山中諸友〔一〕

自歸城裏寺，長憶宿山門。終夜冥心客〔二〕，諸峯叫月猿〔三〕。嵐光生眼力〔四〕，泉滴爽吟魂〔五〕。只待遊方遍，還來掃樹根〔六〕。

【校箋】

〔一〕據詩意，宜作於天祐三年（九〇六）離衡山初入居長沙道林寺時。

〔二〕冥心：指僧人打坐，進入禪定。詳見卷二《山寺喜道者至》注〔四〕。

〔三〕叫月：月下啼鳴。顧況《李湖州孺人彈筝歌》：「思婦高樓刺壁窺，愁猿叫月鸚呼兒。」

〔四〕嵐光：山間霧氣在日下發出之光彩。李白《題舒州司空山瀑布》：「斷巖如削瓜，嵐光破崖緑。」生眼力：猶言「使眼明」。韓愈《榴花》：「五月榴花照眼明，枝間時見子初成。」

〔五〕吟魂：詩魂。卷一《經賈島舊居》：「若有吟魂在，應隨夜魄迴。」

〔六〕「還來」句：還掃樹根，謂還歸道林寺。卷一《居道林寺書懷》詩云：「誰來看山寺？自要掃松門。」蓋入籍道林爲從事清掃之執役僧也。

懷終南僧〔一〕

擾擾二京塵〔二〕，何門是了因〔三〕？萬重千疊嶂，一去不來人。鳥道春殘雪〔四〕，蘿龕晝定身〔五〕。寥寥石窗外，天籟動衣巾〔六〕。

【校箋】

〔一〕本篇作於乾寧三年（八九六）遊長安離京後，姑繫乾寧五年春。

〔二〕二，《全詩》作「一」，意勝。案：「一」猶言「滿」，「全」。本詩懷終南僧，作「一京」亦較貼切，蓋指西京長安也。擾擾：紛亂貌。鮑照《行藥至城東橋》：「迅風首旦發，平路塞飛塵。擾擾遊宦子，營營市井人。」案乾寧二年五月，鳳翔、邠寧、華州三鎮犯闕，昭宗出奔，河東李克用引兵入京平三鎮之亂。三年六月，李茂貞引兵逼京畿，昭宗出奔華州，茂貞遂入長安，宮室市肆，燔燒俱盡。本句指此。

〔三〕了因：因明術語，生、了二因之一。了因即以智慧去透視事物之原理，如燈照物，了了可見。《因明大疏》上曰：「因有二種：一生二了。如種生芽，能起用故，名爲生因。」「如燈照物，能顯果故，名爲了因。」

〔四〕鳥道：此指翻越秦嶺太白山進入陝南之道路，其西端經蜀道入川，其東段即商於道入荆楚也。

〔五〕蘿龕：指深山中之僧室，碧蘿纏繞。釋無可《送清散遊太白山》：「卷經歸太白，躡蘚別蘿龕。」

〔六〕定身：釋家語，住於禪定之身。姚合《寄不出院僧》：「長食施來飯，深居鎖定身。」

〔六〕天籟：自然界諸種聲響之和鳴。李白《鳴皋歌送岑徵君》：「邈仙山之峻極兮，聞天籟之嘈嘈。」

送二友生歸宜陽〔一〕

二生俱我友，清苦輩流稀〔二〕。舊國居相近〔三〕，孤帆秋共歸。殘陽沙鳥亂，疎雨島楓飛。幾宿多山處，猿啼燭影微。

【校箋】

〔一〕宜陽：即唐洛州福昌縣，今河南省宜陽縣地，詳見卷三《宜陽道中作》注〔一〕。齊己文德、龍紀間北遊嵩洛，西走宜陽，或於此時結識二生。本篇送生歸舊國，以秋帆、島楓、沙鳥爲背景，宜爲此後湘中之作。又本篇與下篇《懷從弟》用語、摹景頗相類，疑爲同時詩，姑依下篇繫梁唐易代之際。

〔二〕清苦：清貧。朱慶餘《題崔駙馬林亭》：「何事宦塗猶寂寞，都緣清苦道難通。」

〔三〕舊國：猶故園，故鄉。庾信《和侃法師三絶》其三：「誰言舊國人，到在他鄉別。」

懷從弟〔一〕

孤窗燭影微，何事阻吟思？兄弟斷消息，山川長路岐〔二〕。月沈棲鶴島，霜著叫猸枝〔三〕。可想爲懷抱〔四〕，多愁多難時。

【校箋】

〔一〕齊己約於二十歲後離益陽大溈山寺行脚雲遊，時值唐末戰亂年代。詩言「兄弟斷消息，山川長路岐」，蓋多年奔波不息未得故鄉信息。又云「多愁多難時」，參本卷前後詩編次，即指後梁代唐之時也。亦繫開平初。言「霜著叫猸枝」，秋日也。

〔二〕岐：同「歧」，謂歧路。鮑照《幽蘭五首》其五：「長袖暫徘徊，駟馬停路岐。」

〔三〕月，汲、《全詩》作「日」，意遜。島，柳、汲、明抄、清抄、《全詩》作「塢」。「月沈」二句：月沉霜著，棲鶴叫猿，寒夜之景，懷思苦吟之時。「猸」通「猿」。

〔四〕爲懷抱：猶言執著於理想、信仰。蕭穎士《仰答韋司業垂訪五首》其三：「不遇庾征西，云誰展懷抱。」

岳陽道中作〔一〕

客思尋常動〔二〕，未如今斷魂〔三〕。路岐經亂後，風雪少人邨。大澤鳴寒雁，千峰啼晝猿〔四〕。争教此時白〔五〕，不上鬢須根？

【校箋】

〔一〕齊己詩言「亂後」者，多指唐亡，如卷二《寄懷江西徵岷二律師》、《送盧説亂後投知己》，卷四《寄監利司空學士》，卷八《亂後江西過孫魴舊居因寄》均是。此言「争教此時白，不上鬢須根」，蓋鬢髮初白中年時也。據前後詩編次，亦朱梁代唐開平初詩。可知其時曾北行至岳陽，見湘北「亂後」蕭條，乃有「客思尋常動，未如今斷魂」之傷感。案前篇懷弟，此道經岳陽，豈返益陽大潙山故里耶？言「風雪少人村」，蓋初冬。

〔二〕客思：遊子之思，作客異鄉之情思。謝朓《離夜》：「翻潮尚知恨，客思眇難裁。」

〔三〕斷魂：形容哀傷至極。温庭筠《觱篥歌》：「景陽宫女正愁絶，莫使此聲催斷魂。」

〔四〕「大澤」二句：大澤、千峰，岳陽地居天岳山之陽，西面洞庭，左顧君山。故有此語。參卷二《酬岳陽李主簿卷》注〔一〕。

〔五〕争教：怎使。

赴鄭谷郎中招遊龍興觀讀題詩板謁七貞儀像因有十八韻〔一〕

何處陪遊勝？龍興古觀時。詩懸大雅作〔二〕，殿禮七貞儀。遠繼周南美〔三〕，彌旌拱北思〔四〕。雄才垂朴畧〔五〕，後輩仰箴規〔六〕。對坐茵花暖〔七〕，偕行蘚陣隳〔八〕。僧倏初學結〔九〕，朝服久慵披。到處琴棋傍，登樓筆研隨。論禪忘視聽，譚老極希夷〔一〇〕。照日江光遠，遮軒檜影欹。觸鞋松子響，窺立鶴雛癡。始貴茶巡爽〔一一〕，終憐酒散遲。放懷還把杖，憩石或揞頤〔一二〕。眺遠凝清眄〔一三〕，吟高動白髭。風鵬心不小，蒿雀志徒卑〔一四〕。顧我專無作〔一五〕，于身忘有爲。叨因五字解〔一六〕，每忝重言期〔一七〕。捨此應休也，何人更賞之？淹留仙境晚，迴騎雪風吹。

【校箋】

〔一〕龍興觀：唐代道觀名。《唐會要》卷五十《尊崇道教》載長安有龍興觀，在崇教坊，「貞觀五年，太子承乾有疾，勑道士秦英祈禱，得愈，遂立」。隨後各州亦續有建置。現存史籍所載南昌、吉州均有龍興觀。據「朝服久慵披」、「迴騎雪風吹」，本篇疑作於開平二年（九〇八）冬受鄭谷之邀再赴袁州時，袁州龍興觀今失載。七貞儀像：道教七位真人的畫像。相傳漢茅盈、茅固、茅衷隱於茅山得道成仙，晉之楊羲、許穆、許翽，唐之郭崇真皆於茅山得道，因合稱「七真」。陸龜蒙《和襲美江南道中懷茅山廣文南陽博士三首》其一：「一片輕帆背夕陽，望三峰拜七真堂。」自注：「三茅、二許、一陽、一郭，是爲七真。」七貞，即七真。

〔二〕大雅作：此指鄭谷於龍興觀題詩板上所題之詩，堪爲雅正之典範。

〔三〕周南美：《詩・小序》：「《周南》、《召南》，正始之道，王化之基。」「周南美」指此。

〔四〕拱北：以衆星環衛北辰喻天下朝宗於帝王。杜甫《追酬故高蜀州人日見寄》：「遥拱北辰纏寇盜，欲傾東海洗乾坤。」旌：表明，表彰。

〔五〕朴略：質樸簡約。《文選・王延壽・魯靈光殿賦》：「鴻荒朴略，厥狀睢盱。」張載注：「朴，質也。略，野略。」

〔六〕「後輩」句：句意謂仰其諍臣之高風。箴規，直言規諫（帝王）。陶淵明《詠三良》：「箴規嚮已從，計議初無虧。」

〔七〕茵花：謂茵席上之花紋。茵，茵席，座墊。《文選・傅毅・舞賦》：「陳茵席而設坐兮，溢金罍而列玉觴。」

〔八〕蘚陣：連片的苔蘚。貫休《山居詩二十四首》其十六：「一庵冥目在穹冥，菌枕松牀蘚陣青。」

隳：毁壞。

〔九〕「絛」字底本原脱，據柳、汲、明抄、《全詩》補。僧絛：猶僧衣。絛是繫結僧衣的帶子。

〔一〇〕譚老：與「論禪」爲對，謂談論老莊道家之學。希夷：虚寂玄妙之境界。見卷五《渚宫莫問詩一十五首》其十三注〔二〕。

〔一一〕茶巡：衆人共飲，依次斟飲遍稱巡。

〔一二〕搘頤：以手托腮。王維《贈東岳焦煉師》：「搘頤問樵客，世上復何如？」

〔一三〕盻，柳、汲、明抄、清抄、《全詩》作「眄」，皆看視之義。清盻：即「清盼」。顧盼清美。李白《贈范金卿二首》其一：「君子枉清盼，不知東走迷。」

〔一四〕「風鵬」二句：用《莊子·逍遥遊》鯤鵬斥鴳典故，以喻心志大小優劣之差異。白居易《寓意詩五首》其三：「君爲得風鵬，我爲失水鯨。」

〔一五〕無作：釋家語，謂無因緣之造作，亦猶「無爲」。《佛説無量壽經》：「無作無起，觀法如化。」

〔一六〕叨猶「忝」，謙詞，表承受之意。五字解：指文殊菩薩之「五字真言」，爲：哀（a，阿）、洛（ra，羅）、跛（pa，波）、者（ca，左）、娜（na，那）。誦此真言修此功德者，能迅速進入諸佛智慧，以凡夫身成就佛身。

〔一七〕重言：爲世人所尊重之言。《莊子·寓言》：「寓言十九，重言十七。」成玄英疏：「重言，長老鄉閭尊重者也。」

書李秀才壁〔一〕

干戈阻上書，南國寄貧居〔二〕。舊里荒應盡，新年病未除〔三〕。窗風連島樹，門徑接鄰蔬。我有閒來約，相看雪滿株〔四〕。

【校箋】

〔一〕李秀才：本集卷八有《送李秀才歸湘中》詩，爲詩人居荆州時送李歸湘之作，而憶及早年在長沙過往之事。此言「干戈阻上書，南國寄貧居」，知李秀才本北人，因唐末戰亂寄居南國。詩爲天祐、開平間詩人在長沙訪李題壁之作。言「新年病未除」、「相看雪滿株」，姑依前詩繫開平二年冬末臘盡時節。

〔二〕書，汲、《全詩》作「日」。「干戈」二句：此言秀才因戰亂失却上書君王以入仕之機會，乃避亂寄居南國。上書，向君主進呈書面意見。韓愈《贈唐衢》：「胡不上書自薦達，坐令四海如虞唐。」

〔三〕「舊里」二句：嘆秀才境遇偃蹇。

〔四〕株，柳、汲、《全詩》作「殊」，中華書局本《全唐詩》校作「株」。

聞尚顏下世〔一〕

岳僧傳的信〔二〕，聞在麓山亡。郡有爲詩客〔三〕，誰來弔影堂〔四〕？夢休尋灞滻〔五〕，迹已絶瀟湘。遠憶同吟石，新秋檜柏涼。

【校箋】

〔一〕尚顏：唐末詩僧，齊己之友，詳見卷一《酬尚顏》注〔一〕。本集卷七《酬尚顏上人》：「紫綬蒼髭百歲侵，緑苔芳草遶堦深。」卷九《寄尚顏》：「滿身光化年前寵，幾軸開平歲裏詩。」知其開平年間尚在世，年壽將及百歲。詩云「岳僧傳的信，聞在麓山亡」，曰「新秋」、「遠憶」，必作於乾化五年（九一五）秋齊己剛入廬山時。

〔二〕的信：確切的消息。《正字通·白部》：「的，實也。」羅隱《遇邊使》：「累年無的信，每夜望邊城。」

〔三〕郡，原作「群」，諸本作「郡」，是，從改。

〔四〕弔，《全詩》作「一」，當非。「郡有」二句：言當時州郡爲詩者衆，來憑弔者誰。

〔五〕灞滻：二水名。灞水在長安東郊，滻水在灞水西，注入灞。唐曲江、興慶、太液諸池水均由滻水引來。此借指長安。白居易《長樂亭留別》：「灞滻風煙函谷路，曾經幾度別長安。」按：尚顔光化年前曾入京，爲文章供奉，賜紫，故有此語。

薔薇〔一〕

根本似玫瑰〔二〕，繁英刺外開。香高藂有架〔三〕，紅落地多苔。去住閒人看，晴明遠蝶來。牡丹先幾日，銷歇向塵埃〔四〕。

【校箋】

〔一〕薔薇：觀賞植物名，爲落葉灌木，蔓生，枝密有刺，枝葉與玫瑰相似。花有紅黄等色，籽實入藥。案前篇爲乾化五年初秋日之詩，本篇當係次年春夏牡丹將開之際，則貞明二年，與以下數篇爲同年間詩。

〔二〕根本：植物之根株。劉長卿《廨中見桃花南枝已開北枝未發因寄杜副端》：「何意同根本，開花每後時。」

〔三〕藂有架：劉緩《看美人摘薔薇》：「繞架尋多處，窺叢見好枝。」藂，即叢。

〔四〕銷歇：凋謝。陳子昂《魏氏園林人賦一物得秋亭萱草》：「昔時幽徑裏，榮耀雜春叢。今來玉墀上，銷歇畏秋風。」

送隆公上人〔一〕

獨携談柄去〔二〕，千里指人寰〔三〕。未斷生徒望，難教白日閒〔四〕。空江横落照，大府向西山〔五〕。好騁陳那吼〔六〕，誰云劫石頑〔七〕？

【校箋】

〔一〕隆公上人：生事無考。「公」爲敬辭，尊崇之也。詩蓋送隆公入洪州説法，當爲貞明二年自廬山入洪州時詩。

〔二〕談柄：指麈尾，即古代清談時所執之拂塵。僧人講法亦有執如意者。庾信《送炅法師葬》：「玉匣摧談柄，懸河落辯鋒。」劉禹錫《送僧仲剬東遊兼寄呈靈澈上人》：「高筵談柄一麾拂，講下聽徒如醉醒。」

〔三〕指人寰：指引人寰，點化世人。指，指迷，引導。寒山詩：「時時方丈内，將用指迷人。」

〔四〕「未斷」二句：此言其衆望所歸，難得暫息。生徒，門徒、弟子。何遜《七召》：「生徒肅肅，賓友師師，並接衽以聞道，俱援手而受辭。」

〔五〕「空江」二句：此寫隆公所往之地。句言空江落照、大府西山，即指洪州（南昌）。洪州開元寺（今南昌佑民寺）爲佛教禪宗馬祖道場，疑隆公所往即此。大府，公府。韓愈《新修滕王閣記》：「以爲當得躬詣大府，受約束於下執事。」

〔六〕騁，原作「聘」，柳、汲、《全詩》作「騁」，是，據改。吼，原作「孔」，諸本亦作「孔」，當爲「吼」字之誤，今正。案陳那，菩薩名。《大唐西域記》卷十：「（孤山）山嶺有石窣堵波，陳那（唐言童授）菩薩於此作《因明論》。陳那菩薩者，佛去世後，承風染衣，智願廣大，慧力深固。愍世無依，思弘聖教。以爲因明之論，言深理廣，學者虚功，難以成業。乃匿迹幽巖，棲神寂定，觀述作之利害，審文義之繁約。是時巖谷震響，煙雲變采，山神捧菩薩高數百尺，唱如是言。」又《大唐西域記》卷十一：「伽藍門外南北左右，各一石象。聞之土俗曰：此象時大聲吼，地爲震動。昔陳那菩薩多止此伽藍。」

〔七〕「誰云」句：用晉僧竺道生説法，「頑石點頭」典故，參見卷三《謝人惠竹蠅拂》注〔四〕。劫石，歷劫之石，猶言頑石。隋釋彦琮《福田論》：「天基轉高，比梵宫之遠大；聖壽恒固，同劫石之長久。」

宿簡寂觀〔一〕

萬壑雲霞影，千年松檜聲〔二〕。如何教下士〔三〕，容易信長生〔四〕。月共虛無白〔五〕，香和沆瀣清〔六〕。閒尋古廊畫〔七〕，記得列仙名。

【校箋】

〔一〕簡寂觀：在廬山。《方輿勝覽·南康軍》：「簡寂觀，在（九江）城西二十三里。宋陸脩静封丹元真人，明帝召至建康，卒于崇虛館，謚簡寂。此即脩静故居，今名太虛觀。後有二瀑布及白雲樓。」據詩意及本卷編次，疑作於居廬山期間；依前詩亦繫貞明二年。

〔二〕松：《江西通志》卷五十四：「（簡寂）觀前有六朝松數十株，今存者十四松，猶作龍鱗摩霄也。」

〔三〕下士：謂才德低下者，蓋齊己自謙語。寒山詩：「下士鈍暗癡，頑皮最難裂。」

〔四〕長生：此指道教求長生之術。鮑照《代淮南王》其一：「淮南王，好長生，服食鍊氣讀仙經。」

〔五〕虛無：指天空，亦稱清虛之境界。杜甫《白帝樓》：「漠漠虛無裏，連連睥睨侵。」仇注：「太虛之際，城堞上侵。」

〔六〕沆瀣：夜間水氣或露水。屈原《遠遊》：「飡六氣而飲沆瀣兮。」王逸注：「沆瀣者，北方夜半氣也。」又《文選·嵇康·琴賦》：「餐沆瀣兮帶朝霞。」張銑注：「沆瀣，清露也。」

〔七〕古廊畫：《舊五代史·周書》：「孫晟本名鳳，……少爲道士，工詩，於廬山簡寂觀畫唐詩人賈島像，懸於屋壁，以禮事之。」此雖後來事，亦可證古畫廊事。

遇元上人〔一〕

七澤過名山〔二〕，相逢黄落殘〔三〕。杉松開寺晚，泉月話心寒。祖遍諸方禮，經曾幾處看〔四〕？應懷出家院，紫閣近長安。

【校箋】

〔一〕元上人，無考。據詩尾聯，上人乃出家於終南山紫閣峰寺院者。齊己初識元上人或在乾寧三、四年遊長安過終南時，此則某年秋冬與遊方於楚地之元上人相逢，宿寺對月夜話。據下篇《早梅》詩，繫天復三年秋冬之際自金陵西歸洞庭時。

〔二〕「七澤」句：過七澤、名山之倒裝。七澤，泛指楚地諸湖泊。司馬相如《子虚賦》：「臣聞楚有七澤，嘗見其一，未覩其餘也。臣之所見，蓋特其小小者耳，名曰雲夢。」過，訪也。

〔三〕落，《全詩》注：「一作葉。」

〔四〕「祖遍」二句：此爲「禮祖遍諸方，看經曾幾處」之倒裝。祖，指佛教祖師。鄭谷《信美寺岑上人》：「巡禮諸方偏，湘南頗有緣。」

早　梅〔一〕

萬木凍欲折，孤根暖獨回。前村深雪裏，昨夜一枝開。風遞幽香去〔二〕，禽窺素豔來〔三〕。明年猶應律〔四〕，先發映春臺〔五〕。

【校箋】

〔一〕《五代史補》卷三僧齊己條：「鄭谷在袁州，齊己因攜所爲詩往謁焉。有《早梅》詩曰：『前村深雪裏，昨夜數枝開。』谷笑謂曰：『數枝非早，不若一枝則佳。』齊己矍然，不覺兼三衣叩地膜拜。自是士林以谷爲齊己一字之師。」據此，詩當作於天祐前，姑繫於天復三年（九〇三）冬。

〔二〕去，《小集》作「出」。《全詩》注：「一作出。」風遞：風送。許渾《宿開元寺樓》：「月移珠殿曉，風遞玉筝秋。」

〔三〕素豔：素浄美麗。此指潔白之梅花。李群玉《人日梅花病中作》：「玉鱗寂寂飛斜月，素豔亭亭對夕陽。」

〔四〕猶，底本原作「尤」，柳、汲、馮、明本作「猶」，是，今從。《小集》、《全詩》作「如」。《全詩》注：「一作猶。」應律：應合曆象，即合乎節氣、時令。律爲律管，是古代測候季節變化之儀器，古人以十二律對應一年十二個月。蔡琰《胡笳十八拍》：「東風應律兮暖氣多，知是漢家天子兮布陽和。」

〔五〕映，《唐詩品彙》、《石倉歷代詩選》、《御選唐詩》作「望」。春臺：春日登眺覽勝之臺閣。《老子》二十章：「衆人熙熙，如享太牢，如登春臺。」宋之問《苑中遇雪應制》：「紫禁仙輿詰旦來，青旗遥倚望春臺。」

聽　泉〔一〕

落石幾萬仞，遠聲飄冷空。高秋初雨後，半夜亂山中。只有照壁月〔二〕，更無吹葉風。幾曾廬岳聽〔三〕，到晚與僧同〔四〕。

【校箋】

〔一〕據詩尾聯，當作於離廬山不久時，姑依前篇繫於天復四年（天祐元年）秋。時居衡山，於深山幽寺半夜聽泉而作。

〔二〕照壁：謂月照山崖石壁。

〔三〕幾，《全詩》注：「一作昔。」幾曾：猶「曾幾何時」，謂時間過去不久。

〔四〕晚，柳、汲、明抄、清抄、《全詩》作「曉」。到晚、到曉，均整日、整夜之義。據「半夜」、「壁月」，當作「到曉」；然結句憶「廬岳聽」，則「到晚」自無不可。

送孫逸人歸廬山〔一〕

獨自携琴鶴〔二〕，還歸瀑布東。逍遥非俗趣〔三〕，楊柳謾春風〔四〕。草遶村程緑，花盤石磴紅〔五〕。他時許相覓，五老亂雲中〔六〕。

【校箋】

〔一〕孫逸人，無考。蓋廬山隱者。齊己天復元年初遊廬山，或與孫相識，此則别後異地重逢送歸廬山之作。依前篇繫天祐二年春居衡山時。

〔二〕携，柳、汲、明抄、清抄、《全詩》作「擕」。携琴鶴：隱者高致，以琴鶴爲伴。本集卷一《寄鏡湖方干處士》：「聞君與琴鶴，終日在漁船。」

〔三〕逍遥：此用《莊子·逍遥游》「彷徨乎無爲其側，逍遥乎寢卧其下」語意，以言孫逸人離廬山出遊。成玄英疏：「逍遥，自得之稱。」

〔四〕謾：通漫，任隨之義。此言任隨楊柳春風，自得而遠遊。

〔五〕盤：盤曲纏繞。陸龜蒙《奉和襲美見訪不遇》：「花盤小墢晴初壓，葉擁疏籬凍未燒。」

〔六〕五老：廬山峰名，參見卷二《再遊匡山》注〔二〕。

聽李尊師彈琴〔一〕

仙子弄瑶琴〔二〕，仙山松月深〔三〕。此聲含太古，誰聽到無心〔四〕？洒石霜千片，歕崖泉萬尋〔五〕。何人傳指法，携向海中岑〔六〕？

【校箋】

〔一〕李尊師：見卷四《舟中江上望玉梁山懷李尊師》注〔一〕，兩篇均疑作於天祐、開平間出入袁州時。

〔二〕弄：撫，演奏。《漢書·司馬相如傳》：「（相如）及飲卓氏弄琴，文君竊從户窺。」瑶琴：以美玉裝飾之琴。鮑照《擬古》其七：「明鏡塵匣中，瑶琴生網羅。」

〔三〕松，《全詩》注：「一作杉。」

〔四〕到無心：指進入佛陀覺悟之境界。「無心」爲釋家語，謂脱離妄念之真心，即得道。參見卷二《山寺喜道者至》注〔三〕。

〔五〕歕崖泉，《全詩》注：「一作噴空瀑。」「灑石」二句：此以「灑石」之霜，「歕崖」之泉，形容琴聲清洌。

〔六〕海中岑：海中仙山。

寄武陵微上人〔一〕

善卷臺邊寺〔二〕，松篘繞祖堂〔三〕。秋聲度風雨，曉色遍滄浪〔四〕。白石同誰坐？清吟過我狂。近聞爲古律〔五〕，雅道更重光〔六〕。

【校箋】

〔一〕微上人：僧貫微，出家於武陵，詳見卷一《酬微上人》注〔一〕。案卷七《謝貫微上人寄示古風今體四軸》云：「四軸騷詞書八行，捧吟肌骨遍清涼。……今體盡搜初剖判，古風淳鑿未玄黄。」評上人初爲詩之甘苦得失，此言「近聞爲古律」，蓋同時先後之作，疑均爲中年湘中詩。姑依前詩繫於開平間長沙詩内，是時齊己詩道有成而詩名漸著。

〔二〕善卷臺：即善卷壇。《新定九域志（古蹟）・鼎州》：「善卷壇，在德山上，古傳善卷隱此山。本名枉山，刺史樊子蓋以善卷居此，改曰善德，後人惟號德山。」知武陵山即常德著名之「德山」，亦稱善德山、柱山。據《高士傳》，善卷爲堯時賢人。「善卷臺邊寺」即德山寺，爲禪宗德山和尚宣鑒道場。

〔三〕松筠：松、竹。《禮記・禮器》：「其在人也，如竹箭之有筠也，如松柏之有心也。二者居天下之大端矣，故貫四時而不改柯易葉。」後因以喻人之節操堅貞。此喻德山寺多俊秀。祖堂：祖師堂，即德山道場。

〔四〕滄浪：二水名，在武陵。見卷三《江上值春雨》注〔六〕。

〔五〕古律：指古體詩和律體詩。本集卷一《酬微上人》：「古律皆深妙，新吟復造微。」

〔六〕雅道：風雅之道，爲詩之道也。鄭谷《寄題詩僧秀公》：「近來雅道相親少，唯仰吾師所得深。」

匡山寓居栖公〔一〕

外物盡已外〔二〕，閒游且自由。好山逢過夏〔三〕，無事住經秋。樹影殘陽寺，茶香古石樓。何時定休講，歸漱虎溪流〔四〕。

【校箋】

〔一〕棲公：指棲隱，曾寓居匡廬。《宋高僧傳・唐洪州開元寺棲隱傳》謂「廣明中，避巢寇，入廬山折桂峯，實嘉遁也」。「匡山寓居」當指此。詳見卷四《寄懷江西棲公》注〔一〕。案棲隱光啟間「入荆楚，登祝融，遊番禺」，至後唐同光始返洪州。齊己光啟末離石霜山，北遊嵩洛、長安，復東遊吴越，至天祐年間返湘入居衡山、長沙，疑與棲隱相遇於此時也。依本卷前後詩編次，本篇正當作於居長沙時，描寫棲公多年行遊荆楚湘粤，外物、遂心之情態頗精切。

〔二〕外物：置物身外，不以物累。物，指身外種種事物，包括功利欲望等。沈約《述僧中食論》：「心神所以昏惑，由於外物擾之。擾之大者其事有三：一則勢利榮名，二則妖妍靡曼，三則甘旨肥濃。」已外：超脱於外。

〔三〕過夏：謂夏安居，見卷三《懷道林寺因寄仁用二上人》注〔三〕。

〔四〕「何時」二句：言停止講經説法之活動，回歸廬山。講，謂講説佛經。劉禹錫《贈别約師》：「春雨同栽樹，秋燈對講經。」

湘西道林寺陶太尉井〔一〕

太尉遺孤井，寒澄七百年。未聞陵谷變〔二〕，終與姓名傳。影浸無風樹，光含有月天。林僧晚來此〔三〕，滿汲洒金田〔四〕。

【校箋】

〔一〕陶太尉井：晉陶侃曾都督湘州（今長沙）刺史，尋以爲侍中、太尉、封長沙郡公，加都督交廣寧七州軍事，自江陵移鎮巴陵（今岳陽）。唐潭州境之陶公山、道林寺陶太尉井均其遺蹟。據尾聯，詩當作於初入居長沙道林寺時。今繫開平元年。

〔二〕陵谷變：《詩·小雅·十月之交》：「高岸爲谷，深谷爲陵。」後以喻自然界或世事巨變。韓偓《亂後春日途經野塘》：「眼看朝市成陵谷，始信昆明是劫灰。」

〔三〕晚，柳、汲、明抄、清抄、《全詩》作「曉」。

〔四〕金田：佛教指菩薩所居地，亦爲佛寺別稱。宋之問《九月九日登慈恩寺浮圖應制》：「散花多寶塔，張樂布金田。」

寄松江陸龜蒙處士〔一〕

萬卷功何用？狂稱處士休〔二〕。閑欹太湖石，醉聽洞庭秋〔三〕。道在誰開口？詩成自點頭。
中間欲相訪〔四〕，尋便阻戈矛〔五〕。

【校箋】

〔一〕松江：《元和郡縣圖志·江南道》：「吴縣……松江，在縣南五十里，經崑山入海。《左傳》云：『越伐吴，軍於笠澤』即此江。」案今稱吴淞江。陸龜蒙：字魯望，姑蘇人。舉進士不中，入湖州、蘇州刺史張搏幕爲從事。咸通間居松江甫里，身自耕作，而多所撰論。詩效苦吟而極清麗。中和初（八八一或稍後）遘疾卒。有《笠澤叢書》、《甫里先生文集》行世。生平事蹟見《新唐書·本傳》、《唐詩紀事》、《唐才子傳》。《全唐詩》録存詩十四卷，《全唐文》録其文二卷。詩蓋慕龜蒙詩名而表達崇仰之情。據尾聯，約當作於廣明、中和間，詩人時年十八。

〔二〕狂，汲、明抄、《全詩》作「徒」。休：語助詞，猶「罷了」之意。參見《詩詞曲語辭匯釋》卷三。案《新唐書·陸龜蒙傳》：「時謂江湖散人，或號天隨子、甫里先生，自比涪翁、漁父、江上丈人。後以高士召，不至。」

〔三〕洞庭：指太湖之洞庭山。《元和郡縣圖志·江南道》：「吴縣……太湖在縣西南五十里，……湖中有山，名洞庭山。」

〔四〕中間：猶「得間」。中間相訪，言一定時間内前往拜訪。

〔五〕尋：不久。《正字通·寸部》：「尋，俄也。」《助字辨略》：「尋，旋也，隨也。凡相因而及曰尋，猶今云隨即如何也。」戈矛：喻指戰争。《詩·秦風·無衣》：「王于興師，修我戈矛。」杜甫《送韋十六評事充同谷防禦判官》：「古來無人境，今代横戈矛。」《通鑑》卷二五三載：乾符六年(八七九)九月,黄巢陷廣州。以軍不習南方炎瘴,出桂州北走,歷衡、永、潭州,大掠江陵,攻鄂州,掠饒、信、池、宣、歙、杭十五州。「阻戈矛」當指此。

閉門

外事休關念〔一〕,灰心獨閉門〔二〕。無人來問我,白日又黄昏。燈集飛蛾影,窗消迸雪痕〔三〕。中心自明了,一句祖師言〔四〕。

【校箋】

〔一〕外事:猶世事,指個人身外之事物。參前《匡山寓居栖公》注〔二〕。李白《贈從孫義興宰銘》:「退食無外事,琴堂向山開。」本篇疑亦早年在大潙山修道時所作,姑繫廣明二年。

〔二〕灰心:心如死灰,佛家「冥心」之謂。《佛説觀佛三昧海經·觀相品》:「灰心滅智,無所適莫。」《廬山蓮宗寶鑑》:「斷除煩惱絶蹤由,滅智灰心罷便休。」張九齡《冬中至玉泉山寺屬窮陰冰閉崖谷無色及仲春行縣復往焉故有此作》:「真空本自寂,假有聊相宣。復此灰心者,仍追巢頂禪。」

〔三〕消，汲、《全詩》作「銷」，通假。

〔四〕一句：即「一句子」，禪宗啟示禪悟之言說，詳見卷四《弔雙泉大師真塔》注〔二〕。祖師：佛教創立宗派之人。詳見卷一《酬尚顔》注〔五〕。

看　水〔一〕

范蠡東浮濶，靈均北泛長〔二〕。誰知遠煙浪〔三〕，别有好思量〔四〕。故國門前急，天涯棹裏忙〔五〕。難收上樓興，渺漫正斜陽。

【校箋】

〔一〕據詩意，亦疑早年在故鄉益陽之作，同繫廣明二年。蓋少年之詩也。

〔二〕「范蠡」二句：「范蠡東浮」、「靈均北泛」，皆藉典故用作代稱。范蠡東浮者，太湖也。《越絶書·越絶德序外傳記第十八》：「范蠡……見利與害，去於五湖。」李善《文選注》引張勃《吴録》：「五湖者，太湖之别名也。」靈均，藉屈原沉江之事，概言汨羅江。汨羅北流，匯入長江。二句言水之態，有廣濶者，有綿長者。

〔三〕遠煙浪：言遠隨浩淼之煙波而去。白居易《海漫漫》：「雲濤烟浪最深處，人傳中有三神山。」

〔四〕思量：志趣、器量。此言出家爲僧之志趣也。

〔五〕棹，汲、明抄、《全詩》作「照」，同音致訛。《全詩》注：「一作棹。」案：益陽地處湘西北湖泊地帶，湘江經此北注洞庭湖，故有「故國門前急，天涯棹裏忙」之語。門前急謂水流也。

寄棲白上人〔一〕

萬國争名地〔二〕，吾師獨此閑。題詩招上相〔三〕，看雪下南山〔四〕。内殿承恩久，中條進表還〔五〕。嘗因秋貢客〔六〕，少得搆禪關〔七〕。

【校箋】

〔一〕棲白：亦作「棲白」。晚唐詩僧。大中五年入京師薦福寺爲内供奉，歷事宣、懿、僖宗三朝，其卒或在僖宗朝（參考《唐才子傳校箋》卷三「棲白」條及《補正》）。本篇作年不得遲於光啟之際棲白暮年時。

〔二〕萬國：猶萬方，指天下。争名地：戴暠《煌煌京洛行》：「欲知佳麗地，爲君陳帝京。由來稱俠窟，争利復争名。」此「争名地」爲京都、朝廷也。

〔三〕上相：對宰相之尊稱。張説《扈從幸韋嗣立山莊應制二首》其二：「西京上相出扶陽，東郊别業好池塘。」

〔四〕南山：即終南山，在長安南。

〔五〕中條：山名。《元和郡縣圖志·河東道》：「雷首山，一名中條山，在（安邑）縣南十五里。」唐安邑縣故址在今山西夏縣。進表事不詳。

〔六〕嘗，柳、汲、明抄、《全詩》作「常」。秋貢：唐制，每年秋季州郡向朝庭薦舉經會試選拔的人員，稱秋貢。喻鳧《送友人下第歸寧》：「旋應赴秋貢，詎得久承歡。」

〔七〕禪關：佛寺大門。李白《同族姪評事黯遊昌禪師山池二首》其一：「遠公愛康樂，爲我開禪關。」案：唐代貢士入京，多有投宿於寺廟者，或行卷拜謁於公卿名人間。栖白貴爲内供奉，故有此語。

自　題〔一〕

禪外求詩妙，年來鬢已秋〔二〕。未曾將一字，容易謁諸侯〔三〕。挂夢山皆遠〔四〕，題詩石盡幽。敢言梁太子，傍采碧雲流〔五〕。

【校箋】

〔一〕據詩意本篇疑爲年近五十居長沙時詩。自詡畢生以詩禪爲事，不入權門，詩道有成也。

〔二〕髩已秋：言鬢髮斑白，人已老矣。

〔三〕容易：輕易、輕率。寒山詩：「凡事莫容易，盡愛討便宜。」謁諸侯：謂以詩投贈拜謁權貴。

〔四〕「挂夢」句：魂牽夢繞皆遠方名山，若嵩、華、匡廬是也。杜牧《酬張祜處士見寄長句四韻》：「北極樓臺長挂夢，西江波浪遠吞空。」羅鄴《吴門再逢方干處士》：「稽嶺不歸空挂夢，吴宫相值欲霑巾。」

〔五〕「敢言」二句：梁太子，指南朝梁昭明太子蕭統。其編《文選》三十卷（今通行本析爲六十卷），選録周代至六朝知名作家作品七百餘首，成爲我國現存最早的文學總集。以「事出於沉思，義歸乎翰藻」（《文選序》）爲選文標準，即注重辭藻和聲律，以言志抒懷爲主的詩賦佔有較大比重，有别於傳統將經、史、子統歸爲「文」的文學觀念。「傍采碧雲流」指此。碧雲，即指言情之詩作。本集卷二《聞貫休下世》：「吾師詩匠者，真箇碧雲流。」此自言爲詩之道，師法《文選》也。

孫支使來借詩集因有謝〔一〕

冥搜從少小〔二〕，隨分得淳元〔三〕。聞説吟僧口，多傳過蜀門〔四〕。相尋江島上，共看夏雲根〔五〕。坐落遲遲日，新題互把論〔六〕。

【校箋】

〔一〕孫支使：孫光憲。詳見卷三《和孫支使惠示院中庭竹之什》注〔一〕。統觀本集與孫光憲酬答諸詩，本篇稱光憲「支使」，亦當爲長興年間詩。姑依《和孫支使惠示院中庭竹之什》繫長興三年。

〔二〕冥搜：搜尋幽勝，以指覓句作詩。詳見卷一《題中上人院》注〔二〕。

〔三〕隨分：任隨本性（而寫作）。《文心雕龍·鎔裁》：「謂繁與略，隨分所好。」淳元：天地精純之元氣。唐宗密《圓覺經大疏釋義鈔》卷一：「一氣者道之所宗，陰陽天地之根本也。謂天道未分，陰陽未泮，未有天地人物已前，但是淳元之一氣也。」

〔四〕「多傳」句：此言詩作隨吟僧之口傳入蜀地。蜀門，蜀地之門户。駱賓王《送吴七遊蜀》：「日觀分齊壤，星橋接蜀門。」

〔五〕雲根：本指深山雲起之處。杜甫《題忠州龍興寺所居院壁》：「忠州三峽内，井邑聚雲根。」仇注：「張協詩：雲根臨八極。注：五岳之雲觸石出者，雲之根也。」是「雲根」亦以指山石。此乃言共坐石上看詩論藝。

〔六〕把論：把玩論析，鑒賞評論。「論」讀平聲。

夏日言懷〔一〕

苦被流年迫〔二〕，衰羸老病情。得歸青嶂死，便共白雲生。樹枿燒爐響〔三〕，崖稜躡屐聲〔四〕。此心人信否？魂夢自分明。

【校箋】

〔一〕據詩意，本篇亦晚年居荆州期間作。姑依前篇繫長興三年，皆夏日之作也。

〔二〕流年：歲月如水流，以指年華。鮑照《登雲陽九里埭》：「宿心不復歸，流年抱衰疾。」

〔三〕樹枿：樹木砍伐後殘留之根株。枿，音蘖，餘也。

〔四〕躡屐：穿著木屐行走。劉禹錫《遊桃源一百韻》：「綵雲迎躡屐，遂登最高頂。」

早秋寄友生〔一〕

雨多殘暑歇，蟬急暮風清〔二〕。誰有閒心去，江邊看水行。河遥紅蓼簇〔三〕，野濶白煙平。試折秋蓮葉，題詩寄竺卿〔四〕。

【校箋】

〔一〕據編次，亦屬於荆州詩。蓋前二篇爲夏日之作，本篇則初秋詩。

〔二〕蟬急：蟬聲淒切。許渾《子陵釣臺貽行侣》：「鳥喧群木晚，蟬急衆山秋。」

〔三〕紅蓼：見卷一《寄江居耿處士》注〔四〕。

〔四〕竺卿：見卷一《秋興寄胤公》注〔四〕。

送王秀才往松滋夏課〔一〕

松滋聞古縣〔二〕，明府是詩家。静理餘無事〔三〕，欹眠盡落花〔四〕。江光摇夕照，柳影帶殘霞。君去應相與〔五〕，乘船泛月華。

【校箋】

〔一〕王秀才：疑即王去微，與詩人相交在唐室滅亡、五代初戰亂之際。詩亦繫於開平初。詳見卷一《謝王秀才見示詩卷》注〔一〕。松滋：《新唐書·地理志》：「江陵府江陵郡……縣八：江陵、枝江、當陽、長林、石首、松滋、公安、荆門。」故址在今湖北省松滋縣北長江南岸。夏課：唐代舉子落第後，寄居某地課讀爲文。《唐國史補》卷下：「（舉子）退而肄業，謂之過夏，執業而出，謂之夏課。」《唐摭言·述進士下篇》：「（夏課）亦謂之『秋卷』。」

〔二〕古縣：《舊唐書·地理志》：「荆州江陵府……松滋，漢高城縣地，屬南郡。松滋，亦漢縣名，屬廬江郡，晉時松滋縣人避亂至此，乃僑立松滋縣，因而不改。」

〔三〕静理：清静爲治，不擾民。白居易《王公亮可商州刺史制》：「可以静理而阜安，不宜改張而趨數。」

〔四〕欹，汲、《全詩》作「歌」，中華書局本《全唐詩》校作「攲」。欹眠：倚枕而眠，猶安卧也。顧況《苔蘚山歌》：「閉門無事任盈虚，終日欹眠觀四如。」欹同攲。

〔五〕去，原作「與」，涉下與字致訛。諸本作「去」，據改。相與：相交好。吴筠《元日言懷因以自勵詒諸同志》：「孰能無相與，滅跡俱忘筌。」

喜晉公自武陵至〔一〕

已盡滄浪興〔二〕，還思湘楚行〔三〕。鬢全無舊黑，詩別有新清。暫憩臨寒水，時來扣静荆〔四〕。囊中有靈藥，終不獻公卿。

【校箋】

〔一〕本集卷三有《送靈晉上人遊五臺》，此言晉公，應爲一人。蓋爲武陵（今湖南常德）僧。武陵東接益陽，詩言「已盡滄浪興，還思湘楚行」，蓋晉公已遊盡武陵之勝，乃東出欲遊湘楚大地。是詩當爲齊己早年在益陽之作，姑繫中和二年（八八二）。

〔二〕滄浪：二水名，在武陵，詳見卷三《江上值春雨》注〔六〕。

〔三〕湘，《全詩》作「相」，蓋誤。首聯「滄浪」、「湘楚」爲對。湘楚：指湖南之地。張讀《宣室志》卷八「陳巖」條：「先父以高尚聞於湘楚間，由是隱跡山林。」

〔四〕静荆：幽静之柴門。陶弘景《尋山志》：「荆門晝掩，蓬户夜開，室迷夏草，徑惑春苔。」

假山并序〔一〕

假山者，蓋懷匡廬有作也。往歲嘗居東郭〔二〕，因夢覺，遂圖于壁。迄于十秋〔三〕，而攢青疊碧於夢寐間，宛若捫蘿挽樹而升彼絶頂。今所作倣像一面〔四〕，故不盡萬壑千岩、神仙鬼怪之宅，聊得解懷。既而功就，乃激幽抱而作是詩〔五〕。終于一百八十言爾。

匡廬久别離，積翠杳天涯。静室曾圖峭，幽庭復創奇〔六〕。典衣酬土價，擇日運工時。信手成重疊，隨心作蔽虧〔七〕。根盤驚院窄，頂聳訝簷卑。鎮地那言重，當軒未厭危。巨靈何忍擘〔八〕，秦正肯輕移〔九〕？曉覺莎煙觸〔一〇〕，寒聞竹籟吹。藍灰澄古色，泥水合凝滋。引看僧來數，牽吟客散遲。九華渾彷彿，五老頗參差〔一一〕。蛛網藤蘿挂，春霖瀑布垂。加添雙石笋，映帶小蓮池。舊説雷居士，曾聞遠大師。紅霞中結社，白壁上題詩〔一二〕。顧此誠徒爾〔一三〕，勞心是妄爲。經營慙培塿〔一四〕，賞翫愧童兒。會入千峰去，閒蹤任屬誰〔一五〕。

【校箋】

〔一〕據詩序，齊己貞明七年（龍德元年，九二一）秋至江陵，乃於居所繪廬山圖以寄懷。序言「迄於十秋」，則長興元年（九三〇）秋後所作。

〔二〕東郭：指江陵城東郊。齊己初至荆門乃居東郭，後乃移居城西西湖之地，修建草堂。

〔三〕迄，原作「乞」，據柳、汲、《全詩》改。

〔四〕今，汲、《全詩》作「令」，中華書局本《全唐詩》校作「今」。倣像：隱約、不精審之貌。亦作「仿像」。杜甫《渼陂西南臺》：「仿像識鮫人，空蒙辨魚艇。」今所作，謂在所居草堂中造作假山。

〔五〕幽抱：幽獨之情懷。謝朓《奉和竟陵王同沈右率過劉先生墓》：「善誘宗學原，鳴鍾霽幽抱。」

〔六〕庭，《全詩》作「亭」。當非。

〔七〕蔽虧：能遮蔽日月之高山。《文選·司馬相如·子虛賦》：「其山則盤紆岪鬱，隆崇嵂崒，岑崟參差，日月蔽虧。」李善注引張揖曰：「高山擁蔽，日月虧缺半見也。」

〔八〕巨靈：河神。《文選·張衡·西京賦》：「綴以二華，巨靈贔屭，高掌遠蹠，以流河曲，厥跡猶存。」薛綜注：「華，山名也。巨靈，河神也。……此本一山，當河水過之而曲行，河之神以手擘開其上，足蹋離其下，中分爲二，以通河流。」

〔九〕正，汲、明抄、清抄、《全詩》作「政」。秦正即秦始皇政。移：通「陊」，毀壞。《史記·秦始皇本紀》：「三十五年，除道，道九原，抵雲陽，塹山堙谷，直通之。」此借言假山美好，秦王豈肯輕易毀之。

〔一〇〕曉，柳、汲、明抄、《全詩》作「晚」。

〔二〕「九華」二句：《方輿勝覽·池州》：「九華山，在青陽縣界，舊名九子山。李白以有峰如蓮花，改爲九華。詩云：『昔在九江上，遥望九華峰。天河掛緑水，秀出九芙蓉。』」案宋池州青陽縣，唐屬宣州，即今安徽青陽縣。五老，指廬山五老峰，屢見前注。彷佛、參差義同。

〔三〕「舊説」四句：用東晉高僧慧遠與雷次宗等在廬山東林寺結白蓮社典故。參見《東林作寄金陵知己》注〔二〕。居士：佛教名詞。原本印度梵語意譯，指在家佛教徒而受過「三歸」「五戒」者。中國佛教多以指居家奉佛者。慧遠《維摩義記》：「居士有二：一、廣積資産，居財之士，名爲居士。二、在家修道，居家道士，名爲居士。」

〔三〕徒爾：枉然。張九齡《和崔黄門寓直夜聽蟬之作》：「不是黄金飾，清香徒爾爲。」

〔四〕培塿：小土丘。王勃《入蜀紀行詩序》：「蓋登培塿者起衡霍之心，游涓澮者發江湖之思。」

〔五〕閒，《全詩》作「聞」，中華書局本《全唐詩》校作「閒」。

謝西川可準上人遠寄詩集〔一〕

匡社經行外〔二〕，沃洲禪宴餘〔三〕。吾師還繼此，後輩復何如？江上傳風雅〔四〕，静中時卷舒〔五〕。堪隨樂天集〔六〕，共伴白芙蕖。

【校箋】

〔一〕可準：西蜀僧，詳見前注。詩借白樂天藏詩集於廬山東林寺事，讚可準所寄詩集將伴東林之白蓮永播其芬芳；當作於齊己貞明間居廬山時。

〔二〕匡社：即廬山白蓮社。據此知可準曾行脚廬山與僧衆酬唱。

〔三〕沃，底本原訛作「泼」，據汲、清抄、《全詩》改正。沃洲：見卷三《七十作》注〔六〕。禪宴：安坐修禪。《説文·宀部》：「宴，安也。」釋道高《重答李交州書》：「夫萬善爲教，其途不一。有禪宴林藪，有修德城傍。」此言可準挂錫沃洲禪院修禪。

〔四〕「江上」句：謂遠寄詩集饋贈於己，自西川至廬山乃經大江直達也。

〔五〕時，底本原作「詩」，柳、汲、明抄、《全詩》作「時」，是，今據改。卷舒：開合書卷。此謂吟哦品鑒也。

〔六〕樂天集：案白居易《白氏文集自記》云：「前後七十五卷，詩筆大小凡三千八百四十首。集有五本，一本在廬山東林寺經藏院。」參前注。

秋空

已覺秋空極，更堪寥泬青。只應容好月，争合有妖星〔一〕？耿耿高河截〔二〕，翛翛一雁經〔三〕。曾于洞庭宿，上下徹心靈〔四〕。

【校箋】

〔一〕妖星：古代認爲彗星等預兆災禍的星。唐李筌《太白陰經·占流星篇》：「（流星）非二宮（紫微宮、太微宮）出者，並爲妖星。」杜甫《贈李八祕書別三十韻》：「反氣凌行在，妖星下直廬。」

〔二〕耿耿：明貌。謝朓《暫使下都夜發新林至京邑贈西府同僚》：「秋河曙耿耿，寒渚夜蒼蒼。」高河：天河、銀河。本集卷九《中秋十五夜寄人》：「高河瑟瑟轉金盤，歕露吹光逆凭欄。」截：渡也。《文選·郭璞·江賦》：「鼓帆迅越，趈漲截洞。」李善注：「截，直度也。」

〔三〕翛翛：亦作「脩脩」、「修修」、「蕭蕭」，象聲詞，此形容大雁飛翔振動羽毛之聲。《詩·豳風·鴟鴞》：「予羽譙譙，予尾翛翛。」

〔四〕「曾于」二句：此謂天地上下與人心相通達，同在澄澈通明境界，蓋自言禪悟也。徹，通達。《說文·支部》：「徹，通也。」

與聶尊師話道〔一〕

伯陽遺妙旨〔二〕，杳杳與冥冥〔三〕。說即非難說，行還不易行。藥中迷九轉〔四〕，心外覓長生。畢竟荒原上，一盤蒿壠平〔五〕。

【校箋】

〔一〕聶尊師：唐末詩人杜荀鶴、羅隱均有寄贈聶尊師之作。杜《贈聶尊師》有句云：「他年兩成事，堪喜是鄰州。」荀鶴池州（今安徽貴池）人，居九華山，「鄰州」則宣（今安徽宣城）、歙（今安徽歙縣）、舒（今安徽潛山）、江（今江西九江）等地區。此謂「與尊師話道」，疑作於齊己貞明居廬山數年間，或行鄰境相見話道也。

〔二〕伯陽：指老子。道教奉爲祖師，唐代尊封「太上玄元皇帝」。《史記・老子韓非列傳》：「老子者，楚苦縣厲鄉曲仁里人也，姓李氏，名耳，字耼。」張守節《正義》：「老子，楚國苦縣瀨鄉曲仁里人。姓李，名耳，字伯陽，一名重耳，外字耼。」

〔三〕「杳杳」句：杳杳、冥冥，渺茫隱約，奥妙莫測。借以指「道」之精要。「杳杳」亦作「窈窈」。《莊子・在宥》：「至道之精，窈窈冥冥；至道之極，昏昏默默。」《意林》引「窈窈」作「杳杳」。

〔四〕九轉：經九次提煉的道教神丹。《抱朴子・金丹》：「九轉之丹，服之三日，得仙。」謝朓《和紀參軍服散得益》：「金液稱九轉，西山歌五色。」

〔五〕「畢竟」二句：畢竟，謂到底、終究，指「覓長生」者之最後結局。蒿壠，長滿蒿草的墳塋。趙棲岑《大唐前朝散郎行婺州義烏縣主簿臧南金妻故潁川陳夫人墓誌銘》：「懼桑田之易往，留短翰於幽扃；恐蒿蘁之難常，勒斯言於秘户。」

送相里秀才自京至却回〔一〕

夷門詩客至〔二〕，楚寺閉蕭騷〔三〕。老病語言澁，少年風韻高。難于尋閬島〔四〕，險甚涉雲濤。珍重西歸去，無忘役思勞〔五〕。

【校箋】

〔一〕相里秀才：「相里」爲複姓，秀才生事不詳，與齊己、李中等交往。本集卷八《送相里秀才赴舉》云：「明年自此登龍後，回首荆門一路塵。」又同卷《荆門疾中喜謝尊師自南岳來相里秀才自京至》：「閒堂晝卧眼初開，强起徐行遶砌苔。鶴氅人從衡岳至，鶉衣客自雒陽來。……西笑東遊此相别，兩途消息待誰回。」知秀才赴洛京（雒陽）舉，齊己送、迎均在荆門，是則爲後唐（同光至清泰）年間之事，秀才自是後生輩，故曰「少年風韻高」。又南唐詩人李中有《送相里秀才之匡山國子監》詩：「氣秀情閑杳莫群，廬山遊去志求文。已能探虎窮騷雅，又欲囊螢就典墳。……業成早赴春闈約，要使嘉名海内聞。」「匡山國子監」即南唐之「廬山國學」，《十國春秋·南唐一·烈祖本紀》：「（昪元四年十二月）是時建學館於白鹿洞，置田供給諸生，以李善道爲洞主，掌其教，號曰『廬山國學』。」昇元四年爲後晉天福五年（九四〇），是相里於後唐赴舉不中後曾入南唐廬山國學。自京至：據首句，「京」指開封。則本篇作於後梁龍德間，寫作時間早於《送相里秀才赴舉》等二詩。却回：謂自荆門歸故里，詩中言「西歸去」是也。

〔二〕夷門：戰國魏都（今河南開封）之東門，建在夷山之上，故稱。後遂作爲大梁（開封）之別稱。唐堯客《大梁行》：「舊國多孤壘，夷門荆棘生。」

〔三〕蕭騷：蕭條淒涼。杜荀鶴《晚泊金陵水亭》：「江亭當廢國，秋景倍蕭騷。」龍德間齊己爲高季昌遮留荆門，心境抑鬱，故有此語。

〔四〕閬島：即閬風山，傳説中仙人住處。《楚辭·離騷》：「朝吾將濟於白水兮，登閬風而緤馬。」王逸注：「閬風，山名，在崑崙之上。」案唐人以及第比登仙，如本集卷二《送孫鳳秀才赴舉》：「此日登仙衆，君應最後生。」此「難於尋閬島」，謂秀才科考之難也。

〔五〕役思：用心思考。江淹《陸東海譙山集》：「杳杳長役思，思來使情濃。」

謝人寄南榴卓子〔一〕

幸附全材長，良工斫器殊〔二〕。千枝文柏有〔三〕，一尺錦榴無。品格宜仙菓，精光稱玉壺〔四〕。憐君遠相寄，多愧野蔬粗〔五〕。

【校箋】

〔一〕南榴卓子：南方榴木做的桌子。榴木木質堅實，有文彩，故稱「錦榴」。卓子即桌子，古代的几案。《五燈會元》卷二十《侍郎張九成居士》：「尚（惟尚禪師）舉『馬祖陞堂，百丈卷席』話詰之。叙語未終，公推倒卓子。」據前後詩編次，蓋亦居荆時詩。

〔二〕斫器：雕琢器物。

〔三〕枝，柳、明抄作「株」，汲、《全詩》作「林」。意遜。案「枝」義同「株」，「千枝」猶言「千株」也。文柏：柏木紋理鮮明，故稱。

〔四〕「品格」二句：此讚南榴桌子精美，可堪陳列仙菓玉壺。玉壺，王績《贈學仙者》：「玉壺横日月，金闕斷煙霞。」

〔五〕野蔬：言僧家自奉若此，有愧桌子精美。王維《濟州過趙叟家宴》：「上客摇芳翰，中厨饋野蔬。」

寄舊居隣友〔一〕

別後知何趣〔二〕？搜奇少客同〔三〕。幾層山影下，萬樹雪聲中。晚鼎烹茶緑，晨厨爨米紅〔四〕。何時携卷出？世代有名公〔五〕。

【校箋】

〔一〕據前後詩編次，蓋亦居荆時詩。前《送相里秀才》曰「楚寺閉蕭騷」，此言「萬樹雪聲中」，自秋及冬矣。

〔二〕知，原作「如」，據柳、汲、馮、《全詩》改。

〔三〕搜奇：尋幽覓勝以搜求奇思巧句。韓愈《答張徹》：「搜奇日有富，嗜善心無寧。」司空圖《争名》：「争名豈在更搜奇，不朽纔消一句詩。」

〔四〕米，柳、汲、明抄、《全詩》作「粟」。

〔五〕名，明抄作「明」。名公、明公，均指名望之士。杜甫《贈崔十三評事公輔》：「活國名公在，拜壇羣寇疑。」又《徒步歸行》：「明公壯年值時危，經濟實藉英雄姿。」

送朱秀才歸閩〔一〕

荆門來幾日？欲往又囊空〔二〕。遠客歸南越〔三〕，單衣背北風。近鄉微有雪，到海漸無鴻。努力成詩業，無諸謁至公〔四〕。

【校箋】

〔一〕朱秀才：生事無考。案方干有《朱秀才庭際薔薇》詩，其年代較早，或非同一人。詩言秀才來「荆門幾日」，當作於龍德年後；又曰「近鄉微有雪」，則時蓋冬日。與前《送相里秀才》以下諸詩蓋同年前後之作。

〔二〕囊空：貧無生資。杜甫《空囊》：「囊空恐羞澀，留得一錢看。」

〔三〕南越：閩地古稱南越。《元和郡縣圖志·江南道》：「福州，今爲福建觀察使理所。」「《禹貢》揚州之域。本閩越，秦并天下，以閩中下郡，作三十六郡之數，今州即閩中郡之地也。漢初又爲閩越國。」

〔四〕諸，汲、馮、《全詩》作「謀」，明抄作「媒」，意遜。蓋「諸」爲句中助詞，戒其勿事干謁，意頗切直。作「謀」「媒」語意贅矣。至公：對科舉主考官之敬稱，言其大公無私也。劉虚白《獻主文》：「不知歲月能多少，猶著麻衣待至公。」

龍潭作〔一〕

乍臨毛髮豎，雙壁夾湍流〔二〕。白日鳥影過，青苔龍氣浮〔三〕。蔽空雲出石，應禱雨翻湫〔四〕。四面耕桑者，先聞賀有秋〔五〕。

【校箋】

〔一〕依編次，疑亦居荆時詩，爲某年遊龍潭時作。荆州周邊稱龍潭者蓋多，難明其所指。

〔二〕璧，汲、《全詩》作「壁」。

〔三〕龍氣：形容瀑布騰起氤氲之水氣。劉長卿《龍門八詠》：「獨見魚龍氣，長令煙雨寒。」

〔四〕湫，原作「秋」，據柳、汲、《全詩》改。湫：深潭。

〔五〕有秋：秋有收成。謂豐收，豐年。《書・盤庚上》：「若農服田，力穡乃亦有秋。」陶淵明《丙辰歲八月中於下潠田舍穫》：「司田眷有秋，寄聲與我諧。飢者歡初飽，束帶候鳴雞。」

依韻酬謝尊師見贈二首 師欲調舉〔一〕。

其一

南國搜奇久，偏傷杜甫墳〔二〕。重來經漢浦〔三〕，又去入嵩雲〔四〕。舊別人稀見，新朝事漸聞〔五〕。莫將高尚迹，閒處傲明君〔六〕。

【校箋】

〔一〕詩題下原注：「師欲調舉。」調讀若「掉」，調舉，科舉也，此謂應道舉。謝尊師：本集卷八有《荆門疾中喜謝尊師自南岳來相里秀才自京至》、《送謝尊師自南岳出入京》詩。《送尊師自南岳出入京》詩云：「曾聽鹿鳴逢世亂，因披羽服隱衡陽。幾多事隔丹霄興，三十年成兩鬢霜。芝朮未甘銷勇氣，風騷無那激剛腸。中朝舊有知音在，可是悠悠入帝鄉。」知尊師唐末世亂自京師長安歸隱衡山，迄今三十年。以昭宗乾寧、光化間關中戰亂離京歸隱，則時當後唐同光、天成間，師因中朝知舊之招赴洛陽「調舉」。又據《登科記考》引《册府元龜》，天成五年五月，停廢道舉，至清泰二年始復施行。是師入京不得遲于天成五年。三詩均爲同時前後之作。姑繫天成二年（九二七）。據卷八《荆門疾中喜謝尊師自南岳來相里秀才自京至》云：「坐聞隣樹栖幽鳥，吟覺江雲發早雷」，蓋仲春之時。

〔二〕杜甫墳：指衡州耒陽縣杜甫墓。本卷《次耒陽作》：「因經杜公墓，惆悵學文章。」鄭谷《送田光》：「耒陽江口春山緑，慟哭應尋杜甫墳。」

〔三〕漢浦：漢水水邊，此泛指江漢流域之地，謂荆門也。白居易《江州赴忠州至江陵已來舟中示舍弟五十韻》：「泝流從漢浦，循路轉荆衡。」

〔四〕嵩雲：嵩山雲彩，借指洛陽。本集卷一《送劉秀才往東洛》：「洛水清奔夏，嵩雲白入秋。」

〔五〕新朝：指後唐代梁。

〔六〕「莫將」二句：此讚其行迹高尚，實非「傲君」。語本《易·蠱·上九》：「不事王侯，高尚其事。」《象》曰：「不事王侯，志可則也。」謂志向高潔，值得效法也。

其二

岳頂休高卧〔一〕，荆門訪擀扉。新詩遺我別，舊約與誰歸？賢路曾無滯〔二〕，良時肯自違〔三〕？明年窺月窟，仙桂露霏微〔四〕。

【校箋】

〔一〕岳頂：謂衡山也，蓋「師自南岳來」。

〔二〕賢路：賢者仕進之路。潘岳《河陽縣作二首》其一：「在疚妨賢路，再升上宰朝。」

〔三〕良時：好時光、好時機。杜甫《隨章留後新亭會送諸君》：「新亭有高會，行子得良時。」此指赴舉之時。

〔四〕月，汲本、《全詩》作「日」，非。「明年」二句：此以月宫折桂喻科舉有望。月窟，盧肇《天河賦》：「光連月窟，何慚媚以懷珠；影照天津，豈愧浄而如練。」

送冰禪再往湖中〔一〕

行心寧肯住〔二〕，南去與誰群？碧落高空處，清秋一片雲。穿林瓶影滅，背雨錫聲分〔三〕。應笑遊方久，龍鍾楚水濆〔四〕。

【校箋】

〔一〕冰禪：遊方僧，生事不詳。「湖中」疑指洞庭湖，故曰「南去」。詩言「應笑遊方久，龍鍾楚水濆」，蓋齊己居荊門時之作。依編次繫天成二年秋。

〔二〕住：停止。《廣韻·遇韻》：「住，止也。」

〔三〕「穿林」二句：瓶、錫爲僧人隨身攜帶用具中之浄瓶、錫杖。見卷一《仰》注〔六〕。

〔四〕龍鍾：衰老貌。沈佺期《答魑魅代書寄家人》：「龍鍾辭北闕，蹭蹬守南荒。」楚水濆：指荊門。濆，岸邊。《説文·水部》：「濆，水厓也。」

喜表公往楚王城〔一〕

已聞人捨地〔二〕，結構舊基平〔三〕。一面湖光白，隣家竹影清。應難尋輦道〔四〕，空説是王城〔五〕。誰信興亡迹，今來有磬聲〔六〕。

【校箋】

〔一〕往，明抄作「住」。「往」即往居也，不誤。表公：僧人名表，生事無考。楚王城：歷代地志所載，僅今湖北境内即有「楚王城」多處。雲夢、秭歸亦有楚王城，均在江陵周邊，詩當爲齊己居荆門時作，亦繫天成二年秋。

〔二〕捨，諸本或作「舍」，未是。捨，施捨，布施。捨地，即施捨土地。意謂有檀越已爲表公建好精舍。

〔三〕結構：建構，指連結構架以成屋舍。劉禹錫《白侍郎大尹自河南寄示池北新葺水齋即事招賓十四韻兼命同作》：「結構疏林下，夤緣曲岸隈。」此言精舍乃是在舊基上重建而成。

〔四〕輦道：帝王車駕所行之道。《文選·顔延之·三月三日曲水詩序》：「南除輦道，北清禁林。」

〔五〕「説」字原脱，據諸本補。

〔六〕「今來」句：言表公居寺，早晚誦經鳴磬。

春雪初晴喜友生至〔一〕

數日不見日，飄飄勢忽開。雖無忙事出，還有故人來。已盡南簷滴，仍殘北牖堆。明朝望平遠〔二〕，相約在春臺〔三〕。

【校箋】

〔一〕據本卷編次，前後諸詩均爲居荆門時作。《酬謝尊師見贈》、《送冰禪再往湖中》、《喜表公往楚王城》皆秋日之詩，本篇爲「春雪初晴」，下篇乃「殘春連雨」，時序相連接。姑繫天成三年春。

〔二〕平遠：白居易《望江樓上作》：「憑高望平遠，亦足舒懷抱。」

〔三〕春臺：參見前《早梅》注〔五〕。

殘春連雨中偶作懷友人〔一〕

南鄰阻杖藜〔二〕，屐齒繞床泥。漠漠長門掩〔三〕，遲遲日又西〔四〕。不知何興味，更有好詩題。還憶東林否？行苔傍虎溪。

【校箋】

〔一〕詩憶廬山與吟友盡日酬唱情景，蓋居荆即景抒懷之作，據編次亦繫天成三年春末。

〔二〕杖藜：扶杖出行。姚合《詠道旁亭子》：「南陌遊人回首去，東林道者杖藜歸。」

〔三〕長門，柳、汲、明抄、《全詩》作「門長」，意同。漠漠：迷蒙貌。何遜《贈族人秣陵兄弟》：「霏霏入窗雨，漠漠暗牀塵。」此謂久雨水氣迷蒙。

〔四〕遲遲：遲緩，緩慢之貌。《詩·豳風·七月》：「春日遲遲，采蘩祁祁。」毛傳：「遲遲，舒緩也。」

送崔判官赴歸倅〔一〕

白首從顏巷〔二〕，青袍去佐官〔三〕。只應微俸禄，聊補舊飢寒。地説邱墟甚〔四〕，民聞旱歉殘〔五〕。春風吹綺席〔六〕，賓主醉相歡。

【校箋】

〔一〕崔判官：生事無考。判官爲唐節度、觀察、防禦諸使僚屬，佐理政事。詳卷三《寄歸州馬判官》注〔二〕。歸倅：猶歸任。倅謂輔佐也。據前後詩編次，此亦當爲居荆詩；謂「春風吹綺席」，亦天成三年春。

〔二〕從：任也，聽也。此是安於「顔巷」之義。顔巷：語本《論語・雍也》：「子曰：『賢哉回也！一簞食，一瓢飲，在陋巷，人不堪其憂，回也不改其樂。』」借以指簡陋之居處。

〔三〕青袍：唐時幕府官居六品，服深緑，故稱。杜甫《遣悶奉呈嚴公二十韻》：「黄卷真如律，青袍也自公。」仇注：「《唐志》：尚書員外郎，從六品上。上元元年制，五品服淺緋，六品服深緑。朱注：公時已賜緋，而云青袍者，以在幕府故耳。」

〔四〕邱墟：荒蕪。「邱」即「丘」字。《管子・八觀》：「衆散而不收，則國爲丘墟。」王績《薛記室收過莊見尋率題古意以贈》：「豺狼塞衢路，桑梓成丘墟。」

〔五〕旱歉：旱災。崔祐甫《故常州刺史獨孤公神道碑銘》：「淮南旱歉，比境之人，流移甚衆。」

〔六〕綺席：華麗之筵宴。謝朓《鼓吹曲十首・鈞天曲》：「瑶池實瑟鷩，綺席舞衣散。」

寒食日懷寄友人〔一〕

萬井追寒食〔二〕，閑扉獨不開。梨花應折盡，柳絮自飛來。夢覺懷仙島，吟行繞砌苔。浮生已悟了，時節任相催。

【校箋】

〔一〕寒食：即寒節在清明前一或二日，詳見前《寒節日寄鄉友》注〔一〕。據前後詩編次，此爲天成三年寒食作。

〔二〕萬井：古以地方一里爲一井，萬井猶言千家萬户。張九齡《候使登石頭驛樓作》：「萬井緣津渚，千艘咽渡頭。」

懷巴陵舊遊〔一〕

洞庭雲夢秋〔二〕，空碧共悠悠〔三〕。孟子狂題後〔四〕，何人更倚樓？日西來遠棹，風外見平流。終欲重尋去，僧窗古岸頭。

【校箋】

〔一〕巴陵：唐巴陵郡治巴陵縣，即今湖南岳陽。屢見前注。據詩意亦當爲居荆門期間作。言「洞庭雲夢秋」，依前後詩編次，蓋天成三年秋日作。

〔二〕雲夢：唐代以指荆湘（今湖北湖南）間包括洞庭湖在内的沼澤地區。此「洞庭雲夢」即指洞庭湖一帶。詳見卷二《歸雁》注〔四〕。

〔三〕空碧：指澄碧之天空與水色。江淹《水上神女賦》「水湛湛而空碧」，「空碧」言水；齊己《自遣》「雲無空碧在」，「空碧」指天。皆澄碧之義。悠悠：猶「遥遥」，遼闊無際貌。《詩·王風·黍離》：「悠悠蒼天，此何人哉。」毛傳：「悠悠，遠意。」

〔四〕孟子：指孟浩然。其《臨洞庭湖》詩曰：「八月湖水平，涵虚混太清。氣蒸雲夢澤，波動岳陽城。」方回《瀛奎律髓》卷一云：「予登岳陽樓，此詩大書左序毬門壁間，右書杜詩，後人自不敢復題也。」

招乾晝上人宿話〔一〕

連夜因風雪，相尋在寂寥〔二〕。禪心誰指示？詩卷自焚燒。語默隣寒漏〔三〕，窗扉向早朝。天台若長往，還渡海門潮〔四〕。

【校箋】

〔一〕乾晝：彭澤僧。案卷二有《喜乾晝上人遠相訪》云：「彼此垂七十，相逢意若何？」知乾晝於齊己垂七十之年相訪於江陵。此言「連夜風雪」，依本卷詩編次，相招宿話必在天成三年暮冬至四年初春。卷三《荆門送晝公歸彭澤舊居》云：「岸遶春殘樹，江浮晚霽天。」則送行已届暮春矣。姑斷與乾晝上人荆門相聚爲天成四年初春至暮春間。

〔二〕尋，柳、汲、明抄、清抄、《全詩》作「留」。「連夜」二句：此形容寒風雪夜，垂暮之年，相聚僧室。寂寥，兼有恬静淡泊、冷落蕭條之義。均見前注。

〔三〕語默：或語（説話）或默（沉默）。語本《易·繫辭上》：「君子之道，或出或處，或語或默。」張正見《白頭吟》：「語默妍媸際，沈浮毁譽中。」寒漏：寒夜滴漏聲。李白《清平樂三首》其二：「欹枕悔聽寒漏，聲聲滴斷愁腸。」隣：連接。

〔四〕「天台」二句：天台指天台山，在台州。屢見前注。海門：《太平寰宇記·江南東道》：「臨海縣……海門山，在縣東一百二十六里，在臨海北岸，東枕海。」案唐、宋台州臨海縣，即今浙江臨海市。

荆門秋日寄友人〔一〕

青溪知不遠，白首要難歸〔二〕。空想煙雲裏，春風鸞鶴飛。誰論傳法偈，自補坐禪衣〔三〕。未謝侯門去〔四〕，尋常即揜扉〔五〕。

【校箋】

〔一〕據詩意及前詩編次，本篇當作於天成四年秋。言「未謝侯門去，尋常即揜扉」，蓋前年十二月高季興卒，「遮留荆門」前事或有轉機，然仍羈留未去也。

〔二〕要：總之、總歸。

〔三〕「誰論」二句：頸聯意謂屈居荆門哪裏談得到承法傳道，只能自補禪衣罷了。法偈，佛教祖師傳法之偈語。有「傳衣表法，傳法留偈」之説，即密授信衣、法偈以顯師承。《法藏碎金録》卷五引《傳燈録》：「菩提達摩付慧可，傳法偈云：吾本來兹土，傳教救迷情。一花開五葉，結果自然成。」

〔四〕俟門：謂荆南節度使高季興府第。案天成三年十二月丙辰，高季興卒。四年七月甲申，後唐以其子高從誨爲荆南節度使兼侍中。

〔五〕尋常：經常。即：但，只也。

哭鄭谷郎中〔一〕

朝衣聞典盡〔二〕，酒病覺難醫〔三〕。下世無遺恨，傳家有大詩。新墳青嶂叠，寒食白雲垂〔四〕。長憶招吟夜，前年風雪時〔五〕。

【校箋】

〔一〕參見卷一《亂中聞鄭谷吴延保下世》注〔一〕，繫開平四年（九一〇）。時齊己居長沙道林寺，年四十七。

〔二〕聞，汲、《全詩》作「閒」，當非。朝衣：上朝所穿之禮服，此指官服。鄭谷《故少師從翁隱巖别墅亂後榛蕪感舊愴懷遂有追紀》：「立朝鳴珮重，歸宅典衣貧。」

〔三〕酒病：嗜酒成疾。杜甫《季秋蘇五弟纓江樓夜宴崔十三評事韋少府姪三首》其一：「老人因酒病，堅坐看君傾。」

〔四〕「新墳」二句：此寫鄭谷下葬於故鄉青山白雲間。寒食節蓋下葬之時，以古制士「死三日而殯、三月而葬」，則其卒在是年初春。

〔五〕「長憶」二句：齊己天祐間數次赴袁州謁鄭谷，酬唱吟詠。此云「前年風雪時」，蓋開平二年冬，爲齊、鄭最後晤面之時日。

齊己詩歌繫年箋注卷第七

題東林十八賢貞堂〔一〕

白藕花前舊影堂〔二〕，劉雷風骨畫龍章〔三〕。共輕天子諸侯貴，同愛吾師一法長。陶令醉多招不得，謝公心亂入無方〔四〕。何人到此思高躅〔五〕？嵐點苔痕滿粉牆〔六〕。謝靈運欲入社，遠大師以其心亂却之。

【校箋】

〔一〕貞，諸本或作「真」，通。後文倣此，不俱校。謂寫真，即影像。貞堂亦稱「影堂」。案宋陳舜俞《廬山記》録本篇題作《遠公影堂》。東林十八賢：《廬山記》卷二載：晉高僧慧遠於廬山東林寺「翻《涅槃經》，因鑿池爲臺，植白蓮池中，名其臺曰翻經臺。今白蓮亭即其故地。遠公與慧永、慧持、曇順、曇恒、竺道生、慧叡、道敬、道昺、曇詵，白衣張野、宗炳、劉遺民、張詮、周續之、雷次宗，梵僧佛馱、耶舍十八人者，同修浄土之法，因號白蓮舍十八賢」。（案《佛祖統紀》「梵僧佛馱、耶舍」作「佛馱耶舍、佛馱跋陀羅」。）按，陸游《入蜀記》卷二：「九日，至晉慧遠法師祠堂及神運殿焚香，憩官廳。堂中有耶舍尊者、劉遺民等十八人像，謂之十八賢。」知影堂宋時猶存。本詩當作於天復間初遊廬山時。

〔二〕花前，《廬山記》作「池邊」。

〔三〕畫，《廬山記》作「盡」。劉雷風骨：謂劉遺民、雷次宗等人不交世務、不干榮利，遁跡廬山，從慧遠遊。下聯言「共輕天子」「同愛吾師」是也。《宋書·周續之傳》：「入廬山事沙門釋慧遠。時彭城劉遺民遁迹廬山，陶淵明亦不應徵命，謂之尋陽三隱。」《宋書·雷次宗傳》：「次宗字仲倫，豫章南昌人也。少入廬山，事沙門釋慧遠，篤志好學，尤明《三禮》、《毛詩》，隱退不交世務。」龍章，喻（畫像中）不凡之風采。

〔四〕「陶令」二句：陶令指陶淵明，曾官彭澤縣令。謝公指謝靈運。本詩詩後原注：「謝靈運欲入社，遠大師以其心亂却之。」却之，柳、汲、明抄、《全詩》作「不納」。馮、清抄作「不爲之納」。案有關二人與白蓮社的關係，見諸傳説，佛典雖多有記載，難以考實。宋釋宗曉《樂邦文類·蓮社始祖廬山遠法師傳》：「謝靈運負才傲物，一與遠接，肅然心服。爲鑿二池，引水栽白蓮求入社，師以心雜止之。」《後序》：「如晉遠法師，蘄嚮西方，嘗結蓮社於廬山。以淵明則招之，貴其能達而斷愛也；於靈運則拒之，爲其心雜而念不能專也。」

〔五〕高躅：崇高之品行。《晉書·隱逸列傳贊》：「激貪止競，永垂高躅。」
〔六〕點，底本、《廬山記》作「默」，據諸本改。點，點染、點綴。嵐，《廬山記》作「風」。

題南岳般若寺〔一〕

諸峯翠少中峯翠，五寺名高此寺名〔二〕。石路險盤嵐靄滑，僧窗高倚泬漻明。凌空殿閣由天設，遍地松杉是自生〔三〕。更有上方難上處〔四〕，紫苔紅蘚遠崢嶸〔五〕。

【校箋】

〔一〕般若寺：在衡山擲鉢峰。歷代多有高僧居此。《湖廣通志·古蹟志》：「福嚴寺，在擲鉢峯，舊名般若寺，亦曰般若臺。有唐太宗御書梵經五十卷，今無存。」宋陳田夫《南嶽總勝集》卷中「福嚴禪寺」條：「岳中禪刹之第一。陳太初中，惠思和尚自大蘇山領衆來此，建立道場。師常化人，修《法華》、《般若》、《念佛三昧》、《方等懺悔》，因號般若寺。本朝太平興國中，改賜今額。有唐懷讓禪師，結菴于思之故基。」《法華傳記》、《指月録》等均載。詩當作於天祐元年入居衡山期間。
〔二〕五寺：指南岳著名的五所禪寺。《南嶽總勝集》卷中「衡嶽禪寺」條：「寺前有《五寺碑》。唐李巽撰，羅中立八分書。五寺即般若、南臺、萬壽、華嚴、彌陀。」均梁至唐時所建。句意謂五寺均名高，而以般若最擅其名，爲「嶽中禪剎第一」。

〔三〕松杉，諸本作「杉松」。

〔四〕上方：指佛寺最高處。參見卷四《舩窗》注〔二〕。

〔五〕遠，柳、汲、明抄、《全詩》作「逺」，意遜。

寄廬岳僧

一聞飛錫別區中〔一〕，深入西南瀑布峰〔二〕。天際雪埋千片石，洞門冰折幾株松〔三〕。煙霞明媚棲心地〔四〕，苔蘚縈紆出世蹤〔五〕。莫問江邊舊居寺，火燒兵劫斷秋鐘〔六〕。

【校箋】

〔一〕飛錫：執錫杖飛天而行，以指僧人遊方。《釋氏要覽·入衆》：「今僧遊行，嘉稱飛錫。此因高僧隱峰遊五臺，出淮西，擲錫飛空而往也。若西天得道僧，往來多是飛錫。」《文選·孫綽·遊天台山賦》：「王喬控鶴以沖天，應真飛錫以躡虛。」李周翰注：「應真，得真道之人，執錫杖而行於虛空，故云飛也。」區中：猶寰中，指人世間。李白《安陸白兆山桃花巖寄劉侍御綰》：「獨此林下意，杳無區中緣。」

〔二〕深，原作「飛」，涉首句「飛」字致訛。據柳、汲、《全詩》改。西南瀑布峰：指廬山西南之三石梁。宋陳舜俞《廬山記·叙山南篇》引劉删詩云：「危梁耿大壑，瀑布曳中天。」又引李白詩：「金闕前開二峰長，銀河倒掛三石梁。」

〔三〕門，《全詩》注：「一作前。」《貫華堂選批唐才子詩》「洞門」作「巖前」。

〔四〕栖心地：心所寄托處。嵇康《答難養生論》：「棲心於玄冥之崖，含氣於莫大之涘者，則有老可却，有年可延也。」寒山詩：「下有棲心窟，横安定命橋。」

〔五〕苔蘚，《貫華堂選批唐才子詩》引作「藤竹」。縈紆：環繞盤旋，謂山路也。白居易《長恨歌》：「黄埃散漫風蕭索，雲棧縈紆登劍閣。」

〔六〕秋，《貫華堂選批唐才子詩》作「齋」。

遊谷山寺〔一〕

城裏尋常見碧棱〔二〕，水邊朝莫送歸僧〔三〕。數峰雲脚垂平地，一徑松聲徹上層。寒澗不生浮世物，陰崖尤積去年冰〔四〕。此身有底難抛事〔五〕？時復携筇信步登〔六〕。

【校箋】

〔一〕谷山寺：地志所載谷山寺不止一處，然以潭州谷山寺爲著，屢見於禪籍。據《湖廣通志·山川志》長沙府長沙縣：「谷山在縣西七十里。」疑齊己所遊寺即此。又《湖廣通志·古蹟志》岳州府臨湘縣下載：「穀山寺，在縣東四十里，唐建。寺内有塔，容二僧。塔前有柏一株，每日樹隙中流穀二升，以給二僧。一日，老僧出募，其徒以斧鑿隙，欲其多，遂止不復有。塔亦漸隳，至今基址猶存。」其地不屬潭州，疑非。詩言「城裏尋常見碧稜，水邊朝莫送歸僧」，或爲齊己居長沙期間之作。

〔二〕碧稜：林木蒼翠之青山。稜亦作「棱」。貫休《寄宋使君》：「寺倚烏龍腹，窗中見碧稜。」

〔三〕莫：即「暮」。莫乃暮之本字。

〔四〕尤，諸本作「猶」。案尤、猶均爲「尚且」之義。

〔五〕身，原作「生」，諸本作「身」，今據改。有底：有甚。釋見《詩詞曲語辭匯釋》卷一。

〔六〕筇：指筇竹製的手杖。見卷一《病起二首》其一注〔三〕。

楚寺寒夜作〔一〕

寒爐局促坐成勞，黯澹燈光照二毛。水寺閉來僧寂寂〔二〕，雪風吹去雁嗷嗷〔三〕。江山積疊歸程遠〔四〕，魂夢穿沿過處高。畢竟忘言是吾道〔五〕，袈裟不稱揖蕭曹〔六〕。

【校箋】

〔一〕據首聯，詩當作於齊己三十餘歲在湘中時，疑爲光化二年三十六歲隱洞庭湖西時詩。或言爲齊己居道林寺、或言晚年居荆門之作，均非。天祐三年（九〇六）齊己四十三歲入居長沙道林寺十年；龍德元年（九二一）五十八歲秋冬至江陵，均不得稱二毛。本集卷二《答人寒夜所寄》云：「二毛凋一半，百歲去三分。」

〔二〕閉，汲、《全詩》作「閑」，形近而訛。

〔三〕嗷嗷：雁鳴聲。《詩·小雅·鴻雁》：「鴻雁于飛，哀鳴嗷嗷。」

〔四〕積疊：層層疊疊。此謂山重水復也。李頻《蜀中逢友人》：「積疊山藏蜀，潺湲水遶巴。」

〔五〕忘言：語本《莊子·外物》：「得意而忘言。」《六祖大師法寶壇經序》：「妙道虛玄，不可思議。忘言得旨，端可悟明。」

〔六〕袈裟：僧衣。爲梵語音譯，「不正色」之義。佛制，僧人須避用青、黄、赤、白、黑五正色，而用似黑之色，故稱。不稱：不合。揖蕭曹：猶言謁權貴。蕭曹謂漢之蕭何、曹參。此代指權貴。李白《白馬篇》：「歸來使酒氣，未肯拜蕭曹。」

送太禪師歸南岳〔一〕

石龕閒鏁白猿邊，歸去程途半在舡〔二〕。林簇曉霜離水寺〔三〕，路穿新燒入山泉。已尋嵐壁臨空盡，却看星辰向地懸〔四〕。有興寄題紅葉上〔五〕，不妨收拾别爲編〔六〕。

【校箋】

〔一〕太，《全詩》作「泰」，通。汲本訛作「人」。太禪師即泰布衲，生卒年不詳，事跡見《宋高僧傳》。《景德傳燈録·前潭州石霜山慶諸禪師法嗣》載：「南嶽玄泰上坐，不知何許人也。沈静寡言，未嘗衣帛。衆謂之泰布衲。始見德山鑒禪師，升于堂矣。後謁石霜普會禪師，遂入室焉。所居蘭若在衡山之東，號七寶臺。誓不立門徒，四方後進依附，皆用交友之禮。嘗以衡山多被山民斬木燒畬，爲害滋甚，乃作《畬山謡》，遠邇傳播，達于九重。……將示滅，並無僧至，乃自出門，召一僧入，付囑令備薪蒸。又留偈曰：『今年六十五，四大將離主。其道自玄玄，箇中無佛祖。不用剃頭，不須澡浴。一堆猛火，千足萬足。』偈終端坐，垂一足而逝。闍維收舍利，於堅固禪師塔左營小浮圖置之。壽六十有五。」案泰禪師離石霜入南岳時在光啟四年（文德元年，八八八）二月慶諸禪師圓寂葬事既畢之後，齊己送之當在本年，言「林簇曉霜離水寺」，爲初秋之時。

〔二〕程途，《全詩》注：「一作途程。」

〔三〕水寺：指石霜山寺，故址在今湖南瀏陽境。《大明一統志・長沙府》：「霜華山，在瀏陽縣西南八十里，一名石霜。其山南接醴陵，北抵洞陽，山峻水激，觸石噴霜，故名。」

〔四〕「已尋」二句：嵐壁臨空，化用杜甫《天池》：「天池馬不到，嵐壁鳥纔通。」星垂向地，化用杜甫《旅夜書懷》：「星垂平野闊，月湧大江流。」

〔五〕題紅葉：此用紅葉題詩事，見卷六《聞西蟾從弟卜岩居岳西有寄》注〔三〕。

〔六〕收拾：謂收集、輯録。孟郊《奉報翰林張舍人見遺之詩》：「收拾古所棄，俯仰補空文。」

山中寄凝密大師兄弟〔一〕

一爐薪盡室空然〔二〕，萬象何妨在眼前。時有興來還覓句，已無心去即安禪〔三〕。山門影落秋風樹，水國光凝夕照天。借問荀家兄弟内，八龍頭角讓誰先〔四〕？

【校箋】

〔一〕凝密：生事無考。據詩意及前山中送玄泰詩，疑亦爲居石霜山中之作。

〔二〕空然：猶「空空如也」。《玉篇·火部》：「然，如是也。」

〔三〕安禪：安住坐禪，猶言入定。王維《過香積寺》：「薄暮空潭曲，安禪制毒龍。」

〔四〕「借問」二句：此以後漢荀淑家事稱道凝密大師兄弟。《後漢書·荀淑列傳》：「荀淑字季和，潁川潁陰人也，荀卿十一世孫也。少有高行，博學而不好章句，……當世名賢李固、李膺等皆師宗之。……有子八人：儉、緄、靖、燾、汪、爽、肅、專，並有名稱，時人謂『八龍』。」頭角：喻少年才華氣概。殷文圭《賀同年第三人劉先輩鹹辟命》：「脱俗文章笑鸚鵡，凌雲頭角壓麒麟。」

海棠花

繁于桃李盛于梅，寒食旬前社後開〔一〕。半月暄和留豔態，兩時風雨免傷摧〔二〕。人憐格異詩重賦〔三〕，蝶戀香多夜更來。尤得殘紅向春暮〔四〕，牡丹相繼發池臺。

【校箋】

〔一〕開，原作「歸」，諸本作「開」，是，今據改。「寒食」句：言海棠盛放之節在寒食前，春社後。寒食者，春分後十四日，清明前一日。社者，春社也。見卷四《春居寄友生》注〔四〕。春社至寒食，約夏曆二月。《本草綱目》引沈立《海棠譜》云：「（海棠）二月開花，五出，初如臙肢點點然，開則漸成纈暈，落則有若宿妝淡粉。」

〔二〕暄和：暖和。《隋書·孝義列傳》：「春日暄和，氣力何似。」杜荀鶴《春日山居寄友人》：「野吟何處好最相宜，春景暄和好入詩。」兩時：即指春社至寒食兩節令之間。時謂時月，指節令。

〔三〕格異：謂海棠花之品相、風韻異乎其它花木。宋人陳思《海棠譜》引唐人賈耽言「海棠爲花中神仙」。按中晚唐詩人詠海棠詩者蓋多，李紳《海棠》云：「海邊佳樹生奇彩，知是仙山取得栽。瓊蘂籍中聞閬苑，紫芝圖上見蓬萊。淺深芳萼通宵换，委積紅英報曉開。寄語春園百花道，莫争顔色泛金杯。」可見「人憐格異詩重賦」之時風。

〔四〕尤，柳、汲、明抄、《全詩》作「猶」，同義。

題贈湘西龍安寺利禪師〔一〕

頭白已無行脚念，自開荒寺住煙蘿。門前路到瀟湘盡，石上雲歸岳麓多〔二〕。南祖衣盂曾禮謁〔三〕，東林泉月舊經過〔四〕。閒來松外看城郭，一片紅塵隔逝波〔五〕。

【校箋】

〔一〕龍安寺：在今湖南湘潭市。詳見《送彬座主赴龍安請講》注〔一〕。利禪師：生事無考。詩當亦開平、乾化居長沙期間作。

〔二〕「門前」二句：頷聯寫龍安寺所在地勢，東倚湘江水，北望岳麓山。蓋以湘水清深，故以「瀟湘」指湘水。曹植《雜詩七首》其四：「南國有佳人，容華若桃李。朝游江北岸，夕宿瀟湘沚。」

〔三〕「南祖」句：句謂禮謁六祖也。指傳承六祖頓悟之學説。南祖，佛教禪家南宗之祖慧能禪師。《壇經·頓漸品》：「時祖師居曹溪寶林，神秀大師在荆南玉泉寺。於時兩宗盛化，人皆稱南能北秀，故有南北二宗頓漸之分。」曹溪寶林寺在今廣東韶關市。白居易《重修香山寺畢題二十二韻以紀之》：「南祖心應學，西方社可投。」衣盂，衣鉢。

〔四〕東林：指廬山東林寺。

〔五〕逝波：喻歲月光如水流逝。錢起《故相國苗公挽歌》：「盛業留青史，浮榮逐逝波。」此言禪師塵外高致。

寄文浩百法〔一〕

當時六祖在黄梅，五百人中眼獨開〔二〕。入室偈聞傳絶唱，升堂客謾恃多才〔三〕。鐵牛無用成貞角，石女能生是聖胎〔四〕。聞説欲抛經論去〔五〕，莫教惆悵却空迴。

【校箋】

〔一〕柳、汲、明抄、《全詩》題下注：「間欲擁毳參禪。」馮本「擁毳」作「披毳」。案「毳」即僧衣，見卷六《寄陽岐西峰僧》注〔三〕。文浩：生事無考。百法：爲佛教唯識宗説明世間、出世間一切現象之總稱。此告誡修持百法之僧文浩也。《文獻通考·經籍考五十四》：「《百法論》一卷。鼂氏曰：唐僧玄奘譯，西域僧天親所造。所謂一切法者，其略有語：一心法，二心所有法，三色法，四心不相應行法，五無爲法。心法八種，心所有法五十一種，色法十一種，心不相應行法二十四種，無爲法六種，故曰百法。」

〔二〕「當時」二句：此蓋言六祖慧能和尚繼承五祖弘忍衣鉢事，見《宋高僧傳·唐蘄州東山弘忍傳》、同書《唐韶州今南華寺慧能傳》。《宗鏡録》卷六：「有人問南泉和尚云：『黄梅門下有五百人，爲甚麽盧行者獨得衣鉢？』」黄梅，指五祖弘忍法師，因在黄州黄梅縣黄梅山東禪院傳法，故稱。眼獨開，謂獨得開悟，得正法眼藏。《十住除垢斷結經·化衆生品》：「佛告最勝：『如是行者，爲應法律應無所生，得開眼目，爟然大寤。慧眼清浄，永無塵曀。獲種姓眼，得佛浄眼。慧眼無外，議眼深遠，法眼常定。』」

〔三〕「入室」二句：入室、升堂，語本《論語·先進》：「由也升堂矣，未入於室也。」邢昺疏：「言子路之學識深淺，譬如自外入内，得其門者。入室爲深，顔淵是也；升堂次之，子路是也。今子路既升我堂矣，但未入於室耳，豈可不敬也。」此以入室言慧能，升堂言神秀。入室偈，指慧能得五祖傳法之偈語。《祖堂集》卷二《弘忍和尚》載：弘忍大師臨遷化時告衆云：「若有見處，各呈所見。」神秀遂揮毫於壁，書偈曰：「身是菩提樹，心如明鏡臺，時時懃拂拭，莫使有塵埃。」盧行者（慧能）不識文字，請張日用與他書偈曰：「身非菩提樹，心鏡亦非臺，本來無一物，何處有塵埃？」師舉顔微笑，令行者三更至，大師與他改名，號爲慧能。便傳袈裟，以爲法信。案「慧能偈」諸典籍所載文字略有不同。

〔四〕「鐵牛」二句：禪語，以慧能、神秀事，喻明心見性，頓悟成佛，以見禪宗之傳承。案「鐵牛貞角」「石女生兒」一類比喻，屢見於佛典，意在説明一切皆由緣生。其具體含義則往往由設喻之異而有所不同。《古尊宿語録·舒州龍門（清遠）佛眼和尚語録》：「後念即聖，聖不能知；鐵牛過海，石女生兒。」聖胎猶言「佛身」，參見卷八《自貽》注〔二〕。

〔五〕經論：佛教三藏中的經藏和論藏。王維《輞川別業》：「優婁比邱經論學，傴僂丈人鄉里賢。」趙殿成注：「釋氏以佛所説者爲經，菩薩所言者爲律，聲聞所著者爲論。」

謝人寄詩集〔一〕

所聞新事即戈矛，欲去終疑是暗投〔二〕。遠客寄言還有在，此門將謂惣無休〔三〕。千篇著述誠難得，一字知音不易求。時入思量向何處，月圓孤凭水邊樓〔四〕。

【校箋】

〔一〕詩言「所聞新事即戈矛，欲去終疑是暗投」，疑亦光啟間詩，時唐室暗弱，節鎮紛爭，干戈迭起。齊己此前入石霜山寺，光啟四年慶諸禪師圓寂，齊己擬離去而無所適從。

〔二〕暗投：語本《史記·鄒陽列傳》：「臣聞明月之珠，夜光之璧，以闇投人於道路，人無不按劍相眄者。何則？無因而至前也。」此喻不爲人所見重。李白《留別賈舍人至二首》其一：「遠客謝主人，明珠難暗投。」

〔三〕「門」字原脱，據諸本補。「此門」，自言作詩之門也。「惣」，同「揔」、「總」。

〔四〕孤凭：言獨自倚樓凭欄也。

謝无願上人遠寄檀溪集〔一〕

白首蕭條居漢浦〔二〕，清吟編集號檀溪。有人收拾應如玉〔三〕，無主知音只似泥。入理半同黃葉句〔四〕，遺懷多擬碧雲題。猶能爲我相思在，千里封來夢澤西〔五〕。

【校箋】

〔一〕詩題「寄」字原脱，據諸本補。无，原作「元」，非是，蓋形近而訛。案本集卷八有《寄无願上人》

《答无願上人書》二詩，前詩云：「六十八去七十歲，與師年鬢不爭多。」後詩曰：「鄭生驅蹇峴山回，傳得安公好信來。千里阻修俱老骨，八行重疊慰寒灰。……必有南遊山水興，漢江平穩好浮杯。」知无願乃襄陽僧，年與齊己相若，暮年唱酬不息。今據改。又案《水經注·沔水》：「又東過襄陽縣北。……又北逕檀溪，謂之檀溪水，水側有沙門釋道安寺，即溪之名，以表寺目也。」本篇言「白首蕭條居漢浦」，「千里封來夢澤西」，當爲一人無疑。詩集名《檀溪集》，以地命名也。无願蓋即檀溪寺僧。諸詩當作於長興二年齊己年六十八前後。

〔二〕漢浦：漢水水邊，此指襄陽。

〔三〕收拾：見前《送太禪師歸南岳》注〔六〕。

〔四〕同，原作「筒」，據諸本改。黃葉句：指僧家疏濬闡明佛理之偈語，與本卷《荆渚感懷》「黃葉喻曾同我悟，碧雲情近與誰携」意同。黃葉喻，佛教寓言，出《大般涅槃經》。

〔五〕封：謂封緘寄出。夢澤：指古雲夢澤，屢見前注。此指荆門，地在夢澤西。

寄道林寺諸友〔一〕

吟興終依異境長，舊遊時入静思量。江聲裏過東西寺〔二〕，樹影中行上下方。春色濕僧巾屨膩，松花沾鶴骨毛香。老來何計重歸去，千里重湖浪渺茫〔三〕。

【校箋】

〔一〕天祐三年（九〇六）齊己入長沙先寄居湘江東之無名僧寺，後入湘西道林寺，居十年。據詩意，本篇當作於滯留荆門初期，思歸故鄉而不得也。自言「老來」，姑繫龍德二年年近六十時。

〔二〕東西寺：疑指長沙湘江東某寺與湘西之道林寺。卷三《懷道林寺因寄仁用二上人》：「名山知不遠，長憶寺門松。……莫更來東岸，紅塵没馬踪。」即指齊己一度暫居、在長沙市區之東寺。然據劉長卿《自道林寺西入石路至麓山寺過法崇禪師故居》詩：「山僧候谷口，石路拂莓苔。深入泉源去，遥從樹杪回。香隨青靄散，鐘過白雲來。野雪空齋掩，山風古殿開。桂寒知自發，松老問誰栽。惆悵湘江水，何人更渡杯。」或即指道林、麓山二寺，麓山（亦稱嶽麓寺）在道林西，道林寺在嶽麓山下、麓山寺在山上，兩寺均傍湘江，故曰「江聲裏過東西寺，樹影中行上下方」亦通。《大明一統志·長沙府》：「嶽麓寺，在嶽麓山上，有唐李邕所書碑。道林寺，在嶽麓山下。」

〔三〕重湖：指洞庭湖。見卷四《送陳覇歸閩》注〔六〕。

贈智滿三藏〔一〕

灌頂清涼一滴通〔二〕，大毗盧藏遍虚空〔三〕。欲飛薝葡花無盡〔四〕，須待陁羅尼有功〔五〕。金杵力摧魔界黑〔六〕，水精光透夜燈紅。可堪東獻明天子，命服新酬贊國風〔七〕。

【校箋】

〔一〕智滿三藏：僧智滿，生事無考。三藏爲佛教經、律、論各種經典之總稱。經藏，爲佛所説經文，總説根本教義；律藏爲佛所制戒律，記述戒規威儀；論藏爲佛弟子所造論，闡明經義。精通三藏並從事翻譯經、律、論之高僧稱三藏法師，簡稱三藏。《大明三藏法數》：「三藏者，謂經、律、論各各含藏一切文理，故皆名藏。」據尾聯，疑爲天祐間詩，唐室未亡，既都東洛，得言「東獻明天子」，而「贊國風」也。

〔二〕灌頂：梵語意譯，古天竺國王即位儀式，以四大海之水，灌於頭而表祝意。佛教密宗效此法，凡弟子入門或嗣阿闍梨位時，須設壇行灌頂之式。法崇《佛頂尊勝陀羅尼經教跡義記》卷二：「所謂灌頂者，有其五種。……若初修道入真言門，先訪師主大阿闍梨，建立道場求灌頂法，入修三密願證瑜伽，猶如世間輪王太子，欲紹王位以承國祚，用七寶瓶盛四大海水，澆頭灌頂方承王位，如是真教入祕密門，同彼軌儀，故號佛子。」通：通徹，謂徹悟。

〔三〕大毗盧藏：指佛教密宗經典。毗盧即大日如來，全稱「摩訶毗盧舍那」，亦譯作「摩訶毘盧遮那」，爲密教供奉之本尊與最上根本佛。摩訶爲「大」義，毘盧遮那爲「日」義，光明遍照之義。言如來智慧日光是「遍一切處作大照明矣，無有内外、方所、晝夜之别」（《大毗盧遮那成佛經疏》）。

〔四〕薝葡花，當作「薝蔔花」。爲梵語音譯，即郁金花。其香味馥郁，佛典中多稱之。《悲華經·諸菩薩本授記品》：「今我禮佛，此閻浮園周匝當雨諸薝蔔華。」盧綸《送静居法師》：「薝蔔名花飄不斷，醍醐法味灑何濃。」

〔五〕陁羅尼：亦作陀羅尼。梵語音譯，意譯總持、能持、能遮。即能總攝憶持無量佛法而不忘失之念慧力，令善法不失，惡法不起。《大智度論·菩薩功德釋論》：「何以故名陀羅尼？云何陀羅尼？答曰：陀羅尼，秦言能持，或言能遮。能持者，集種種善法，能持令不散不失。譬如完器盛水，水不漏散能遮者，惡不善根心生，能遮令不生，若欲作惡罪，持令不作，是名陀羅尼。」

〔六〕金杵：即金剛杵。原爲古印度兵器，密教用爲表示摧毁降魔之法器。《法苑珠林·六道篇·阿脩羅部》：「帝釋現身，乃有千眼，執金剛杵，頭出煙焰。脩羅見之，乃退敗。」

〔七〕酬，原作「酹」，據諸本改。酬言以命服酬勞其入獻；酹，以酒澆地而祭也。「命服」句：言三藏既得爵命乃以其法力佐助天子摧魔界、正國風也。命服，指官員按爵命等級所穿著之制服。《詩·小雅·采芑》：「服其命服，朱芾斯皇。」鄭箋：「命服者，命爲將受王命之服也。」贊，輔佐。國風，國之風俗。

謝王先輩湘中回惠示卷軸〔一〕

少小即懷風雅情，獨能遺象琢涫精〔二〕。不教霜雪侵玄鬢，便向雲霄换好名〔三〕。携去湘江聞鼓瑟，袖來緱嶺伴吹笙〔四〕。多君百首貽衰颯〔五〕，留把吟行訪竺卿。

【校箋】

〔一〕王先輩：即王彝訓，詳見卷二《寄洛下王彝訓先輩二首》注〔一〕。卷五又有《謝王先輩昆弟遊湘中回各見示新詩》，與本篇爲同時前後之作，同繫於乾寧元年。

〔二〕「少小」二句：首聯讚王先輩詩作。遺象，捨棄表象。遺，棄也。琢涫精，發其精華。琢謂創作時錘煉琢磨。

〔三〕雲霄：喻指朝廷。蘇頲《恩制尚書省僚宴昆明池同用堯字》：「露渥灑雲霄，天官次斗杓。」换好名：贊其青春年歲即科舉高中也。《寄洛下王彝訓先輩二首》其二：「北極新英主，高科舊少年。」

〔四〕緱嶺：即緱氏山，在唐河南府緱氏縣（今河南省偃師區緱氏鎮）東南。詳見卷三《謝王先輩寄氈》注〔一〕。緱嶺伴吹笙，用王子喬事。《列仙傳》：「王子喬者，周靈王太子晉也，好吹笙，作鳳凰鳴。遊伊洛之間，道士浮丘公接以上嵩高山三十餘年。後求之於山上，見栢良曰：『告我家，七月七日待我於緱氏山巔。』至時，果乘白鶴駐山頭，望之不得到。舉手謝時人，數日而去。亦立祠於緱氏山下及嵩高首焉。」

〔五〕多：看重、讚賞。李白《叙舊贈江陽宰陸調》：「多君秉古節，嶽立冠人曹。」衰颯：衰朽。自指。案齊己詩中屢以「衰颯」自稱，天祐三年四十三歲入居道林寺亦自稱「衰颯」（見卷八《寄居道林寺作》）。本卷荆州詩《寄酬秦府高推官輩》：「歲月已殘衰颯鬢，風騷猶壯寂寥心。」

荆渚寄懷西蜀無染大師兄〔一〕

大溈心付白崖前〔二〕，寶月分輝照蜀天〔三〕。聖主降情延北内〔四〕，諸侯稽首問南禪〔五〕。清秋不動驪龍海，紅日無私罔象川〔六〕。欲聽吾宗舊山説，地邊身老楚江邊〔七〕。

【校箋】

〔一〕無染：生事無考。據詩意，蓋齊己大溈山寺師兄，溈仰宗弟子，傳教於西蜀者。據尾聯疑作於居荆門之前期，思歸舊山而不得，自嘆身老楚江矣。依前《寄道林寺諸友》繫龍德二年近六十歲時。

〔二〕「大溈」句：疑用蜀僧白崖山無住禪師典。《佛祖統紀》卷四一：「(大曆二年)杜鴻漸初撫巴蜀，遣使詣白崖，請無住禪師入城問道。師曰：『觸目皆如。』鴻漸由是棲心禪悦。」大溈，山名，在唐潭州益陽縣南(今寧鄉市西)。此指大溈山靈祐禪師。《宋高僧傳·唐大溈山靈祐傳》：「釋靈祐，俗姓趙，祖、父俱福州長溪人也。……元和末，隨緣長沙，因過大溈山，遂欲棲止，……有山民見之，群信共營梵宇。時襄陽連率李景讓統攝湘潭，願預良緣，乃奏請山門號『同慶寺』。後相國裴公相親道合。……以大中癸酉歲正月九日盥漱畢，敷座瞑目而歸滅焉。享年八十三，僧臘五十九。」《湖廣通志·古蹟志》：「同慶寺，在大溈山麓。《傳燈録·溈山禪師》：大中初，觀察使裴休請師復至所居，連帥李景讓奏額曰『同慶寺』，禪會特盛，緇侶輻輳。師敷揚宗教凡四十餘年。」以其早年遊江西參百丈，又得法於仰山寂禪師，故世稱溈仰宗。

〔三〕寶月：對月亮之美稱。此借以稱美無染大師，言其得靈祐之光輝朗照於蜀地。李華《卧疾舟中相里范二侍御先行贈别序》：「甘露灌注於心源，寶月照明於眼界。」鮑溶《懷惠明禪師》：「雪山世界此涼夜，寶月獨照琉璃宫。」

〔四〕延北内：言爲蜀主延請入宫。北内，唐都長安之皇城。宫城處帝都北部，帝王南面爲尊，故稱。劉兼《寄長安鄭員外》：「乘醉幾同遊北内，尋芳多共謁東鄰。」此借指五代蜀都。

〔五〕南禪：即佛教禪宗奉慧能頓悟説之南宗，見前《題贈湘西龍安寺利禪師》「南祖」注。周賀《宿甄山南溪晝公院》：「却來峯頂宿，知廢甄南禪。」

〔六〕「清秋」二句：頸聯互文見義，喻指南禪之法如如不動，遍照無私。驪龍海、罔象川，謂驪龍、罔象皆爲佛光普照。《禪宗頌古聯珠通集·祖師機緣》：「潭州道吾山宗智禪師，因僧問：『如何是和尚深深處。』師下禪牀作女人拜曰：『謝子遠來，無可抵待。』（投子青和尚）頌曰：『驪龍海卧瑞雲高，四望歸宗萬派潮。木人來問西宫事，回惠東園一顆桃。』」罔象，古代傳説的水怪。《國語·魯語下》：「水之怪曰龍、罔象，土之怪曰羵羊。」韋昭注：「龍，神獸也，非所常見，故曰怪。或云罔象食人，一名沐腫。」

〔七〕「欲聽」二句：尾聯謂思歸大溈舊山聽説法而不得。地邊，不辭。或爲地角天邊之義，然此「邊」字與「江邊」犯重，疑誤。楚江邊，謂荆門也。

謝武陵徐巡官遠寄五七字詩集〔一〕

五字才將七字争〔二〕，爲君聊敢試懸衡〔三〕。鼎湖菡萏摇金影，蓬島鸞凰舞翠聲〔四〕。還是靈龜巢得穩，要須仙子駕方行〔五〕。兩編珍重遥相惠〔六〕，何日燈前盡此情〔七〕。

【校箋】

〔一〕武陵徐巡官：無考。巡官，唐職官名，爲節度使、觀察使、團練使、防禦使之僚屬，位居判官、推官下。見《新唐書·百官志》。

〔二〕將：與也。句意言寫作五字詩之才華，與作七字詩爭勝。

〔三〕懸衡：謂衡量輕重、比較高低。亦謂輕重相等、不相上下。本集《酬西蜀廣濟大師見寄》：「楚外已甘推絶唱，蜀中誰敢共懸衡。」

〔四〕「鼎湖」二句：此讚巡官之詩乃仙境奇葩，若仙禽和鳴。鼎湖傳爲軒轅黄帝鑄鼎乘龍升仙處，蓬島爲傳説東海中之蓬萊仙山。

〔五〕「還是」二句：此喻其駕馭驅遣文字，穩重無匹，堪稱仙手。靈龜，《述異記》卷上：「龜千年生毛，龜壽五千年謂之神龜，萬年曰靈龜。」

〔六〕編，《全詩》作「邊」，非。兩編：猶言兩卷，今兩册也。

〔七〕日，諸本作「夕」。

重宿舊房與愚上人静話〔一〕

曾此栖心過十冬〔二〕，今來瀟灑屬生公〔三〕。檀欒舊植青添翠〔四〕，菡萏新栽白换紅。北面城臨燈影合，西隣壁近講聲通〔五〕。不知門下趨筵士〔六〕，何似當時石解空〔一〕。

【校箋】

〔一〕舊房：據首聯，當指湘西道林寺舊居僧房，今爲愚上人居所也。齊己自天祐三年（九〇六）至乾化五年（九一五）居道林寺十年，遂北入廬山，返湘而西走荆門，被高季昌「遮留」以至終老於荆。本篇當爲廬山返湘至西走荆門期間暫宿舊房時作。繫龍德元年秋。

〔二〕栖心：猶寄心。參見前《寄廬岳僧》注〔五〕。

〔三〕生公：對晉末高僧竺道生之尊稱。此借指愚道人。

〔四〕檀欒：秀美貌，以指修竹也。枚乘《梁王菟園賦》：「脩竹檀欒，夾池水，旋菟園，竝馳道。」謝朓《和王著作融八公山》：「阡眠起雜樹，檀欒蔭脩竹。」

〔五〕講聲：講經之聲。鄭谷《宜春再訪芳公言公幽齋寫懷叙事因賦長言》：「澗路縈迴齋處遠，松堂虛豁講聲圓。」

〔六〕「筵」字原脱，據柳、汲、明抄、《全詩》補。趨筵：趨赴講堂席位。謂投身門下，恭聽教誨。

〔七〕石解空：言頑石懂得「空」理。蓋用「生公説法，石皆點頭」典故，詳見卷三《謝人惠竹蠅拂》注〔四〕。

謝南平王賜山雞〔一〕

五色文章類彩鸞〔二〕，楚人羅得半摧殘〔三〕。金籠莫恨傷冠幘，玉粒須慚剪羽翰〔四〕。孤立影危丹檻裏〔五〕，雙栖伴在白雲端。上台愛育通幽細〔六〕，却放溪山去不難。

【校箋】

〔一〕南平王：指荆南節度使高季興。《資治通鑑》卷二七三載，同光二年（九二四）三月丙午，加高季興兼尚書令，進封南平王。案高季興原名季昌，同光元年高季昌聞唐帝滅梁，避唐廟諱更名季興。齊己自貞明七年（九二一）秋冬之際至江陵，至此近三載，抑鬱莫名。詩中藉以表達「金籠」「孤立」之恨，期盼放歸舊山之情，與《渚宫莫問詩一十五首》諸詩一脈相承，姑繫同光二年高受封後。山雞：即錦雞。《博物志》卷四：「山雞有美毛，自愛其色，終日映水。」

〔二〕文章：文彩。屈原《九章·橘頌》：「青黄雜糅，文章爛兮。」

〔三〕羅：謂以羅網捕殺鳥類。

〔四〕須，汲本、《全詩》作「頒」。案「頒」爲賞賜之義，謂玉粒乃王所賜。此聯「莫恨」、「須慚」爲對，意乃佳。「金籠」二句：言雖有金籠、玉粒之貴，而傷冠幘、剪羽翰則遍體皆傷矣。冠幘，帽子和包扎髮髻的頭巾。此借指山雞美麗的雞冠和頭上羽毛。東漢李尤《冠幘銘》：「冠爲元服，幘爲首服。君子敬慎，自强不忒。」

〔五〕丹檻：朱紅色的欄杆，此指雞籠。

〔六〕上台：本爲星名，在文昌星南。見《晉書·天文志》。後代指三公、宰輔。此處指高季興。

荆門病中雨後書懷寄幙中知己〔一〕

病根翻作憶山勞〔二〕，一雨聊堪浣鬱陶〔三〕。心白未能忘水月〔四〕，眼青猶得見秋毫〔五〕。蟬聲晚促枝枝急〔六〕，雲影晴分片片高。還憶赤松兄弟否？別來應見鶴衣毛〔七〕。

【校箋】

〔一〕後晉天福二年（九三七）夏秋，齊己在荆卧病四十日，沉痾綿延，病體至冬日猶未康强。本篇當爲期間之作，秋時寄荆幕中知友也。

〔二〕憶山：謂憶舊山也。勞：憂勞，愁苦。蕭穎士《舟中遇陸棣兄西歸數日得廣陵二三子書知遲晚次沙墊西岸作》：「舊山勞魂想，憶人阻洄泝。」

〔三〕鬱陶：憂思積聚貌。《書·五子之歌》：「鬱陶乎予心，顔厚有忸怩。」陸德明釋文：「鬱陶，憂思也。」

〔四〕心白：謂心地純浄潔白也。水月：謂水中之月，亦形容明浄。釋氏用以譬喻諸法之無實體，爲大乘十喻之一。《大智度論·十喻釋論》：「解了諸法，如幻，如焰，如水中月，……如鏡中像，如化。」李白《贈宣州靈源寺仲濬公》：「觀心同水月，解領得明珠。」

〔五〕猶：汲、《全詩》作「獨」，意遜。眼青：語本阮籍能爲青白眼，大悦乃見青眼典故。此猶言「言明」也。王維《過盧員外宅看飯僧共題七韻》：「三賢異七聖，青眼慕青蓮。」

〔六〕促：柳、汲、明抄、《全詩》作「簇」。

〔七〕赤松：傳説中上古仙人。此借指同交遊之道士。《漢書·張良傳》：「願棄人間事，欲從赤松子游耳。」顔師古注：「赤松子，仙人號也。神農時爲雨師，服水玉，教神農，能入火自燒。至昆山上，常止西王母石室，隨風雨上下。炎帝少女追之，亦得仙俱去。」鶴衣毛：鶴氅，道士之衣。謂其駕鶴淩空也。

宿江寺〔一〕

島僧留宿慰衰顔，舊住何妨老未還。身共錫聲離鳥外，迹同雲影過人間。曾無夢入朝天路〔二〕，憶有詩題隔海山。珍重來晨渡江去，九華青裏扣松關〔三〕。

【校箋】

〔一〕據詩意，本篇宜作於天復元年（九〇一）遊吳越途中，留宿於九華山附近某江寺也，時年三十九。

〔二〕朝天：謂入京朝拜天子。徐陵《諫仁山深法師罷道書》：「上不朝天子，下不讓諸侯，獨翫世間，無爲自在。」

〔三〕九華：山名，在今安徽青陽縣。詳見卷六《假山》注〔一一〕。松關：松木搭起的柴門。孟郊《退居》：「日暮静歸時，幽幽扣松關。」

謝貫微上人寄示古風今體四軸〔一〕

四軸騷詞書八行，捧吟肌骨遍清涼〔二〕。謾求龍樹能醫眼〔三〕，休問圖澄學洗腸〔四〕。今體盡搜初剖判，古風涫鑿未玄黄〔五〕。不知誰肯降文陣，闇點旌旗敵子房〔六〕。

【校箋】

〔一〕貫微：湖南武陵僧，與齊己有深交。詳參卷一《酬微上人》注〔一〕。《酬微上人》乃天福二年荆州詩，本篇評上人初爲詩之甘苦得失也，直言其「今體盡搜初剖判，古風涫鑿未玄黄」，蓋上人詩道未精時。卷六《寄武陵微上人》有云：「近聞爲古律，雅道更重光。」亦上人始爲詩時之作。均繫開平長沙詩內，齊己詩道有成而詩名漸著也。古風、今體，詩體名，詳見卷一《覽延栖上人卷》注。四軸：猶四卷。「軸」指裝成卷軸的詩卷。

〔二〕「四軸」二句：首聯先讚其詩「清」。騷詞，楚辭體詩歌。此處泛言貫微之古、今體詩。八行，舊指書信，因每頁書寫八行，故稱。此指以八行形式書寫的詩卷。李嘉祐《送舍弟》：「定知馬上多新句，早寄袁溪字八行。」

〔三〕「謾求」句：龍樹，古印度高僧，爲三論宗、真言宗之祖。又善醫術，尤長醫眼。白居易《眼病二首》其二：「案上謾鋪龍樹論，合中虛撚決明丸。」自注：「龍樹菩薩著《眼論》。」龍樹醫眼，典本此。

〔四〕「休問」句：圖澄，即佛圖澄。《晉書·佛圖澄傳》：「佛圖澄，天竺人也，本姓帛氏。少學道，妙通玄術。永嘉四年，來適洛陽，自云百有餘歲。常服氣自養，能積日不食。善誦神呪，能役使鬼神。腹旁有一孔，常以絮塞之，每夜讀書，則拔絮，孔中出光，照于一室。又嘗齋時，平旦至流水側，從腹旁孔中，引出五藏六腑洗之，訖，還内腹中。」二句言求其所當求，學其所能學，不爲非分之舉，蓋告勉之。

〔五〕「今體」二句：頸聯言上人傾力於今體，初得其要；古體精淳，尚未深入其奧。搜，謂冥搜，冥思苦想雕琢詩句。剖判，判別、辨別。涫鑿，淳精也。鑿，確切，精鑿。未玄黄：未辨玄黄也。

用《列子·説符》「九方皋相馬」典故。伯樂薦九方皋爲秦穆公求天下名馬，皋得之。穆公曰：「何馬也？」對曰：「牝而黄。」使人往取之，牡而驪。穆公不悦，曰：「色物牝牡尚弗能知，又何馬之能知也？」驪即玄馬也。故事原意本謂九方皋相馬「略其粗而得其精」，忽略其外表而深得其内在之本質；此取其「不辨玄黄」之意。

〔六〕闇，原作閲，據柳、明抄、《全詩》改。「不知」二句：文陣，以軍陣行列喻詩文之結撰，猶言文壇也。《開元天寶遺事》卷下「文陣雄師」條：「張九齡常覽蘇頲文卷，謂同僚曰：『蘇生之俊贍無敵，真文陣之雄帥也。』」本集卷十《謝荆幕孫郎中見示樂府歌集二十八字》：「長吉才狂太白顛，二公文陣勢横前。」子房，指西漢軍事家留侯張良。子房爲其字。《史記·留侯世家》：「高帝曰：『運籌策帷帳中，決勝千里之外，子房功也。』」闇，幽隱之處。《玉篇·門部》：「闇，幽也。」「闇點旌旗」，即借言「運籌帷幄」。尾聯蓋期以未來也。

荆州貫休大師舊房〔一〕

疎篁抽筍柳垂陰，舊是休公種境吟〔二〕。入貢文儒來請益，出官卿相駐過尋〔三〕。右軍書畫神傳髓〔四〕，康樂文章夢授心〔五〕。消得青城千嶂下，白蓮標塔帝恩深〔六〕。

【校箋】

〔一〕大師舊房：指龍興寺前貫休居室也。《宋高僧傳·梁成都府東禪院貫休傳》：「比謁荆帥成汭，初甚禮焉，於龍興寺安置。」吴融《禪月集序》：「沙門貫休，……晚歲止於荆門龍興寺。」詩言「消得青城千嶂下，白蓮標塔帝恩深」。知必作於乾化三年三月十七日貫休在成都下葬之後。乾化末齊己自湘西道林寺入廬山六年，至龍德元年秋冬至荆門，高季昌「禮己於龍興(安)寺安置」，即休師昔時居處。本篇必作於初至荆門時，謂「疎篁抽笋柳垂陰」，蓋龍德二年陽春季節也。

〔二〕境：《小集》作「此」。《全詩》注：「一作此。」種境：言自行修煉而達致功德清浄之境界。《雜阿含經》卷四十三：「如是六根，種種境界，各各自求，所樂境界，不樂餘境界。……此六種根，種種行處，種種境界，各各不求，異根境界。」

〔三〕「入貢」二句：頷聯概言休公在荆州之交往。舉子入京，皆來請教；京官過此，咸來相訪。吴融《禪月集序》：「余謫官南行，因造其室。每譚論，未嘗不了於性理。自旦而往，日入忘歸，邈然浩然，使我不知放逐之感。此外商権二雅，酬唱循還，越三日不相往來，恨疏矣！如此者凡朞有半。」《唐詩紀事》卷六十七：「(王)貞白，唐末大播詩名。《御溝》爲卷首云：……自謂冠絶無瑕。呈僧貫休，休曰：『甚好，只是剩一字。』貞白揚袂而去。休曰：『此公思敏。』書一字于掌中。逡巡，貞白迴，忻然曰：『已得一字。』云『此中涵帝澤』。休將掌中字示之，一同。」詩壇乃傳貫休爲貞白「一字師」。《禪月集》卷十《送王貞白重試東歸》即作於荆州；同卷《劉相公見訪》，則是宰相劉崇望訪貫休於荆門。案荆門唐五代爲南北東西交通要衝，江南廣大地區出入京洛多經由此，故有此語。

〔四〕右軍：王羲之，東晉書法家，字逸少，琅琊臨沂（今屬山東）人，官至右軍將軍、會稽内史，人稱王右軍。爲人辯贍，以骨鯁稱。尤善隸書，爲古今之冠，論者稱其筆勢，以爲飄若浮雲，矯若驚龍。事跡見《晉書》本傳。神傳髓：謂貫休書畫傳右軍之神髓。《宣和書譜》、《宣和畫譜》、《益州名畫録》等均載貫休善書，字尤奇崛，草書益勝，善圖畫，時人比諸懷素師、閻立本畫。

〔五〕康樂：謝靈運，南朝宋詩人，陳郡陽夏（今河南太康）人。幼便穎悟，少好學，博覽群書，文章之美，江左莫逮。襲封康樂公，世稱謝康樂。事跡見《宋書》本傳。夢授心：言貫休詩心得靈運夢授。案：頸聯以王右軍、謝康樂讚貫休大師之書畫文辭。

〔六〕消，汲、明抄、《全詩》作「銷」，義同。消得：配得、值得。青城：山名，《元和郡縣圖志·劍南道》：「成都府。青城縣，……因山爲名。」地在成都西北。曇域《禪月集序》言貫休大師卒後，「（蜀主）敕令四衆，共助葬儀，特竪靈塔，敕謚白蓮之塔。……於成都北門外十餘里置塔之所，地號昇僊，葬事既周，哀制斯畢」。《玉篇·木部》：「標，標舉也。」

寄谷山長老〔一〕

遊遍名山祖遍尋〔二〕，却來塵世渾光陰〔三〕。肯將的的吾師意〔四〕，擬付茫茫弟子心〔五〕。豈有虚空遮道眼，不妨文字問知音〔六〕。滄浪萬頃三更月，天上何如水底深〔七〕？

【校箋】

〔一〕谷山：在今湖南長沙市西。詳見前《遊谷山寺》注〔一〕。禪籍所載之谷山禪師有多人，其中《景德傳燈録·潭州石霜山慶諸禪師法嗣》四十一人中之「潭州谷山藏禪師」（位第七），年長於泰布衲，均同師慶諸禪師，年代與齊己約略相當，「谷山長老」或指此。則齊己同門之道友也。據首聯及前後詩編次，疑爲被遮留荆門時詩。亦繫龍德二年。

〔二〕祖：祖師。謂遍尋師法之祖師而終皈依於石霜山慶諸和尚。

〔三〕渾光陰：消磨時日。寒山詩：「日月如逝川，光陰石中火。任你天地移，我暢巖中坐。」

〔四〕的的吾師意：猶「吾師的的意」，指達磨祖師所傳之佛法真諦。的的，參卷三《寄雙泉大師師兄》注〔三〕。

〔五〕茫茫：紛雜、不清晰貌。此與「的的」爲對，言道心未專，陷于茫茫之途。

〔六〕「豈有」二句：頸聯言道眼無礙，唯自尋問得之。有討教於谷山之意。道眼，指觀道之眼，或能見正道之眼。以其由證道而得，故稱道眼。《生經》卷二：「天眼徹視，道眼清浄，覩於天人，三千大千佛之國土，普見無礙。」

〔七〕「滄浪」二句：尾聯以眼前景借喻佛法精深，兼贊谷山也。滄浪萬頃。猶言萬頃滄波。

寄黄暉處士〔一〕

蒙氏藝傳黄氏子〔二〕，獨聞相繼得名高。鋒鋩妙奪金雞距，纖利精分玉兔毫〔三〕。濡染只應親賦詠〔四〕，風流不稱近弓刀〔五〕。何妨寄我臨池興〔六〕，忍使江淹役夢勞〔七〕？

【校箋】

〔一〕黄暉：生事無考，蓋傳蒙氏藝之製筆良匠。據前後詩編次，疑亦爲初入荆詩。

〔二〕黄氏，原作「黄士」，據汲、明抄、《全詩》改。蒙氏：指蒙恬。秦之名將，《史記》有傳。崔豹《古今注》：「世稱蒙恬造筆，何也？答曰：蒙恬始造，即秦筆耳，以枯木爲管，鹿毛爲柱，羊毛爲披。」

〔三〕雞距：筆名。指短鋒毛筆，借雞後爪喻其鋒芒勁健。白居易有《雞距筆賦》。大略曰：「足之健兮有雞足，毛之勁兮有兔毛。就足之中，奮發者利距；在毛之内，秀出者長毫。合爲手筆，正得其要。」「雙美是合，兩揆而同。故不得兔毫，無以成起草之用；不名雞距，無以表入木之功。」「雖云任物以用長，亦在假名而善喻。」下句「玉兔毫」即指製筆之上等毫毛。

〔四〕濡染：此謂書寫詩文作品。參卷三《謝人墨》注〔七〕。

〔五〕弓：汲、《全詩》作「方」，當非。此承上句，言詩文風韻美好與弓刀迥異。稱讀去聲，謂不相符合也。

〔六〕臨池：謂揮毫書寫。《晉書·衛恒列傳》：「臨池學書，池水盡墨。」

〔七〕「忍使」句：用江淹夢失「五色筆」事。《南史·江淹傳》：「嘗宿於冶亭，夢一丈夫自稱郭璞，謂淹曰：『吾有筆在卿處多年，可以見還。』淹乃探懷中得五色筆一以授之。爾後爲詩，絕無美句，時人謂之才盡。」役夢勞，拘役於「失筆」之夢魘。役謂役使。夢勞，夢思。本卷《荆門病中寄懷鄉人歐陽侍郎彬》：「誰會荆州一老夫，夢勞神役憶匡廬。」

荆門勉懷寄道林寺諸友〔一〕

榮枯得喪理昭然〔二〕，誰斅離騷更問天〔三〕。生下便知真夢幻〔四〕，老來何必歎流年？清風不變詩應在，明月無蹤道可傳〔五〕。珍重匡廬沃洲主，拂衣抛却好林泉〔六〕。

【校箋】

〔一〕勉懷：自勉也。據詩意宜作於龍德間詩人被遮留荆州初期，怨憤之情溢於言表。

〔二〕喪：汲、《全詩》作「失」，義同。

〔三〕「誰敎」句：「離騷」言屈原所作之《天問》。王逸《楚辭章句》：「《天問》者，屈原之所作也。何不言問天？天尊不可問，故曰天問也。屈原放逐，憂心愁悴，彷徨山澤，經歷陵陸，嗟號旻旻，仰天歎息，見楚有先王之廟，及公卿祠堂，圖畫天地山川神靈，琦瑋僪佹，及古賢聖怪物行事，周流罷倦，休息其下，仰見圖畫，因書其壁，呵而問之，以渫憤懣，舒瀉愁思。」

〔四〕生下：猶生來。有生以來。夢幻：語本《金剛經》：「一切有爲法，如夢、幻、泡、影，如露亦如電，應作如是觀。」

〔五〕「清風」二句：此蓋自勉意。

〔六〕拂，原作「披」，據諸本改。「珍重」二句：按《世説新語·雅量》注引《高逸沙門傳》云：「遁爲哀帝所迎，游京邑久，心在故山，乃拂衣王都，還就巖穴。」

答崔校書〔一〕

雪色衫衣絶點塵，明知富貴是浮雲。不隨喧滑迷貞性〔二〕，何用潺湲洗汙聞〔三〕？北闕會拋紅駊騀〔四〕，東林社憶白氛氳〔五〕。清吟有興頻相示，欲答多慚蠹蝕文〔六〕。

【校箋】

〔一〕崔校書：本卷後有《與崔校書靜話言懷》詩云：「同年生在咸通裏，事佛爲儒趣盡高。……出世朝天俱未得，不妨還往有風騷。」知校書與齊己同年，雖儒佛異道而情趣相同；校書蓋唐臣，或於後梁棄官南歸。本篇言「東林社憶」，《靜話》曰「出世朝天俱未得」，當作於齊己被遮留荆門時，亦依前後詩編次繫龍德二年，時年六十歲。校書，唐代校書爲秘書省郎官，乃清要之職，見《唐會要》。

〔二〕性，明抄作「見」。喧滑：喧鬧嘈雜，即紅塵擾攘之義。

〔三〕「何用」句：此句蓋用堯禪天下於許由，許由洗耳潁濱典故，見《高士傳》。曹植《巢父贊》：「堯禪許由，巢父是恥。穢其溷聽，臨河洗耳。」意在暗諷朱梁篡唐事也。潺湲，流水。謝靈運《入華子崗是麻源第三谷》：「且申獨往意，乘月弄潺湲。」

〔四〕北闕：指朝廷。參見卷三《寄敬亭清越》注〔五〕。會：合當。駊騀：此指宫殿高大宏偉。《文選·揚雄·甘泉賦》：「崇丘陵之駊騀兮，深溝嶔巖而爲谷。」李善注：「蘇林曰：駊騀，音叵我。駊騀，高大貌也。」會抛駊騀，望其離京歸隱也。

〔五〕氛氳：香氣馥郁。此謂東林白蓮香濃。閻朝隱《採蓮女》：「薄暮斂容歌一曲，氛氳香氣滿汀洲。」

〔六〕蠹蝕文：蠹蟲蛀蝕之文。此謂殘篇舊文，略無新意。自謙之言。顔真卿《吴興沈氏述祖德記》：「年月淹遠，風雨蠹蝕，朽字殘文，翳而莫分。」

乞櫻桃〔一〕

去年曾賦此花詩，幾聽南園爛熟時〔二〕。嚼破紅香堪换骨〔三〕，摘殘丹顆欲燒枝〔四〕。流鶯偷啄心應醉〔五〕，行客潛窺眼亦癡。聞説張筵就珠樹〔六〕，任從攀折半離披〔七〕。

【校箋】

〔一〕蓋龍德二年夏日就南平王索櫻桃也。

〔二〕熟，汲訛作「熱」。聽：聽任。南園：曹植《臨觀賦》：「丘陵崛兮松柏青，南園薆兮果載榮。」此指高氏之園林也。

〔三〕「嚼破」句：張仲景《金匱要略》卷下：「櫻桃、杏多食傷筋骨。」孫思邈《備急千金要方·食治》：「櫻桃，味甘平濇，調中益氣，可多食，令人好顔色、美志性。」案《本草綱目》卷三十《果部》「櫻桃」條詳引各家之説論過食之害云：「百果之生，所以養人，非欲害人，富貴之家，縱其嗜欲取死，是何？天耶？命耶？邵堯夫詩云『爽口物多終作疾』，真格言哉！」破：猶煞也。用在動詞後表示極度。釋見《詩詞曲語辭匯釋》卷三。

〔四〕燒枝：形容枝頭紅豔似火。方干《杜鵑花》：「疏中從間葉，密處莫燒枝。」

〔五〕「流鶯」句：《本草綱目》：「許慎作『鶯桃』，云『鶯所含食，故又曰含桃』。」又李時珍曰：「櫻桃樹不甚高，春初開白花，繁英如雪，葉團有尖及細齒，結子一枝數十顆。三月熟時，須守護，否則鳥食無遺也。」

〔六〕「聞説」句：指高季興在櫻桃樹旁設宴。張筵，設宴。李端《送魏廣下第揚州覲省》：「調膳過花下，張筵到水頭。」珠樹，櫻桃如珠，故以珠樹爲喻。按《本草綱目》卷三十言櫻桃「小而紅者謂之櫻珠」，又言「唐人以酪薦食之」。

〔七〕離披：零落凋敝之貌。《楚辭·九辯》：「白露既下百草兮，奄離披此梧楸。」王逸注：「病傷茂木又芟刈也。」

寄南雅上人〔一〕

曾得音書慰暮年，相思多故信難傳。清吟何處題紅葉，舊社空懷墮白蓮。山水本同真趣向〔二〕，侯門剛有薄因緣〔三〕。他時不得君招隱，會逐南歸楚客船〔四〕。

【校箋】

〔一〕南雅上人無考。據「舊社空懷」、「侯門剛有」、「會逐南歸」等語，當作於初入荊門時。如是則南雅上人爲湘中之僧早年相交者。言「題紅葉」、「墮白蓮」，繫龍德二年(九二二)秋。

〔二〕真趣向：純真之意趣、趣尚。江淹《雜體三十首·殷東陽興矚》：「晨遊任所萃，悠悠藴真趣。」句意謂寄情山水爲你我共同真趣所在。

〔三〕剛：副詞，偏偏也。隋煬帝《效劉孝綽憶詩》其一：「憶睡時，待來剛不來。」偏有因緣，謂「遮留荊門」也。

〔四〕「他時」二句：尾聯意謂即使不得上人相招，亦必定追隨楚客南歸之船。

寄歐陽侍郎 時在嘉州饋遺〔一〕。

又聞繁惣在嘉州〔二〕，職重身閑倚市樓〔三〕。大象影和山面落〔四〕，兩江聲合郡前流〔五〕。棊輕國手知難敵，詩是天才肯易酬。畢竟男兒自高達〔六〕，從來心不是悠悠〔七〕。

【校箋】

〔一〕題注「饋遺」，《全詩》作「饋遺」，據改。歐陽侍郎：歐陽彬。詳見卷五《謝歐陽侍郎寄示新集》

注〔一〕。案《蜀檮杌》、《十國春秋》載蜀後主孟昶廣政初（廣政元年即天福三年、九三八）以歐陽彬爲嘉州刺史，彬喜曰：「青山緑水中爲二千石，作詩飲酒，稱風月主人，豈不嘉哉！」本詩言「尤聞繁惣在嘉州，職重身閑倚市樓」，當作於彬出任刺史前，蓋刺史非閑職也。又齊己卒於天福二年、三年之際，無緣得知三年歐陽彬出任嘉州刺史事。今繫本篇於天福二年。嘉州：《元和郡縣圖志·劍南道》：「嘉州。《禹貢》梁州之域，秦爲蜀郡，今州即漢犍爲郡之南安縣地也。……武德二年改爲嘉州。」案州治龍遊縣即今四川省樂山市。饋遺（遺讀若「未」）：言受蜀主差遣赴嘉州勞賚饋贈。

〔二〕繁惣：事務繁雜。謂總雜，衆多而雜亂。亦作「繁總」。薛能《贈苗端公二首》其一：「繁總近何如，君才必有餘。」

〔三〕市：柳、汲、明抄、《全詩》作「寺」。

〔四〕「大象」句：謂佛像之影連同山影一併映入江面，謂佛與山同高也。大象，指樂山彌勒坐像，今稱「樂山大佛」。與樂山城隔江相望，位處今岷江、青衣江、大渡河三江匯流處，依凌雲山棲霞峰臨江峭壁鑿成，高七十餘公尺。始鑿於唐開元元年，歷時九十餘年始成。和，連帶。

〔五〕兩江：謂今青衣江與大渡河（又稱沫水），兩江合流於大像西北，復東流過大像而匯入岷江（又稱瀆江）。岑參《登嘉州凌雲寺作》：「寺出飛鳥外，青峰戴朱樓。搏壁躋半空，喜得登上頭。始知宇宙闊，下看三江流。」按《太平寰宇記·劍南西道》：「龍遊縣，本漢青衣道，在大江之西，即青衣水合江之所。按青衣水，濯衣即青，故曰青衣道。」又：「大江，一名汶江，俗名通江，自平羌縣界流入。」又：「沫水，自陽山縣流入。」

〔六〕高達：謂才高而通達。《後漢書・戴良列傳》：「良才既高達，而論議尚奇，多駭流俗。」

〔七〕悠悠：無所用心貌。高適《漣上送别王秀才》：「行矣當自愛，壯年莫悠悠。」

與崔校書静話言懷〔一〕

同年生在咸通裹〔二〕，事佛爲儒趣盡高〔三〕。我性已甘披祖衲〔四〕，君心猶待脱藍袍〔五〕。霜髭曉幾臨銅鏡，雪髩寒疎落剃刀。出世朝天俱未得〔六〕，不妨還往有風騷〔七〕。

【校箋】

〔一〕本篇與前《荅崔校書》均爲齊己居江陵詩。前詩言「北闕會抛紅駮騻」，蓋校書猶在朝，乃有「不隨喧滑迷貞性，何用潺湲洗汙聞」之語；此言「朝天未得」，則校書已棄官抵江陵，二人「静話言懷」矣。姑繫龍德三年後梁、後唐易代之際。

〔二〕咸通：唐懿宗李漼年號，歷十五年（公元八六〇——八七四）。

〔三〕佛，原作「物」，據柳、汲、《全詩》改。

〔四〕祖，底本、馮、清抄作「袓」，柳、汲、明抄、《全詩》作「祖」，從之。祖衲即僧衣。祖謂佛祖。

〔五〕藍袍：亦言藍衫，藍色官服，爲八、九品低級官員所服。校書郎爲正九品，服青，即藍袍也。《唐大詔令集·文武官參用詔》：「雖藍衫魚簡，當一見而便許升堂；縱拖紫腰金，若非類而無由接席。」待脱藍袍，望升遷也。

〔六〕出世：超脱人世，此指出家爲僧。皇甫曾《秋夕寄懷契上人》：「真僧出世心無事，静夜名香手自焚。」朝天：朝見天子。見前《宿江寺》注〔四〕。

〔七〕還往：往還，指親朋交往。姚合《過張邯鄲莊》：「與子還往熟，坐卧恣所宜。」

謝人惠拄杖

邛州靈境産修篁〔一〕，九節材應表九陽〔二〕。造化已能分尺度，保持争合與尋常〔三〕。幽林翦破清秋影，高手携來緑玉光〔四〕。深謝魯儒憐潦倒〔五〕，欲教撑拄遶禪床。

【校箋】

〔一〕邛州：唐州名，治臨邛縣，即今四川邛崍。《元和郡縣圖志·劍南道》：「邛州，《禹貢》梁州之域，秦爲蜀郡地，今州即蜀郡之臨邛縣地也。……武德元年，割雅州依政等五縣置邛州。」此言產邛竹杖之邛州，當指西漢越嶲郡治邛都縣，即今四川西昌市一帶，地處邛崍山以南。《史記·西南夷列傳》：「時見蜀布、邛竹杖。」《集解》：「韋昭曰：『邛縣之竹，屬蜀。』瓚曰：『邛，山名。此竹節高實中，可作杖。』」修篁：張九齡《南山下舊居閒放》：「喬木凌青靄，修篁媚緑渠。」

〔二〕「九節」句：此言竹杖九節應乎《易》道之九陽。九陽，陽數之極。《易·乾文言》：「乾元用九，天下治也。」王弼注：「九，陽也。陽，剛直之物也。夫能全用剛直，放遠善柔，非天下至理，未之能也。故乾元用九，則天下治也。」

〔三〕「造化」二句：此聯承上，言天地賦予拄杖九節之尺度長短，惟當經常保持維護。

〔四〕緑玉：謂竹杖碧緑如玉。李白《廬山謡寄盧侍御虚舟》：「手持緑玉杖，朝别黄鶴樓。」

〔五〕魯儒：蓋惠拄杖者爲魯地儒者也。潦倒：衰頹。杜甫《登高》：「艱難苦恨繁霜鬢，潦倒新停濁酒杯。」

謝秦府推官寄丹臺集〔一〕

秦王手筆序《丹臺》，不錯褒揚最上才。鳳闕幾傳爲匠碩〔二〕，龍門曾用振風雷〔三〕。錢郎未竭精華去，元白終存作者來〔四〕。兩軸蚌胎驪頷耀〔五〕，枉臨禪室伴寒灰。

【校箋】

〔一〕丹臺集：《通志·藝文略》載：「高輦《丹臺集》三卷。」據新、舊《五代史》及《通鑑》，秦王（李）從榮，後唐明宗第二子，天成四年爲河南尹。從榮喜爲詩，聚浮華之士高輦等於幕府，與相唱和，頗自矜伐。長興中，以本官充天下兵馬大元帥。長興四年冬十月壬辰，從榮舉兵犯宫室，敗死，廢爲庶人。秦府諮議參軍高輦與王最厚，於是論高輦死，而其他官屬十七人皆長流。《五代史補》卷二「秦王掇禍」條云：「秦王從榮，明宗之愛子，好爲詩，判河南府。辟高輦爲推官，輦尤能爲詩，賓主相遇甚歡，自是出入門下者。當時名士，……莫不分廷抗禮，更唱迭和。時干戈之後，武夫用事，覩從榮所爲，皆不悦。於是康知訓等竊議曰：秦王好文，交游者多詞客。此子若一旦南面，則我等轉死溝壑，不如早圖之。」是則從榮、高輦之死，或有別論。詩當爲長興四年（九三三）作。

〔二〕鳳闕：漢建章宫東闕門。《史記·孝武本紀》：「作建章宫，度爲千門萬户，前殿度高未央，其東則鳳闕，高二十餘丈。」《史記索隱》引《三輔故事》云：「北有圜闕，高二十丈，上有銅鳳皇，故曰鳳闕也。」此借指後唐皇宫。匠碩：猶「大匠」、「巨匠」。碩，大也。案：「匠碩」，四庫本作「匠石」，用《莊子》匠石運斤成風典。

〔三〕龍門：喻名士之府第。《世説新語·德行》：「李元禮（案東漢李膺字）風格秀整，高自標持，欲以天下名教是非爲己任。後進之士有升其堂者，皆以爲登龍門。」此借指秦王府。振風雷：形容激揚文字，振作文風。李白《贈從孫義興宰銘》：「落筆生綺繡，操刀振風雷。」

〔四〕「錢郎」二句：頸聯以錢、郎、元、白爲比讚高輦詩作。《唐才子傳》卷四：「起詩體製新奇，理致清贍，芟宋齊之浮游，削梁陳之嫚靡，迥然獨立也。王右丞許以高格。與郎士元齊名，士林語曰：『前有沈、宋，後有錢、郎。』」白居易《劉白唱和集解》：「江南士女語才子者，多云元白。」

〔五〕蚌胎、驪頷，皆明珠也。蕭統《錦帶書十二月啟·中吕四月》：「敬想足下，聲聞九皋，詩成七步。涵蚌胎於學海，卓爾超群；藴抵鵲於文山，儼然孤秀。」《文選·曹植·七啟》：「綴以驪龍之珠，錯以荆山之玉。」李善注：「《莊子》曰：千金之珠，在九重之淵，而驪龍頷下。」

題畫鷺鷥兼簡孫郎中〔一〕

曾向滄江看不真，却因圖畫見精神。何妨金粉資高格〔二〕，不用丹青點此身。蒲葉岸長堪映帶〔三〕，荻花叢晚好相親。思量畫得勝籠得，野性由來不戀人〔四〕。

【校箋】

〔一〕孫郎中：即孫光憲，見卷三《和孫支使惠示院中庭竹之什》注〔一〕。據本集與光憲唱和諸詩，其以郎中稱呼者均爲初結交時詩，姑繫本篇於天成二年。此假題畫以抒懷，言「去荆」心志也。

〔二〕金粉：黄金粉末，古畫設色的貴重顔料。景審《題所書黄庭經後》：「金粉爲書重莫過，《黄庭》舊許右軍多。」《集韻·脂韻》：「資，助也。」高格：高貴之格調。劉禹錫《白鷺兒》：「白鷺兒，最高格。毛衣新成雪不敵，衆禽喧呼獨凝寂。」

〔三〕「蒲葉」句：許渾《鷺鷥》：「何事歸心倚前閣，緑蒲紅蓼練塘秋。」

〔四〕野性：迷戀山野、隱逸之情性。此以鷺鷥物性喻人。釋皎然《送王居士游越》：「野性配雲泉，詩情屬風景。」

賀行軍太傅得白氏東林集〔一〕

樂天歌詠有遺編，留在東林伴白蓮。百氏典墳隨喪亂〔二〕，一家風雅獨完全。常聞荆渚通侯論〔三〕，果遂吴都使者傳。仰賀斯文歸朗鑒〔四〕，永資聲政入薰絃〔五〕。

【校箋】

〔一〕白氏東林集：白居易於文宗大和九年（八三五）藏在廬山東林寺經藏中的詩文集。見《白氏長慶集》卷六一《東林寺白氏文集記》。據《廬山記》卷二：「廣明中，《白集》與遠公《匡山集》並爲淮南高駢所毁。（十國）吴太和六年（九三四），德化王澈嘗抄謄以補其缺，復亡失。」其事詳載於齊己詩友廬山僧匡白《江州德化東林寺白氏文集記》(《全唐文》卷九一九),蓋匡白即受德化王澈之命抄謄者。此「行軍太傅」,即指十國時吴國江州刺史、德化王楊澈。其全銜「奉化軍節度使江州觀察處置等使特進檢校太尉中書令使持節江州兼軍事江州刺史上柱國德化王食邑三千户楊澈」(《廬山記》卷三)。詩題稱賀得白氏集,當作於吴太和六年(清泰元年、九三四),時齊己在荆門。

〔二〕氏,《全詩》作「尺」,形近而訛。「百氏」句:言經歷戰亂之後,唐代文士著作多有亡佚。百氏,原指諸子百家,此代指唐代諸文士。典墳,經典之意,此代指文士之著作。

〔三〕通侯:即徹侯,秦爵位名,漢避武帝諱改稱通侯,後用以泛指侯伯高官。此即指荆南節度使府高級官員。《唐大詔令集·京官都督刺史中外迭用敕》:「敕:刺史,古之通侯;公卿,國之重任。」

〔四〕朗鑒:明鑒。此美稱「行軍太傅」之識鑒清朗。李白《送楊少府赴選》:「大國置衡鏡,準平天地心。羣賢無邪人,朗鑒窮清深。」

〔五〕聲政:猶聲教,音聲教化爲政之大端,故謂聲政。薰絃:指大舜弦歌《南風》詩,即「聲政」也。《孔子家語·辯樂》:「昔者舜彈五絃之琴,造《南風》之詩。其詩曰:『南風之薰兮,可以解吾民之愠兮;南風之時兮,可以阜吾民之財兮。』」此謂白詩有助於聲教。

韶陽微公〔一〕

曲江晴影石千株〔二〕，吾子思歸夢斷初。有信北來山疊疊，無言南去雨疎疎〔三〕。祖師門接園林路〔四〕，丞相家同井邑居〔五〕。閒野老身留得否〔六〕？相招多是秀才書〔七〕。

【校箋】

〔一〕微公：即貫微，韶州曲江人，出家武陵，與齊己有深交。詳參卷一《酬微上人》注〔一〕。韶陽：唐、宋韶州（今廣東韶關市）之別稱。《方輿勝覽·韶州》：「郡名：始興、韶陽、曲江。」詩詠韶陽微公，八句皆微公情事。據「思歸夢斷」、「老身留否」等語，疑爲齊己暮年思歸懷友、推己及人之作。參前詩編次姑繫清泰天福之際。

〔二〕「曲江」句：曲江，水名，在唐韶州曲江縣。《大明一統志·韶州府》：「曲江，一名相江，以湞水、武水抱城，回曲而流，故名。」按《方輿勝覽·韶州》：「韶石，在州東北八十里。郡國志：『斗㔫水間，有兩石相峙，高百仞，廣五里，相去一里，大小略均，似雙闕，州取名焉。此外又有三十六石，各有名。相傳舜登此石，奏韶歌。隋開皇九年取以名郡。』」又《明一統志·韶州府》：「韶石山，在府城東北八十里，山之石怪奇，有三峯、四接、盤龍、駱駝、獅子、虹蜺、鳳閣、馬鞍等名，而韶石雙峙如闕。」今考其地爲丹霞地貌，是以奇峰怪石層出不窮，「石千株」指此。

〔三〕「有信」二句：頷聯承首聯，言微公思歸夢斷而終不得南行。有信北來，韶陽來信。山叠叠，五嶺（南嶺）群山也。無言南去，微公未歸。雨疎疎，洞庭（武陵）時雨也。

〔四〕「祖師」句：韶州曹溪南華寺爲禪宗六祖慧能祖庭，此謂微公舊居與祖師門庭園林相接。

〔五〕「丞相」句：唐玄宗朝名相張九齡，字子壽，韶州曲江人（兩《唐書》本傳）。此謂微公故里與丞相同城。

〔六〕閒野：謂不入紅塵世俗。姚合《寄崔之仁山人》：「官職卑微從客笑，性靈閒野向錢疏。」

〔七〕微公善詩，卷一《酬微上人》云：「古律皆深妙，新吟復造微。」卷六《寄武陵微上人》曰：「近聞爲古律，雅道更重光。」故有「相招多是秀才書」之語。

將之匡廬過潯陽〔一〕

颿過潯陽晚霽開〔二〕，西風北鴈似相催。大孤浪裏青堆没，五老雲中翠叠來〔三〕。此路便堪歸水石，何門更合向塵埃〔四〕？遠公林下蓮池畔，箇箇高人盡有才〔五〕。

【校箋】

〔一〕廬，柳、汲、明抄、《全詩》作「嶽」。光化四年（天復元年，九〇一）齊己遊洪州，夏入廬山，本篇言「帆過潯陽晚霽開，西風北鴈似相催」，蓋秋日江行入廬山途中作。是爲二次入廬山時所作，則乾化五年（九一五）矣。

〔二〕颿，柳、汲、《全詩》作「帆」。案《龍龕手鑒》卷五：「颿，音梵，船使風也。」是即爲帆之俗寫。

〔三〕「大孤」二句：孤，《全詩》作「都」，非。裹，原作「後」，明本作「裹」，意勝，今據改。《太平寰宇記·江南西道》德化縣下曰：「廬山，在州南。」「五老峯，在山東。」「彭蠡湖，在縣東南。與都昌縣分界。湖心有大孤山。」案「彭蠡湖」即今鄱陽湖。青堆、翠疊，猶言蒼山翠樹層層疊疊。此蓋江行望遠山之景。按《御定駢字類編·采色門》「青堆」條解當塗縣（今安徽省馬鞍山市屬縣）之「青堆沙」，引齊己本詩爲釋，恐非。

〔四〕「此路」二句：水石謂泉石清幽之勝地，乃堪歸隱處。對句以「門」對「路」，亦門徑、道途義。謂無路當在紅塵中也。張祜《題潤州甘露寺》：「泠雲歸水石，清露滴樓臺。」

〔五〕「遠公」二句：此用晉慧遠東林蓮社事，見卷二《東林作寄金陵知己》注〔二〕。

寄湘幕王重書記〔一〕

抛擲湓江舊釣磯〔二〕，日參籌畫廢吟詩。可能有事關心後，得似無人識面時〔三〕？官好近聞加茜服〔四〕，藥靈曾説换霜髭。高才直氣平生志〔五〕，除却徒知即不知〔六〕。

【校箋】

〔一〕湘幕：指唐末湖南節度使馬殷幕府。書記：「掌書記」之省稱。唐外官元帥、都統及招討、節度、觀察等使府皆置掌書記一人，「掌朝覲聘問慰薦祭祀祈祝之文與號令升絀之事」（《新唐書·百官志》）。王重書記生事無考，蓋衡州攸縣人。案馬殷授湖南節度使在天復元（九〇一）、二年間，至開平元年（九〇七），後梁封馬殷爲楚王；詩當作於天佑末唐亡前，齊己時居長沙道林寺。

〔二〕浟江：即攸溪。在衡州攸縣（今湖南攸縣）。《元和郡縣圖志·江南道》：「攸縣，本漢舊縣，武德四年分湘潭縣置，以北帶攸溪爲名。」釣磯：用嚴子陵耕釣富春山事，釣磯即其所隱處也。李白《送客歸吴》：「别後無餘事，還應掃釣磯。」

〔三〕「可能」二句：頷聯承上，爲問入幕從事豈若平居閒時。關心，猶繫心，牽心。關謂牽繫。陳琳《飲馬長城窟行》：「結髮行事君，慊慊心意關。」案此聯《全唐詩》卷七九六録作無名氏句。

〔四〕加茜服：茜爲絳紅色，茜服者，絳服也。按唐制，官三品以上服紫，四品、五品以上服緋，六品、七品以上服緑，八品、九品以上服青。詩言「加茜服」，即加官也。

〔五〕高才：才華高超。李白《獻從叔當塗宰陽冰》：「秀句滿江國，高才掞天庭。」直氣：氣概鯁直。

杜甫《過郭代公故宅》：「及夫登袞冕，直氣森噴薄。」

〔六〕徒知：空知。知其一不知其二之意。陶淵明《止酒》：「徒知止不樂，未信止利己。」結句呼應頷聯「可能」「得似」之問，自言「不知」也。

宿沈彬進士書院〔一〕

相期只爲話篇章，踏雪曾來宿此房〔二〕。喧滑盡消城漏滴〔三〕，窗扉初掩岳茶香。舊山春暖生薇蕨，大國塵昏懼殺傷〔四〕。應有太平時節在，寒宵未卧共思量。

【校箋】

〔一〕沈彬：唐末詩人，光化四年至後梁初遊湖湘，隱居衡州雲陽山十餘年，詳見卷一《寓居岳麓謝進士沈彬再訪》注〔一〕。據詩意本篇當爲天祐間齊己居衡山時臘盡春初之作。姑繫天祐二年（九〇五）。

〔二〕踏雪來宿：化用王子猷雪夜訪戴安道典，見《世説新語·任誕》。卷一《寓居岳麓謝進士沈彬再訪》云：「去歲來尋我，留題在蘚痕。又因風雪夜，重宿古松門。」

〔三〕漏，原作「滿」，據諸本改。喧滑：喧嘩，紅塵擾攘，已見前注。城漏滴：夜間報時之漏滴聲聲。漏，漏壺，滴水報時器。韓偓《訪王起居不遇留贈》：「行聞漏滴隨金仗，入對爐煙侍玉除。」

〔四〕大國殺傷：《通鑑》卷二六五載，天祐二年二月社日，朱全忠縊殺昭宗諸子。朝臣「聲跡稍著者，……貶逐無虛日，縉紳爲之一空」。十二月密令殺害何太后。

静　院〔一〕

花院相重點破苔〔二〕，誰心肯此話心灰〔三〕！好風時傍疎篁起，幽鳥晚從何處來？筆研興狂師沈謝〔四〕，香燈魂斷憶宗雷〔五〕。浮生已問空王了〔六〕，急箭光陰一任催〔七〕。

【校箋】

〔一〕本篇詠所居僧院之清幽，自抒日以詩禪爲事的情懷，疑爲中年居湘中之詩。

〔二〕破苔：苔蘚斑駁。王建《題壽安南館》：「濕樹浴烏痕，破苔卧鹿跡。」

〔三〕心灰：心如寒灰。語本《莊子·齊物論》：「形固可使如槁木，而心固可使如死灰乎？」郭象注：「死灰、槁木，取其寂漠無情耳。」

〔四〕師：原作「詩」，諸本作「師」，據改。興指意興，創作衝動。沈謝：沈約、謝朓。《舊唐書·元稹白居易傳論》：「昔建安才子，始定霸於曹劉，永明辭宗，先讓功於沈謝。」《贊》曰：「文章新體，建安永明，沈謝既往，元白挺生。」

〔五〕香燈：禮佛用的長明燈。詳見卷二《留題仰山大師塔院》注〔六〕。宗雷：宗炳、雷次宗。此代指廬山白蓮社。

〔六〕了：汲本作「子」，非。浮生：虛浮不定之人生，語本《莊子·刻意》，屢見前注。空王：對佛祖的尊稱。佛説世界一切皆空，故稱「空王」。沈佺期《樂城白鶴寺》：「無言誦居遠，清淨得空王。」「已問空王了」謂已皈依佛祖。

〔七〕急箭：柳、汲、明抄、《全詩》作「箭急」。

送白處士遊峨嵋〔一〕

閒身誰道是羈遊〔二〕，西指峨嵋碧頂頭。琴鶴幾程隨客棹〔三〕，風霜何處宿龍湫〔四〕？尋僧石磴臨天井〔五〕，斸藥秋崖倒瀑流〔六〕。莫爲寰瀛多事在，客星相逐不回休〔七〕。

【校箋】

〔一〕白處士：汴州陳留莘城（今河南開封陳留鎮）人，隱居煉丹學道者。本集卷五有《贈白處士》，與本篇爲同時之作。齊己蓋龍德、同光後梁、後唐更代之際在荆門送白處士。詳見《贈白處士》注〔一〕。

〔二〕羈遊：羈旅不定。杜甫《哭台州鄭司户蘇少監》：「羈遊萬里闊，凶問一年俱。」

〔三〕琴鶴：喻隱者高致。見卷一《寄鏡湖方干處士》注〔三〕。客棹：指客船，屢見前注。

〔四〕龍湫：猶龍潭。泛指深潭。

〔五〕石磴：登山石階。天井：星名，即二十八宿之井宿。古者劃分星野，以二十八宿之井、鬼二宿對應蜀地。見《史記·天官書》。又《文選·左思·蜀都賦》：「岷山之精，上爲井絡。」李善注：「岷山之精，上爲天之井星也。」按峨嵋山爲岷山山脈之一支，故用此典。

〔六〕斸，原作「研」，蓋「斫」字之譌，諸本均作「斸」，是，今據改。斸藥秋崖：言山崖挖藥。斸，挖掘。

〔七〕客星：用「客星犯牽牛」典故借指乘船入蜀之白處士。據《博物志》卷三，舊説天河與海通，近世有人居海渚者，每年八月有浮槎，去來不失期。人有奇志，立飛閣於槎上，多賫糧，乘槎而去，十餘月至一處，有城郭狀，屋舍甚嚴，遥望宫中，有織婦，見一丈夫，牽牛渚次飲之。牽牛人乃驚問曰：「何由至此？」此人爲説來意，并問此是何處。答曰：「君還至蜀都訪嚴君平，則知之。」竟不上岸，因還如期。後至蜀問君平，君平曰：「某年某月，有客星犯牽牛。」

寄顧蟾處士〔一〕　好於山水。

久聞爲客過蒼梧〔二〕，休説移家歸鏡湖〔三〕。山水顛狂應盡在，髩毛凋落免貧無〔四〕？和僧搶入雲中峭，帶鶴驅成澗底孤。春醉醒來有餘興，因人乞與武陵圖〔五〕。

【校箋】

〔一〕顧蟾處士：無考。題下自注：「好於山水。」按詩云：「移家歸鏡湖」，則應是越州（今浙江紹興）人，而携家遊於湘楚者。詩疑亦居湘中時作。

〔二〕蒼梧：亦稱九疑山，在今湖南寧遠縣。《湖廣通志·山川志》：「寧遠縣：九疑山，在縣南六十里，亦名蒼梧山。《山海經》：『南方蒼梧之丘，蒼梧之淵，其中有九疑山，舜之所葬。在長沙零陵界中。』郭璞曰：『山今在零陵營道縣南。其山九峰皆相似，故云九疑。古者總名其地爲蒼梧也。』」

〔三〕移：柳、汲、明抄、清抄、《全詩》作「攜」。鏡湖：《元和郡縣圖志·江南道》：「鏡湖，後漢永和五年太守馬臻創立，在會稽、山陰兩縣界築塘蓄水，水高丈餘，田又高海丈餘，若水少則洩湖灌田，如水多則閉湖洩田中水入海，所以無凶年。隄塘周迴三百一十里，溉田九千頃。」

〔四〕髩，汲、《全詩》作「鬢」，中華書局校點本《全唐詩》校作「鬢」，是。

〔五〕武陵：今湖南常德市，傳爲桃花源所在。案「武陵圖」，指描繪武陵桃花源的圖畫。此言「乞與武陵圖」，擬藉以遊桃源也。

懷金陵知舊〔一〕

海門相別住荆門〔二〕，六度秋光兩髩根〔三〕。萬象倒心難蓋口，一生無事可傷魂〔四〕。石頭城外青山疊〔五〕，北固窗前白浪翻〔六〕。盡是共遊題版處，有誰惆悵拂苔痕？

【校箋】

〔一〕齊己龍德元年（九二一）秋至江陵，上推六年，當爲貞明二年（九一六），時居廬山，是曾於秋日短期至金陵會晤知友也。詩憶其事。

〔二〕海門：山名，在潤州（今江蘇鎮江市），與北固山夾江相對。詳見卷一《送徐秀才之吴》注〔五〕。

〔三〕「六度」句：謂秋光見於鬢根，兩鬢斑白矣。白居易《朱陳村》：「悲火燒心曲，愁霜侵鬢根。」

〔四〕「萬象」二句：萬象，外界種種事物、景象。謝靈運《從遊京口北固應詔》：「皇心美陽澤，萬象咸光昭。」倒心，本爲傾心之意，案此聯自抒居荆情懷，此「倒心」當爲「顛倒心」之省略，指心思錯亂，不順暢。《法苑珠林·六度篇·布施部》：「《薩遮尼犍子經》偈云：貪人多積聚，得不生厭足。無明顛倒心，常念侵損他。」同書《受戒篇·十善部》：「菩薩應生一切衆生明達之慧，而反更生衆生顛倒心，是菩薩第五波羅夷罪。」蓋口，掩蓋其口，謂不言也。「無事可傷魂」，唯此事（住荆門）傷魂也。反語。

〔五〕石頭城：《元和郡縣圖志·江南道》潤州上元縣：「石頭城，在縣西四里，即楚之金陵城也，吴改爲石頭城。建安十六年，吴大帝修築，以貯財寶軍器，有戍。《吴都賦》云『戎車盈於石城』，是也。諸葛亮云『鍾山龍盤，石城虎踞』，言其形之險固也。」故址在今南京市。

〔六〕北固：屢見前注，此指北固樓。

驚秋〔一〕

曉窗驚覺向秋風〔二〕，萬里心凝澹蕩中〔三〕。池影碎翻紅菡萏，井聲乾落緑梧桐。破除閒事渾歸道〔四〕，銷耗勞生旋逐空〔五〕。妖殺九原狐兔意〔六〕，豈知邱壠是英雄〔七〕！

【校箋】

〔一〕本篇前，柳、汲、書倉、明抄、《全詩》有《喜得自牧上人書》一首，底本、馮本移入本卷末。據詩意均作於唐末節鎮紛争之際，姑繫天祐朱温跋扈、加緊篡奪時。案天祐元年八月朱温弑昭宗，更立年僅十三之李柷爲昭宣帝；驚秋疑指此。後二聯，慨時也。

〔二〕向秋風：權德輿《自咎》：「出門何所見，歎息向秋風。」按《廣韻・漾韻》：「向，對也。」

〔三〕澹蕩：闊達和暢之貌。鮑溶《雲溪竹園翁》：「照水寒澹蕩，對山緑峥嶸。」此以言秋高氣爽兼喻胸懷放達、超逸。李白《古風五十九首》其十：「吾亦澹蕩人，拂衣可同調。」

〔四〕渾：猶還也。見《詩詞曲語辭匯釋》卷二。

〔五〕勞生：辛勞之人生。詳見卷三《書古寺僧房》注〔五〕。旋：反而。《詩詞曲語辭匯釋》卷二：「旋，猶云已而也、還又也。」

〔六〕九，原作「尤」，據諸本改。妖殺：妖極、妖甚也。殺亦作「煞」，甚辭。九原：春秋晉國卿大夫墓地所在（見《禮記・檀弓下》「晉獻文子成室」鄭玄注），後代泛稱墓地。釋皎然《短歌行》：「蕭蕭烟雨九原上，白楊青松葬者誰？」《文選・張載・七哀詩》李善注引桓譚《新論》：「雍門周以琴見孟嘗君曰：『臣竊恐千秋萬歲後，墳墓生荆棘，狐兔穴其中，樵兒牧豎，躑躅而歌其上，行人見之愴悽，孟嘗君之尊貴，如何成此乎？』孟嘗喟然嘆息，淚下承睫。」

〔七〕邱壠：亦作丘隴、丘壟，指墳墓。《漢書・楚元王傳》「堯葬濟陰丘壟」，顔師古注引晉灼曰：

「丘壟，家墳也。」尾聯以墓穴狐兔影射唐末擁兵自恣之節鎮。

聞沈彬赴吳都請辟[一]

長訝高眠得穩無[二]？果隨徵辟起江湖。鴛鴦已列尊罍貴[三]，鷗鶴休懷釣渚孤[四]。白首不妨扶漢祚[五]，清才何讓賦吳都[六]。可能更憶相尋夜，雪滿諸峰火一爐[七]。

【校箋】

〔一〕據《唐才子傳校箋》，沈彬於吳太和四年（長興三年，九三二）至金陵應辟，詩乃聞此事而作。詳見卷一《寓居岳麓謝進士沈彬再訪》注〔一〕。吳都：指江都，今江蘇揚州市。請辟：應徵辟，應徵聘爲官。辟謂任用。

〔二〕高眠：高枕安眠。爲隱士高卧之代稱。方干《題桐廬謝逸人江居》：「清世高眠無一事，五侯勳盛欲如何。」

〔三〕鴛鴦已列：「鴦」字當爲「鷺」之訛。「鴛鷺已列」謂已入鴛鷺之行列，指入吳爲官也。案鴛、鷺止有班，立有序，舊以「鴛鷺行」喻朝官之行列。杜甫《暮春題瀼西新賃草屋五首》其五：「不息豺狼鬬，空慚鴛鷺行。」亦省作「鴛行」，《秦州雜詩二十首》其二十：「爲報鴛行舊，鷦鷯在一枝。」鴛亦作「鵷」。

〔四〕鷗鶴：喻隱者不受羈絆之情愫。白居易《翰林院中感秋懷王質夫》：「寄迹鴛鷺行，歸心鷗鶴羣。」

〔五〕扶漢祚：借喻輔佐吴國。

〔六〕賦吴都：指左思作《吴都賦》。言才不讓於左思也。

〔七〕「可能」二句：據《宿沈彬進士書院》：「踏雪曾來宿此房。」《寓居岳麓謝進士沈彬再訪》：「去歲來尋我，留題在蘚痕。又因風雪夜，重宿古松門。」知沈曾雪夜訪己。

寄江夏仁公〔一〕

寺閣高連黄鶴樓〔二〕，簷前檻底大江流。幾因秋霽澄空外，獨爲詩情到上頭。白日有餘閒送客，紫衣何啻貴封侯〔三〕。别來多少新吟也，不寄南宗老比丘？

【校箋】

〔一〕仁公：本集卷九《送胎髮筆寄仁公》云：「老病手疼無那爾，却資年少寫風騷。」蓋江夏紫衣僧，年少於齊己也。江夏，即今武漢市武昌區。齊己自稱「南宗老比丘」，又曰「老病手疼」，蓋作於居荆門期間，姑依編次繫長興三年秋。

〔二〕黄鶴樓：《方輿勝覽·鄂州》：「黄鶴樓，在子城西南隅黄鶴山上。此樓因山得名，蓋自南朝已著矣。《南齊志》：『仙人子安乘黄鶴過此。』閻伯理記：『州城西南隅有黄鶴樓者，圖經云費禕登僊，嘗駕黄鶴返憩于此，遂以名樓。事列《神僊》之傳，迹存《述異》之志。』」

〔三〕紫衣：朝廷賜予高僧大德之紫色袈裟或法衣。僧人賜紫肇始于武則天。鄭谷《寄獻狄右丞》：「逐勝偷閑向杜陵，愛僧不愛紫衣僧。」何啻：豈止。

中春林下偶作〔一〕

净境無人可共携〔二〕，閒眠未起日光低。浮生莫把還丹續〔三〕，萬事須將至理齊〔四〕。花在月明蝴蝶夢〔五〕，雨餘山緑杜鵑啼〔六〕。何能向外求攀折〔七〕，岩桂枝條拂石梯。

【校箋】

〔一〕中春：即仲春，春季第二個月。林下：山林之中，以指寺廟。寒山詩：「縱有千斤金，不如林下貧。」此自抒心志之詩，姑依編次繫於長興四年春。

〔二〕净境：净土，此指寺廟。王勃《梓州郪縣兜率寺浮圖碑》：「肅肅禪衆，遥遥净境。」

〔三〕還丹：道家久煉之「仙丹」。見卷五《讀參同契》注〔二〕。

〔四〕將：與，同；介詞。至理：通指天地至高之理，猶真理。《新唐書·盧承慶傳》：「死生至理，猶朝有暮。」

〔五〕蝴蝶夢：喻惝恍迷離之夢境。借言事物之虚幻也。典出《莊子·齊物論》：「昔者莊周夢爲胡蝶，栩栩然胡蝶也，自喻適志與！不知周也。」駱賓王《遠使海曲春夜多懷》：「未安蝴蝶夢，遽切魯禽情。」

〔六〕杜鵑啼：古代傳説杜鵑鳥爲古蜀王杜宇魂魄所化，春末夏初，晝夜啼鳴，其聲哀切。劉禹錫《酬浙東李侍郎越州春晚即事長句》：「湖草初生邊鴈去，山花半謝杜鵑啼。」

〔七〕攀折：喻攀附權貴以求上達。陳子昂《感遇三十八首》其三十一：「可憐瑶臺樹，灼灼佳人姿。碧葉映朱實，攀折青春時。豈不盛光寵，榮君白玉墀。但恨紅芳歇，彫傷感所思。」

送劉秀才歸桑水寧覲〔一〕

歸和初喜戢戈矛〔二〕，乍捧鄉書感去留。鴈序分飛離漢口〔三〕，鴒原鶱翥在鰲頭〔四〕。家隣紫塞仍千里〔五〕，路過黄河更幾州。應到高堂問安後〔六〕，却携文入帝京游〔七〕。

【校箋】

〔一〕劉秀才：桑水人，與齊己同居荆門。本集有《送劉秀才往東洛》（卷一）、《送劉秀才南遊》（卷二）詩，約爲後梁、後唐易代之際在荆門所作。此言「初喜戢戈矛」，姑繫同光元年。詳參前二詩注。桑水：疑爲「桑乾水」之省稱。桑乾水爲古㶟水上源之一。《水經注·㶟水》：「南池水又東北注桑乾水，爲㶟水，自下竝受通稱矣。」《元和郡縣圖志·河東道》：「馬邑縣……桑乾河在縣東三十里。」嚴耕望《唐代交通圖考·太原北塞交通諸道》「代北水運考略」云：「在此地區内之主要河流爲桑乾河。……桑乾河流域在太古時代本爲一大橢圓形湖泊，其後逐漸乾涸，成爲一條河流。至北朝及隋唐時代，水運似尚相當盛。」唐朔州即今山西朔縣，爲北塞要地，南北均爲古長城環衛（參《唐代交通圖考·唐代河東太行區交通圖北幅》），誠所謂「家隣紫塞」、「路過黄河更幾州」。疑劉秀才爲晉北桑乾水流域人士。寧覲：返里省親。

〔二〕歸和：猶「歸寧」也，謂和安父母。戢戈矛：息兵也，戰爭停息。「戈矛」指貞明、龍德間後梁與後唐延續數年的戰爭。龍德三年四月，李存勖即皇帝位，國號大唐，改元同光，是爲初戢戈矛。詩當爲本年作。

〔三〕鴈序：猶雁行，謂雁飛行列整齊有序，以此喻兄弟。語本《禮記·王制》：「兄之齒雁行。」崔泰之《同光禄弟冬日述懷》：「棣華依雁序，竹葉拂鸞觴。」漢口：漢水邊。詳見卷二《過西塞山》注〔五〕。

〔四〕鴒原：謂兄弟友愛。典出《詩·小雅·常棣》：「脊令在原，兄弟急難。」鄭箋：「水鳥，而今在原，失其常處，則飛則鳴，求其類，天性也。猶兄弟之於急難。」脊令亦作鶺鴒。杜甫《贈韋左丞丈濟》：「鴒原荒宿草，鳳沼接亨衢。」騫翥：飛舉，高飛。獨孤及《送江陵全少卿赴府任》：「騫翥方兹始，看君六翮高。」鰲頭：唐翰林學士等官員朝見皇帝立於鐫有巨鰲之殿陛上，因稱入翰林院爲上鰲頭。後亦指登第爲狀元。李瀚《留題座主和凝舊閣》：「座主登庸歸鳳闕，門生批詔立鰲頭。」「鴒原」句蓋指秀才之兄弟在朝居官。

〔五〕紫塞：長城，亦以泛指北方邊塞。《古今注》卷上：「紫塞，秦築長城，土色皆紫，漢塞亦然，故稱紫塞焉。」仍千里：謂去荆千里也。

〔六〕高堂：此指父母。韋應物《送黎六郎赴陽翟少府》：「祗應傳善政，日夕慰高堂。」

〔七〕帝京：據卷一《送劉秀才往東洛》：「來年遂鵬化，一舉上瀛洲。」此帝京謂後唐京都洛陽。

寄曹松〔一〕

舊製新題削復刊〔二〕，工夫過甚琢瑯玕〔三〕。藥中求見黄芽動〔四〕，詩裏思聞《白雪》難〔五〕。扣寂頗同心在定〔六〕，鑿空何止髮衝冠〔七〕。夜來月苦懷高論，數樹霜邊獨傍欄〔八〕。

【校箋】

〔一〕曹松：晚唐詩人，光化四年齊己遊洪州與曹松相晤，此爲别後秋日之作。詳參卷二《贈曹松先輩》注〔一〕。

〔二〕削復刊：反復修改。王勃《四分律宗記序》：「鑽研刊削，五載而就。」

〔三〕琢瑯玕：雕琢美玉，形容詩歌文辭優美。瑯玕，即琅玕。韓愈《齪齪》：「排雲叫閶闔，披腹呈琅玕。」

〔四〕動，諸本作「易」。黄芽：芽亦作「牙」。《黄帝九鼎神丹經訣》言取水銀與鉛「納鐵器中，猛其下火，鉛與水銀吐其精華，華紫色，或如黄金色，以鐵匙接取，名曰玄黄，一名黄精，一名黄芽」。

〔五〕白雪：本爲古楚國樂曲名。《新序·雜事》：「客有歌於郢中者，其始曰《下里》《巴人》，國中屬而和者數千人；其爲《陽陵》《採薇》，國中屬而和者數百人；其爲《陽春》《白雪》，國中屬而和者數十人而已也。」後以指高雅之詩歌。

〔六〕扣寂：指作詩。語本陸機《文賦》：「叩寂寞而求音。」杜甫《舟中苦熱遣懷奉呈陽中丞通簡臺省諸公》：「扣寂豁煩襟，皇天照嗟嘆。」楊倫注：「扣寂，謂賦詩也。」心在定：禪家入定。謂心專注一境而不散亂，處於凝然寂静之狀態。

〔七〕鑿空：指凭空作爲詩文。韓愈《答劉秀才論史書》：「巧造語言，鑿空構立善惡事迹。」髮衝冠：謂情懷激越。語本《史記·廉頗藺相如列傳》：「相如因持璧却立，倚柱，怒髮上衝冠。」

〔八〕傍，馮、清抄作「倚」。

酬蜀國歐陽學士〔一〕

因緣劉表駐經行〔二〕，又聽秋風墮葉聲〔三〕。鶴髮不堪言此世〔四〕，峨嵋空約在他生。已從禪祖參真性〔五〕，敢向詩家認好名？深愧故人憐潦倒，每傳仙語下南荆〔六〕。

【校箋】

〔一〕蜀國歐陽學士：指歐陽彬。同光初歐陽彬入蜀，王衍擢爲翰林學士。時齊己潦倒滯留荆門，故有「因緣劉表駐經行……深愧故人憐潦倒」之語。姑繫同光二年（九二四）。本年十一月歐陽彬以兵部侍郎銜爲聘唐使入洛陽，齊己詩遂以歐陽侍郎稱之矣。詳見卷五《謝歐陽侍郎寄示新集》注〔一〕。

〔二〕因緣劉表：用王粲之荆州依劉表事自述爲高季興遮留荆門。見《三國志・魏書・王粲傳》。因緣：佛教語，謂事物生滅變化之成因條件；猶緣分。《翻譯名義集・釋十二支》：「前緣相生，因也；現相助成，緣也。」

〔三〕秋，諸本作「西」。西風亦秋風也。

〔四〕鶴髮：白髮。庾信《竹杖賦》：「噫，子老矣！鶴髮雞皮，蓬頭歷齒。」劉希夷《代悲白頭翁》：「宛轉蛾眉能幾時，須臾鶴髮亂如絲。」

〔五〕禪祖：謂禪宗自達摩以下諸祖師，或謂南禪六祖惠能。李邕《嵩岳寺碑》：「加之六代禪祖，同示法牙。」真性：佛教謂人本具的不妄不變之心體。《壇經·般若品》：「一切般若智，皆從自性而生，不從外入，莫錯用意，名爲真性自用。」寒山詩：「不識本真性，與道轉懸遠。」

〔六〕仙語：蓋美稱其書信。韋應物《驪山行》：「三清小鳥傳仙語，九華真人奉瓊漿。」南荆：謂荆州。陶淵明《辛丑歲七月赴假還江陵夜行塗中》：「如何捨此去，遥遥至南荆。」

寄荆幕孫郎中〔一〕

珠履風流憶富春〔二〕，三千鵷鷺讓精神〔三〕。詩工鑿破清求妙〔四〕，道論研通白見貞〔五〕。四座共推操檄健〔六〕，一家誰信買書貧。别來鄉國魂應斷，劍閣東西盡戰塵〔七〕。

【校箋】

〔一〕荆幕孫郎中：孫光憲，見卷三《和孫支使惠示院中庭竹之什》注〔一〕。據詩意，本篇作於光憲初入荆時，則同光四年（九二六）四月稍後也。

〔二〕珠履風流：稱頌光憲爲荆幕上客。珠履爲珠飾之履，語本《史記·春申君列傳》：「春申君客三千餘人，其上客皆躡珠履。」富春：當指富春江，在漢富春（今浙江富陽）縣境，唐分置睦州桐廬縣（今浙江桐廬）。富春爲山水名勝之區，東漢嚴光隱居遊釣處，有嚴子陵釣台。《元和郡縣圖志·江南道》：「桐廬縣，本漢富春縣之桐溪鄉。」又：「浙江（即富春江），在縣南一百四十步。桐廬江，源出杭州於潛縣界天目山，南流至縣東一里入浙江。嚴子陵釣臺，在縣西三十里，浙江北岸也。」此處「憶富春」謂其不眷戀富貴榮華也。

〔三〕鵷鷺：喻朝官，此指荆幕衆多幕僚。見前《聞沈彬赴吴都請辟》注〔三〕。

〔四〕鑿破：言其詩已超越雕琢文辭之工、達致清妙之境界。陸龜蒙《讀陰符經寄鹿門子》：「口銜造化斧，鑿破機關門。」鑿，謂文辭之雕琢刻畫。

〔五〕道：謂世事人生之道。白見貞：見潔白之本色。言其參透至道則還歸本真矣。屈原《橘頌》：「精色内白，類任道兮。」

〔六〕操檄：執筆起草文書。陸龜蒙《江南秋懷寄華陽山人》：「諭蜀專操檄，通甌獨請纓。」

〔七〕「别來」二句：據《通鑑》，同光三年（九二五）冬十月，後唐發兵伐蜀。自出師至克蜀凡七十日，蜀遂亡。蜀中兵亂，盜賊群起。十二月以孟知祥爲西川節度使、同平章事，次年春正月至蜀，而河中將李紹琛自劍州自稱西川節度三川制置等使，移檄成都稱奉詔代孟知祥，戰事復起。紹琛旋兵敗於漢州、綿竹。孟知祥乃遣將分兵討群盜，悉誅之。四月，梁震薦前陵州判官貴平孫光憲於高季興使掌書記。「别來」二句指此。鄉國，孫光憲蜀人，此指蜀地。劍閣：今四川東北劍門關一帶入蜀之道路。《元和郡縣圖志·劍南道》：「劍州：本漢廣漢郡之梓潼縣地，……隋大業三年，罷始州爲普安郡，武德元年復爲始州。先天二年改爲劍州，取劍閣爲名也。」又：「劍閣道，自利州益昌縣界西南十里，至大劍鎮合今驛道。秦惠王使張儀、司馬錯從石牛道伐蜀，即此也。後諸葛亮相蜀，又鑿石駕空爲飛梁閣道，以通行路。」

謝王詹事垂訪〔一〕

鳥外孤峰未得歸〔二〕，人間觸類是無機〔三〕。方悲鹿軫棲江寺〔四〕，忽訝軺車降竹扉〔五〕。王澤乍聞譚涣汗〔六〕，國風那得話玄微〔七〕。應驚老病炎天裏，枯骨肩横一衲衣。

【校箋】

〔一〕王詹事：無考。據詩意本篇宜作於居荆門期間，姑依前詩次同光四年夏日。又據「軺車」、「王澤」語，王詹事蓋爲後唐使荆楚者。詹事：唐代太子府官屬之長，總管東宫政令。《唐六典》：「太子詹事府：詹事一人，正三品。少詹事一人，正四品上。太子詹事之職，統東宫三寺、十率府之政令，舉其綱紀，而修其職務。少詹事爲之貳。凡天子六官之典制，皆視其事而承受焉。」

〔二〕鳥外孤峰：指廬山、衡山昔年修道之地。鳥外，參見卷二《送惠空上人歸》注〔三〕。

〔三〕觸類：身歷目見之種種事物。杜甫《上水遣懷》其四：「善知應觸類，各藉穎脱手。」無機：無機心，謂無機巧功利的心性。參見卷五《渚宫莫問詩一十五首》其四注〔二〕。此句言人間萬類以無機爲是。

〔四〕「方悲」句：此句言己被困荆門之江寺。鹿軫：鹿車。佛教語，法華所喻羊、鹿、牛三車之一，以鹿車喻緣覺乘（中乘）。《妙法蓮華經・譬喻品》：「如彼諸子，爲求鹿車，出於火宅。」

〔五〕軺車：使節之車。《文選・丘遲・與陳伯之書》：「乘軺建節，奉疆埸之任。」劉良注：「軺，使車也。」此指王詹事。詹事蓋奉王命出使荆州者。降，拜訪。

〔六〕王澤：帝王之恩澤。譚，同談。涣汗：喻帝王之號令。《漢書・楚元王傳》：「《易》曰：『涣汗其大號。』言號令如汗，汗出而不反者也。」顔師古注：「此《易・涣卦》九五爻辭也。言王者涣然大發號令，如汗之出也。」

〔七〕國風：借言詩歌。玄微：言詩作精妙之情理。杜荀鶴《秋日泊浦江》：「江月漸明汀露濕，静驅吟魄入玄微。」頷聯謂只聞詹事談王澤涣汗，未得共話詩作之玄微。

題南平後園牡丹〔一〕

暖披烟艷照西園〔二〕，翠幄朱欄護列仙〔三〕。玉帳笙歌留盡日〔四〕，瑶臺伴侣待歸天〔五〕。香多覺受風光剩，紅重知含雨露偏〔六〕。上客分明記開處，明年開更勝今年。

【校箋】

〔一〕南平：指南平王高季興，見前《謝南平王賜山雞》注〔一〕。依前詩編次繫天成二年（九二七）暮春。

〔二〕西園：借言貴家園林。曹植《公宴》：「清夜遊西園，飛蓋相追隨。」

〔三〕「翠幄」句：翠幄、朱欄，緑帳幕、紅欄杆。列仙，以喻牡丹。白居易《秦中吟十首·買花》：「上張幄幕庇，旁織笆籬護。」又《牡丹芳》：「共愁日照芳難駐，仍張帳幕垂陰涼。」元稹《贈李十二牡丹花片因以餞行》：「可憐顔色經年别，收取朱欄一片紅。」姚合《和王郎中召看牡丹》：「如今難更有，縱有在仙宫。」

〔四〕玉帳：主帥所居帳幕，此指荆門節度使南平王府。駱賓王《和孫長史秋日卧病》：「金壇分上將，玉帳引瓌才。」留盡日：謂留賞牡丹也。

〔五〕瑶臺：玉臺，以指天宫仙境。李白《清平調三首》其一詠牡丹云：「若非群玉山頭見，會向瑶臺月下逢。」

〔六〕「香多」二句：香多、紅重均謂牡丹。白居易《看惲家牡丹花戲贈李二十》曰：「香勝燒蘭紅勝霞。」杜甫《春夜喜雨》：「曉看紅濕處，花重錦官城。」

和李書記〔一〕

繁極全分青帝功〔二〕，開時獨占上春風〔三〕。吴姬舞雪非真豔〔四〕，漢后題詩是怨紅〔五〕。遠蝶戀香抛别苑，野鶯銜得出深宫。君看萬態當筵處〔六〕，羞殺薔薇點碎叢〔七〕。

【校箋】

〔一〕書記：見前《寄湘幕王重書記》注〔一〕。據詩意此爲和李書記詠牡丹詩，則李書記當爲荆幕掌書記。詩之作年同前《題南平後園牡丹》。

〔二〕青帝：司春之神，位居東方。儲光羲《秦中守歲》：「衆星已窮次，青帝方行春。」

〔三〕「開時」句：權德輿《和李中丞慈恩寺清上人院牡丹花歌》：「澹蕩韶光三月中，牡丹偏自占春風。」

〔四〕吴姬：吴地美女，此代指舞女。王昌齡《重别李評事》：「吴姬緩舞留君醉，隨意青楓白露寒。」詩言「非真艷」，謂非若牡丹之艷麗。

〔五〕漢后：漢帝。題詩怨紅，不詳。

〔六〕萬態：白居易《牡丹芳》：「紅紫二色間深淺，向背萬態隨低昂。」

〔七〕「羞殺」句：薔薇蔓生，花密而細碎，故有此語。江洪《詠薔薇》：「當户種薔薇，枝葉太葳蕤。」

謝孫郎中寄示〔一〕

一念禪餘味國風〔二〕，早因持論偶名公〔三〕。久傷琴喪人亡後〔四〕，忽有雲和雪唱同〔五〕。鎚琢静聞㬎象外〔六〕，是非閒見寂寥中〔七〕。時來日往緣真趣〔八〕，不覺秋江度塞鴻。

【校箋】

〔一〕孫郎中爲孫光憲。本篇作於《寄荆幕孫郎中》後，言「時來日往緣真趣，不覺秋江度塞鴻」，爲天成二年秋詩。

〔二〕一念：佛家語，有二義：一稱極短時間。二謂一次之念，指一個念頭。句意謂專心念佛之餘而吟詩。

〔三〕持論：此謂執持佛道之論，講説佛理也。賈島《送僧》：「大内曾持論，天南化俗行。」偶：遇合。

〔四〕琴喪人亡：用俞伯牙、鍾子期典，傷世無知音。《説苑·尊賢》：「鍾子期死，伯牙破琴絶絃，終身不復鼓琴，以爲世無足爲鼓琴者。」

〔五〕雲和雪唱：指高雅之樂曲。雲和指瑟，雪唱指《白雪》曲。《文選·張協·七命》：「吹孤竹，拊雲和。」李周翰注：「孤竹，管也；雲和，瑟也。」李白《寄遠十二首》其一：「遥知玉窗裏，纖手弄雲和。」孟浩然《和李侍御渡松滋江》：「坐聞白雪唱，翻入棹歌中。」

〔六〕鎚，汲作「繩」，《龍龕手鑒》謂「食陵反」，蓋爲「繩」之異體。《全詩》作「繩」。案「鎚琢」、「繩琢」皆謂錘煉詩句。罤，汲、《全詩》作「罤」，「罤」讀若「提」，捕獸網之意。罤同昆，衆也。《大戴禮記·夏小正》：「昆者，衆也。」罤象，即衆象，猶言萬象也。聞衆象外，得天籟也。司空圖《詩品·雄渾》：「超以象外，得其環中。」

〔七〕「是非」句：意謂心静方能在無慾無求的境界中明鑒是非。

〔八〕「時來」句：此謂同具純真之胸懷意趣，故交往日深。

愛　吟〔一〕

正堪凝思揜禪扃〔二〕，又被詩魔惱竺卿〔三〕。偶凭窗扉從落照，不眠風雪到殘更。皎然未必迷前習〔四〕，支遁寧非悟後生〔五〕。傳寫會逢精鑒者〔六〕，也應知是詠閒情。

【校箋】

〔一〕前《謝孫郎中寄示》云「秋江度塞鴻」，此云「風雪到殘更」，天成二年冬詩。

〔二〕禪扃：禪門，指寺院門户。獨孤及《題思禪寺上方》：「攀雲到金界，合掌開禪扃。」

〔三〕竺卿：僧人，見卷一《秋興寄胤公》注〔四〕。此自稱也。

〔四〕前習：謂沉吟詩藝。按卷二《酬西川楚巒上人卷》：「可信由前習，堪聞正後生。」

〔五〕「支遁」句：此言支遁留下文翰是爲了開悟後生。蓋謂皎然、支遁非若己之愛吟也。

〔六〕精鑒：精於鑒别，有極高鑒别能力。釋皎然《五言奉和裴使君清春夜南堂聽陳山人彈白雪》：「通幽鬼神駭，合道精鑒稀。」

寄懷東林寺匡白監寺〔一〕

南岳别來無後約，東林歸住有前緣。閒搜好句題紅葉，静斂雙眉對白蓮〔二〕。雁塔影分疎檜月〔三〕，虎溪聲合幾峰泉。修心若似伊耶舍〔四〕，傳記須添十九賢〔五〕。

【校箋】

〔一〕寺，原作「事」，據諸本改。監寺：佛寺中主持寺務之僧，位次方丈。《釋氏要覽》卷下：「主事四員：一、監寺。《會要》云：監者，總領之稱，所以不稱寺院主者，蓋推尊長老。」匡白：據《全唐文》卷九一九匡白《江州德化東林寺白氏文集記》及《廬山記》，匡白於吴大和間爲東林寺僧正，賜紫，賜號文通大師。有詩集十卷，已佚。南唐詩人左偃、李中有《寄廬山白上人》、《寄廬山白大師》詩，當即此人。案大和元年爲後唐天成四年（九二九），匡白爲監寺當在此前，依編次前爲天成二年冬日詩，此疑天成三年之作也。

〔二〕雙，諸本作「霜」，意勝。

〔三〕雁塔：此指廬山上之佛塔。典本《大唐西域記》卷九《摩揭陀國下》：「有比丘經行，忽見羣雁飛翔，戲言曰：『今日衆僧中食不充，摩訶薩埵宜知是時。』言聲未絶，一雁退飛，當其僧前，投身自殞。比丘見已，具白衆僧，聞者悲感，咸相謂曰：『如來設法，導誘隨機，我等守愚，遵行漸教，……此雁垂誡，誠爲明導，宜旌厚德，傳記終古。』於是建窣堵波，式昭遺烈，以彼死雁，瘞其下焉。」後因稱佛塔爲雁塔。

〔四〕耶舍：姚秦高僧佛陀耶舍，翻譯《長阿含經》、《虚空藏菩薩經》、《四分律》等佛教典籍。傳説爲蓮社十八賢之一。詳見前《題東林十八賢真堂》及卷二《東林作寄金陵知己》注。

〔五〕傳記：據《佛祖統紀·浄土立教志》載「釋門諸書」中有《十八賢傳》，謂「始不著作者名，疑自昔出於廬山耳」。「傳記」指此。

謝人惠十色花牋並碁子〔一〕

陵州碁子浣花牋〔二〕，深媿携來自錦川〔三〕。海蚌琢成星落落，吴綾隱出鴈翩翩〔四〕。留防桂苑題詩客〔五〕，惜寄桃源敵手仙〔六〕。捧受不堪思出處，七千餘里劍門前〔七〕。

【校箋】

〔一〕十色花牋：即浣花牋。《牧豎閑談》云：「浣花之人多造十色彩牋。」又云：「蜀中松花紙、金沙紙、雜色流沙紙、彩霞金粉龍鳳紙近年皆廢，唯十色牋、綾紋紙尚在。」李商隱《送崔珏往西川》：「浣花牋紙桃花色，好好題詩詠玉鈎。」鄭谷《郊野》：「題詩滿紅葉，何必浣花牋。」據尾聯，本篇爲湘中之作。姑繫開平、乾化間居道林寺時。蓋齊已詩名已著，西蜀友朋乃遠寄饋遺。

〔二〕陵州：唐屬劍南道，治仁壽縣（今四川仁壽），已見前注。

〔三〕錦川：指西蜀成都周邊地區。魏顥《李翰林集序》：「自盤古劃天地，天地之氣，艮於西南。劍門上斷，横江下絶，岷峨之曲，别爲錦川。」

〔四〕「海蚌」二句：頷聯承上，出句寫碁子，對句寫花箋。吴綾，吴地所産文采華麗的絲織品。《新唐書·代宗紀》：「（大曆六年四月）禁……吴綾爲龍、鳳、麒麟、天馬、辟邪者。」韓偓《意緒》：「臉粉難勻蜀酒濃，口脂易印吴綾薄。」「鴈翩翩」即綾上花紋。此以吴綾之華美喻浣花牋也。

〔五〕桂苑：桂花園。王維《同崔傅答賢弟》：「洛陽才子姑蘇客，桂苑殊非故鄉陌。」趙殿成注：「《吴都賦》云『數軍實於桂林之苑』，即此也。」亦以指科舉考場。黄滔《二月二日宴中貽同封先輩渭》：「桂苑五更聽榜後，蓬山二月看花開。」此借指文苑或指科考之文士均通達也。

〔六〕桃源：唐人以桃源爲仙境。王維《桃源行》：「春來徧是桃花水，不辨仙源何處尋。」劉禹錫《遊桃源一百韻》：「往往遊不歸，洞中觀博奕。」頸聯蓋謂彩牋留備名士題詩，棋子堪贈桃源弈者，貴重之也。

〔七〕劍門：唐劍州縣名，因劍門山爲名。參見前《寄荆幕孫郎中》注〔七〕。七千餘里：約計自湘至西蜀之里程，言其極遠也。本集卷九《自湘中將入蜀留别諸友》：「巾舄初隨入蜀舡，風帆吼過洞庭烟。七千里路到何處?十二峰雲更那邊。」

夏日寓居寄友人〔一〕

北遊兵阻復南還,因寄荆州病揜關〔二〕。日月坐銷江上寺,清涼魂斷剡中山〔三〕。披緇影迹堪藏拙〔四〕,出世身心合向閒。多謝扶風大君子〔五〕,相思時到寂寥間〔六〕。

【校箋】

〔一〕據詩,齊己滯荆初期曾擬北遊,以阻兵而歸,旋卧病。疑爲天成二年事。天成二年(九二七)二月後唐削奪高季興官爵,命將將兵會蜀、湖南軍三面進攻高季興。三年,唐帝再命楚王馬殷攻荆南,屢敗荆州兵,高季興懼而請和;阻兵或指此。

〔二〕揜關:即「掩關」。參見卷一《謝興公上人寄山水簇子》注〔五〕。

〔三〕剡中山:指浙東山水勝地。剡,剡縣。參卷三《寄敬亭清越》注〔三〕。

〔四〕披緇:穿著僧衣。徐夤《山寺寓居》:「披緇學佛應無分,鶴氅談空亦不妨。」藏拙:隱藏自身短處。韓愈《和席八十二韻》:「倚市難藏拙,吹竽久混真。」

〔五〕扶風:指唐都長安之西部地區,包括咸陽、興平、鄠縣、盩厔、武功、好時等縣地。據《三輔黃圖》卷一："「三輔者，謂主爵中尉及左、右内史。漢武帝改曰京兆尹、左馮翊、右扶風，共治長安城中。是爲三輔。」顔師古謂「長安以東爲京兆，長陵以北爲左馮翊，渭城以西爲右扶風也」。《元和郡縣圖志·關内道》："「武帝太初元年改内史爲京兆尹，後與左馮翊、右扶風謂之三輔。……自漢至今，常爲王者奥區。」唐於鳳翔府置扶風縣，即今陝西扶風縣。大君子：謂所寄友人也，蓋京兆扶風人。

〔六〕到，原作「對」，據諸本改。寂寥：高遠無際之天空，此謂心境。王維《登河北城樓作》："「寂寥天地暮，心與廣川閒。」

中秋十四日夜對月上南平主人〔一〕

今宵前夕皆堪玩，何必圓時始竭才〔二〕？空説輪中自天子〔三〕，不知何處有樓臺〔四〕。終憂明夜雲遮却，且掃閒居坐看來〔五〕。玉兔銀蟾似多意，乍臨棠樹影徘徊〔六〕。

【校箋】

〔一〕南平：指高季興，見前《謝南平王賜山雞》注〔一〕。詩借詠月以寄意。據本卷詩編次，繫於天成二年秋日。

〔二〕竭才：竭盡其才力。代指創製詩篇。首聯自月之未盈説至月之月盈。

〔三〕自，柳、汲、《全詩》作「有」。輪：此謂日輪。《玉篇》：「日，實也，君象也。」劉孝威《烏生八九子》：「不見高飛帝輦側，遠託日輪中。」

〔四〕有，《全詩》作「是」。有樓臺：月中有宫闕樓臺，日中無之，故有此語。《編珠》引張衡《靈憲》曰：「羿請不死藥於西王母，姮娥竊之奔月宫。」頷聯以日輪襯托月輪。

〔五〕「終憂」二句：此正面寫「對月」。

〔六〕「玉兔」二句：此寫對月所感。玉兔、銀蟾均指月。傅咸《擬天問》：「月中何有，白兔擣藥，興福降祉。」白居易《中秋月》：「照他幾許人腸斷，玉兔銀蟾遠不知。」棠樹：木名，即棠梨。《史記·燕召公世家》：「召公巡行鄉邑，有棠樹，決獄政事其下，自侯伯至庶人各得其所，無失職者。召公卒，而民人思召公之政，懷棠樹不敢伐，歌詠之，作《甘棠》之詩。」後因以「棠樹」喻惠政。兩句暗寓「興福降祉」於民之意，結於「上南平主人」也。劉禹錫《寄陝州姚中丞》：「相思望棠樹，一寄商聲謳。」

謝人惠十才子圖〔一〕

丹青妙寫十才人，玉峭冰稜姑射神〔二〕。醉舞離披真鸑鷟，狂吟崩倒瑞麒麟〔三〕。翻騰造化山曾竭，采掇珠璣海幾貧〔四〕。猶得知音與圖畫，草堂閒挂似相親〔五〕。

【校箋】

〔一〕十才子：指大曆十才子。史籍記載人員略異。《唐詩紀事》卷三十：「大曆十才子，《唐書》不見人數。盧綸、錢起、郎士元、司空曙、李端、李益、苗發、皇甫曾、耿湋、李嘉祐。又云吉頊、夏侯審亦是。或云：錢起、盧綸、司空曙、皇甫曾、李嘉祐、吉中孚、苗發、郎士元、李益、耿湋、李端。」《唐音癸籤》卷七《評彙三》云：「大曆十才子並工五言詩。」卷十《評彙六》又云：「唐七言律，自杜審言、沈佺期首創工密，至崔顥、李白，時出古意，一變也；高、岑、王、李，風格大備，又一變也；杜陵雄深浩蕩，超忽縱横，又一變也；錢劉稍加流暢，降爲中唐，又一變也；大曆十才子，中唐體備，又一變也。」據本卷編次，蓋亦天成中移居草堂後之詩。

〔二〕玉峭：玉山聳立。冰稜：冰峰挺拔。均喻畫中人雅潔峭拔風度。張祜《寄王尊師》：「天台南洞一靈仙，骨聳冰稜貌瑩然。」本集卷九《酬湘幕徐員外見寄》：「東海儒宗事業全，冰稜孤峭類神仙。」姑射神：神仙。語本《莊子·逍遥遊》：「藐姑射之山，有神人居焉，肌膚若冰雪，綽約若處子。」

〔三〕「醉舞」二句：鸑鷟、麒麟喻十子才名高貴。醉舞、狂吟摹寫衆人情性。鸑鷟，鳳屬神鳥。《國語·周語上》：「周之興也，鸑鷟鳴於岐山。」韋昭注：「鸑鷟，鳳之别名也。」離披，本分散之貌，此指「醉舞」搖曳動蕩之貌。陸龜蒙《鶴媒歌》：「媒懽舞躍勢離披，似諂功能邀弩兒。」

〔四〕「翻騰」二句：言十子之詩作括盡造化奇珍。

〔五〕「猶得」二句：自抒與「十子」相親之情。知音，指惠送十子圖者。

荆門病中寄懷鄉人歐陽侍郎彬〔一〕

誰會荆州一老夫〔二〕，夢勞神役憶匡廬。碧雲雁影紛紛去，黄葉蟬聲漸漸無〔三〕。口澹莫分湌氣味，身羸但覺病肌膚。可憐饌玉燒蘭者〔四〕，肯慰寒爐雪夜爐〔五〕？

【校箋】

〔一〕歐陽彬：詳見卷五《謝歐陽侍郎寄示新集》注〔一〕。天福二年夏秋齊己於荆門卧病四十日，至秋冬病體猶未康健。此蓋秋末入冬之詩，當作於其時。

〔二〕誰會：猶「誰知」。會，理解。杜牧《題敬愛寺樓》：「獨登還獨下，誰會我悠悠。」

〔三〕蟬：汲、《全詩》作「蟾」，同音致訛。

〔四〕饌玉燒蘭：以金玉爲食料，以蘭桂爲柴火，猶「錦衣玉食」，形容富貴人家之奢華。釋無可《冬晚與諸文士會太僕田卿宅》：「從容啓華館，饌玉復燒蘭。」

〔五〕限，汲、《全詩》作「偎」，意遜。限爲邊隅、角落之義。尾聯自述荆門寒夜病中孤寂以寄懷友之情。

送譚三藏入京〔一〕

阿闍黎與佛身同〔二〕，灌頂難施利濟功〔三〕。持呪力須資運祚，度人心要似虚空〔四〕。東周路踏紅塵裏，北極門瞻紫氣中〔五〕。好進梵文沾帝澤〔六〕，却歸天策繼真風。三藏住楚國天策寺。

【校箋】

〔一〕「三藏」指精通佛教經、律、論的三藏法師。詳見前《贈智滿三藏》注〔一〕。本篇言「却歸天策」，又詩後自注稱「楚國天策寺」，蓋在馬楚天策府中也，是三藏爲長沙僧。入京而稱東周，當爲後唐京都洛陽，蓋亦後唐年間居荆所作，三藏道經江陵而送之，依本卷詩編次約當天成長興間。

〔二〕黎，亦作「棃」。阿闍（讀若「奢」）黎爲梵語音譯，意譯「軌範師」。謂可矯正弟子行爲、堪爲其模範之高僧。

〔三〕灌頂：佛教儀軌，弟子入門或嗣阿闍黎位時，設壇行灌頂儀式。詳見《贈智滿三藏》注〔二〕。

利濟：利人濟物，猶言施恩澤也。

〔四〕「持呪」二句：言三藏持佛法猶需助力於國政，度化人心要在廣被四方。咒，梵語「陀羅尼」或「漫怛羅」之漢譯，原指某種特殊靈力之秘密語。一般用以指佛菩薩在禪定中所發出之秘密語。此「持咒力」即謂默誦咒語發出之神力。資，助也。運祚，猶言國運。按本聯爲上三、下四句式。

〔五〕「東周」二句：東周、北極借言後唐朝廷。周平王自鎬京東遷洛邑，史稱東周。此借指後唐京都洛陽。

〔六〕梵文：指佛經。《法苑珠林·千佛篇·遊學部》：「西方寫經，同祖梵文。」

寄酬秦府高推官輦〔一〕

天台衡岳舊曾尋〔二〕，閒憶留題白石林。歲月已殘衰颯鬢，風騷猶壯寂寥心〔三〕。緱山碧樹遮藏密〔四〕，丹穴紅霞揜映深〔五〕。争得相逢一携手，拂衣同去聽玄音〔六〕。

【校箋】

〔一〕高輦：後唐詩人，秦王從榮門客，詳見卷三《寄懷闕下高輦先輩卷》注〔三〕。案長興三年，後唐秦王從榮聚高輦等於幕府與相唱和，《白蓮集》中有《謝秦府推官寄丹臺集》等多篇，多爲長興三四年間倆相酬唱之詩。本篇及下篇《叙懷寄高推官》自叙往日吟遊舊事，一披爲詩襟懷，蓋視高爲知音矣。宜爲久交後之作，當作於《寄懷闕下高輦先輩卷》等稱「先輩」諸作之後，今依前後詩編次姑繫長興四年。

〔二〕衡，原作「衢」，據諸本改。

〔三〕寂寥心：恬静淡泊之心。風騷指吟詩，以壯寂寥之心。壯謂激發也。

〔四〕緱山：即緱氏山，爲嵩山支脈，在唐河南府緱氏縣東南。此暗用《列仙傳》仙人王子喬乘鶴降緱山巔事，見前《謝王先輩湘中回惠示卷軸》注〔四〕。

〔五〕丹穴：指煉丹修道者之洞穴。錢起《登覆釜山遇道人二首》其二：「山階壓丹穴，藥井通洑流。道者帶經出，洞中攜我遊。」

〔六〕玄音：佛道之音皆稱玄音。支遁《釋迦文佛像贊》：「玄音希和，文以八聲。」貫休《商山道者》：「五千言外得玄音，石屋寒栖隔雪林。」

叙懷寄高推官

搜新編舊與誰評？自向無聲認有聲〔一〕。已覺愛來多廢道，可堪傳去更沽名〔二〕。風松韻裏忘形坐，霜月光中共影行〔三〕。還勝御溝寒夜水，狂吟衝尹甚傷情〔四〕。

【校箋】

〔一〕「搜新」二句：句謂不待人評，自知其得失也。揚雄《諫不受單于朝書》：「明者視於無形，聰者聽於無聲。」

〔二〕可堪：怎堪，不堪也。李商隱《春日寄懷》：「縱使有花兼有月，可堪無酒又無人。」

〔三〕「風松」二句：頸聯自抒出世忘形之懷。忘形，遺忘自身之形體，謂超然物外也。語本《莊子·讓王》：「故養志者忘形，養形者忘利，致道者忘心矣。」

〔四〕「還勝」二句：尾聯用賈島事，借指高推官洛京吟詩以寄意。《新唐書·賈島傳》：「當其苦吟，雖逢值公卿貴人，皆不之覺也。一日見京兆尹，跨驢不避，謼詰之，久乃得釋。」

送朱侍御自雒陽歸閬州寧覲〔一〕

尋常西望故園時，幾處魂隨落照飛。客路舊縈秦甸出〔二〕，鄉程今繞漢陽歸〔三〕。已過巫峽沉青靄，忽認峨嵋在翠微。從此倚門休望斷〔四〕，交親喜換老萊衣〔五〕。

【校箋】

〔一〕朱侍御：無考，蓋仕於後唐者。侍御，唐御史臺官員侍御史之簡稱。《唐六典・御史臺》：「侍御史四人，從六品下。侍御史掌糾舉百僚，推鞫獄訟。」閬州：今四川閬中。《舊唐書・地理志》：「閬州，隋巴西郡。武德元年，改爲隆州，領閬中、南部、蒼溪、南充、相如、西水、三城、奉國、儀隴、大寅十縣。……先天元年，改爲閬州。天寶元年，改爲閬中郡。乾元元年，復爲閬州。」詩蓋齊己居荆時作。依前詩編次，姑繫長興間。

〔二〕秦甸：秦地，秦都。此句言侍御前出蜀，乃迂回於今陝西關中一帶。蓋即自劍門經蜀道入陝而東至洛也。

〔三〕漢陽：漢水北岸，此泛指今湖北江漢流域之地。案自洛陽南下襄陽、江陵，溯大江入蜀，經嘉陵江至閬州，爲唐代通行便捷之驛道，旅運極盛。詳參嚴耕望《唐代交通圖考》「山劍滇黔區篇」二八「荆襄驛道」。又唐代鄂州江夏郡有漢陽縣，即今湖北武漢市，地處漢水入江口。自襄陽至漢陽復西行入蜀，其道迂曲，旅人斷無捨近求遠之理。

〔四〕「從此」句：倚門望斷，謂高堂懸望。李白《送蕭三十一之魯中兼問稚子伯禽》：「高堂倚門望伯魚，魯中正是趨庭處。」

〔五〕「交親」句：句意謂交親喜見其孝親情深也。交親，親戚朋友。杜甫《送韓十四江東省覲》：「兵戈不見老萊衣，嘆息人間萬事非。」老萊衣，用老萊子彩衣娛親典故。《太平御覽》卷四一三引師覺授《孝子傳》曰：「老萊子者，楚人。行年七十，父母俱存，至孝蒸蒸。常着班蘭之衣，爲親取飲，上堂脚胅，恐傷父母之心，因僵仆爲嬰兒啼。」

貽惠暹上人〔一〕

經論功餘更業詩，又於難裏縱天機〔二〕。吴朝客見投文去，楚國僧迎著紫歸〔三〕。已得聲名先振俗〔四〕，不妨風雪更探微〔五〕。金陵高憶恩門在，終挂雲颿重一飛〔六〕。

【校箋】

〔一〕惠暹上人：僧惠暹生事無考。據詩，蓋荆州僧，曾入朝吴國，賜紫歸荆。天成二年（九二七）十一月吴王即皇帝位，三年六月，高季興請稱藩於吴，吴進季興爵秦王。十二月高季興卒，吴主以季興子從誨爲荆南節度使兼侍中。荆門僧惠暹朝吴賜紫或在此時。詩作於惠暹歸荆門後，據前詩編次，姑繫長興間。或惠暹留吴數年，至此始歸荆楚也。

〔二〕縱天機：施展其才華。天機謂天賦靈機，猶言靈性也。《莊子·大宗師》：「其耆欲深者，其天機淺。」李白《秋夜於安府送孟贊府兄還都序》：「至於酒情中酣，天機俊發，則談笑滿席，風雲動天。」案天成二、三年，後唐命將合楚王馬殷大軍夾擊荆州高氏，荆於危亡之際求救於吴。詩中「難裏」或指此。

〔三〕「吴朝」二句：吴客謂惠暹，楚僧自指。著紫，穿著紫袈裟，蓋言惠暹獲吴國賜紫之榮也。

〔四〕振俗：振奮民俗。語本《後漢書·黨錮列傳》：「至於陶物振俗，其道一也。」釋僧祐《齊竟陵王世子撫軍巴陵王法集序》：「含静臺以御己。垂蘭蕙以振俗。」

〔五〕「不妨」句：風雪探微，謂尋幽覓勝對景吟詩。陸雲《移太常府薦張贍書》：「辭邁翰林，言敷其藻，探微集逸，思心洞神。」

〔六〕挂雲颿：即「挂雲帆」，李白《行路難三首》其一：「長風破浪會有時，直挂雲帆濟滄海。」

酬西蜀廣濟大師見寄〔一〕

猶得吾師繼頌聲〔二〕，百篇相愛寄南荆。卷開錦水霞光爛，吟入峨嵋雪氣清。楚外已甘推絶唱，蜀中誰敢共懸衡〔三〕？應懷無可同無本〔四〕，終向風騷作弟兄。

【校箋】

〔一〕西蜀廣濟大師：唐末五代蜀僧，卒於後蜀。見卷二《寄哭西川壇長廣濟大師》注〔一〕。集中與僧廣濟酬唱詩共三首，卷九另有《寄蜀國廣濟大師》詩。據詩意，本篇蓋酬其寄百篇之情好，復寄一己相思之懷抱。繫長興、清泰之際。

〔二〕繼頌聲：繼承《詩經》之作。《詩大序》：「是以一國之事繫一人之本謂之風，言天下之事、形四方之風謂之雅。雅者，正也，言王政之所由廢興也，政有小大，故有小雅焉、有大雅焉。頌者，美盛德之形容，以其成功告於神明者也。是謂四始，詩之至也。」

〔三〕「楚外」二句：此以蜀中、楚外對舉，則「楚外」當謂自蜀楚交界迤東廣大地區，包括三楚之地。參卷五《謝虚中上人晚秋見寄》注〔二〕。懸衡，謂較量高低，見前《謝武陵徐巡官遠寄五七字詩集》注〔三〕。

〔四〕無可、無本：指前輩詩人賈島兄弟。《唐才子傳·無可》：「無可，長安人，高僧也。工詩，多爲五言。初，賈島棄俗，時同居青龍寺，呼島爲從兄，與馬戴、姚合、厲元多有酬唱。律調謹嚴，屬興清越，比物以意，謂之象外句。」《直齋書録解題》：「《無可集》一卷，唐僧賈無可撰，島弟也。」賈島出家，法名「無本」，見卷一《過賈島舊居》注〔一〕。案唐末西蜀修覺寺别有詩僧無本，見卷三《贈無本上人》注〔一〕。

江寺春殘寄幕中知己二首〔一〕

其一

誰遣西來負岳雲〔二〕，自由歸去竟何因〔三〕？山龕薜荔應殘雪，江寺玫瑰又度春〔四〕。早歲便師無學士〔五〕，臨年却作有爲人〔六〕。何妨夜宴時相憶〔七〕，佯醉佯狂笑老身〔八〕。

【校箋】

〔一〕江寺：卷九《荆渚偶作》云：「身依江寺庭無樹」，蓋指荆門所居寺，或即龍安寺也。幕中：蓋指荆幕。卷三《荆門寄懷章供奉兼呈幕中知己》、本卷《荆門病中雨後書懷寄幕中知己》並同。據「又度春」，繫龍德三年（九二三）。

〔二〕西來負岳雲：自廬山西來也。孟郊《送温初下第》：「欲識丈夫志，心藏孤岳雲。」

〔三〕竟，原作「更」，諸本作「竟」，意勝，今據改。言被「遮留」無因歸去也。

〔四〕「山龕」二句：山龕，山寺龕窟也，與下首之「岳寺」，同指廬山東林寺。又度春，春歸再度，居荆越二年矣。

〔五〕無學士：指佛法圓滿得阿羅漢果的高僧。佛教以已知教法但未斷惑、尚有所學者，稱爲「有學」；已究教法無惑可斷、亦無可學者，稱爲「無學」。《妙法蓮華經玄贊》卷一：「進趣修習，名爲有學；進趣圓滿，止息休習，名爲無學。」《法華義疏·授學無學人記品》：「若緣真之心更有增進義，是名爲學。緣真之心已滿不復求進，是名無學。」

〔六〕臨年：達到一定年紀。此指老年，蓋龍德三年齊己六十歲。舊題《李陵答蘇武書》：「上念老母，臨年被戮。」有爲人：指高氏「慕其名，遮留之，命爲管内僧正」。

〔七〕宴，汲、《全詩》作「醮」。案《七修類稿》云：「獨酌而醉曰醮。」

〔八〕伴醉，汲、明抄、《全詩》作「伴醉」。

其二

社蓮慚與幕蓮同，岳寺蕭條儉府雄〔一〕。冷淡獨開香火裏，殷妍行列綺羅中〔二〕。秋加玉露何傷白〔三〕，夜醉金缸不那紅〔四〕。閒憶遺民此心地〔五〕，一般無染喻真空〔六〕。

【校箋】

〔一〕「社蓮」二句：社蓮，社中之蓮。借晉慧遠廬山「結社念佛」之「蓮社」自謂。幕蓮，幕中之蓮，指「幕中知己」。案幕府稱「蓮幕」，典出《南史·庾杲之傳》。王儉「用杲之爲衛將軍長史，安陸侯蕭緬與儉書曰：『盛府元僚，實難其選。庾景行汎淥水，依芙蓉，何其麗也。』時人以入儉府爲蓮花池，故緬書美之」。下句「儉府」亦本此。李商隱《自桂林奉使江陵途中感懷寄獻尚書》：「下客依蓮幕，明公念竹林。」貫休《送沈侍郎》：「儉府清無事，唯應薦禰衡。」

〔二〕「冷淡」二句：頷聯「冷淡」承社蓮，「殷妍」接幕蓮。殷妍，紅豔。

〔三〕玉露：秋露，此指白露。秋爲西方之季節，白爲西方之色，故稱。何傷白：言露水不傷其白也。由此知社蓮即白蓮也。

〔四〕金缸：猶華燈。缸，油燈，燈盞。李白《夜坐吟》：「冰合井泉月入閨，金缸凝明照悲啼。」不那：不奈，無奈。見《詩詞曲語辭匯釋》卷二。

〔五〕遺民：劉遺民，「蓮社十八賢」之一。史稱遺民與周續之、陶淵明爲「尋陽三隱」（《宋書·周續之傳》）。《廣弘明集·慧遠·與隱士劉遺民等書》釋道宣注曰：「彭城劉遺民，以晉太元中除宜昌、柴桑二縣令，值廬山靈邃，足以往而不反，遇沙門釋慧遠，可以服膺，丁母憂，去職入山，遂有終焉之志。於西林澗北，別立禪坊，養志閑處，安貧不營貨利。是時閑退之士輕舉而集者，若宗炳、張野、周續之、雷次宗之徒，咸在會焉。遺民與群賢遊處，研精玄理，以此永日。遠乃遺其書。」慧遠《書》曰：「遺民精勤偏至，具持禁戒，宗、張等所不及。」此心地：言其精討佛理，具持禁戒也。

〔六〕無染：佛教語，指超越一切之煩惱、執著，而保持清淨之心性。釋湛然《止觀輔行傳弘決》卷二：「空觀所觀之境，七支無染，喻之若空。」（案七支即身三口四之惡業。身三：殺生、偷盜、淫邪。口四：妄語、綺語、惡口、兩舌。）

寄玉泉實仁上人〔一〕

往歲曾尋聖跡時，樹邊三遶禮吾師〔二〕。敢瞻護法將軍記〔三〕，且喜焚香弟子知。後會未期心的的〔四〕，前峰欲下步遲遲。今來老劣難行甚，空寂無緣但寄詩。

【校箋】

〔一〕實，汲、《全詩》作「實」。玉泉：據卷十《苦熱懷玉泉寺寄仁上人》，實仁上人蓋即玉泉寺仁上人。據詩意，此玉泉寺當指唐荊州當陽縣（今屬湖北省）西三十里玉泉山之玉泉寺。隋天台山智者大師所建，初唐大通禪師神秀圓寂於此。詩言「往歲曾尋」，「樹邊禮師」，即本集卷二《題玉泉寺大師影堂》、集外詩《題玉泉寺》（案本集佚，見《全唐詩》卷八四六）所詠者。參見二詩注。本篇當作於初遊後，「老劣難行」之時，姑繫同光三年，齊己六十二歲；是年夏荊門苦熱，尤深懷玉泉之幽勝。

〔二〕「往歲」二句：聖跡、禮師，謂建寺者天台智顗大師、禪宗大通禪師神秀之「靈踪」、「影堂」。參見《題玉泉寺大師影堂》《題玉泉寺》二詩注。

〔三〕瞻，諸本作「望」。護法將軍：謂三國蜀名將關羽。《全唐文》卷六八四載董侹《荆南節度使江陵尹裴公重修玉泉關廟記》：「玉泉寺，……西北三百步有蜀將軍都督荆州事關公遺廟存焉。……先是，陳光大中智顗禪師者，至自天台，宴坐喬木之下，夜分忽與神遇，云願捨此地爲僧坊，請師出山，以觀其用。指期之夕，前壑震動，風號雷虓，前劈巨嶺，下堙澄潭，良材叢木，周匝其上，輪奂之用，則無乏焉。……至今淄黄入寺，若嚴官在傍，無敢褻瀆。」《佛祖統紀·東土九祖紀·智者禪師》則敷衍其事謂關羽之神見智顗，願「建寺化供，護持佛法」，「求受戒品，永爲菩提之本」。智顗遂授以五戒，關羽乃成玉泉寺之護法神。

〔四〕的的：衷情深切貌。蘇頲《陳倉别隴州司户李維深》：「情言正的的，春物宛遲遲。」

荆渚感懷寄僧達禪弟三首〔一〕

其一

電擊流年七十三〔二〕，齒衰氣沮竟何堪〔三〕。誰云有句傳天下，自愧無心繼嶺南〔四〕。曉漱氣嫌通市井，晚烹香憶落雲潭〔五〕。鄰峯道者還彈指〔六〕，蘚剥藤纏舊石龕。

【校箋】

〔一〕詩題「感」字原脱，據柳、汲、明抄、《全詩》補。僧達：齊己同鄉，洪州西山僧。見卷二《寄懷江西僧達禪翁》注〔一〕。本篇清泰三年（九三六）七十三歲殘春時作於江陵。

〔二〕電擊：如閃電劃過，喻極其迅速。《法句經》卷下：「受形命如電，晝夜流難止。」

〔三〕氣沮：神氣衰頹。李華《國之興亡》：「氣沮志衰，亦從以化。」

〔四〕繼，原作「寄」，柳、汲、明本作「繼」，從之。「誰云」二句意謂詩名已揚於天下，而自愧於佛道仍有虧欠。嶺南，指曹溪，南禪惠能大師祖庭。

〔五〕「曉漱」二句：此寫荆渚之感懷。心嫌荆門市井俗氣，而魂繫雲潭茶香。雲潭，僧達所居處，疑洪州西山之勝地也。王勃《滕王閣》詩：「畫棟朝飛南浦雲，珠簾暮捲西山雨。閒雲潭影日悠悠，物换星移幾度秋。」

〔六〕還，柳、汲、明抄、《全詩》作「應」。彈指：釋家習用語，表達允諾、歡喜或警示之動作。此以詢問與鄰峰道者之交往。蓋齊己早年曾遊洪州西山，當爲相知者。詳見卷二《寄哭西川壇長廣濟大師》注〔五〕。

其二

十五年前會虎溪，白蓮齋後便來西〔一〕。干戈時變信雖絶，吴楚路長魂不迷。黄葉喻曾同我悟〔二〕，碧雲情近與誰攜〔三〕？春殘相憶荆江岸，一隻杜鵑頭上啼〔四〕。

【校箋】

〔一〕「十五」二句：十五年，貞明七年（龍德元年，九二一）至清泰三年爲十五年。虎溪、白蓮，均指東林寺。來西，西來荆門。

〔二〕黄葉喻：《大般涅槃經·嬰兒行品》：「又嬰兒行者，如彼嬰兒啼哭之時，父母即以楊樹黄葉，而語之言：『莫啼莫啼，我與汝金。』嬰兒見已生真金想，便止不啼，然此楊葉實非金也。」此爲佛教施設方便以誘導學人者，此處借言彼此受教覺悟。釋貫休《題惠琮律師院》：「唯傳黄葉喻，還似白泉居。」

〔三〕碧雲情：謂詩情也，屢見前注。句意謂吟詠之情相近然與誰相携作詩？感傷别離也。

〔四〕「春殘」句：暮春啼鵑，傷痛至極。參見卷二《中春林下偶作》注〔六〕。

其三

鶴嶺僧來細語君〔一〕，依然高尚迹難群〔二〕。自抛南岳三生石〔三〕，長傍西山數片雲。丹訪葛洪無舊竈，詩尋靈觀有遺文〔四〕。莫將離别爲相隔，心似虛空幾處分。

【校箋】

〔一〕鶴嶺：洪州西山最高峰。《太平御覽》卷五四引雷次宗《豫章記》：「西山中峯最高頂名鶴嶺，即子喬控鶴經過之所，壇在鶴嶺之側，雲景鮮美，草木秀潤，異於它山。山側有土名控鶴鄉。」

〔二〕然，諸本作「前」。高尚：指節操高潔。難群：難爲衆人所企及，不平凡。或解爲難與衆相合。姚合《寄舊山隱者》：「萬里亦未遥，喧静終難群。」

〔三〕三生石：典出唐袁郊《甘澤謡·圓觀》。大略曰：儒生李源與高僧圓觀同遊三峽，見婦人引汲，觀曰：「其中孕婦姓王者，是某託身之所，逾三載尚未娩懷，以某未來之故也。今既見矣，即命有所歸，釋氏所謂循環也。」又曰：「更後十二年中秋月夜，杭州天竺寺外與公相見之期。」源如期赴約，見牧童乘牛叩角，歌《竹枝詞》曰：「三生石上舊精魂，賞月吟風不要論。慚愧情人遠相訪，此身雖異性常存。」又歌曰：「身前身後事茫茫，欲話因緣恐斷腸。吴越山川遊已遍，却回煙棹上瞿塘。」因知牧童即觀之後身。詩文中乃以「三生石」喻指前因宿緣。此即言前與僧達同在南岳之因緣。

〔四〕「丹訪」二句：歷代地誌所載，南昌周遭群山頗有仙迹。《大明一統志》「西山」條引宋人余靖《記》云：「初濟江十里，有磐石，名石頭津，自石頭西行，有梅嶺，即梅福學仙處。嶺之南有葛仙峰，下有葛仙壇，上有煉丹井及鸞岡，乃洪崖先生乘鸞所憇處。」葛洪舊竃蓋指「煉丹井」。又南昌群山上亦多道觀。最出名者乃撫州南城縣麻姑山仙壇，玄宗所立，顏真卿曾爲記。靈觀遺文或指此。

寄孫魴秀才〔一〕

郡樓東面市牆西〔二〕，顏子生涯竹屋低〔三〕。書案飛揚風落絮，地苔狼藉燕銜泥。吟窗晚凭春篁密，行徑斜穿夏菜齊〔四〕。别後相思頻夢到，二年同此賦閒題。

【校箋】

〔一〕孫魴：見卷二《寄江西幕中孫魴員外》注〔二〕。本篇當作於貞明初年孫魴未入江西幕之時，言「二年同此賦閒題」，蓋齊己在廬山期間，當有二年與孫魴過從甚密，屢至孫寓酬唱賦詩，此乃别後之作，其時略早於《寄江西幕中孫魴員外》。

〔二〕市，柳、汲、明抄、《全詩》作「寺」。據此，孫魴舊居蓋毗鄰僧寺。

〔三〕顏子：以顏回之賢而貧稱道孫魴。生涯：猶生資。此言其生資窘迫也。

〔四〕「吟窗」二句：兩句憶二年相聚情事：春日裏對遍地新筍憑窗共吟，炎夏間斜穿園畦攜手同行。

送李評事往宜春〔一〕

蘭舟西去是通津〔二〕，名郡賢侯下禮頻。山遍寺樓看仰岫〔三〕，臺連城閣上宜春。鴻心夜過鄉心亂〔四〕，雪韻朝飛句韻新〔五〕。別有官榮身外趣〔六〕，月江松逕訪禪人。

【校箋】

〔一〕李評事：無考。詩言「名郡賢侯下禮頻」，或爲江西幕中人。曰「鴻心夜過鄉心亂」，當爲宜春人也。卷一《和岷公送李評事往宜春》云：「兵火銷鄰境，龍沙有去人。……雪湛將殘臘，霞明向早春。」知爲詩人光化三年（九〇〇）遊洪州歲末臘殘時，本篇亦同時之作。詳參《和岷公送李評事往宜春》詩注。

〔二〕蘭舟：船之美稱。見卷五《懷洞庭》注〔五〕。通津：四通八達之津渡。案自南昌泝贛水及其支流直達宜春。

〔三〕仰岫：指仰山，爲宜春之鎮山。地志稱其峻險不可登陟，但可仰觀，以此爲名。山腹喬松之磴甚危，山下清泉迸石流。會昌間禪門溈仰宗二世慧寂禪師於此建寺傳道，號「小釋迦」。山下有鄭谷讀書處。所謂「別有官榮身外趣，月江松逕訪禪人」是矣。

〔四〕心，明本改作「聲」，當非。言「鴻心」蓋「以我觀物則物皆著我之色」是也。

〔五〕韻，柳、明本作「味」。

〔六〕官榮：卷一《和岷公送李評事往宜春》結云：「郡侯開宴處，桃李照歌塵。」所謂「官榮」也。

中春感興

春風日日雨時時，寒力潛從暖勢衰。一氣不言含有象〔一〕，萬靈何處謝無私〔二〕。詩通物理行堪掇〔三〕，道合天機坐可窺〔四〕。應是正人持造化〔五〕，盡驅幽細入爐鎚〔六〕。

【校箋】

〔一〕一氣：宇宙混沌之氣，古人以爲天地萬物之本原。《莊子·大宗師》：「彼方且與造物者爲人，而遊乎天地之一氣。」不言：典本《論語·陽貨》：「天何言哉？四時行焉，百物生焉，天何言哉？」

〔二〕萬靈：即「萬物」，天地間衆生靈。《鶡冠子·度萬》：「唯聖人能正其音，調其聲，故其德上及太清，下及泰寧，中及萬靈。」無私：公正無私心。此借指天地造化。岑參《優鉢羅花歌序》：「夫天地無私，陰陽無偏。」

〔三〕行堪：可堪，可以。掇：采取。白居易《同韓侍郎遊鄭家池吟詩小飲》：「白鷗驚不起，緑芡行堪采。」

〔四〕道：謂詩道也。坐：猶「正」，適也。時間副詞。釋見徐仁甫《廣釋詞》卷八。此聯「行」「坐」字面對。

〔五〕正人：品行中正之人。司空圖《争名》：「窮辱未甘英氣阻，乖疏還有正人知。」持造化：此謂秉持天地自然之理。

〔六〕鑪鎚：熔鑄鍛煉。鎚即錘。杜甫《送顧八分文學適洪吉州》：「顧侯運鑪錘，筆力破餘地。」郭知達集注：「運鑪錘，言能鍛鍊以成一家之書也。」此借指詩歌創作熔鑄意境錘煉語言。

早鶯

何處經年絶好音〔一〕，暖風吹出囀喬林〔二〕。羽毛新刷陶潛菊〔三〕，喉舌初調叔夜琴〔四〕。藏雨並棲紅杏密〔五〕，避人雙入緑楊深。曉來枝上千般語，應共桃花説舊心〔六〕。

【校箋】

〔一〕處，《全詩》注：「一作事。」絶，《全詩》作「闋」，注：「一作絶。」案闋、絶義同，隔絶、斷絶也。

〔二〕吹，柳、汲、明抄、《全詩》作「催」。喬林：高林。曹植《贈白馬王彪》：「歸鳥赴喬林，翩翩厲羽翼。」

〔三〕刷：刷羽，鳥類以喙整理羽毛。陶潛菊：以陶潛所愛菊喻鶯之毛色。杜甫《秋盡》：「籬邊老却陶潛菊，江上徒逢袁紹杯。」

〔四〕叔夜琴：嵇康字叔夜，寄情彈琴吟詠，作《琴賦》。此以叔夜琴喻鶯鳴婉轉動聽。

〔五〕藏，《全詩》注：「一作怕。」

〔六〕應，《全詩》注：「一作似。」説，《全詩》注：「一作訴。」

酬尚顏上人〔一〕

紫綬蒼髭百歲侵〔二〕，緑苔芳草繞堦深。不妨好鳥喧高卧，切忌閒人聒正吟〔三〕。魯鼎寂寥休辨口〔四〕，劫灰銷變莫宣心〔五〕。還憐我有冥搜癖，時把新詩過竹尋。

【校箋】

〔一〕本篇當作於開平、乾化間尚顏、齊己居長沙時。

〔二〕紫綬：紫色絲帶的服飾。此指受賜紫色袈裟。卷九《寄尚顏》云「滿身光化年前寵」，知尚顏光化年前曾入京，賜紫。蒼髭：髭鬚斑白。侵：臨近。

〔三〕聒正吟：煩擾其吟詠。正吟謂高雅之吟詠，或謂當下之吟。

〔四〕「魯鼎」句：魯鼎，典出《韓非子·説林下》：「齊伐魯，索讒鼎，魯以其鴈往。齊人曰：『鴈也。』魯人曰：『真也。』」此借魯國之讒鼎真贋代指時事之變幻。寂寥，沉寂無聲。此指久遠難明，故曰「休辯口」。案鼎本國之重器，詩文中常以指國祚、帝位。此用魯鼎之典，寄寓内心感慨也。

〔五〕「劫灰」句：劫灰，劫火餘灰，典出《高僧傳·漢雒陽白馬寺竺法蘭》：「世界終盡，劫火洞燒，此灰是也。」此典出指戰亂破壞之餘燼。「劫灰銷變」即謂疊經戰火，此伏彼起。亦感時語。宣心：表達心聲。宇文護《報母閻姬書》：「伏紙嗚咽，言不宣心。」

寄倪曙郎中〔一〕

風雨冥冥春闇移〔二〕，紅殘緑滿海棠枝。帝鄉久别江鄉住〔三〕，椿筍何如櫻筍時〔四〕。海内擅名君作賦〔五〕，林間外學我爲詩〔六〕。近聞南國升南省〔七〕，應笑無機老病師。

【校箋】

〔一〕倪曙：字孟曦，福州候官人。唐中和時及第，有賦名，官太學博士。黄巢之亂，避歸故鄉。未幾西遊嶺表，依封州節度使劉隱。劉龑即皇帝位，封倪曙工部侍郎，轉尚書左丞。龍德元年（乾亨五年）同平章事，無何以病卒。事跡見《新五代史·南漢世家》，《十國春秋》有傳。《宋史·藝文志》録倪曙《瓊藁集》三卷，又賦一卷。案曙於貞明三年八月南漢立國時任工部侍郎，詩言「近聞升南省」，當作於貞明四至六年轉尚書左丞時。齊己時居廬山。

〔二〕闇：通「奄」，忽然。《文選·傅毅·舞賦》：「翼爾悠往，闇復輟已。」李善注：「闇，猶奄也。古人呼闇殆與奄同。《方言》曰：『奄，遽也。』」

〔三〕帝鄉：指唐都長安。江鄉：指南漢興王府所在之番禺（今廣州）。

〔四〕椿：木名，即香椿，亦作「橁」。《左傳·襄公十八年》：「孟莊子斬其橁以爲公琴。」「橁」即謂椿。徐光啟《農政全書》卷三八：「椿，《禹貢》曰杶。」自注：「一作櫄，一作橁，今名香椿。」此椿筍當指香椿之幼芽，形似筍而細小，甘美可食。櫻筍時：案農曆三月爲櫻桃與春筍上市時節，稱櫻筍時。韓偓《湖南絶少含桃偶有人以新摘者見惠感事傷懷》自注：「秦中爲櫻筍之會，乃三月也。」鄭谷《自貽》：「恨抛水國荷蓑雨，貧過長安櫻筍時。」此連上句，謂食椿筍何如京師櫻筍盛會，今昔之感也。

〔五〕「海内」句：《十國春秋》倪曙本傳：「唐中和時及第，有賦名。」

〔六〕林間：指僧家。外學：與内學相對。佛教稱佛學爲内學，稱佛學之外一切學問爲外學。權德輿《送文暢上人東遊》：「桑門許辯才，外學接宗雷。」

〔七〕南省：陸游《老學庵筆記》卷六：「唐人本以尚書省在大明宫之南，故謂之南省。」案唐中書、門下、尚書三省均在大内之南，尚書更在中書、門下南。張説《送崔二長史日知赴潞州》：「東山懷卧理，南省悵悲翁。」

喜得自牧上人書〔一〕

吴都使者泛驚濤〔二〕，靈一傳書慰毳袍〔三〕。别興偶隨雲水遠，知音本自國風高〔四〕。身依閑淡中銷日，髮向清涼處落刀。聞著括囊新集了〔五〕，擬教誰與序《離騷》〔六〕？

【校箋】

〔一〕本篇柳本、汲本、書倉、《全詩》列在本卷《驚秋》篇前，當是。蓋兩篇同爲天祐間唐祚將盡、朱温屢行篡奪時詩。底本移入本卷末，疑爲抄手脱漏補録，馮本因之。自牧爲金陵僧，詳見卷二《訪自牧上人不遇》注〔一〕。齊己天復二、三年遊吴越，至金陵，居栖霞寺，曾與僧自牧同遊，此爲别後之作。繫天祐元年。

〔二〕吴都：五代十國吴國國都江都府，即今揚州市。

〔三〕靈一：中唐著名詩僧。廣陵（今江蘇揚州）人，開元二十三年（七三五）九歲出家，道業精進，居會稽、杭州，從學者四方而至。尤工詩，馳譽叢林。寶應元年（七六二）終於杭州。有《靈一集》，今佚。事跡見《唐詩紀事》、《唐才子傳》。此借指自牧。毳袍：毳衣。僧衣之一種。見卷六《寄陽岐西峰僧》注〔三〕。此指僧人。貫休《山居詩二十四首》其二十二：「豈知知足金仙子，霞外天香滿毳袍。」

〔四〕國風：謂與《詩·國風》同調之詩作也。結句「離騷」意同。

〔五〕括囊：此喻搜羅編輯其詩集。了：終了，完畢。

〔六〕「擬教」句：漢王逸作《離騷經章句序》，傳世之作也。此以爲喻，讚之甚矣。

齊己詩歌繫年箋注卷第八

湘中寓居春日感懷〔一〕

江禽野獸兩堪傷，避射驚彈合自忙〔二〕。頭角任多無獬豸〔三〕，羽毛雖衆讓鴛鴦。落苔紅小櫻桃熟，侵井青纖燕麥長〔四〕。吟把《離騷》憶前事〔五〕，汨羅春恨撼殘陽〔六〕。

【校箋】

〔一〕題中「寓居」謂寄居一地，據詩意疑爲天祐三年春初至長沙時詩，「寓居岳麓」（卷一《寓居岳麓謝進士沈彬再訪》）、「寄居道林寺」（卷八《寄居道林寺作》）前。言「頭角任多無獬豸」，「吟把《離騷》」、「汨羅春恨」，憂時局國運之艱難，慨歎朝無鯁臣也。

〔二〕合，諸本作「各」。合，應該。

〔三〕任，馮、清抄作「甚」。任，任從。頭角：本集《溪齋二首》其一：「瑞獸藏頭角，幽禽惜羽翰。」

獬豸：傳説中的異獸，似鹿而一角。主觸不直者。詳見卷一《送遷客》注〔八〕。

〔四〕「落苔」二句：此即「紅小櫻桃熟落苔，青纖燕麥長侵井」之倒裝。燕麥，一種禾本科植物。爲春日之景物。劉禹錫《再遊玄都觀》詩序：「蕩然無復一樹，唯兔葵燕麥動摇於春風耳。」燕麥穗籽粒細小，每穗分小叉十餘，「青纖」謂此。

〔五〕吟把：把吟，反復吟唱玩味。

〔六〕恨，柳、汲、明抄、《全詩》作「浪」。汨羅：湘江支流，在今湖南省東北部。汨水、羅水合流於平江縣，稱汨羅江，西流至湘陰縣北注入洞庭湖。「汨羅春恨」借用屈原自沉汨羅之典而有寄寓。

瀟湘〔一〕

寒清健碧遠相含，珠媚根源在極南〔二〕。流古遞今空作島，逗山沖壁自爲潭〔三〕。遷來賈誼愁無限，謫過靈均恨不堪〔四〕。畢竟輸他老漁叟，緑簑青竹釣濃藍〔五〕。

【校箋】

〔一〕瀟湘：湘江別稱。見卷一《遠思》注〔三〕。據「遷來賈誼」、「謫過靈均」語，本篇亦作於初入長沙期間，繫天祐三年。

〔二〕「寒清」二句：珠媚，陸機《文賦》：「石韞玉而山輝，水懷珠而川媚。」案寒清、健碧、珠媚均形容瀟湘之水。湘水發源於今湘桂交界處，故言「根源在極南」。

〔三〕「流古」二句：此言瀟湘之山水。島，蓋指橘子洲。參見卷四《遊橘洲》注〔一〕。山，蓋指昭山。潭，蓋指昭潭。《水經注·湘水》：「湘水又北逕昭山西，山下有旋泉，深不可測，故言『昭潭無底』也，亦謂之曰湘州潭。」

〔四〕「遷來」二句：此取賈誼事言瀟湘之舊史。賈誼本爲博士，漢文帝授太中大夫，後受讒被貶，遷長沙王太傅。渡湘水，傷其謫去，爲賦以弔屈原。至長沙三年，有鵩入室，因感長沙地卑濕，自以不壽，作《鵩鳥賦》，以抒其愁。弔屈原以及《鵩鳥賦》文繁不録，俱見《史記·屈原賈生列傳》。

〔五〕「畢竟」二句：此用《楚辭·漁父》典，憑弔古人兼抒己懷。漁叟，即漁父。屈原被放，形容枯槁，遇漁父江畔，漁父因與共論遁世保身之道。緑簑青竹，張志和《漁歌子五首》其一：「青箬笠，緑蓑衣，斜風細雨不須歸。」釣濃藍，垂釣于湛藍色之江水中。王周《巴江》：「巴江江水色，一帶濃藍碧。」

寄友生〔一〕

風騷情味近如何？門底寒流屋裏莎。曾摘園蔬留我宿，共吟江月看鴻過。時危苦恨無收拾〔二〕，道妙深耷有琢磨〔三〕。涼夜攲眠應得夢〔四〕，平生心肺似君多〔五〕。

【校箋】

〔一〕據詩意及前後詩編次，當爲天祐二、三年冬春之際離衡山入長沙時詩。

〔二〕苦恨：深恨。苦爲表程度副詞。收拾：整理、整頓。

〔三〕耷，誇之古字。琢磨：切磋琢磨，喻修養德業、研討義理，修飾詩文。案首句謂「風騷情味近如何」，則此「道妙」當指詩道，「琢磨」謂斟酌詩境、磨礪文字聲律。賈島《送崔嶠遊瀟湘》：「功烈尚書孫，琢磨風雅言。」

〔四〕攲眠：睡眠。攲，倚也。顧況《苔蘚山歌》：「閉門無事任盈虛，終日攲眠觀四如。」

〔五〕心肺：喻内心之真情實感。

酬答退上人〔一〕

鬢髩三分白二分，一生蹤跡出人群。嵩丘夢憶諸峰雪，衡岳禪依五寺雲〔二〕。青衲幾臨高瀑濯，苦吟曾許斷猿聞。荒村殘臘相逢夜〔三〕，月滿鴻多楚水濆〔四〕。

【校箋】

〔一〕退上人：無考。據詩意詩人曾與之同遊嵩山、衡岳，後與上人相逢於楚水邊。言一生蹤跡不及岳麓、匡廬，必爲離衡岳入長沙途中詩。謂「荒村殘臘」，蓋天祐二年臘殘時。

〔二〕五寺：指衡山之般若、南臺、萬壽、華嚴、彌陀五所禪寺。詳見卷七《題南岳般若寺》注〔一〕。

〔三〕殘臘：年終臘月將盡。臘謂臘祭。本集卷一《和岷公送李評事往宜春》：「雪湛將殘臘，霞明向早春。」

〔四〕楚水濆：此當指湘江，楚謂湘楚，與荊楚別。參見卷四《寄南徐劉員外二首》其二注〔四〕。

山中春懷〔一〕

心魂役役不曾歸〔二〕，萬象相牽向極微。所得或憂逢郢刃〔三〕，凡言皆欲奪天機〔四〕。遊深晚谷香充鼻，坐苦春松粉滿衣。何物不爲狼藉境〔五〕，桃花和雨落霏霏〔六〕。

【校箋】

〔一〕據前後詩編次，疑亦天祐二年春居衡嶽中詩。蓋自抒感物吟詩之情懷。

〔二〕役役：勞苦不息貌。《莊子·齊物論》：「終身役役，而不見其成功。」

〔三〕所得：並下句「凡言」，均謂詩文創作，猶言「得句」也。郢刃：《莊子·徐無鬼》：「郢人堊漫其鼻端若蠅翼，使匠石斲之。匠石運斤成風，聽而斲之，盡堊而鼻不傷，郢人立不失容。宋元君聞之，召匠石曰：『嘗試爲寡人爲之。』匠石曰：『臣則嘗能斲之，雖然，臣之質死久矣。』」此反用之，謂有所得乃憂郢刃之盡斲，蓋憂得句不佳也。

〔四〕奪天機：發自天機。天機，《莊子·秋水》：「今予動吾天機，而不知其所以然。」司馬彪曰：「天機，自然也。」李白《大鵬賦》：「南華老仙發天機於漆園，吐峥嶸之高論。」此自言創作，文思發於自然。

〔五〕狼藉：亦作「狼籍」，散亂貌。釋皎然《送顧道士遊洞庭山》：「見説洞庭無上路，春遊亂踏五靈芝。含桃風起花狼籍，正是仙翁碁散時。」

〔六〕落，汲、《全詩》作「更」。霏霏：紛飛貌。《詩·小雅·采薇》：「昔我往矣，楊柳依依。今我來思，雨雪霏霏。」

寄鄭谷郎中

上國誰傳消息過〔一〕，醉眠醒坐對嵯峨〔二〕。身離道士衣裳少，筆答禪師句偈多〔三〕。南岸郡鐘涼度枕，西齋竹露冷沾莎〔四〕。還應笑我降心外〔五〕，惹得詩魔助佛魔〔六〕。

【校箋】

〔一〕上國：指唐都長安。見卷一《戊辰歲湘中寄鄭谷郎中》注〔四〕。案乾寧三年（八九六），齊己入長安，謁鄭谷於華山。四年（八九七），谷爲都官郎中，至天復二、三年（九〇二—九〇三）秋，歸隱宜春仰山草堂。首句蓋言得自京都傳聞，知鄭谷退隱歸山。是本篇當作於鄭初歸時，己乃詩魔勃興，將赴袁州拜謁矣。

〔二〕「醉眠」句：句意蓋言鄭歸隱仰山也。嵯峨，指仰山。

〔三〕「身離」二句：鄭谷《雲臺編序》：「乾寧初，上幸三峰，朝謁多暇，寓止雲臺道舍。《唐才子傳》謂：「谷多結契山僧，曰：『蜀茶似僧，未必皆美，不能捨之。』」二句本此。

〔四〕「南岸」二句：南岸、西齋，蓋仰山隱處。宜春在渝水（今稱袁水）南岸。西齋疑指仰山「西山」鄭谷讀書處，參卷五《寄西山鄭谷神》注〔一〕。

〔五〕降心外：降服心外諸多煩惱、慾望。心外爲佛家語。南宗禪法以心外一切皆爲成佛之阻礙。《景德傳燈録·京兆大薦福寺弘辯禪師》載弘辯法師對唐宣宗語：「是心是佛，是心作佛。心外無佛，佛外無心。」

〔六〕「惹得」句：詩魔蓋喻己愛詩之情，是則佛魔亦自喻奉佛之心。

寄萍鄉唐稟正字〔一〕

新書聲價滿皇都〔二〕，高卧林中更起無？春興酒香熏肺腑，夜吟雲氣濕髭鬚。同登水閣僧皆別，共上魚船鶴亦孤。長憶前年送行處〔三〕，洞門殘日照菖蒲〔四〕。

【校箋】

〔一〕唐稟：見卷四《送唐稟正字歸萍川》注〔一〕。詩言「長憶前年送行處」，則當作於天祐元年春於袁州謁鄭谷之時。蓋自湘出入袁州道經萍鄉，以詩寄懷。

〔二〕新書：指唐稟《貞觀新書》三十卷。今佚。

〔三〕前年：此前一年，即去年。或泛言此前不久之某年猶「往年」。據卷四《送唐稟正字歸萍川》，當指天復三年冬齊己於洞庭「煙村」、「江驛」送唐稟南歸事。本篇後四句記叙二人同遊吟詠之興會及送别情事，湖泊野居之所也。

〔四〕菖蒲：草名，有香氣。《神仙傳》：「石上菖蒲，一寸九節，食之可以長生。」

秋夕書懷〔一〕

涼多夜永擁山袍〔二〕，片石閒欹不覺勞。蟋蟀繞床無夢寐，梧桐滿地有蕭騷。平生樂道心常切，五字逢人價合高〔三〕。破落西窗向殘月，露聲如雨滴蓬蒿〔四〕。

【校箋】

〔一〕據本卷此前諸詩編次，本篇疑爲天祐三年秋入居長沙道林寺時詩。佛道已修，詩亦有成，所謂「道心常切」、「詩價合高」也。

〔二〕夜永：夜長。江淹《青苔賦》：「晝遥遥而不暮，夜永永以空長。」山袍：山野之衣。本卷《道林寺居寄岳麓禪師二首》其二：「山袍不稱下紅塵，各是閒居島外身。」

〔三〕五字：唐人指五言詩。張籍《贈僧道》：「兩朝侍從當時貴，五字聲名遠處傳。」合：應當。

〔四〕「露聲」句：孟浩然《夏日南亭懷辛大》：「荷風送香氣，竹露滴清響。」

亂後經西山寺〔一〕

松燒寺破是刀兵，谷變陵遷事可驚〔二〕。雲裏乍逢新住主，石邊重認舊題名。閒臨菡萏荒池坐，亂踏鴛鴦破瓦行〔三〕。欲伴高僧重結社，此身無計捨前程〔四〕。

【校箋】

〔一〕本篇寫作時地不詳。古籍所載唐前之西山寺數處，以今湖北鄂州西山寺最著名。《大明一統志·武昌府》：「西山寺，在武昌縣治西（今湖北鄂州市西山），晉僧惠遠建。」鄂州西山寺與陶侃寒山寺相鄰，均爲晉代名刹。齊己詩言「亂後」者，多指唐亡，如卷二《寄懷江西徵岷二律師》、《送盧説亂後投知己》，卷四《寄監利司空學士》，本卷《亂後江西過孫鲂舊居因寄》均是。疑詩或作於齊己中年往來吴楚路經武昌縣西山寺時。

〔二〕谷變陵遷：高山深谷交相變遷，義猶滄海桑田。王勃《梓州郪縣兜率寺浮圖碑》：「莫不陵遷谷變，共榛灌而邱墟；火絶煙沉，與雲雨而坱莽。」

〔三〕「踏破」句：鴛鴦瓦，對屋瓦之美稱。《説郛》卷二三引無名氏《五色線》：「《魏志》：魏文帝夢兩瓦落地爲鴛鴦。」案明周祈《名義考》卷四：「魏文帝夢殿上雙瓦落地，化爲鴛鴦。以問周宣，對曰：『後宫當有暴死者。』已而果然。則鴛鴦瓦不惟不吉，特文帝所夢則然耳。安得謂瓦爲鴛鴦乎？韋蟾《岳麓道林寺》：「暖日斜明螮蝀梁，濕煙散冪鴛鴦瓦。」

〔四〕前程：前路，擬往之途程。

題梁賢巽公房〔一〕

吴王廟側有高房，簾影南軒日正長〔二〕。吹苑野風桃葉碧〔三〕，壓畦春露菜花黄。懸燈向後惟冥默，凭案前頭即渺茫〔四〕。知有虎溪歸夢切，寺門松折社僧亡〔五〕。

【校箋】

〔一〕本篇寫作時地無考。巽公：不詳。詩言「吴王廟側」、「虎溪歸夢」，則巽公房宜在吴地，巽公或爲梁人，於吴地爲僧者，出家受戒於廬山東林寺，然難以考實。疑或天復初遊吴之詩。

〔二〕南軒：朝陽之室。鮑照《園葵賦》：「獨酌南軒，擁琴孤聽。」

〔三〕野風：曠野之風。鮑照《代東門行》：「野風吹秋木，行子心腸斷。」

〔四〕「懸燈」二句：懸燈、凭案，謂巽公暮夜課誦。韋應物《宿永陽寄璨律師》：「時有山僧來，懸燈獨自宿。」冥默，玄遠幽深。《文選·班固·幽通賦》：「道修長而世短兮，夐冥默而不周。」李善注引劉德曰：「冥默玄深，不可通至。」渺茫，遼遠迷茫之貌。此皆以描摹巽公悟道情態。

〔五〕「知有」二句：虎溪、寺門，指廬山東林寺及寺前之虎溪。尾聯蓋言巽公之出身、旨趣，思慕昔年結白蓮社之高僧慧遠也。

塘上閒作〔一〕

閒行閒坐藉莎煙〔二〕，此興堪思二古賢。陶靖節居彭澤畔，賀知章在鏡湖邊〔三〕。鴛鴦著對能飛綉，菡萏成群不語仙〔四〕。形影騰騰夕陽裏〔五〕，數峰危翠滴漁船〔六〕。

【校箋】

〔一〕據詩前四句，疑亦天復初遊吴之詩。

〔二〕莎煙：莎草如煙。本集卷六《假山》：「曉覺莎煙觸，寒聞竹籟吹。」

〔三〕「陶靖」二句：承上「二古賢」也。陶靖節，即陶淵明，靖節爲其謚。賀知章，見《寄鏡湖方干處士》注〔二〕。

〔四〕「鴛鴦」二句：此詠塘中之景。鴛鴦雙雙若鮮活之彩綉，荷花聯翩如淩波仙子。

〔五〕騰騰：任運隨緣無所牽心。見卷三《静坐》注〔一〕。

〔六〕滴：汲本作「澗」，形近而訛。

江上望遠山寄鄭谷郎中 公時退居仰山〔一〕。

危碧層層映水天〔二〕，半垂岡壠下民田〔三〕。王維愛甚難抛畫，支遁高多不惜錢〔四〕。巨石盡含金玉氣〔五〕，亂峰閒鏁棟梁煙〔六〕。秦争漢奪空勞力，却是巢由得穩眠〔七〕。

【校箋】

〔一〕《全唐詩》卷八四四《齊己七》録有《題鄭郎中谷仰山居》：「簷壁層層映水天，半乘岡壠半民田。王維愛甚難抛畫，支遁憐多不惜錢。巨石盡含金玉氣，亂峯深鎖棟梁煙。秦争漢奪虚勞力，却是巢由得穩眠。」與本篇（亦見《全唐詩》卷八四五《齊己八》）惟數字之異，蓋誤録、重出。本詩題下自注：「公時退居仰山。」案鄭谷天復二、三年秋歸隱袁州，天復三、四年（天祐元年）年冬、春之際齊己乃赴宜春造訪之。地誌載仰山在宜春縣南八十里，山下有唐鄭谷讀書處。

是本篇乃留題鄭谷仰山居處之作。

〔二〕危碧：碧峰高聳。鄧衮《望雪樓記》：「危碧峭青，戛霄磨冥。」

〔三〕岡壠：山崗、土丘。見卷一《野步》注〔四〕。

〔四〕「王維」二句：借王維、支遁言仰山山水清麗如畫。王維，字摩詰。能畫，特善山水。嘗撰《山水論》以言其畫法。支遁，晉僧，嘗思歸隱，欲就深公買印山。深公應之曰：「未聞巢由買山而隱。」

〔五〕氣，原作「器」，據汲、《全詩》改。金玉氣，言石中蘊有金玉之氣。《初學記》卷五引《關令尹喜内傳》：「五百歲天下名山一開，開時金玉之精涌出。」此美鄭谷所居之仰山也。

〔六〕「亂峰」句：指鄭谷仰山居處深鎖於山間煙雲中。「金玉」、「棟梁」，皆讚美之詞，以物見人。

〔七〕巢由：堯時隱士巢父、許由。《高士傳·巢父》：「巢父者，堯時隱人也。山居不營世利，年老，以樹爲巢而寢其上，故時人號曰巢父。堯之讓許由也，由以告巢父。巢父曰：『汝何不隱汝形，藏汝光？若非吾友也。』擊其膺而下之。由悵然不自得，乃過清泠之水，洗其耳，拭其目，曰：『向聞貪言，負吾之友矣。』遂去，終身不相見。」白居易《安穩眠》：「眼逢鬧處合，心向閑時用。既得安穩眠，亦無顛倒夢。」尾聯以秦漢争戰譬唐末時局，讚鄭高卧。

送人自蜀迴南遊〔一〕

錦水東浮情尚鬱，湘波南泛思何長。蜀魂巴狖悲殘夜〔二〕，越鳥燕鴻叫夕陽。烟月幾般爲客路，林泉四絶是吾鄉〔三〕。尋幽必有僧相指，宋杜題詩近舊房〔四〕。

【校箋】

〔一〕據詩意，當作於居荆門期間。蓋友人自蜀浮江東下，舟行入湘南遊，齊己迎送而寄思鄉之情。卷三《遊道林寺四絶亭觀宋杜詩版》：「宋杜詩題在，風騷到此真。」卷九《懷道林寺道友》：「四絶堂前萬木秋，碧參差影壓江流。閒思宋杜題詩板，一月凭欄到夜休。」

〔二〕蜀魂：杜鵑鳥。吴融《岐下聞子規》：「劍閣西南遠鳳臺，蜀魂何事此飛來。」巴狖：巴地猿猴。用古漁者歌「巴東三峽巫峽長，猿鳴三聲淚沾裳」典。

〔三〕四絶：長沙道林寺側有四絶堂。見卷三《遊道林寺四絶亭觀宋杜詩版》注〔一〕。

〔四〕舊房：齊己居道林寺之僧房。卷七《重宿舊房與愚上人静話》：「曾此栖心過十冬，今來瀟灑屬生公。」

寄无願上人〔一〕

六十八去七十歲，與師年鬢不争多〔二〕。誰言生死無消處〔三〕？還有修行那得何〔四〕。閑事安能窮好惡〔五〕，故人堪憶舊經過。會歸原上焚身後〔六〕，一陣灰飛也任他〔七〕。

【校箋】

〔一〕无願上人：襄陽檀溪寺僧，詳見卷七《謝无願上人遠寄檀溪集》注〔一〕。詩爲長興元年（九三〇）作於荆門。依古人計歲之法，是年齊己六十八歲。

〔二〕不争多：不多争。時人習用語。《苕溪漁隱叢話》前集卷五四引《王直方詩話》云：「東坡嘗曰：『吾鄉有一諺云：富因校些子，貧爲不争多。』此極有理。」據此知五代時已通用。

〔三〕消：消解，排除。張喬《贈進士顧雲》：「與君愁寂無消處，賒酒清門送楚人。」

〔四〕「還有」句：那得何，「那何得」之倒裝（爲協平仄格律之需），奈何得了（它）之意。「那」讀若「挪」。意謂唯修行得以消解生死之苦。

〔五〕閑事，汲、《全詩》作「開士」。案開士爲梵文菩提薩埵之意譯，指菩薩。意謂菩薩明解一切真理，能開導衆生悟入佛之知見，故有此尊稱。《釋氏要覽·稱謂》：「經中多呼菩薩爲開士。前秦苻堅，賜沙門有德解者，號開士。」因而亦爲高僧之尊稱。閑、開形近，事、士音同。

〔六〕焚身：指火化。佛祖涅槃後焚身建塔，佛徒相沿成俗。《大唐西域記·拘尸那揭羅國》：「城北渡河三百餘步，有窣堵波，是如來焚身之處。」

〔七〕任他，汲、《全詩》脱此二字。他本同底本。

懷瀟湘即事寄友人〔一〕

浸野淫空淡蕩和〔二〕，十年隣住聽漁歌。城臨遠棹浮煙泊，寺近閑人泛月過〔三〕。岸引緑蕪春雨細〔四〕，汀連斑竹晚風多〔五〕。可憐千古懷沙處〔六〕，還有魚龍弄白波。

【校箋】

〔一〕後梁貞明元年（九一五）齊己以五十五歲之身，離開居住十年的道林寺，北入廬山，六年後，至江陵，終老未歸湖南。本篇爲晚年懷念故鄉之作，依前詩亦繫長興間。

〔二〕浸野淫空：水天交接之景。浸、淫，水之浸潤、流溢。淡蕩：亦作澹蕩，景物和暢之貌。見卷七《鷺秋》注〔三〕。

〔三〕「城臨」二句：謂長沙城、道林寺傍臨湘江，彌望舟船浮江、遊人往返。

〔四〕引：牽引，連帶。緑蕪：緑草地。韓偓《船頭》：「兩岸緑蕪齊似翦，掩映雲山相向晚。」

〔五〕斑竹：即湘妃竹。見卷五《湘中感興》注〔六〕。

〔六〕懷沙處：指屈原自沉之處。懷沙者，抱石之謂。屈原將死賦《懷沙》，爲《九章》之一。其辭有「浩浩沅湘，分流汨兮；脩路幽蔽，道遠忽兮」之句。

謝橘洲人寄橘〔一〕

洞庭栽種似瀟湘，緑繞人家帶夕陽〔二〕。霜裛露蒸千樹熟，浪迴風撼一洲香〔三〕。洪崖遺後名何遠〔四〕，陸績懷來事更長〔五〕。藏貯待供賓客好，石榴宜稱映丹光〔六〕。

【校箋】

〔一〕本篇亦即事懷土之作，疑與前篇爲同時先後之詩。

〔二〕「洞庭」二句：洞庭，即江蘇太湖洞庭山也。産緑橘。《吴郡志》卷三十：「緑橘，出洞庭東西山，比常橘特大，未霜深緑色，臍間一點先黄，味已全可噉，故名緑橘。」顧況《諒公洞庭孤橘歌》：「洞庭橘樹籠煙碧，洞庭波月連沙白。」一説爲湘北之洞庭，參見《能改齋漫録》「洞庭橘」條。

〔三〕迴，柳、汲、明抄、《全詩》作「圍」。

〔四〕「洪崖」句：唐人張氲，或作藴，字藏真，修道於南昌洪山中，自號「洪崖子」，世稱其洪崖先生，其有童僕五人，曰橘、栗、朮、葛、拙。明皇曾召，終辭官歸隱。《新唐書・藝文志》録有張説《洪崖先生傳》一卷，注：「張氲先生，唐初人。」詩所謂「洪崖遺後」，即取此爲説。羅隱《出試後投所知》：「桃須曼倩催方熟，橘待洪崖遺始行。」此蓋借以稱道「橘洲人」所寄。

〔五〕「陸績」句：吴人陸績，字公紀，幼時嘗於袁術席間懷橘。句即用此典。《三國志・吴書・陸績傳》：「績年六歲，於九江見袁術。術出橘，績懷三枚，去，拜辭墮地，術謂曰：『陸郎作賓客而懷橘乎？』績跪答曰：『欲歸遺母。』術大奇之。」

〔六〕丹，原作「舟」，柳、明本作「丹」，意勝，今從。「石榴」句：此借橘實之紅與石榴之紅相互輝映，以美言「橘洲人」之所寄橘也。稱，相當。丹光，紅光。按吴筠《橘賦》：「增枝之木，既稱英於緑地；金衣之果，亦委體於玉盤。見雲夢之千樹，笑江陵之十蘭。葉葉之雲，共琉璃而並碧；枝枝之日，與金輪而共丹。」

自　貽〔一〕

心中身外更何猜，坐石看雲養聖胎〔二〕。名在好詩誰逐去？跡依閒處自歸來。時添瀑布新瓶水〔三〕，旃檀舊印灰〔四〕。晴出寺門驚往事，古松千尺半蒼苔。

【校箋】

〔一〕據詩意宜爲晚年之作，依前詩編次疑亦長興間詩。

〔二〕聖胎：釋家語，指菩薩修行階位中之十住、十行、十回向等三賢位。《佛説仁王般若波羅蜜護國經·菩薩教化品》：「一切諸佛菩薩長養十心爲聖胎也。」按《祖堂集》卷一四《江西馬祖》：「於心所生，即名爲色。知色空故，生即不生。若體此意，但可隨時著衣喫飰，長養聖胎，任運過時，更有何事？」

〔三〕瓶：指净瓶，見卷一《仰》注〔六〕。

〔四〕旃檀：《一切經音義》卷二十四：「旃檀，梵語略也。正梵音戰那曩，西國香木名也。此國本無，難爲對譯，古來但存梵語，相傳爲名。即白檀香木也。」印灰：印香香灰，此指奉佛之旃檀香灰。見卷五《謝王拾遺見訪兼寄篇什》注〔三〕。

寄益上人〔一〕

長想尋君道路遥，亂山霜後火新燒。近聞移住鄰衡岳，幾度題詩上石橋〔二〕。古木傳聲連峭壁，一燈懸影過中宵〔三〕。風騷味薄誰相愛？欹枕常多夢鮑昭〔四〕。

【校箋】

〔一〕益上人：疑即僧從益，唐末三覺山僧。詳見卷一《送益公歸舊居》注〔一〕。詩疑亦早年湘中之作。

〔二〕石橋：衡山有石橋，多見於吟詠。參見卷一《送劉秀才南遊》注〔六〕。

〔三〕宵，柳、汲、明抄作「霄」。

〔四〕欹枕：倚枕而眠。鮑昭：即鮑照。見卷一《送東林寺睦公往吴國》注〔五〕。

行次宜春寄湘西諸友〔一〕

幸無名利路相迷，雙履尋山上柏梯〔二〕。衣鉢祖辭梅嶺外，香燈社別橘洲西〔三〕。雲中石壁青侵漢〔四〕，樹下苔錢緑繞溪。我愛遠遊君愛住，此心他約與誰携〔五〕？

【校箋】

〔一〕開平二年（九〇八），齊己再次自長沙赴宜春從鄭谷學詩。詩寫其告別湘西道友，將訪師學習詩藝之心情。

〔二〕柏梯：山名，在唐蒲州虞鄉縣（今屬山西省）。其山巒巘懸絶，連木乃陟，百梯方降，鑿石闢蹊，憑崖標閣。山上有柏梯寺。此蓋借言赴仰山尋訪鄭谷也。

〔三〕「衣鉢」二句：「衣鉢」、「香燈」，均指寺廟僧家。案佛家以衣鉢爲師徒傳授之法器，因引申指師傳之道術宗派。又佛家以佛法如明燈，能破除迷暗，故以傳燈言傳法。祖辭，猶餞行。祖謂祖餞，古代遠行時祭祀路神。社謂僧人所結社。梅嶺外、橘洲西，指湘西道林寺。梅嶺即大庾嶺，五嶺之一，在湘粤交界處。橘洲指湘江橘子洲。湘西道林寺在橘子洲西。兩句蓋言辭别湘西同門道友。

〔四〕青侵漢：青山直插天漢。漢，天河。《詩·小雅·大東》：「維天有漢，監亦有光。」毛傳：「漢，天河。」

〔五〕携：本爲牽引之意，後用爲連接之意。《廣雅·釋詁》：「携，提也。」

送略禪者歸南岳〔一〕

林下鐘殘又拂衣〔二〕，錫聲還獨向南飛〔三〕。千峰冷截冥鴻處〔四〕，一徑險通禪客歸。青石上行苔片片，古杉邊宿雨霏霏。勞生有願應回首〔五〕，忍著無心與物違〔六〕？

【校箋】

〔一〕略禪者：無考。疑爲禪師名「略」也。據前詩編次疑亦自南岳入居長沙後之詩。

〔二〕鐘殘：暮夜寺鐘鳴罷。杜甫《大雲寺贊公房四首》其三：「梵放時出寺，鐘殘仍殷牀。」

〔三〕錫聲南飛：言其杖錫南行歸南岳也。參卷一《仰》注〔六〕。

〔四〕泠，汲、《全詩》作「令」，諸本作「泠」，是。中華書局點校本《全唐詩》校作「泠」。冥鴻：高飛之鴻雁。南嶽有回雁峰，傳雁南飛不過此，故曰「泠截冥鴻」。

〔五〕勞生：辛勞之人生，語本《莊子·大宗師》。此以指紅塵中之衆生。蓋望其歸來化渡衆生也。

〔六〕無心：指解脱邪念之真心。見卷一《山中答人》注〔五〕。物違：本義指有違天地萬物之道，此借言救濟衆生也。杜甫《秋野五首》其二：「易識浮生理，難教一物違。」

寄知己〔一〕

已得浮生到老閒，且將新句擬玄關〔二〕。自知清興來無盡，誰道淳風去不還！三百正聲傳世後，五千真理在人間〔三〕。此心終待相逢説，時復登樓看莫山〔四〕。

【校箋】

〔一〕詩題，柳、汲、清抄、《全詩》均作「詠懷寄知己」。蓋言詩之作，據編次疑亦居長沙詩。齊己數入袁州就教於鄭谷，詩藝愈精，詩興益濃矣。

〔二〕玄關：釋家指稱入道之法門。《文選·王中·頭陀寺碑》：「於是玄關幽鍵，感而遂通。」李善注：「玄關幽鍵，喻法藏也。」

〔三〕「三百」二句：三百正聲，指《詩經》。五千真理，指《老子》五千言。白居易《留别微之》：「五千言裏教知足，三百篇中勸式微。」

〔四〕莫山：即「暮山」。莫爲暮之本字，見《説文》。

寄吴拾遺〔一〕

新作將誰推重輕〔二〕？皎然評裏見權衡〔三〕。非無苦到難搜處〔四〕，合有清垂不朽名。疎雨晚衢蓮葉響〔五〕，亂蟬凉抱檜梢鳴。野橋閒背殘陽立，翻憶蘇卿送子卿〔六〕。

【校箋】

〔一〕吴拾遺：陶敏《全唐詩人名考證》謂爲吴蜕，從之。案《南部新書》：「吴融，字子華，越州人。

弟蜕，亦爲拾遺。蜕子程，爲吴越丞相，尚武肅女。」杜荀鶴有《送吴蜕下第入蜀》云：「下第言之蜀，那愁舉别杯。難兄方在幕，上相復憐才。」蓋吴融龍紀、大順間入太尉中書令韋昭度西川幕時，吴蜕下第入川從其兄，昭度憐才任用之。據《十國春秋·吴越十一》：「吴程字正臣，山陰人。……父蜕，大順中登進士，解褐鎮東軍節度掌書記、右拾遺，累官禮部尚書。」又羅隱有《暇日感懷因寄同院吴蜕拾遺》詩，是羅隱、吴蜕均在鎮海、鎮東節度使錢鏐幕中作，當爲唐末乾寧、天祐間事。《宋史·藝文志》：「吴蜕《一字至七字詩》二卷。」蓋亦能詩者。詩篇自述創作體悟，據編次疑亦作於居長沙時，齊己或於天復間遊吴越時與吴有交往。

〔二〕作，《全詩》作「竹」，非是，形近而訛。推，柳、汲、《全詩》作「搉」，明本作「榷」。推，推究、探討。搉與榷則均爲商討、研討之義。

〔三〕「皎然」句：皎然，中唐著名詩僧，參見卷一《寄文秀大師》注〔二〕。其詩學著作《詩式》論詩歌作法，取前人詩句爲例以爲法式。《詩評》（或作《詩議》）散論詩歌創作的若干問題。故曰「評裏見權衡」。權衡，秤砣和秤杆。《禮記·深衣》：「規矩取其無私，繩取其直，權衡取其平。」借言衡量事物之法度，標準。

〔四〕苦，汲本作「若」，非是，形近而訛。言作詩之「苦」也。

〔五〕衝，原作「沖」，據諸本改。衝，形容雨水傾瀉。

〔六〕「野橋」二句：結句借用漢李陵送蘇武事。李陵字少卿，出師匈奴戰敗而降。蘇武字子卿，出使匈奴被拘十九年。後漢、匈和親，蘇武得以歸漢，李陵置酒於河橋餞行，爲之訣別。見《漢書·李廣蘇建傳》。案唐末詩人多詠其事以抒懷。王之涣《惆悵詩十二首》其十一：「少卿降北子卿還，朔野離觴慘別顔。却到茂陵惟一慟，節毛零落鬢毛斑。」韋莊《鍾陵夜闌作》：「鍾陵風雪夜將深，坐對寒江獨苦吟。流落天涯誰見問，少卿應識子卿心。」唐五代之際，政權更迭，世道翻覆，疑此處亦用知友天涯送別之意耳。

春晴感興

連旬陰翳曉來晴〔一〕，水滿圓塘照日明。岸草短長邊過客，江花紅白裏啼鶯。野無征戰時堪望，山有樓臺暖好行。桑柘依依禾黍緑〔二〕，可憐歸去是張衡〔三〕。

【校箋】

〔一〕陰翳：陰雲彌空。李德裕《寒食日三殿侍宴奉進》：「瑞景開陰翳，薰風散鬱陶。」

〔二〕桑柘：桑木和柘木，葉均可養蠶。儲光羲《田家即事》：「桑柘悠悠水醮堤，晚風晴景不妨犁。」依依：輕柔飄拂貌。《詩·小雅·采薇》：「昔我往矣，楊柳依依。」

〔三〕「可憐」句：漢張衡仕不得志，欲歸於田，遂作《歸田賦》。其辭略曰：「遊都邑以永久，無明略以佐時。徒臨川以羡魚，俟河清乎未期。」「於是仲春令月，時和氣清，原隰鬱茂，百草滋榮。」「苟縱心於域外，安知榮辱之所如。」此借張衡歸田以抒懷。

謝道友拄杖[一]

翦自南岩瀑布邊[二]，寒光七尺乳珠連[三]。持來未入塵埃路，乞與應憐老病年。欹影夜歸青石澗[四]，卓痕秋過緑苔錢[五]。他時携上嵩峰頂，把倚長松看洛川[六]。

【校箋】

〔一〕本篇疑作於貞明間居廬山東林寺時，詩人年已五十餘，詩中始稱「老病身」、「老病年」。

〔二〕南岩瀑布：《廬山記·叙山南篇》：「上霄峰傑然最高，即始皇登之。謂其與霄漢相接，因名焉。《尋陽記》又云：『山有三石梁，長數丈，廣不盈尺，杳然無底。』……劉删詩故云：『危梁耿大壑，瀑布曳中天。』李白詩亦云：『金闕前開二峰長，銀河倒掛三石梁。』」「南岩瀑布」指此。本集卷二《寄楚萍上人》：「北面香爐秀，南邊瀑布寒。」

〔三〕乳珠：指木杖上乳狀突起之結節。

〔四〕欹影：言月下柱仗夜歸。

〔五〕卓痕：言柱仗所留之痕。卓，戳。

〔六〕把：持。言持杖。洛川：洛水。鮑照《擬古八首》其四：「日夕登城隅，周迴視洛川」

東林寄別修睦上人〔一〕

行心乞得見秋風，雙履難留更住蹤〔二〕。紅葉正多離社客〔三〕，白雲無限向嵩峰〔四〕。囊中自欠詩千首，身外誰知事幾重。此別不能爲後約〔五〕，年華相似逼衰容〔六〕。

【校箋】

〔一〕修睦：廬山東林寺僧，東、西二林寺監寺，見卷一《送東林寺睦公往吴國》注〔一〕。天復元年齊己遊廬山，秋冬之際入吴越，本篇當爲此行留别之作。

〔二〕雙履：借指行跡，見卷二《夏日梅雨中寄睦公》注〔三〕。

〔三〕「紅葉」句：王維《山中》：「荆溪白石出，天寒紅葉稀。」紅葉正多，謂深秋也。「社客」則借蓮社自喻，蓋離别東林也。

〔四〕嵩峰：高峰。嵩，高也。《抱朴子·嘉遁》：「登嵩峰爲臺榭，疵巖霤爲華屋。」此與「離社客」爲對，言雲歸廬山也。

〔五〕能，原作「知」，蓋涉上句「知」字致訛，柳、汲、明抄、《全詩》作「能」，據改。

〔六〕「年華」句：此言衰老。逼衰容，向老也。鮑照《冬日》：「寫海有歸潮，衰容不還稚。」是年齊己三十八歲。

夏日原西避暑寄吟友〔一〕

熱煙疎竹古原西，日日乘涼此杖藜。閒處雨聲隨霹靂，旱田人望隔虹霓〔二〕。蟬依獨樹乾吟苦，鳥憶平川渴過齊。別有相招好泉石，瑞花瑤草盡堪携〔三〕。

【校箋】

〔一〕據卷九《渚宫西城池上居》：「城東移錫住城西，緑繞春波引杖藜。」卷六《殘春連雨中偶作懷友人》：「南鄰阻杖藜，屐齒繞床泥。」疑本篇亦爲荆州詩，蓋詩人龍德元年離廬山入居荆門，時年五十九歲，行止已扶藜杖矣。

〔二〕「旱田」句：此自《孟子·梁惠王下》「若大旱之望雲霓」中化出。虹霓，亦作虹蜺，即彩虹。古以雄爲虹，雌爲蜺。《開元占經》卷九八引《春秋緯》：「虹蜺見，雨而即晴，旱而即雨。」

〔三〕瑞花瑤草：對山中花草之美稱。孟浩然《本闍黎新亭作》：「瑞花長自下，靈藥豈須栽。」儲光義《題辛道士房》：「門帶江山静，房隨瑶草幽。」

懷匡阜〔一〕

荆川連歲滯遊方，拄杖塵封六尺光〔二〕。洗面有香思石溜〔三〕，冥心無撓憶山牀〔四〕。閒機但媿時機速〔五〕，静論須慚世論長〔六〕。昨夜分明夢歸去，薜蘿幽徑繞禪房。

【校箋】

〔一〕匡阜：匡山，即廬山。詩言「荆川連歲滯遊方」，當爲入荆數年後緬懷廬山之作，姑繫同光初年（九二三）。

〔二〕塵封：言久未使用，被塵土所覆。盧綸《送李校書赴東川幕》：「編簡塵封閣，戈鋋雪照營。」

〔三〕「洗面」句：此句懷廬山山居生活。石溜，石上之流水。言山泉。謝朓《遊山》：「杳杳雲竇深，淵淵石溜淺。」

〔四〕冥心：指僧人打坐，泯滅俗念、一心向佛的禪定狀態。詳見卷二《山寺喜道者至》注〔四〕。無撓：同無擾。撓，攪擾、擾亂。山牀：山居者簡樸之牀榻。貫休《寄匡山大願和尚》：「夢歷山牀聞鶴語，吟思海月上沙汀。」

〔五〕閒機：與下句「静論」爲對，謂安閒静謐之心性。參見卷一《新秋雨後》注〔四〕。時機：謂時人機巧功利之心。杜荀鶴《寄從叔》：「爲儒皆可立，自是拙時機。」

〔六〕静論：静者之論，指在廬山道者之間所論。本集卷三《酬王秀才》：「相於分倍親，静論到吟真。」世論：時世之論，世人之論。本集卷四《遊三覺山》：「世論隨時變，禪懷歷劫同。」

静坐〔一〕

繩床欹坐任崩頽〔二〕，雙眼醒醒閉復開〔三〕。日月更無閒裏過，風騷時有静中來。天真自得生難捨，世幻誰驚死不迴〔四〕。何處堪投此踪跡，水邊晴去上高臺〔五〕。

【校箋】

〔一〕據詩意，言「何處堪投此踪跡」，疑亦滯荆詩，姑依下篇同繫天成間。

〔二〕繩床：繩製之座具（椅子），比丘坐卧用之。案中國古時皆席地而坐，未嘗有椅，至晉代乃有繩床。繩床爲僧具，屢見佛典。

〔三〕醒醒：清醒，清楚。見卷六《新秋病中枕上聞蟬》注〔二〕。

〔四〕誰，原作「論」，據諸本改。世幻：世事人生虚幻無常。《宋高僧傳·唐中嶽嵩陽寺一行傳》：

「乃悟世幻，禮寂爲師，出家剃染。」

〔五〕「晴」字原脱，據諸本補。

寄湘中諸友〔一〕

碧雲諸友盡黄眸〔二〕，石點花飛更説無〔三〕？嵐翠濕衣松接院，芙蓉薰面寺臨湖〔四〕。沃洲高卧心何僻，匡社長禪興亦孤〔五〕。争似楚王文物國〔六〕，金鑣紫綬讓前途〔七〕。

【校箋】

〔一〕據詩意及前後詩編次，本篇當爲離長沙滯留荆門詩，作於天成二年六月後唐封楚王馬殷爲楚國王至八月楚王殷建國置百官時。

〔二〕碧雲諸友：謂湘中詩友。黄眸：謂僧中道高德劭者。釋真觀《與徐僕射領軍述役僧書》：「道開入境，仙人之星乃出；法成去世，紺馬之瑞爰浮。乃有青目、赤髭，黄眸、白足，連眉表稱，大耳傳芳，莫不定水淵澄，義峯山豎。」

〔三〕石點花飛：形容僧人講經説法，透闢生動，天花因之飛、石因之點頭。此以喻諸友之善説法。花飛，《妙法蓮華經·序品》載：佛祖講經，感動天神，「是時天雨曼陀羅華、摩訶曼陀羅華、曼殊沙華、摩訶曼殊沙華，而散佛上及諸大衆」。案「石點」用東晉竺道生説法，「頑石點頭」典故，已見前注。

〔四〕「嵐翠」二句：寫湘中寺院美景。

〔五〕「沃洲」二句：自述行跡。沃洲高卧，用晉僧支遁典故自言曾入沃洲訪道。支遁就竺法深求買沃洲小嶺，入小嶺建精舍。沃洲有支遁養馬坡、放鶴岑，見前注。匡社長禪，用廬山白蓮社典故，謂修道於東林寺。卷六《謝西川可準上人遠寄詩集》：「匡社經行外，沃洲禪宴餘。」

〔六〕楚王文物國：指五代十國之楚國，都長沙府。《資治通鑑》卷二六六載，開平元年四月辛未，以武安節度使馬殷爲楚王。馬令《南唐書》卷二九：「梁太祖即位，拜殷兼侍中、中書令，封楚王。……（後唐）天成二年，明宗封殷楚國王，用竹册，如三公禮。殷以潭州爲長沙府，建國，承制自置官屬。」文物國，謂重視文化、文士衆多。案《通鑑》載後梁時，馬殷請依唐太宗故事開天策府，置官屬。（梁）太祖拜殷天策上將軍，廖先圖等十八人爲學士。《五代史補》言當時湖南尤多詩人，其最顯者，有沈彬、廖凝、劉昭禹、尚顔、齊己、虚中之徒。

〔七〕金鑣紫綬：高官顯貴之服飾。金鑣，黄金馬勒。紫綬，紫色綬帶，以繫玉佩、官印等。唐制，一、三品官員用紫綬。參卷二《酬尚顔上人》注〔一二〕。

答无願上人書〔一〕

鄭生驅蹇峴山回〔二〕，傳得安公好信來〔三〕。千里阻修俱老骨〔四〕，八行重叠慰寒灰〔五〕。春殘桃李猶開户，雪滿杉松始上臺。必有南遊山水興，漢江平穩好浮杯〔六〕。

【校箋】

〔一〕无願上人：襄陽檀溪寺僧，已見前注。詩爲長興二年（九三一）作於荆門，詩人年近七十。

〔二〕驅蹇：騎蹇驢。案唐代文士多騎驢出行，如賈島跨蹇驢張蓋横截天衢，宰相裴度未第時乘蹇驢上天津橋。杜甫《惜别行送劉僕射判官》：「江湖凡馬多顦顇，衣冠往往乘蹇驢。」

〔三〕安公：晉僧釋道安，此借指无願上人。襄陽檀溪寺爲東晉釋道安所建，故有此喻。

〔四〕阻修：路遠阻隔。張載《擬四愁詩》：「我所思兮在營州，欲往從之路阻修。」千里阻修，蓋詩家誇張之語，以年邁愈覺途遥遠矣。

〔五〕八行：指書信，屢見前注。寒灰：自喻體道寂滅之心性。屢見前注。

〔六〕浮杯：指乘船。此用杯渡和尚乘木杯渡水典故。《法苑珠林·咒術篇·感應緣》：「宋京師有釋杯渡者，不知俗姓、名字是何，常乘木杯渡水。」劉禹錫《秋日過鴻舉法師寺院便送歸江陵》：

「浮杯明日去，相望水悠悠。」

送胤公歸閩〔一〕

西朝歸去見高情，應戀香燈近聖明〔二〕。關令莫疑非馬辨〔三〕，道安還跨赤驢行〔四〕。充齋野店蔬無味，洒笠平原雪有聲。忍惜文章便閒得，看他趨競取時名〔五〕。

【校箋】

〔一〕胤，《百家》本作「徹」，當非。參見卷一《秋興寄胤公》注〔一〕。閩，柳、汲、明抄、清抄、《百家》、《全詩》均作「闕」。案詩言「西朝歸去見高情」，蓋離京東歸，作「閩」是。胤公蓋閩僧，入京朝謁而歸閩，齊己送之。詩中所用道安騎驢事典，出自襄陽，當爲齊己居荆期間詩，荆襄爲自洛南歸閩必經之道。姑亦繫長興二年冬。

〔二〕香燈：見卷一《留題仰山大師塔院》注〔六〕。

〔三〕辨，柳、汲、明抄、《全詩》作「辯」，字通。「關令」句：桓譚《新論》：「公孫龍，六國時辯士也，爲堅白之論，假物取譬，謂白馬爲非馬，非馬者言白所以名色，馬所以名形也。色非形，形非色。常争論曰：『白馬非馬』，人不能屈，後乘白馬無符傳，欲出關，關吏不聽。此虚言難以奪實也。」

〔四〕「道安」句：傳云道安乘赤驢從上明往襄州檀溪，一夕返覆，檢校兩寺，并四層三所。句用此典。事見《續高僧傳·隋荆州龍泉寺釋羅雲傳》。此連上句，以騎驢對牛車，稱道胤公遠道南歸。

〔五〕他：他人，謂時人也。趨競：奔走鑽營。釋皎然《五言答鄭方回》：「説詩迷頽靡，偶俗傷趨競。」

感時〔一〕

忽忽枕前蝴蝶夢〔二〕，悠悠覺後利名塵〔三〕。無窮今日明朝事，有限生來死去人。終與狐狸爲窟穴〔四〕，謾師龜鶴養精神〔五〕。可憐顔子能消息，虛室坐忘心最真〔六〕。

【校箋】

〔一〕詩以感時爲題，歎世事翻覆，名利皆夢，自爲老者對時世人生之感悟，亦時局之寫照。後《湖上逸人》乃曰「中原逐鹿不知誰」，依本卷前後詩編次，疑皆長興、清泰間詩。

〔二〕忽忽：恍忽。蝴蝶夢：用《莊子·齊物論》莊周夢蝶典。參卷七《中春林下偶作》注〔五〕。此以言美好虛幻之夢境。

〔三〕名利塵：以塵土飛揚喻世人競逐名利。許渾《途中逢故人話西山讀書早曾游覽》：「經過事寄煙霞遠，名利塵隨日月長。」

〔四〕「終與」句：狐狸窟穴，指墳墓。《呂氏春秋·節喪》：「葬不可不藏也。葬淺則狐狸抇之，深則及於水泉。故凡葬必於高陵之上，以避狐貍之患，水泉之濕。」

〔五〕「謾師」句：《抱朴子·對俗》：「知龜鶴之遐壽，故效其道引以增年。」此言年不可增，學龜鶴導引之術乃務虛之説。謾，空也。

〔六〕「可憐」二句：此用顏回坐忘之典，事具《莊子·大宗師》。消息，本指消長變化，此指慾望、思慮漸去。

湖上逸人〔一〕

澹蕩光中翡翠飛〔二〕，田田初出柳絲絲。吟沿緑島時逢鶴，醉泛清波或見龜。七澤釣師應識我〔三〕，中原逐鹿不知誰〔四〕。秋風水寺僧相近，一徑蘆花到竹籬。

【校箋】

〔一〕逸人：逸民，隱居遁世之人。謂有德而隱處者。此借「逸人」以抒懷也。據「中原逐鹿不知誰」句，参前詩編次，疑當作於長興、清泰間。時唐室多故，石敬瑭坐大，契丹南侵，中原板蕩，時局固難卜也。

〔二〕澹蕩：水波動蕩貌。楊炯《浮漚賦》：「逐風波而澹蕩，乃變化而須臾。」翡翠：水鳥名。《楚辭·招魂》：「翡翠珠被，爛齊光些。」王逸注：「雄曰翡，雌曰翠。」洪興祖補注：「翡，赤羽雀；翠，青羽雀。《異物志》云：『翠鳥形如燕，赤而雄曰翡，青而雌曰翠。』」

〔三〕七澤：見卷六《遇元上人》注〔二〕。釣師：釣叟，亦隱者之代指。鄭谷《試筆偶書》：「華省慙公器，滄江負釣師。」

〔四〕逐鹿：喻争奪天下。《史記·淮陰侯列傳》：「秦失其鹿，天下共逐之，於是高材疾足者先得焉。」張晏曰：「以鹿喻帝位也。」

懷巴陵〔一〕

垂白堪思大亂前〔二〕，薄遊曾駐洞庭邊〔三〕。尋僧古寺沿沙岸，倚杖殘陽落水天。蘭芷蔫菸騷客廟〔四〕，烟波晴閣釣師舡〔五〕。此時欲買君山住〔六〕，懶就商人乞個錢。

【校箋】

〔一〕本集卷五《懷洞庭》云：「憶過巴陵歲，無人問去留。」此云「垂白堪思大亂前，薄遊曾駐洞庭邊」，蓋指唐末光化間過巴陵（岳陽），臨洞庭，隱於湖西。此則晚年懷舊之作，當亦居荆暮年之詩，依編次亦繫長興、清泰間。

〔二〕垂白：白髮下垂，指年老。《漢書·杜周傳》：「誠哀老姊垂白，隨無狀子出關。」顏師古注：「垂白者，言白髮下垂也。」鮑照《擬古八首》其五：「結髮起躍馬，垂白對講書。」大亂前：指唐亡前。

〔三〕薄遊：漫遊，隨意遊覽。李白《秋浦歌十七首》其二：「欲去不得去，薄遊成久遊。」

〔四〕芷，《全詩》作「蕊」。案蘭、芷皆香草名。《楚辭·離騷》：「蘭芷變而不芳兮，荃蕙化而爲茅。」蔫菸：衰敗、枯萎。騷客廟：巴陵有屈原廟，參《元豐九域志》。

〔五〕閣，柳、汲、明抄、《全詩》作「瀾」。師，清抄誤作「絲」。案晴閣指岳陽樓，下臨洞庭，故有「烟波晴閣」之語。許渾《王秀才自越見尋不遇題詩而回因以酬寄》：「晴閣留詩遍，春帆載酒回。」

〔六〕君山：《元和郡縣圖志·江南道》：「君山，在縣西三十里青草湖中。昔秦始皇欲入湖觀衡山，遇風浪，至此山止泊，因號焉。又云湘君所游止，故名之也。」買山用支遁典，已見前注。

渚宫謝楊秀才自嵩山相訪〔一〕

嵩峰有客遠相尋，塵滿麻衣袖苦吟〔二〕。花盡草長方閉户〔三〕，道孤身老正傷心。紅堆落日雲千仞，碧撼涼風竹一林。惆悵雅聲消歇去〔四〕，喜君聊此暫披襟〔五〕。

【校箋】

〔一〕本集卷四有《與楊秀才話别》，蓋同時之作。楊秀才爲南人滯留嵩洛者。兩詩分别次於《荆門寄沈彬》（本卷）、《寄何崇丘員外》（卷四）前，均爲同光之際詩。

〔二〕麻衣：舉子未仕者之服。參見卷二《贈曹松先輩》注〔四〕。袖苦吟：袖藏苦吟之詩。「袖」作動詞，藏物於袖中。釋皎然《五言賦得啼猿送客》：「斷壁分垂影，流泉入苦吟。」

〔三〕花盡草長：暮春入夏之景。丘遲《與陳伯之書》：「暮春三月，江南草長，雜花生樹，群鶯亂飛。」劉禹錫《蹋歌詞四首》其四：「自從雪裏唱新曲，直到三春花盡時。」

〔四〕雅聲：正聲，本指雅正之音樂，亦指合乎風雅之道的詩歌。李咸用《覽友生古風》：「分明古雅聲，諷諭成淒切。」

〔五〕披襟：敞開衣襟，「開懷」之義。亦作「披衿」。王僧孺《臨海伏府君集序》：「與君道合神遇，投分披衿。」

荊門寄沈彬〔一〕

罷趣明聖懶從知〔二〕，鶴氅褵褷遂性披〔三〕。道有静君堪託迹〔四〕，詩無賢子擬傳誰？松聲白石邊行止，日影紅霞裏夢思〔五〕。珍重兩篇千里達，去年江上雪飛時。

【校箋】

〔一〕沈彬：見卷一《寓居岳麓謝進士沈彬再訪》注〔一〕。案沈彬於長興三年（九三二）入吴應辟前，隱居衡州雲陽山，據詩尾聯，言「去年江上雪飛時」，則是時齊己仍居龍安（興）寺未移居草堂也；至遲爲同光三、四年間詩。姑繫同光三年。

〔二〕趣，柳、明本作「趍」，汲、馮、清抄、《全詩》作「趨」，音義俱同。明聖：聖明，對帝王之褒詞。高適《送虞城劉明府謁魏郡苗太守》：「今日逢明聖，吾爲陶隱居。」從知：追隨知友（出仕）。釋皎然《五言題山壁示道維上人》：「物外從知少，禪徒不耐煩。」李商隱《寓興》：「薄宦仍多病，從知竟遠遊。」

〔三〕鶴氅：指道袍。按沈彬曾學道，時人乃贈「鶴氅」之句。李中《寄贈致仕沈彬郎中》：「鶴氅換朝服，逍遥雲水鄉。」又《送致仕沈彬郎中游茅山》：「掛却朝冠披鶴氅，羽人相伴恣遨游。」褵褷：即離褷，披衣散亂之貌。李白《雉朝飛》：「錦衣綺翼何離褷，犢牧採薪感之悲。」

〔四〕静君：謂屏除塵念、心懷静謐者。

〔五〕裹：馮、清抄作「袖」，當爲「裹」之形訛。

讀陰符經〔一〕

繞窗風竹骨輕安〔二〕，閒借《陰符》仰卧看。絶利一源真有謂〔三〕，空勞萬卷是無端〔四〕。清虚可保昇雲易，嗜欲終知入聖難〔五〕。三要洞開何用閉〔六〕，高臺時去凭欄杆。

【校箋】

〔一〕陰符經：即《黄帝陰符經》，舊題黄帝撰，傳説乃由驪山老母傳與唐代李筌，或謂筌托黄帝之名所作。其書多談道家修養，間涉丹術，亦有兵家縱横家之言。據本卷前後詩編次，本詩疑居荆時所作。

〔二〕骨輕安：筋骨輕健。輕安言輕健安康，見卷四《贈劉五經》注〔四〕。

〔三〕「絶利」句：《陰符經》：「瞽者善聽，聾者善視，絶利一源，用師十倍。」按李筌《陰符經疏》云：

「人之耳目皆分于心而竟于神，心分則機不精，神竟則機不微。……任一源之利而反，用師于心，舉事發機，十全成也。」有謂：有用意，有深意。許彬《經李翰林廬山屏風疊所居》：「深居應有謂，濟代豈無才。」

〔四〕「空勞」句：此言道千變萬化，渾然無端，讀書須明是非棄取，否則空勞萬卷難得其要也。

〔五〕「清虚」二句：二句言清虚寡欲乃可超凡入聖。此用襄楷諫漢桓帝事。《後漢書》本傳載其上桓帝書曰：「又聞宫中立黄老、浮屠之祠。此道清虚，貴尚無爲，好生惡殺，省慾去奢。今陛下嗜欲不去，殺罰過理，既乖其道，豈獲其祚哉！」昇雲、入聖，亦用李筌《陰符經疏》意，其文曰：「云『聖人學之得其道』，爲順天時，則内懷道德，外任賢良，知之修鍊，而成聖人，是得其道以昇雲天，黄帝是也。」

〔六〕三要：《陰符經》：「九竅之邪，在乎三要，可以動静。」李筌疏：「人禀五氣而成形，頭圓足方，四肢五臟，三魂七魄，遞生邪正，互爲君臣。在身通流運動者，九竅也。邪正禍福之急者，在三要焉，即耳目口也。」

寄吴國知舊〔一〕

淮甸當年憶旅遊〔二〕，衲衣椶笠外何求〔三〕。城中古巷尋詩客〔四〕，橋上殘陽背酒樓。晴色水雲天合影〔五〕，晚聲名利市争頭〔六〕。可憐王化融融裏〔七〕，惆悵無僧似惠休〔八〕。

【校箋】

〔一〕知舊：老友。齊己天復間曾遊吴，此憶舊遊也。言「可憐王化融融裏」，當作於天祐間唐室覆亡之前。

〔二〕淮甸：淮河流域，以指吴地。鮑照《上潯陽還都道中作》：「登艫眺淮甸，掩泣望荆流。」

〔三〕衲衣椶笠：僧人行裝。卷五《病起見圖畫》：「衲衣椶笠重，嵩岳華山遥。」

〔四〕尋詩客：劉商《上崔十五老丈》：「看花獨往尋詩客，不爲經時謁丈人。」

〔五〕晴色：晴景。王勃《焦岸早行和陸四》：「複嶂迷晴色，虚巖辨暗流。」

〔六〕晚聲：暮夜之聲響。阮卓《關山月》：「寒笳將夜鵲，相亂晚聲哀。」

〔七〕王化融融：卷五《病起見王化》：「病起見王化，融融古帝鄉。」

〔八〕惠休：見卷三《尋陽道中作》注〔六〕。既言「可憐」，復曰「惆悵」，含意婉曲。

移居〔一〕

上台言任養疎愚〔二〕，乞與西城水滿湖。吹榻好風終日有，趣涼閒客片時無〔三〕。檀欒翠擁清蟬在，菡萏紅殘白鳥孤。欲問存思搜抉妙〔四〕，幾聯詩什敵三都〔五〕。

【校箋】

〔一〕齊己至荆門初居城東龍安（興）寺，每歎「身依江寺庭無樹」（卷九《荆渚偶作》），「三面僧鄰一面牆，更無風露可吹涼」（卷十《夏日城中作二首》）。夏日苦熱難耐，數年後乃「乞得」西湖之地，遷居城西。卷九《渚宮西城池上居》言：「城東移錫住城西，緑繞春波引杖藜。」同卷《移居西湖作二首》言「火雲陽焰」、「白汗時流」時「移居西湖」，當與本篇爲同時先後之作。今依下《荆州新秋寺居寫懷》，繫同光四年（九二六）夏日。

〔二〕上台：指朝廷或官府上司。此當指荆南節度使高季興。疎愚：疏拙、愚笨。白居易《迂叟》：「應須繩墨機關外，安置疎愚鈍滯身。」

〔三〕趣，諸本作「趁」。閒客，劉禹錫《和樂天早寒》：「久留閒客話，宿請老僧齋。」片時：霎那。温庭筠《過潼關》：「片時無事谿泉好，盡日凝眸岳色秋。」此「片時無」蓋盡日皆無也。

〔四〕存思搜抉：存思謂思考，搜抉謂搜尋發掘。此以指詩歌創作之構思（意境）雕琢（文辭）。束晳《補亡詩六首序》：「遥想既往，存思在昔，補著其文，以綴舊制。」李漢《昌黎先生集序》：「諸史百子，搜抉無隱。」

〔五〕什，諸本作「許」。什：篇什。三都：指左思名作《三都賦》。《晉書·文苑列傳》載，左思作

《三都賦》，豪貴之家，競相傳寫，洛陽爲之紙貴。

喜彬上人遠見訪〔一〕

高吟欲繼沃洲師〔二〕，千里相尋問課虚〔三〕。殘臘江山行盡處，滿衣風雪到閒居。携來律韻清何甚〔四〕，趣入幽微旨不疎〔五〕。莫惜天機細搥琢〔六〕，他時終可擬芙蕖〔七〕。

【校箋】

〔一〕彬上人：本集卷三有《送彬座主赴龍安請講》，乃齊己在江陵送彬「座主」赴龍安寺講經之作，爲長興二年初春雨雪初霽之日。本篇謂彬上人年終臘殘時自沃洲千里來訪，其時前後相接，則彬上人即彬座主無疑，是上人遠訪齊己于渚宫在長興元年年末。詳參《送彬座主赴龍安請講》注〔一〕。

〔二〕沃洲師：指東晉高僧支遁，詳見卷一《題中上人院》注〔三〕。此謂彬上人佛道詩藝追步支遁。

〔三〕問課虚：語本陸機《文賦》：「課虚無以責有，叩寂寞而求音。」李善注：「《春秋説題辭》曰：『虚生有形。』」李周翰注：「文章率自虚無之中以求其象。」閔齊華曰：「課虚無，從無象以求象也。」（《文選瀹注》）此處「問課虚」即謂探尋詩文創作之理。

〔四〕律韻：唐代律詩詩韻，此即指律詩，按律詩詩韻創作之詩。孟郊《送淡公十二首》其八：「開元吴語僧，律韻高且閑。」

〔五〕「趣入」句：趣，詩之情趣、韻致。旨，詩之思想寓意。句意即所謂微言大義也。

〔六〕天機：謂天賦之才華。屢見前注。搥琢：鍾煉雕琢。搥同鍾、鎚。

〔七〕芙蕖：蓮花，借指廬山蓮社唱和之作。本集卷二《荆渚病中因思匡廬遂成三百字寄梁先輩》：「社念金芙蕖。」

荆州新秋寺居寫懷詩五首上南平王〔一〕

其一

竹如翡翠侵簾影〔二〕，苔學琉璃布地紋〔三〕。高卧更應無此樂〔四〕，遠遊何必愛他雲。閒聽謝朓吟爲政〔五〕，静看蕭何坐致君〔六〕。只恐老身衰朽速，他年不得頌鴻勳〔七〕。

【校箋】

〔一〕齊己龍德元年（九二一）秋冬之際至江陵，被南平王高季興强留於此，抑鬱莫名。據其四「六稔安禪教化中」之語，本篇作於同光四年（九二六）。本年春齊己得南平贈予西湖之地建草堂，欣喜之至，乃賦詩致謝，至有「高卧更應無此樂，遠遊何必愛他雲」之語。然結云「會待英雄啟金口，却教擔錫入雲松」，仍表達去荆雲遊心志。

〔二〕翡翠：以翡翠鳥之碧色爲喻。謝朓《詠竹》：「窗前一叢竹，青翠獨言奇。」

〔三〕「苔學」句：琉璃地，以琉璃作地。本謂佛國境界，後指佛寺。《佛説觀普賢菩薩行法經》：「從三昧起，面見一切分身諸佛衆寶樹下坐師子床，復見琉璃地如蓮華聚，從下方空中踊出。」案宋戴埴《鼠璞·琉璃》：「琉璃，自然之物，彩澤光潤，踰於衆玉，其色不常。」

〔四〕應無：《全詩》作「無如」。

〔五〕「閒聽」句：用謝朓代指高季興幕下文士也。《南齊書·謝朓傳》：「（蕭）子隆在荆州，好辭賦，數集僚友，朓以文才，尤被賞愛，流連晤對，不捨日夕。」

〔六〕「静看」句：用蕭何代指高季興。《論衡·效力》：「高祖行封，先及蕭何，則比蕭何於獵人，同樊、酈於獵犬也。夫蕭何安坐，樊、酈馳走，封不及馳走而先安坐者，蕭何以知爲力，而樊、酈以力爲功也。」

〔七〕鴻勳：豐功偉業。高適《信安王幕府詩》：「關塞鴻勳著，京華甲第全。」

其二

井梧黄落暮蟬清，久駐金臺但暗驚〔一〕。事佛未憐諸弟子，譚空争動上公卿〔二〕。合歸鳥外藏幽跡〔三〕，敢向人前認好名。滿印白檀燈一盞，可能酬謝得聰明？

【校箋】

〔一〕金臺：黄金臺，用戰國燕昭王築黄金臺招賢典故，以指江陵高氏「寵遇」。詳見卷三《渚宫自勉二首》其一注〔六〕。

〔二〕「事佛」二句：此蓋言事佛離於伽藍，而每於公卿前講法，謂不能安心居荆。譚空，即談空，謂談論佛教義理。《文選·孔稚圭·北山移文》：「談空空於釋部。」争，怎麽。上公卿，言高官。

〔三〕鳥外：言塵世之外。見卷二《送惠空上人歸》注〔三〕。幽跡：隱士之行蹤。鮑溶《秋懷五首》其五：「往歡在空中，存事委幽跡。」

其三

金湯裏面境何求〔一〕？寶殿東邊院最幽。栽種已添新竹影，畫圖兼列遠山秋。形容豈合親公子〔二〕，章句争堪狎士流〔三〕。虚負岷峨老僧約〔四〕，年年雪水下汀洲〔五〕。

【校箋】

〔一〕金湯：金城湯池。《漢書·蒯通傳》：「金城湯池，不可攻也。」顔師古注：「金以喻堅，湯喻沸熱不可近。」杜甫《有感五首》其三：「莫取金湯固，長令宇宙新。」此指江陵城，爲四塞戰守之地。境：指栖心奉佛之静謐境界。

〔二〕形容：謂僧伽形貌。公子：此爲對南平王府中諸郎官之稱呼。

〔三〕狎：親近。士流：士輩，泛指文士。鍾嶸《詩品》卷下：「王元長創其首，謝朓、沈約揚其波，三賢或貴公子孫，幼有文辨，於是士流景慕，務爲精密，襞積細微，專相淩架，故使文多拘忌，傷其真美。」

〔四〕岷峨：指峨嵋山，以其在岷山之南，故連稱之。本集卷九《寄蜀國廣濟大師》：「終思相約岷峨去，不得攜筇一路行。」

〔五〕「年年」句：此言連年滯荆唯見江水東流。

其四

漢江西岸蜀江東〔一〕，六稔安禪教化中〔二〕。託迹幸將王粲別〔三〕，歸心寧與子山同〔四〕？尊罍豈識曹參酒〔五〕，賓坐還親宋玉風〔六〕。又見去年三五夕，一輪寒魄破烟空〔七〕。

【校箋】

〔一〕蜀江：長江自蜀東流，故稱長江上游爲蜀江。陳子昂《春晦餞陶七於江南序》：「蜀江分袂，巴山望別。」

〔二〕六稔：六年。《國語·晉語八》：「鮮不五稔。」韋昭注：「稔，年也。」教化：此指荆南之政教風化。

〔三〕「託迹」句：王粲因西京擾亂，南奔荆州依劉表，不爲所重；齊己過荆門而被强留，是有幸「將王粲別」。參見卷四《與楊秀才話別》注〔三〕。託迹，寄身。元稹《遣興十首》其九：「托跡近北辰，周天無淪没。」將，與。

〔四〕「歸山」句：庾信羈留北周，位望通顯，常作鄉關之思，作《哀江南賦》以致意。齊己一介衲僧，不敢自比，乃有此語。參卷四《與楊秀才話別》注〔二〕。

〔五〕「尊罍」句：用曹參醉酒以守職典故。案曹參代蕭何爲相，舉事無所變更，一尊蕭何約束，日夜飲酒不治事，天下具稱其美，事見《史記・曹相國世家》。此言己之飲酒自別於曹，故曰「豈識」。尊罍，尊和罍兩種酒器，此處借言飲酒。

〔六〕「賓坐」句：用宋玉侍楚襄王坐，即席詠風之典。其《風賦》略曰：「楚襄王游于蘭台之宮，宋玉、景差侍，有風颯然而至，王乃披襟而當之，曰：『快哉！此風寡人所與庶人共者邪？』宋玉對曰：『此獨大王之風耳，庶人安得而共之。』」此句借此自言蒙受南平王之恩寵。

〔七〕「又見」二句：此即景抒發久羈之懷。三五夕：夏曆十五日之夜。案本篇題曰「新秋」，此當指去年八月十五中秋夜。寒魄，寒月。方干《中秋月》：「泉澄寒魄瑩，露滴冷光浮。」

其五

石龕閒鏁舊居峰〔一〕，何事膺門歲月重〔二〕。五七詩中叨見遇〔三〕，三千客外許疎慵〔四〕。迎涼蟋蟀喧閒思，積雨莓苔没屐踪〔五〕。會待英雄啟金口〔六〕，却教擔錫入雲松〔七〕。

【校箋】

〔一〕舊居峰：指昔年所居之衡山、廬山。

〔二〕膺門：後漢李膺，政令嚴明，士大夫皆高尚其道，有被其容接者名爲「登龍門」。罹黨錮之禍而死，天下以「爲膺門徒」自榮。事見《後漢書・黨錮列傳》。後以「膺門」指名高位重者之門，此處借指高氏。李端《冬夜集張尹後閣》：「膺門常吏在，登席舊寮稀。」

〔三〕遇，底本原作「過」，柳、明抄、《全詩》作「遇」，意勝，今從。遇謂知遇，過言過從。五七：五言、七言詩。卷五《逢詩僧》：「五七字中苦，百千年後清。」

〔四〕三千客：用《史記·孟嘗君列傳》「孟嘗君相齊，封萬户於薛，其食客三千人」之典。

〔五〕莓苔：青苔。劉長卿《尋南溪常山道人隱居》：「一路經行處，莓苔見履痕。」

〔六〕「會待」句：會謂會當，猶祈高氏允其離荆也。英雄，指高氏。按齊己稱當時割據之藩鎮節度使皆用「英雄」二字，本集卷四《送人下第東歸再謁舊主人》：「還携故書劍，去謁舊英雄。」啟金口，《全唐詩》載劉得仁句：「猶祈啟金口，一爲動文權。」

〔七〕擔錫：横擔錫杖，指僧人出行。李山甫《遷居清谿和劉書記見示》：「擔錫歸來竹繞谿，過津曾笑魯儒迷。」

送李秀才歸湘中〔一〕

詞客携文訪病夫，因吟送别憶湘湖。寒消浦溆催鴻雁，暖入溪山養鷓鴣〔二〕。僧向月中尋岳麓，雲從城上去蒼梧〔三〕。君歸爲問峰前寺〔四〕，舊住松房鎖在無〔五〕？

【校箋】

〔一〕李秀才：唐末戰亂寄居湘中者，詳見卷六《書李秀才壁》注〔一〕。本篇蓋晚年在荆門送李之作。依前篇繫天成二年初春。

〔二〕「寒消」二句：寒消浦漵、暖入溪山，蓋初春之時。浦漵，水邊。杜甫《戲題王宰畫山水圖歌》：「舟人漁子入浦漵，山木盡亞洪濤風。」

〔三〕「僧向」二句：謝朓《新亭渚别范零陵》：「雲去蒼梧野，水還江漢流。」李善注引《歸藏啓筮》曰：「有白雲出自蒼梧，入於大梁。」蒼梧，即九嶷山，在今湖南省寧遠縣。此岳麓、蒼梧謂湖湘也。

〔四〕峰前寺：指道林寺。

〔五〕松，清抄、《全詩》作「僧」，與頷聯字重，意遜。

寄吴國西供奉〔一〕

别來相憶夢多迷，君住東朝我楚西。瑶闕合陪龍象位〔二〕，春山休記鷓鴣啼〔三〕。承恩位與千官别，應制才將十子齊〔四〕。幾笑遠公慵送客，殷勤只到寺前溪〔五〕。

【校箋】

〔一〕供奉：職官名，唐置有侍御史内供奉、翰林供奉等。中唐召僧官入内廷應制，供職於内道場，尊稱供奉大德。至宋有東、西頭供奉官。此言「西供奉」，或五代吴國已有東、西供奉之分。據詩意疑此西供奉即吴國之僧官。本集卷十有《與節供奉大德遊京口寺留題》詩。此蓋居荆詩，依前繫天成二年春。

〔二〕龍，原作「龜」，柳、汲、馮、《全詩》作「龍」，據改。瑶闕：指宫廷。劉禹錫《武陵書懷五十韻》：「瑶闕傳訶步，紫垣按章清。」龍象：喻僧中之才俊。李白《贈宣州靈源寺仲濬公》：「此中積龍象，獨許濬公殊。」句意蓋稱道友人位居「西供奉」，其才德侔於其位。

〔三〕鷓鴣啼：此蓋寄遊子之思。參卷三《春草》注〔三〕。

〔四〕才，汲本作「方」，意遜，疑形近而訛。應制：應帝王之命作詩。將：與也。十子：疑指大曆十才子。參見前《謝人惠十才子圖》注〔一〕。

〔五〕「幾笑」句：尾聯用慧遠送客不過虎溪典故，憶昔日遊吴「供奉」送别深情。《高僧傳·慧遠傳》：「遠卜居廬阜三十餘年，影不出山，迹不入俗。每送客遊履，常以虎溪爲界焉。」

謝人惠端溪硯〔一〕

端人鑿斷碧雲潯〔二〕，善價争教惜萬金〔三〕。礱琢已曾經敏手，研磨終見透堅心〔四〕。安排得主難移動，含貯隨時任淺深〔五〕。保重更求裝鈿匣，閒將濡染寄知音〔六〕。

【校箋】

〔一〕端溪硯：我國古代四大名硯之首，産自嶺南端州（今廣東省肇慶市）。《唐國史補》卷下：「内邱白甆甌，端溪紫石硯，天下無貴賤通用之。」據前後諸詩編次疑亦荆門詩。

〔二〕雲，柳、汲、明抄、《全詩》作「溪」，意遜。「鑿斷碧雲潯」即李賀《楊生青花紫石硯歌》「踏天磨刀割紫雲」之意象。潯，水涯。碧雲潯言高空雲際，亦以形容紫色之硯石也。

〔三〕善價：高價。白居易《叙德書情四十韻上宣歙翟中丞》：「提攜增善價，拂拭長妍姿。」

〔四〕「礱琢」二句：礱琢、研磨，謂將石料加以雕琢磨治（製成石硯）。礱，磨石。敏手，快手，能手。顔延年《赭白馬賦》：「捷趫夫之敏手，促華鼓之繁節。」

〔五〕含，馮、清抄訛作「舍」。「安排」二句：上句「得主」指獲贈者，自謂也，盛情難却之意在言外。對句「含貯」謂貯水硯中，蓋硯之用則任己，起下聯。《硯譜》「端硯」條：「或云水中石其色青，山半石其色紫，山絶頂者尤潤，如豬肝色者佳。其貯水處有白赤黄色點者，謂之鸜鵒眼，脉理黄者，謂之金線紋，其山號斧柯。」

〔六〕「保重」二句：鈿盒，鑲嵌金玉的貴重盒子，多指首飾盒。此謂硯匣。濡染，謂書寫繪畫。屢見前注。

送吴先輩赴京〔一〕

烟霄已遂明經第〔二〕，江漢重來問苦吟。託興偶憑風月遠〔三〕，忘機終在寂寥深〔四〕。千篇未聽常徒口，一字須防作者心〔五〕。此日與君聊話後〔六〕，老身難約更相尋。

【校箋】

〔一〕吴先輩：明經及第吴守明，見卷二《送吴守明先輩遊蜀》注〔一〕。詩言「江漢重來問苦吟」，蓋吴守明及第遊蜀，自蜀返荆再訪齊己也。據本卷前後諸詩編次，疑亦天成間詩。據二詩，吴守明及第、赴京當爲後唐間事。《登科記考補正》卷二七《附考·明經科》謂吴守明「當爲晚唐明經及第」，蓋誤。

〔二〕烟霄：雲霄，喻指顯赫之地位。白居易《和談校書秋夜感懷呈朝中親友》：「詞賦擅名來已久，烟霄得路去何遲。」明經：古代科舉科目。隋煬帝始置明經、進士二科，以經義取者爲明經，以詩賦取者爲進士。唐五代因之。《新唐書·選舉志》：「唐制取士……其科之目，有秀才，有明經，有俊士，有進士。……而明經之别，有五經，有三經，有二經，有學究一經，有三禮，有三傳，有史科。……凡明經，先帖文，然後口試，經問大義十條，答時務策三道，亦爲四等。」

〔三〕風月：本指清風明月之勝景，遂以借指寄情風月之詩作。庾信《奉和永豐殿下言志十首》其十：「野情風月曠，山心人事疏。」吴兆宜注：「《世説》：徐勉爲吏部尚書，客有求詹事五官，勉正色曰：『今夕止可談風月，不宜及公事。』」

〔四〕忘機：擯除世俗機巧之心。見卷五《逢詩僧》注〔四〕。

〔五〕「千篇」二句：上句言吴先輩之作，多徒口之吟誦，以未能常聽爲憾。下句乃言詩中隻字中有作者深心，尤須細細吟味。

〔六〕後，《全詩》作「别」。

和西蜀可準大師遠寄之什〔一〕

莫知何路去追攀，空想人間出世間〔二〕。杜口已同居士室〔三〕，傳心休問祖師山〔四〕。禪中不住方爲定〔五〕，説處無生始是閒〔六〕。珍重希音遠相寄〔七〕，亂峰西望疊孱顔〔八〕。

【校箋】

〔一〕乾寧五年春齊己北遊長安期間於華山遇可準，遂酬唱往還，直至晚年。本篇據「空想人間出世間」、「杜口」、「傳心」之語，亦作於居荆門抑鬱莫名之時，姑繫於天成之際高季興卒（天成三年十二月）前。

〔二〕「莫知」二句：此言爲高氏「遮留荆門」，空想出世。《五代史補》謂「齊己不獲已而受，自是常怏怏。……蓋傷其不得志也」。

〔三〕杜口：閉口不言。見卷五《渚宫莫問詩一十五首》其九注〔五〕。居士：佛徒居家修行者。

〔四〕傳心：猶「傳道」，謂禪宗傳法。即以心傳心之法。案禪宗初祖達摩來華傳道，不立文字，直指人心。謂法即是心，以心傳心，心心相印。《景德傳燈録·黄檗山斷際禪師傳心法要》：「自達磨大師到中國，唯説一性，唯傳一法。以佛傳佛，不説餘佛；以法傳法，不説餘法。法即不可説之法，佛即不可取之佛，乃是本源清浄心也。」祖師山：指禪宗開山祖師建立宗派之山林。參見卷一《酬尚顔》注〔五〕。

〔五〕不住：住猶「住著」，佛教語。不住謂不執著也。《古尊宿語録·黄檗斷際禪師宛陵録》：「如今但一切時中，行住坐卧，但學無心，亦無分別，亦無依倚，亦無住著，終日任運騰騰，如癡人相似。」此即謂不住於六塵，始達禪定。

〔六〕無生：不生不滅。佛教謂諸法是空，故無生滅變化可言。見卷一《病起二首》其二注〔三〕。

〔七〕希音：玄妙之音，指可準之詩作。

〔八〕孱顔：高峻貌。參見卷一《謝興公上人寄山水簇子》注〔一〕。

荆門暮冬與節公話别〔一〕

漳河湘岸柳關頭，離别相逢四十秋〔二〕。我憶黄梅夢南國〔三〕，君懷明主去東周〔四〕。幾程霜雪經殘臘，何處封疆過舊遊〔五〕。好及春風承帝澤，莫忘衰朽卧林丘〔六〕。

【校箋】

〔一〕節公：江西洞山寺僧。詩約作於長興、清泰之際，説見《送節大德歸闕》詩注〔一〕。

〔二〕漳河：在今河北省南境臨漳、魏縣一帶，鄰近洛陽。《元和郡縣圖志·河北道》：「魏縣……舊漳河，在縣西北十里。新漳河，在縣西北二十里。」柳關：即藍田關，在唐都長安藍田縣（今西安市）。宋郭允蹈《蜀鑑》卷五「司馬勳掠秦西鄙」條：「《水經注》：『北歷嶢柳城，魏置青泥軍於城内，故謂之青泥城。』即嶢柳關，亦名藍田關。」漳河、柳關相逢當在齊己北遊嵩山洛陽和入長安期間，即龍紀元年（八八九）二十六歲時。

〔三〕黄梅：唐蘄州黄梅縣（今湖北省黄梅縣），爲禪宗勝地，四祖道信、五祖弘忍均修行於黄梅山，弘忍於此傳法於六祖惠能。參卷三《静坐（坐卧與行住）》注〔七〕。

〔四〕東周：指洛陽。周平王東遷洛邑是爲東周。後唐建都洛陽故稱。

〔五〕「何處」句：句意言行經何處舊遊之地。封疆，泛指疆域土地。駱賓王《夏日遊德州贈高四》：「封疆恢霸道，問鼎競雄圖。」

〔六〕衰朽：謂衰老，詩人是年六十六歲。卧林丘：本意爲歸隱山林，此蓋借以言志叙懷。權德輿《與故人夜坐道舊》：「終當製初服，相與卧林丘。」

賀孫支使郎中遷居〔一〕

别認公侯禮上才〔二〕，築金何啻舊燕臺〔三〕。地連東閣横頭買，門對西園正面開。不隔紅塵趨棨戟〔四〕，只拖珠履赴尊罍〔五〕。應逢明月清霜夜，閒鎖笙歌宴此來〔六〕。

【校箋】

〔一〕孫支使：指孫光憲，詳卷三《和孫支使惠示院中庭竹之什》注〔一〕。據編次當係清泰元年秋日詩。

〔二〕别認：辨認。上才：上等人才。張説《春晚侍宴麗正殿探得開字》：「聖政惟稽古，賓門引上才。」

〔三〕啇，底本、馮本、清抄作「翅」，據柳、汲、明抄、《全詩》改。何啇：何止，不止。築金：以燕昭王築黄金臺招賢事喻指求賢、好賢。韓偓《贈隱逸》：「築金總得非名士，況是無人解築金。」燕臺：即黄金臺。李白《江上答崔宣城》：「謬忝燕臺召，而陪郭隗蹤。」

〔四〕趨，汲本作「超」，非。棨戟：有繒衣或油漆之木戟，爲高官之儀仗。《舊唐書·張儉傳》：「唐制三品以上，門列棨戟。」此處「趨棨戟」指赴荆州節度使府衙。

〔五〕「只拖」句：拖珠履，脚趿綴滿珍珠的鞋履。語本《史記·春申君列傳》「其上客皆躡珠履」。赴尊罍，謂赴筵也。案頸聯蓋言孫郎中新居比鄰節度使府。

〔六〕鎖，柳、明抄、《全詩》作「領」。「應逢」二句：羅鄴《上陽宫》：「深鎖笙歌巢燕聽，遥瞻金碧路人愁。」案「鎖笙歌宴」之鎖，當作鎖閉、休歇解。蓋招孫郎中來僧寺共賞明月清霜也。

庭際新移松竹〔一〕

三莖瘦竹兩株松，瑟瑟翛翛韵且同〔二〕。抱節乍離新澗雪〔三〕，盤根遠别舊林風〔四〕。歲寒相倚無塵地〔五〕，蔭影分明有月中。更待陽和信催促〔六〕，碧梢青杪看凌空〔七〕。

【校箋】

〔一〕本篇亦荆門詩，蓋新移松竹於所居草堂也。據本卷前諸詩編次，繫清泰元年冬日，言「乍離新澗雪」、「更待陽和信」是也。

〔二〕瑟瑟翛翛：風吹竹松之聲。瑟瑟，本之劉楨《贈從弟三首》其二：「亭亭山上松，瑟瑟谷中風。」翛翛，本之謝朓《冬日晚郡事隙》：「颯颯滿池荷，翛翛蔭窗竹。」

〔三〕抱節：以竹節代竹。白居易《婦人苦》：「有如林中竹，忽被風吹折。一折不重生，枯死猶抱節。」

〔四〕盤根：以松根代松。庾信《詠畫屏風詩二十四首》其二十一：「古松栽數樹，盤根無半埋。」

〔五〕無塵地：指寺院。杜荀鶴《題戰島僧居》：「師愛無塵地，江心島上居。」又裴説《兜率寺》：「一片無塵地，高連夢澤南。」此謂詩人所居草堂也。

〔六〕陽和信：春天之暖風。陽和，陽春的暖氣。儲光羲《述清華宮五首》其四：「正月開陽和，通門緝元化。」信，音訊。

〔七〕碧梢青杪：指竹、松枝梢。「杪」讀若「秒」，同梢，枝頭末端。

荊門寄題禪月大師影堂〔一〕

澤國聞師泥日後〔二〕，蜀王全禮葬餘灰〔三〕。白蓮塔向清泉鏁〔四〕，禪月堂臨錦水開。《西岳》千篇傳古律〔五〕，大師著《西岳集》三十卷，盛傳于世。南宗一句印靈臺〔六〕。不堪隻履還西去，葱嶺如今無使迴〔七〕。

【校箋】

〔一〕禪月大師：蜀主王建對僧貫休的封號。參見卷二《聞貫休下世》注〔一〕。影堂：此指成都龍華寺中供奉貫休影像之堂室。詩作於乾化三年三月官葬後。而題爲「荊門寄題」，必初入荊時詩。案齊己初入荊門所居之龍(安)興寺，亦成汭安置貫休所居寺。蓋撫迹思人，遥致崇仰，故作此詩。姑繫龍德元年。

〔二〕澤國：此指江陵。泥日：即涅槃。僧肇《涅槃無名論》：「泥日、泥洹、涅槃，此三名前後異出，蓋是楚夏不同耳。」

〔三〕「蜀王」句：言蜀王王建按佛教之禮，爲貫休骨灰建靈塔。

〔四〕清，原作「青」，據諸本改。鏁，汲本作「鎮」，形近而訛。

〔五〕西岳：據句下原注，當指《西岳集》。案原注言《西岳集》三十卷，據《唐詩紀事》卷七五：「休與齊己齊名，有《西岳集》十卷，吴融爲之序。」武英殿本《直齋書録解題》「《禪月集》十卷」下有考證云：「案《唐詩紀事》作《西岳集》十卷，《文獻通考》作《寶月詩》一卷。此本作《禪月集》者，貫休號禪月上人，因名其集也。」則《西岳集》即《禪月集》之别稱。

〔六〕句，原作「卷」，柳、明抄、《全詩》作「句」，是，今據改。馮本、清抄字脱，汲本字殘作「口」，當係「句」之殘缺。南宗：指惠能布化之南禪。見卷二《荆門送興禪師》注〔二〕。一句：表詮禪之究竟、啟示禪悟的一句話，詳見卷四《弔雙泉大師真塔》注〔二〕。印靈臺：深入心靈。《莊子·庚桑楚》：「不可内於靈臺。」郭象注：「靈臺者，心也。」

〔七〕「不堪」二句：用禪宗祖師菩提達磨典故，喻指禪月大師圓寂，魂歸西天。《景德傳燈録·第二十八祖菩提達磨》：「端居而逝，即後魏孝明帝太和十九年丙辰歲十月五日也。其年十二月二十八日葬熊耳山，起塔於定林寺。後三歲，魏宋雲奉使西域迴，遇師于葱嶺，見手携隻履，翩翩獨逝。雲問：『師何往？』師曰：『西天去。』又謂雲曰：『汝主已厭世。』雲聞之茫然。别師東邁。暨復命，即明帝已登遐矣。而孝莊即位，雲具奏其事。帝令啟壙，唯空棺，一隻革履存焉。」葱嶺，古代對帕米爾高原及崑崙山、喀喇崑崙山西部諸山之總稱，爲中國與西方交通要道所經。

賀雪〔一〕

上清凝結下乾坤〔二〕，爲瑞爲祥表致君〔三〕。日月影從光外過，山河形向静中分〔四〕。歌揚郢路誰同聽〔五〕？聲洒梁園客共聞〔六〕。堪想畫堂簾捲次，輕隨舞袖正紛紛〔七〕。

【校箋】

〔一〕據詩意，本篇作於居江陵期間。依編次宜作於後梁、後唐易代之際。

〔二〕上清：上天、太空。韋應物《酬鄭户曹驪山感懷》：「蒼山何鬱盤，飛閣凌上清。」

〔三〕表：標識，言雪爲祥瑞之標識。致君：輔佐君王。案本年十月，高季昌聞唐帝滅梁，避唐廟諱，更名季興。十一月季興入朝洛京，唐帝待之甚厚，加季興守中書令。十二月放歸荆門。

〔四〕形，底本原作「影」，蓋涉上句「影」字致訛，據諸本改。

〔五〕歌揚郢路：謂《白雪》之歌，借言所作詩。見卷七《寄曹松》注〔五〕。

〔六〕聲洒梁園：用謝惠連《雪賦》之典，言荆幕盛會。《文選·謝惠連·雪賦》：「歲將暮，時既昏。寒風積，愁雲繁。梁王不悦，游于兔園。迺置旨酒，命賓友。召鄒生，延枚叟。相如末至，居客之右。俄而微霰零，密雪下，王迺歌北風於衛詩，詠南山於周雅。」其意乃在《雪賦》之「雪之時義遠矣哉」！

〔七〕「堪想」二句：此承上推想荆幕中景象。《雪賦》云：「其爲狀也，散漫交錯，氛氲蕭索，藹藹浮浮，瀌瀌弈弈，聯翩飛灑，徘徊委積。始緣甍而冒棟，終開簾而入隙。初便娟於墀廡，末縈盈於帷席。」又云：「皓鶴奪鮮，白鷴失素。紈袖慙冶，玉顔掩姱。」次，之際。

荆州寄貫微上人〔一〕

舊齋休憶對松關，各在王侯顧遇間〔二〕。命服已沾天渥澤〔三〕，衲衣猶擁祖斕斑〔四〕。相思莫捄燒心火〔五〕，留滯難移壓腦山〔六〕。得失兩途俱不是〔七〕，笑他高卧碧孱顔〔八〕。

【校箋】

〔一〕貫微：武陵僧，與齊己有深交，詳參卷一《酬微上人》注〔一〕、卷四《擬嵇康絶交寄湘中貫微》注〔一〕。據詩意亦爲初滯荆門、抑鬱莫名時詩，蓋《擬嵇康絶交》詩前後之作，亦繫龍德、同光間。

〔二〕顧遇：受眷顧禮遇。本集卷九《寄武陵貫微上人二首》其一：「春陪相府遊仙洞，雪共賓寮對柱山。」蓋貫微在湘亦爲馬氏座上客。

〔三〕「命服」句：此謂僧人受賜紫袈裟。天渥澤，帝王之恩澤。貫休《聞赤松舒道士下世》：「冀迎新渥澤，遽逐逝波瀾。」

〔四〕擁：圍裹。祖斕斑：即祖衣。指普通僧衣。僧衣百衲參錯，故言「斕斑」。此聯言雖受賜紫之榮，猶著僧家舊衣。

〔五〕燒心火：案佛家指毒害出世善心的三種煩惱，即貪、嗔、痴爲三毒，又作三火、三垢、三縛。因其能長劫毒害衆生身心，故名爲毒。《法華義疏·譬喻品》：「不識老病死爲燒身火，三毒爲燒心火也。」

〔六〕壓腦山：指强使滯留荆門者。「壓腦」語本盧仝《月蝕詩》：「恨汝當食，藏頭壓腦不肯食；不當食，張唇哆觜食不休。」

〔七〕得失兩途：言去留兩難也。

〔八〕孱顔：險峻之高山，屢見前注。

送休師歸長沙寧覲〔一〕

高堂親老本師存〔二〕，多難長懸兩處魂〔三〕。已説戰塵消漢口〔四〕，便隨征棹别荆門〔五〕。晴吟野濶無耕地，晚宿灣深有釣村。他日更思衰老否，七年相伴琢詩言〔六〕。

【校箋】

〔一〕休師：長沙僧體休，詳見卷一《送休師歸長沙寧覲》注〔一〕。二詩一五言、一七言，均爲同光元、二年（九二四）間在荆州作別時作。

〔二〕本師：對傳戒師父的敬稱。參卷三《勉道林謙光鴻藴二侄》注〔三〕。

〔三〕「多難」句：懸魂，喻思念無盡、魂牽夢繫。

〔四〕「已説」句：同光元年四月，後唐代梁，荆南、楚王馬殷、吴越錢鏐、吴徐温皆先後入朝，西蜀亦遣使修好於唐，荆南周邊名義上恢復一統。「已説戰塵消漢口」當指此。漢口，漢水入長江處。此借言荆州所在之江漢流域之地。

〔五〕征棹：遠行之船舶。庾信《應令》：「浦喧征棹發，亭空送客還。」棹，船槳。

〔六〕琢詩言：錘煉詩歌語言。

江上夏日〔一〕

無處清陰似剡溪〔二〕，火雲奇崛倚空齊〔三〕。千山冷疊湖光外〔四〕，一扇涼摇楚色西。碧樹影疎風易斷〔五〕，緑蕪平遠日難低。故園舊寺臨湘水，斑竹煙深越鳥啼〔六〕。

【校箋】

〔一〕據詩意本篇爲居江陵時作，依編次爲同光間詩。姑繫同光三年夏荆門苦熱時。

〔二〕清陰：陶淵明《和郭主簿二首》其一：「藹藹堂前林，中夏貯清陰。」剡溪，已見前注。

〔三〕火雲：夏日之雲。夏應五行之火，故稱。蕭統《錦帶書十二月啟·蕤賓五月》：「火雲燒桂林之上。」

〔四〕冷疊：遠山重疊（隔着湖水）一派清涼。羅隱《秋日富春江行》：「冷疊千山潤，清涵萬象殊。」

〔五〕樹影疎：權德輿《送李處士歸弋陽山居》：「波翻極浦檣竿出，霜邏秋郊樹影疎。」

〔六〕煙深：水氣空濛之貌。寒山詩：「余家本住在天台，雲路煙深絶客來。」越鳥：古詩：「胡馬依北風，越鳥巢南枝。」

渚宮春日因懷有作〔一〕

舊業樹連湘樹遠，家山雲與岳雲平〔二〕。僧來已説無畊釣，鴈去那知有弟兄。客思莫牽蝴蝶夢〔三〕，鄉心自憶鷓鴣聲〔四〕。沙頭南望堪腸斷〔五〕，誰把歸舟載我行？

【校箋】

〔一〕此亦荆門懷湘中故園詩，依編次姑繫同光四年春。

〔二〕「舊業」句：舊業、家山，指舊居，故鄉。蓋謂益陽也。孟浩然《尋白鶴巖張子容隱居》：「覩兹懷舊業，迴策返吾廬。」錢起《送李棲桐道舉擢第還鄉省侍》：「蓮舟同宿浦，柳岸向家山。」此處岳雲與湘樹爲對，岳謂南岳衡山或謂岳麓山皆通，泛指湘中名山樹林耳。

〔三〕蝴蝶夢：用莊周夢蝶典，以言虚幻美好之夢境。見卷七《中春林下偶作》注〔五〕。

〔四〕鷓鴣聲：凄涼哀怨之聲也，以言遊子思鄉。屢見前注。

〔五〕沙頭：江邊沙洲旁。庾信《春賦》：「樹下流杯客，沙頭渡水人。」

松化爲石

近聞金華山古松化爲石〔一〕。

盤根幾聳翠岩前〔二〕，却偃凌雲化至堅〔三〕。乍結精華齊永劫〔四〕，不隨凋變已千年。逢賢必用鐫辭立，遇聖終將刻印傳〔五〕。肯似荆山鑿餘者，蘚封頑滯卧嵐煙〔六〕？

【校箋】

〔一〕據題下原注，蓋即古木化石也。金華山：《元和郡縣圖志·江南道》：「金華山，在縣北二十里，赤松子得道處。」在今浙江省金華市。據本卷詩編次，疑亦居荆同光天成時詩。

〔二〕岩，柳、汲、明抄、《全詩》作「崖」。盤根：指松樹。見前《庭際新移松竹》注〔五〕。

〔三〕「却偃」句：偃，倒伏。凌雲，謂古松高聳入雲。此意本沈約《寒松詩》：「疎葉望嶺齊，喬榦臨雲直。」至堅，指石。白行簡《望夫化爲石賦》：「至堅者石，最靈者人。」

〔四〕乍：忽。永劫：釋氏謂永無窮盡之時。《佛説無量壽經》卷上：「於不可思議兆載永劫，積植菩薩無量德行。」寒山詩：「心既不妄起，永劫無改變。」

〔五〕「逢賢」二句：鎸辭，刻印，謂刻石、治印，傳之永久也。此以言化石之堅美。案「逢賢」疑用蔡邕題《曹娥碑》典故。陳留蔡邕，字伯喈，避難過吴，讀《曹娥碑》文，以爲詩人之作，無詭妄也，因刻石旁作「黄絹幼婦，外孫虀臼」八字。即「絶妙好辭」也。見《異苑》卷十、《世説新語·捷悟》。遇聖刻印，帝王傳國玉璽也。張説《東都酺宴詩五首》其四：「遇聖人知幸，承恩物自歡。」

〔六〕荆山鑿餘：用《韓非子·和氏》「和氏得玉璞楚山中」事，意爲「和氏璧」已見重人間，荆山所餘唯頑石。蘚封：武元衡《望夫石》：「佳人望夫處，苔蘚封孤石。」

寄澧陽吴使君〔一〕

南客西來話使君，涔陽風雨變行春〔二〕。四隣畊釣趨仁政〔三〕，千里煙花壓路塵〔四〕。去獸未勝除狡吏〔五〕，還珠争似復逋民〔六〕？紅蘭浦暖携才子，爛醉連題賦白蘋〔七〕。

【校箋】

〔一〕澧陽：即澧州。《新唐書・地理志》：「澧州下，隋澧陽郡。武德四年，平蕭銑，置澧州，領孱陵、安鄉、澧陽、石門、慈利、崇義六縣。貞觀元年，省孱陵縣。天寶元年，改爲澧陽郡。乾元元年，復爲澧州。天寶初，割屬山南東道。」又：「澧陽：漢零陽縣，屬武陵郡。吴分武陵西界置天門郡。晉末，以義陽流人集此，僑置南義陽郡。隋平陳，改南義陽爲澧州。皆治此縣。」即今湖南省西北境之澧縣。吴使君：疑即澧陽吴姓郡守。案澧陽地在荆州南，詩當作於居荆期間。澧陽北入長江，溯游西行即達江陵，故詩曰「南客西來話使君」。姑依前此諸詩編次繫同光天成間。

〔二〕「涔陽」句：言太守巡視境内，而致一郡風調雨順。涔陽，本指涔陽渚，在郢中。《楚辭・九歌・湘君》：「望涔陽兮極浦，横大江兮揚靈。」王逸注：「涔陽，江碕名，近附郢。」此代指澧州。

風雨變行春，此用鄭弘事。《後漢書・鄭弘傳》注引謝承《書》：「弘消息繇賦，政不煩苛，行春大旱，隨車致雨。」行春者，李賢注云：「太守常以春行所主縣，勸人農桑，振救乏絶。」

〔三〕「四隣」句：相傳商伊尹未仕時耕於莘野，周吕尚未仕時釣於渭水，後遂以耕釣喻隱居不仕。此處以言四鄰隱者皆慕太守仁政而歸附。畊釣，農耕與漁釣。畊，即耕。趨，歸附、奔赴。

〔四〕千里煙花：喻春光明媚，春雨如酥。王融《芳樹》：「相望早春日，煙花雜如霧。」杜甫《傷春五首》其一：「關塞三千里，煙花一萬重。」

〔五〕「去獸」句：此用宋均事。《後漢書・宋均傳》：「遷九江太守。郡多虎暴，數爲民患，常募設檻穽而猶多傷害。均到，下記屬縣曰：『夫虎豹在山，黿鼉在水，各有所託。且江淮之有猛獸，猶北土之有雞豚也。今爲民害，咎在殘吏，而勞勤張捕，非憂恤之本也。其務退姦貪，思進忠善，可一去檻穽，除削課制。』其後傳言虎相與東游度江。」去，除去也。狡吏，即宋均所謂之「殘吏」。

〔六〕「還珠」句：此用孟嘗事。《後漢書・孟嘗傳》：「遷合浦太守。郡不産穀實，而海出珠寶，與交阯比境，常通商販，貿糴糧食。先時宰守並多貪穢，詭人採求，不知紀極，珠遂漸徙於交阯郡界。於是行旅不至，人物無資，貧者餓死於道。嘗到官，革易前敝，求民病利。曾未踰歲，去珠復還，百姓皆反其業，商貨流通，稱爲神明。」逋者，欠官税也。此濂言吴太守整理吏務，體恤生民。

〔七〕「紅蘭」二句：謂政餘飲酒賦詩，讚其一郡致治也。連題，聯題，數人同題聯詠。白居易《花樓望雪命宴賦詩》：「素壁聯題分韻句，紅爐巡飲暖寒杯。」紅蘭、白蘋，已見前注。

湘江送客〔一〕

湘江秋色湛如冰〔二〕，楚客離懷暮不勝。千里碧雲聞塞雁〔三〕，幾程青草見巴陵〔四〕。寒濤響疊晨征檣〔五〕，岸葦蕭明夜泊燈。鸚鵡洲邊若迴首〔六〕，爲思前事一捫膺〔七〕。

【校箋】

〔一〕據詩意，本篇當作於天祐至乾化居長沙期間，蓋送友北行巴陵（今岳陽）、鄂州（今武漢）。姑依前後詩編次繫於天祐三年秋。

〔二〕湛：澄清貌。王揆《長沙六快詩》：「衡峰排古清，湘水湛寒緑。」

〔三〕塞雁：秋日自北塞南來之歸雁。杜甫《登舟將適漢陽》：「塞雁與時集，檣烏終歲飛。」

〔四〕青草：青草湖，在巴陵。參見卷二《酬洞庭陳秀才》注〔三〕。

〔五〕征檣：同「征艫」，遠行之船。蕭綱《從頓暫還城》：「征艫艤湯塹，歸騎息金隍。」

〔六〕鸚鵡洲：在古之江夏縣。《太平寰宇記・江南西道》江夏縣：「鸚鵡洲，在大江東，縣西南二里。西過此洲，從北頭七十步大江中流，與漢陽縣分界。《後漢書》云：『黄祖爲江夏太守時，黄祖長子射大會賓客，有獻鸚鵡于此洲，故爲名。』」即今湖北武昌。

〔七〕「爲思」句：此言因思前事而歎惋、悲憤也。捫膺，撫胸而歎之意。按鸚鵡洲上有焦明本祠，《太平寰宇記·江南西道》云：「焦明本祠，晉列將，自後致仕尋醫，行至鸚鵡洲，結茆而止。唐建中四年，李希烈反，城下交戰，神力衛助，軍城得康。觀察使李謙奏聞，貞元四年封爲城隍王，廟號萬勝鎮安王。」則「前事」所指，或可參考此段記載。

暮遊岳麓寺〔一〕

寺樓高出碧崖棱〔二〕，城裏誰知在上層〔三〕。初雪灑來喬木暝，遠禽飛過大江澄。閒消不睡憐長夜，靜照無言謝一燈。回首何邊是空地〔四〕？四村桑麥遍丘陵。

【校箋】

〔一〕岳麓寺：在長沙岳麓山上。《方輿勝覽·潭州》：「嶽麓寺，在山上，百餘級乃至，今名惠光寺。」杜甫有《岳麓山道林二寺行》詩。本篇當作於天祐三年（九〇六）入居長沙之冬日。

〔二〕崖棱：指山頂。

〔三〕「城裏」句：言「誰知」，蓋初遊始知也。上層，指寺在山上。本集卷七《遊谷山寺》：「數峰雲脚垂平地，一徑松聲徹上層。」

〔四〕空地：空曠未栽種之地。李頎《題盧五舊居》：「窗前綠竹生空地，門外青山如舊時。」此借言空寂之境。

林下留別道友〔一〕

住亦無依去是閒〔二〕，何心終戀此林間。片雲孤鶴東西路，四海九州多少山〔三〕。静坐趁涼移樹影，興隨題處著苔斑。秋來洗浣行衣了〔四〕，還爾鄰僧舊竹關〔五〕。

【校箋】

〔一〕據前後詩編次及詩意，疑作於天祐三年齊己初到長沙未入道林寺時，據「趁涼」、「秋來」之語，則夏日之作。林下：指寺廟、僧人。首聯「此林間」當指長沙之佛寺叢林。蓋齊己初至長沙，未容接納入居道林寺。

〔二〕無依：無所依傍。陶淵明《於王撫軍座送客》：「寒氣冒山澤，游雲倏無依。」

〔三〕「片雲」二句：片雲孤鶴，自喻行迹。蓋未容接納，憤而思去也。劉得仁《贈敬晊助教二首》其一：「便欲去隨爲弟子，片雲孤鶴肯相於。」多少山，周朴《寄方干》：「因想別離處，不知多少山？」山謂佛寺、山林。

〔四〕行衣：遠行之衣。李白《下終南山過斛斯山人宿置酒》：「緑竹入幽徑，青蘿拂行衣。」

〔五〕竹關：竹門，代指竹寮僧舍。張籍《經王處士原居》：「舊宅誰相近，唯僧近竹關。」蓋齊己初至長沙，借住於湘江東之「獨院」。

道林寺居寄岳麓禪師二首〔一〕

其一

門前石路徹中峰，樹影泉聲在半空。尋去未應勞上下，往來殊已倦西東。髭根盡白孤雲並〔二〕，心迹全忘片月同〔三〕。長憶高窗夏天裏，古松青檜午時風〔四〕。

【校箋】

〔一〕本篇當作於入居道林寺之初，繫天祐三年（九〇六）秋冬之際。岳麓禪師：長沙岳麓寺僧。二詩蓋自述自夏及秋未入居道林寺前之情事。

〔二〕雲，原作「雪」，據諸本改。並：相同。謂髭鬚全白與白雲相同。是年詩人四十三歲。

〔三〕「心迹」句：心迹全忘，言忘情物外，徹悟空理，如明月般孤潔。片月，孤月。徐陵《走筆戲書應令》：「片月窺花簟，輕寒入錦巾。」

〔四〕「長憶」二句：此憶夏日往訪禪師情事。

其二

山袍不稱下紅塵〔一〕，各是閒居島外身〔二〕。兩處烟霞門寂寂〔三〕，一般苔蘚石磷磷〔四〕。禪關悟後寧疑物〔五〕，詩格玄來不傍人〔六〕。月照經行更誰見，露華松粉點衣巾〔七〕。

【校箋】

〔一〕「山袍」句：山袍，山野之服。本集《秋夕書懷》：「涼多夜永擁山袍，片石閒欹不覺勞。」此齊己自指。紅塵，謂塵世、俗世。此借言繁華之都會長沙。

〔二〕島外：與上句「紅塵」相對，言俗世之人所不到處。賈島《積雪》：「空中離白氣，島外下滄波。」

〔三〕兩處：指岳麓寺與道林寺。案岳麓寺在山上，道林在山下。

〔四〕磷磷：鮮明之貌。羅鄴《吴王古宮井二首》其二：「含青薜荔隨金甃，碧砌磷磷生緑苔。」

〔五〕禪關：此指禪宗法門，即指心定於一、摒除妄念的悟禪之法。釋皎然《五言題報恩寺清幽上人西峰》：「此中難戰勝，君獨啟禪關。」

〔六〕「詩格」句：詩格，詩之品格、格調。鄭谷《李夷遇侍御久滯水鄉因抒寄懷》：「江流愛吴越，詩格愈齊梁。」案《顔氏家訓·文章》：「陸平原多爲死人自嘆之言，詩格既無此例，又乖製作本意。」以「詩格」言詩歌寫作規制，與此有别。玄，幽遠。李群玉《東湖二首》其一：「性野難依俗，詩玄自入冥。」

〔七〕松粉：松花花粉。方干《贈瑪瑙山禪者》：「井味兼松粉，雲根着浄瓶。」點：沾染。韓翃《送李司直赴江西使幕》：「竹露點衣巾，湖煙濕扃鑰。」

亂後江西過孫魴舊居因寄〔一〕

舊遊重到倍悲凉，吟憶同人倚寺廧〔二〕。何處莫蟬喧逆旅〔三〕，此中山鳥噪垂楊〔四〕。寰區有主權兵器〔五〕，風月無人掌桂香〔六〕。欲寄此心空北望，寒鴻天末失歸行〔七〕。

【校箋】

〔一〕過，原作「遇」，《全唐詩》、文津閣本作「過」，據改。詩言「舊遊重到」，是過訪舊遊之地也。

「遇」當係「過」之形訛。孫魴：洪州南昌縣人。曾師鄭谷學詩，後仕吴。詩言「亂後」「寰區有主權兵器」，當爲貞明間居廬山初期訪南昌孫魴舊居之作。詳見卷二《寄江西幕中孫魴員外》注〔一〕。

〔二〕同人：同道者，志同道合之人。陳子昂《偶遇巴西姜主簿序》：「逢太平之化，寄當年之歡，同人在焉，而我何歎。」

〔三〕「何處」句：莫，即暮之古字。逆旅，客舍。岑參《送王著赴淮西幕府作》：「逆旅悲寒蟬，客夢驚飛鴻。」

〔四〕「此中」句：李建勳《踏青罇前》：「薄暮忘歸路，垂楊噪亂鴉。」

〔五〕「寰區」句：此謂武夫當政。蓋後梁以武力代唐，吴、蜀、馬楚諸地方政權無不以「權兵」而主「寰區」者。寰區，言天下。杜甫《散愁二首》其一：「百萬傳深入，寰區望匪他。」權，秉持。

〔六〕「風月」句：風月，本指清風明月之景，後引指吟風弄月。本集卷九《寄朗陵二禪友》：「篇章老欲齊高手，風月閒思到極精。」即此義。桂香，桂花之香，此借言科第。李商隱《贈孫綺新及第》：「長樂遥聽上苑鐘，綵衣稱慶桂香濃。」又按《十國春秋·南漢五》：「（黄）損常與都官員外郎鄭谷、僧齊己定近體詩諸格，爲湖海騷人所宗。有《桂香集》若干卷、《射法》一卷。」以「無人掌桂香」言文事廢棄，亦粗通。

〔七〕寒，諸本作「塞」。寒鴻、塞鴻，其義一也。指寒秋自北歸南之鴻雁。失歸行：言雁飛無序。行謂雁行。此二句謂北望思孫魴，盼其南歸。蓋其時孫魴一人流落在北方也。或謂雁行即喻朝臣位序。「失歸行」指唐亡之時，京中諸臣皆各自逃命，不復朝堂之位序，亦通。

宜春江上寄仰山長老二首〔一〕

其一

水隔孤城城隔山，水邊時望憶師閒。清泉白石中峰上，落日半空栖鳥還。雲影觸衣分朵朵，雨聲吹磬散潺潺〔二〕。傳心莫學羅浮去〔三〕，後輩思量待扣關〔四〕。

【校箋】

〔一〕宜春，仰山，均見前注。長老謂仰山寺之住持僧。詩當作於天祐二年秋赴袁州再謁鄭谷時。參卷一《留題仰山大師塔院》注〔一〕。

〔二〕潺潺：雨聲。柳宗元《雨中贈仙人山賈山人》：「寒江夜雨聲潺潺，曉雲遮盡仙人山。」

〔三〕「傳心」句：此用釋慧遠事。《高僧傳·晉廬山釋慧遠》：「遠於是與弟子數十人，南適荆州，住上明寺。後欲往羅浮山，及屆潯陽，見廬峯清静，足以息心，始住龍泉精舍。」羅浮，即羅山與浮山。浮山傳爲蓬萊之一阜，浮海而至，與羅山並體，故名此山爲「羅浮」。在今廣東博羅。傳心，見前《和西蜀可準大師遠寄之什》注〔四〕。

〔四〕後輩：齊己自稱。叩關：叩門，謂入門求學也。釋皎然《五言湯評事衡水亭會覺禪師》：「應憐叩關子，了義共心冥。」

其二

雨晴天半碧光流〔一〕，影倒殘陽濕郡樓。絶頂有人經劫在〔二〕，浮生無客暫時遊〔三〕。窗開萬壑春泉亂，塔鎻孤燈萬木稠〔四〕。欲爲吾師拂衣去〔五〕，白雲紅葉又新秋〔六〕。

【校箋】

〔一〕「雨晴」句：此以形容雨後青天一碧如洗，流光溢彩。碧光，翠緑色之光芒。張祜《題濠州鍾離寺》：「遠岫碧光合，長淮清派連。」

〔二〕經劫在：言歷劫不滅。此指仰山慧寂之禪法不滅。劫即「劫波」，佛教稱極久遠之時節。參卷一《留題仰山大師塔院》注〔一〕。

〔三〕浮生無客：與「絶頂有人」爲對，自言客居於世虚浮若無，是爲「無客」。《魏書·高道悦傳》：「闕永固居宇之功，作暫時遊嬉之用，損耗殊倍，終爲棄物。」

〔四〕「窗開」二句：塔鏁孤燈，謂智通大師妙光塔之佛燈長明，佛法常在。參見《留題仰山大師塔院》諸注。春泉亂、萬木稠，萬壑流泉、滿山林木紛繁衆多也。亂、稠，均紛繁衆多之義。杜甫《江畔獨步尋花七絶句》其二：「稠花亂蕊裹江邊，行步欹危實怕春。」又《涪城縣香積寺官閣》：「含風翠壁孤雲細，背日丹楓萬木稠。」

〔五〕「欲爲」句：拂衣去，揮動衣服離開（塵世、官場），謂歸隱。陳子昂《答洛陽主人》：「不然拂衣去，歸從海上鷗。」此言「爲吾師拂衣去」，蓋借言入山隨從仰山長老。

〔六〕白雲紅葉：王建《九仙宮主舊莊》：「樓上鳳凰飛去後，白雲紅葉屬山雞。」

螢〔一〕

透窗穿竹住還移，萬類俱閒始見伊〔二〕。難把寸光藏暗室，自持孤影助明時〔三〕。空庭散逐金風起，亂葉争投玉露垂〔四〕。後代儒生懶收拾，夜深飛過讀書帷〔五〕。

【校箋】

〔一〕詩言「自持孤影助明時」，當係唐室未亡時詩；據前後詩編次，疑亦天祐初之詩。

〔二〕萬類俱閒：指夜間。崔豹《古今注》：「螢火一名耀夜……一名夜光，一名宵燭。」潘岳《螢火賦》：「至夫重陰之夕，風雨晦暝，萬物眩惑，翩翩獨征。」

〔三〕「難把」二句：以螢飛於庭寄意。傅咸《螢火賦》：「潛空館之寂寂兮，意遥遥而靡寧。夜耿耿而不寐兮，憂悄悄而傷情……感詩人之悠懷兮，覽熠燿于前庭。不以姿質之鄙薄兮，欲增輝乎泰清，雖無補於日月兮，期自照於陋形……進不競於天光兮，退在晦而能明。諒有似于賢臣兮，于疎外而盡誠……假乃光而爾熾兮，庶有表乎潔貞。」

〔四〕「空庭」二句：金風、玉露：秋風、秋露。《初學記》卷三引《易通卦驗》曰：「立秋腐草化爲螢。」蕭綱《詠螢火詩》：「本將秋草並，今與夕風輕。騰空類星隕，拂樹若花生。」

〔五〕「後代」句：此反用「車胤囊螢」典故。《晉書·車胤傳》：「博學多通，家貧不常得油，夏月則練囊盛數十螢火以照書，以夜繼日焉。」

湘中送翁員外歸閩〔一〕

船滿琴書與酒杯，清湘影裏片颿開〔二〕。人歸南國鄉園去，鴈逐西風日夜來。天勢漸低分海樹〔三〕，山程欲盡見城臺〔四〕。此身未别江邊寺，猶看星郎奉詔回〔五〕。

【校箋】

〔一〕閩，原作「闕」，據汲、《全詩》改。翁員外：翁承贊，字文堯，福唐（今福建福清）人。乾寧三年進士，累官右拾遺。仕梁爲户部員外郎，入閩依王審知，卒。承贊工詩，《新唐書·藝文志》録《翁承贊詩》一卷。其事迹見《唐詩紀事》、《唐才子傳》、《十國春秋》。《唐才子傳校箋》謂，後梁開平三年，承贊以户部員外郎充閩王册禮副使，黄滔有《翁文堯員外擁册禮之歸一路有詩名書錦集先將寄示因書五十六字》、《翁文堯員外捧金紫還鄉之命雅發篇章將原交情遠爲嘉貺》、《奉和翁文堯員外文秀光賢書錦之什》等詩。本篇即是年秋承贊入閩途經湘中送行之作。

〔二〕清湘：指湘江。楊憑《晚泊江戍》：「旅棹依遥戍，清湘急晚流。」片颿：即片帆。李白《江行寄遠》：「疾風吹片帆，日暮千里隔。」

〔三〕勢，原作「埶」，據諸本改。海樹：福清濱海，故有此語。謝朓《高齋視事》：「曖曖江村見，離離海樹出。」

〔四〕城臺：城樓，或指城中樓臺。鮑溶《寄福州從事殷堯藩》：「越嶺寒輕物象殊，海城臺閣似蓬壺。」又本集卷九《燈》：「雲藏水國城臺裏，雨閉松門殿塔中。」

〔五〕星郎：郎官之稱，見卷一《亂中聞鄭谷吴延保下世》注〔三〕。

寄居道林寺作〔一〕

嵐濕南朝殿塔寒〔二〕，此中因得謝塵寰〔三〕。已同庭樹千株老，未負溪雲一片閒。石鏡舊遊臨皎潔，岳蓮曾上徹孱顔〔四〕。如今衰颯成多病，黄葉風前晝掩關。

【校箋】

〔一〕詩題言「寄居」，當爲至長沙獲准居留道林寺初期作。據前《林下留别道友》等詩，齊己初至長沙一度不被接納，暫居於湘江東之「獨院」，乃有「住亦無依去是閒，何心終戀此林間。片雲孤鶴東西路，四海九州多少山」之感慨。繫天祐三年（九〇六）秋。

〔二〕南朝：猶「南國」，南方之地。此指長沙。釋皎然《五言晦日陪顔使君白蘋洲集》：「南朝分古郡，山水似湘東。隄月吴風在，湔裾楚客同。」

〔三〕因，馮、清抄作「應」，意遜。因得：乃得。李白《與元丹丘方城寺談玄作》：「因得通寂照，朗悟前後際。」謝塵寰：告别塵世。

〔四〕「石鏡」二句：此回思舊遊情事。石鏡，石鏡峰，在廬山。宋陳舜俞《廬山記·叙山南篇》：「金輪之峰，左右有石鏡，隱現無時，光潤如鑑。」李白《廬山謡》：「閒窺石鏡清我心，謝公行處蒼苔没。」岳蓮：西岳華山最高峰蓮花峰。參見《將遊嵩華行次荆渚》注〔二〕。案乾寧三年（八九六）秋齊己遊太華，光化四年（天復元年，九〇一）初遊廬山。

沙　鷗〔一〕

暖傍漁船睡不驚，可憐孤潔似華亭〔二〕。晚來灣浦衝平碧，晴過汀洲拂淺青，翡翠静中修羽翼，鴛鴦閒處事儀形〔三〕。何如飛入深宫去，留與興亡作典經〔四〕。

【校箋】

〔一〕詩以沙鷗寓興亡之感歎，依前後詩編次，宜爲後梁代唐開平初時詩。

〔二〕「可憐」句：言沙鷗孤潔，有似白鶴。孤潔，以鷗形顔色潔白爲喻。鄭谷《寄前水部賈員外嵩》：「白鷺同孤潔，清波共渺茫。」華庭，指鶴。此借用華庭鶴唳之典。見《晉書·陸機傳》。

〔三〕「翡翠」二句：翡翠、鴛鴦，均爲色彩豔麗之凡鳥。修羽翼、事儀形，以修飾儀表爲事。阮籍《詠懷八十二首》其六十一：「蜉蝣玩三朝，采采修羽翼。」

〔四〕深，汲、明抄、《全詩》作「漢」。去，《全詩》作「裏」。「何如」二句：此以「何如」一詞振起見其深意，借沙鷗寓興亡之感慨。庾信《哀江南賦》：「殿狎江鷗，宫鳴野雉。」倪璠注引《漢書·五行志》：「野鳥入處，宮室將空。京房《易傳》曰：『辟退有德，厥咎狂，厥妖水鳥集于國中。』」

和翁員外題馬太傅宅賈相公井〔一〕

飛塵不敢下相干，闇脈傍應潤牡丹〔二〕。心任短長投玉綆，底須三五映金盤〔三〕。神工舊制泓澄在〔四〕，天澤時加瀲灩寒〔五〕。太傅欲旌前古事，星郎屬思久憑欄〔六〕。

【校箋】

〔一〕傅，底本原作「師」，諸本均作「傅」。據尾聯，當作「傅」。今據改正。翁員外：指翁承贊，見前注。馬太傅不詳。賈相公井：指長沙賈誼舊居之井，傳爲賈誼所鑿。《方輿勝覽·湖南路》：「賈誼廟，在長沙南六里，即誼故宅。有井，上圓下方。有局脚石床，猶存。」案賈誼出爲長沙王太傅，事見《史記》、《漢書》本傳。相公，魏晉以降稱丞相爲相公，此乃對賈誼之敬稱。本篇亦作於開平三年承贊入閩途經長沙時。

〔二〕闇脈：地下之水源。

〔三〕「心任」二句：玉綆、金盤：對井繩、水底月輪之美稱。白居易《遊悟真寺詩》：「東南月上時，夜氣青漫漫。百丈碧潭底，瀉出黃金盤。」三五：指夏曆十五夜。代指圓月。古詩：「三五明月滿，四五蟾兔缺。」

〔四〕神工：神仙之工。沈約《到著作省謝表》：「神工曲造，雕絢彌疊。」泓澄：水深而清。韓愈《鏡潭》：「非鑄復非鎔，泓澄忽此逢。」

〔五〕天澤：天賜恩澤，此指雨。見卷二《盆池》注〔五〕。瀲灩：水光蕩漾貌。何遜《行經范僕射故宅》：「瀲灩故池水，蒼茫落日暉。」

〔六〕「太傅」句：叙主客之情作結。欲旌，言宣揚賈誼井故事。旌，表彰。星郎，郎官之稱，指翁承贊。屬思，專心思考，構思。鄭谷《讀故許昌薛尚書詩集》：「屬思看山眼，冥搜倚樹身。」

看雲

何峰觸石濕苔錢〔一〕，便逐高風離瀑泉。深處卧來真隱逸〔二〕，上頭行去是神僊。千尋有影滄江底〔三〕，萬里無踪碧落邊。長憶舊山青壁裏〔四〕，繞庵閒伴老僧禪。

【校箋】

〔一〕觸石：指雲。《初學記·雲》引《公羊》云：「觸石而起，膚寸而合，不崇朝而雨者，唯泰山雲乎。」蔡邕《九疑山銘》：「觸石膚合，興播連雲。」何遜《和劉諮議守風》：「憤風急驚岸，屯雲仍觸石。」

〔二〕「深處」句：李涉《山居送僧》：「失意因休便買山，白雲深處寄柴關。」

〔三〕「千尋」句：江總《秋日遊昆明池》：「終南雲影落，渭北雨聲過。」

〔四〕舊山：指大潙山寺。

對雪寄荆幕知己〔一〕

猛勢微開萬里清〔二〕，月中看似日中明〔三〕。此時鷗鷺無人見，何處關山有客行。郢唱轉高誰敢和，巴歌相顧自銷聲〔四〕。江齋卷箔含毫久〔五〕，應想梁王禮不經〔六〕。

【校箋】

〔一〕荆幕：謂荆南節度使幕府。據尾聯，疑爲後梁、後唐更代之同光年間詩，以「梁王禮不經」刺朱梁也。

〔二〕勢，原作「埶」，據諸本改。「猛勢」句：開謂雪霽，義若王勃《臨高臺》「雲開月色明如素」，孟郊《遊終南龍池寺》「雨開山更鮮」之「開」。萬里清，李白《贈昇州王使君忠臣》：「巨海一邊靜，長江萬里清。」

〔三〕似：猶過也。謂月中看比日中看更明。見《詩詞曲語辭匯釋》卷三。

〔四〕「郢唱」二句：郢唱、巴歌，用「郢人歌《陽春》《白雪》、《下里》《巴人》」典故，已見前注。案「郢唱」喻指友人高雅之作，「巴歌」謙稱己詩。

〔五〕卷箔：卷簾。李世民《喜雪》：「照壁臺圓月，飄珠箔穿露。」含毫：口含筆鋒，構思爲文也。陸機《文賦》：「或操觚以率爾，或含毫而邈然。」李善注：「毫謂筆毫也。王逸《楚辭注》曰：『鋭毛爲毫也。』」

〔六〕「不」字原脱，據諸本補。不經：不常。謂超乎常禮，僭越。案此用漢景帝時梁孝王居處過禮之事以寄意。《史記·梁孝王世家》：「梁孝王雖以親愛之故，王膏腴之地，然會漢家隆盛，百姓殷富，故能植其財貨，廣宮室，車服擬於天子。然亦僭矣。」又謝惠連作《雪賦》，擬梁孝王兔園之遊。見前《賀雪》注。齊己詩似兼用此典，而有寄意。

送相里秀才赴舉〔一〕

兩上東堂不見春〔二〕，文明重去有誰親〔三〕？曾逢少海尊前客〔四〕，舊是神僊會裏人〔五〕。已遂風雲催化羽〔六〕，却將雷電助燒鱗〔七〕。明年自此登龍後，回首荆門一路塵〔八〕。

【校箋】

〔一〕相里秀才：見卷六《送相里秀才自京至却回》注〔一〕。據下篇《荆門疾中喜謝尊師自南岳來相里秀才自京至》及《送謝尊師自南岳出入京》詩，謝尊師自南岳經江陵至洛陽爲後唐天成間事，則本篇乃頭一年所作，齊己送、迎均在荆門。赴舉，乃赴後唐科舉也。

〔二〕東堂：晉宫正殿。晉武帝時郤詵於東堂殿試得第，後因以「東堂」爲科舉試院之代稱。參見卷四《贈孫生》注〔五〕。案詩言「兩上東堂不見春」，則此爲第三次赴舉矣。

〔三〕文明：文教昌明。此指重文教興科舉。

〔四〕少海：東方海名。《淮南子·墬形訓》：「東方曰大渚，曰少海。」蕭綱《臨後園詩》：「隱淪遊少海，神仙入太華。」亦以比喻太子。盧照鄰《中和樂·歌儲宫》：「波澄少海，景麗前星。」尊前客：酒友也。賈至《對酒曲二首》其二：「寄語尊前客，生涯任轉蓬。」

〔五〕神僊會：借指同遊於高山深林者。鄭谷《華山》：「絶頂神仙會，半空鸞鶴飛。」案此承「有誰親」，蓋言此去有舊友襄助也。

〔六〕化羽：用《莊子·逍遥遊》「鯤化爲鵬」典故，預言其中舉，「摶風雲而上」。駱賓王《答員半千書》：「化羽垂天，摶風九萬；振鱗横海，擊水三千。」顧雲《投顧端公啟》：「則知莊叟之魚，終能化羽。」

〔七〕雷電燒鱗：即「燒尾」。唐、宋人筆記謂士人登第，必展歡宴，謂之燒尾。説者謂虎化爲人，唯尾不化，須爲燒去，乃得成人。又説新羊入群，衆羊所觸，不親附，燒其尾乃定。又説魚躍龍門，化龍時，唯尾不化，必有雷電燒其尾而化。此蓋用「魚化爲龍」之説（見孫光憲《北夢瑣言》等）。許渾《晚登龍門驛樓》：「風雲有路皆燒尾，波浪無程盡曝腮。」

〔八〕荆，原作「京」，據柳、汲、《全詩》改。登龍：即謂登第也。封演《封氏聞見記·貢舉》：「當代以進士登科爲登龍門。」錢起《長安落第作》：「刷羽思喬木，登龍恨失波。」一路塵：言塵路奔競也。韋莊《新正日商南道中作寄李明府》：「嵩山不改千年色，洛邑長生一路塵。」

荆門疾中喜謝尊師自南岳來相里秀才自京至〔一〕

閉堂晝卧眼初開，强起徐行繞砌苔。鶴氅人從衡岳至〔二〕，鶉衣客自雒陽來〔三〕。坐聞隣樹栖幽鳥，唫見江雲發早雷〔四〕。西笑東遊此相别〔五〕，兩塗消息待誰回？

【校箋】

〔一〕謝尊師：謝姓道士，見卷六《依韻酬謝尊師見贈二首》其一注〔一〕。本卷後有《送謝尊師自南岳出入京》詩云：「曾聽《鹿鳴》逢世亂，因披羽服隱衡陽。幾多事隔丹霄興，三十年成兩鬢霜。」乃後唐天成二年春日詩，本篇爲同時之作。相里秀才，已見前注。蓋秀才前年入京，春闈試罷南歸經停荊門。

〔二〕鶴氅：道袍，參見前《荊門寄沈彬》注〔三〕。

〔三〕鶉衣：破爛衣服。語本《荀子·大略》：「子夏貧，衣若縣鶉。」鶉鳥尾秃，故稱。

〔四〕見，諸本作「覺」。發早雷：《禮記·月令》仲春之月：「是月也，日夜分，雷乃發聲。」即仲春之時也。

〔五〕西笑：言渴慕帝都也。參見卷一《同光歲送人及第東歸》注〔二〕。

吟興自述〔一〕

前習都由未盡空〔二〕，生知頑學妙難窮〔三〕。一千首出悲哀外，五十年銷雪月中〔四〕。興去不妨歸靜慮〔五〕，情來何止發貞風〔六〕。曾無一字干聲利〔七〕，豈媿操心負至公〔八〕。

【校箋】

〔一〕吟興：吟詠之情懷，詩情。詩言「五十年銷雪月中」，蓋乾化二年（九一二）居長沙道林寺作，進入五十之年矣。

〔二〕前習：精研詩藝之習慣。見卷二《酬西川楚巒上人卷》注〔五〕。未盡空：未窮盡「空」理。《景德傳燈録·龍牙和尚居遁頌》：「菩薩聲聞未盡空，人天來往訪真宗。争如佛是無疑士，端坐無心只麽通。」

〔三〕頑，柳、汲、明抄、《全詩》作「雅」。學，明本改作「道」。案此指爲詩。僧家視爲外道，是爲「頑學」。蕭統《錦帶書十二月啟·夷則七月》：「某一介庸才，二隅頑學，懷經問道，不遇披雲；負笈尋師，罕逢見日。」頑，愚妄也。

〔四〕銷雪月：消磨於吟詠風月。方干《書桃花塢周處士壁》：「醉吟雪月思深苦，思苦神勞華髮生。」

〔五〕静慮：指静心禪定。釋惠遠《佛影銘》：「静慮閑夜，理契其心。」

〔六〕貞風：猶真風。語本陶淵明《感士不遇賦》：「自真風告逝，大僞斯興。」此指發自内心之詩情。本集卷一《寄文秀大師》：「覽卷堪驚立，貞風喜未衰。」

〔七〕干聲利：求名利。干，求，追逐。王勃《遊山廟序》：「事親多衣食之虞，登朝有聲利之迫。」

〔八〕操心：秉心，自持之心志。劉禹錫《薦處士嚴毖狀》：「操心甚危，觀跡相副。」李頻《投京兆府試官任文學先輩》：「出口人皆信，操心自可知。」

送謝尊師自南岳出入京〔一〕

曾聽《鹿鳴》逢世亂〔二〕，因披羽服隱衡陽〔三〕。幾多事隔丹霄興〔四〕，三十年成兩鬢霜。芝朮未甘消勇氣〔五〕，風騷無那激剛腸〔六〕。中朝舊有知音在，可是悠悠入帝鄉〔七〕。

【校箋】

〔一〕師出自衡山經荆門入京，蓋赴洛陽調舉。參見卷六《依韻酬謝尊師見贈二首》其一注〔一〕。繫於天成二年（九二七）。

〔二〕「曾聽」句：按《新唐書·選舉志》：「每歲仲冬，州、縣、館、監舉其成者送之尚書省；而舉選不繇館、學者，謂之鄉貢，皆懷牒自列于州、縣。試已，長吏以鄉飲酒禮，會屬僚，設賓主，陳俎豆，備管絃，牲用少牢，歌《鹿鳴》之詩，因與耆艾敘長少焉。」「聽《鹿鳴》」者，謂中鄉試之後得貢士籍。

〔三〕羽服：同鶴氅，道士之衣。儲光羲《獻八舅東歸》：「天書加羽服，又許歸東川。」

〔四〕丹霄：言九天之上。借喻朝堂。李嶠《人日侍宴大明宮恩賜綵縷人勝應制》：「娩奉登高摇彩翰，欣逢御氣上丹霄。」

〔五〕「芝朮」句：謂雖服食休道，仍未消其入朝仕宦之心。芝朮，芝草與白朮，皆修道長年所服之藥。劉禹錫《遊桃源一百韻》：「芝朮資餱糧，煙霞拂巾幘。」甘，饜足也。

〔六〕無那：那讀若「挪」，猶「無奈何」，此表困難意。剛腸：剛直之秉性。《文選·嵇康·與山巨源絶交書》：「剛腸疾惡，輕肆直言，遇事便發。」張銑注：「剛腸，謂彊志也。」劉禹錫《酬樂天聞新蟬見贈》：「離人下憶淚，志士激剛腸。」

〔七〕可是：還是，却是。鄭谷《舟行》：「季鷹可是思鱸鱠，引退知時自古難。」

送司空學士赴京〔一〕

弘文初命下江邊〔二〕，難戀沙鷗與釣船。藍綬乍稱新學士〔三〕，白衫初脱舊神僊〔四〕。龍山送别風生路〔五〕，雞樹從容雪點筵〔六〕。重謁往年金榜主〔七〕，便將才術佐陶甄〔八〕。

【校箋】

〔一〕司空學士：疑爲司空薰。見卷四《寄監利司空學士》注〔一〕。後唐滅梁，薰固勸高季興朝京師，用結唐主心。同光二年後唐加高季興尚書令、進封南平王。據宋王象之《輿地碑記目·夔州碑記》：「《重修大仙廟記》，唐寧江軍掌書記司空薰撰，同光四年建。」考《舊五代史·高季興傳》：「（唐）明宗即位，復請夔、峽爲屬郡，初俞其請，後朝廷除刺史，季興上言，稱已令子弟權知郡事，請不除刺史。」是同光四年（天成元年，九二六）高季興占夔州，司空薰撰《碑記》仍在荆南。疑司空赴洛陽入弘文館，當在高季興卒後，即天成三年冬，言「龍山送別風生路，雞樹從容雪點筵」是矣。

〔二〕弘文：指弘文館。《唐六典·門下省》：「弘文館學士，無員數。」自注：「武德初，置修文館，武德末，改爲弘文館。……隸門下省。自武德、貞觀已來，皆妙簡賢良爲學士。故事：五品已上，稱爲學士；六品已下，爲直學士。又有文學直館，并所置學士，並無員數，皆以他官兼之。」《唐大典》又云：「弘文館學士掌詳正圖籍，教授生徒。凡朝廷有制度沿革，禮儀輕重，得參議焉。」江邊：指江陵。

〔三〕藍綬：繫印紐之藍色絲帶。以不同顔色標識官職等級，藍綬職級較低。

〔四〕白衫：庶民之衣。李賀《酒罷張大徹索贈詩時張初效潞幕》：「水行青草上白衫，匣中章奏密如蠶。」王琦匯解：「唐時無官人白衣，八品九品官青衣。」

〔五〕「龍山」句：此用晉桓温九月九日遊龍山，參軍孟嘉隨從，風吹帽落而嘉不覺，世以爲勝絶之典故。龍山，指江陵。《方輿勝覽·湖北路》：「龍山，在江陵縣西，有落帽臺。」

〔六〕點，諸本作「照」，意遜。雞樹：語本《三國志·魏書·劉放傳》裴注「殿中有雞棲樹」，指中書省也。後亦以指宰相府中樹。白居易《和春深二十首》其三：「何處春深好，春深執政家。鳳池添硯水，雞樹落衣花。」此言在洛陽赴執政者之筵席。

〔七〕金榜主：謂及第者。金榜，科舉殿試揭曉之姓名榜。劉禹錫《送裴處士應制舉》：「彤庭翠松迎曉日，鳳銜金牓雲間出。」牓同榜。

〔八〕陶甄：本謂制陶。《文選·張華·女史箴》：「既陶既甄」，李善注：「如淳曰：陶人作瓦器謂之甄。」以喻陶冶教化。《晉書·樂志上》：「弘濟區夏，陶甄萬方。」

齊己詩歌繫年箋注卷第九

春寄尚顏〔一〕

含桃花謝杏花開〔二〕，杜宇新啼燕子來。好事可能無分得〔三〕，名山長似有人催。簷聲未斷前旬雨，電影還連後夜雷〔四〕。心跡共師争幾許，俗人嫌處自遲迴〔五〕。

【校箋】

〔一〕尚顏：唐末詩僧，出家荆門，入湘，居湘西麓山下某寺，與齊己爲詩友。詳見卷一《酬尚顏》注〔一〕。疑本篇亦作於居長沙時。

〔二〕含桃：櫻桃。白居易《南亭對酒送春》：「含桃實已落，紅薇花尚薰。」蓋三月春暮之時。

〔三〕無分：無緣。分謂緣分、福分。

〔四〕電影：電光、閃電。王績《詠巫山》：「電影江前落，雷聲峽外長。」

〔五〕俗，汲、《全詩》作「似」。遲迴：猶豫彷徨。鮑照《代放歌行》：「今君有何疾，臨路獨遲迴。」

寄梁先輩〔一〕

慈恩塔下曲江邊，別後多應夢到仙〔二〕。時去與誰論此事，亂來何處覓同年〔三〕。陳琳筆硯甘前席〔四〕，用里煙霞待共眠〔五〕。愛惜麻衣好顏色，未教朱紫汙天然〔六〕。

【校箋】

〔一〕梁先輩：唐末進士梁震。詳見卷一《荆渚病中因思匡廬遂成三百字寄梁先輩》注〔一〕。案梁震天祐四年登第後寓江陵。高季昌欲署判官，震恥之，終身不受辟署，只稱「前進士」，自號「荆台處士」。據「亂來」及尾聯「愛惜麻衣好顏色，未教朱紫汙天然」，詩當作於開平初，齊己時在長沙，思震而有寄。

〔二〕慈恩塔：指唐長安慈恩寺西院塔。宋敏求《長安志》卷八《唐京城二》：「大慈恩寺：隋無漏寺之地。武德初廢，貞觀二十二年，高宗在春宫，爲文德皇后立爲寺，故以慈恩爲名。」又：「寺西院浮圖六級，崇三百尺。」自注：「永徽三年，沙門玄奘所立。」曲江：唐都長安名勝之區。《關中勝蹟圖志》卷六《古蹟》：「《太平寰宇記》：『曲江池，其水曲折，有似廣陵之江，故名之。』

《西京記》：『朱雀街東第五街，皇城之東第三街，昇道坊龍華尼寺南，有流水屈曲，謂之曲江。』《劇談録》：『曲江，開元中疏鑿，遂爲勝境，其南有紫雲樓、芙蓉園，其西有杏園、慈恩寺，花卉環周，煙水明媚，都人遊玩，盛於中和、上巳之節，綵屋翠幬，匝於堤岸，鮮車健馬，比肩擊轂。上巳賜宴臣僚，京兆府大陳筵席。』」案乾寧三年（八九六）齊己遊長安，首聯「别後」指乾寧間與梁震結識於長安復告别。或據《唐國史補》卷下：「進士爲時所尚久矣。……既捷，列書其姓名於慈恩寺塔，謂之『題名』。會大醼於曲江亭子，謂之『曲江會』。」以爲首聯言雁塔「題名」、「曲江會」。蓋誤。天祐元年朱温脅昭宗遷都洛陽，而長安毁爲丘墟矣。

〔三〕「時去」句：時去、亂來，指唐祚滅亡。梁震天祐四年二月進士及第，三月朱温代唐，故云「亂來何處覓同年」。同年指同科及第者。《唐國史補》卷下：「（進士）俱捷謂之同年。」

〔四〕「陳琳」句：謂仰慕陳琳之文章而親近之。陳琳，建安七子之一。曹丕《典論·論文》：「今之文人，魯國孔融文舉，廣陵陳琳孔璋，山陽王粲仲宣，北海徐幹偉長，陳留阮瑀元瑜，汝南應瑒德璉，東平劉楨公幹，斯七子者，於學無所遺，於辭無所假，咸以自騁驥騄於千里，仰齊足而並馳。……琳、瑀之章表書記，今之儁也。」筆硯以喻文墨。前席：語本《史記·屈原賈生列傳》：「上因感鬼神事，而問鬼神之本，賈生因具道所以然之狀。至夜半，文帝前席。」謂移坐向前而近之。杜甫《送李校書二十六韻》：「汝翁草明光，天子正前席。」

〔五〕甪里煙霞：隱者居處之氣象。甪里，指商山四皓之甪里先生。詳見卷三《過商山》注〔六〕。

〔六〕「愛惜」二句：出句之「麻衣」，指平民之衣。杜甫《前苦寒行二首》其二：「楚人四時皆麻衣，楚天萬里無晶輝。」下句之「朱紫」，指高官之服飾。白居易《秦中吟十首·輕肥》：「朱紱皆大夫，紫綬悉將軍。」

荆渚偶作〔一〕

無味吟詩即把經〔二〕，竟將疎野訪誰行〔三〕？身依江寺庭無樹，山繞天涯路有兵。竹瓦雨聲漂永日〔四〕，紙窗燈焰照殘更。從容一覺清涼夢〔五〕，歸到龍潭掃石枰〔六〕。

【校箋】

〔一〕齊己至荆門居東郭之龍安（興）寺，詩中多以「江寺」、「江上寺」稱之，如卷二《歲暮江寺住》，卷七《謝王詹事垂訪》之「方悲鹿軫栖江寺，忽訝軺車降竹扉。」《江寺春殘寄幕中知己二首》之「山龜薜荔應殘雪，江寺玫瑰又度春。」《夏日寓居寄友人》之「日月坐銷江上寺」等。此言「身依江寺庭無樹」，蓋初入居時也。言「雨聲漂永日」蓋龍德二年春夏矣。

〔二〕把經：手持佛經（念誦）。韓偓《曲江秋日》：「有個高僧似圖畫，把經吟立水塘西。」

〔三〕疎野：秉性粗疏，不受拘束。白居易《答裴相公乞鶴》：「不知疎野性，解愛鳳池無？」

〔四〕竹瓦：竹棚之頂蓋。元稹《夜雨》：「竹瓦風頻裂，茅簷雨漸疏。」

〔五〕清涼夢：鮑溶《長安旅舍懷舊山》：「昨夜清涼夢本山，眠雲喚鶴有慙顔。」

〔六〕石枰：猶石牀。枰，《通俗文》：「獨坐曰枰，八尺曰牀。」此處龍潭石枰以指舊山故居。

城中晚夏思山〔一〕

葛衣沾汗功雖健〔二〕，紙扇摇風力甚卑。苦熱恨無行脚處，微涼喜到立秋時〔三〕。竹軒静看蜘蛛掛〔四〕，莎徑閑聽蟋蟀移。天外有山歸即是，豈同遊子暮何之〔五〕？

【校箋】

〔一〕據詩意本篇亦作於初居荆時，依前後詩篇編次繫龍德二年夏末立秋之時。城中即江陵城。

〔二〕葛衣：用葛製成之衣，夏日所穿，後用爲「夏衣」代稱。亦稱「葛絺」、「絺綌」。《韓非子·五蠹》：「冬日麑裘，夏日葛衣。」健：本爲雄健之意，後引爲善於、擅長之義，此則稱其效用大。

〔三〕「苦熱」二句：行脚，與「立秋」爲對，借言無落脚之地以避暑。立秋，王建《秋日後》：「立秋日後無多熱，漸覺生衣不着身。」

〔四〕竹軒：竹亭。杜牧《酬許十三秀才兼依來韻》：「多爲裁詩步竹軒，有時凝思過朝昏。」

〔五〕「天外」二句：尾聯以思歸舊山作結。天外山，謂舊山也。李陵《與蘇武三首》其二：「攜手上河梁，遊子暮何之。」

憶舊山〔一〕

誰請衰羸住北州〔二〕，七年魂斷舊山丘〔三〕。心清檻底瀟湘月，骨冷禪中太華秋〔四〕。高節未聞馴虎豹，片言何以傲王侯〔五〕。應須脱洒孤峰去，始是分明個剃頭〔六〕。

【校箋】

〔一〕詩言「七年魂斷舊山丘」，蓋滯荆七年矣，爲天成三年（九二八）詩。

〔二〕北州：指荆州。相對於瀟湘，荆州是爲北州。

〔三〕斷，《全詩》作「夢」。駱賓王《早秋出塞寄東臺詳正學士》：「鄉夢隨魂斷，邊聲入聽喧。」

〔四〕「心清」二句：此以瀟湘月、太華秋爲喻，自抒心志。「檻」謂江邊欄檻。韓愈《桃源圖》：「月明伴宿玉堂空，骨冷魂清無夢寐。」

〔五〕「高節」二句：此蓋以「高節未馴」、「片言非傲」寄喻居荆情懷。高節，高尚的節操。疑指稱首聯之「誰請」者，渚宫之「主人」也。「片言」與「高節」爲對，自謙之詞。寒山詩：「上上高節者，鬼神欽道德。」秦系《山中崔大夫有書相問》：「從來自多病，不是傲王侯。」

〔六〕「應須」二句：此言心無所繫寄跡深山乃亂世中爲僧之本。脱灑，無所拘牽。寒山詩：「只爲愛錢財，心中不脱灑。」元稹《盧頭陀詩》：「盧師深話出家由，剃盡心花始剃頭。」

寄體休〔一〕

南州歸去爲尋醫〔二〕，病色應除是舊時。久别莫忘廬阜約，却來須有洞庭詩。金陵往歲同窺井〔三〕，峴首前秋共讀碑〔四〕。兩處山河見興廢，相思更切卧雲期〔五〕。

【校箋】

〔一〕體休：長沙僧，詳見卷一《送休師歸長沙寧覲》注〔一〕。案齊己同光元（九二三）、二年間在荆門送體休歸長沙，此言久别，又曰「前秋共讀碑」，姑繫同光三年荆門作。

〔二〕歸：各本均作「君」。據《送休師歸長沙寧覲》、《懷體休上人》，知休師此行，既爲歸寧父母，兼尋醫療疾，當依底本作「歸」是。

〔三〕「金陵」句：蓋憶往日同遊，寄寓時事之感慨。窺井，用隋軍攻入金陵陳後主叔寶匿井中事，以言時政變遷。《南史·陳本紀下》載，禎明三年春正月，隋將賀若弼、韓擒虎兵入宫城，後主曰：「鋒刃之下，未可交當，吾自有計。」乃逃於井。既而軍人窺井而呼之，後主不應。欲下石，乃聞叫聲。以繩引之，驚其太重。及出，乃與張貴妃、孔貴人三人同乘而上。

〔四〕峴首讀碑：見卷二《讀峴山碑》注〔一〕。

〔五〕卧雲：高卧雲林之下，超脱紅塵之外。釋皎然《五言酬姚補闕南仲雲谿館中戲題隨書見寄》：「卧雲知獨處，望月憶同時。」

過陸鴻漸舊居〔一〕 陸生自有傳于井石。又云「行坐誦佛書」，故有此句。

楚客西來過舊居，讀碑尋傳見終初〔二〕。佯狂未必輕儒業，高尚何妨誦佛書〔三〕。種竹岸香連菡萏，煮茶泉影落蟾蜍。如今若更生來此，知有何人贈白驢〔四〕。時太守贈白驢。

【校箋】

〔一〕陸鴻漸：即陸羽，唐時隱士。本爲孤兒，蒙僧人收養。既長，以《易》自筮，得《蹇》之《漸》，遂取《漸》「鴻漸于陸，其羽可用爲儀」之語，自氏爲陸，名爲羽，字爲鴻漸。貞元末卒。事俱《新唐書》本傳。此「鴻漸舊居」指竟陵西塔寺。託名裴迪之《西塔寺陸羽茶泉》詩云：「竟陵西塔寺，蹤蹟尚空虚。不獨支公住，曾經陸羽居。草堂荒産蛤，茶井冷生魚。一汲清泠水，高風味有餘。」案乾寧二年（八九五）齊己自湘北遊，過竟陵，有《竟陵遇晝公》詩（卷二），疑此行過鴻漸舊居有作，言「楚客西來過舊居」是矣。

〔二〕「讀碑」句：言以碑所載陸氏自傳知其生平始末。題下原注：「陸生自有傳于井石。」案《文苑英華》卷七九三載陸氏自傳，名《陸文學自傳》，傳內自敘其生事、行止、性情、著述。

〔三〕題下原注：「又云『行坐誦佛書』，故有此句。」案《陸文學自傳》云：「上元初結廬於苕溪之湄，閉關讀書，不雜非類，名僧高士，談讌永日。常扁舟往來山寺，隨身唯紗巾、藤鞵、短褐、犢鼻。往往獨行野中，誦佛經，吟古詩，杖擊林木，手弄流水，夷猶徘徊，自曙達暮，至日黑興盡，號泣而歸。故楚人相謂：『陸子蓋今之接輿也！』三歲惸露，育於竟陵大師積公之禪院，九歲學屬文，積公示以佛書出世之業，子答曰：『終鮮兄弟，無復後嗣，染衣削髮，號爲釋氏，使儒者聞之，得稱爲孝乎？羽將授孔聖之文，可乎？』公曰：『善哉，子爲孝！殊不知西方染削之道，其名大矣。』公執釋典不屈，子執儒典不屈。」

〔四〕「知有」句：案《陸文學自傳》：「屬禮部郎中崔公國輔出守竟陵，因與之遊處，凡三年。贈白驢烏幫牛一頭，文槐書函一枚。白驢幫牛，襄陽太守李憕見遺，文槐函，故盧黄門侍郎所與。此物皆己之所惜也。宜野人乘蓄，故特以相贈。」

寄懷鍾陵舊遊因寄知己〔一〕

洪井僧來説舊遊〔二〕，西江東岸是城樓〔三〕。昔年淹跡因王化〔四〕，長日凭欄看水流。貞觀上人棲樹石，陳陶處士在林丘〔五〕。終拖老病重尋去，得到匡廬死便休。

【校箋】

〔一〕詩題「寄懷」之「寄」字疑衍。鍾陵：唐縣名，即今江西南昌。《元和郡縣圖志·江南道》：「南昌縣：漢高帝六年置。隋平陳，改爲豫章縣。寶應元年六月改爲鍾陵縣，十二月改爲南昌縣。」詩爲晚年居荆憶舊遊傷老病之作。依下篇姑繫長興間。

〔二〕洪，汲、《全詩》作「洸」，非。洪井：在唐時洪州南昌縣。按洪州以有洪崖井得名。《水經注·贛水》：「西行二十里曰散原山，疊嶂四周，杳邃有趣。晉隆安末，沙門竺曇顯建精舍于山南，僧徒自遠而至者相繼焉。西北五六里有洪井，飛流懸注，其深無底，舊説洪崖先生之井也。」

〔三〕西江：指贛江。贛江北流過南城縣（在南昌南）西，故稱。

〔四〕淹跡：久留。案齊己唐末光化四年（九〇一）曾遊洪州。

〔五〕「貞觀上人」二句：此蓋懷思棲居鍾陵之前賢。貞觀上人，未詳。陳陶處士，見卷三《過陳陶處士舊居》注〔一〕。《輿地紀勝·江南西路》：「陳處士園：南唐陳陶也，隱居東湖南岸，闢小園，植花竹，種蔬茹，日自灌溉。」時人多有題詠。

遣懷〔一〕

病腸休洗老休醫〔二〕，七十能饒百歲期〔三〕。不死任還蓬島客，無生自有雪山師〔四〕。浮雲聚散堪關慮〔五〕，明月相逢好展眉。既兆未萌閒酌度〔六〕，不如中抱自尋思〔七〕。

【校箋】

〔一〕詩云「七十能饒百歲期」，蓋長興四年七十歲前後之作。

〔二〕「病腸」句：《高僧傳·晉始寧山竺法義》：「至晉興寧中，更還江左，憩于始寧之保山，受業弟子常有百餘。至咸安二年，忽感心氣疾病。常存念觀音，乃見一人，破腹洗腸，覺便病愈。」王勃《黄帝八十一難經序》：「遥望氣色，徹視腑臟，洗腸刳胸之術，往往行焉。」

〔三〕「七十」句：句意謂至百歲之期歲月尚多。饒，多餘、剩餘。

〔四〕「不死」二句：蓬島客謂蓬萊仙人。無生爲佛教語，已見前注。雪山師，指佛祖，早年在雪山修行，亦稱雪山童子。劉禹錫《送慧則法師歸上都因呈廣宣上人》：「雪山童子應前世，金粟如來是本師。」

〔五〕堪，《全詩》作「俱」。

〔六〕既兆未萌：（事物）已出現徵兆而尚未發生。《國語·吳語》：「天占既兆，人事又見。」《商君書·更法》引語曰：「愚者暗於未成，智者見於未萌。」酌度：酌量。釋慧然《鎮州臨濟慧照禪師語録》：「還是，道流！目前靈靈地照燭萬般酌度世界底人與三界安名。」

〔七〕如，原作「知」，馮、汲、《全詩》作「如」，從之。自，《全詩》作「是」。中抱：猶中懷，心懷。王粲《水城賦》：「因上善以中抱，若崇牖之外隔。」

懷武陵因寄幕中韓先輩何從事〔一〕

武陵嘉致迹多幽〔二〕，每見圖經恨白頭〔三〕。溪浪碧通何處去，桃花紅過郡前流〔四〕。嘗聞相幕鴛鴻興〔五〕，日向神仙洞府遊。鑿井耕田人在否？如今天子正徵搜〔六〕。

【校箋】

〔一〕何從事：指何崇丘，武陵（治朗州，今湖南常德）幕府僚屬。詳見本集卷四《寄何崇丘員外》注〔二〕。詩言「每見圖經恨白頭」，當亦作於居荆期間，依前篇姑繫長興四年。

〔二〕嘉致：美好景致。項斯《姚氏池亭》：「池館饒嘉致，幽人愜所閑。」

〔三〕圖經：當指伍安貧所撰之《武陵圖志》。恨白頭：恨老邁，言不能往遊也。杜甫《陪王使君晦日泛江就黄家亭子二首》其一：「結束多紅粉，歡娱恨白頭。」

〔四〕「溪浪」二句：此聯所言「碧通何處」、「紅過郡前」，及下二聯所言之「神仙洞府」、「鑿井耕田」，均用桃花源典故。

〔五〕嘗，柳、汲、明抄、《全詩》作「常」。興，底本原缺，柳、汲、明抄、《全詩》作「興」，因據補。馮、清抄作「與」。案鴛鴻喻幕中僚友。見卷五《酬孫魴》注〔三〕。

〔六〕徵搜：徵召、搜羅人才。孫翃《文詞雅麗策》：「弓旌累降，徵搜是急。」案《通鑑》載天成長興間唐明宗李亶夕惕若厲，每焚香祝天：「願天早生聖人，爲生民主。」故「在位年穀屢豐，兵革罕用，校於五代，粗爲小康」。「天子徵搜」或指此。

贈樊處士〔一〕

小子聲名天下知〔二〕，滿簪霜雪白麻衣〔三〕。誰將一著争先後，共向長安定是非〔四〕。有路未曾謀日用〔五〕，無貪終不亂天機〔六〕。閒尋道士過仙觀，賭得《黄庭》兩卷歸〔七〕。

【校箋】

〔一〕樊處士、本篇寫作時地均無考。據頷聯當爲唐末天祐以前詩。

〔二〕小子：對後生晚輩及學生之通稱。

〔三〕白麻衣：猶白衣，未仕者之服。見卷二《贈曹松先輩》注〔四〕。

〔四〕「誰將」二句：此言不以一次應舉定人生之成敗。一著：以下棋落一子借指一事或某一步驟。此謂赴長安科考。

〔五〕謀，諸本作「迷」。

〔六〕無貪：猶不貪。杜甫《題張氏隱居二首》其一：「不貪夜識金銀氣，遠害朝看麋鹿遊。」

〔七〕黄庭：即《黄庭經》，道教經典名，見卷五《寄西山鄭谷神》注〔八〕。

荆渚逢禪友〔一〕

澤國相逢話一宵，雲山偶别隔前朝。社思匡岳無宗炳，詩憶揚州有鮑昭〔二〕。晨野黍離春漠漠〔三〕，水天星燦夜迢迢〔四〕。閒吟莫忘傳心祖，曾立堦前雪到腰〔五〕。

【校箋】

〔一〕禪友：同修禪法者。據詩意，此禪友蓋曾同遊廬山、揚州，爲光化、天復間事，别後歷經皇朝更替，則已值後梁代唐。然齊己龍德元年秋始入江陵，然則詩至早作於龍德二年春。

〔二〕「社思」二句：宗炳、鮑昭，見卷一《送東林寺睦公往吴國》注〔四〕、注〔五〕。

〔三〕晨，柳、明抄作「農」。黍離：黍穗蕃多而下垂貌。《詩·王風·黍離》：「彼黍離離，彼稷之苗。」漠漠：繁盛密布貌。白居易《題郡中荔枝詩十八韻兼寄楊萬州八使君》：「素華春漠漠，丹實夏煌煌。」

〔四〕迢迢，柳、汲、明抄、《全詩》作「遥遥」。古詩：「迢迢牽牛星，皎皎河漢女。」吕延濟注：「迢迢，遠皃。」

〔五〕「閒吟」二句：此用中國禪宗二祖慧可立雪斷臂事，心祖即指慧可。傳慧可至少林，求師事達摩，達摩不受，乃於寺門前，自斷左臂，大雪中徹夜侍立不動，遲明積雪過膝。念曰：「昔人求道，敲骨取髓，刺血濟饑，布髮掩泥，投崖飼虎。古尚如此，我又何人？」「惟願和尚慈悲，開甘露門，廣度群品。」師知是法器，遂傳心印。見《景德傳燈録》卷三。

送僧歸洛中〔一〕

赤日彤霞照晚坡〔二〕，東州道路興如何〔三〕？蟬離楚柳鳴猶少，葉到嵩雲落漸多〔四〕。海內自爲閑去住，關頭誰問舊經過。丁寧與訪春山寺，白樂天真在也麽〔五〕？

【校箋】

〔一〕據詩意蓋在荆門與禪友夜語後送其歸洛，當爲同時先後之作。

〔二〕赤日：何遜《學古三首》其一：「陣雲横塞起，赤日下城圓。」彤霞：曹唐《小遊仙》：「紅草青林日半斜，閑隨小鳳出彤霞。」

〔三〕東州：東方州郡，以指唐東都洛陽一帶。

〔四〕「蟬離」二句：《風騷旨格》引作「蟬離楚樹鳴猶少，葉到嵩山落更多。」《全唐詩》卷七九六無名氏句亦載録。此以言自楚至洛之道途。

〔五〕「丁寧」句：此句寄意洛中情事作結。丁寧，亦作叮嚀，囑咐也。訪春山寺，春日往訪香山寺也。白樂天真，白居易之寫真（畫像）。案大和六年，白居易在洛陽爲河南尹，佈施於龍門修建香山寺，有《修香山寺記》。開成五年，自編《洛中集》十卷藏於香山寺。會昌二年，寫真於香山寺藏經堂，時年七十一。時作詩云：「今爲老居士，寫貌寄香山。」參見《香山居士寫真詩》。

道林寓居〔一〕

秋泉一片樹千株，暮汲寒燒外有餘〔二〕。青嶂者邊來已熟，紅塵那畔去應疎〔三〕。風騷未肯忘雕琢，瀟灑無妨更剃除〔四〕。即問沃州開士僻〔五〕，愛禽憐駿意何如〔六〕？

【校箋】

〔一〕天祐三年（九〇六）齊己自衡岳至長沙，初居湘江東，秋末始入居道林寺，前後歷十年；據「來熟」、「去疎」等語，明爲是秋初入居之詩。

〔二〕「秋泉」二句：道林寺有陶太尉井，爲晉陶侃遺迹，見卷六《湘西道林寺陶太尉井》〔一〕。言暮汲承泉，寒燒承樹，謂僧家生資有餘。

〔三〕「青嶂」二句：青嶂者邊，指岳麓山「這邊」。紅塵那畔，謂湘江對岸之都市民居。兩者相對。

〔四〕「風騷」二句：風騷雕琢，謂作詩，屢見前注。剃除，剃髮，亦指剃除塵根。梁釋僧順《釋三破論》：「在家則有二親之愛，出家則有嚴師之重。論其愛也，髮膚爲上；稱其嚴也，剪落爲難。所以就剃除而歡，若辭父母而長往者。蓋欲去此煩惱，即彼無爲，髮膚之戀尚或可棄，外物之徒有何可惜哉！不輕髮膚，何以尊道？不辭天屬，何用嚴師？」

〔五〕士，馮、清抄本脱。沃州開士：指晉高僧支遁，晚年居剡之沃洲，屢見前注。

〔六〕何如，原作「如何」，柳、汲、明抄、《全詩》作「何如」，據改。愛禽憐駿：《高僧傳·晉剡沃洲山支遁》：「既而收迹剡山，畢命林澤。人嘗有遺遁馬者，遁愛而養之，時或有譏之者，遁曰：『愛其神駿，聊復畜耳。』後有餉鶴者，遁謂鶴曰：『爾冲天之物，寧爲耳目之翫乎？』遂放之。」

僊掌〔一〕

峭形寒倚夕陽天，毛女蓮花翠影連〔二〕。雲外自爲高出手，人間誰合鬪揮拳〔三〕。鶴抛青漢來岩檜〔四〕，僧隔黄河望頂烟。晴露紅霞長滿掌，只應栖托是神仙〔五〕。

【校箋】

〔一〕僊掌：即華山仙掌崖。《關中勝蹟圖志·名山》：「仙掌崖，《西京賦》：『綴以二華，巨靈贔屭，高掌遠蹠，以流河曲。』《西征賦》：『眺華嶽之陰崖，睹仙掌之遺跡。』《水經注》：『華嶽本一山當河，河水過而曲行，河神巨靈，手盪脚踏，開而爲兩。今掌足之跡仍存。』」「王涯《仙掌辨》：『峯有五崖，比齾破崖而列，自下遠望，偶爲掌形。』」齊己乾寧三年至長安，四年登太華謁鄭谷，詩當作於是時。

〔二〕毛女、蓮花：均爲華山山峰名。《關中勝蹟圖志·名山》：「毛女峯，《雍勝略》：『秦時宫人字玉姜，入山隱此峯上，食柏飲水，體生緑毛，人常見之。有毛女洞，洞中猶聞鼓琴之聲。其西爲太極總仙洞。下有車箱潭。』」「西峯即蓮花峯。《昭文館記》：『蓮花峯爲太上山，迴巒四合，三峯峥嶸，上廣十里。』《名山記》：『從雲臺望東西二峯，上分下合，若並蒂蓮花。南峯藏其間，如蓮房。』」

〔三〕「雲外」二句：此以仙掌高聳雲外寄意，歎「人間」節鎮紛争。

〔四〕青漢：青天。賈島《送穆少府知眉州》：「劍門倚青漢，君昔未曾過。」檜：木名，即圓柏。

〔五〕栖托：栖居。卷六《新燕》：「栖托近佳人，應憐巧語新。」

中秋月〔一〕

空碧無雲露濕衣，群星光外湧清規〔二〕。東樓莫礙漸高影〔三〕，四海待看當午時〔四〕。還許分明吟皓魄〔五〕，肯教幽暗取丹枝〔六〕？可憐半夜嬋娟影〔七〕，正對五侯殘酒池〔八〕。

【校箋】

〔一〕《唐詩紀事》卷七十五：「後唐明宗太子從榮，好作歌詩，高輦輩多依附之。……齊己《中秋詩》云：『東林莫礙漸高勢，四海正看當路時。』從榮果謀不軌，唱和者言涉嫌疑，皆就誅，惟齊己得荆帥高令公匿而獲免。」案高輦攀附從榮被誅在明宗長興四年十一月（九三三），事見新舊《五代史》、《資治通鑑》。其時齊己年已七十，滯居荆門達十二年而未曾至洛陽，言其「涉嫌」攀附從榮蓋不可信，以「東樓莫礙漸高勢，四海正看當路時」爲攀附之證據尤屬無稽。觀《白蓮集》中齊己與高輦酬答諸詩（卷三《寄還闕下高輦先輩卷》、卷四《謝高輦先輩寄新唱和集》、卷五《寄酬高輦推官》），皆爲一般詩文酬唱，無關政事。本篇蓋詠月即景之詩，疑或與前《僊掌》詩爲同時之作。是時藩鎮跋扈，昭宗失國，避禍華州，長安燔燒殆盡。所謂「群星光外湧清規」、「四海待看當午時」、「正對五侯殘酒池」皆寓針砭時局之意。

〔二〕群，《唐詩紀事》作「衆」。清規：指月。滿月如圓規，清輝皎潔，故云。盧照鄰《明月引》：「澄清規於萬里，照離思於千行。」

〔三〕樓，《全詩》注：「一作林。」影，《紀事》、《全詩》作「勢」。

〔四〕待，《全詩》注：「一作正。」午，《紀事》作「路」。《全詩》注：「一作路。」案「午」謂午夜，即半夜。韓愈《和崔舍人詠月二十韻》：「過隅驚桂側，當午覺輪停。」孫汝聽注：「午，夜半。」

〔五〕皓魄：皎潔的明月。權德輿《奉酬從兄南仲見示十九韻》：「清光杳無際，皓魄流霜空。」

〔六〕丹枝：桂枝，指月。傳説月中有丹桂。盧照鄰《明月引》：「横桂枝於西第，繞菱花於北堂。」廖凝《中秋月》：「遥遥望丹桂，心緒更紛紛。」

〔七〕嬋娟：形容月色美好。劉長卿《湘妃》：「嬋娟湘江月，千載空蛾眉。」

〔八〕池，《紀事》作「巵」。《全詩》注：「一作卮。」案卮、巵字同，古代酒器。作酒巵意勝。五侯：泛指豪門權貴。李白《流夜郎贈辛判官》：「昔在長安醉花柳，五侯七貴同杯酒。」

送禪者遊南岳〔一〕

忽隨南棹去衡陽〔二〕，誰住江邊樹下房。塵夢是非都覺了〔三〕，野雲心地更何妨〔四〕？漸臨瀑布聽猿思，却背岣嶁看鴈行〔五〕。想到中峰上層寺，石窗秋霽見瀟湘。

【校箋】

〔一〕據詩意及本卷編次，宜作於開平初居長沙時。

〔二〕衡，原作「潯」，據柳、汲、明抄、《全詩》改。

〔三〕「塵夢」句：唐宗密《圓覺經道場修證儀》卷四：「推逐根塵（夢境）因妄念（夢想），細尋妄念託無明（睡也）。無明無體依真性（牀上本身），若無真性即無情（本不無佛性也。無分別情識）。情如夢想迷如睡，性如牀上本身形。睡覺夢空身本在，迷除念滅性圓靈。」

〔四〕野雲心地：謂心如野雲。姚合《寄舊山隱者》：「未改當時居，心事如野雲。」案釋家多以喻心性自由無所拘牽。《景德傳燈録·前華亭船子德誠禪師法嗣》載唐澧州夾山善會禪師語云：「虚空無影像，足下野雲生。」同書《前樂普山元安禪師法嗣》載唐京兆永安院善静禪師語曰：「竹密豈妨流水過，山高那阻野雲飛。」心地，見卷七《寄廬岳僧》注〔五〕。

〔五〕看，汲、《全詩》作「有」。岣嶁：衡山主峰，見卷二《送劉秀才南遊》注〔三〕。看鴈行：暗用雁飛不過衡陽回雁峰典。

聞道林諸友嘗茶因有寄〔一〕

旗槍冉冉緑叢圓〔二〕，穀雨初晴叫杜鵑。摘帶岳華蒸曉露〔三〕，碾和松粉煮春泉〔四〕。高人愛惜藏岩裏〔五〕，白甀封題寄火前〔六〕。應念苦吟耽睡起〔七〕，不堪無過夕陽天。

【校箋】

〔一〕此亦居道林寺詩。姑依下篇繫開平初。

〔二〕旗槍，柳、汲、明抄、《全詩》作「槍旗」。圓，汲、《全詩》作「園」。案旗槍亦作槍旗、鎗旗，緑茶名。詳見卷四《謝人惠扇子及茶》注〔一〕。此以指新芽。冉冉：嫩葉柔美之貌。謝脁《詠落梅》：「新葉初冉冉，初蕊新菲菲。」

〔三〕岳，馮、清抄本作「垂」，蓋爲「岳」之形訛。岳華：山岳之精華。此言茶葉含藴山岳之精氣。

〔四〕「碾和」句：謂取泉水沖泡，並用松黄同泡。碾，茶具。已見前注。松粉，松黄。見卷六《詠茶二十韻》注〔十三〕。

〔五〕愛，諸本均作「夢」。宋王觀國《學林》卷八「茶詩」條、宋陳景沂《全芳備祖後集》卷二八條、宋阮閲《詩話總龜後集》卷三〇、宋胡仔《苕溪漁隱叢話》前集卷四六、明胡震亨《唐音癸籤・詁箋五》「火前」條、明方以智《通雅》卷三九「茶飲之妙古不如今」條，録齊己詠茶句均作「高人愛惜藏岩裏」，據改。

〔六〕甀，諸本作「硾」。案硾、甀均讀若「墜」，「硾」爲舂搗之義，「甀」乃陶製容器，甕罌之類。言「白甀封題」，不當作「硾」。上引《詩話總龜》、《唐音癸籤》等均作「甀」，因據改。《苕溪漁隱叢話》引作「瓻」，亦容器。

〔七〕念，馮、清抄本作「合」。

將歸舊山留別錯公〔一〕

舊峰前昨下來時，白石叢叢間紫薇〔二〕。章句不堪歌有道，溪山只合退無機〔三〕。雲含暖態晴猶在〔四〕，鶴養閑神晝不飛。欲去更思過丈室〔五〕，二年頻此挹清暉〔六〕。

【校箋】

〔一〕錯公：無考。據本卷編次，詩當作於居長沙期間。案齊己天祐三年（九〇六）春自衡山至長沙，初時寄居湘江東某寺，後始被接納入居嶽麓山道林寺。本集卷八《林下留别道友》云：「住亦無依去是閒，何心終戀此林間。片雲孤鶴東西路，四海九州多少山。……秋來洗浣行衣了，還爾鄰僧舊竹關。」即表達告别長沙離去之心情。本篇情懷相同。言「二年頻此挹清暉」，疑作於至長沙第二年初入居道林寺不久時。舊山指衡山所居寺。錯公蓋長沙僧。

〔二〕紫薇：花木名，夏秋開花，花淺紅紫色。劉禹錫《和郴州楊侍郎翫郡齋紫薇花十四韻》：「南方足奇樹，公府成佳境。緑陰交廣除，明豔透蕭屏。」

〔三〕「章句」二句：此透露在長沙不爲容納之原因。亦即「章句（詩作）」之事不合於「道」，只合退居「溪山」。無機，無機巧之心，没有心計，語本《莊子·天地》。

〔四〕暖，汲、《全詩》作「曖」。

〔五〕丈室：即方丈室，寺院住持之居室。此指錯公居室。《釋氏要覽·住處》：「方丈：蓋寺院之正寢也。始因唐顯慶年中，敕差衛尉寺承李義表、前融州黄水令王玄策往西域充使，至毗耶黎城東北四里許，維摩居士宅示疾之室遺址，疊石爲之，王策躬以手板縱横量之，得十笏，故號方丈。」

〔六〕挹，汲、《全詩》作「揖」，字通，推挹、仰慕之義。清暉：清光。

聞尚顔上人剏居有寄〔一〕

麓山南面橘洲西〔二〕，别構新齋與竹齊〔三〕。野客已聞將鶴贈〔四〕，江僧未説有詩題。窗臨杳靄寒千嶂〔五〕，枕遍潺湲月一溪。可想乍移吟榻處〔六〕，松陰冷濕壁新泥。

【校箋】

〔一〕尚顔：唐末詩僧，汾州人，約開平年間來遊瀟湘，築居長沙，與齊己相唱和。詳見卷一《酬尚顔》注〔一〕。此言别構新居，又下篇題《庚午歲九日作》，是當爲開平三、四年詩。剏同創。

〔二〕麓山：岳麓山。橘洲：橘子洲。均見前注。

〔三〕別構，《小清華園詩談》、《貫華堂選批唐才子詩》作「聞道」。

〔四〕已聞，《貫華堂選批唐才子詩》作「可曾」。

〔五〕臨，《貫華堂選批唐才子詩》作「中」。遍，《貫華堂選批唐才子詩》作「上」。

〔六〕可想乍移，《貫華堂選批唐才子詩》作「此處正安」。吟，汲、《全詩》作「禪」。《全詩》注：「一作吟。」處，《貫華堂選批唐才子詩》作「好」。

庚午歲九日作〔一〕

門底秋苔嫩似藍〔二〕，此中消息興何堪〔三〕。亂離偷過九月九，頭尾算來三十三〔四〕。雲影半晴開夢澤，菊花微暖傍江潭。故人今日在不在？胡雁背風飛向南。

【校箋】

〔一〕案開平四年（九一〇）歲次庚午，齊己四十七歲，居長沙道林寺，九月九日重陽日作。

〔二〕藍：草名，葉藍緑色，可作染料。《説文》：「藍，染青草也。」《詩·小雅·采緑》：「終朝采藍，不盈一襜。」

〔三〕消息：事物消長的資訊。

〔四〕十，底本涉上句訛作「月」，諸本均作「十」，據改。此句，意未詳，疑指少年受沙彌戒爲僧迄今三十三歲矣，於是深懷昔日大溈山道院故友也。案《摩訶僧祇律》卷二十九以年齡區別沙彌爲三種：年七至十三歲者爲驅烏沙彌。年在十四至十九歲者爲應法沙彌，即可參與出家生活之沙彌。年齡超過二十歲仍未受具足戒者，稱名字沙彌。

逢進士沈彬〔一〕

欲話趨時首重搔，因君倍惜剃頭刀〔二〕。千般貴在能過達〔三〕，一片心閒不那高〔四〕。山疊好雲藏玉鳥〔五〕，海翻狂浪隔金鰲〔六〕。時應記得長安事，曾向文場屬思勞〔七〕。

【校箋】

〔一〕沈彬：詳見卷一《寓居岳麓謝進士沈彬再訪》注〔一〕。本篇當爲與沈彬初次相逢之作，疑當作於齊己居衡山入雲陽山，作《宿沈彬進士書院》前。

〔二〕「欲話」二句：首聯寫初逢，出句言沈，對句自言。趨時，迎合時尚。陶淵明《勸農》：「紛紛士女，趨時競逐。」首重搔：反復搔頭，焦急思慮之貌。《詩·邶風·靜女》：「愛而不見，搔首踟躕。」

〔三〕過達：超越於「窮達」之慮，即莊子「達生」之意。

〔四〕不那：不奈，亦作不耐，忍受不了。高謂處高位，官高禄厚之義。案本句，《説郛》本《風騷旨格》引作「千般自在無過達，一片心閒不奈高」。乃承首聯贊沈胸襟「過達」，勿以科第爲意。

〔五〕玉鳥：《太平廣記》卷四百一引《列異傳》：「邴浪於九田山見鳥，狀如雞，色赤，鳴如吹笙。射之中，即入穴。浪遂鑿石，得一赤玉如鳥形狀。」

〔六〕金鰲：傳説海中背負仙山的大龜。《楚辭·天問》：「鼇戴山抃，何以安之？」王逸注引《列仙傳》：「有巨靈之龜，背負蓬萊之山而抃舞，戲滄海之中。」後代宮殿陛石鐫刻巨鰲，乃稱鰲宮。王建《宫詞》其一：「蓬萊正殿壓金鰲，紅日初生碧海濤。」頸聯轉寫山海好景，切遊湖湘、隱雲陽之意象。

〔七〕「時應」二句：案沈彬光化初入長安三舉不第，遂遊長沙。尾聯指此。此點明長安應舉不第，映照首聯作結。

聞王員外新恩有寄〔一〕

欲退無因貴逼來〔二〕，少儀官美右丞才〔三〕。青袍早訪淹花幕〔四〕，霜簡方聞謝柏臺〔五〕。金諸静宜資講誦〔六〕，玉山寒稱奉罇罍〔七〕。西峰有客思相賀，門隔瀟湘雪未開〔八〕。

【校箋】

〔一〕據尾聯，本篇作於居長沙道林寺期間。王員外無考。

〔二〕貴逼：謂富貴逼人，己所不欲而自來。《隋書·楊素傳》：「顧謂素曰：『善自勉之，勿憂不富貴。』素應聲答曰：『臣恐富貴來逼臣，臣無心圖富貴。』」貫休《送崔使君》：「士有貴逼，勢不可遏。」

〔三〕「少儀」句：少儀官，即禮部員外郎。唐代謂禮部員外郎爲小儀，亦曰少儀。司空圖《少儀》：「昨日登班綴柏臺，更慚起草屬微才。錦窠不是尋常錦，兼向丘遲奪得來。」錦窠者，即「瑞錦窠」。宋敏求《春明退朝録》卷上載唐舊説，謂「（禮部）員外郎爲瑞錦窠」。按此官爲清要之職，故曰「官美」。

〔四〕訪，汲、《全詩》作「許」。青袍：禮部員外郎爲從六品上，官袍用緑，故稱「青袍」。淹花幕：即淹華幕，謂文才聚集之幕府。王僧孺《詹事徐府君集序》：「重以姿儀端潤，趨眄淹華，寶佩鳴風，豐貂映日，從容帷扆，綽有餘輝。」淹華，言形容儀表文雅優美。

〔五〕「霜簡」句：此蓋言其辭任柏臺之職。霜簡，御史彈劾官員的奏章。御史職司彈劾，爲風霜之任，故稱。柏臺，御史臺。《漢書·朱博傳》：「（御史）府中列柏樹，常有野鳥數千棲宿其上，晨去暮來，號曰『朝夕烏』。」

〔六〕金諾：一諾千金之意，形容言語誠信。語本《史記·季布列傳》：「楚人諺曰：『得黃金百斤，不如得季布一諾。』」庾信《和張侍中述懷》：「徒懷琬琰心，空守黄金諾。」

〔七〕玉山：喻儀容俊美。《世説新語·容止》：「嵇叔夜之爲人也，巖巖若孤松之獨立。其醉也，傀俄若玉山之將崩。」

〔八〕開，馮、清抄作「來」。

秋夕言懷寄所知〔一〕

休問蒙莊材不材〔二〕，孤燈影共傍寒灰。忘詮話道心甘死〔三〕，候體論詩口懶開〔四〕。窗外風濤連建業〔五〕，夢中雲木憶天台〔六〕。相疎却是相知分〔七〕，誰訝經年一度來。

【校箋】

〔一〕詩言「窗外風濤連建業，夢中雲木憶天台」，蓋作於天復遊吴越登天台之後，據編次當爲開平、乾化年間居長沙道林寺時詩。

〔二〕「休問」句：典本《莊子·山木》：「莊子笑曰：周將處夫材與不材之間。材與不材之間，似之而非也，故未免乎累。」意謂不材無用，故得全生，材有用者，横遭斫伐。此爲人間世自全之理。

〔三〕詮：通「筌」，亦作「荃」，捕魚器。《莊子·外物》：「荃者所以在魚，得魚而忘荃。」

〔四〕候體：問安。候爲探問、拜訪之義。

〔五〕建業：今南京，詳見卷一《送徐秀才之吴》注〔六〕。齊己天復三年曾遊吴，旅居建業。

〔六〕木，《全詩》作「水」。天台：天復二年齊己遊吴越，入天台。詳參卷三《贈無本上人》注〔一〕。

〔七〕分：情分，情誼。曹植《王仲宣誄》：「吾與夫子，義貫丹青，好和琴瑟，分過友生。」

答禪者〔一〕

五老峰前相遇時〔二〕，兩無言語只揚眉〔三〕。南宗北祖皆如此〔四〕，天上人間更問誰？山衲静披雲片片，鐵刀涼削鬓絲絲。閒吟莫學湯從事，抛却袈裟負本師〔五〕。

【校箋】

〔一〕據本卷編次，本篇當亦開平、乾化年間居長沙道林寺時作。

〔二〕「五老」句：光化三、四年齊己遊洪州、入廬山。「峰前相遇」當指此。

〔三〕揚眉：揚眉動目，禪僧借以示法，表示有所悟入。詳見卷五《渚宫莫問詩一十五首》其十三注

〔五〕。

〔四〕南宗北祖：指禪宗南宗慧能與北宗神秀。皆如此：指不立文字、以心傳心之禪法。

〔五〕「閒吟」二句：此用湯惠休之事。《南史·徐湛之傳》：「時有沙門釋惠休善屬文，湛之與之甚厚。孝武命使還俗。本姓湯，位至揚州從事史。」

寄尚顏 公受徐州薛尚書見知〔一〕。

莫向孤峯道息機〔二〕，有人偷眼羨吾師。滿身光化年前寵，幾軸開平歲裏詩〔三〕。北闕故人隨喪亂，南山舊寺在參差〔四〕。清吟但憶徐方政〔五〕，應恨當時不見時〔六〕。

【校箋】

〔一〕題下原注「徐州薛尚書」謂薛能，字大拙，曾爲工部尚書，轉徐州刺史感化軍節度使，徙忠武（許州）節度使，廣明元年（八八〇）全家爲亂軍殺害。蓋尚顏爲薛能宗人，詳見卷一《酬尚顏》注〔一〕。本篇當亦作於開平、乾化間齊己居長沙道林寺期間。

〔二〕息機：泯滅機心。《楞嚴經》卷六：「息機歸寂然，諸幻成無性。」

〔三〕光化：唐昭宗年號（八九八—九〇一）。案卷一《酬尚顏》言其「名高身倍閑」、「久離王者闕」，卷七《酬尚顏上人》云「紫綬蒼髭百歲侵」，知尚顏唐末曾入朝賜紫。後梁太祖開平間（九〇七—九一一）與齊己唱酬於長沙。

〔四〕「北闕」二句：北闕故人，當指京中舊友。南山舊寺，爲尚顏在長安終南山所居。

〔五〕「清吟」句：徐方爲古徐國，此謂徐州，薛能主徐州藩方之政務，故稱。《詩·大雅·常武》：「王猶允塞，徐方既來。」案《唐才子傳》謂薛能「耽癖於詩，日賦一章爲課」，有集十卷。《全唐詩》録詩四卷三百餘首。

〔六〕「應恨」句：《文苑英華》卷七百十四載顧蕘《顏上人集序》曰：「蕘同年文人，故許州節度使尚書薛公字大拙，以文人不言其名，擅詩名於天下，無所與讓。唯於顏公許待優異，每吟其警句。常曰：『吾不喜顏爲僧，喜有詩僧爲吾枝派，以增薛氏之榮耳。』」

梓栗杖送人〔一〕

禪家何物贈分襟〔二〕，只有天台杖一尋〔三〕。拄去客歸青洛遠，采來僧入白雲深〔四〕。遊山曾把探龍穴，出世期將指佛心〔五〕。此日江邊贈君後，却携筇竹向東林〔六〕。

【校箋】

〔一〕梓栗：梓木與栗木。案僧家有榔栗杖，《五燈會元》卷十五《雲門山文偃禪師》：「天親菩薩無端變作一條榔栗杖。」謂禪杖也。羅願《新安志》卷二：「榔栗小木，可用以爲杖。」賈島《送空公往金州》：「七百里山水，手中榔栗藤。」曹松《答匡山僧贈榔栗杖》：「栗杖出匡頂，百中無一枝。」此「梓栗」當爲榔栗之訛。蓋音近也。據詩尾聯並前後詩編次，蓋作於乾化末居長沙道林寺思遊廬山之時，以栗杖贈道友歸洛，己擬攜筇竹杖赴東林寺也。

〔二〕分襟：分别。駱賓王《秋日别侯四》：「歧路分襟易，風雲促膝難。」

〔三〕一尋：古八尺稱尋。

〔四〕「拄去」二句：此蓋言杖爲天台僧深山所采，今乃送與歸洛之遠客。青洛，江西青原山和浙江洛迦山之並稱，泛指佛教聖地。

〔五〕「遊山」二句：此憶拄杖遠遊、虔誠奉佛之往事。

〔六〕竹，《全詩》作「杖」。筇竹即筇竹杖，屢見前注。「此日」二句：「携向東林」，思入廬山東林寺也，蓋齊己多年之願。

寄朗陵二禪友〔一〕

瀟湘曾宿話詩評，荆楚連秋阻野情。金錫罷遊雙鬢白，鐵盂終守一齋清〔二〕。篇章老欲齊高手，風月閒思到極精〔三〕。南望山門石何處？滄浪雲夢浸天横〔四〕。

【校箋】

〔一〕朗陵：唐朗山縣，今河南確山縣。《元和郡縣圖志·河南道》：「朗山縣，本漢安昌縣地，屬汝南郡。東漢省。後魏太平真君二年，於朗陵故城復置。隋開皇三年移於今理，屬豫州，十六年改爲朗山縣。」「朗陵山，一名大朗山，在縣西北三十里。」「朗陵故城，漢縣也，在縣西南三十五里。」據「瀟湘曾宿」、「荆楚連秋」、「罷遊鬢白」、「終守一齋」，詩蓋作於居江陵不久時，姑繫於龍德三年（九二三）秋。

〔二〕「金錫」二句：金錫、鐵盂，即錫杖、鉢盂，皆比丘十八物之一，僧人出行所携道具。詳見卷一《仰》注〔六〕。罷遊、守齋，謂高季昌遮留於江陵也。

〔三〕「篇章」二句：篇章、風月，均指詩文創作。

〔四〕「南望」二句：滄浪、雲夢，古水、澤名，均在江陵南，屢見前注。此南望舊山雲水蒼茫意。

燈〔一〕

幽光耿耿草堂空，窗隔飛蛾恨不通。紅燼自凝清夜朵〔二〕，赤心長謝碧紗籠〔三〕。雲藏水國城臺裏，雨閉松門殿塔中。金屋玉堂開照睡〔四〕，豈知螢雪有深功〔五〕？

【校箋】

〔一〕據詩意，本篇乃作於居荊門草堂期間，借燈光自攄心志。姑依齊己遷居草堂時間繫同光、天成之際。

〔二〕「紅燼」句：此言燈焰久燃凝結爲一朵紅色燈花。燼，燈花。庾信《燈賦》：「燼長宵久，光青夜寒。」劉禹錫《冬日晨興寄樂天》：「燈挑紅燼落，酒暖白光生。」

〔三〕赤心：指燈芯。碧紗籠：此指碧紗所製之燈罩。于鵠《宿西山修下元齋詠》：「碧紗籠寒燈，長幡綴金鈴。」

〔四〕金屋玉堂：喻豪華居所。《漢武故事》：「若得阿嬌作婦，當作金屋貯之。」又漢長安有玉堂殿，以玉石爲基。開照：猶朗照。沈約《修竹彈甘蕉文》：「巫岫斂雲，秦樓開照。」

〔七〕「豈知」句：用「囊螢」、「映雪」典。囊螢，見卷八《螢》注〔五〕。映雪，《南史·孫伯翳傳》：

「父康，貧，常映雪讀書，清介，交遊不雜。」

寄金陵幕中李郎中〔一〕

龍門支派富才能〔二〕，年少飛翔便大鵬。久侍尊罍臨鐵瓮〔三〕，又從幢節鎮金陵〔四〕。精神一隻秋空鶴，騷雅千尋夏井冰。長憶相招宿華館，數宵忘寢盡寒燈。

【校箋】

〔一〕金陵幕：唐末昇州節度使幕府，治金陵（今南京市），吴改金陵府。《文獻通考·輿地考四》：「建康府：本潤州江寧縣，唐至德二載，以縣置昇州，上元二年廢。光啟三年，復以潤之上元、句容，宣之溧陽、溧水四縣置昇州。屬江南道。吴爲金陵府，南唐改江寧府。」此處「金陵幕」指五代吴國執政徐温之鎮海軍幕府，參見本篇注〔四〕。李郎中：疑即詩人李咸用。本集卷二有《贈浙西李推官》，本卷有《懷金陵李推官僧自牧》。浙西李推官即金陵李推官，本卷《得李推官近寄懷》云：「荆門前歲使乎回，求得星郎近製來。」是此李郎中即李推官，得授郎官銜也。案齊己天復三年遊吴至潤州、金陵等地，詩言「長憶相招宿華館，數宵忘寢盡寒燈」，蓋憶金陵舊遊情事。謂「久侍尊罍臨鐵甕，又從幢節鎮金陵」，即本年夏隨徐温移鎮金陵也。乃作於貞明三年(九一七)秋。

〔二〕龍門：用後漢李膺事，以喻名士之府第。詳見卷七《謝秦府推官寄丹臺集》注〔三〕。

〔三〕侍，原作「待」，汲、馮、明抄、清抄作「侍」，從之。侍尊罍：言侍幕主之宴會。尊罍泛指酒器。鐵瓮：指潤州城城池堅固。劉禹錫《浙西李大夫述夢四十韻并浙東相公酬和斐然繼聲》：「土山京口峻，鐵瓮郡城牢。」自注：「舊説潤州城如鐵瓮，見韓琬《南征記》。」杜牧《潤州》其二：「城高鐵瓮横强弩，柳暗朱樓多夢雲。」自注：「潤州城孫權築，號爲鐵瓮。」

〔四〕幢節：猶旌節，旗幟儀仗。鮑溶《和淮南李相公夷簡喜平淄青迴軍之作》：「横笛臨吹發曉軍，元戎幢節拂寒雲。」案「久待」二句言李郎中隨主帥自潤州移鎮金陵。《資治通鑑》卷二六九載，貞明元年，吴以鎮海節度使徐温爲管内水陸馬步諸軍都指揮使、兩浙都招討使、守侍中、齊國公，鎮潤州。貞明三年夏五月，徐温行部至昇州，愛其繁富，乃徙鎮海軍治所於昇州。

寄韓蜕秀才〔一〕

松門高不似侯門，蘚徑鞋蹤觸處分。遠事即爲無害鳥，多閒便是有情雲。那憂寵辱來驚我〔二〕，且寄風騷去敵君。知伴李膺琴酒外〔三〕，絳紗閒卷共論文〔四〕。

【校箋】

〔一〕韓蜕：見卷一《送韓蜕秀才赴舉》注〔一〕。本篇當爲《送韓蜕秀才赴舉》同時之作，爲天祐三年長沙詩。言「松門高不似侯門」，「知伴李膺琴酒外」，蓋韓蜕亦出入長沙幕府中人也。

〔二〕寵辱：得失也。《老子》十三章：「得之若驚，失之若驚，是謂寵辱若驚。」《世説新語·棲逸》：「羲之曰：此公近不驚寵辱，雖古之沉冥，何以過此。」

〔三〕知，《全詩》作「和」，中華書局點校本《全唐詩》校作「知」。李膺：漢代賢者，此借言才德高尚之長者。

〔四〕絳紗：謂絳紗帳。《後漢書·馬融列傳》：「常坐高堂，施絳紗帳，前授生徒，後列女樂，弟子以次相傳，鮮有入其室者。」

湘中春興〔一〕

雨歇江明苑樹乾，物妍時泰恣遊盤〔二〕。更無輕翠勝楊柳，盡覺濃華在牡丹。終日去還抛寂寞，遶池迴却凭欄杆。紅芳片片由青帝，忍向西園看落殘〔三〕。

【校箋】

〔一〕依編次，此詩當作於居長沙之時，姑繫天祐間。

〔二〕物妍：風物美好。時泰：時世安和。李白《送楊少府赴選》：「時泰多美士，京國會纓簪。」遊盤：遊樂。孟浩然《遊雲門寺寄越府包户曹徐起居》：「久負獨往願，今來恣遊盤。」

〔三〕落殘：落花殘紅。韋應物《西郊期滁武不至書示》：「山高鳴過雨，澗樹落殘花。非關春不待，當由期自賒。」

送錯公栖公南遊〔一〕

洪偃湯休道不殊〔二〕，高駢共載興何俱。北京喪亂離丹鳳〔三〕，南國煙花入鷓鴣〔四〕。明月團圓臨桂水，白雲重疊起蒼梧〔五〕。威儀本是朝天士〔六〕，暫向遼荒住得無〔七〕？

【校箋】

〔一〕錯公：據前《將歸舊山留別錯公》，錯公乃長沙僧。栖公：釋栖隱，見卷四《寄懷江西栖公》注〔一〕。案栖隱黄巢亂後自江西入荆楚，登衡山，光化三年（九〇〇）遊番禺，至後唐同光二年（九二四）歸洪州上藍禪寺。此言「北京喪亂離丹鳳」，當指錯公；據前後詩編次，「北京喪亂」

宜指朱温毁長安宫室挾昭帝遷洛陽，弑帝滅唐事，是本篇亦開平元年春齊己於長沙送二公。

〔二〕洪偃（五〇四—五六四）：南朝梁、陳間僧人，俗姓謝氏，會稽山陰人。《續高僧傳》謂其「風神穎秀，弱齡悟道，晝讀經論，夜諷詩書，良辰華景，未嘗廢學」，「仰膺法輪，總持諸部」，「貌、義、詩、書，號爲四絶，當時英傑皆推賞之」。湯休：惠休，屢見前注。此借以稱道錯公、栖公。

〔三〕北京：唐以太原爲北京。此以北京對南國，蓋泛言唐京都，包括長安、洛陽，均處北地。宋之問《别之望後獨宿藍田山莊》：「爾尋北京路，予卧南山阿。」丹鳳：唐大明宫（蓬萊宫）南面五門，正門曰丹鳳，門上爲丹鳳樓，帝王往往御丹鳳樓下制詔。此指朝廷。杜甫《送覃二判官》：「餞爾白頭日，永懷丹鳳城。」

〔四〕煙花：喻春光明媚春雨如酥。見卷八《寄澧陽吴使君》注〔四〕。入鷓鴣：鷓鴣聲聲入耳。宋之問《在荆州重赴嶺南》：「還將鵷鷺羽，重入鷓鴣群。」

〔五〕「明月」二句：桂水、蒼梧，均在唐嶺南道，今在廣西。《元和郡縣圖志·嶺南道》：「梁天監六年，立桂州於蒼梧、鬱林之境，因桂江以爲名，大同六年移於今理。」又臨桂縣：「桂江，一名灕水，經縣東，去縣十步。」又梧州：「古越地也，秦南取百越，以爲桂林郡。秦末，趙佗自立爲南越王，其地復屬焉。漢元鼎六年平吕嘉，又以其地爲蒼梧郡之廣信縣……自漢至陳，爲郡不改。隋開皇十年罷郡爲蒼梧縣，屬静州，大業三年罷静州，復爲蒼梧郡。武德五年，於郡置梧州。」

〔六〕威儀：指僧人合乎律儀規範之莊重的儀容舉止。見卷二《寄懷江西徵岷二律師》注〔四〕。朝天：朝見帝王。

〔七〕遼荒：僻遠之地。

寄南嶽諸道友〔一〕

南望衡陽積瘴開，去年曾踏雪遊回〔二〕。謾爲楚客蹉跎過〔三〕，却是邊鴻的當來〔四〕。乳竇孤明含海日〔五〕，石橋危滑長春苔〔六〕。終尋十八高人去，共坐蒼崖養聖胎〔七〕。

【校箋】

〔一〕齊己天祐三年自衡山入長沙，此當爲初至長沙所作。

〔二〕年，馮、清抄脱，句作「去曾踏雪□遊回」。

〔三〕謾：聊且。楚客：本指屈原，遭放逐流落他鄉，故稱。後亦以泛指客居他鄉者。岑參《送人歸江寧》：「楚客憶鄉信，向家湖水長。」蹉跎：失意貌。謝朓《和王中丞聞琴》：「無爲澹容與，蹉跎江海心。」

〔四〕的當：的確，確實。吕巖《七言》：「的當南遊歸甚處，莫交鶴去上天尋。」

〔五〕乳竇：鐘乳石洞。此蓋指朱陵洞，在衡山上。宋人張舜民《郴行録》言「朱陵洞，亦謂之朱陵仙府，有唐人題刻散滿巖上」。《輿地紀勝·荆州南路》：「合江亭，在石鼓山後。唐刺史齊映建，韓愈有詩云：『江亭枕湘江，蒸水會其左。瞰臨眇空闊，净緑不可唾。』注云：『亭在衡州負郭。今之石鼓頭，即其地也。地形特異，巋然崛起於二水之間，旁有朱陵洞，亦謂之朱陵仙府。』」今衡山有仙人洞，爲諸洞之最大者，洞中石鐘乳、石筍甚多。孤明：孤高而明亮。

〔六〕石橋：衡山之勝迹。見卷二《送劉秀才南遊》注〔六〕。

〔七〕「終尋」二句：此言將入廬山修道。十八高人，佛教多有十八高人之説，按指蓮社十八賢也。養聖胎，見卷八《自貽》注〔二〕。

送韓蜕秀才赴舉〔一〕

槐花館騆莫塵昏，此去分明吏部孫〔二〕。才氣合居科第首〔三〕，風流幸是薦紳門〔四〕。春和洛水清無浪，雪洗高峰碧斷根。堪想都人齊指點，列仙相次上崑崙〔五〕。

【校箋】

〔一〕本篇與卷一《送韓蜕秀才赴舉》爲同時之作，繫天祐三年。

〔二〕吏部孫：此借韓愈美稱韓蜕之才學。吏部，即韓愈。韓愈官至吏部侍郎，後人遂稱韓吏部。羅隱《遊北湖》：「醒心亭下水涵天，吏部風流三百年。」

〔三〕氣，汲、《全詩》作「器」，意勝。

〔四〕薦紳：即縉紳。此言唐代清流。《史記·五帝本紀》：「薦紳先生難言之」，《集解》引徐廣曰：「薦紳，即縉紳也。古字假借。」

〔五〕「列仙」句：以登崑崙山言韓蜕高中也。《博物志》：「崑崙山廣萬里，高萬一千里，神物之所生，聖人、仙人之所集也。」相次，依次。

溪居寓言〔一〕

秋蔬數壠傍潺湲〔二〕，頗覺生涯異俗緣。詩興難窮花草外，野情何限水雲邊。蟲聲遶屋無人語，月影當松有鶴眠。寄向東溪老樵道，莫摧丹桂博青錢〔三〕。

【校箋】

〔一〕溪，汲、《全詩》作「渓」，中華書局校點本《全唐詩》校作「溪」。本篇寫離群獨居，情怡興逸，所交惟「東溪老樵」，疑爲大順間寓居金江時之詩。

〔二〕壠：畦，整理成條塊狀的田園。

〔三〕博，柳、馮、明抄、清抄作「愽」。丹桂：桂樹皮赤色者爲丹桂。詩文中多以喻科第高中，亦以喻隱者高致。權德輿《送崔諭德致政東歸》：「家依白雲嶠，手植丹桂藂。」青錢：銅錢色青，故稱。杜甫《撥悶》：「已辦青錢防雇直，當令美味入吾脣。」博謂博戲，此則言「换取」。

遣懷

詩病相兼老病深〔一〕，世醫徒更費千金〔二〕。餘生豈必虛抛擲，未死何妨樂詠吟。流水不迴休歎息〔三〕，白雲無跡莫追尋。閒身自有閒消處〔四〕，黄葉清風蟬一林〔五〕。

【校箋】

〔一〕詩病：謂愛詩成癖，故稱「病」。薛能《自諷》：「千題萬詠過三旬，忘食貪魔作瘦人。行處便吟君莫笑，就中詩病不任春。」案本集卷七《寄倪曙郎中》首次自稱「老病師」，卷八《謝道友拄杖》稱「老病年」，均爲貞明間詩，時年近六十歲。晚年滯留荆門後詩，更屢言「老病」。疑本篇亦爲晚年居荆自遣之作。

〔二〕世醫：世代行醫者。《禮記·曲禮下》：「醫不三世，不服其藥。」貫休《問安禪師疾》：「世病如山岳，世醫皆拱手。」

〔三〕「流水」句：用《論語·子罕》「子在川上曰：逝者如斯夫，不舍晝夜」意。

〔四〕閒消：閒中度日，消磨時光。薛能《投杜舍人》：「閒消白日舍人宿，夢覺紫薇山鳥過。」

〔五〕清，《全詩》注：「一作秋。」

自湘中將入蜀留别諸友〔一〕

巾舄初隨入蜀舡〔二〕，風帆吼過洞庭烟。七千里路到何處？十二峰雲更那邊〔三〕。巫女暮歸林淅瀝〔四〕，巴猿吟斷月嬋娟。來年五月峨嵋雪，坐看消融滿錦川〔五〕。

【校箋】

〔一〕貞明七年（九二一）秋齊己自廬山返湘中，思入蜀，作《思遊峨眉寄林下諸友》（詩見本集卷二），本篇蓋同時之作。

〔二〕巾舄：以服飾指代人，蓋自指。參卷二《别東林後回寄修睦》注〔四〕。

〔三〕十二峰雲：即巫山之雲。十二峰，巫山有十二峰。《方輿勝覽·夔州》：「十二峰，在巫山。曰望霞、翠屏、朝雲、松巒、集仙、聚鶴、浄壇、上昇、起雲、飛鳳、登龍、聖泉。其下即巫山神女廟。」

〔四〕巫女：傳説中的巫山神女。宋玉《高唐賦》：「昔者先王嘗遊高唐，怠而晝寝，夢見一婦人，曰：妾巫山之女也，……在巫山之陽，高丘之阻，旦爲朝雲，暮爲行雨，朝朝暮暮，陽臺之下。旦朝視之如言，故爲立廟，號曰朝雲。」

〔五〕坐看：猶旋看。見《詩詞曲語辭匯釋》卷四。

寄匡阜諸公二首〔一〕

其一

松頭柏頂碧森森〔二〕，虚檻寒吹夏景深〔三〕。静社可追長往跡，白蓮難問久修心〔四〕。山圍四面纔容寺，月到中宵始滿林。争學忘言住幽勝，吾師遺集盡清吟。

【校箋】

〔一〕詩題，底本無「二首」二字，據柳、汲、明抄、《全詩》補。據前後諸詩編次，繫於自廬山返湘擬西遊入蜀之際。

〔二〕松頭：指松樹樹梢。杜荀鶴《遊茅山》：「石面迸出水，松頭穿破雲。」森森：高聳貌。《世説新語·賞譽》：「庾子嵩目和嶠森森如千丈松，雖磊砢有節目，施之大厦，有棟梁之用。」

〔三〕寒吹：寒風、寒氣。《建元寺晝公與崔秀才見過聯句與鄭奉禮説同作》：「暮階縣雨足，寒吹繞松枝。」

〔四〕「静社」二句静社、白蓮，用東林白蓮社事。

其二

峰前林下東西寺〔一〕，地角天涯來往僧。泉月浄流閒世界〔二〕，杉松深鎖晝香燈〔三〕。争無大士重修社〔四〕，合有諸賢更服膺。曾寄隣房掛瓶錫，雨聞簷溜解春冰〔五〕。

【校箋】

〔一〕東西寺：謂東林、西林二寺。案陳舜俞《廬山記》録本篇作《題東林寺》（見宋本《廬山記》卷四，四庫本缺）。

〔二〕「泉月」句：《廬山記》卷四引此句作「泉石静流閒世界」。

〔三〕晝，汲、《全詩》作「盡」，形近而訛。又《廬山記》卷四引此句作「雲松寒濕晝香燈」，意遜。

〔四〕争無：怎無。大士：謂高僧也，屢見前注。又《廬山記》引此句作「争如大士重修社」，意遜。

〔五〕簷，柳、汲、《全詩》作「巖」。又《廬山記》引此句作「喧聞巖溜解春冰」。

送人入蜀〔一〕

何必閒吟《蜀道難》〔二〕，知君心出嶮巇間〔三〕。尋常秋泛江陵去，容易春浮錦水還〔四〕。兩面碧懸神女峽〔五〕，幾重青入丈人山〔六〕。文君酒市逢初雪〔七〕，滿貰新沽洗旅顔〔八〕。

【校箋】

〔一〕據前後諸詩編次，疑亦龍德元年秋初抵江陵之作。

〔二〕閒吟，《貫華堂選批唐才子詩》作「重歌」。蜀道難：樂府相和歌辭瑟調曲名。《樂府詩集》卷四十引《樂府解題》曰：「《蜀道難》，備言銅梁、玉壘之阻。」

〔三〕心出，《貫華堂選批唐才子詩》作「不把」。間，《貫華堂選批唐才子詩》作「看」。嶮巇：道路險峻崎嶇。《文選·嵇康·琴賦》：「丹崖嶮巇，青壁萬尋。」吕良注：「嶮巇，傾側貌也。」此指入蜀道路艱險。

〔四〕「尋常」二句：尋常、容易爲對，謂視蜀道若平常、容易之途；正「心出嶮巇」之義。自江陵溯大江風帆直達成都，故曰「泛江陵去」，「浮錦水還」。錦水：濯錦江，在成都，屢見前注。

〔五〕兩面碧懸，《貫華堂選批唐才子詩》作「雙碧到天」。

〔六〕幾重青入，《貫華堂選批唐才子詩》作「空青無地」。入，柳、汲、《全詩》作「出」。丈人山：即青城山。杜甫《丈人山》：「自爲青城客，不唾青城池。爲愛丈人山，丹梯近幽意。」郭知達集注引《青城山記》：「此山爲五岳之長，故云丈人，有丈人觀。」其山今在四川成都。案川中復有丈人山，在今四川樂山。《讀史方輿紀要》卷七十二嘉定州夾江縣：「丈人山，在縣東十里。亦曰九盤山。上有石峭拔如人立，俗謂之丈人峰。相近者曰虎履山，上多虎跡，因名。」

〔七〕文君酒市：用漢卓文君事。《史記·司馬相如列傳》：「相如與俱之臨邛，盡賣其車騎，買一酒舍酤酒，而令文君當鑪。」

〔八〕「滿貰」句：《貫華堂選批唐才子詩》作「地凍風寒君下鞍」。貰酒，賒酒。李白《送韓侍御之廣德》：「昔日繡衣何足榮，今宵貰酒與君傾。」新沽，新買的酒。

酬廬山張處士〔一〕

髮枯身老任浮沈，懶泥秋風更役吟〔二〕。新事向人堪結舌〔三〕，舊詩開卷但傷心。苔床卧憶泉聲繞〔四〕，麻履行思樹影深〔五〕。終謝柴桑與彭澤，醉遊閒訪入東林〔六〕。

【校箋】

〔一〕張處士：無考。據詩意蓋在荆門得處士寄詩而酬答之。言「髮枯身老任浮沈」，「新事向人堪結舌」，强留荆門，其情不堪；曰「終謝」、「醉遊」，心係廬山也。亦「侯門終謝去，却埽舊松蘿」（卷一《示諸侄》）之意。乃龍德二年秋之詩。

〔二〕泥：沉溺。役吟：用心作詩吟詠。役，勞也。李中《春日野望懷故人》：「故人不可見，倚杖役吟魂。」

〔三〕結舌：形容不敢講話。杜甫《秋日荆南述懷三十韻》：「結舌防讒柄，探腸有禍胎。」

〔四〕苔床：隱士山中之坐榻。吴融《題兖州泗河中石牀》：「一片苔牀水漱痕，何人清賞動乾坤。」此指廬山居所。

〔五〕麻履：麻鞋。賈島《宿贇上人房》：「朱點草書疏，雪平麻履蹤。」

〔六〕「終謝」二句：此借陶淵明事以明心志。柴桑，陶淵明故里也，此喻齊己早年出家之大溈山。彭澤，陶淵明嘗爲彭澤令，此借喻齊己所居之荆州龍興（安）寺。東林，陶淵明嘗入廬山與慧遠交遊，此借喻齊己欲歸廬山東林寺也。

寄峴山道人〔一〕

鳳門高對鹿門青〔二〕，往歲經過恨未平〔三〕。辨鼎上人方話道〔四〕，卧龍丞相忽追兵〔五〕。爐峰已負重迴計，華岳終懸未去情。聞説東周天子聖〔六〕，會摇金錫却西行。

【校箋】

〔一〕峴山：在今湖北省襄陽市南、漢水西岸。詳見卷二《讀峴山碑》注〔一〕。道人：此謂修行佛道者，即僧人。本集卷五有《寄峴山顒公三首》。據詩意，本篇疑作於後唐代梁時，姑繫同光元年荆州詩。

〔二〕「鳳門」句：此謂鳳門山、鹿門山相對。鹿門山，在漢水東岸。見卷二《過鹿門作》注〔一〕。鳳門山，當即鳳凰山。《方輿勝覽·湖北路》：「鳳凰山，在江夏縣北二里。其形如鳳，故名。」岑參《送費子歸武昌》：「路指鳳凰山北雲，衣沾鸚鵡洲邊雨。」

〔三〕恨未平：齊己龍紀初北遊嵩洛，有「郢路轉塵昏」（卷二《寄洛下王彝訓先輩二首》其一）之語，恨世亂也。

〔四〕辨，諸本作「辯」。「辨鼎」句：用釋道安事。《高僧傳·晉長安五級寺釋道安》：「時藍田縣得一大鼎，容二十七斛。邊有篆銘，人莫能識，乃以示安，安云：『此古篆書，云魯襄公所鑄。』乃寫爲隸文。」案釋道安在襄陽弘法十五年，「話道」指此。

〔五〕「卧龍」句：用諸葛亮事。《三國志·蜀書·先主傳》：「先主屯樊，不知曹公卒至，至宛乃聞之，遂將其衆去。過襄陽，諸葛亮説先主攻琮，荆州可有。」案諸葛亮謀劃天下，不以曹軍爲意，故曰「忽追兵」。

〔六〕東周：李存勖滅後梁，因唐國號，乃稱後唐，建都洛陽，故以「東周」稱之。

送王處士遊蜀〔一〕

又掛寒帆向錦川，木蘭舟裏過殘年〔二〕。自修姹姹爐中物〔三〕，擬作飄飄水上僊。三峽浪喧明月夜，萬州山到夕陽天〔四〕。來年的有荆南信〔五〕，迴札應緘十色箋〔六〕。

【校箋】

〔一〕王處士無考。據詩尾聯，亦作於居荆期間。依前篇姑繫同光初。

〔二〕木蘭舟：舟船之美稱。見卷五《懷洞庭》注〔五〕。

〔三〕姹姹：亦作「奼奼」，道士煉丹之水銀。貫休《懷武夷紅石子》其一：「窗外猩猩語，爐中奼妩嬌。」

〔四〕萬州：《新唐書·地理志》：「萬州南浦郡，下。本南浦州，武德二年析信州置。八年州廢，以南浦、梁山隸夔州，武寧隸臨州。九年復置，曰浦州。貞觀八年更名。」即今重慶萬州市。

〔五〕的有：確有。王建《過趙居士擬直草堂處所》：「的有深耕處，春初須早還。」

〔六〕迴札：回信。十色箋：即十色花牋，見卷八《謝人惠十色花牋并碁子》注〔一〕。

懷金陵李推官僧自牧〔一〕

秣陵長憶共吟遊〔二〕，儒釋風騷盡上流〔三〕。蓮幕少年輕謝朓〔四〕，雪山真子鄙湯休〔五〕。也應有作懷清苦，莫謂無心過白頭。欲附別來千萬意，病身初起向殘秋。

【校箋】

〔一〕金陵李推官爲李咸用，見卷二《贈浙西李推官》注〔一〕。僧自牧：金陵僧，見卷二《訪自牧上人不遇》注〔一〕。據本卷詩編次及尾聯，本篇疑亦天福二年荆門久病初起之詩。

〔二〕秣陵：即金陵。唐時故地在上元縣。《元和郡縣圖志·江南道》：「上元縣，本金陵地，秦始皇時望氣者云：『五百年後，金陵有都邑之氣。』故始皇東遊以厭之，改其地曰秣陵，塹北山以絶其勢。……武德三年，杜伏威歸化，改江寧爲歸化縣。九年，改爲白下縣，屬潤州。貞觀九年，又改白下爲江寧。至德二年，於縣置江寧郡，乾元元年改爲昇州，兼置浙西節度使。上元二年廢昇州，仍改江寧爲上元縣。」案天復間，齊己遊吴越，居金陵。

〔三〕盡，《全詩》作「道」。上流：上等，品位最高。羅隱《題方干詩》：「顧我論佳句，推君最上流。」

〔四〕「蓮幕」句：謂李推官才過謝朓。蓮幕少年，指李推官。蓮幕，幕府之美稱。參見卷七《江寺春殘寄幕中知己二首》其二注〔一〕。

〔五〕「雪山」句：謂僧自牧求道之心勝過湯惠休。雪山真子，指僧自牧。真子，謂信順佛法、繼承佛業者。《大般若波羅蜜多經·第六分讚歎品》：「若有修行佛深教，乃得名爲佛真子。」

寄尋萍公〔一〕

聞在湓城多寄住〔二〕，隨時談笑混塵埃〔三〕。孤峰忽憶便歸去〔四〕，浮世要看還下來〔五〕。萬頃野煙春雨斷，九條寒浪晚窗開〔六〕。虎溪橋上龍潭寺〔七〕，曾此相尋踏雪迴。

【校箋】

〔一〕萍公：即楚萍，江西廬山僧，見卷二《寄楚萍上人》注〔一〕。齊己貞明元年離長沙入廬山，初識萍公。此乃闊別多年而尋訪之。據前後詩編次，疑亦天福間暮年懷舊之作。

〔二〕湓城：即唐潯陽縣（治今江西九江）。《元和郡縣圖志·江南道》：「潯陽縣，本漢舊縣，屬廬江郡，以在潯水之陽，故曰潯陽。隋平陳，改潯陽爲彭蠡縣，大業二年，改爲湓城縣。武德五年，復改爲潯陽縣。廬山，在縣東三十二里。」

〔三〕混塵埃：和光同塵之意。《五燈會元》卷十八《潭州法輪應端禪師》：「六合傾翻劈面來，暫披麻縷混塵埃。」

〔四〕忽，汲作「恐」。孤峰，謂廬山也。

〔五〕浮世：此謂虛浮不定之人間世，詳見卷四《謝人惠藥》注〔六〕。

〔六〕九條寒浪：長江九派。郭璞《江賦》：「流九派乎潯陽。」元稹《送致用》：「欲識九回腸斷處，潯陽流水九條分。」案頸聯即許渾《將赴京題陵陽王氏水居》「山簇暮雲千野雨，江分秋水九條煙」之境界。

〔七〕虎溪橋：廬山二林寺前臨虎溪，有虎溪橋，遠大師送客不過此橋，屢見前注。龍潭寺：今失考。

得李推官近寄懷〔一〕

荆門前歲使乎回，求得星郎近製來〔二〕。連日借吟終不已，一燈忘寢又重開。秋風漫作牽情賦〔三〕，春草真爲入夢才〔四〕。堪笑陳宮諸狎客，當時空有個追陪〔五〕。

【校箋】

〔一〕據首聯，本篇亦荆州詩，李推官即李郎中、詩人李咸用。疑與前《懷金陵李推官僧自牧》寫作年代或相近。

〔二〕製，各本均作「制」，清抄本作「製」，是，今據改。「近製」謂近作之詩，即詩題之「近寄懷」也。星郎：據前《寄金陵幕中李郎中》詩，知李推官爲郎中，故謂之「星郎」。星郎，注見卷一《亂中聞鄭谷吴延保下世》注〔三〕。

〔三〕牽情賦：語本梁簡文帝《舞賦》：「牽情恃恩，懷嬌妬寵。」此借言己深情懷友之詩作。

〔四〕「春草」句：用謝靈運事。《南史·謝惠連傳》：「子惠連，年十歲能屬文，族兄靈運嘉賞之，云『每有篇章，對惠連輒得佳語』。嘗於永嘉西堂思詩，竟日不就，忽夢見惠連，即得『池塘生春草』，大以爲工。常云：『此語有神功，非吾語也。』」

〔五〕「堪笑」二句：用陳後主君臣昏亂亡國事，故曰「空追陪」。陳宮狎客，指江總等御用文人，以淫辭麗句狎翫於陳宮。《陳書·江總傳》：「後主之世，總當權宰，不持政務，但日與後主遊宴後庭，共陳暄、孔範、王瑗等十餘人，當時謂之狎客。由是國政日頹，綱紀不立，有言之者，輒以罪斥之，君臣昏亂，以至于滅。」

對菊〔一〕

蝶醉蜂狂半拆時〔二〕，冷烟清露壓離披。欲傾琥珀盃浮爾〔三〕，好把茱萸朵配伊〔四〕。孔雀毛衣應者是，鳳凰金翠更無之〔五〕。何因栽向僧園裏，門外重陽過不知。

【校箋】

〔一〕此重陽對菊抒懷，味詩中情境，疑亦暮年之詩。

〔二〕蜂，《全詩》作「風」。拆，底本、馮、《全詩》作「折」，柳、汲、明抄作「拆」，意勝，據改。拆謂花蕊綻開，亦作「坼」。李紳《杜鵑樓》：「杜鵑如火千房拆，丹檻低看晚景中。」蝶醉蜂狂：貫休《落花》：「蝶醉蜂癡一簇香，繡葩紅蔕墮殘芳。」王建《原上新居十三首》其十：「雞睡日陽暖，蜂狂花艷燒。」

〔三〕琥珀：指酒。李白《酬中都小吏攜斗酒雙魚於逆旅見贈》：「魯酒若琥珀，汶魚紫錦鱗。」浮爾：謂罰酒於爾。「浮」指罰人飲酒。《淮南子·道應訓》「請浮君」，高誘注：「浮，罰也。以酒罰君。」

〔四〕「好把」句：《西京雜記》卷三：「九月九日佩茱萸，食蓬餌，飲菊花酒，令人長壽。」茱萸，植物名，芳香辛烈，以入藥。伊，指菊花。

〔五〕「孔雀」二句：以孔雀羽毛、鳳凰色彩喻菊。潘尼《秋菊賦》：「招仙致靈，儀鳳舞鸞。飛莖散葉，倚靡相尋。」

憶東林因送二生歸〔一〕

好向東林度此生，半天山脚寺門平。紅霞嶂底潺潺色，清夜房前瑟瑟聲〔二〕。偶別十年成瞬息〔三〕，欲來千里阻刀兵。可憐二子同歸去〔四〕，南國烟花路好行。

【校箋】

〔一〕齊己光化四年（天復元年，九〇一）初遊廬山，此言「偶別十年成瞬息，欲來千里阻刀兵」，當爲開平五年（乾化元年，九一一）長沙詩，「阻刀兵」謂唐亡之戰亂，自非晚年滯留荆門期間之作；自湘入贛，正所謂「南國煙花路好行」也。

〔二〕「紅霞」二句：「潺潺色」，謂水色；「瑟瑟聲」，指風聲。均見前注。

〔三〕瞬息：一眨眼一呼吸之間，形容時間極短。陶淵明《感士不遇賦》：「悲夫！寓形百年，而瞬息已盡。」

〔四〕去，諸本作「興」。

渚宮西城池上居〔一〕

城東移錫住城西，綠繞春波引杖藜。翡翠滿身衣有異，鷺鷥通體格非低〔二〕。風摇柳眼開煙小〔三〕，暖逼蘭芽出土齊。猶有幽深不相似，剡溪乘棹入耶溪〔四〕。

【校箋】

〔一〕卷六《假山》詩序云：「往歲嘗居東郭」，此則移居西城。參卷八《移居》詩，繫於同光四年（九二六）春末。

〔二〕「翡翠」二句：此寫池上水鳥，均意在言外。翡翠，翠鳥，參見卷八《湖上逸人》注〔二〕。鷺鷥高格，見卷三《鷺鷥二首》其二及注。

〔三〕柳眼：即春日初生之柳葉，因其如人睡眼初開，故稱。元稹《遣春三首》其二：「柳眼開渾盡，梅心動已闌。」

〔四〕「剡溪」句：借從剡溪遊入若耶溪言自城東移居城西。耶溪，即若耶溪。《方輿勝覽·浙東路》：「若耶溪，在會稽縣東南。北流二十五里，與照湖合。」

中秋夕愴懷寄荆幕孫郎中〔一〕

白蓮香散沼痕乾〔二〕，緑篠陰濃蘚地寒〔三〕。年老寄居思隱切，夜涼留客話時難。行僧盡去雲山遠，賓雁同來澤國寬〔四〕。時謝孔璋操檄外〔五〕，每將空病問衰殘〔六〕。

【校箋】

〔一〕孫郎中：指孫光憲。詩言「年老寄居思隱切，夜涼留客話時難」，「時謝孔璋操檄外，每將空病問衰殘」，蓋在荆交往有時矣。光憲天成元年入荆幕，此亦當爲天成二三年間詩。

〔二〕「白蓮」句：據本卷《江居寄關中知己》：「多病多慵漢水邊，流年不覺已皤然。舊栽花地添黄竹，新陷盆池换白蓮。」齊己在荆門西湖草堂曾掘池種白蓮，寄托其情思。

〔三〕緑篠：緑竹。謝靈運《過始寧墅》：「白雲抱幽石，緑篠媚清漣。」

〔四〕賓雁：鴻雁。語本《禮記·月令》：「（季秋之月）鴻雁來賓。」錢起《見上林春雁翔青雲寄楊起居李員外》：「上林春更好，賓雁不知歸。」澤國：指荆州。

〔五〕「時謝」句：此用陳琳事。陳琳字孔璋，漢末避亂依袁紹。袁紹與曹操戰於官渡，陳琳乃作《爲袁紹檄豫州文》。事俱《三國志·魏書·王粲傳》。此用「操檄」喻處理公務。

〔六〕「每將」句：空病，佛教語，執空爲病。案大乘佛教主「空有兼遣」，不空不有，虛實兩忘。認爲小乘執空，反成空病，不合大乘之教義。王維《夏日過青龍寺謁操禪師》：「龍鍾一老翁，徐步謁禪宫。欲問義心義，遥知空病空。」趙殿成注：「《維摩詰經》：『得是平等，無有餘病，惟有空病，空病亦空。』鳩摩羅什注：『上明無我無法，而未遣空。未遣空則空爲累，累則是病，故明空病亦空也。』」此以指佛理。衰殘，猶「老朽」，齊己自稱。

酬湘幕徐員外見寄〔一〕

東海儒宗事業全〔二〕，冰稜孤峭類神仙〔三〕。詩同李賀精通鬼〔四〕，文擬劉軻妙入禪〔五〕。珠履早曾從相府，玳簪今又别賓筵〔六〕。篇章幾謝傳西楚〔七〕，空想雄風度十年〔八〕。

【校箋】

〔一〕湘幕：指馬楚幕府。徐員外無考。據尾聯詩當作於居荆十年即長興元年時。

〔二〕東海：徐氏郡望。《元和郡縣圖志·河南道》：「海州：《禹貢》徐州之域。春秋時魯國之東鄙。七國時屬楚。秦置三十六郡，以魯爲薛郡，後分薛郡爲郯郡。漢改郯郡爲東海郡，領三十七縣，理在郯縣，屬徐州。後漢以爲東海國。……武德四年……改爲海州。」案秦漢東海郡治郯，即今山東南境之郯城；唐海州東海郡移治東海縣，爲今江蘇連雲港市。東海春秋屬魯地，故曰「儒宗」。

〔三〕冰稜孤峭：言其風神孤高峻潔也。本集卷七《謝人惠十才子圖》：「丹青妙寫十才人，玉峭冰稜姑射神。」孟郊《哭劉言史》：「詩人業孤峭，餓死良已多。」

〔四〕「詩同」句：言徐員外之詩瑰麗奇特，有如李賀。李賀，字長吉，中唐詩人（七九〇—八一六），兩《唐書》有傳。其詩瑰奇穠麗、幽峭淒清。杜牧《李賀集序》曾以「牛鬼蛇神，不足爲其虛荒誕幻也」論其詩境。後代多以「詩鬼」目之。

〔五〕「文擬」句：言徐員外之文意藴悠長，有類劉軻。劉軻，字希仁，中唐文人。《雲溪友議》卷中：「劉侍御軻者，韶右人也，幼之羅浮、九疑，讀黄老之書，欲輕舉之便，又於曹溪探釋氏關戒，遂披僧服焉僧名海納。北之筠川方等寺，又居廬岳東林寺，習《南山鈔》及《百法論》，咸得宗旨焉。」劉軻習禪，故言其文入禪。

〔六〕賓，《全詩》作「官」。案珠履、玳簪，言服飾華貴。《史記·春申君列傳》：「趙使欲夸楚，爲瑇瑁簪，刀劍室以珠玉飾之，請命春申君客。春申君客三千餘人，其上客皆躡珠履以見趙使，趙使大慙。」鮑照《擬行路難》其九：「還君金釵玳瑁簪，不忍見之益愁思。」相府指馬殷幕府。後梁貞明中馬殷拜侍中兼中書令，封楚王，後唐同光中復授太師兼尚書令、楚王。

〔七〕西楚：此指荆門。《史記·貨殖列傳》：「自淮北沛、陳、汝南、南郡，此西楚也。」張守節《正義》：「南郡，今荆州也。言從沛郡西至荆州，並西楚也。」

〔八〕馮、清抄脱「雄」字。

寄蜀國廣濟大師〔一〕

冰壓霜壇律格清〔二〕，三千傳授盡門生。禪心静入空無跡〔三〕，詩句閒搜寂有聲。滿國繁華徒自樂，兩朝更變未曾驚〔四〕。終思相約岷峨去〔五〕，不得携筇一路行。

【校箋】

〔一〕廣濟大師：見卷二《寄哭西川壇長廣濟大師》注〔一〕。此詩言「兩朝更變未曾驚」蓋謂後唐滅蜀，當作於長興、清泰間。

〔二〕霜壇：本指道家壇場，此借指廣濟之佛壇。李遠《鄰人自金仙觀移竹》：「圓節不教傷粉籜，低枝猶擬拂霜壇。」項斯《山友贈蘚花冠》：「會須尋道士，簪去繞霜壇。」律格：言詩之格調。

〔三〕静，《全詩》作「盡」，涉上句盡字致訛。

〔四〕兩朝更變：後梁代唐，西蜀奉唐正朔。同光三年（九二五）冬十月，後唐發兵伐蜀；十一月丁巳軍入成都，蜀亡。

〔五〕「終思」句：據此詩，知可準曾約齊己入蜀。卷八《荆州新秋寺居寫懷詩五首上南平王》其三有「虚負岷峨老僧約」之語，蓋指此。

答獻上人卷〔一〕

衲衣禪客袖篇章，江上相尋共感傷〔二〕。秦甸亂來栖白没〔三〕，杼山空後皎然亡〔四〕。清留島月秋凝露，苦寄巴猿夜叫霜〔五〕。珍重南宗好才子，灰心冥目外無妨〔六〕。

【校箋】

〔一〕獻上人：無考，蓋答其尋訪贈詩也。據詩意及前後編次，疑亦居荆暮年清泰間之詩。

〔二〕江上：指江陵。屢見前注。

〔三〕秦甸：此指長安。栖白：見卷六《寄栖白上人》注〔一〕。

〔四〕杼，底本原作「苧」，汲、《全詩》作「杼」。皎然，吴興杼山人，作「苧」，蓋同音之訛，今改正。案《太平寰宇記》：「杼山，在（吴興郡治烏程）縣西南三十里。」

〔五〕「清留」二句：謂上人詩清如江陵之秋月凝露，情苦猶巴猿霜夜哀鳴。據此則上人疑亦自巴蜀東來者。島，江島。江島即謂江陵也。卷六《孫支使來借詩集因有謝》：「相尋江島上，共看夏雲根。」

〔六〕「灰心」句：此言能灰心冥目則外物固無妨其禪心。灰心，心若死灰，釋家冥心之謂。詳見卷六《閉門》注〔三〕。

寄武陵貫微上人二首〔一〕

其一

知泛滄浪棹未還，西峯房鏁夜潺潺〔二〕。春陪相府遊仙洞〔三〕，雪共賓寮對柱山〔四〕。詩裏幾添新菡萏，衲痕應换舊斕斑。莫忘一句曹溪妙〔五〕，堪塞孫孫騁度關〔六〕。

【校箋】

〔一〕貫微：詳見卷一《酬微上人》注〔一〕。據詩意本篇亦居荆暮年寄懷之作。

〔二〕「知泛」二句：言自武陵出遊未歸。滄浪，古水名，在武陵。潺潺，水聲。均見前注。

〔三〕相府：宰相府邸，此當指楚王府邸。案同光二年（九二四）夏四月乙亥，後唐加楚王殷兼尚書令，馬殷卒後其子馬希範襲王位，領侍中銜，是得以稱「相府」。

〔四〕柱，柳、明抄作「枉」。汲、《全詩》作「玉」，清抄作「住」，均非。柱山：即「枉山」。爲常德名山，一名德山、善德山。諺云「常德德山山有德」，即此。《方輿勝覽·常德府》：「枉山，《宋起居注》云：『元嘉中，武陵大水，枉山崩，聳石闕，其高數丈，宛若雕刻。』《元和郡縣志》：『一名善德山，在武陵縣東九里。此山本名枉山，開皇中，刺史樊子蓋以善卷嘗居此，名善德山。』」

〔五〕一句曹溪：指六祖惠能所傳之禪法。一句，即「一句子」，詮釋禪道之究竟、啟示禪悟的一句話，詳見卷四《弔雙泉大師真塔》注〔二〕。曹溪，指六祖惠能。六祖惠能在曹溪寶林寺演法，故稱。其地今在廣東韶關。

〔六〕塞：滿足。盧諶《贈劉琨》：「上弘棟隆，下塞民望。」孫孫：猶言子子孫孫，借言後代傳人。貫休《壽春節進》：「子子寰瀛主，孫孫日月旗。」度關：此以度越關口喻超越障礙，進入道境。

其二

吳頭東面楚西邊〔一〕，雲接蒼梧水浸天。兩地別離身已老，一言相合道休傳。風騷妙欲淩春草，蹤跡閒思繞岳蓮〔二〕。不是傲他名利世，吾師本在雪山巔〔三〕。

【校箋】

〔一〕吳頭：泛指長江中游古代吳、楚分界之地域。詳見卷二《過西塞山》注〔六〕。此句蓋「東面吳頭」，據「楚西邊」之意，指武陵之地。倒裝以協平仄。

〔二〕岳蓮：指華山蓮花峰，或廬山東林寺白蓮池，均爲齊己昔遊而夢寐思懷之地。卷八《寄居道林寺作》：「石鏡舊遊臨皎潔，岳蓮曾上徹孱顔。」

〔三〕吾師：指佛祖。雪山：傳佛祖修道於雪山，稱雪山大士、雪山童子。故詩言「在雪山巔」。

懷體休上人〔一〕

仲宣樓上望重湖〔二〕，君到瀟湘得健無〔三〕？病遇何人分藥餌，詩逢誰子論功夫？杉蘿寺裏尋秋早，橘柚洲邊度日晡〔四〕。許送自身歸華岳，待來朝暮拂瓶盂。

【校箋】

〔一〕體，清抄作「貫」，按貫休行年與詩事不合，作「貫」非是。體休：長沙僧，曾與齊己同居廬山，共遊金陵、襄陽。詳見卷一《送休師歸長沙寧覲》注〔一〕。本卷前有《寄體休》云：「南州歸去爲尋醫」，此言「君到瀟湘得健無」「病遇何人分藥餌」，蓋同時前後之作，均繫同光三年。

〔二〕仲宣樓：在江陵。《方輿勝覽·江陵府》：「仲宣樓，在府城東南隅。後梁時高季興建，名以望沙樓。」《十國春秋·荆南一》：「貞明五年，……築仲宣樓于荆州城之東南隅。」是則貞明五年

（九一九）高氏於江陵建「仲宣樓」。本詩「仲宣樓」即此。重湖：見卷四《送陳覇歸閩》注〔六〕。

〔三〕瀟湘：據《送休師歸長沙寧親》諸詩，此指長沙。

〔四〕「杉蘿」二句：以「杉蘿寺」對「橘柚洲」，杉蘿寺或指杉蘿蒙羃之寺院。橘柚洲當即橘子洲，見卷四《遊橘洲》注〔一〕。

招湖上兄弟〔一〕

去歲得君消息在，兩憑人信過重湖。忍貪風月當年少，不寄音書慰老夫？藥鼎近聞傳祕訣，詩門曾說擁寒爐〔二〕。漢江江路西來便〔三〕，好傍扁舟訪我無？

【校箋】

〔一〕詩題之「湖上」蓋謂洞庭之「重湖」，齊己昔年曾隱洞庭湖西。據詩意亦作於居荆時。姑依前後詩編次繫天成元年，蓋移居草堂，心境自寬，乃招兄弟過訪也。

〔二〕「藥鼎」二句：言湖上兄弟煉丹、吟詩之逸事。藥鼎，煉藥之鼎鐺。許渾《姑熟官舍寄汝洛友人》：「藥鼎初寒火，書龕欲夜燈。」擁寒爐，用王昌齡、高適、王涣之旗亭畫壁事。《集異記》載，天寒微雪日，王昌齡、高適、王渙之三人共詣旗亭，貰酒小飲。忽有梨園伶官十數人，登樓會讌。三詩人因避席隈映，擁爐火以觀焉。俄有妙妓四輩登樓，皆當時名部。三詩人遂以妙妓所謳多少，定詩名甲乙。昌齡先得，高適後得，獨渙之未有。渙之遂言，妙妓中最佳者當唱己詩，須臾果然。三詩人乃大笑。

〔三〕「漢江」句：江陵處江漢流域水道縱横之區，居洞庭湖西北，故有此語。

江居寄關中知己〔一〕

多病多慵漢水邊，流年不覺已皤然〔二〕。舊栽花地添黄竹，新陷盆池换白蓮〔三〕。雪月未忘招遠客，雲山終待去安禪。八行書札君休問〔四〕，不似風騷寄一篇〔五〕。

【校箋】

〔一〕江居：指寄居荆門。關中：指秦中。據「舊栽花地添黄竹，新陷盆池换白蓮」，詩蓋亦作於天成元年（九二六）夏秋居荆門西城草堂時。

〔二〕皤然：鬢髮盡白之貌。徐陵《報尹義尚書》：「嗟吾崦嵫既暮，容鬢皤然。」

〔三〕陷，底本原脱，據諸本補。案陷謂挖地成池，挖入之義。

〔四〕八行：即書信，屢見前注。

〔五〕似：以也，讀爲「以」。

中秋十五夜寄人〔一〕

高河瑟瑟轉金盤〔二〕，噴露吹光逆凭欄〔三〕。四海魚龍精魄冷，五山鸞鶴骨毛寒〔四〕。今宵盡向圓時望，後夜誰當缺處看。何事清光與蟾兔，却教才子少留難〔五〕。

【校箋】

〔一〕據前後詩編次蓋爲天成元年中秋詩。

〔二〕高河：高懸於空中之銀河。瑟瑟：寒涼貌。雍陶《和河南白尹西池北新葺水齋招賞十二韻》：「坐中寒瑟瑟，牀下細泠泠。」

〔三〕「噴露」句：言月光照於欄杆之上。露水於八月始降，故取以譬喻中秋月之月光。虞騫《視月詩》：「靡靡露方垂，暉暉光稍没。」逆，迎也。

〔四〕「四海」二句：《全唐詩》卷七九六録作無名氏句，「鸞鶴」作「鸞鳳」。《歲時雜詠·中秋詩》録此，「冷」作「壯」。四海、五山，通指天下湖海、山岳。

〔五〕子，《全詩》作「小」。「何事」二句：此寄皓月難留、懷思無限意。清光、蟾兔，均指月。傳説月中有蟾蜍、玉兔。歐陽詹《翫月詩》：「八月三五夕，舊嘉蟾兔光。」留難，本義謂行道流連顛沛之艱難，此借言月色難以久駐賞玩。

謝人自鍾陵寄紙筆〔一〕

故人猶憶苦吟勞，所惠何殊金錯刀〔二〕。霜雪翦裁新剡硾〔三〕，鋒鋩管束本宣毫〔四〕。知君倒篋情何厚，借我臨池價斗高〔五〕。詞客分張看欲盡〔六〕，不堪來處隔秋濤。

【校箋】

〔一〕據本卷編次及尾聯「隔秋濤」語，疑本篇亦作於天成元年秋居荆門時。鍾陵（今南昌）、荆門，大江相通。

〔二〕殊，清抄作「如」，非。金錯刀：古幣名。亦爲寶刀名。清胡鳴玉《訂譌雜録》卷八「金錯刀」條：「張衡《四愁詩》：『美人贈我金錯刀。』金錯刀，王莽所鑄錢名。……《繼古叢編》謂金錯刀一名而二物，錢一也，刀二也。王莽所造，張衡、韓、杜所云，是錢名。杜詩：『熒熒金錯刀，濯濯朱絲繩』，孟襄陽詩：『美人騁金錯，雙手膾鮮鱗』，是刀名。」此處言其所惠之珍貴，兩説並通。

〔三〕剡硾：産於浙江剡州的名紙，見卷二《荆渚病中因思匡廬遂成三百字寄梁先輩》注〔九〕。

〔四〕宣毫：産於宣州（今安徽宣城）的名筆。《元和郡縣圖志·江南道》漂水縣：「中山，在縣東南一十五里。出兔毫，爲筆精妙。」皮日休《二遊詩》：「宣毫利若風，剡紙光於月。」

〔五〕倒篋：猶傾囊，傾其所有（以爲贈）。李白《冬日歸舊山》：「拂牀蒼鼠走，倒篋素魚驚。」臨池：見卷七《寄黄暉處士》注〔六〕。

〔六〕分張：分配。杜甫《佐還山後寄三首》其二：「白露黄粱熟，分張素有期。」此謂紙筆分與衆詞客。

移居西湖作二首〔一〕

其一

火雲陽焰欲燒空〔二〕，小檻幽窗想舊峰。白汗此時流枕簟〔三〕，清風何處動杉松？殘更正好眠涼月，遠寺俄聞報曉鐘。只待秋聲滌心地〔四〕，衲衣新洗健形容。

【校箋】

〔一〕龍德元年，齊己至荆門，初居東郭，旋移居西城，前《渚宫西城池上居》云：「城東移錫住城西，緑繞春波引杖藜。」此言「移居西湖」而曰「官園樹影」、「桃李别教人主掌，烟花不稱我追尋」，所詠乃同一事。繫於同光三年夏日。

〔二〕陽焰：《一切經音義》卷七：「陽焰，熱時遥望地上屋上陽氣也，似焰非焰，故名陽焰。如幻如化。」佛典借此喻虚幻無常。《佛本行集經·上託兜率品》：「猶如陽焰幻化水泡。一切有處，皆是誑惑。」亦作「陽燄」。寒山詩：「但看陽燄浮漚水，便覺無常敗壞人。」

〔三〕「白汗」句：此言暑熱而大汗淋漓。白汗，大汗。《戰國策·楚策四》：「白汗交流。」枕簟，枕頭與竹席。杜甫《已上人茅齋》：「枕簟入林僻，茶瓜留客遲。」

〔四〕心地：佛語謂心也，見卷七《寄廬岳僧》注〔五〕。

其二

官園樹影晝陰陰，咫尺清涼莫浣心〔一〕。桃李别教人主掌，烟花不稱我追尋〔二〕。蜩螗晚噪風枝穩〔三〕，翡翠閒眠宿處深。争似出塵地行止〔四〕，東林苔徑入西林。

【校箋】

〔一〕浣心：即洗心。釋皎然《唐湖州佛川寺故大師塔銘》：「舉鄉之甿，浣心革面。」

〔二〕追，底本原脱，據諸本補。「桃李」二句：「别教」、「不稱」，主客牴牾不合也。「教」讀平聲，使讓也，由也。人主謂高季興。「稱」讀去聲。不稱，不合。

〔三〕蜩螗：讀若「條唐」，亦作「蜩螳」，蟬之别名。陸雲《寒蟬賦》：「容麗蜩螗，聲美宮商。」

〔四〕出塵地：指佛地道境。裴迪《青龍寺曇壁上人兄院集》：「靈境信爲絕，法堂出塵氛。」

看金陵圖

六朝圖畫戰爭多，最是陳宮計數訛〔一〕。若愛蒼生似歌舞，隋皇自合恥干戈〔二〕。

【校箋】

〔一〕計數：言治理天下之謀劃。《管子·七法》：「剛柔也，輕重也，大小也，實虛也，遠近也，多少也，謂之計數。」

〔二〕「若愛」二句：《資治通鑑》卷一七六載，陳禎明二年（五八八）三月，隋主楊堅下詔：「陳叔寶據手掌之地，恣溪壑之欲，劫奪閭閻，資産俱竭，驅逼内外，勞役弗已；窮奢極侈，俾晝作夜；……

自古昏亂，罕或能比。」[五]遂以晉王楊廣統兵伐陳。

寄南嶽泰禪師[一]

江頭默想坐禪峰，白石山前萬丈空。山下獵人應不到，雪深花鹿在菴中。

【校箋】

〔一〕詩題底本衍一「岳」字，作「寄南嶽岳泰禪師」，據諸本删。泰禪師即泰布衲，見卷七《送太禪師歸南岳》注〔一〕。泰禪師歸南岳時在光啟四年（文德元年，八八八）慶諸禪師圓寂之後，本篇乃此後之作，繫龍紀元年（八八九）深冬齊己北遊嵩洛返湘後。

片雲

水底分明天上雲，可憐形影似吾身[一]。何妨舒作從龍勢，一雨吹消萬里塵[二]。

【校箋】

〔一〕吾，原作「我」，據諸本改。作「我」則三仄尾，不協平仄。

〔二〕消，柳、汲、明抄、《全詩》作「銷」，義同。從龍，見卷三《春雨》注〔三〕。

寄清溪道者〔一〕

萬重千疊紅霞嶂，夜燭朝香白石龕。常寄溪窗凭危檻〔二〕，看經影落古龍潭。

【校箋】

〔一〕清溪道者：疑爲天復元年冬游越至睦州清溪縣結識之道友，見本集卷四《寄清溪道友》注〔一〕。卷十有《夏日寄清溪道者》，均同一人。本篇爲秋日詩，則別後所寄。

〔二〕寄，《唐僧弘秀集》、《石倉歷代詩選》作「記」，當非。寄、凭，皆依倚、凭靠義。句謂倚窗凭檻眺望溪水。

病中勉送小師往清涼山禮大聖〔一〕

豐衣足食處莫住〔二〕，聖迹靈蹤好遍尋。忽遇文殊開慧眼〔三〕，他年應記老師心〔四〕。

【校箋】

〔一〕小師：釋家稱受戒未滿十夏之僧。《釋氏要覽·小師》：「受戒十夏已前，西天皆稱小師。」清涼山：今山西五臺山之别稱。唐法藏《華嚴經傳記·論釋》：「東北有菩薩住處，名清涼山。現有菩薩，名文殊師利，與一萬菩薩，常住説法。故今此山下，有清涼府。山之南面小峰，有清涼寺。一名五臺山，以五山最高，其上竝不生林木，事同積土，故謂之臺也。」大聖：謂文殊師利菩薩。言「病中」，疑作於天福二年在江陵久病之時。

〔二〕「豐衣」句：佛教對僧人衣食均有戒律。如「五戒」、「十戒」中均有「不飲酒、不坐高廣大床、不着華鬘瓔珞塗身熏衣、不蓄金銀錢寶、不過中食」等内容。參見《釋氏要覽·戒法》、《中食》、《法衣》諸篇。

〔三〕文殊：全稱文殊師利，或譯作曼殊室利，佛教菩薩名，意譯爲「妙吉祥」、「妙德」。爲釋迦牟尼佛之左脇侍（與右脇侍普賢相對）。其形相爲頂結五髻，象徵如來五智；持劍騎獅，象徵鋭利威猛。開慧眼：謂禪悟頓開。馬戴《題静住寺欽用上人房》：「鑒人開慧眼，歸鳥息禪心。」

〔四〕老師：對老僧之敬稱。姚合《贈盧沙彌小師》：「年小未受戒，會解如老師。」

謝人惠拄杖

何處雲根采得來〔一〕，黑龍狂欲作風雷〔二〕。知師念我形骸老，教把經行拄緑苔〔三〕。

【校箋】

〔一〕雲根：深山雲起處。見卷二《夏日梅雨中寄睦公》注〔三〕。

〔二〕黑龍：以喻「杖」黑而奇。陸龜蒙《華頂杖》：「萬古陰崖雪，靈根不爲枯。瘦于霜鶴脛，奇似黑龍鬚。」作風雷：起風雷。

〔三〕經行：佛教謂行於一定之地以禮敬佛道。詳見卷二《臨行題友生壁》注〔三〕。

送楚雲上人往南岳刺血寫法華經〔一〕

剥皮刺血誠何苦〔二〕，欲寫靈山九會文〔三〕。十指瀝乾終七軸〔四〕，後來求法更無君。

【校箋】

〔一〕楚雲上人：釋惠洪《林間録》卷下：「衡嶽楚雲上人，生唐末，有至行，嘗刺血寫《妙法蓮華經》一部，長七寸，廣四寸，而厚半之。作旃檀匣藏於福嚴三生藏，又刻八字於其上曰：『若開此經，誓同慈氏。』……予嘗經游，往頂戴之。……貫休有詩贈之曰：『剔皮刺血誠何苦，爲寫靈山九會文。十指瀝乾終七軸，後來求法更無君。』」汲古閣本《禪月集》、《全唐詩》卷八三七《貫休集》均録本篇，題作《贈寫經僧楚雲》。蓋與齊己詩重出。案《文苑英華》卷二二三有温庭筠《贈楚雲上人》：「松根滿苔石，盡日閉禪關。有伴年年月，無家處處山。煙波五湖遠，瓶屨一身閑。岳寺蕙蘭晚，幾時幽鳥還。」《温飛卿詩集》收入集外詩，《全唐詩》卷五八三入温庭筠詩補遺。温庭筠（八一二—八七〇）年長於貫休二十歲，長於齊己五十二歲。齊己誠作此詩，只能在早年居湘時。刺血寫經事唐末屢見。《北夢瑣言》卷九：「唐咸通中，西川僧法進刺血寫經。」《宋高僧傳·唐成都府福感寺定蘭傳》：「父母早亡，無資可以追往，每遇諱辰，蘭悲哭咽絶。輒裸露入青城山，縱蚊蚋蝱蠅唼咋膚體，……次則刺血寫經。」法華經：大乘佛教要典，全稱《妙法蓮華經》，以用蓮花喻佛所説教法清浄微妙，故名。漢譯以後秦鳩摩羅什所譯七卷本爲通行。主旨在明釋迦説法唯一目的乃使衆生獲得佛陀智慧，是以人人皆能成佛。

〔二〕剥，《林間録》作「剔」，是。剔爲剜開，刺破。

〔三〕靈山：靈鷲山，爲印度佛教聖地，佛典言釋迦於靈山八載説《法華經》。隋吉藏《法華義疏·序品》云：「釋迦、彌勒、文殊三聖同會靈山，共開發一乘。」《法華義疏・藥草喻品》：「自《華嚴》始集，終竟靈山前會，謂開五乘之教也。此經之始，至信解之終，合五乘歸一乘也。」九會：多次聚會。謂佛祖聚菩薩四衆、天龍八部等於靈山，廣説《法華》，遂使三乘歸於一乘。《林泉老人評唱丹霞淳禪師頌古虚堂集》：「師（淳禪師）云：七七年來感聖緣，靈山九會演真詮。三乘五教周沙界，半滿區分闡妙玄。」

〔四〕瀝：指血下滴，流血。

送胎髮筆寄仁公〔一〕

内惟胎髮外秋毫〔二〕，緑玉新裁管束牢〔三〕。老病手疼無那爾，却資年少寫風騷。

【校箋】

〔一〕胎髮筆：《酉陽雜俎・藝絶》：「南朝有姥善作筆，蕭子雲常書用（此筆），筆心用胎髮。」仁公：江夏（今湖北武昌）僧，見卷七《寄江夏仁公》注〔一〕。詩亦長興間荆州作。

〔二〕外，《全詩》注：「一作内。」秋毫：獸類秋季新生之細毛。鮑照《飛白書勢銘》：「秋毫精勁，霜素凝鮮。」

〔三〕裁，《全詩》作「栽」，非。緑玉新裁：謂筆管，筆杆。筆桿碧緑如玉，故稱。《太平御覽》卷六〇五引王羲之《筆經》：「有人以緑沉漆竹管及鏤管見遺，録之多年。斯亦可愛玩，詎以金寶雕琢然爲貴也？」

謝西川曇域大師玉筯篆書〔一〕

玉筯真文久不興，李斯傳到李陽冰〔二〕。正愁千載無來者〔三〕，果見僧中有個僧。

【校箋】

〔一〕曇域：五代西蜀龍華寺僧，能詩，善篆書，詳見卷四《和曇域上人寄贈之什》注〔一〕。玉筯篆書：書體名，指秦李斯所作小篆。詩當亦乾化三年（九一三）貫休葬後之作。

〔二〕「玉筯」二句：案玉筯亦作「玉箸」，小篆也。《唐文粹》卷七十七舒元輿《玉筯篆志》：「秦丞相斯，變蒼頡籀文爲玉筯篆，體尚太古，謂古若無人，當時議書者皆輸伏之，故拔乎能成一家法式。歷兩漢、三國至隋，氏更八姓，無有出者。嗚呼！天意謂篆之道不可以終絶，故授之以趙郡李氏子陽冰。陽冰生皇唐開元天子時，不聞外獎，翺入篆室，獨能隔一千年而與秦斯相見，可謂能不孤天意矣。當時得議書者亦皆輸伏之，且謂之其格峻，其力猛，其功備，光大於秦斯有倍矣。」

〔三〕愁，諸本作「悲」。

偶作寄王秘書〔一〕

七絲湘水秋深夜〔二〕，五字河橋日暮時〔三〕。借問秘書郎此意，静彈高詠有誰知？

【校箋】

〔一〕秘書：秘書監或秘書郎之省稱。此指秘書郎。《唐六典·秘書省》：「秘書郎四人，從六品上。」又曰：「秘書郎掌四部之圖籍，分庫以藏之。」

〔二〕七絲：七弦琴。常建《江上琴興》：「江上調玉琴，一絃清一心。泠泠七絃遍，萬木澄幽陰。能使江月白，又令江水深。始知梧桐枝，可以徽黄金。」

〔三〕河，馮作「何」。五字：指五言詩。見卷五《逢詩僧》注〔二〕。

謝人惠紙

烘焙幾工成曉雪〔一〕，輕明百幅疊春冰。何消才子題詩外〔二〕，分與能書貝葉僧〔三〕。

【校箋】

〔二〕烘焙：古代製紙之工序。明宋應星《天工開物》卷十三《殺青》：「凡焙紙，先以土塼砌成夾巷，下以塼蓋。巷地面，數塊以往即空一塼。火薪從頭穴燒發，火氣從塼隙透巷外。塼盡熱，溼紙逐張貼上焙乾，揭起成帙。」名曰「透火焙乾」。蕭䜭《詠紙》：「皎白猶霜雪，方正若布棊。」

〔三〕何消：猶何須，見《詩詞曲語辭匯釋》卷二。此處「何消」與下句「分與」呼應，兩句連讀，有「禁受不起」之意。

〔四〕貝葉：多羅樹葉，古印度常以此樹葉寫經。《新唐書·南蠻傳下》：「墮婆登（案國名），……有文字，以貝多葉寫之。」王維《苑舍人能書梵字兼達梵音皆曲盡其妙戲爲之贈》：「蓮花法藏心懸悟，貝葉經文手自書。」

答文勝大師清柱書〔一〕

纔把文章干聖主，便承恩澤換禪衣〔二〕。應嫌六祖傳空衲〔三〕，只向曹溪永息機〔四〕。

【校箋】

〔一〕柱，汲、《全詩》作「杜」。《萬首唐人絶句》題作「答文勝大師」。文勝大師無考。

〔二〕换禪衣：謂賜紫也。

〔三〕傳空，《全詩》注：「一作空傳。」傳空衲：指禪宗信衣傳法止于六祖惠能。《景德傳燈録·中華五祖并旁出尊宿》載五祖弘忍傳法事：「能居士跪受衣法，啟曰：『法則既授，衣付何人？』師曰：『昔達磨初至，人未知信，故傳衣以明得法。今信心已熟，衣乃争端，止於汝身，不復傳也。且當遠隱，俟時行化，所謂授衣之人，命如懸絲也。』」

〔四〕永，汲、《全詩》作「求」。《全詩》注：「一作永。」息機：冥滅機心，佛性自生。見前《寄尚顔》注〔二〕。

寄懷曾口寺文英大師〔一〕

著紫袈裟名已貴，吟紅菡萏價兼高。秋風曾憶西遊處，門對平湖滿白濤〔二〕。

【校箋】

〔一〕詩題，《全詩》注：「一本無『曾口寺』三字。」《萬首唐人絶句》作《寄懷文英大師》。案《太平廣記》卷三百五十三引《北夢瑣言》：「草書僧文英大師彦脩，始在洛都，明宗世子秦王從榮復厚遇之。後有故，南居江陵西湖曾口寺。一日恍惚，忽見秦王擁二十騎詣寺，訪彦脩。彦脩問：

『大王何以此來？』恰未對，倏而不見。彦脩方訪於人，不旬日，秦王遇害。」知文英大師爲後唐明宗時人。長興元年（九三〇）八月，明宗立皇子從榮爲秦王。四年八月，以從榮爲天下兵馬大元帥。十二月以從榮悖逆，誅之。是文英居江陵曾口寺約在長興四年，齊己與文英大師交往當亦此時前後。

〔三〕「秋風」二句：西遊處、平湖，指江陵西湖。蓋懷念前此與文英共遊情事。《湖廣通志·山川志》荆州府江陵縣：「西湖，縣西十里。」

懷道林寺道友〔一〕

四絶堂前萬木秋〔二〕，碧參差影壓江流〔三〕。閒思宋杜題詩板〔四〕，一月凭欄到夜休〔五〕。

【校箋】

〔一〕詩題，《全詩》注：「一本無『道友』二字。」詩爲貞明元年（九一五）離道林寺後之作。

〔二〕四絶堂：在岳麓山道林寺中，詳見卷三《遊道林寺四絶亭觀宋杜詩版》注〔一〕。羅隱《秋日禪智寺見裴郎中題名寄韋瞻》：「野寺疎鐘萬木秋，偶尋題處認名侯。」

〔三〕江，柳、汲、明抄、《全詩》作「湘」。

〔四〕宋杜題詩板：四絶堂中題寫之宋之問、杜甫詩篇。

〔五〕月，汲、《全詩》作「日」，清抄作「上」，《全詩》注：「一作上。」休：終了，結束。

絶句四首上辭主人〔一〕

放鶴

華亭來復去芝田〔二〕，丹頂霜毛性可憐。縱與乘軒終誤主〔三〕，不如還放却遼天〔四〕。

【校箋】

〔一〕詩題各本均作《放鶴放猿絶句四首上辭主人》，第一、二首無小題，三首作《放鷺鷥》，四首作《放鸚鵡》。《全唐詩》改題爲《辭主人絶句四首》，「放鶴」、「放猿」分别作爲第一、二首小題。今依《全唐詩》例改。主人：指高季興。齊己詩中屢以主人稱之，蓋屢辭歸而不獲已也。詩中乃以「放」鶴、「放」猿……寄意。疑同光二年滯荆數年之詩。

〔二〕來，《全詩》注：「一作又。」芝，馮、清抄作「青」，非。華亭：謂鶴也，典出《晉書·陸機傳》。參見卷八《沙鷗》注〔二〕。庾信《鶴讚》：「華亭别唳，洛浦仙飛。」芝田：傳説中仙人種靈芝之地。鮑照《舞鶴賦》：「朝戲於芝田，夕飲乎瑤池。」

〔三〕乘軒：典本《左傳·閔公二年》：「衛懿公好鶴，鶴有乘軒者。」注：「軒，大夫車。」吴均《主人池前鶴》：「本自乘軒者，爲君堦下禽。」

〔四〕放却：放了，放掉。《詩詞曲語辭匯釋》卷一：「却，語助詞，用於動詞之後。」遼天：遼地天空。此猶言「故園」。庾信《鶴讚》：「南遊湘水，東入遼城。」倪璠注：「《搜神後記》曰：『丁令威本遼東人，學道於靈虚山，後化鶴歸遼，集城門華表柱，歌曰：有鳥有鳥丁令威，去家千年今始歸。城廓如故人民非，何不學仙冢纍纍。』」

放猿

堪憶春雲十二峰〔一〕，野桃山杏摘香紅。王孫可念愁金鏁〔二〕，縱放斷腸明月中〔三〕。

【校箋】

〔一〕十二峰：此指巫峽。見本卷《自湘中將入蜀留别諸友》注〔三〕。

〔二〕「王孫」句：語本王延壽《王孫賦》。其文曰：「原天地之造化，實神偉以屈奇。道元微以密妙，信無物而不爲。有王孫之狹獸，形陋觀而醜儀。」又曰：「遂纓絡而羈縻，歸鏁繫於庭廄。」王孫，指猿猴。

〔三〕縱，柳、汲、《全詩》作「從」。《全詩》注：「一作縱。」縱亦「放」義。縱放猶放歸。斷腸：指猿鳴。吴融《憶猿》：「翠微雲斂日沉空，叫徹青冥怨不窮。連臂影垂溪色裏，斷腸聲盡月明中。」

放鷺鷥〔一〕

白蘋紅蓼碧江涯，日暖雙雙立睡時。願揭金籠放歸去〔二〕，却隨沙鶴鬭輕絲〔三〕。

【校箋】

〔一〕《萬首唐人絶句》、《全唐詩》於僧无則名下重復收録本篇，題作《鷺鷥》。

〔二〕願，《全詩》作「顧」。

〔三〕却，《全詩》注：「一作去。」蓋涉上句「去」字致訛。沙鶴：水邊沙洲之鶴。見卷五《酬九經者》注〔六〕。輕絲：言柳絲。枚乘《忘憂館柳賦》：「於嗟細柳，流亂輕絲。」此猶言嬉戲於春色中。

放鸚鵡

隴西蒼巘結巢高〔一〕，本爲無人識翠毛。今日籠中强言語〔二〕，乞歸天外啄含桃〔三〕。

【校箋】

〔一〕隴西蒼巘：謂隴山，在今甘肅、陝西交界處。産鸚鵡。傅咸《鸚鵡賦》：「有金商之奇鳥，處隴坻之高松。」白居易《鸚鵡》：「隴西鸚鵡到江東，養得經年觜漸紅。常恐思歸先剪翅，每因餧食暫開籠。人憐巧語情雖重，鳥憶高飛意不同。應似朱門歌舞妓，深藏牢閉後房中。」

〔二〕「今日」句：岑參《赴北庭度隴思家》：「西去輪臺萬里餘，也知鄉信日應疎。隴山鸚鵡能言語，爲報家人數寄書。」

〔三〕含桃：櫻桃。韓偓《多情》：「蜂偷崖蜜初嘗處，鶯啄含桃欲咽時。」按《古今禪藻集》録本篇，改「含桃」作「金桃」，本杜詩。杜甫《山寺》：「麝香眠石竹，鸚鵡啄金桃。」金桃蓋桃之一種，見《杜詩詳注》。

齊己詩歌繫年箋注卷第十

猛虎行〔一〕

磨爾牙，錯爾爪〔二〕，狐莫威〔三〕，兔莫狡〔四〕，飢來吞噬取腸飽〔五〕。横行不怕日月星〔六〕，皇天産爾爲生獰〔七〕。前村半夜聞吼聲，何人按劍燈熒熒〔八〕。

【校箋】

〔一〕猛虎行：古樂府相和歌平調曲名。《樂府詩集·相和歌辭·平調曲》：「《古今樂録》曰：王僧虔《大明三年宴樂技録》：平調有七曲，一曰《長歌行》，二曰《短歌行》，三曰《猛虎行》，四曰《君子行》，五曰《燕歌行》，六曰《從軍行》，七曰《鞠歌行》。」又《樂府解題》曰：「晉陸機云『渴不飲盜泉水』，言從遠役，猶耿介，不以艱險改節也。」案李白《猛虎行》王琦注：「（《猛虎行》）古辭云：『飢不從猛虎食，暮不從野雀棲。野雀安無巢，遊子爲誰驕。』蓋取首句二字以命題也。」案底本本卷卷首標題下有「雜歌行四十首七言絶句四十一首」十四字，今删。本卷諸篇，或用樂府舊題，或别爲歌行，疑皆即事成詠，寓現實之興寄，然箋解者或言人人異，此均從略，以免附會。

〔二〕錯：磨。《廣雅·釋詁》云：「錯，磨也。」

〔三〕狐莫威：用《戰國策·楚策》「狐假虎威」典。

〔四〕兔莫狡：用《戰國策·齊策》「狡兔三窟」典。言虎飢則狐兔皆吞噬之。

〔五〕取，《全詩》作「助」，中華本《全唐詩》校作「取」。

〔六〕星，明抄、《全詩》作「明」。

〔七〕生獰：兇猛。孟郊《征蜀聯句》：「生獰競掣跌，癡突争填軋。」李賀《猛虎行》：「乳孫哺子，教得生獰。」

〔八〕熒熒：亮光閃爍貌。秦嘉《贈婦詩》：「飄飄帷帳，熒熒華燭。」

西山叟

西山中，多狼虎，去歲傷兒復傷婦。官家不問孤老身〔一〕，還在前山山下住。

【校箋】

〔一〕問孤老：關懷慰勞孤寡老人。《舊唐書・劉仁軌傳》：「賑貸貧乏，存問孤老。」問，問恤、慰撫。

君子行〔一〕

聖人不生，麟龍何瑞〔二〕？梧桐不高，鳳凰何止〔三〕？吾聞古之有君子，行藏以時〔四〕，進退求己〔五〕。榮必爲天下榮，恥必爲天下恥。苟進不如此，退不如此〔六〕，亦何必用虛僞之文章，取榮名而自美〔七〕？

【校箋】

〔一〕君子行：古樂府相和歌平調曲名。《樂府詩集・相和歌辭・平調曲》引《樂府古題》曰：「古辭云『君子防未然』，蓋言遠嫌疑也。又有《君子有所思行》，辭旨與此不同。」

〔二〕龍，原作「龜」，諸本作「龍」，據改。案麟龍，古以爲祥瑞之兆。《論衡・指瑞》：「儒者説鳳皇、騏驎爲聖王來。以爲鳳皇騏驎，仁聖禽也，思慮深，避害遠，中國有道則來，無道則隱。稱鳳皇、騏驎之仁知者，欲以褒聖人也，非聖人之德，不能致鳳皇騏驎。」

〔三〕《楚辭・九辨》：「謂鳳皇兮安棲」，王逸注：「集棲梧桐，食竹實也。」按《韓詩外傳》卷八：「鳳乃止帝東園，集帝梧桐，食帝竹實，没身不去。」

〔四〕行藏以時：《論語・述而》：「用之則行，舍之則藏。」行謂用世，藏謂隱遁。張仲素《反舌無聲賦》：「徒觀其行藏以時，喧静惟允。其鳴也有節，其默也可準。」

〔五〕進退求己：進退猶行藏、出處。《論語・衛靈公》：「子曰：君子求諸己，小人求諸人。」何晏注：「君子責己，小人責人。」

〔六〕柳本脱「苟進不如此退」六字。《樂府詩集》卷三十二録本篇，無「退不如此」四字。

〔七〕柳本脱「章取榮名而自」六字，「美」訛作「矣」。

善哉行〔一〕

大鵬刷翮謝溟渤，青雲萬層高突出〔二〕。下視秋濤空渺瀰〔三〕，舊處魚龍皆細物。人生在世何容易，眼濁心昏信生死〔四〕。願除嗜慾待身輕〔五〕，携手同尋列仙事。

【校箋】

〔一〕善哉行：古樂府瑟調曲名。《樂府詩集・相和歌辭・瑟調曲》：「《古今樂録》曰：王僧虔《技録》：瑟調曲有《善哉行》。」又引《樂府解題》曰：「古辭云：『來日大難，口燥脣乾。』言人命不可保，當見親友，且永長年術，與王喬、八公遊焉。又魏文帝詞云：『有美一人，婉如青揚』，言其妍麗，『知音識曲，樂爲樂方』，令人忘憂。此篇諸集所出，不入《樂志》。按魏明帝《步出夏門行》曰：『善哉殊復善，弦歌樂我情。』然則善哉者，蓋歎美之辭也。」

〔二〕「大鵬」二句：兩句用《莊子·逍遥遊》大鵬徙南溟意。刷翮，猶刷羽，禽類用喙整理羽翮，以便奮飛。權德輿《奉酬從兄南仲見示十九韻》：「時來無自疑，刷翮摩蒼穹。」謝，辭別。溟渤，大海。鮑照《代陸平原君子有所思行》：「築山擬蓬壺，穿池類溟渤。」

〔三〕瀰，原作「漲」，據《樂府詩集》、柳、汲、《全詩》改。渺瀰：亦作渺彌，水面曠遠渺茫貌。《文選·木華·海賦》：「沖瀜沆瀁，渺瀰湠漫。」李善注：「渺瀰湠漫，曠遠之貌。」

〔四〕信生死：任其生死。信，聽任、任隨。

〔五〕身輕：道家稱服食成仙。《論衡·道虚》：「聞爲道者，服金玉之精，食紫芝之英。食精身輕，故能神仙。」

日日曲〔一〕

日日日東上，日日日西没。任是神仙客〔二〕，也須成朽骨。浮雲滅復生，芳草死還出。不知千古萬古人，葬向青山爲底物〔三〕？

【校箋】

〔一〕日日曲：案《五燈會元》卷十九《舒州太平慧懃佛鑑禪師》：「日日日西沉，日日日東上。若欲學菩提，擲下拄杖曰：但看此模樣。」

〔二〕客，諸本作「容」。《太平御覽·樂部·宴樂》引《樂志》言隋煬帝大製豔曲，令樂正白明達造新聲，有《神仙客》等曲。

〔三〕底物：何物。杜甫《解悶十二首》其六：「陶冶性靈存底物？新詩改罷自長吟。」

耕　叟

春風吹簑衣，暮雨滴箬笠〔一〕。夫婦畊共勞〔二〕，兒孫飢對泣。田園高且瘦〔三〕，賦税重復急。官倉鼠雀群，只待新租入〔四〕。

【校箋】

〔一〕「春風」二句：簑衣、箬笠，農家防雨之衣、帽，用簑草、棕櫚，箬竹葉、竹篾編製。《儀禮·既夕禮》：「稾車載蓑笠。」鄭玄注：「蓑笠，備雨服。」

〔二〕共，《全詩》注：「一作且。」

〔三〕高且瘦：謂地勢高亢地力貧瘠。瘦，瘠薄不肥沃。杜甫《秦州雜詩二十首》其十三：「瘦地翻宜粟，陽坡可種瓜。」

〔四〕只，《全詩》作「共」，注：「一作只。」張籍《野老歌》：「苗疏税多不得食，輸入官倉化爲土。」孟郊《空城雀》：「一雀入官倉，所食寧損幾。祇慮往覆頻，官倉終害爾。」（亦作聶夷中詩、羅隱詩）曹鄴《五情詩》其五：「野雀空城飢，交交復飛飛。勿怪官倉粟，官倉無空時。」《官倉鼠》：「官倉老鼠大如斗，見人開倉亦不走。健兒無糧百姓飢，誰遣朝朝入君口。」蓋中晚唐人多詠此。

苦熱行〔一〕

離宮劃開赤帝怒〔二〕，喝起六龍奔日馭〔三〕。下土熬熬若煎煮〔四〕，蒼生煌煌無避處〔五〕。火雲峥嶸焚泬漻〔六〕，東皋老農腸欲焦〔七〕。何當一雨蘇我苗，爲君擊壤歌帝堯〔八〕。

【校箋】

〔一〕苦熱行：古樂府雜曲歌曲名。《樂府詩集·雜曲歌辭》：「魏曹植《苦熱行》曰：『行遊到日南，經歷交阯鄉。苦熱但曝露，越夷水中藏。』《樂府解題》曰：『《苦熱行》，備言流金爍石、火山炎海之艱難也。』若鮑照云：『赤阪横西阻，火山赫南威』，言南方瘴癘之地，盡節征伐，而賞之太薄也。」

〔二〕離宮：赤帝（火神）之宮。《易・説卦》：「離，爲火，爲日。」崔護《日五色賦》：「出暘谷之方融，歷離宮而增麗。」劃開：豁然開朗。劃謂「劃然」，忽然之義。《玉燭寶典》卷四：「《詩含神霧》曰：其南赤帝坐，神名熛怒。宋均曰：熛怒者，取火性蜚揚成怒以自名也。」

〔三〕起，《全詩》作「出」。六龍：日神乘車，羲和爲御，駕以六龍。劉向《九歎・遠逝》：「貫澒濛以東揭兮，維六龍於扶桑。」《文選・木華・海賦》李善注：「《春秋命曆序》曰：皇伯登扶桑，日之陽，駕六龍以上下。」日馭：即日御羲和。《楚辭・離騷》「吾令羲和弭節兮」，王逸注：「羲和，日御也。」

〔四〕土，汲作「上」，當爲「土」之殘。若，《全詩》作「苦」。熬熬：烈日曝曬乾熱貌。張籍《山頭鹿》：「早日熬熬蒸野岡，禾黍不收無獄糧。」

〔五〕避，諸本作「處」。案疊用「處處」詩之韻味較勝。煌煌：日光輝耀之貌。吴筠《遊仙詩二十四首》其十六：「上超星辰紀，下視日月光。儵已過太微，天居焕煌煌。」釋皎然《五言效古》：「日出天地正，煌煌闢晨曦。」

〔六〕「火雲」句：本集卷九《移居西湖作》：「火雲陽焰欲燒空。」峥嶸，杜甫《羌村三首》其一：「峥嶸赤雲西，日脚下平地。」泬寥，即泬寥，高曠無雲之天空。

〔七〕東皋：泛指原野、田園。陶淵明《歸去來兮辭》：「登東皋以舒嘯，臨清流而賦詩。」王績《野望》：「東皋薄暮望，徙倚欲何依。」

〔八〕擊壤：古代一種投擲遊戲，以擊中目標爲勝。《論衡·藝增》：「傳曰：有年五十擊壤於路者，觀者曰：『大哉，堯德乎！』」《藝文類聚·帝堯陶唐氏》引《帝王世紀》云：「（堯之世）天下大和，百姓無事，有五十老人擊壤於道。」其意皆謂百姓飽食，有餘閑嬉戲。後代遂用爲稱頌太平時世之典。

苦寒行〔一〕

冰峰撑空寒矗矗〔二〕，雲凝水凍埋海陸。殺物之性，傷人之慾。既不能斷蒺藜荆棘之根株〔三〕，又不能展鳳凰麒麟之拳跼〔四〕。如此則何如爲和煦、爲膏雨〔五〕？自然天下之榮枯，融融于萬户〔六〕。

【校箋】

〔一〕苦寒行：古樂府相和歌清調曲曲名。《樂府詩集·相和歌·清調曲》：「《古今樂録》曰：王僧虔《技録》：清調有六曲，一《苦寒行》。」又引《樂府解題》曰：「晉樂奏魏武帝《北上篇》，備言冰雪谿谷之苦，其後或謂之《北上行》，蓋因武帝辭而擬之也。」案《北上篇》即曹操《苦寒行》「北上太行山，艱哉何巍巍」六解。

〔二〕矗矗：高聳直立的樣子。謝靈運《上留田行》：「循聽一何矗矗，上留田。澄川一何皎皎，上留田。」郭璞曰：「矗矗，高峻貌。」

〔三〕斷，底本原脱，據柳、汲、明抄、《百家》本補。《樂府詩集》、《全唐詩》作「斷絶」。

〔四〕拳跼：亦作「拳局」、「蜷局」，局促不舒展，（因寒冷而）屈曲（身軀）。李白《答王十二寒夜獨酌有懷》：「驊騮拳跼不能食，蹇驢得志鳴春風。」

〔五〕爲膏雨，底本、柳本、馮本等作「爲膏爲雨」，汲本作「爲膏□雨」。此據《樂府詩集》、《全唐詩》改。和煦：暖和。韋應物《寄柳州韓司户郎中》：「春風吹百卉，和煦變閭井。」膏雨：滋潤作物之甘霖。張説《奉和同劉晃喜雨應制》：「繁雲先合寸，膏雨自依旬。」

〔六〕融融：恬適和樂的樣子。《左傳·隱公元年》：「大隧之中，其樂也融融。」杜預注：「融融，和樂貌。」白居易《汎渭賦》：「我樂兮聖代，心融融兮神泄泄。」

春風曲

春風有何情？旦暮來林園。不問桃李主，吹落紅無言〔一〕。

【校箋】

〔一〕「不問」二句：落紅，落花。李白《書情寄從弟邠州長史昭》：「懷君芳歲歇，庭樹落紅滋。」無言，謝朓《遊山》：「無言蕙草歇，留垣芳可搴。」案《維摩詰所説經·弟子品》：「法無名字，言語斷故；法無有説，離覺觀故；法無形相，如虚空故；……法離好醜，法無增損，法無生滅，法無所歸；法過眼耳鼻舌身心；法無高下，法常住不動，法離一切觀行。」此蓋「不問」、「無言」之義。

城中懷山友〔一〕

春城來往桃李碧，艷暖紅香斷消息〔二〕。吾徒自有山中隣，白晝冥心坐嵐壁〔三〕。

【校箋】

〔一〕據詩題「城中」、「吾徒」、「山鄰」，疑作於開平、乾化居長沙期間。

〔二〕艷暖，柳、汲、《全詩》二字乙倒。韋莊《放榜日作》：「鄠陽暖艷催花發，太皞春光簇馬歸。」無消息，楊炯《梅花落》：「行人斷消息，春恨幾徘徊。」

〔三〕嵐壁：霧氣彌漫的山巖。杜甫《天池》：「天池馬不到，嵐壁鳥纔通。」冥心坐嵐壁，即卷二《山寺喜道者至》：「知住南巖久，冥心坐緑苔。」

讀李賀歌集〔一〕

赤水無精華〔二〕，荆山亦枯槁〔三〕。玄珠與虹玉，燦燦李賀抱〔四〕。清晨醉起臨春臺〔五〕，吴綾蜀錦胸襟開〔六〕。狂多兩手掀蓬萊，珊瑚掇盡空土堆〔七〕。

【校箋】

〔一〕李賀：見卷九《酬湘幕徐員外見寄》注。案李賀死後十五年（大和五年，八三一），李賀摯友沈述之（子明）集賀詩二百三十三首爲四編，請詩人杜牧爲序，這是見諸記載最早的李賀詩集，晚唐人所讀《李賀歌集》當指此。詳見杜牧《李賀集序》。《新唐書·藝文志》録《李賀集》五卷，

〔二〕《郡齋讀書志》録「《李賀集》四卷，外集一卷」。疑五卷即包含五代、宋人新編之外集一卷也。

〔三〕赤水：神話傳説之水名，出玄珠。精華謂此。見卷五《渚宫莫問詩一十五首》其九注〔四〕。

〔四〕荆山：荆山出玉。見卷八《松化爲石》注〔六〕。地在古荆州（今湖北南漳縣西）。

〔五〕燦燦：燦爛煇煌。楊炯《少室山少姨廟碑》：「若移星轉漢，燦燦爛爛，吐明月於瀛洲之半。」

〔六〕臨春臺：賞春之高臺。案《陳書》，後主叔寶起臨春、結綺、望仙三閣，窮極奢麗，製《玉樹後庭花》、《臨春樂》諸曲，宴樂歌舞。此借用「臨春」字面。

〔七〕吴綾蜀錦：喻其文彩，猶言文章錦繡。吴綾：吴地所産文采華麗的絲織品。詳見卷七《謝人惠十色花牋並碁子》注〔四〕。蜀錦：蜀地所産之鮮豔織錦。曹丕有《與群臣論蜀錦書》。杜甫《白絲行》：「繰絲須長不須白，越羅蜀錦金粟尺。」

〔八〕「狂多」二句：謂李賀作詩遣詞用句，多有奇瑰之語。用蓬萊之珊瑚作喻。韋應物《詠珊瑚》：「絳樹無花葉，非石亦非瓊。世人何處得，蓬萊石上生。」蓬萊者，海中仙山。珊瑚者，海中寶物。《玄中記》云：「珊瑚出大秦西海中，生水中石上。初生白，一年黄，三年赤，四年蟲食敗。」

〔九〕《説文·手部》：「掇，拾取也。」

風琴引〔一〕

撥吴絲〔二〕，雕楚竹〔三〕，高託天風拂爲曲〔四〕。一一宫商在素空〔五〕，鸞鳴鳳語翹梧桐〔六〕。夜深天碧松風多，孤窗寒夢驚流波〔七〕。愁魂傍枕不肯去，翻疑住處隣湘娥〔八〕。薰風聲盡金風發〔九〕，冷泛虚堂韻難歇。常恐聽多耳漸煩，清音不絶知音絶〔一〇〕。

【校箋】

〔一〕風琴：中式建築懸挂在檐角下的金屬片，風吹碰擊而發聲。古代稱鐵馬、風箏。楊慎《丹鉛總録》卷二十：「古人殿閣簷稜間有風琴、風箏，皆因風動成音，自諧宫商。元微之詩『烏啄風箏碎珠玉。』高駢有《夜聽風箏》詩云：『夜静絃聲響碧空，宫商信任往來風。依稀似曲纔堪聽，又被風吹別調中。』僧齊己有《風琴引》云（引詩略）此乃簷下鐵馬也。今名紙鳶曰風箏，亦非也。」

〔二〕撥，諸本作「捘」。案「捘」爲彈琴手法，揉搓弦絲發聲。言「捘」言「撥」，雅俗自別。吴絲：喻指精美之琴絃。李賀《李憑箜篌引》：「吴絲蜀桐張高秋，空山凝雲頽不流。」王琦注：「絲之精好者，出自吴地，故曰吴絲。」

〔三〕雕楚竹：以楚地之竹製成管樂器。孟郊《楚竹吟酬盧虔端公見和湘絃怨》：「握中有新聲，楚竹人未聞。」

〔四〕拂：彈琴指法，輕拂琴絃而發聲。此言如天風之吹拂。宋喻良能《留别直院莫子齋少卿》：「好風一披拂，聲韻諧宫商。」

〔五〕素空：秋空。五行之説，秋屬金，其色白，故云。李賀《秋涼詩寄正字十二兄》：「閉門感秋風，幽姿任契濶。大野生素空，天地曠肅殺。」

〔六〕「鸞鳴」句：謂風琴聲若鸞鳳翹首於梧桐樹上和鳴。嵇康《琴賦》：「椅梧之所生兮，託峻嶽之崇岡。」又：「遠而聽之，若鸞鳳和鳴戲雲中。」《詩·大雅·卷阿》：「鳳凰鳴矣，于彼高岡。梧桐生矣，于彼朝陽。」孔疏：「梧桐可以爲琴瑟。」《廣雅·釋詁一》：「翹，舉也。」

〔七〕流波：流水，以喻一去不返之時光。曹植《感節賦》：「見遊魚之涔灂，感流波之悲聲。」

〔八〕湘娥：湘妃。傳説堯女娥皇、女英，隨舜不及，墮湘水中，因爲湘夫人。見《九歌·湘夫人》王逸注。曹植《仙人篇》：「湘娥拊琴瑟，秦女吹笙竽。」

〔九〕「薰風」句：原作「金風聲盡薰風發」，諸本同。據《唐僧弘秀集》卷七、《唐音統籤》卷八九一、《説略》卷二三引改。又按，薰，《全詩》作「熏」，明徐應秋《玉芝堂談薈》卷二八引同。《全詩》注：「熏，一作金。金，一作熏。」熏風、薰風意同。即南風，爲夏日之風。典本《琴賦》李善注引《尸子》曰：「舜作五絃之琴，以歌《南風》：『南風之薰兮，可以解吾民之愠兮。』」金風，西風，爲秋風。張協《雜詩》：「金風扇素節，丹霞啟陰期。」

〔一〇〕清音：此指秋風清冷之聲音。陶淵明《閑情賦》：「激清音以感余，願接膝以交言。」知音：通曉音律，以喻知友。陶淵明《詠貧士七首》其一：「知音苟不存，已矣何所悲。」此二句順承秋風冷韻扣入詩題「風琴」收結，言寒夢愁魂則聽多耳煩，雖秋風鐵馬之「清音」不絕，而非心魂相感之知音矣！

夏雲曲

紅嵯峨，爍晚波，乖龍慵臥旱鬼多〔一〕。爞爞萬里壓天塹〔二〕，飇雷電光空閃閃〔三〕。好雨不雨風不風，徒倚穹蒼作岩險〔四〕。男巫女覡更走魂〔五〕，焚香祝天天不聞。天若聞，必能使爾爲潤澤〔六〕，洗埃氛。而又變之成五色〔七〕，捧日輪，將以表唐堯虞舜之明君〔八〕。

【校箋】

〔一〕乖龍：傳説中的孽龍。韓愈《答道士寄樹雞》：「煩君自入華陽洞，直割乖龍左耳來。」此言乖龍懶惰不行雨致旱鬼肆虐。《説文·鬼部》：「魃，旱鬼也。……《詩》曰：旱魃爲虐。」

〔二〕里，底本原脱，據諸本補。爞，讀若「蟲」。《爾雅·釋訓》：「爞爞、炎炎，薰也。」郭璞注：「皆旱熱薰炙人。」《詩・大雅・雲漢》：「蘊隆蟲蟲。」毛傳云：「蘊蘊而暑，隆隆而雷，蟲蟲而熱。」

〔三〕電光，《唐五十家小集》作「驅電」。

〔四〕徙，汲、《小集》、《全詩》作「徒」。徙倚：彷徨、徘徊。《楚辭・遠遊》：「步徙倚而遥思兮」，王逸注：「彷徨東西，意愁憤也。」巖險：險峻之山巖。高適《同李員外賀哥舒大夫破九曲之作》：「石城與巖險，鐵騎皆雲屯。」此言以蒼穹作巖險，風雨躲藏而不現。

〔五〕巫覡：古代從事祈禱卜筮，溝通人神，爲人祛災求福療病者。《説文・巫部》：「巫，祝也。女能事無形，以舞降神者。」又：「覡，能齋肅事神明也。在男曰覡，在女曰巫。」走魂：形容巫覡奔走祝禱行魂走魄之態。

〔六〕爾：謂夏雲也。潤澤：霖雨。李邕《兖州曲阜縣孔子廟碑》：「雖朗日開覺，膏雨潤澤，和風清扇，安足喻哉！」

〔七〕五色：謂五色祥雲。或稱景雲、慶雲、卿雲。《太平御覽》卷八引《孫氏瑞應圖》曰：「景雲者，太平之應也。一曰非氣非煙，五色氤氳，謂之慶雲。」

〔八〕「捧日」二句：捧日輪，《三國志・魏書・程昱傳》裴松之注引王沈《魏書》：「昱少時常夢上泰山，兩手捧日。」此以雲喻名臣也。表明君，《太平御覽》卷八引《尚書大傳》曰：「舜爲賓客，禹爲主人，百工相和而歌《卿雲》，于時八風循通，卿雲藂叢。」

讀李白集[一]

竭雲濤，刳巨鼇[二]，搜掊造化空牢牢[三]。冥心入海海神怖，驪龍不敢爲珠主[四]。人間物象不供取，飽食遊神向玄圃[五]。鏘金鏗玉千餘篇，膾吞炙嚼人口傳。須知一一丈夫氣，不是綺羅兒女言[六]。

【校箋】

〔一〕李白集：《舊唐書·本傳》、《新唐書·藝文志》載李白《草堂集》二十卷。據魏萬（顥）《李翰林集序》、李陽冰《草堂集序》，白生前囑魏爲編文集，而陽冰爲序。然則中晚唐人所見者，當即此集也。

〔二〕竭：盡也。謂寫盡雲濤變幻無窮之勢。刳：剖開，斬殺。巨鼇：大龜，神話傳説在大海中背負仙山使不沉没漂流。詳參《觀李璚處士畫海濤》注。李白《聞李太尉大舉秦兵百萬出征東南懦夫請纓冀申一割之用半道病還留别金陵崔侍御十九韻》：「意在斬巨鼇，何論鱠長鯨。」

〔三〕掊，柳、汲、明抄、《全詩》作「括」。案掊、括義同，均謂斂取括盡也。「搜掊」句：此謂筆下括盡造物主所創造之天地萬物。牢牢，空無一物之貌。

〔四〕「驪龍」句：《莊子·列禦寇》：「夫千金之珠，必在九重之淵而驪龍頷下。」

〔五〕食，柳、汲、明抄、《全詩》作「飲」，《全詩》注：「一作飯。」玄圃：亦作「懸圃」，傳爲崑崙山上神仙居處。《文選·張衡·東京賦》：「左瞰暘谷，右睨玄圃。」李善注：「《淮南子》曰：『……懸圃在崙崑閶闔之中。』玄與懸古字通。」

〔六〕兒，原作「男」，據柳、汲、明抄、《全詩》改。丈夫氣：雍陶《酬祕書王丞見寄》：「白首丈夫氣，赤心知己情。」《五代詩話》卷八引《留青日札》曰：「太白寧放棄而不作眷戀之態，寧狂蕩而不作規矩之語。……齊己云：『須知一一丈夫氣，不是綺羅兒女言。』此真知太白者。」

祈真壇〔一〕

玉甃瑤壇二三級〔二〕，學僊弟子參差入〔三〕。霓旌隊仗下不下〔四〕，松檜森森天露濕。殿前寒氣束香雲，朝祈暮禱玄元君〔五〕。茫茫俗骨醉更昏〔六〕，樓臺十二遥崑崙〔七〕。崑崙縱廣一萬二千里，中有五色雲霞五色水〔八〕。何當斷欲便飛去，不要九轉神丹換精髓〔九〕。

【校箋】

〔一〕祈真壇：道教齋戒修道的壇場。

〔二〕甃，馮、清抄作「梵」，《全詩》作「甕」，均非。玉甃瑶壇：玉井、玉壇。案玉井爲傳説中之僊井。東方朔《神異經》：「崑崙山上有柰，冬生子，碧色，須玉井水洗之方可食也。」《述異記》卷上：「崑崙山有玉桃，光明洞澈而堅瑩，須以玉井泉洗之，便軟可食。」《抱朴子内篇・祛惑》載之尤詳。李嶠《井》：「玉甃談仙客，銅臺賞魏君。」盧照鄰《益州至真觀主黎君碑》：「青牛道士，按錦節於中都；白鹿仙人，列瑶壇於八表。」三三級：言其階陛也。

〔三〕參差入：紛紛相隨而入。貫休《杜侯行》：「雁影參差入瑞煙，荆花燦爛開仙圃。」

〔四〕霓旌：僊人以雲霞爲旗幟。劉向《九嘆・遠逝》：「舉霓旌之墆翳兮，建黄纁之總旄。」王逸注：「揚赤霓以爲旌，雜五色以爲旗旄。」隊仗：儀仗之隊列。

〔五〕玄元君：指老子。道教奉老子爲教主，唐以老子爲李姓之始祖。高宗乾封元年二月追號「太上玄元皇帝」，後又屢加尊號。

〔六〕俗骨：塵俗中人，不得成僊者。寒山詩：「所嗟皆俗骨，仙史更無名。」

〔七〕「樓臺」句：傳崑崙僊境，有十二樓臺。《漢書・郊祀志》：「方士有言，黄帝時爲五城十二樓。」應劭注：「昆侖玄圃，五城十二樓，仙人之所常居。」

〔八〕「中有」句：太平御覽《博物志》卷一：「崑崙山廣萬里，高萬一千里，神物之所生，聖人、仙人之所集也，出五色雲氣、五色流水。」

〔一〇〕九轉神丹：見卷六《與聶尊師話道》注〔四〕。

黄雀行〔一〕

雙雙野田雀，上下同飲啄。暖去栖蓬蒿，寒歸傍籬落。殷勤避羅網〔二〕，乍可遇鷹鸇〔三〕。鷹鸇雖不仁，分明在寥廓〔四〕。

【校箋】

〔一〕黄雀行：古樂府鼓吹曲漢鐃歌曲名。《古今樂録》曰：「王僧虔《技録》有《野田黄雀行》，今不歌。」郭茂倩云：「漢鼓吹鐃歌亦有《黄雀行》，不知與此同否？」

〔二〕網羅：捕鳥之網。李白《野田黄雀行》：「遊莫逐，炎洲翠。棲莫近，吴宫燕。吴宫火起焚爾窠，炎洲逐翠遭網羅。蕭條兩翅蓬蒿下，縱有鷹鸇奈若何。」

〔三〕本句及下句「鷹」字，底本原作「鵬」，據柳、汲、明抄、《全詩》改。鷹鸇鷙鳥，搏鳥雀食之。乍可：寧可，乍爲「情願」義。李白《設辟邪伎鼓吹雉子班曲辭》：「乍向草中耿介死，不求黄金籠下生。」此正謂寧遇鷹鸇，不入羅網。

〔四〕寥廓：高空。《漢書·司馬相如傳》：「猶焦朋已翔乎寥廓，而羅者猶視乎澤藪。」顔師古注：「寥廓，天上寬廣之處。」謝朓《暫使下都夜發新林至京邑贈西府同僚》：「寄言罻羅者，寥廓已高翔。」

石竹花〔一〕

石竹花開照庭石，紅鮮自稟離宫色〔二〕。一枝兩枝初笑風〔三〕，猩猩血潑低低叢〔四〕，嘗嗟世眼無真鑒〔五〕，却被丹青苦相陷。誰爲根尋造化功，爲君吐出淳原膽〔六〕。白日當午方盛開，彤霞灼灼臨池臺。繁香濃艷如未已，粉蝶遊蜂狂欲死〔七〕。

【校箋】

〔一〕石竹花：觀賞植物，多年生草本。王績《石竹詠》：「萋萋結緑枝，曄曄垂朱英。」

〔二〕離宫色：日色，借指火紅之顔色。陳陶《泉州刺桐花詠五首兼呈趙使君》其五：「赤帝嘗聞海上遊，三千幢蓋擁炎州。今來樹似離宫色，紅翠斜欹十二樓。」

〔三〕笑風：形容花朵綻開於微風中。鮑溶《見袁德師侍御説江南有仙檀花因以戲贈》：「聞説天壇花耐涼，笑風含露對秋光。」

〔四〕猩猩血：指鮮紅顔色。李中《紅花》：「紅花顔色掩千花，任是猩猩血未加。」

〔五〕嘗，柳、汲、《全詩》作「常」。真鑒：高深的鑒賞力。釋寶林《破魔露布文》：「宗極存乎俗見之表，至尊王於真鑒之裏。」

〔六〕淳，原作「平」，據柳、汲、《全詩》改。淳原，即「淳元」，天地之元氣。詳見卷六《孫支使來借詩集因有謝》注〔三〕。

〔七〕「繁香」二句：杜甫《江畔獨步尋花七絕句》其七：「不是愛花即欲死，只恐花盡老相催。」王建《原上新居十三首》其九：「雞睡日陽暖，蜂狂花豔燒。」

寄南岳白蓮道士 能於長嘯〔一〕。

猿猱休啼月皎皎，蟋蟀不吟山悄悄。大耳仙人滿頷須〔二〕，醉倚長松一聲嘯。

【校箋】

〔一〕本詩或爲早年出入衡岳時詩。

〔二〕頷：下巴。須：同「鬚」。

古劍歌〔一〕

古人手中鑄神物〔二〕，百煉百淬始提出〔三〕。今人不要强硎磨〔四〕，蓮鍔星文未曾没〔五〕。一彈一撫聞錚錚〔六〕，老龍影奪秋燈明〔七〕。何時得遇英雄主，用爾平治天下去。

【校箋】

〔一〕古劍歌：唐武則天年間，郭元振有《古劍歌》，此用其題。

〔二〕鑄神物：謂鑄劍。李白《梁甫吟》：「張公兩龍劍，神物合有時。」

〔三〕淬：製造刀劍的熱處理工藝，加熱至一定温度浸入水或油中冷却，以提高其硬度和强度，俗稱淬火。王褒《聖主得賢臣頌》：「清水淬其鋒，越砥斂其鍔。」

〔四〕硎磨：在硎（磨劍石）上磨之使鋒利。《莊子·養生主》言庖丁之刀「十九年而刀刃若新發於硎」。郭象注：「硎，砥石也。」釋文：「磨石也。」

〔五〕「蓮鍔」句：蓮鍔，有蓮花狀花紋的劍刃。星文，劍脊上有星星狀的花紋。此皆描寫古劍上的花紋。吴均《和蕭洗馬子顯古意六首》其六：「蓮花穿劍鍔，秋月掩刀環。」《邊城將四首》其一：「刀含四尺影，劍抱七星文。」

〔六〕一彈一撫：彈指彈劍，也叫「彈鋏」，彈擊劍把。撫指撫劍，拂拭劍鋒。皆以抒發激越之情。李白《行路難三首》其二：「彈劍作歌奏苦聲，曳裾王門不稱情。」曹植《鰕䱇篇》：「撫劍而雷音，猛氣縱横浮。」

〔七〕老龍：指劍。《越絶書》卷十一：「歐冶子、干將鑿茨山，洩其溪，取鐵英，作爲鐵劍三枚：一曰龍淵，二曰泰阿，三曰工布。」《晉書·張華傳》載張華因雷煥在豫章豐城獄掘地得龍泉、太阿雙劍。華「持劍行經延平津，劍忽於腰間躍出墮水，使人没水取之，不見劍，但見兩龍各長數丈，蟠縈有文章」。郭元振《古劍歌》：「良工鍛鍊經幾年，鑄得寶劍名龍泉。龍泉顏色如霜雪，良工咨嗟嘆奇絶。」

湘妃廟〔一〕

湘烟濛濛湘水急，汀露凝紅裛蓮濕〔二〕。蒼梧雲疊九嶷深〔三〕，二女魂飛江上立。相攜泣，鳳蓋龍輿追不及〔四〕。廟荒松朽啼飛猩，筭鞭迸出階基傾。黄昏一岸陰風起，新月如眉生潤水〔五〕。

【校箋】

〔一〕湘妃廟：《大清一統志·岳州府》：「湘妃廟：在巴陵縣西南君山，祀堯二女……娥皇、女英。」在今湖南岳陽市。杜甫《湘夫人祠》：「肅肅湘妃廟，空牆碧水春。」詩疑爲早年自湘中北遊過湘妃廟時作。

〔二〕「汀露」句：汀爲洲渚之地，廟所在也。杜荀鶴《秋日泊浦江》：「江月漸明汀露濕，静驅吟魄入玄微。」凝紅：露凝花上。李賀《梁臺古愁》：「緑粉掃天愁露濕。……芙蓉凝紅得秋色。」裛蓮：猶言香蓮。裛謂香氣彌散。錢起《中書遇雨》：「色翻池上藻，香裛鼎前杯。」

〔三〕「蒼梧」句：謂舜崩於蒼梧葬於九嶷。《山海經·海内經》：「南方蒼梧之丘，蒼梧之淵，其中有九嶷山，舜之所葬，在長沙零陵界中。」郭璞注：「山今在零陵營道縣南。其山九谿皆相似，故云九疑。古者總名其地爲蒼梧也。」

〔四〕輿，底本原脱，據諸本補。任昉《述異記》卷上：「昔舜南巡而葬於蒼梧之野，堯之二女娥皇、女英追之不及，相與慟哭，淚下沾竹，竹文上爲之斑斑然。」

巫山高〔一〕

巫山高，巫女妖〔二〕，雨爲暮兮雲爲朝〔三〕，楚王憔悴魂欲消〔四〕。秋猿嗥嗥日將夕，紅霞紫烟凝老壁。千岩萬壑花皆坼〔五〕，但恐芳菲無正色〔六〕。不知今古行人行，幾人經此無秋情。雲深廟遠不可覓，十二峰頭插天碧〔七〕。

【校箋】

〔一〕巫山高：漢樂府鼓吹曲漢鐃歌曲名。鼓吹亦曰短簫鐃歌，漢世有《朱鷺》、《艾如張》、《上之回》、《戰城南》、《巫山高》等二十二曲，皆軍樂也，蓋即所謂凱樂者，而後又用之爲鼓吹焉。《巫山高》古辭曰：「巫山高，高以大；淮水深，難以逝。」大略言江淮深，無梁以渡，臨水遠望，思歸而已。唐人多有擬作。

〔二〕巫女：巫山神女。妖：豔麗。《文選・宋玉・神女賦》：「近之既妖，遠之有望。」李善注：「近看既美，復宜遠望。」

〔三〕「雨爲」句：《文選・宋玉・高唐賦》：「旦爲朝雲，暮爲行雨，朝朝暮暮，陽臺之下。」李善注：「朝雲行雨，神女之美也。」

〔四〕消，亦作「銷」。《神女賦序》：「王曰：晡夕之後，精神怳忽，若有所喜，紛紛擾擾，未知何意。目色髣髴，乍若有記，見一婦人，狀甚奇異，寐而夢之，寤不自識，罔兮不樂，悵然失志。」

〔五〕坼：綻開。柳中庸《幽院早春》：「草短花初坼，苔青柳半黄。」

〔六〕「但恐」句：此言恐衆芳失其本正之色，意在言外。正色，本色，本真之色。

〔七〕十二峰：巫山十二峰，見卷九《自湘中將入蜀留别諸友》注〔三〕。

贈持法華經僧〔一〕

衆人有口不説是，即説非，吾師有口何所爲？蓮經七軸六萬九千字〔二〕，日日夜夜終復始。

乍吟乍諷何悠揚，風篁古松含秋霜。但恐天龍夜叉乾闥衆〔三〕，畐塞虛空耳皆聳〔四〕。我聞念經功德緣，舌根可等金剛堅〔五〕。他時劫火洞燃後〔六〕，神光燦燦如紅蓮〔七〕。受持身心苟精潔〔八〕，尚能使煩惱大海水枯竭〔九〕，魔王輪幢自摧折〔一〇〕，何況更如理行、如理説〔一一〕。

【校箋】

〔一〕持：謂持誦，也就是念經。法華經：全稱《妙法蓮華經》，大乘佛教主要經典。詳見卷九《送楚雲上人往南岳刺血寫法華經》〔一〕。

〔二〕七軸：此指後秦鳩摩羅什譯漢文《妙法蓮華經》七卷。

〔三〕天龍夜叉乾闥衆：統言佛教諸天、龍、鬼神等八部衆。《觀音義疏記》卷四：「八部：初天、二龍、三夜叉、四乾闥婆、五阿修羅、六迦樓羅、七緊那羅、八摩睺羅伽。」案「天」，指梵天、帝釋天、四天王等天神。「龍」，指八大龍王等水族之主。「夜叉」，指能飛騰空中的鬼神。「乾闥婆」，爲帝釋天的音樂神。詳見《妙法蓮華經·譬喻品》。八部衆皆佛之眷屬，受佛威德所化，而護持佛法。因此在大乘經典中，也往往是佛陀説法時的會衆。

〔四〕畐塞：擁擠貌。畐，同「畐」，偪、逼之古字。壅，塞也。《五燈會元》卷六：「問如何是木平一句，師曰：偪塞虛空。」此言天龍八部皆來聽經。

〔五〕等：《全詩》作「算」，注：「一作等。」等，同也。舌根：佛教語，五根或六根之一。唐窺基《大乘法苑義林章・五根章》：「根者增上義，出生義。是根義，……爲因出生，故名爲根。……舌者能嘗、能吮、能除飢渴義。梵云時乞縛，此云能嘗、除飢渴。故《瑜伽》云，能除飢羸，數發言論，表彰呼召，故名爲舌。」舌爲知味發言之根本，故云舌根。此謂誦持《法華》故舌根堅剛不壞。

〔六〕劫火：佛教謂世界之成立分爲成、住、壞、空四劫，於壞劫之末必起火、水、風三災。劫火即指壞劫三災中之火災。《仁王護國般若波羅蜜多經・護國品》：「劫火洞然，大千俱壞。須彌巨海，磨滅無餘。」此連下句謂唯持誦經者劫後重生。

〔七〕紅蓮：《七佛經》：「亦如紅蓮華，塵垢不能染。」

〔八〕受持：佛教語，此謂受持經典，領受於心，憶而不忘。隋吉藏《勝鬘寶窟》上：「始則領受在心曰受，終則憶而不忘曰持。」爲佛教十種法行、法華五種法師行之一。《妙法蓮華經・陀羅尼品》：「汝等但能擁護受持《法華》名者，福不可量。」

〔九〕大，柳本作「火」。煩惱海，譬喻衆生煩惱深廣如大海。《佛本行集經・俯降王宮品》：「度脱千萬衆，於深煩惱海。」又《魔怖菩薩品》：「衆生没大煩惱海，世間誰解作舡師？」

〔一〇〕輪幢：車輛旍幡，謂魔王之隊伍。摧折：折斷毁壞。寒山詩：「金臺既摧折，沙丘遂滅亡。」

〔一一〕如理行如理説：謂言行皆一本於佛理，則能得如來無上光明大智慧。語本《大方廣佛華嚴經・離世間品》：「菩薩摩訶薩有十種心。……如理行心，除滅一切諸煩惱故。」「菩薩摩訶薩有十種觀察。……得智慧觀察，如理説法故。」

刳腸龜〔一〕

爾既能于靈〔二〕，應久存其生。爾既能于瑞〔三〕，胡得迷其死？刳腸徒自屠，曳尾復何累〔四〕？可憐濮水流，一葉泛莊子〔五〕。

【校箋】

〔一〕刳：用刀剖開。《説文·刀部》：「刳，判也。」古代以龜甲占卜，此詠龜以神靈而遭刳剥，言外見意。《莊子·外物》：「宋元君夜半而夢人披髮闚阿門，曰：『予自宰路之淵，予爲清江使河伯之所，漁者余且得予。』元君覺，使人占之，曰：『此神龜也。』君曰：『漁者有余且乎？』左右曰：『有。』君曰：『令余且會朝。』明日，余且朝。君曰：『漁何得？』對曰：『且之網，得白龜焉，其圓五尺。』君曰：『獻若之龜。』龜至，君再欲殺之，再欲活之，心疑，卜之，曰：『殺龜以卜，吉。』乃刳龜，七十二鑽而無遺筴。仲尼曰：『神龜能見夢於元君，而不能避余且之網；知能七十二鑽而無遺筴，不能避刳腸之患。如是，則知有所困，神有所不及也。』」

〔二〕能於靈：《初學記·龜》引《雒書》曰：「靈龜者，玄文五色，神靈之精也。」《洪範五行傳》曰：「龜之言久也，千歲而靈，此禽獸而知吉凶者也。」

〔三〕能於瑞：《藝文類聚》卷九十九引《龍魚河圖》曰：「堯時，與群臣賢智到翠嬀之川，大龜負圖來投堯，堯敕臣下寫取，告瑞應，寫畢，龜還水中。」

〔四〕曳尾：指龜，拖著尾巴爬行在泥水中。《莊子·秋水》：「莊子釣於濮水，楚王使大夫二人往先焉，曰：『願以境内累矣！』莊子持竿不顧，曰：『吾聞楚有神龜，死已三千歲矣，王巾笥而藏之廟堂之上。此龜者，寧其死爲留骨而貴乎？寧其生而曳尾於塗中乎？』二大夫曰：『寧生而曳尾塗中。』莊子曰：『往矣！吾將曳尾於塗中。』」

〔五〕濮水：在唐河南道濮州境，今河南省濮陽市一帶。一葉：孤舟也。本句以莊子垂釣於濮水爲典故，見上注。

贈岩居僧

石如麒麟岩作室，秋苔漫壇浄于漆〔一〕。袈裟蓋頭心在無〔二〕，黄猿白猿啼日日。

【校箋】

〔一〕苔，原作「壇」，涉下「壇」字致訛。柳、汲、明抄、《全詩》作「苔」，據改。

〔二〕袈裟蓋頭：言其專注持誦狀態。

觀李璚處士畫海濤〔一〕

巨鰲轉側長鰌翻〔二〕，狂濤顛浪高漫漫。李瓊奪得造化本，都盧縮在秋毫端〔三〕。一揮一畫皆筋骨，滉瀁崩騰大鯨臬〔四〕。葉樣僊槎擺欲沉〔五〕，下頭應是驪龍窟。昔年曾夢涉蓬瀛〔六〕，唯聞撼動珊瑚聲。今來正歎陸沉久〔七〕，見君此畫思前程。千尋萬派功難測〔八〕，海門山小濤頭白〔九〕。今人錯認錢塘城〔一〇〕，羅刹石底奔雷霆〔一一〕。

【校箋】

〔一〕璚，馮本同，他本作「瓊」。《説文・玉部》：「璚，瓊或从矞。」《御定佩文齋書畫譜》卷四十八《畫家傳四》據本詩收録。

〔二〕「巨鰲」句：《列子・湯問》：「渤海之東不知幾億萬里，有大壑焉，實惟無底之谷，其下無底，名曰歸墟。八紘九野之水，天漢之流，莫不注之，而無增無減焉。其中有五山焉：一曰岱輿，二曰員嶠，三曰方壺，四曰瀛洲，五曰蓬萊。其山高下周旋三萬里，其頂平處九千里。山之中間相去七萬里，以爲鄰居焉。……（其上）所居之人皆仙聖之種；一日一夕飛相往來者，不可數焉。而五山之根無所連箸，常隨潮波上下往還，不得蹔峙焉。仙聖毒之，訴之於帝。帝恐流於西極，失羣仙聖之居。乃命禺彊使巨鼇十五舉首而戴之。迭爲三番，六萬歲一交焉。五山始峙而不動。」長鰌：《初學記·魚》引《水經》：「海鰌魚長數千里，穴居海底，入穴則海水爲潮，出穴則水潮退，出入有節，故潮水有期。」

〔三〕都盧：統統，全部之義。王績《遊北山賦》：「豈如我家身事，都盧棄置。」白居易《贈鄰里往還》：「骨肉都盧無十口，糧儲依約有三年。」

〔四〕臬，底本、汲本脱，柳、馮、明抄、清抄、《全詩》、《小集》均作「臬」，據補。案「臬」讀若「揑」，爲「射准」，即箭靶，見《説文》；爲測日影之杆柱，見《周禮·考工記》鄭注；爲門橜，即門檻，見《爾雅·釋宫》郭璞注。是皆有凸出、明顯可見之意。此或取此義。此四句以「骨」、「臬」、「窟」爲韻。滉漾、崩騰，皆水波動蕩貌。盧照鄰《奉使益州至長安發鍾陽驛》：「葳蕤曉樹滋，滉瀁春江漲。」案：崩騰，猶「奔騰」。吴筠《過天門山懷友人》：「舉帆遇風勁，逸勢如飛奔。縹緲凌煙波，崩騰走川原。」

〔五〕「葉樣」句：此句底本作「瓦仙搓擺□欲沉」，所脱一字，馮、明抄、清抄作「卜」；汲本作「□泉瓦僊槎擺欲沉」，泉字疑爲上句「臬」字之訛，錯入此句，句當作「□瓦僊槎擺欲沉」；《全詩》作「葉撲僊槎擺欲沉」，句意均頗費解。《影宋唐人五十家小集》、《唐音統籤》、朱警《唐百家詩》均作「葉樣僊槎擺欲沉」，意較勝，姑從之。僊槎，行駛天河上之僊人木筏。張華《博物志》卷十言天河與海通，有居海上者，每年八月有浮槎來，乘之至天河，見織女、牛郎。

〔六〕夢，明抄、《全詩》作「要」。蓬瀛：蓬萊、瀛洲，均海上僊山。

〔七〕陸沉：陸地無水而沉，喻埋没不爲人知。嵇康《卜疑》：「屈身隨時，陸沉無名。」王維《送從弟蕃遊淮南》：「高義難自隱，明時寧陸沉。」

〔八〕千尋萬派：形容水面深廣。八尺曰尋，千尋指水深。别水曰派，謂江河的支流，萬派指水面寬廣。

〔九〕海門：潤州（今江蘇鎮江市）有海門山，横亘長江中，與北固山相峙。此蓋泛指海邊山。元結《閔荒詩》：「忽見海門山，思作望海樓。不知新都城，已爲征戰丘。」

〔一〇〕今，《小集》作「令」。意勝。

〔一一〕羅刹石：在杭州錢塘江中。見卷一《寄錢塘羅給事》注〔七〕。

昇天行〔一〕

身不沈，骨不重〔二〕，驅青鸞，駕白鳳〔三〕。幢蓋飄飖入冷空〔四〕，天風瑟瑟星河動。瑶闕參差阿母家〔五〕，樓臺戲閉凝彤霞〔六〕。五三仙子乘龍車〔七〕，堂前碾爛蟠桃花。回首却顧蓬山頂〔八〕，一點濃嵐在深井〔九〕。

【校箋】

〔一〕昇天行：即「升天行」，古樂府雜曲歌曲名，《樂府詩集》録曹植、鮑照之作，均言學仙。其「神仙二十二曲」有《升天行》。

〔二〕「身不沈」二句：道家方術謂身輕飛舉成仙。《論衡·道虚》：「聞爲道者，服金玉之精，食紫芝之英，食精身輕，故能神仙。」

〔三〕「驅青鸞」二句：青鸞、白鳳，仙人坐騎。

〔四〕飆，《全詩》注：「一作飄。」案《樂府詩集》作「飄」。幢蓋：旌旗車蓋，謂出行儀仗。劉長卿《酬滁州李十六使君見贈》：「幢蓋方臨郡，柴荆忝作鄰。」

〔五〕瑶闕：猶玉宫，美言仙人宫闕。阿母：西王母。李商隱《瑶池》：「瑶池阿母綺窗開，《黄竹》歌聲動地哀。」

〔六〕戲，《唐僧弘秀集》、百家、小集作「虚」。案「戲閉」不辭，或當爲「虚」之訛。

〔七〕龍車：《無上秘要》卷十九：「上清九天玄神八聖，遊於空雲，足超靈堂，景浮氣澄，大宴太玄玉帝，戲參九鳳、龍車玉輿，乘九色飛雲，從十二龍駕、仙官玉女各二十四人。」屈原《九歌·雲中君》：「龍駕兮帝服，聊翱遊兮周章。」

〔八〕首，柳、汲、明抄、《全詩》作「頭」。山，汲本、《全詩》作「萊」。

〔九〕嵐：山中雲氣。王周《西塞山二首》其一：「西塞名山立翠屏，濃嵐横入半江青。」

還人卷〔一〕

李白李賀遺機杼〔二〕，散在人間不知處。聞君收在芙蓉江〔三〕，日鬭鮫人織秋浦〔四〕。金梭軋軋文離離〔五〕，吴娃越女羞上機〔六〕。鴛鴦浴烟鸞鳳飛，澄江曉映餘霞輝。仙人手持玉刀尺〔七〕，寸寸酬君珠與璧。裁作霞裳何處披？紫皇殿裏深難覓〔八〕。

【校箋】

〔一〕此以歸還所借李白、李賀詩卷爲題，抒發對二李詩崇仰之情懷。《四庫考證》言題「脱詩字」，「據别本增」作《還人詩卷》。

〔二〕機杼：織機。此以織錦繡爲喻。《北史·祖瑩傳》：「瑩以文學見重，常語人云：『文章須自出機杼，成一家風骨，何能共人同生活也？』」

〔三〕芙蓉江：此比喻詩集如滿江芙蓉。

〔四〕鬭：比賽，争勝。秦韜玉《貧女》：「敢將十指誇織巧，不把雙眉鬭畫長。」鮫人：《搜神記》卷十二：「南海之外有鮫人，水居如魚，不廢織績，其眼泣則能出珠。」《述異記》卷上：「南海出鮫綃紗，泉先潛織，一名龍紗。」秋浦：《元和郡縣圖志・江南道》池州治秋浦縣，即今安徽貴池。疑此當爲「合浦」之訛，蓋合浦（漢郡，今屬廣西北海）出珠，詩乃合用鮫人織紗、「合浦還珠」典（典出《後漢書・孟嘗傳》）。

〔五〕軋軋，一作「札札」，音義並同。機織聲。《通雅・重言》：「齊己詩『金梭劄劄文離離』，即用『札札弄機杼』，札札聲義亦從軋軋來。」寒山詩：「婦摇機軋軋，兒弄口嗢嗢。」離離：文采鮮明貌。衛恒《字勢》：「雲委蛇而上布，星離離以舒光。」

〔六〕娃，汲、《全詩》作「姬」。王勃《採蓮賦》：「吴娃越豔，鄭婉秦妍。」

〔七〕玉刀尺：喻精妙之裁量。王琦《李太白集注・外記》載李白逸詩：「佳人持玉尺，度君多少才。玉尺不可盡，君才無時休。」

〔八〕難，《全詩》注：「一作相。」紫皇：道教最高之神。《太平御覽・道部一》引《秘要經》曰：「太清九宫，皆有僚屬，其最高者，稱太皇、紫皇、玉皇。」李白《飛龍引二首》其二：「載玉女，過紫皇，紫皇乃賜白兔所擣之藥方。」

輕薄行〔一〕

玉鞭金蹬驊騮蹄〔二〕，横眉吐氣如虹霓〔三〕。五陵春暖芳草齊〔四〕，笙歌到處花成泥〔五〕。日沈月上且鬬雞〔六〕，醉來莫問天高低。伯陽道德何唾咦〔七〕，仲尼禮樂徒卑栖〔八〕。

【校箋】

〔一〕輕薄行：《樂府詩集·雜曲歌辭》有《輕薄篇》、《輕薄行》蓋本此所作。郭茂倩引《樂府解題》曰：「《輕薄篇》，言乘肥馬、衣輕裘，馳逐經過爲樂，與《少年行》同意。」

〔二〕蹬，同「鐙」，掛在馬鞍兩旁的踏脚。張説《舞馬千秋萬歲樂府詞三首》其三：「遠聽明君愛逸才，玉鞭金翅引龍媒。」

〔三〕「横眉」句：李白《古風五十九首》其二十四：「路逢鬬雞者，冠蓋何輝赫。鼻息干虹蜺，行人皆怵惕。」

〔四〕五，汲本作「玉」。《全詩》注：「一作玉。」非。五陵，漢、唐京都長安附近五座皇帝陵園，均稱五陵。漢初每立陵墓，輒遷徙貴戚富豪入居，以供奉陵園。詩文中多以五陵少年指稱京城富豪子弟。李白《白馬篇》：「龍馬花雪毛，金鞍五陵豪。……鬬雞事萬乘，軒蓋一何高。」

〔五〕花成泥：岑參《青門歌送東臺張判官》：「灞頭落花没馬蹄，昨夜微雨花成泥。」

〔六〕鬬雞：漢唐皆以鬬雞爲戲。《西京雜記》載劉邦之父「徙長安，居深宮，悽愴不樂，……以平生所好，皆屠販少年，酤酒賣餅，鬬雞蹴踘，以此爲歡，今皆無此，故以不樂」。陳鴻《東城老父傳》載：玄宗治雞坊于兩宫間，索長安雄雞，金毫、鐵距、高冠、昂尾千數，養于雞坊。選六軍小兒五百人，使馴擾教飼之。上好之，民風尤甚，諸王、世家、外戚家、公主家、侯家，傾帑破産市雞，以償雞直；都中男女，以弄雞爲事，貧者弄假雞。以賈昌爲五百小兒長，甚愛幸之，金帛之賜，日至其家。

〔七〕唾咦，《樂府詩集》作「涕唾」，柳本作「咦唾」。案咦當作「洟」，唾洟即吐唾沫，亦作「唾涕」。伯陽道德：即老子《道德經》。已見前注。

〔八〕仲尼禮樂：《論語·八佾》：「子曰：『人而不仁，如禮何？人而不仁，如樂何？』」何晏注：「包（咸）曰：言人而不仁，必不能行禮樂。」卑栖：居於下位。杜甫《臨邑舍弟書至苦雨黄河泛溢隄防之患簿領所憂因寄此詩用寬其意》：「舍弟卑栖邑，防川領簿曹。」郭知達注：「（卑栖）言位低下。」

浮雲行〔一〕

大野有賢人，大朝有聖君。如何彼浮雲，揜閉白日輪〔二〕。安得東南風，吹散八表外〔三〕。使之天下人〔四〕，共見堯眉彩〔五〕。

【校箋】

〔一〕浮雲行：《古詩紀》載阮籍逸詩云：「揮袂撫長劍，仰觀浮雲行。雲間有立鵠，抗首揚哀聲。」此以浮雲寄意，或本此。

〔二〕閉，汲、《全詩》作「蔽」。

〔三〕八表：八方之外，指極遠之地。沮渠蒙遜《上晉安帝表》：「純風所被，八表宅心。」

〔四〕之，《全詩》注：「一本無『之』字。」

〔五〕堯眉：《春秋元命苞》：「堯眉八彩，是謂通明。」

煌煌京洛行〔一〕

聖君垂衣裳〔二〕，蕩蕩若朝旭。大觀無遺物〔三〕，四夷來率服〔四〕。清晨迴北極〔五〕，紫氣蓋黄屋〔六〕。雙闕聳雙鰲〔七〕，九門如川瀆〔八〕。梯山航海至〔九〕，晝夜車相續。我恐紅塵深，變爲黄河曲〔一〇〕。

【校箋】

〔一〕煌煌京洛行：古樂府相和歌瑟調曲曲名。《古今樂録》曰：「王僧虔《技録》，瑟調曲有……

《煌煌京洛行》。又曰：「王僧虔《技録》云：『《煌煌京洛行》，歌文帝園桃一篇。』」《樂府解題》曰：「晉樂奏文帝『夭夭園桃，無子空長』，言虛美者多敗。又有韓信高鳥盡、良弓藏，子房保身全名，蘇秦傾側賣主，陳軫忠而有謀，楚懷不納，郭生古之雅人，燕昭臣之，吴起知小謀大，及魯仲連高士，不受千金等語。若宋鮑照『鳳樓十二重』，梁戴暠『欲知佳麗地』，始則盛稱京洛之美，終言君恩歇薄，有怨曠沈淪之歎。」

〔二〕垂衣裳：定衣服之制，示天下以禮。《易・繫辭下》：「黄帝、堯、舜垂衣裳而天下治。」後用以稱頌帝王無爲而治。《論衡・自然》：「垂衣裳者，垂拱無爲也。」

〔三〕大，柳本作「天」，非。語本《易・觀・彖》：「大觀在上，順而巽。中正以觀天下。」謂在上者爲天下所觀仰。引申爲對事物宏遠之觀察。賈誼《鵩鳥賦》：「達人大觀兮，物無不可。」

〔四〕「四夷」句：《尚書・舜典》孔傳：「忠信昭於四夷，皆相率而來服。」

〔五〕北極：北極星。此指帝京。

〔六〕紫氣：祥瑞之氣，屢見前注。黄屋：帝王之車，以指帝王。杜甫《晦日尋崔戢李封》：「上古葛天民，不貽黄屋憂。」仇注：「《漢書》李斐音義：黄屋，車上蓋，天子之儀，以黄繒爲裹。」又《建都十二韻》：「議在雲臺上，誰扶黄屋尊。」仇注：「《漢書注》：黄屋，天子之車。」

〔七〕雙闕：皇宫前東西兩座望樓。曹植《登臺賦》：「建高殿之嵯峨，浮雙闕乎太清。」鰲爲神話傳説中海上巨龜，背負蓬萊等仙山者。此謂雙闕如雙鰲高聳。

〔八〕九門：周代天子禁城設九門。《禮記·月令》：「毋出九門。」鄭玄注：「天子九門者，路門也，應門也，雉門也，庫門也，皋門也，城門也，近郊門也，遠郊門也，關門也。」後遂以指稱宮門、宮城。王維《送高道弟耽歸臨淮作》：「君王蒼龍闕，九門十二逵。」如川瀆：言車水馬龍川流不息。

〔九〕梯山航海：翻山渡海。《宋書·明帝紀》：「日月所照，梯山航海；風雨所均，削衽襲帶。」張九齡《南郊赦書》：「蠻夷戎狄，梯山航海之琛，莫不日月以聞，道路相屬。」

〔一〇〕「我恐」二句：化自《詩·小雅·十月之交》：「百川沸騰，山冢崒崩。高岸爲谷，深谷爲陵。」鄭玄箋：「變異如此，禍亂方至，哀哉今在位之人，何曾無以道德止之？」

弔汨羅〔一〕

落日倚闌干，徘徊汨羅曲〔二〕。冤魂如可弔，烟浪聲似哭。我欲考黿鼉之心〔三〕，烹魚龍之腹。爾既啖大夫之血，食大夫之肉，千載之後，猶斯暗伏〔四〕。將謂唐堯之尊，還如荒悴之君〔五〕。更有逐臣，于焉葬魂〔六〕。得以縱其噬，恣其吞。

【校箋】

〔一〕汨羅：汨羅江，屈原自沉處，見卷八《湘中寓居春日感懷》注〔八〕。弔汨羅者，憑弔屈原也。

〔二〕汨羅曲：曲，江水彎曲處，謂汨羅江邊也。

〔三〕考：按問，審問。《後漢書·馬援列傳》：「每行考事，輒有物故。」李賢注：「考，按也。」黿鼉：水族之大鼈和豬婆龍。《墨子·公輸》：「江漢之魚鱉黿鼉，爲天下富。」

〔五〕暗，柳作「惜」，明抄、《小集》作「藏」，《全詩》注：「一作藏。」案作「惜」于義未安，或爲「暗」之形訛。

〔六〕悴，《小集》作「醉」。《全詩》注：「一作醉。」悴：衰敗。劉孝標《辯命論》：「榮悴有定數，天命有至極。」

〔七〕逐臣：謂屈原。於焉：於此。焉，此也。

〔八〕恣，《全詩》作「咨」，非。中華書局本《全唐詩》校作「恣」。恣：肆也，縱也。

贈念法華經僧〔一〕

念念念兮入惡易，念念念兮入善難。念經念佛能一般〔二〕，愛河無處生波瀾〔三〕。言公少年真法器〔四〕，白晝不出夜不睡。心心緣經口緣字〔五〕，一室寥寥燈照地〔六〕。沉檀卷軸寶函盛，薝蔔香熏水精記〔七〕。空山木落古寺閒，松枝鶴眠霜霰乾。牙根舌根水滴寒〔八〕，珊瑚捶打紅琅玕〔九〕。但恐蓮花七朵一時坼〔一〇〕，朵朵似君心地白〔一一〕。又恐天風吹天花〔一二〕，繽紛如雨飄袈裟〔一三〕。況聞此經甚微妙，百千諸佛真秘要。靈山説後始傳來〔一四〕，聞者雖多持者少。更堪誦入陀羅尼〔一五〕，唐音梵音相雜時。舜絃和雅薰風吹〔一六〕，文王武王絃更悲。如此争不遣空碧中〔一七〕，有龍來聽〔一八〕，有鬼來聽。亦使人間人〔一九〕，聞者敬，見者敬。自然心虚空，性清浄〔二〇〕。此經真體即毗盧〔二一〕，雪嶺白牛君識無〔二二〕？

【校箋】

〔一〕本卷前有《贈持法華經僧》，後有七絶《贈念法華經僧》，共三首，均讚持誦法華僧。本篇乃贈「言公」。案本集卷六有《寄東林言之禪子》，此云「言公少年真法器」，或同一人。《寄東林言之禪子》作於離廬山入荆州一年，即龍德二年（九二二）秋，本篇疑亦同時前後之作。

〔二〕能：釋家語，指認識之主體，與客體「所」相對。主動而行謂之能。就「念經」「念佛」而言，衆生稱念佛名、經文之主觀意志、能力等稱爲能行；佛之名號、經文爲稱念之對象稱爲所行。又如能見物之「眼」，稱爲能見；爲眼所見之「物」，稱爲所見。修行者，稱能行；所行之内容，稱所行。教化人者，稱能化；被教化者，稱所化。……能與所、具有相即不離與體用因果之關係，故稱能所一體。湛然《法華文句記》卷三：「無量之名可名所生，實相之稱應申能生。」

〔三〕「愛河」句：底本原作「愛河竭處生波瀾」，柳本脱「竭生波瀾」四字。馮本、清抄本脱「河」字。《小集》、明抄本作「愛河無處生波瀾」，從之。愛河，情欲。佛教以愛欲、貪愛之心、執著於物之念溺人，故以河喻之。《大方廣佛華嚴經・十地品》：「是諸衆生爲諸煩惱暴水所没，欲、有、見、無明，四流所漂；隨生死流，入大愛河；爲諸煩惱勢力所食，不能得求出要之道。」

〔四〕真法器，清抄本作「負貞氣」。案：佛教稱能修行佛道者爲法器，言修證佛法之根器也。《妙法蓮華經・提婆達多品》：「女身垢穢，非是法器。」《釋氏要覽》卷下：「《廣百論》云：要具三德，名法器。一、禀性柔和，無有偏黨，常自審察，不貪己利。二、常希勝解，求法無厭，不守己分，而生喜足。三、爲性聰惠，於善惡言，能正了知得失差别。」

〔五〕緣：依循。《法華經玄贊要集》：「緣經上下意，合取白華。」

〔六〕室，原作「空」，據諸本改。

〔七〕「沉檀」二句：言《經》裝幀保藏之珍重。徐陵《東陽雙林寺傅大士碑銘》：「色黤沈檀，香踰薝蔔。」吴兆宜注：「《楞嚴經》：『白栴檀塗身，自能除一切熱惱。』經云：『如入薝蔔林中，聞薝蔔花香，不聞他香。』」沉檀，沉香、檀香。薝蔔已見前注。記，封緘之印記，謂以水晶爲記也。

〔八〕水，原作「冰」，汲、《全詩》作「水」，今據改。

〔九〕搥，《小集》作「枝」。案：此句承上，「珊瑚」形容「牙」，「紅琅玕」形容「舌」，描摹念經之情態。琅玕，珠玉之屬。

〔一〇〕七，《小集》作「十」。坼，汲本、《小集》、《全詩》作「折」，非。坼謂花開也。

〔一一〕地白，《小集》作「簇攢」，《全詩》注：「一作簇攢。」心地：釋家語，以心爲萬法之本，能生一切諸法，故曰心地。《大乘本生心地觀經·觀心品》：「三界之中以心爲主，能觀心者究竟解脱，不能觀者究竟沈淪。衆生之心猶如大地，五穀五果從大地生。……以是因緣，三界唯心，心名爲地。」寒山詩：「我自觀心地，蓮花出淤泥。」心地白，蓋以白蓮花爲喻。簇攢，言花蕊聚攏。

〔一二〕天風，《小集》作「風緊」，《全詩》注：「一作風緊。」天花：佛典中多作天華。《妙法蓮華經·譬喻品》：「諸天伎樂百千萬種，於虚空中一時俱作，雨衆天華。」又《分別功德品》：「若見此法師，成就如是德。應以天華散，天衣覆其身。」

〔一三〕「繽紛」句，此用法雲事。《續高僧傳·梁楊都光宅寺釋法雲傳》載，法雲研精《法華》，嘗於一寺講此經，忽感天華，狀如飛雪，滿空而下，延于堂内。昇空不墜，訖講方去。

〔一四〕靈山：即靈鷲山。詳見卷九《送楚雲上人往南嶽刺血寫法華經》注〔三〕。

〔一五〕「更堪」句：此句《全詩》注：「此云總持。」案「陀羅尼」爲梵語音譯，意譯即總持、能持、能遮。謂持善法而不散，伏惡法而不起，即能總攝憶持無量佛法而不忘失之念慧力。詳見卷七《贈智滿三藏》注〔五〕。

〔一六〕舜絃：即舜歌《南風》之典，詳見前《風琴引》注〔九〕。絃謂絃歌，音樂。和雅：平和雅正之音。盧思道《遼陽山寺願文》：「洞穴條風，生和雅之曲。圓珠積水，流清妙之音。」

〔一七〕空碧，汲、《全詩》作「碧空」。

〔一八〕龍，底本原作「龜」，據諸本改。

〔一九〕人間人，汲本訛作「人聞人」。蓋涉下「聞」字致訛。

〔二〇〕「自然」二句：《小集》無「心」字，句作「自然虚空性清净」。

〔二一〕毗盧：毗盧遮那、毗盧舌那之省稱，乃境妙究竟顯之稱，遍一切處寂之意。隋智顗《法華玄義》卷六：「境妙究竟顯，名毗盧遮那。智妙究意滿，名盧舍那。行妙究竟滿，名釋迦牟尼。」又智顗《法華文句》：「法身如來名毗盧，此翻遍一切處。報身如來名盧遮那，此翻净滿。應身如來名釋迦。」唐僧栖復《法華經玄贊要集》：「毗盧遮那，此云遍一切處寂。」

〔二二〕白牛：指白牛車，佛教以喻大乘（菩薩乘）佛法。《妙法蓮華經・譬喻品》：「爾時長者各賜諸子等一大車，其車高廣，衆寶莊校，周匝欄楯，四面懸鈴；（中略）駕以白牛，膚色充潔，形體姝好，有大筋力，行步平正，其疾如風。」《妙法蓮華經玄贊》：「白牛，體即根本無分别智，導引種智車，如牛引車故。白者衆色之本，如白蓮華表經，諸乘本故、萬德主故。牛王有三德：一降怨德，能斷二障故；二端嚴德，衆德莊嚴故；三運載德，濟度自他故。故喻於牛不説象馬。」貫休《和韋相公話婺州陳事》「談玄愛白牛」，自注：「《法華經》以白牛喻大乘。」此言持誦法華乃得悟大乘佛法。

短歌寄鼓山長老〔一〕

雪峰雪峰高且雄〔二〕，峩峩堆積青冥中。六月赤日燒不鎔，飛禽瞥過人難通〔三〕。嘗聞中有白象王〔四〕，五百象子皆威光〔五〕。行圍坐繞同一色，森森影動旃檀香。于中一子最雄猛，稱尊獨踞鼓山頂〔六〕。百千眷屬陰陰影〔七〕，影身照曜吞秋景〔八〕。我聞閩國民皈依〔九〕，前王後王皆師資〔一〇〕。寧同梁武遇達摩，過後彈指空傷悲〔一一〕。

【校箋】

〔一〕短歌：古樂府《相和歌辭·平調曲》有《短歌行》，《短歌》蓋出於此。崔豹《古今注》曰：「長歌、短歌，言人壽命長短各有定分，不可妄求。」郭茂倩云：「按古詩云『長歌正激烈』，魏武帝《燕歌行》云『短歌微吟不能長』，晉傅玄《豔歌行》云『咄來長歌續短歌』，然則歌聲有長短，非關壽命也。唐李賀有《長歌續短歌》，蓋出於此。」鼓山長老：指唐末五代福州鼓山僧神晏，汴州人，十二歲出家，後師事雪峰山義存禪師。事跡見《宋高僧傳·唐福州雪鷲廣福院義存傳》、《景德傳燈録·福州鼓山興聖國師神晏》、《十國春秋·閩十》。鼓山，即今福建福州之石鼓山。據「我聞閩國民皈依，前王後王皆師資」二語，本篇當作於閩主王延鈞稱帝（長興四年元月）

之後。

〔二〕雪峰：指今福州侯官縣境之雪峰山，唐末雪峰義存禪師道場雪峰寺所在。《方輿勝覽·福州路》：「雪峰寺，在候官縣西百餘里。唐咸通中，真覺禪師義存遊吴、楚，至武陵，傳法於五祖德山。乃歸閩居芙蓉山石室，其徒蝟集，於是得象骨峰誅茅爲庵。一日登巔遇雪，留宿其上，因名雪峰。《閩中實録》：『閩王問雪峰曰：「師住象骨峰，有何異？」答曰：「山頂暑月常有積雪。」審知曰：「可名雪峰。」』」

〔三〕瞥過：瞬間通過。此指鳥飛。

〔四〕嘗，柳、汲、明抄、《全詩》作「常」。白象王：《雜譬喻經》：「昔雪山有白象王，身有六牙，生二萬象。」佛經中以白象王爲佛化身，因義存禪師在雪峰，故取爲喻。

〔五〕五百象子：《修行本起經·菩薩降生品》言悉達太子生時，天降三十二瑞，其二十一爲「五百白象子自然羅在殿前」。此取譬雪峰義存禪師群弟子。據黄滔《福州雪峯山故真覺大師碑銘》，義存禪師弟子有一千五百人之衆，其傑出者有師備、可休、智孚、慧稜、神晏，「分燈之道，皆膺聖獎，錫紫袈裟」。

〔六〕鼓，底本原作「虎」，馮、汲、明抄、《全詩》作「鼓」，是，今據改。

〔七〕陰陰影，汲、《全詩》空一字，作「陰□影」；明本「陰」下空兩字，連下句作「陰□□影身」，疑□□即「陰影」，原文當作「百千眷屬陰陰影影身照曜吞秋景」，抄手奪二字致訛。今補「陰影」

二字。陰陰影蓋言其庇廕廣大也。

〔八〕秋，原作「我」，諸本作「秋」，據改。蓋涉下「我」字致訛。

〔九〕我，汲、《全詩》作「裁」，形近而訛。閩，底本、諸本均誤作「岷」，據詩意改。《通鑑》卷二七八：後唐長興四年（九三三）春正月，閩王王延鈞即皇帝位，國號大閩，大赦，改元龍啟，改名璘。是爲十國之閩國。

〔一〇〕「前王」句：前王，指閩太祖王審知，開平三年梁加王審知中書令福州大都督長史進封閩王。史載審知「常延義存與僧，備問達磨所傳秘密心印」，「創鼓山禪院以居之（神晏），傾貲給施，時詢法要。加號興聖國師。」後王，指閩帝王延鈞，審知次子。史載天成三年十二月，度民二萬爲僧，由是閩地多僧，王弓量田土第爲三等，膏腴上等以給僧道，因有寺田之名。

〔一一〕「寧同」二句：梁武，梁武帝蕭衍。梁武遇達摩而不契機，見《景德傳燈録·第二十八祖菩提達磨》。大略曰：「（梁普通八年）十月一日至金陵。帝問曰：『朕即位已來，造寺寫經，度僧不可勝紀，有何功德？』師曰：『並無功德。』帝曰：『何以無功德？』師曰：『此但人天小果有漏之因，如影隨形，雖有非實。』帝曰：『如何是真功德？』答曰：『淨智妙圓，體自空寂。如是功德，不以世求。』帝又問：『如何是聖諦第一義？』師曰：『廓然無聖。』帝曰：『對朕者誰？』師曰：『不識。』帝不領悟。師知機不契，是月十九日潛迴江北。十一月二十三日届于洛陽，當後魏孝明太和十年也，寓止于嵩山少林寺。」彈指，佛家語，屢見前注。《景德傳燈録·第二十八祖菩提達磨》：「時六宗徒衆亦各念言：『佛法有難，師何自安？』師遥知衆意，即彈指應之。」

漁　父〔一〕

夜釣洞庭月，朝醉巴陵市〔二〕。却歸君山下〔三〕，魚龍窟邊睡。生涯在何處，白浪千萬里。曾笑楚臣迷〔四〕，蒼黄汨羅水。

【校箋】

〔一〕漁父：《楚辭》有《漁父》，屈原所作。後代多擬作。案鄭樵《通志·樂略·遺聲序論》云：「遺聲者，逸詩之流也。今以義類相從，分二十五正門，二十附門，總四百十八曲，無非雅言幽思，當採其目，以俟可考。今採其詩，以入系聲樂府。」其「神仙門」下收二十二曲，其二十一爲《漁父》。據詩意，本篇疑爲齊己隱居洞庭湖西時詩。

〔二〕市，原作「寺」，諸本作「市」，據改。蓋音近致訛。

〔三〕君山：見卷八《懷巴陵》注〔六〕。

〔四〕楚臣迷：指屈原自沉汨羅也。

采蓮曲〔一〕

越溪女，越江蓮〔二〕，齊菡萏，雙嬋娟〔三〕。嬉遊向何處？采摘且同舡。浩唱發容與〔四〕，清波生漪漣〔五〕。時逢島嶼泊〔六〕，幾共鴛鴦眠。襟袖既盈溢〔七〕，馨香亦相傳。薄暮歸去來，苧羅生碧煙〔八〕。

【校箋】

〔一〕《全唐詩》卷二十一《相和歌辭》、《樂府詩集》卷五十均録本篇爲齊己詩。《全唐詩》卷一百三十八收入李頎下，題作《采蓮（一作放歌行）》，有個别文字不同。《文苑英華》卷二百八、《石倉歷代詩選》卷四十一録爲李頎詩。蓋重出。采蓮曲：古樂府清商曲曲名，即「採蓮曲」。《古今樂録》言梁天監十一年，梁武帝改西曲，更製《江南弄》七曲，其三爲《採蓮曲》。

〔二〕首二句，底本原作「越溪越女江蓮」，柳、明「越女」二字有乙正標記。此據《樂府詩集》、《全詩》改正。杜荀鶴《春宮怨》：「年年越溪女，相憶採芙蓉。」

〔三〕「齊菡萏」二句：此謂人共花比美。王昌齡《采蓮曲二首》其二：「荷葉羅裙一色裁，芙蓉向臉兩邊開。亂入池中看不見，聞歌始覺有人來。」

〔四〕唱，《全詩》作「歌」。容與：舒閑從容貌。《後漢書・馮衍列傳》：「意斟愖而不澹兮，俟回風而容與。」李賢注：「容與，猶從容也。」此言從容高歌。

〔五〕漣，《全詩》作「連」。

〔六〕逢，原作「蓬」，據汲、《全詩》改。

〔七〕盈溢：充盈外溢，謂襟袖間捧滿荷花。

〔八〕苧羅：即苧蘿。指苧蘿山，在今浙江諸暨，西施故里。李白《西施》：「西施越溪女，出自苧蘿山。」

啄木〔一〕

啄木啄啄〔二〕，鳴林響壑。貪心既緣〔三〕，利觜斯鑿。有朽百尺，微蟲斯宅〔四〕。以啄去害，啄更彌劇〔五〕。層崖豫章〔六〕，聳幹蒼蒼。毋縱爾啄，殘我棟梁〔七〕。

【校箋】

〔一〕啄木：啄木鳥。以禽鳥寄意也。

〔二〕「啄木」句：底本原作「啄木啄木」，諸本作「啄木啄啄」，韻勝，今從。

〔三〕緣：《玉篇·糸部》：「緣，因也。」言因心貪而啄。

〔四〕宅：寄居。

〔五〕彌劇：危害更甚。《説文新附·刀部》：「劇，尤甚也。」

〔六〕豫章：良木，往往以喻棟梁之材。《史記·司馬相如列傳》：「其北則有陰林巨樹，楩枏豫章。」集解引郭璞曰：「豫章，大木也，生七年乃可知也。」

〔七〕殘，諸本作「摧」，意遜。

靈松歌〔一〕

靈松靈松，是何根株？盤擗枝幹〔二〕，與群木殊。世眼争知蒼翠容，薜蘿遮體深朦朧。先秋瑟瑟生谷風〔三〕，青陰倒卓寒潭中〔四〕。八月天威行肅煞〔五〕，萬木凋零向霜雪。唯有此松高下枝，一枝枝在無摧折。癡凍頑冰如鐵堅，重重鏁到槎牙顛〔六〕。老鱗枯節相把捉〔七〕，踉蹡立在青崖前〔八〕。有時深洞興雷雹，飛電繞身光閃爍。乍似蒼龍驚起時，攫霧穿雲欲騰躍。夜深山月照高枝，疎影細落莓苔磯〔九〕。千年朽枿罔兩出〔一〇〕，一株寒韻鏘琉璃。安得良工妙圖臒〔一一〕，寫將偃蹇懸煙閣〔一二〕。飛瀑聲中戰歲寒，紅霞影裏擊蕭索。

【校箋】

〔一〕靈松歌：此讚勁松之精靈，因以爲名。《景德傳燈録·（唐）京兆永安院善静禪師》：「異境靈松，覩者皆羡。」

〔二〕盤擗：亦作「盤辟」，盤旋進退也。此以形容虬枝盤繞之貌。

〔三〕「先秋」句：劉楨《贈從弟三首》其二：「亭亭山上松，瑟瑟谷中風。」

〔四〕青陰：緑樹之陰影。姚合《杏谿》：「寂寂青陰裏，幽人舉步遲。」倒卓：倒立，倒插。

〔五〕肅煞：同肅殺，嚴厲摧殘。《漢書·禮樂志》：「秋氣肅殺。」杜甫《北征》：「昊天積霜露，正氣有肅殺。」

〔六〕「癡凍」二句：癡凍頑冰，此極言寒凍冰雪之狂暴。癡，癡狂。頑，凶頑。槎牙，亦作「槎枒」，樹木的枝杈、枝丫。

〔七〕老鱗：喻松樹外皮皴裂。見卷三《遊道林寺四絶亭觀宋杜詩版》注〔五〕。把捉：把握，捉住。釋僧燦《信心銘》：「夢幻虚花，何勞把捉。」此謂樹枝交叉重疊。

〔八〕踉蹡：躍起。此以形容靈松高高矗立在山崖前。

〔九〕磯：露出水面的巖石。《廣雅·釋水》：「磯，磧也。」王念孫疏證：「石在水中謂之磯、磧。」

〔一〇〕朽枿：謂殘朽之樹樁。伐木所餘曰枿。《大唐西域記》卷六：「茂樹扶疎，何故不坐？枯株朽蘖，而乃遊止？」罔兩：傳爲木之精怪，亦作「蝄蜽」、「魍魎」、「罔閬」。《國語·魯語》：「木石之怪曰夔、蜩蛃。」

〔二〕圖臒：用紅顔料繪畫。《玉篇·丹部》：「臒，《山海經》云：『雞山其下多丹臒。』《説文》云：『美丹也。』」

〔三〕將，清抄作「來」。懸，底本原作「埋」，柳、汲、明抄、《全詩》作「懸」，從之。偃蹇：虬枝屈曲之貌。《藝文類聚》卷八八引《玉策》云：「千載松柏樹，枝葉上杪不長，望如偃蓋。」白居易《泛太湖書事寄微之》：「澗雪壓多松偃蹇，巖泉滴久石玲瓏。」

蠹〔一〕

蝨不自蝨，而蠹于木。蠹極木心，以豐爾腹。偶或成之，胡爲勖人〔二〕。人而不貞，由爾亂神。蝨兮蝨兮，可全其生〔三〕。無託爾形，霜松雪檉〔四〕。

【校箋】

〔一〕蠹：亦作「蝨」。寄生於樹木的蛀蟲。

〔二〕勖：亦作「詡」，勉勵。

〔三〕可，柳、汲、明抄、《全詩》作「何」。

〔四〕檉：紅柳。《本草綱目・木部》：「負霜雪不凋，乃木之聖者也。故字從聖。」本集卷四《寄孫闢呈鄭谷郎中》：「雪長松檉格，茶添語話香。」

行路難〔一〕

行路難，君好看。驚波不在黤黮間〔二〕，小人心裏藏崩湍〔三〕。七盤九折寒峭崒〔四〕，翻車倒蓋尤堪出〔五〕。未似是非唇舌危，闇中潛毁平人骨。君不見楚靈均，千古沉冤湘水濱。又不見李太白，一朝却作江南客〔六〕。

【校箋】

〔一〕行路難：古樂府雜曲歌曲名。按本集卷五亦有《行路難》一首，參見彼注。

〔二〕黤黮：讀若「暗淡」，亦作黯黮、黯淡。此指黯淡灘。《齊東野語・林外》：「南劍黯淡灘，湍險善覆舟，行人多畏避之。外嘗戲題灘傍驛壁曰：『千古傳名黯淡灘，十船過此九船翻。』」地在今福建南平市東。

〔三〕崩，《樂府詩集》作「奔」。崩湍：激流。柳宗元《懲咎賦》：「攢巒奔以紆委兮，東洶湧之崩湍。」

〔四〕嶵崪：讀若「酋卒」，險峻貌。《文選·班固·西都賦》：「巖峻嶵崪，金石崢嶸。」李延濟注：「嶵崪、崢嶸，高峻貌。」

〔五〕尤，《樂府詩集》、汲、《全詩》作「猶」。

〔六〕「又不見」二句：李白召入翰林後不久，即被賜金放還。其浪跡江南，往來於廣陵、宣城間。見王琦《李太白年譜》。「江南客」云云，即説此事。

謝徽上人見惠二龍障子以短歌酬之〔一〕

我見蘇州崑山金城中〔二〕，金城柱上有二龍〔三〕。老僧相傳道是僧繇手〔四〕，尋常入海共龍鬭〔五〕。又聞蜀國玉局觀有孫遇跡〔六〕，盤屈身長八十尺。遊人争看不敢近，頭覰寒泉萬丈碧〔七〕。近有五羊徽上人〔八〕，閒工小筆得意新〔九〕。畫龍不誇頭角及鬚鱗，只求筋骨與精神。徽上人，真藝者，惠我雙龍不言價。等閒不敢將懸掛，恐似葉公好假龍，及見真龍却驚怕〔一〇〕。

【校箋】

〔一〕本篇頭八句，毛晉汲古閣本《禪月集》、《全唐詩》卷八三七誤收爲貫休詩，題作《賦題成都玉局觀孫位畫龍》。個别文字有異。徽上人：僧徽，五羊人，唐末畫家。《御定佩文齋書畫譜》卷四十八《畫家傳四》據本詩收録。

〔二〕金城，《小集》作「佛殿」。案金城亦指佛國聖地。《長阿含經·第四分世記經·阿須倫品》：「佛告比丘：『須彌山北大海水底，有羅呵阿須倫城，縱廣八萬由旬，其城七重，七重欄楯、七重羅網、七重行樹，周匝校飾，以七寶成。城高三千由旬，廣二千由旬。其城門高一千由旬，廣千由旬。金城銀門，銀城金門，乃至無數衆鳥相和而鳴，亦復如是。』」此金城即指佛寺。

〔三〕宋范成大《吴郡志·古蹟》：「龍柱：崑山慧聚寺殿柱也，梁張僧繇畫龍其上，其後數出在江湖中，僧繇又畫鏁鏁之。唐會昌中廢佛寺，柱留入郡中。寺復，郡以柱還寺，横閣於殿東間楣上，余猶及見之。淳熙中寺火，柱亦隨燼。」

〔四〕僧繇：南朝梁著名畫家。事跡見張彦遠《歷代名畫記》卷七本傳。

〔五〕共龍，柳本作「共海龍」，當爲前「海」字衍入。汲本作「共□龍」。

〔六〕遇，底本、馮本、清抄本訛作「逼」，柳、汲、明抄、《小集》、《全詩》均作「遇」，是，今據改。案汲本《禪月集》作「遇」，注云：「位，東越人，僖宗南巡隨入蜀，後改名遇。」案孫位後名遇，事跡見《益州名畫録》卷上。

〔七〕覬：垂。《字彙補·見部》：「覬，《韻會補》：垂也。」

〔八〕五羊：指五羊城，今廣東廣州。僧徽蓋廣州人。《太平寰宇記·嶺南道》廣州：「五羊城，按

《續南越志》："舊説有五仙人，乘五色羊，執六穗秬而至。至今呼五羊城是也。"

〔九〕小筆：繪畫中的小作品。

〔一〇〕"恐似"二句：用葉公好龍事。《新序·雜事》："葉公子高好龍，鈎以寫龍，鑿以寫龍，屋室雕文以寫龍。於是夫龍聞而下之，窺頭於牖，拖尾於堂，葉公見之，棄而還走，失其魂魄，五色無主。是葉公非好龍也，好夫似龍而非龍者也。"

送人往長沙〔一〕

荆門歸路指湖南，千里風飄興可諳〔二〕。好聽鷓鴣啼雨處〔三〕，木蘭舟晚泊春潭。

【校箋】

〔一〕底本詩題前有"絶句四十二首"題識，爲體例統一，今删去。本篇作於晚年居荆門期間。

〔二〕諳：《玉篇·言部》："諳，知也。"謂知曉、熟悉。

〔三〕鷓鴣啼雨：雨中聽鷓鴣，歸故里而傷情也。

偶題

時事懶言多忌諱，野吟無主苦縱橫〔一〕。君看三百篇章首〔二〕，何處分明著姓名？

【校箋】

〔一〕苦，汲、《全詩》作「若」，意遜。野吟：在郊野之吟唱；亦指無拘無束放聲吟唱。既指聲之高下，亦指情意之不受拘限。陸龜蒙《樵歌》：「縱調爲野吟，徐徐下雲磴。」苦：程度副詞，甚也，深也。縱横：無拘無束，無所拘限也。

〔二〕章，柳本作「意」，非。三百篇章：指《詩經》。參見卷八《寄知己》注〔六〕。句意謂雖不著姓名而經典萬古矣。

寄山中叟

清泉碧樹夏風涼〔一〕，紫蕨紅粳午爨香〔二〕。應笑晨持一盂苦〔三〕，腥膻市裏叫家常〔四〕。

【校箋】

〔一〕清，汲、《全詩》作「青」。以「青」對「碧」，執而死，意遜。

〔二〕紫蕨：紫色蕨菜。李郢《春日題山家》：「依崗尋紫蕨，挽樹得青梅。」紅粳：紅色粳米。《太平廣記》引《玉堂閑話》：「唐（昭宗）天復甲子歲，自隴而西（大旱災）……忽山中竹無巨細，皆放花結子，飢民採之，舂米而食，珍于粳糯。其子粗，顔色紅纖，與今紅粳不殊，其味尤更馨香。」爨：炊飯。

〔三〕「應笑」句：持盂，僧人托鉢也。釋曇積《諫周太祖沙汰僧表》：「擎錫持盂，望中而餐。」

〔四〕家常：僧人化緣常用語。猶言家常的茶飯，家常之物。《景德傳燈録・漳州保福院從展禪師》：「師見僧吃飯，乃托鉢曰：『家常』。」

贈琴客

曾携五老峰前過〔一〕，幾向雙松石上彈。此境此聲誰更愛〔二〕？掀天羯鼓滿長安〔三〕。

【校箋】

〔一〕五老峰：在廬山，五峰相連，故名。屢見前注。

〔二〕聲，汲、《全詩》作「身」，非。

〔三〕「掀天」句：李商隱《龍池》：「龍池賜酒敞雲屏，羯鼓聲高衆樂停。」朱鶴齡注：「南卓《羯鼓録》：『羯鼓出外夷，以戎羯之鼓，故曰羯鼓。其聲促急，破空透遠，特異衆樂。明皇極愛之，嘗聽琴未終，遽止之曰：速令花奴持羯鼓來，爲我解穢。』」「羯鼓滿長安」即胡樂滿都城意。

勉吟僧

千途萬轍亂真源〔一〕，白晝勞形夜斷魂。忍著袈裟把名紙〔二〕，學他低折五侯門〔三〕。

【校箋】

〔一〕千，《全詩》注：「一作萬。」真源：佛法之本源，真諦。李乂《送沙門弘景道俊玄奘還荆州應制》：「漢珠留道味，江璧返真源。」

〔二〕名紙：古代書儀，猶今之名片。參見卷三《勉詩僧》注〔二〕。忍，豈忍，反問之意。

〔三〕低折：低頭折腰之略。王易簡《官左拾遺歸隱作》：「汩没朝班愧不才，誰能低折向塵埃。」本集卷三《勉詩僧》：「莫把毛生刺，低回謁李膺。須防知佛者，解笑愛名僧。」可參。

送人歸華下〔一〕

蓮華峰翠濕凝秋〔二〕，舊業園林在下頭。好束詩書且歸去，而今不愛事風流。

【校箋】

〔一〕華下：指華州（今陝西華縣），地在華山北麓。

〔二〕蓮華峰：指華山蓮花峰。屢見前注。

夏日城中作二首〔一〕

其一

三面僧鄰一面廧，更無風露可吹涼〔二〕。他年舍此歸何處，青壁紅霞裹石房〔三〕。

【校箋】

〔一〕據詩意，此「城中」即江陵城也。案齊己龍德元年（九二一）秋到江陵居龍興寺，歎「身依江寺庭無樹」（卷九《荆渚偶作》），後移居城西曰：「乞與西城水滿湖。吹榻好風終日有，趣涼閒客片時無。」（卷八《移居》）知本篇爲至江陵次年（龍德二年）夏之詩。

〔二〕露，汲、《全詩》作「路」。

〔三〕「青壁」句：石房，謂廬山東林所居處。卷三《東林雨後望香爐峰》：「暮雨開青壁，朝陽照紫煙。」卷五《書匡山隱者壁》：「紅霞青壁底，石室薜蘿垂。」

其二

竹低莎淺雨濛濛，小檻幽窗暑月中〔一〕。有境牽懷人不會〔二〕，東林門外翠横空。

【校箋】

〔一〕小，汲、《全詩》作「水」。

〔二〕會：理解，領會。《世説新語·言語》：「會心處，不必在遠。」

默　坐[一]

燈引飛蛾拂焰迷，露淋栖鶴壓枝低。冥心坐滿蒲團穩[二]，夢到天台過剡溪。

【校箋】

〔一〕寫默坐禪修而神遊天台剡溪勝境，與前篇《夏日城中作》同一情懷，疑亦同時詩。

〔二〕滿，原作「睡」，《全詩》作「滿」，據改。《增益阿含經·高幢品》稱世尊「結跏趺坐，坐滿虛空」。《大智度論·釋初品》言菩薩「坐滿虛空，令衆生安穩」。即佛陀法身遍虛空化度衆生之義。此蓋言冥心打坐神遊佛國。

水邊行[一]

身著袈裟手杖藤[二]，水邊行止不妨僧。禽棲日落猶孤立，隔浪秋山千萬層。

【校箋】

〔一〕詩以「禽棲日落猶孤立」寄懷，蓋亦初滯荆門心境，依前詩亦繫龍德二年秋。

〔二〕杖藤：手拄藜藤杖。錢起《題延州聖僧穴》：「四時樹長書經葉，萬歲巖懸拄杖藤。」

寄鄭谷郎中〔一〕

人間近遇風騷匠，鳥外曾逢心印師〔二〕。除此二門無别妙，水邊松下獨尋思。

【校箋】

〔一〕據首句本篇當作於天祐元年（九〇四）初至袁州謁鄭谷後不久，蓋返湘後所寄。

〔二〕鳥外：高山密林處，此指山中佛寺道場。心印師：禪宗祖師。不立文字，心相印證，達於頓悟，乃爲心印。《壇經·漸頓品》：「吾傳佛心印，安敢違於佛經。」

翡翠〔一〕

水邊飛去青難辨，竹裹歸來色一般。磨吻鷹鸇莫相害〔二〕，白鷗鴻鶴滿沙灘。

【校箋】

〔二〕翡翠：水鳥，雄色赤稱翡，雌色青爲翠。詳見卷八《湖上逸人》注〔二〕。

〔三〕吻：鳥喙。鶚：鷙鳥，以燕雀等小鳥爲食，亦名晨風。

與節供奉大德遊京口寺留題〔一〕

柳岸晴緣十里來，水邊精舍絶塵埃〔二〕。煮茶嘗橘興何極〔三〕，直到殘陽未欲回〔四〕。

【校箋】

〔一〕節供奉大德：唐豫章高安（今江西高安）洞山寺僧，爲齊己青年時代道友，畢生交往甚多。詳見卷三《送節大德歸闕》注〔一〕。節公唐末曾入朝爲内供奉（僧職，見卷三《荆門寄懷章供奉兼呈幕中知己》注〔一〕）。京口寺：在唐潤州（今江蘇鎮江市）。齊己天復二、三年遊吴越，至潤州、金陵。此與節公同遊京口寺之作，繫天復三年（九〇三）。

〔二〕精舍：指寺廟，見卷三《題直州精舍》注〔一〕。

〔三〕橘，汲、《全詩》作「摘」，形近而訛。

〔四〕到，柳、汲、明抄、《全詩》作「至」。

謝荆幕孫郎中見示樂府歌集二十八字〔一〕

長吉才狂太白顛，二公文陣勢横前〔二〕。誰言後代無高手？奪得秦王鞭鬼鞭〔三〕。

【校箋】

〔一〕荆幕孫郎中：孫光憲。稱光憲郎中，蓋天成間光憲入荆幕初期詩，參見卷七《題畫鷺鷥兼簡孫郎中》注〔一〕。二十八字：謂七言四句。

〔二〕文陣：文壇。詳見卷七《謝貫微上人寄示古風今體四軸》注〔六〕。

〔三〕王，汲、《全詩》作「皇」。鞭鬼鞭：敺鬼之神鞭。《藝文類聚》卷六引《三齊略記》曰：「始皇作石塘，欲過海看日出處。時有神人，能驅石下海，石去不速，神輒鞭之，皆流血，至今悉赤。陽城山石盡起立，嶷嶷東傾，狀如相隨行。」語或本此。李白《古風五十九首》其四十八：「秦皇按寶劍，赫怒震威神。逐日巡海右，驅石駕滄津。」

謝陰符經勉送藏休上人二首〔一〕

其一

事遂鼎湖遺劍履〔二〕，時來渭水擲魚竿〔三〕。欲知賢聖存亡道，自向心機反覆看〔四〕。

【校箋】

〔一〕陰符經：見卷八《讀陰符經》注〔三〕。據其二「一林霜雪未霑頭，争遣藏休肯便休」，藏休上人蓋初次出山遊方之年輕僧人。

〔二〕鼎湖遺劍履：《史記·封禪書》：「黄帝采首山銅，鑄鼎於荆山下。鼎既成，有龍垂胡髯下迎黄帝。黄帝上騎，羣臣後宫從上者七十餘人，龍乃上去。餘小臣不得上，乃悉持龍髯，龍髯拔，墮，墮黄帝之弓。百姓仰望黄帝既上天，乃抱其弓與胡髯號，故後世因名其處曰鼎湖。」此言「遺劍履」，當爲傳説之異。「事遂」言成仙也。

〔三〕「時來」句：渭水魚竿，用姜太公吕尚事。《中論·審大臣》：「（文王）畋於渭水邊，道遇姜太公，皤然皓首，方秉竿而釣，文王召而與之言，則帝王之佐也，乃載之歸，以爲太師。」

〔四〕心機：内心深微處，猶心計、心思。張籍《寄梅處士》：「擾擾人間足是非，官閑自覺省心機。」

其二

一林霜雪未霑頭〔一〕，争遣藏休肯便休〔二〕？學盡世間難學事，始堪隨處任虚舟〔三〕。

【校箋】

〔一〕林，《萬首唐人絶句》作「枝」。此言未嘗歷經霜雪。

〔二〕争遣：怎讓。遣爲「使讓」義。藏休：以僧名諧謔「藏匿不出」意。便休：便止而不出。休，止也。

〔三〕虚舟：語本《莊子·山木》：「方舟而濟於河，有虚船來觸舟，雖有惼心之人不怒。」蓋謂非有意、「無心」者也，以喻胸懷曠達恬淡。

幽齋偶作〔一〕

幽院纔容箇小庭，疎篁低短不堪情〔二〕。春來猶賴隣僧樹，時引流鶯送好聲。

【校箋】

〔一〕幽齋：此指僧舍。李群玉《題龍潭西齋》：「寂寞幽齋暝烟起，滿徑松風落松子。遠公一去兜率宫，唯有門前虎谿水。」

〔三〕不堪：猶「不勝」，無能承當，無法勝任。此言難以寄情吟詠。

贈念法華經僧

萬境心隨一念平〔一〕，紅芙蓉折愛河清〔二〕。持經功力能如是，任駕白牛安穩行〔三〕。

【校箋】

〔一〕萬境：釋家以「心之所游履攀緣者」謂之境，萬境即指人世間是非善惡種種外在事相。延壽《宗鏡録》卷二：「若有心起時，萬境皆有；若空心起處，萬境皆空。則空不自空，因心故空；有不自有，因心故有。」「境」生於心，故曰「心隨一念平」。一念，言持念《法華經》。貫休《贈景和尚院》：「萬境心都泯，深冬日亦長。」

〔二〕愛河：喻情欲，已見前注。

〔三〕白牛：即白牛車，喻大乘佛法，已見前注。此謂持誦《法華》乃得大乘佛法無限功力也。

對菊

無艷無妖别有香，栽多不爲待重陽〔一〕。莫嫌醒眼相看過〔二〕，却是真心愛澹黄。

【校箋】

〔一〕不爲，《百菊集譜》卷四：「一作只爲。」

〔二〕醒眼，《百菊集譜》卷四：「一作醉眼。」

閉門

正是閉時争合閉，大家開處不須開〔一〕。還防朗月清風夜〔二〕，有箇詩人相訪來。

【校箋】

〔一〕「正是」二句：兩句言世事無必定之理，以小事見通理。争，怎，怎麽。合，當，應該。

〔三〕朗月清風夜：月明風清之秋夜。杜牧《題桐葉》：「笑筵歌席反惆悵，朗月清風見别離。」

勉送吴國三五新戒歸〔一〕

法王遺制付仁王〔二〕，難得難持劫數長〔三〕。努力只須堅守護，三千八萬是垣牆〔四〕。

【校箋】

〔一〕新戒：新近受戒爲僧尼，亦指受沙彌戒爲日尚淺之幼年僧。

〔二〕法王：佛祖釋迦之尊稱。佛爲法門之主，能自在教化衆生，故稱。《佛説無量壽經》卷下：「佛爲法王，尊超衆聖，普爲一切天人之師。」仁王：佛號能仁，又爲法王，故稱曰仁王。此指人間之王者。釋明槩《決對傅奕廢佛法僧事》：「案《仁王經》：世間帝王，有其五種：一粟散王，威德最劣；二鐵輪王，治閻浮提；三銅輪王，兼二天下；四銀輪王，化三天下；五金輪王，統四天下。……推秦皇、漢武，閻浮提内唯王震旦，五種王中粟散王也。」

〔三〕劫數：釋家語，指極漫長之時間。後亦指災難，厄運大限。參見卷三《七十作》注〔七〕。

〔四〕三千八萬：釋家語，指三千威儀、八萬細行。威儀、細行，爲僧尼日常遵循的行事進退之儀則。《壇經·機緣品》：「夫沙門者，具三千威儀，八萬細行。」

夏日寄清溪道者〔一〕

老病不能求藥餌，朝昏祇是但焚燒〔二〕。不知誰爲收灰骨，壘石栽松傍寺橋〔三〕。

【校箋】

〔一〕清溪道者：見卷四《寄清溪道友》注〔一〕。卷九又有《寄清溪道者》，當爲同一人。疑均爲天復元年遊越至睦州清溪縣時詩。據三詩此道友蓋年邁苦修深受齊己敬重者，乃再三寄意。前二詩爲冬日、秋日之作，本篇則别後夏日所寄，或在次年。

〔二〕焚燒：佛教謂塵世衆苦如火燒灼。《妙法蓮華經·譬喻品》：「三界無安，猶如火宅。衆苦充滿，甚可怖畏。常有生老病死憂患，如是等火，熾然不息。」白居易《贈曇禪師》：「五年不入慈恩寺，今日尋師始一來。欲知火宅焚燒苦，方寸如今化作灰。」此或借指夏日炎暑如火焚燒。又卷六《招乾晝上人宿話》：「連夜因風雪，相尋在寂寥。禪心誰指示，詩卷自焚燒。」言自焚詩草亦勉强可通。謂早晚不離詩作，劣者燒之。

〔三〕壘，《全詩》作「累」，義同，積聚、堆砌。壘石栽松：謂建塔收骨灰。

送惠空北遊〔一〕

君向峴山遊聖境〔二〕，我將何以記多才？丁寧墮淚碑前過〔三〕，寫取斯文寄我來〔四〕。

【校箋】

〔一〕惠空無考。據詩意蓋送僧惠空遊襄陽，疑亦居荆期間詩。按：《萬首唐人絶句》録此詩作：「君向峴陽遊聖境，我將何事託多才。丁寧墮淚碑前過，寫取斯文寄我來。」

〔二〕山，《全詩》注：「一作陽。」峴山、墮淚碑均見卷二《讀峴山碑》注。

〔三〕丁寧：叮嚀，囑咐。

〔四〕斯文：此文、此詩。言詠峴山碑之詩文也。

寄懷歸州馬判官〔一〕

三年爲倅興何長〔二〕，歸計應多事少忙。又見秋風霜裛樹〔三〕，滿山椒熟水雲香〔四〕。

【校箋】

〔一〕歸州：歸州巴東郡，郡治即今湖北省秭歸縣。詳見卷三《寄歸州馬判官》注〔一〕。案同光元年馬判官至江陵訪齊己，饋贈歸州特産山椒，此言又見秋風椒熟，則同光二年秋也。

〔二〕倅：輔佐，謂州郡輔佐之官員；這裏指判官。元稹《盧士玫權知京兆尹制》：「爾嘗倅職，應其供求。」

〔三〕裛：包裹，潤濕。此言白霜覆蓋樹上，潤濕枝葉。

〔四〕椒：指花椒樹，其香濃郁。卷三《寄歸州馬判官》：「贈客椒初熟，尋僧酒半醒。」

觀荷葉露珠

霏微曉露成珠顆〔一〕，宛轉田田未有風〔二〕。任器方圓性終在〔三〕，不妨翻覆落池中。

【校箋】

〔一〕微，汲作「霜」。霏微，已見前注。

〔二〕「宛轉」句：此謂露珠在蓮葉之上隨順變化。宛轉，變化之意。田田，語本漢樂府《江南》：「江南可采蓮，蓮葉何田田。」此代指蓮葉。

〔三〕「任器」句：白居易《君子不器賦》：「雖應物而不滯，終飾躬而有則。若止水之在器，任器方圓；如良工之用材，隨材曲直。」

苦熱懷玉泉寺寄仁上人〔一〕

火雲如燒接蒼梧〔二〕，原野烟連大澤枯。謾費葛衫葵扇力〔三〕，争禁泉石潤肌膚〔四〕。

【校箋】

〔一〕玉泉寺：在唐荆州當陽縣（今屬湖北省）玉泉山。仁上人：僧寶仁。詩作於同光三年夏，詳見卷七《寄玉泉寶仁上人》注〔一〕。

〔二〕火雲：夏日的紅雲。接蒼梧：《孝經授神契》：「有白雲出自蒼梧，入於大梁。」謂火雲自荆及於湘桂，燒灼南國。

〔三〕葛衫：葛布縫製的粗糙薄衫，居家防暑之服。亦稱「絺綌」。《釋常談》卷上：「絺綌：葛衫謂之絺綌。《論語》曰：『當暑縝絺綌，必表而出之。』」葵扇：蒲葵葉製的扇子。

〔四〕「争禁」句：此反語，懷玉泉泉石潤肌膚也。禁，讀平聲，堪受、耐受。

觀盆池白蓮〔一〕

素萼金英歎露開〔二〕，倚風凝立獨徘徊〔三〕。應思瀲灩秋池底〔四〕，更有歸天伴侶來〔五〕。

【校箋】

〔一〕本集卷九《江居寄關中知己》云：「舊栽花地添黃竹，新陷盆池換白蓮。」本篇蓋亦天成元年秋居荊門草堂時之作。

〔二〕素萼金英：此形容白蓮白色花瓣、金黃花蕊。李德裕《白芙蓉賦序》：「金陵城西池有白芙蓉，素萼盈尺，皎如霜雪。」

〔三〕倚風凝立：形容在微風中亭亭玉立輕盈之狀。凝立，佇立。

〔四〕瀲灩：水光蕩漾貌。見卷八《和翁員外題馬太傅宅賈相公井》注〔五〕。

〔五〕歸天伴侶：當指藕。佛經多以蓮設譬。《佛説立世阿毘曇論·漏闍耆利象王品》言須彌山有大池「其水清潔，冷甜輕軟，其中蓮藕，根莖具足」。智顗《妙法蓮華經玄義》卷七：「用蓮華譬二諦者，蓮藕莖葉等譬俗，蓮藕莖孔空譬真。」

折楊柳詞四首〔一〕

其一

鳳樓高映緑陰陰〔二〕，凝重多含雨露深〔三〕。莫謂一枝柔軟力，幾曾牽破別離心〔四〕。

【校箋】

〔一〕詩題，《全唐詩》卷二十八、《樂府・雜曲歌詞》作《楊柳枝》。案《折楊柳》，古樂府横吹曲曲名。按《樂府解題》云横吹曲二十八解，李延年造，魏晉已來傳十曲，其七爲《折楊柳》。又《樂府詩集》卷八十一引薛能云：「《楊柳枝》者，古題所謂《折楊柳》也。乾符五年，能爲許州刺史。飲酣，令部妓少女作楊柳枝健舞，復賦其辭爲《楊柳枝》新聲云。」

〔二〕鳳樓：指京都皇宫之樓閣。鮑照《代陳思王京洛篇》：「鳳樓十二重，四户八綺窗。」

〔三〕重，《樂府詩集》作「碧」，《全唐詩》卷二八「樂府」録同。案唐洛陽禁苑中有凝碧池，此當是寫宫中池苑之柳，深得皇恩雨露滋潤。張祜《折楊柳枝二首》其二：「凝碧池邊斂翠眉，景陽樓下綰青絲。」

〔四〕曾，原作「層」，據諸本改。

其二

館娃宮畔響廊前〔一〕，依託吴王養翠烟〔二〕。劍去國亡臺殿毁〔三〕，却隨紅樹噪秋蟬。

【校箋】

〔一〕館娃宫：春秋吴國宫名，吴王夫差爲西施建造。故址在今江蘇蘇州市。響廊：即響屧廊。范成大《吴郡志·古蹟》：「閶闔城西有山號硯石山，山在吴縣西三十里，上有館娃宫。」「響屧廊在靈巖山寺，相傳吴王令西施輩步屧，廊虚而響，故名。」

〔二〕翠烟：青翠朦朧之景。江淹《貽袁常侍》：「幽冀生碧草，沅湘含翠烟。」

〔三〕殿，明抄作「榭」。《全詩》注：「一作榭。」劍去，用湛盧劍去吴如楚之典。《吴越春秋·闔閭内傳》：「湛盧之劍惡闔閭之無道也，乃去而出，水行如楚。楚昭王卧而寤，得吴王湛盧之劍於牀。」

其三

穠低似中陶潛酒〔一〕，軟極如傷宋玉風〔二〕。多謝將軍遶營種〔三〕，翠中閑卓戰旗紅〔四〕。

【校箋】

〔一〕穠低：柳葉穠緑低垂。中：讀去聲。中酒，醉酒。宋王楙《野客叢書》卷二十五：「今言中酒之中，多以爲平聲，祖《三國志》中聖人、中賢人之語。然齊己柳詩曰：『穠低似中陶潛酒，輭極如傷宋玉風』，乃作仄聲。或者謂平仄一意。僕謂中酒之中從仄聲，自有出處。按《前漢·樊噲傳》『軍士中酒』，注『竹仲反』。齊己祖此。」清胡鳴玉《訂譌雜録》卷五：「《日知録》謂《噲傳》中酒，酒半也，猶今人言半席。師古解以『不醒不醉，故謂之中』，失之矣。」陶潛酒，陶潛喜酒，故以爲言。

〔二〕宋玉風：宋玉作《風賦》，乃以爲喻。

〔三〕「多謝」句：用漢名將周亞夫駐軍細柳營事。《漢書·文帝紀》：「周亞夫爲將軍，次細柳。」顔師古注：「服虔曰：『在長安西北。』如淳曰：『長安細柳倉，在渭北，近石徼。』張揖曰：『在昆明池南，今有柳市是也。』」案其地在漢、唐長安城西南、昆明池南。

〔四〕卓，底本、馮本、汲本作「草」，依柳、明抄、清抄、《全詩》改作「卓」，蓋形訛。卓，插，豎立之義。

其四

高僧愛惜遮江寺，遊子傷殘露野橋〔一〕。争似著行垂上苑〔二〕，碧桃紅杏對摇摇。

【校箋】

〔一〕遊子傷殘：言道旁垂柳傷殘於遊子送別也。蓋用折柳送行事典。

〔二〕著行：排列成行。杜甫《鄭城西原送李判官兄武判官弟赴成都府》：「野花隨處發，官柳著行新。」上苑：上林苑，爲漢唐長安皇家園林。

答長沙丁秀才〔一〕

月月使車奔帝闕〔二〕，年年貢士過荆臺〔三〕。如何三度槐花落，未見故人携卷來？

【校箋】

〔一〕詩題汲本作「答長沙丁秀才書」。據本集卷四《謝丁秀才見示賦卷》，丁秀才蓋爲齊己早年在長沙結交故友。此言「年年貢士過荆臺，如何三度槐花落，未見故人携卷來」，爲離湘入荆後第三秋之詩，同光二年也。

〔二〕使，原作「便」，《全詩》注：「一作使。」是，今從。闕，清抄作「里」。帝闕、帝里，均指京城，此當指後唐京都洛陽。使車：使者所乘車。《漢書·蕭育傳》：「乃以三公使車載育入殿中受策。」顏師古注引孟康曰：「使車，三公奉使之車，若安車也。」

〔三〕貢士：地方向朝廷舉薦的人才。《禮記·射義》：「諸侯歲獻，貢士於天子。」此指參加朝廷科考者。韋應物《題從姪成緒西林精舍書齋》：「郡有優賢榻，朝編貢士詔。」權德輿《送韓孝廉侍從赴舉》：「貢士去翩翩，如君最少年。」荆臺：古楚國臺名。故址在今湖北監利縣北。詳見卷二《喜夏雨》注〔五〕。

戒小師〔一〕

不肯吟詩不聽經，禪宗異岳懶遊行〔二〕。他年白首當人問，將底言譚對後生〔三〕？

【校箋】

〔一〕小師：釋家稱受戒未滿十夏之僧，詳見卷九《病中勉送小師往清涼山禮大聖》注〔一〕。兩篇均齊己誡勉其徒之詩，疑爲同時之作，均繫天福二年。

〔二〕禪宗異岳：猶言本宗内、外衆山林。遊行：指僧人行脚四方。《妙法蓮華經·信解品》：「漸漸遊行，遇向本國。」

〔三〕將，底本原脱，據柳、汲、《全詩》補。明抄、清抄作「有」。案「將」謂「以」，用、拿之義。底：何也，什麽。見《詩詞曲語辭匯釋》卷一。

題舊拄杖〔一〕

親采匡廬瀑布西，層崖懸壁更安梯〔二〕。携行三十年吟伴，未有詩人□□□。

【校箋】

〔一〕詩中言「親采」，當係昔年入廬山期間。案齊己天復元年（九〇一）初遊廬山、貞明元年（九一五）再入廬山，卒於天福二年（九三七），言「携行三十年」，三十蓋舉成數而言。疑爲臨終前之作。

〔二〕層，明抄本作「斷」。

酬歐陽秀才卷〔一〕

三十篇多十九章，□聲風力撼疏篁。不堪更有精搜處〔二〕，誰見瀟瀟雨夜堂〔三〕。

【校箋】

〔一〕本集卷一有《送歐陽秀才赴舉》，本篇蓋同時先後之作，時、地均無考。

〔二〕「不堪」句：不堪，忍受不了。精搜，謂精心描摹、刻意結撰。見卷二《酬洞庭陳秀才》注〔四〕。句意探下，謂不堪受其「瀟瀟雨夜」之詩境所震撼也。

〔三〕見，明抄作「是」。

聞雁

瀟湘浦暖全迷鶴〔一〕，邏逤川寒祇有鵰〔二〕。誰向孤舟憶兄弟，坐看連影度河橋〔三〕。

【校箋】

〔一〕浦，《全詩》注：「一作水。」

〔二〕邏逤，底本訛作「還迯」，據諸本改。邏逤：亦作「邏些」、「邏娑」，今譯作「拉薩」。《舊唐書·吐蕃傳》：「其國都城號爲邏些城。」《新唐書·吐蕃傳》：「其贊普居跋布川，或邏娑川。」周繇《送入蕃使》：「滹沱河凍軍迴探。邏逤城孤雁著行。」

〔三〕連，底本訛作「蓮」，據諸本改。河，《全詩》作「横」。連影：雁飛成行，故曰連影。卷二《歸雁》：「塞門春已暖，連影起蘋風。」

送高麗二僧南遊〔一〕

日邊鄉井別年深〔二〕，中國靈踪欲遍尋。何處名山逢長老〔三〕，分明認取祖師心。

【校箋】

〔一〕高麗：唐屬國名，地在今朝鮮半島之北部。《新唐書·東夷列傳》：「高麗，本扶餘別種也。地東跨海距新羅，南亦跨海距百濟，西北度遼水與營州接，北靺鞨。其君居平壤城，亦謂長安城，漢樂浪郡也。去京師五千里而贏。」

〔二〕日邊：《舊唐書·東夷列傳》：「日本國者，倭國之別種也，以其國在日邊，故以日本爲名。」

〔三〕名，汲、《全詩》作「碧」。

謝猿皮

貴向獵師家買得，携來乞與坐禪床〔一〕。不知摘月秋潭畔，曾對何人啼斷腸〔二〕？

【校箋】

〔二〕禪床：坐禪之牀榻。賈島《送天台僧》：「寒蔬修浄食，夜浪動禪牀。」

〔三〕「不知」二句：陳蕭銓《賦得夜猿啼》：「桂月影才通，猿啼迥入風。隔巖還嘯侶，臨潭自響空。挂藤疑取飲，吟枝似避弓。別有三聲淚，霑裳竟不窮。」又《水經注·江水》：「每至晴初霜旦，林寒澗肅，常有高猿長嘯，屬引淒異，空谷傳響，哀轉久絶。」

酬光上人〔一〕

禪言難後到詩言，坐石心同立月魂〔二〕。應記前秋會唫處，五更猶在老松根。

【校箋】

〔一〕《全唐詩》卷七三七録熊皎詩《冬日原居酬光上人見訪》。據《氏族大全》、《詩話總龜》等載，熊皎五代時人，自稱九華山人，與黄損、虚中同師陳沆。行跡在九華、廬山一帶。陳沆、虚中皆齊己詩友，本集卷五有《貽廬岳陳沆秀才》，作於天復元年（九〇一）遊廬山之時，與光上人交遊疑亦在此期間。詩言「應記前秋會唫處」，則當作於天復二年（九〇二）。

〔二〕坐石：謂禪修。《法苑珠林·千佛篇·赴哀部》：「時有方石平正，色如瑠璃，縱廣百二十里，樹華五色，冬夏茂盛，列坐石上，迦葉前後教授一千弟子，皆得羅漢，常坐此石，誦經行道。」釋皎然《七言送勝雲小師》：「昨日雪山記爾名，吾今坐石已三生。少年道性易流動，莫遣秋風入別情。」立月：自言望月吟詠。本集卷五《傷秋》：「眠寒半榻朽，立月一株枯。」句意蓋言詩禪一體、相通。

送僧歸日本〔一〕

日東來向日西遊，一鉢閒尋徧九州。却憶雞林本師寺〔二〕，欲歸還待海風秋。

【校箋】

〔一〕日本：《新唐書·東夷列傳》：「日本，古倭奴也。去京師萬四千里，直新羅東南，在海中，島而居。……國無城郛，聯木爲柵落，以草茨屋。左右小島五十餘，皆自名國，而臣附之。」

〔二〕雞林：即古新羅國，地在朝鮮半島東南部。唐高宗時以其國爲雞林州都督府，新羅王爲大都督。《朝鮮史略》卷一：「初（新羅）王夜聞金城西始林間有雞聲，遣瓠公視之，有小金櫝掛樹梢，白雞鳴于下，開櫝視之，有小兒，王喜，養爲子，名閼智，姓金氏。改始林爲雞林，因以爲國號。」

庚午歲十五夜對月〔一〕

海澄空碧正團團〔二〕，吟想玄宗此夜寒〔三〕。玉兔有情應記得，西邊不見舊長安〔四〕。

【校箋】

〔一〕庚午歲：後梁開平四年（九一〇）歲次庚午。時居長沙道林寺。歲十五夜，爲正月十五上元節也。

〔二〕團團，汲、《全詩》作「團圓」，《四庫提要》引作「團圞」，意同。李華《海上生明月》：「皎皎中秋月，團團海上生。」

〔三〕「玄宗」句：《太平廣記》卷七十七引《廣德神異録》言有道士葉法善「引上遊於月宫，因聆其天樂。上自曉音律，默記其曲而歸傳之，遂爲《霓裳羽衣曲》」。此夜寒，謂入「廣寒宫」。

〔四〕「西邊」句：李白《與史郎中欽聽黄鶴樓上吹笛》：「一爲遷客去長沙，西望長安不見家。」不見舊長安，傷唐亡也。《四庫全書總目·〈白蓮集〉提要》：「《十五夜對月》詩曰：『海澄空碧正團圞。』……惓惓故君，尤非他釋子所及。」

集外詩文補遺

一、集外詩七首

紅薔薇花〔一〕

晴日當樓曉香歇，錦帶盤空欲成結〔二〕。鶯聲漸老柳飛時〔三〕，狂風吹落猩猩血。

【校箋】

〔一〕本篇見《萬首唐人絶句》卷七二、《御定佩文齋詠物詩選》卷三四三、《全唐詩》卷八四七。《全芳備祖》前集卷一七、《山堂肆考》卷一九九録後兩句。案《才調集》卷十録無名氏《紅薔薇》：「九天碎霞明澤國，造化工夫潛剪刻。淺碧眉長約細枝，深紅刺短鉤春色。晴日當樓曉香歇，錦帶盤空欲成結。謝豹聲催麥隴秋，春風吹落猩猩血。」《御定佩文齋廣群芳譜》卷四十二、《御定全唐詩録》卷一〇〇所録同；《全唐詩》卷七八五録作無名氏，注云：「一作莊南傑詩。」

〔三〕「錦帶」句：錦帶喻花枝，成結喻花蕊。

〔三〕「鶯聲」句：《農政全書》卷十一《農事·占候》：「野薔薇開在立夏前。」鶯老柳飛是其時也。

貽九華上人〔一〕

一法傳聞繼老能〔二〕，九華閑卧最高層。秋鐘盡後殘陽暝，門掩松邊雨夜燈。

【校箋】

〔一〕《萬首唐人絶句》卷七二、《唐僧弘秀集》卷七、《唐詩品彙》卷五五、《石倉歷代詩選》卷一〇九、《古今禪藻集》卷七、《全唐詩》卷八四七録本篇。

〔二〕老能：猶老衲。《宏智禪師廣録·明州天童山覺和尚偈頌箴銘》：「老能碓下米無春，一出相煩作變通。」或謂指南禪六祖惠能。《禪宗頌古聯珠通集·祖師機緣》載鎮州寶壽第二世禪師開堂頌曰：「寶壽開堂座始登，當時三聖便推僧。要知打瞎人人眼，好向曹溪問老能。（智海清）」

寄廖匡圖兄弟〔一〕

僧外閑吟樂最清，年登八十喪南荆〔二〕。風騷作者爲商榷，道去碧雲争幾程〔三〕。

【校箋】

〔一〕《全唐詩》卷八四七録本篇，題作「寄廩匡圖兄弟」。宋阮閲《詩話總龜》卷四引《雅言雜録》云：「廖圖字贊禹，虔州人。文學博贍，爲時輩人所服。湖南馬氏辟幕下，奏天策府學士，與劉（昭）禹、李宏皋、徐仲雅、蔡昆、韋鼎、釋虚中、齊己，俱以文藻知名，更唱迭和。今有集行於世。……僧齊己寓渚宫，與圖相去千里，而每有書往來，臨終有絶句寄圖兄弟云：『僧外閑吟樂最清，年登八十喪南荆。風騷作者爲商榷，道去碧雲争幾程？』」《五代詩話》所録同。案廖圖名又作匡圖，詳《唐才子傳校箋》，是詩題「廩」字爲「廖」之訛，今正。

〔三〕年登八十：案《玉篇·癶部》：「登，升也，上也，進也。」此猶俗言「年往八十走」，近八十之義。齊己卒於天福三年，年七十五，得言年登八十矣。自云「喪南荆」，蓋自度老死不得離荆，憤慨無奈之語。案《詩話總龜》謂爲臨終前自攄心懷之作，甚是。研究者有以此詩斷言齊己「卒年八十」者，蓋誤。

〔三〕碧雲：碧空之雲，以喻高遠之境界，亦以言傷離念遠之詩境。此借言詩道。參見本集卷二《聞貫休下世》「吾師詩匠者，真箇碧雲流」注。

題玉泉寺〔一〕

高韻雙懸張曲江，聯題兼是孟襄陽〔二〕。後人才地誰稱短〔三〕，前輩經天盡負長〔四〕。勝景飽於閑采拾，靈蹤銷得正思量。時移兩板成塵蹤跡〔五〕，猶掛吾師舊影堂。

【校箋】

〔一〕録自《全唐詩》卷八四六，各本《白蓮集》均無本篇。玉泉寺：指荆州當陽縣玉泉寺。齊己在荆期間，有《題玉泉寺大師影堂》（卷二）、《送人遊玉泉寺》（卷三）、《苦熱懷玉泉寺寄仁上人》（卷十）等作。本篇或與《題玉泉寺大師影堂》爲同時之作，繫龍德、同光之際。

〔二〕「高韻」二句：首聯「高韻」「聯題」指張、孟題玉泉寺詩。張曲江爲張九齡，韶州曲江人。孟襄陽即孟浩然，襄陽人。《方輿勝覽·荆門軍》：「玉泉寺，在當陽縣西南二十里玉泉山，陳光大中，浮屠知顗自天台飛錫來居此山，寺雄於一方，殿前有金龜池。《玉泉詩序》：『山水之勝甲天下。張曲江、孟浩然輩嘗託於詩，以寫其勝。』」案張九齡、孟浩然詠玉泉寺詩已佚。

〔三〕才地：才質。李咸用《投知》：「酌量才地心雖動，點檢囊裝意又闌。」誰稱短：自謙之語。

〔四〕前輩：謂曲江、襄陽。經天：即「經天緯地」之縮略。語本《國語·周語下》：「經之以天，緯之以地，經緯不爽，文之象也。」負：依恃，憑藉。韓愈《燕河南府秀才》：「群儒負己材，相賀簡擇精。」

〔五〕兩板：當指大師影堂（開山祖師智顗與禪宗祖師神秀）中之張、孟二人題詩板。參卷二《題玉泉寺大師影堂》注〔一〕。

落星寺〔一〕

此星何事下穹蒼，獨爲僧居化渺茫。樓閣雨回青嶂冷〔二〕，軒窗風度白蘋香。經秋遠鴈橫高漢，颸月寒濤響夜堂〔三〕。盡日凭欄聊寫望，頓疑身忽在瀟湘。

【校箋】

〔一〕本篇，諸本《白蓮集》、《全唐詩》均無，《全唐詩續拾》卷五十據《吉石庵叢書》本《廬山記》補録。今據宋本《廬山記》補。落星寺故址在今九江市境。《方輿勝覽·南康軍》：「落星寺。《輿地廣記》：『昔有僧墜水化爲石，夏秋之交，湖水方漲，則星石汎于波瀾之上。至隆冬水涸，則可以步涉。』寺居其上，曰法安院。」《江西通志》：「落星寺，一名法安院，在南康府南三里落星石上。唐乾寧間僧清隱建，天祐間賜額爲福星龍安院。已廢。」宋南康軍、清南康府治在今江西九江市。宋王安石、黄庭堅等多有詠落星寺詩。宋人詩話言「落星寺在彭蠡湖中」，即鄱陽湖北部聯通大江處。詩或爲貞明年間居廬山期間所作。

〔二〕雨，《全唐詩續拾》誤録作「兩」，《廬山記》作「雨」，是。

〔三〕月，《續拾》誤録作「風」，《廬山記》作「月」，是。颸月：涼冷之月。《廣韻·宵韻》：「颸，涼風。」《集韻·宵韻》：「清風曰颸。」

西林水閣〔一〕

松楸連塔古，窗檻任閑開。水遶清陰裏，人從熱處來。噪風蟬帶鶴，欹樹石兼苔。向曉東林下，遲遲捨此迴。

【校箋】

〔一〕本篇各本《白蓮集》、《全唐詩》均未收，《全唐詩續拾》卷五十據《吉石庵叢書》本《廬山記》補録。今據宋本《廬山記》補。西林：指廬山西林寺。據「人從熱處來」，爲乾化秋初剛入廬山時也。南唐詩人伍喬有《題西林寺水閣》云：「竹翠苔花遶檻濃，此亭幽致詎曾逢。水分林下清泠派，山峙雲間峭峻峯。怪石夜光寒射燭，老杉秋韻冷和鐘。不知來往留題客，誰約重尋蓮社蹤。」

重開衡陽寺古迹〔一〕

古迹重聞一朗興〔二〕，斸煙尋得寶階層。只應雲鶴知前事，爲問齊梁舊住僧。廢井荒池猶浸月，短松低柏欲遮燈。淳于道士真高達，拋却林泉便上昇〔三〕。

【校箋】

〔一〕本篇各本《白蓮集》、《全唐詩》均未收。《全唐詩續拾》卷四十三據《至元金陵新志》卷十一「衡陽寺」條引《慶元志》録於「齊己、牟儒」名下。陳尚君按曰：「《慶元志》云：『寺舊有齊己、牟儒二上人《重開衡陽寺古迹》詩刻云（詩略）。保大七年題。』唐詩僧齊己卒於天福初，未活至保大年，今亦無證可定爲一人，姑分列。」其意似疑爲另一「齊己」之作也，乃與《續拾》所録齊己其他詩作分列。今案《志》言「保大七年題」，謂詩「刻石」也，理解爲前人作詩後人立石刊刻誠無誤。據乾隆《江南通志》卷四十三載：「衡陽寺，在府東北四十里清風鄉，即古寶城寺。昔朗法師駐錫于此，有衡陽神女來聽講，因名寺。唐天祐三年徐温重建。寺舊有保大七年齊己《重開衡陽寺古跡》詩石刻。」寺重建於天祐三年（九〇六），貞明元年（九一五），齊己居廬山，貞明二年秋月，再遊江寧，至衡陽寺賦詩題詠，則齊己實有可能作此詩。姑録以待考。

〔二〕聞，疑當作「開」。一朗：指南朝金陵興皇寺僧慧朗法師。傳曾於衡陽寺講經，神女來聽。

〔三〕「淳于」二句：此暗用神女聽講傳説，謂道士隨之飛昇成仙。淳于道士，未詳。高達，才高意遠。

二、殘句

爾十二郎見過，定是高家郎君。

【辨證】黄庭堅《山谷集》卷三〇《跋僧齊己詩》録齊己「絶句」。

可憐宋玉多才思，不見天門十六峰。

【辨證】《全唐詩續拾》卷五〇據《輿地紀勝》卷七〇《澧州》補録，題爲《題天門山》。

相思坐溪石，微雨下山風。

【辨證】《全唐詩》卷八四七據《吟窗雜録》録入；「微雨下」三字原缺，《全唐詩續拾》卷五十據《吟窗雜録》補。

以下爲諸本誤録應删者：

春晴遊寺客，花落閉門僧。

【辨證】《全唐詩》卷八四七據《西清詩話》録入。案此爲本集卷三《書古寺僧房》中句，《全唐詩》，録重當删。

香傳天下口，□貴火前名。角開香滿室，爐動緑凝鐺。

【辨證】《全唐詩》卷八四七，注云：「詠茶，缺一字。」案此乃本集卷六《詠茶十二韻》中句，《全唐詩》録重，當删。

園林將向夕，風雨更吹花。

【辨證】《全唐詩》卷八四七據《吟窗雜録》録入。案此爲本集卷一《殘春》中句，《全唐詩》録重，當删。

夕照背高臺，殘鐘殘角催。

【辨證】《全唐詩》卷八四七據《吟窗雜録》録入，題作「落照」。案此爲本集卷三《落日》中句，夕作晚。《全唐詩》録重，當删。

五老峰前相見時，兩無言語各揚眉。

【辨證】《全唐詩》卷八四七據《吟窗雜録》録入。案此爲本集卷九《答禪者》中句，見作遇，各作只。《全唐詩》録重，當删。

高人愛惜藏岩裏，白甀封題寄火前。

【辨證】《全唐詩》卷八四七據《三山老人語録》録入，題作「詠茶」。案此爲本集卷九《聞道林諸友嘗茶因有寄》中句，《全唐詩》録重，當删。

翠樓春酒蝦蟆陵，長安少年皆共矜。

【辨證】《全唐詩續拾》卷五〇據《升庵詩話》補録。案此爲釋皎然詩《長安少年行》中句，誤録，當删。

東林莫礙或作得。漸高勢，四海正看當路時。

【辨證】據汲古閣本《白蓮集》毛晉題識、《五代詩話》卷八。按本集卷九《中秋月》句：「東樓莫礙漸高影，四海待看當午時。」後人改易數字附會爲刺後唐秦王李從榮當删。

三、集外文

粥疏〔一〕

粥名良藥，佛所贊揚。義冠三檀〔二〕，功標十利〔三〕。更祈英哲，各遂願心。既備清晨，永資白業〔四〕。

【校箋】

〔一〕本篇録自汲古閣本《白蓮集》卷後毛晉題識。吴任臣《十國春秋》卷一〇三、《全唐文》卷九二一亦載。毛晉、《十國春秋》均謂「同慧寂仰山禪師住豫章觀音院，總轄庶務，作《粥疏》」。案仰山慧寂（八〇七—八八三）大師入滅年，齊己二十歲，是年始離大溈山南遊湘中。故「同住豫章觀音院」實無根之言。參見卷一《留題仰山大師塔院》注〔一〕。疑齊己之「住豫章觀音院」，或在貞明入廬山之數年間。

〔二〕三檀：檀爲「檀那」之略稱，即布施之意。三檀又稱三施，即三布施：一、財施；二、法施（爲人説法）；三、無畏施（使衆生持戒無所怖畏）。宋釋覺範《石門文字禪》卷二十八：「洪範八政，而以殖貨爲先；般若三檀，而以資生爲首。」

〔三〕十利：十種利益、好處。有乞食十利、禪定十利、粥有十利、精進十利、般若十利、多聞十利、布施十利、持戒十利、慈忍十利等，散見於諸佛經中。此即指粥有十利。《釋氏要覽·粥十利》：「《僧祇律》：因難陀母施衆僧粥，佛説偈云：持戒清浄人所奉，恭敬隨時以粥施。十利饒益於行者：色力壽樂辭清辯宿食風除飢渴消，是名良藥。佛所説欲得人天長受樂，應當以粥施衆僧。（今析十利者：一、色，二、力，三、壽，四、樂，五、詞清，《俱舍》云：詞謂訓釋言詞也。六、辨，《俱舍》云：辨謂展轉言無滯礙也。七、宿食消。八、風除。九、消飢。十、消渴。）」

〔四〕白業：釋家語，謂善業。《五燈會元》卷一《初祖菩提達磨大師》：「當勤修白業，護持三寶。」

《分別善惡報應經》："衆生業有黑白，果報乃分善惡，黑業三塗受報，白業定感天人。"

凌雲峰永昌禪院記〔一〕

五老東西〔二〕，有凌雲峰，巉崒聳峭，上插碧空，下吞江湖，飛湍激瀨，連接絶壑，孰究其本？古老相傳曰：昭德源也〔三〕。中有秦公，遍扣南宗，既決心要，周由聖蹟，過於山前，倚錫而望，疑爲棲宴之場。俄有一叟，自源而出。乃問曰："君不當此山之主乎？"叟曰："斯國家名山，某王者百姓。然樵於上，耕於下，取諸利，輸諸官爾。"師曰："予欲廬於其間，可乎？"叟曰："天下大嶽大川，唯釋氏廟之，元元祠之，固亦多矣。士有抱浩然之氣，韞清浄之德，渾於麋鹿，狎於禽猨，絶聖棄智，大忘世間，何有不可哉？"師曰："予雖匪其人，竊慕久矣！"叟於是引師，躡屩擁錫，撥草而進，則左眄右視，怡然莞爾，謂其叟曰："予其終焉於斯矣！"時則芟蕪伐莽，夷石疏泉。初自一邱一庵，一榻一席，韜光味道，影不出谷。累積歲時，野俗相響，始覺鳥徑漸通，人煙雲遊，上流來往，或擁避之不可，復廣其堂隱之。既難，乃居。其額則天祐五年前使隴西公所給，用旌其名。況乎樹植芳貞，掩映巖岫，梨橘既實，松檉欲偃，所謂荆棘殞而珍卉華，蕭艾除而忍草茂。矧乎處如是之方，作如是之事，又安可堅守自得之趣，無有利他之望哉？予歷於二林〔四〕，達於幽致，耳飫天籟，神融山光，忘歸之心，邈矣塵外。因詢其始，乃見諸末，遂命筆硯，不俟請而紀之，曰光化己未歲〔五〕，迄於天祐丁丑年〔六〕，一十八載矣。

【校箋】

〔一〕本篇録自《全唐文》卷九二一。凌雲峰：《方輿勝覽·南康軍》：「凌雲峰，在（星子）城東十三里，上插空碧，下吞江湖。」星子城，即今江西九江市廬山市。江湖，謂彭蠡湖也。永昌院：陳舜俞《廬山記·叙山南篇》：「昭德源在（昭德）觀北，源上有凌雲峰，峰下有浄慧院，去昭德觀一里，唐名永昌院。」

〔二〕西，疑爲「面」之訛。五老峰在廬山東南，廬山市西。

〔三〕昭德源：《大明一統志·南康府》：「昭德源，在府治北延真觀下。宋朱熹詩：景幽人跡少，惟有此源長。水接天池緑，花分繡谷香。」

〔四〕二林：謂廬山東西二林寺。

〔五〕己未：唐昭宗光化二年歲次己未（八九九），爲永昌院建院之時。

〔六〕天祐丁丑：蓋即後梁末帝貞明三年（九一七），尊唐正朔也。是乃本文寫作之時，齊己入居廬山之第三年也。《廬山記》卷三載：「《永昌院記》，天祐五年戊辰歲僧齊己撰。」蓋誤。

龍牙和尚偈頌序〔一〕

禪門所傳偈頌，自二十八祖〔二〕止於六祖，已降則亡，厥後諸方老宿亦多爲之，蓋以吟暢玄旨也，非格外之學，莫將以名句擬議矣。洎咸通初，有新豐、白崖〔三〕二大師所作，多流散於禪林，雖體同於詩，厥旨非詩也。迷者見之而爲撫掌乎。近有陞龍牙之門者，編集師偈，乞余序之。龍牙之嗣新豐也，凡託像寄妙，必含大意，猶夫驪頷蚌胎，炟耀波底。試捧翫味，但覺神慮澄蕩，如遊寥廓，皆不若文字之狀矣。且曰魯仲尼與温伯雪子，揚眉瞬目，示其道而何妨言語哉！乃爲之序云耳。

【校箋】

〔一〕本篇録自《卍續藏》第六十六册《禪門諸祖師偈頌》。龍牙和尚：法名居遁，居唐潭州龍牙山妙濟禪院，龍德三年九月十三圓寂，壽八十九。其徒編集師偈，請齊己爲序。

〔二〕二十八祖：菩提達磨和尚。

〔三〕新豐：指洞山良价和尚，大中末於新豐山接引後學，諸方宗匠咸共推尊之，曰曹洞宗。白崖：慧忠和尚，俗姓冉氏。受六祖心印，居南陽白崖山黨子谷，四十餘年不下山。

雜著

風騷旨格[一]

六詩

一曰大雅　詩云：「一氣不言含有象，萬靈何處謝無私。」（齊己《中春感興》）

二曰小雅　詩云：「天流皓月色，池散芰荷香。」

三曰正風　詩云：「都來消帝力，全不用兵防。」（《全唐詩》七九六作無名氏句）

四曰變風　詩云：「當道泠雲和不得，滿郊芳草即成空。」

五曰變大雅　詩云：「蟬離楚樹鳴猶少，葉到嵩山落更多。」（齊己《送僧歸洛中》）

六曰變小雅　詩云：「寒禽沾古樹，積雪占蒼苔。」

詩有六義

一曰風　詩云:「高齊日月方爲道,動合乾坤始是心。」(黄損句)

二曰賦　詩云:「風和日暖方開眼,雨潤煙濃不舉頭。」

三曰比　詩云:「丹頂西施頰,霜毛四皓須。」(杜牧《鶴》)

四曰興　詩云:「水諳彭澤闊,山憶武陵深。」(黄損句)

五曰雅　詩云:「捲簾當白晝,移榻對青山。」(《唐詩紀事·卷七十六》、《唐僧弘秀集·卷八》、《石倉歷代詩選·卷一百十》、《古今禪藻集·卷四》、《全唐詩》均作修睦《秋日仙居》。《西溪叢語》、《歷代詩話》作棲白詩)

又云:「遠道擎空鉢,深山踏落花。」(賈島《送賀蘭上人》)

六曰頌　詩云:「君恩到銅柱,蠻款入交州。」

詩有十體

一曰高古　詩云:「千般貴在無過達,一片心閒不奈高。」(齊己《逢進士沈彬》。不奈高,《四部叢刊》本作「不柰何」。柰,《白蓮集》作「那」)

二曰清奇　詩云：「未曾將一字，容易謁諸侯。」（齊己《自題》）

三曰遠近　詩云：「已知前古事，更結後人看。」

四曰雙分　詩云：「船中江上景，晚泊早行時。」（齊己《送人游南》）

五曰背非　詩云：「山河終決勝，楚漢且横行。」

六曰虚無　詩云：「山寺鐘樓月，江城鼓角風。」（《全唐詩》卷七九六作無名氏。虚無，《四部叢刊》本作「無虚」）

七曰是非　詩云：「須知項籍劍，不及魯陽戈。」

八曰清潔　詩云：「大雪路亦宿，深山水也齋。」（《全唐詩》卷七九六作無名氏《贈僧》，「齋」作「吞」。又，底本「齋」作「齊」）

九曰覆妝　詩云：「疊巘供秋望，無雲到夕陽。」（齊己《寄鄭谷郎中》）

十曰闔門　詩云：「捲簾黄葉落，鎖印子規啼。」（賈島《寄武功姚主簿》）

詩有十勢

獅子返擲勢　詩云：「離情遍芳草，無處不萋萋。」（李冶《送閻二十六赴剡縣》）

猛虎踞林勢　詩云：「窗前閒詠鴛鴦句，壁上時觀獬豸圖。」（《全唐詩》卷七九六作無名氏句）

丹鳳銜珠勢　詩云：「正思浮世事，又到古城邊。」（《全唐詩》卷七九六作無名氏句）

毒龍顧尾勢　詩云：「可能有事關心後，得似無人識面時。」（齊己《寄湘幕王重書記》）

孤雁失群勢　（詩闕）

洪河側掌勢　詩云：「遊人微動水，高岸更生風。」

龍鳳交吟勢　詩云：「崑玉已成廊廟器，澗松猶是薜蘿身。」（陳陶《寄兵部任畹郎中》）

猛虎投澗勢　詩云：「仙掌月明孤影過，長門燈暗數聲來。」（杜牧《早雁》）

龜潛巨浸勢　詩云：「養猿寒嶂疊，擎鶴密林疏。」（《佩文韻府》卷一百五引作「齊己詩」）

鯨吞巨海勢　詩云：「袖中藏日月，掌上握乾坤。」

詩有二十式

一曰出入　詩云：「雨漲花争出，雲空月半生。」（《全唐詩》卷七九六作「無名氏」句）

二曰高逸　詩云：「夜過秋竹寺，醉打老僧門。」（齊己《過陳陶處士舊居》）

三曰出塵　詩云：「逍遥非俗趣，楊柳謾春風。」（齊己《送孫逸人歸廬山》）

四曰回避　詩云：「鳥正啼隋柳，人須入楚山。」（《全唐詩》卷七九六作「無名氏」句。入，《四部叢刊》本作「出」）

五曰並行　詩云：「終夜冥心坐，諸峰叫月猿。」（齊己《寄山中諸友》，「坐」作「客」）

六曰艱難　詩云：「覓句如探虎，逢知似得仙。」（齊己《寄鄭谷郎中》）

七曰達時　詩云：「高松飄雨雪，一室掩香燈。」（齊己《除夜》。「松」，《四部叢刊》本作「風」，《集》「高」作「松」）

八曰度量　詩云：「應有冥心者，還尋此境來。」（齊己《山寺喜道者至》，「冥心」作「無心」。又《四部叢刊》本「應」作「還」，「還」作「閒」）

九曰失時　詩云：「高秋初雨後，夜半亂山中。」（齊己《聽泉》，「夜半」作「半夜」）

十曰靜興　詩云：「古屋無人到，殘陽滿地時。」（齊己《落花》，「到」作「處」）

十一曰知時　詩云：「前村深雪裏，昨夜一枝開。」（齊己《早梅》）

十二曰暗會　詩云：「重城不鎖夢，每夜自歸山。」（齊己《城中示友人》）

十三曰直擬　詩云：「禹力不到處，河聲流向西。」（周朴《董嶺水》）

十四曰返本　詩云：「又因風雨夜，重到古松門。」（齊己《寓居岳麓謝進士沈彬再訪》）

十五曰功勳　詩云：「馬曾金鏃中，身有寶刀痕。」

十六曰拋擲　詩云：「琴書留上國，風雨出秦關。」（留，《四部叢刊》本作「流」）

十七曰背非　詩云：「山河終決勝，楚漢且橫行。」

十八曰進退　詩云：「日午遊都市，天寒住華山。」（無本《送禪友》）

十九曰禮義　詩云：「送我杯中酒，與君身上衣。」（方干《中路寄喻凫》作「送我樽前酒，典君身上衣」）

二十曰兀坐　詩云：「自從青草出，便不下階行。」（《唐僧弘秀集》《古今禪藻集》録智暹《律僧》。《全唐詩》作「智遠」）

詩有四十門

一曰皇道　詩云：「明堂坐天子，月朔朝諸侯。」（王昌齡《放歌行》）

二曰始終　詩云：「養雛成大鶴，種子作高松。」（賈島《山中道士》）

三曰悲喜　詩云：「兩行燈下淚，一紙嶺南書。」（盧綸《夜中得循州趙司馬侍郎書因寄回使》）

四曰隱顯　詩云：「道晦金雞伏，時來木馬鳴。」（《全唐詩》卷七九六作無名氏句）

五曰惆悵　詩云：「此別又千里，少年能幾時。」（戴叔倫《早行寄朱山人放》或作《秋夜早行》。千里又作「萬里」）

六曰道情　詩云：「誰來看山寺，自是掃松門。」（齊己《居道林寺書懷》）

七曰得意　詩云：「此生還自喜，餘事不相侵。」（齊己《喻吟》）

八曰背時　詩云：「白髮無心鑷，青山得意多。」（賈島《答王建祕書》）

九曰正風　詩云：「一春能幾日，無雨亦多風。」（《全唐詩》卷七九六作無名氏句）

十曰返顧　詩云：「遠憶諸峰頂，曾棲此性靈。」（齊己《夜坐》）

十一曰亂道　詩云：「苦雨漲秋濤，狂風翻野燒。」（李頻《江上居寄山中客》）

十二曰抱直　詩云：「須知三尺劍，只爲不平人。」（《全唐詩》卷七九六作無名氏句。「人」作「磨」）

十三曰世情　詩云：「要路争先進，閒門肯暫過。」（《全唐詩》卷七九六作無名氏句。「肯暫過」，《四部叢刊》本作「避處多」）

十四曰康救　詩云：「傍人皆默語，當路好隄防。」（隄防，《四部叢刊》本作「提防」）

十五曰貞孝　詩云：「無家空託墓，主祭不從人。」（張籍《江陵孝女》。「託墓」，《四部叢刊》本作「托夢」）

十六曰薄情　詩云：「君恩秋後薄，日夕向人疏。」（高蟾《宫詞》殘句：君恩秋後葉，日日向人疏）

十七曰忠正　詩云：「敢將心爲主，豈懼語從人。」

十八曰相成　詩云：「怪得登科晚，須逢聖主知。」（劉得仁《賀顧非熊及第》：及得高科晚，須逢聖主知）

十九曰嗟歎　詩云：「淚流襟上血，髮白鏡中絲。」（崔峒《江上書懷》）

二十曰俟時　詩云：「明主未巡狩，白頭猶釣魚。」

二十一曰清苦　詩云：「在處人投卷，移居雨著衣。」

二十二曰騷愁　詩云：「已難消永夜，況復聽秋霖。」（鄭谷《通川客舍》）

二十三曰睠戀　詩云：「欲起遊方興，重來繞塔行。」（齊己《留題仰山大師塔院》，興作「去」）

二十四曰想像　詩云：「溪霞流火色，松月照爐光。」（月，《四部叢刊》本作「日」）

二十五曰志氣　詩云：「未抛先達路，難作便歸人。」（先達，《四部叢刊》本作「無遠」）

二十六曰雙擬　詩云：「冥目冥心坐，花開花落時。」（劉得仁《寄春坊顧校書》）

二十七曰向時　詩云：「黑壤生紅朮，黄猿領白兒。」（貫休《春山行》，朮，《四部叢刊》本訛作「木」）

二十八曰傷心　詩云：「六國空流血，孤祠掩落花。」（《全唐詩》卷七九六作無名氏句：亡國空流水，孤祠掩落花）

二十九曰鑒戒　詩云：「因思後庭曲，懶上景陽樓。」

三十曰神仙　詩云：「一爲嵩嶽客，幾喪雒陽人。」（清塞即周賀《贈王道士》詩）

三十一曰破除　詩云：「大都時到此，不是世無情。」

三十二曰蹇塞　詩云：「氣蒸垂柳重，寒勒牡丹遲。」（劉得仁《春暮對雨》）

三十三曰鬼怪　詩云：「山魅隔窗舞，鵩鳥入簾飛。」（《全唐詩》卷七九六作無名氏句）

三十四曰紕繆　詩云：「日落月未上，鳥棲人獨行。」（馬戴《夕發邠甯寄舒從事》。案「紕繆」，《四部叢刊》本作「亂道」）

三十五曰世變　詩云：「如何人少重，都爲帶寒開。」（案「世變」，《四部叢刊》本作「世情」）

三十六曰風雅　詩云：「日落無行客，天寒有去鴻。」（《全唐詩》卷七九六作無名氏句。「風雅」《四部叢刊》本作「雅風」）

三十七曰嗟歎　詩云：「拭淚霑襟血，梳頭滿面絲。」（杜甫《遣興》）

三十八曰是非　詩云：「須知項籍劍，不及魯陽戈。」

三十九曰禮義　詩云：「送我杯中酒，與君身上衣。」（「禮義」，《四部叢刊》本作「理義」。「與君」作「典君」）

四十曰清潔　詩云：「大雪路亦宿，深山水也齊。」（《全唐詩》卷七九六作無名氏句）

詩有六斷

一曰合題　詩云：「可憐半夜嬋娟月，正對五侯殘酒卮。」（齊己《中秋月》：可憐半夜嬋娟影，正對五侯殘酒池。）

二曰背題　詩云：「尋常風雨夜，應有鬼神看。」（齊己《古松》）

三曰即事　詩云：「翻嫌易水上，細碎動離魂。」（齊己《劍客》）

四曰因起　詩云：「閑尋古廊畫，記得列仙名。」（齊己《宿簡寂觀》）

五曰不盡意　詩云：「此心只在相逢説，時複登樓看遠山。」（《全唐詩》卷七九六作無名氏句。「只在」，《四部叢刊》本作「只待」）

六曰取時　詩云：「西風起邊雁，一一向瀟湘。」（齊己《邊上》，「西」作「秋」。「邊雁」，《四部叢刊》本作「過雁」）

詩有三格

一曰上格用意　詩云：「那堪懷遠道，猶自上高樓。」

又云：「九江有浪船難濟，三峽無猿客自愁。」（《全唐詩》卷七九六作無名氏句）

二曰中格用氣　詩云：「直饒人買去，還向柳邊栽。」（修睦《賣松者》，「還」作「也」）

又云：「四海魚龍精魄冷，三山鸞鳳骨毛寒。」（齊己《中秋十五夜寄人》，「三」作「五」）

三曰下格用事　詩云：「片石猶臨水，無人把釣竿。」

又云：「一輪湘渚月，萬古獨醒人。」（貫休《晚泊湘江》）

【校箋】

〔一〕本篇録文據中華書局一九八三年八月版《歷代詩話續編》（丁福保輯）本，校以《四部叢刊》本

《白蓮集》書後所附《風騷旨格》、《説郛》本。原文所引詩例，凡能考明作者及篇名者，均在括號内以小字注出，以助閱讀。各本異文亦在括號内注明。《歷代詩話續編》本《風騷旨格》書後有毛晉題識云：「莆田蔡氏著《吟窗雜詠》，載諸家詩話詩評類三十餘種，大略真贋相半，又脱落不堪讀。丙寅春，從雲間了予内父遺書中簡得齊己《白蓮集》十卷，末載《風騷旨格》一卷，與蔡本迥異，急梓之，以正諸本之誤云。湖南毛晉識。」

附録

一、傳記資料

宋高僧傳　梁江陵府龍興寺齊己傳

宋　贊　寧

釋齊己，姓胡，益陽人也。秉節高亮，氣貌劣陋。幼而捐俗於大潙山寺，聰敏逸倫，納圓品法，習學律儀。而性躭吟詠，氣調清淡。有禪客自德山來，述其理趣，己不覺神遊寥廓之場。乃躬往禮訊，既發解悟，都亡朕迹矣。如是藥山、鹿門、護國，凡百禪林，孰不參請。視其名利，悉若浮雲矣。於石霜法會，請知僧務。

梁革唐命，天下紛紜。于時高季昌禀梁帝之命，攻逐雷滿出渚宫，己便爲荆州留後，尋正受節度。迨乎均帝失御，河東莊宗自魏府入洛，高氏遂割據一方，搜聚四遠名節之士，得齊之義豐、南嶽之己，以爲築金之始驗也。龍德元年辛巳中禮己於龍興寺浄院安置，給其月俸，命作僧正，非所好也。其如閑辰静夜，多事篇章，乃作《渚宫莫問篇》十五章，以見意，且徇高之命耳。己頸有瘤贅，時號詩囊。棲約自安，破納擁身，枲麻纏膝。愛樂山水，懶謁王侯，至有「未曾將一字，容易謁諸侯」句爲狎。華山隱士鄭谷詩相酬唱。卒，有《白蓮集》行于世，自號衡嶽沙門焉。（録自《宋高僧傳》卷二〇）

五代史補　僧齊己　　宋　陶　岳

僧齊己長沙人，長沙有大潙同慶寺，僧多而地廣，佃户僅千餘家，齊己則佃户胡氏之子也。七歲與諸童子爲寺司牧牛，然天性穎悟，於風雅之道日有所得，往往以竹枝畫牛背爲篇什，衆僧奇之，且欲壯其山門，遂勸令出家。時鄭谷在袁州，齊己因攜所爲詩往謁焉。有《早梅》詩曰：「前村深雪裹，昨夜數枝開。」谷笑謂曰：「數枝非早，不若一枝則佳。」齊己矍然，不覺兼三衣叩地膜拜。自是士林以谷爲齊己「一字之師」。其後居於長沙道林寺，時湖南幕府中能詩者有如徐東野、廖凝、劉昭禹之徒，莫不聲名藉甚，而徐東野尤好輕忽，雖王公不避也，每見齊己，必悚然不敢以衆人待之，嘗謂同列曰：「我輩所作皆拘於一途，非所謂通方之士。若齊己，才高思遠，無所不通，殆難及矣！」論者以徐東野爲知言。東野亦嘗贈之詩曰：「我唐有僧號齊己，未出家時宰相器。爰見夢中逢武丁，毁形自學無生理。骨瘦神清風一襟，松老霜天鶴病深。一言悟得生死海，芙蓉吐出琉璃心。閎見唐風雅容缺，敲破冰天飛白雪。清塞清江却有靈，遺魂泣對荒郊月。格何古，天工未生誰知主，混沌鑿開鷄子黄，散作純風如膽苦。意何新，織女星機挑白雲，真宰夜來調暖律，聲聲吹出嫩青春。調何雅，澗底孤松秋雨灑，嫦娥月裏學步虚，桂風吹落玉山下。語何奇，血潑乾坤龍戰時，祖龍跨海日方出，一鞭風雨萬山飛。己公己公道如此，浩浩寰中如獨自。一簟松風冷如水，長伴巢由伸脚睡。」其爲名士推重如此。及將遊蜀，至江陵，高從誨慕其名，遮留之，命爲管内僧正。齊己不獲已而受，自是常怏怏，故其友虚中示之詩云：「老負峨眉月，閑看雲水心。」蓋傷其不得志也。竟卒於江陵，有詩八百首，孫光憲序之，號曰《白蓮集》，行於世。（録自《五代史補》卷三）

宣和書譜　釋齊己

宋佚名

釋齊己，姓胡，潭州益陽人。少爲浮圖氏，學戒律之外，頗好吟詠。亦留心書翰，傳布四方，人以其詩并傳，逮今多有存者。嘗住江陵之龍興寺，與鄭谷酬唱，積以成編，號《白蓮集》，行於世。筆跡洒落得行字法，望之知其非尋常釋子所書也。頸有瘤，人號詩囊也。然操行自高，未始妄謁侯門以冀知遇，人頗稱之。以是無今昔遠近，人知齊己名，是亦墨名而儒行者耶，故世之所傳多詩什稿草。今御府所藏九：

行書：擬嵇康絶交書、謝人惠筆詩、懷楚人詩、渚宫書懷等書、送冰禪姪詩、寄冰禪德詩、冰禪帖。

正書：廬岳詩、寄明上人詩。（録自《宣和書譜》卷一三）

唐詩紀事　僧齊己　宋　計有功

齊己本姓胡，名得生。詩名多湖湘間，與鄭谷爲詩友。（選録自《唐詩紀事》卷七五）

唐才子傳　齊己　元　辛文房

齊己，長沙人，姓胡氏。早失怙恃。七歲穎悟，爲大潙山寺司牧，往往抒思，取竹枝畫牛背爲小詩，耆宿異之，遂共推挽入戒。風度日改，聲價益隆。游江海名山，登岳陽，望洞庭，時秋高水落，君山如黛，唯湘川一條而已，欲吟杳不可得，徘徊久之。來長安數載，遍覽終南、條、華之勝。歸過豫章，時陳陶近仙去，已留題有云：「夜過脩竹寺，醉打老僧門。」至宜春，投詩鄭都官云：「自封修藥院，别下著僧牀。」谷曰：「善則善矣，一字未安。」經數日，來曰：「『別掃』如何？」谷嘉賞，結爲詩友。曹松、方干皆己良契。性放逸，不滯土木形骸，頗任琴樽之好。嘗撰《玄機分別要覽》一卷，摭古人詩聯，以類分次，仍別風、賦、比、興、雅、頌。又撰《詩格》一卷。又與鄭谷、黄損等共定用韻，爲葫蘆、轆轤、進退等格。並其詩《白蓮集》十卷，今傳。（録自《唐才子傳》卷九）

十國春秋　僧齊己

清　吴任臣

僧齊己，益陽人，本佃户胡氏子也。俗名胡得生。七歲，居大溈山寺，與諸童子牧牛，天性穎悟，常以竹枝畫牛背爲詩，詩句多出人意表，衆僧奇之，勸令落髮爲浮圖。時都官鄭谷在袁州，以詩名，齊己携所詩往謁，有云：「自封修藥院，別下著僧牀。」谷覽之曰：「將改一字，方可相見。」經數日，再過，稱已改得，云「別掃著僧牀」，谷嘉賞焉，結爲詩友。又齊己有《早梅》詩，中云「昨夜數枝開」，谷爲點定曰：「數枝非早，不若一枝佳耳。」人以谷爲齊己一字師。久之，居長沙道林寺。湖南幕府號能詩者，徐仲雅、廖匡圖、劉昭禹輩，靡不聲名藉甚，而仲雅尤傲忽，雖王公不避，獨見齊己必悚然，不敢以衆人相遇。齊己故贅疣，至是，愛其詩者或戲呼之曰「詩囊」。無何，將遊蜀，武信王習齊己名，遮留之。龍德元年，禮齊己於龍興寺，署爲僧正，時降手牘，慰藉良厚。然居恒多鬱鬱不樂。僧虚中貽詩云：

「老負峨嵋月，閒看雲水心。」蓋傷其志也。齊己既託迹江陵，惟事筆墨自娱，乃作《渚宫莫問篇》十五章以述懷。頃之，唐秦王從榮召入侍，中秋大宴，齊己窺從榮藏異志，有「東林莫礙漸高勢，四海正看當路時」之句，幾以諷刺得罪。已而脱歸荆南，賴武信王匿之獲免，其不屈節侯王類如此。梁震晚年酷好吟咏，尤與齊己善，互相酬答。齊己竟終於江陵，自號衡嶽沙門。一云齊己於豫章西山金鼓寺寂，有塔存焉。龍盤，其書堂也。有詩八百首，孫光憲序之，命曰《白蓮集》。齊己常於潙山林下遇一僧，於指甲下出二劍，凌空躍去，蓋劍俠也。時時爲人道之。又同僧仰山住豫章觀音院，作《粥疏》曰：「粥名良藥，佛所贊揚。義冠三檀，功標十利。更祈英哲，各遂願心。既備清晨，永資白業。」禪流稱其辭，謂當與《食時五觀》並傳。（録自《十國春秋》卷一〇三）

二、交遊及追悼篇什

賦得寒月寄齊己

唐　李山甫

松下清風吹我襟，上方鐘磬夜沈沈。已知廬嶽塵埃絶，更憶寒山雪月深。高謝萬緣消祖

意，朗吟千首亦師心。豈知名出徧諸夏，石上棲禪竹影侵。（録自《全唐詩》卷六四三）

贈齊己

五代　徐東野〔一〕

我唐有僧號齊己，未出家時宰相器。爰見夢中逢武丁，毁形自學無生理。骨瘦神清風一襟，松老霜天鶴病深。一言悟得生死海，芙蓉吐出琉璃心。閎見聖唐風雅缺，敲破晴天飛白雪。清塞清江却有靈，遺魂泣對荒郊月。格何古，天工未生誰知主，混沌鑿開鷄子黄，散作純風如膽苦。意何新，織女星機挑白雲，真宰夜來調暖律，聲聲吹出嫩青春。調何雅，澗底孤松秋雨灑，嫦娥月裏學步虚，桂風吹落玉山下。語何奇，血潑乾坤龍戰時，祖龍跨海看日出，一鞭風雨萬山飛。己公己公道如此，浩浩寰中如獨自。一簟松風冷如水，長伴巢由伸脚睡。（録自《五代史補》卷三、《全唐詩》卷七六二）

【校記】

〔一〕作者「徐東野」，李調元《全五代詩》作「徐仲雅」，小傳言：「徐仲雅，字東野。其先秦中人，從居長沙，事馬氏爲觀察判官、天册府學士。所業百餘卷。」

思齊己上人　五代　僧修睦

同人與流俗，相謂好襟靈。有口不他説，長年自誦經。水聲秋後室，山色晚來庭。客問修何法？指松千歲青。（録自《唐詩紀事》卷七六）

懷齊己上人　五代　僧曇域

鬢髯秋景兩蒼蒼，静對茅齋一炷香。病後身心俱澹薄，老來朋友半凋傷。峨嵋山色侵雲直，巫峽灘聲入夜長。猶喜深交有支遁，時時音信到松房。（録自《唐詩紀事》卷七六）

讀齊己上人集　五代　僧栖蟾

暑衣經雪着，凍硯向陽呵。豈謂臨岐路，還聞聖主過〔一〕。（録自《唐僧弘秀集》卷十）

【校記】

〔一〕此四句又見尚顔所作《夷陵即事》後四句，當是。

讀齊己上人集

五代 僧栖蟾〔一〕

詩爲儒者禪，此格的惟仙。古雅如周頌，清和甚舜絃。冰生聽瀑句，香發早梅篇。想得吟成夜，文星照楚天。（録自《唐僧弘秀集》卷十）

【校記】

〔一〕作者「僧栖蟾」，《古今禪藻集》卷四作僧歸仁，《全五代詩》卷八八作僧尚顔。《全唐詩》卷八四八録此首，重出於栖蟾、尚顔二人之下。

投謁齊己

五代 僧乾康

隔岸紅塵忙似火，當軒青嶂冷如冰。烹茶童子休相問，報道門前是衲僧。（録自《堯山堂外紀》卷三七）

寄齊己

五代 僧可朋

雖陪北楚三千客〔一〕，多話東林十八賢〔二〕。（録自《吟窗雜録》卷三二）

【校記】

〔一〕雖，《唐詩紀事》卷七四作「唯」。

〔三〕林，《唐詩紀事》卷七四作「郊」，《全五代詩》作「鄰」。

贈齊己

五代　僧虚中

老負峨眉月〔一〕，閑看雲水心。（録自《全唐詩》卷八四八）

【校記】

〔一〕峨，汲古閣本《五代史補》卷三作「娥」，懺花盦本《五代史補》卷三作「蛾」。眉，《十國春秋》卷一〇三引作「嵋」。

題齊己草堂

宋　劉　摯

一曲流泉對草堂，何人與續帳前香。清詩自共秋風老，依舊鐘聲送夕陽。（録自《忠肅集》卷二〇）

三、著録輯要

崇文總目

宋　王堯臣

《白蓮集》十卷。闕。

《白蓮外編》十卷。闕。（録自《崇文總目》卷一二）

通志

宋　鄭　樵

《白蓮集》十卷。齊己。又外編十卷。（録自《通志》卷七〇《藝文八》）

直齋書録解題

宋　陳振孫

《白蓮集》十卷。

唐僧齊己撰，長沙胡氏。（録自《直齋書録解題》卷一九）

《風騷旨格》一卷。

唐僧齊己撰。（録自《直齋書録解題》卷二二）

宋史　　元　脱　脱等

《僧齊己集》十卷。又《白蓮華編外集》或無華字十卷。（録自《宋史》卷二〇八《藝文七》集類）

僧齊己《玄機分明要覽》一卷，又《詩格》一卷。（録自《宋史》卷二〇九《藝文八》集類）

文獻通考　　元　馬端臨

《白蓮集》一卷。

陳氏曰：唐僧齊己撰，長沙胡氏。（録自《文獻通考》卷二四三《經籍考》七〇）

《風騷指格》一卷。

陳氏曰：唐僧齊己撰。（録自《文獻通考》卷二四六《經籍考》七六）

百川書志　　明　高　儒

僧齊己集一卷。《白蓮集》。

益陽人也。（録自《百川書志》卷一四）

國史經籍志

明　焦　竑

齊己《白蓮集》十卷，外編十卷。（録自《國史經籍志》卷五別集）

唐音癸籤

明　胡震亨

齊己《白蓮集》十卷，外編十卷。（録自《唐音癸籤》卷三〇《集録一》）

《玄機分明要覽》一卷，《風騷指格》一卷，並僧齊己撰。（録自《唐音癸籤》卷三二《集録三》）

四庫全書總目

清　永　瑢等

《白蓮集》十卷。兩江總督採進本。

唐釋齊己撰。齊己，益陽人。自號衡岳沙門。宋人注杜甫《己上人茅齋》詩，謂齊己與杜甫同時，其謬不待辨。舊本題爲梁人，亦殊舛譌。考齊己嘗依高季興爲龍興寺僧正。季興雖嘗受梁官，然齊己爲僧正時，當龍德元年辛巳，在唐莊宗入洛之後矣。

集中已稱季興爲南平王，而陶岳《五代史補》載徐東野在湖南幕中《贈齊己》詩，稱「我唐有僧號齊己」，安得謂爲梁人耶？是集爲其門人西文所編，首有天福三年孫光憲序。前九卷爲近體，後一卷爲古體。古體之後又有絶句四十二首，疑後人採輯附入也。唐代緇流能詩者衆，其有集傳於今者，惟皎然、貫休及齊己。皎然清而弱，貫休豪而獷，齊己七言律詩不出當時之習。其七言古詩以盧仝、馬異之體縮爲短章，詰屈聱牙，尤不足取。惟五言律詩居全集十分之六，雖頗沿武功一派，而風格獨遒。如《劍客》、《聽琴》、《祝融峯》諸篇，猶有大曆以還遺意。其絶句中《庚午年十五夜對月》詩曰：「海澄空碧正團圞，吟想玄宗此夜寒。玉兔有情應記得，西邊不見舊長安。」惓惓故君，尤非他釋子所及。宜其與司空圖相契矣。（録自《四庫全書總目》卷一五一《集部四》别集類四）

四庫全書簡明目録　　清　永　瑢等

《白蓮集》十卷，後唐釋齊己撰。舊本題梁人，誤也。其詩五言近體居十之六，雖沿武功之派，當其合作，風力特遒。其惓惓不忘唐，亦非他釋子所及。宜其與司空圖相契也。（録自《四庫全書簡明目録》卷一五《集部二》别集類一）

補五代史藝文志

清 顧懷三

《詩格》一卷。鄭谷、僧齊己、黄損同輯。（録自《補五代史藝文志》總集類）

僧齊己集十卷，《蓮社集》一卷，《白蓮編外集》十卷。案李調元《五代全詩》作「《白蓮集》十一卷」。

（録自《補五代史藝文志》别集類）

居易録

清 王士禎

僧齊己《白蓮集》十卷，《風騷旨格》一卷。有荆南節度副使朝議郎檢校秘書少監試御史賜紫金魚袋孫光憲序。嘉靖己丑柳僉跋云：「元書北宋刻，傳世既久，湮滅首卷數字，當俟善本補完，與皎然、貫休三集並傳之。」常熟馮班鈔本。（録自《居易録》卷一五）

讀書敏求記

清 錢曾

《白蓮集》十卷

北宋本影録。行間多脱字，牧翁以朱筆補完。又一本有柳僉跋，附《風騷旨格》一卷。

（録自《讀書敏求記》卷四）

鐵琴銅劍樓藏書目録

清　瞿　鏞

《白蓮集》十卷、《風騷旨格》一卷。舊鈔本。

唐廬岳僧齊己撰。舊爲吴氏顧一鶚所藏。卷首題記云：「是集爲錢塘汪午晴太史家藏舊本。乾隆丙申，余從事西江書局，與太史訂忘年交，以此特贈，珍若百朋。」云云。舉以校毛本，正誤甚多。《風騷旨格》亦未刻。卷首有西江省局校書朱記。（録自《鐵琴銅劍樓藏書目録》卷一九）

八千卷樓書目

清　丁　丙

《白蓮集》十卷。唐釋齊己撰。汲古閣本。（録自《八千卷樓書目》卷一五）

四、序跋輯要

白蓮集序〔一〕

唐　孫光憲

風雅之道，孔聖之删備矣。美刺之説，卜商之序明矣。降自屈宋，逮乎齊梁，窮詩源流，權衡辭義，曲盡商榷，則成格言〔二〕，其惟劉氏之《文心》乎！後之品評，不復過此。有唐御宇，詩律尤精，列姓字，掇〔三〕英秀，不啻十數家。惟〔四〕丹陽殷璠，優劣升黜，咸當其分。性〔五〕之深於詩者，謂其不誣。顧我何人，敢議臧否？苟成美有闕，得非交游之罪邪！禪師〔六〕齊己，本胡氏子，實長沙人。家邇溈山〔七〕，慕大禪伯，悟〔八〕入頓門，落髮擁毳，遊方宴坐，宿念未忘，存乎篇詠〔九〕。師趣尚孤潔，詞韻清潤，平淡〔一〇〕而意遠，冷峭而格高〔一一〕。□□□□□□□□□〔一二〕鄭谷郎中與師〔一三〕交好，其贈詩曰：「敲門誰訪我，問客即吾師〔一四〕。應是逢新雪，高吟得好詩。格清無俗字，思苦有蒼髭。諷味都忘倦，抛琴復捨棊〔一五〕。」其爲詩家流之之〔一六〕稱許也〔一七〕如此。晚歲將之岷峨，假途渚宮，太師南平王築淨室以居之，捨淨財以供之。雖出〔一八〕入朱門而不移素履。議者以唐末〔一九〕詩僧，惟貫休禪師骨氣混成〔二〇〕，境意卓異〔二一〕，殆難儔敵；至於皎然、靈一將已〔二二〕禪者，並驅於風騷之途，不近不遠也。江之南，漢之北，緇儒〔二三〕業緣情者，靡不希其聲彩。自非雅道昭著，安得享茲大名！

鄙以旅宦〔二四〕荆臺，最承欵狎〔二五〕，較風人之情致，賾〔二六〕大士之旨歸，周旋十年，互見闉域。師平生詩稿，未遑删汰，俄驚遷化，門人西文併以所集見授，因得編就八百一十篇，勒成一十卷，題曰「白蓮集」。蓋以久棲東林，不忘勝事，余既繕寫，歸於廬岳，附遠大師文集〔二七〕之末，□□□□□〔二八〕，遞爲輝光。其佳句全篇或偶對〔二九〕，開卷輒得，無煩指摘。濡毫梗槩，良深悲慕。天福三年〔三〇〕戊戌三月一日序。

【校記】

〔一〕本篇録自底本，汲古閣本文同。據柳僉鈔本、武英殿本《全唐文》、粤雅堂本《五代詩話》校補。

〔二〕則，《五代詩話》作「别」。格，《五代詩話》作「偉」。

〔三〕掇，《五代詩話》作「綴」。

〔四〕惟，《五代詩話》無此字。

〔五〕性，《全唐文》、《五代詩話》作「世」。

〔六〕禪師，《五代詩話》作「禪祖」。

〔七〕山，此字原無，據《五代詩話》補。

〔八〕悟，此字原無，據《五代詩話》補。

〔九〕乎篇詠，三字原缺，據柳本、《五代詩話》補。

〔一〇〕淡，《五代詩話》作「澹」。

〔一一〕格高，二字原缺，據柳本補。

〔一二〕此十一字，各本均脱，《五代詩話》徑略此十一字。

〔一三〕郎中，《五代詩話》下有「有」字。

〔一四〕交好其贈詩曰敲門誰訪我問客即吾師，原作「□□□□□敲門誰訪□□客即□師」，各本均同。《五代詩話》略作一「云」字。今據《光緒湖南通志》卷二五八引補。

〔一五〕「諷味」以下十字，《五代詩話》無。

〔一六〕流之之，《全唐文》作「者流之」，《五代詩話》無此三字。

〔一七〕也，《五代詩話》無此字。

〔一八〕出，《五代詩話》無此字。

〔一九〕末，《全唐文》、《五代詩話》作「來」。

〔二〇〕混成，《五代詩話》作「渾成」。

〔二一〕倬異，《全唐文》作「卓異」

〔二二〕已，《全唐文》作「與」，《五代詩話》此字缺。

〔二三〕緇儒，《全唐文》作「緇侶」，《五代詩話》作「緇流以儒」。

〔二四〕宧，《五代詩話》作「官」。

〔二五〕狎，《五代詩話》作「洽」。

〔二六〕賾，《五代詩話》作「頤」。

〔二七〕集，《五代詩話》作「帙」。

〔二八〕此五字，各本均脱。

〔二九〕偶對，《五代詩話》作「對偶」。

〔三〇〕天福三年，案即公元九三八年。

跋僧齊己詩

宋　黄庭堅

齊己胡氏子，本益陽人。高氏據有荆州，延己居龍興寺，給月俸，遂作《渚宫莫問》十五篇以自見。葢己初捨俗入大潙山，參禪猛利，持律清苦，晚歲牽情於詩，遂作荆州僧正以老，故有「未謝侯門去」之句。「爾十二郎見過，定是高家郎君」，此絶句高勝，翰墨亦可愛。（録自《山谷集》卷三〇《題跋》）

白蓮集書後

明　柳　僉

陳氏《直齋書解》云：唐僧齊己《白蓮集》十卷，《風騷旨格》一卷，今兼得之，爲合璧矣。元書北宋刻，傳世久，湮滅首卷數字，尚俟善本補完，與皎然、貫休三集並傳。嘉靖八年歲己丑金閶後學柳僉志。（録自嘉靖八年柳僉鈔本《白蓮集》，國家圖書館藏）

白蓮集書後

明　夢覺子

黄太史跋齊己詩云：「齊己胡氏子，本益陽人。高氏據有荆州，延己居龍興寺，給月俸，遂爲《渚宫莫問》十五篇以自見。蓋己初捨俗入潙山，參禪猛利，持律清苦，晚歲牽情於詩，遂作荆州僧正以老，故有『未謝侯門去』之句耳。『十二郎見過，定是高家郎君』，此絶句高勝，翰墨亦可愛。」此詩今亦不見集中。萬曆丁酉重陽前二日夢覺子偶書。（録自明抄《百家唐詩》第九册五卷本《白蓮集》，國家圖書館藏）

白蓮集書後

明　毛　晉

齊己，俗名胡得生。性喜吟，頸有瘤，人戲呼爲詩囊。蹟不入王侯門，惟醉心於鄭都官，投詩謁之，云：「高名喧省闥，雅頌出吾唐。叠巘供秋望，無雲到夕陽。自封修藥院，别下著僧床。幾夢中朝事，久離鵷鷺行。」谷覽之云：「請改一字，方可相見。」經數日再謁，稱已改得，云：「别掃著僧牀。」谷嘉賞，結爲詩友。既因後唐明宗太子從榮招入，中秋大讌，已公窺從榮懷不軌，有「東林莫礙漸高勢，四海正看當路時」之句，幾被戮辱，賴荆帥高公匿而獲免。其不屈節王公，詩寓諷刺，往往如此。後同慧寂仰山禪師住豫章觀音院，總轄庶務，作《粥疏》曰：「粥名良藥，佛所贊揚。義冠三檀，功標十利。更祈英哲，各遂願心。既備清晨，永資白業。」此疏堪與《食時五觀》並傳，惜未有揭示學人者。其後居西山，金鼓示寂，塔存焉。龍盤乃其書堂云。虞山毛晉識。

贊寧作唐三高僧傳，未甚詳覈，余各就其詩句拈出數字。如休公云：「得句先呈佛，無人知此心。」書公云：「不因尋長者，無事到人間。」己公云：「未曾將一字，容易謁諸侯。」道價詩聲，和盤托出，可作三公自傳。余先得《杼山》、《禪月》，未遘《白蓮》，丙寅春杪，再過雲間康孟修内父東梵川，值藤花初放，纏絡松杉間，如入山谷，皆内父少年手植也，不勝人琴之感。既登閣禮佛，閣爲紫柏尊者休夏之地，破窗風雨，散帙狼籍，搜得紫柏手書「梵川紀略」一幅，末贅一絶云：「只因地僻無人到，更爲池清有月來。惱殺藤花能抱樹，枝枝都向半天開。」儼然拈出眼前景相示。又搜得《白蓮集》六卷，惜其未全。忽從架上墮一破篋，復得四卷，咄咄奇哉！余夢想十年，何意憑弔之餘，忽從廢紙堆中現出，豈内父有靈，遺余未曾有耶？既知爲紫柏手授遺編，早向未來際尋契，余小子有深幸焉！晉又識。（録自汲古閣本《白蓮集》，臺灣「國立中央圖書館」藏）

白蓮集書後

明　虚舟子

天啟七年仲冬，借緑斐堂抄本録於一字齋中，虚舟子記。（録自曹氏書倉本《白蓮集》，復旦大學圖書館藏）

白蓮集題識二則

清　何焯

《白蓮集》十卷，定遠先生所手校，後轉入錢遵王家，蔣三揚孫得之以贈余之書，素無善本，一旦得此書，遂居其甲，喜而識其所自。康熙壬申六月何焯書。

此本乃定遠少年時所閲，雖優於汲古閣刊本，然亦未有宋刻精校。康熙戊子復借錢楚殷架上牧齋舊藏本參校，庶爲善本，可資後來學吟者涉獵矣。長至後五日燈下焯又書。（録自明馮班家鈔本《白蓮集》，國家圖書館藏）

此本乃嘉靖八年金閶柳僉得北宋刻傳寫者，馮定遠校過。壬申夏日，蔣三揚孫攜以贈我。後有《風騷旨格》，差爲可讀。戊子長至，從錢楚殷借得東澗老人所藏楊南峰家鈔本，遂詳校一過，改去譌字百餘，庶乎善本矣。焯記。（録自明抄本《白蓮集》，國家圖書館藏）

白蓮集書後

清　丁祖蔭

《讀書敏求記》云：「《白蓮集》十卷，北宋本影録，行間多脱字，牧翁以朱筆補完。又一本有柳僉跋，附《風騷旨格》一卷。」此即述古所藏之又一本也。義門向楚殷假校之，牧翁閲本自即前本。鈍吟少年所校，多從己意，得義門校宋書，遂稱善。每卷首，馮氏輒書斑或辬、彬、賁等字，取虎文之義，故小印曰「一字虎」也。王貽上《居易録》云：「僧齊己《白蓮集》十卷，《風騷旨格》一卷，有孫光憲序，嘉靖己丑柳僉跋，常熟馮班鈔本。」《香祖筆記》又云：「齊己《白蓮集》至今尚傳，余嘗見海虞馮氏寫本，篇帙完好，略無闕佚。」是此本鈔於馮氏，藏於錢氏，轉而入於蔣，於何，最後爲汪、爲于，藏庋源流，歷歷可數。惟「漢月」一印，視馮爲早，藏師入主三峰，乃在萬曆中葉，其果出於馮氏傳寫，抑爲清涼舊帙，馮氏無辭，不足徵也。戊午秋杪初園主人識於密娱小閣。（録自明馮班家鈔本《白蓮集》，國家圖書館藏）

白蓮集書後

清　顧一鶚

是集爲錢塘汪午晴太史家藏舊本。乾隆丙申，余從事西江書局，與太史訂忘年交，以

此持贈，珍若百朋。顧一鶚。（録自清抄本《白蓮集》，國家圖書館藏）

白蓮集書後

張寶祥

甲戌小除夕，藏園主人舉行祭書之典，與祭者凡八人，江陰夏閏枝，閩縣林詒書，新會陳援庵，吴興徐森玉，吴江沈羹梅，豐潤張庚樓，海寧張定祥、趙斐雲，期而不至者，閩縣陳弢庵，蕭山朱幼屏，徐水袁守和，南宫邢贊亭也。主人今日歲時作勝遊，南至衡嶽，北訪靈巖，丹鉛之課，緣此少輟，故手校之書，凡得二百餘卷，而所撰群書題識，乃及百篇。入庫之書，有宋本《咸淳臨安志》十三卷，元本《文獻通考》二百九十餘卷，元本《宣和畫譜》十卷，明弘治本《後山先生集》二十七卷，皆殘書也。鈔本則有柳大中之《白蓮集》十卷，吕氏講習本之《三孔清江集》三十卷，十萬樓之《靖康要録》十六卷，嘉萬間之《記纂淵海》一百九十五卷，述古堂之《藏書目録》十卷，陳乾齋手寫之《題畫詩》二册，皆號爲珍秘而明刻之善者，當不勝記也。寶祥十載居南，未與斯會，今得重逢雅集，徧覽奇書，謹記之。張寶祥。（録自嘉靖八年柳僉鈔本《白蓮集》，國家圖書館藏）

五、歷代評論輯要

總評

宋

蘇軾《答蜀僧幾演》：僕嘗觀貫休、齊己詩，尤多凡陋，而遇知得名，赫奕如此！蓋時文凋敝，故使此二僧爲雄强。（録自《蘇軾文集》卷六一）

陳師道《送參寥序》：夜相語及唐詩僧，參寥子曰：「貫休、齊己，世薄其語，然以曠蕩逸群之氣，高世之志，天下之譽，王侯將相之奉，而爲石霜老師之役，終其身不去，此豈用意於詩者？工拙不足病也！」由是而知，余之所貴，乃其棄餘，所謂淺之爲丈夫者乎？（録自《後山先生集》卷一三）

釋惠洪《冷齋夜話·東坡南遷朝雲隨侍作詩以佳之》：林下人好言詩，纔見誦貫休、齊己

詩，便不必問。（録自《冷齋夜話》卷一）

周行己《與佛月大師書》：昨日言詩，頗爲開益，苦手瘡，殊無情緒，不能款款議論，歸來甚闕然，意謂尚未深得師之妙耳。昔齊己號詩僧，也不過風花雪月巧句，而于格又頗俗；今之参寥，亦以詩名，雖豪逸可愛，人不及道。吾師數篇已能過之。清思妙句，飄然如孤鵠翔雲，又能作古體，淡淡造静理。學之不已，古人不難到也。知禪衆中好静，甚不欲時時往聒噪，輒得小詩奉寄，能以問答之餘見和否？（録自《浮沚集》卷五）

嚴羽《滄浪詩評》：釋皎然之詩在唐諸僧之上。唐詩僧有法震、法照、無可、護國、靈一、清江，不特無本、齊己、貫休也。（録自《詩人玉屑》卷二）

蔡絛《西清詩話》：東坡言僧詩要無蔬筍氣，固詩人龜鑑。今時悞解，便作世網中語，殊不知本分家風，水邊林下氣象，蓋不可無。若盡洗去清拔之韻，使與俗同科，又何足尚！齊己云「春深游寺客，花落閉門僧」，惠崇云「曉風飄磬遠，暮雪入廊深」之句，華實相副，顧非佳句耶！（録自《詩人玉屑》卷二〇）

葉夢得《石林詩話》：唐詩僧自中葉以後，其名字班班爲當時所稱者甚多，然詩皆不傳，如「經來白馬寺，僧到赤烏年」數聯，僅見文士所録而已。陵遲至貫休、齊己之徒，其詩

雖存，然無足言矣。（録自《石林詩話》卷中）

胡仔《苕溪漁隱叢話·參寥》：《冷齋夜話》云：「參寥子言，林下人好言詩，纔見誦齊己、貫休詩，便不必問。」苕溪漁隱曰：余觀《後山居士集》，有《送參寥序》，略云：「余與之别餘二十年，復見于此。愛其詩，讀不捨手，屬其談挽，不聽去，交相語及唐詩僧，參寥子曰：貫休、齊己，世薄其語，然以曠蕩逸群之氣，高世之志，天下之譽，王侯將相之奉，而爲石霜老師之役，終其身不去，此豈用意於詩者？工拙不足病也！」則參寥前後之論何相反如此，疑冷齋妄爲云云耳。（録自《苕溪漁隱叢話》前集卷五六）

范晞文《對床夜語》：唐僧詩，除皎然、靈徹三兩輩外，餘者率皆衰敗不可救，蓋氣宇不宏而見聞不廣也。今擇其稍勝者數聯於後。清塞云「叢桑山店迥，孤燭海船深。」「寒扉關雨氣，風葉隱鐘音。」「饑鼠緣危壁，寒貍出壞墳。」齊己云：「只有照壁月，更無吹葉風。」「湘水瀉秋碧，古風吹太清。」貫休云：「好山行恐盡，流水語相隨。」「蟄風吹磬斷，杉露滴花開。」子蘭云：「疏鐘摇雨脚，積水浸雲容。」懷浦云：「月没棲禽動，霜晴凍葉飛。」亦足以見其清苦之致。（録自《對床夜語》卷五）

元

方回《瀛奎律髓》：齊己，潭州人，與貫休並有聲，同師石霜。二僧詩，唐之尤晚者。己詩如「夜過秋竹寺，醉打老僧門」，最佳。（録自《瀛奎律髓》卷一二）

程鉅夫《李雪庵詩序》：古今詩僧，至齊己、無本之流非不工，而超然特見高出物表，徑與道合，未有若寒山子之詩，雲頂敷之頌。（録自《雪樓集》卷一五）

張之翰《跋林野叟詩續藁》：詩僧莫盛於唐宋，唐宋纔百餘人，求其傳世大家數，不過如皎然、靈澈、貫休、齊己、惠崇、參寥、洪覺範，餘則一詠一聯而已。高沙林野叟有詩名淮海間，近袖《續藁》過余，余愛其氣無蔬筍，語不葛藤，奇聯警句，已足出人一頭地，抑未知曾參皎、澈《銅椀歌》、《東林寺》之峻拔乎？曾擬休、己《古意》、《風琴引》之精深乎？又未知曾效崇、寥、覺範《淮上別墅》、《臨平竹尊者》幽潔之與老健乎？觀叟之刻意，餘藁必有是作，待他日見之，當於諸老間立伯仲論也。（録自《西巖集》卷一八）

明

林弼《書靖上人隨住吟稾後》：古人之詩，作者不少，而僧詩率多工緻清逸。竊意方外之士，其居其遊，雲巖風壑之間，烟簑雨棹之外，景之所接者多，情之所發者正，其匠意幽深，鍊辭精切，有非泛然留連光景者所易及也。若齊己、貫休、靈一輩，皆在唐諸作者列。（録自《林登州集》卷二三）

朱右《全室集序》：抑予嘗觀晉唐來高僧以詩名者，概不少也，若支遁之沖澹，惠休之高明，貫休、齊己之清麗，靈徹、皎然之潔峻，道標、無本之超絶，惠勤、道潛之滋腴，雖造詣不同，要適於情性，寓意深遠，至於今傳誦不衰。

又《西閣集序》：予惟天地間，光嶽之氣，融而爲清淑，鍾而爲仁賢，至發乎聲聞，著之事業，皆其秀也；爲釋爲道，往往又得其秀而最清者，胸次悠然，飄飄物外，不爲世尚俗累牽引，風朝月夕，吟嘯嘲詠，出人意表，有非經生學子所能及者。如晉唐以來諸名僧，稱譽當時，傳誦來世，雖所得各有造詣，然要其適乎情性，寓意幽遠，則同歸也。自予所見，沖澹如支遁，麗藻如湯休，深粹如靈徹，清婉如皎然，高遠如貫休，沉識如齊己，超絶如無本，思致如希晝，滋腴如道潛，概不可企矣。（録自《白雲稿》卷五）

高濂《遵生八牋》：齊己詩云：「心清鑑底瀟湘月，骨冷禪中太華秋。」陳陶詩云：「高僧示我真隱心，月在中峰葛洪井。」二詩讀之令人氣格爽拔。（録自《遵生八牋》卷一）

謝榛《四溟詩話》：五言詩皆用實字者，如釋齊己「山寺鐘樓月，江城鼓角風」。此聯儘合聲律，要含虛活意乃佳。詩中亦有三昧，何獨不悟此邪？（録自《四溟全集》卷二一）

俞弁《逸老堂詩話》：僧齊己《折楊柳》詞云：「穠低似中陶潛酒，輭極如傷宋玉風。」以中酒之中爲去聲。予記唐人有詩云：「醉月頻中聖」、「近來中酒起常遲」、「阻風中酒過年年」，東坡云：「臣今時復一中之。」作中風之中，非也。（録自《逸老堂詩話》卷下）

李東陽《懷麓堂詩話》：僧最宜詩，然僧詩故鮮佳句。宋九僧詩有曰：「縣古槐根出，官清馬骨高。」差强人意。齊己、湛然輩略有唐調。其真有所得者，惟無本爲多。豈不以讀書故耶？（録自《懷麓堂詩話》卷一）

胡震亨《唐音癸籤》：齊己詩清潤平淡，亦復高遠冷峭，一經都官點化，《白蓮》一集，駕出《雲臺》之上，可謂智過其師。

又：釋子以詩聞世者，多出江南。靈一導其源，護國襲之；清江揚其波，法振沿之。風習漸盛，背篋笥，懷筆牘，挾海泝江，獨行山林間，翛翛然模狀物態，搜伺隱隙，悽愴超忽，遊其心以求勝語，若有程督之者。嗜吟憨態，幾奪禪誦。嗣後轉噉羶名，競營供奉，集講内殿，獻頌壽辰，如廣宣、栖白、子蘭、可止之流，棲止京國，交結重臣，品格斯非，詩教何取！諸衲大曆間獨吳興晝公能備衆體，綴六義清英，首冠方外；文、宣之代，可公以雅正接緒；五代之交，己公以清贍繼響；篇什並多而益善。餘則一聯一什，非無可觀，概如幺絃孤韻，瞥入人耳，非大音之樂，不能縷隲云。（録自《唐音癸籤》卷八）

鍾惺、譚元春《唐詩歸》：鍾云：齊己詩有一種高渾靈妙之氣，翼其心手。（録自《唐詩歸》卷三六）

許學夷《詩源辨體》：齊己有《風騷旨格》，虚中有《流類手鑑》，文彧亦有《詩格》。齊己「十勢」之説，倣於皎然，虚中倣於《二南密旨》，文彧「十勢」又倣於齊己。大抵皆穿鑿淺稚，互相剽竊。

又：徐寅、徐衍、李慮、徐生、王夢簡、王叡、王玄論詩，俱屬卑鄙。徐寅多出齊己，王玄引韓熙載、廖融詩，蓋五代時人。按齊己詩於晚唐最下，餘十人亦無聞，其論應爾，不必致辯。（録自《詩源辨體》卷三五）

清

永瑢等《四庫全書總目·唐僧宏秀集》：唐釋能詩者衆，其最著者莫過皎然、齊己、貫休，然皎然稍弱，貫休稍麤，要當以齊己爲第一人。今觀龏所録，如集中《聽琴》、《劍客》、

《登南岳祝融峯》諸篇，皆不見收。則别裁去取，亦未盡諸僧所長。（録自《四庫全書總目》卷一八七《集部》四〇總集類二）

汪琬《洞庭詩稿序》：釋氏之爲詩也，有詩人之詩焉，有禪人之詩焉。唐之皎然、靈徹，詩人之詩也；貫休、齊己，禪人之詩也。詩人之詩，所長盡於詩，而其詩皆工；禪人之詩，不必其皆工也，而所長亦不盡於詩。所長盡於詩者，以其詩傳，不盡於詩者，則以其道與其詩並傳。故皎然、靈徹、貫休、齊己之作，聲聞相頡頏於後世，莫之能優劣也。（録自《堯峰詩文鈔》卷三十）

賀貽孫《詩筏》：唐釋子以詩傳者數十家，然自皎然外，應推無可、清塞（即周賀）、齊己、貫休數人爲最，以此數人詩無鉢盂氣也。僧家不獨忌鉢盂語，尤忌禪語。近有禪師作詩者，余謂此禪也，非詩也。禪家詩家，皆忌説理，以禪作詩，即落道理，不獨非詩，并非禪矣。詩中情艷語皆可參禪，獨禪語必不可入詩也。（録自《詩筏》）

陸次雲《五代詩善鳴集》：己公精神力量，細大不捐，無所不有。（録自《五代詩善鳴集》）

田同之《西圃詩説》：漁陽論梅花詩曰：「如高季迪『雪滿山中高士卧，月明林下美人來』，亦是俗格。」余初閲之，不甚深知。及觀唐釋齊己《風騷旨格》云「下格用事」，方

曉暢此旨。然今之詩人，恐不免以下爲上矣。（録自《西浦文説詩説詞説》）

譚宗《近體秋陽》：釋齊己詩，躡跡雲邊，落想天外，煙火絶盡，服食自如，妙在一不猶人，而掉尾回龍，亡不適當。其餘如《劍客》、《原上》等篇，此豈可與區區緇品同日語者？篇多佳，收不可盡。三唐雖多唫鉢，吾於齊師又何以加諸？（録自《近體秋陽》卷四）

各詩分評

夏日草堂作（卷一）

元

方回《瀛奎律髓》卷四七：此齊己自賦草堂中事也。洪覺範取此八句賦爲八詩，以其句句有味故耶？此詩爲僧徒所重，其來久矣。實亦清麗。

清

紀昀：未見清麗。

馮班：次聯妙，不看《風騷旨格》定應不解。

（以上二家評轉引自李慶甲《瀛奎律髓彙評》卷四七）

寄鏡湖方干處士（卷一）

明

鍾惺、譚元春《唐詩歸》卷三六評前四句：鍾云：「合作三事説，便奇。」

清

黄生《唐詩矩》四集：全篇直叙格。起法渾峭而響，在晚唐亦不多得。鏡湖一曲以賀監而重。賀監死，山靈謝客久矣，今乃有方處士者寄跡於此，所携者琴鶴，所狎者漁樵，所好者林泉，所躭者題詠，其高致如此，是真不辱賀監舊山川者矣。只將賀監抬出，在山川上長價，方處士之人品不言而自見，筆意高人十倍。

沈德潛《唐詩别裁集》卷一二：方處士呼之欲出。

新秋雨後（卷一）

元

方回《瀛奎律髓》卷一二：此詩起句自然，第六句尤好。

清

紀昀：唐詩僧以齊己爲第一，杼山實不及，閲全集自見。○三、四新脆，「覺有靈」三字不佳。○（謂起句、六句）此粗語，何以爲佳？

許印芳：此詩次句即老杜「詩成覺有靈」意，語雖不佳，却無疵纇。三、四佳在「新」字、「老」字，若用「聞」、「見」等字，便是小兒語。五、六亦頗細緻，六句暗藏「風」字，措語亦較五句有味，故虚谷以爲尤好。尾聯原本云：「逍遥向誰説，時泥漆園經。」上句太空，下句太滯，故爲易之：「逍遥吾自得，不假漆園經。」按，晝公乃盛唐人，嘗著《杼山詩式》，鑒裁頗精，所作詩格高氣清。然高而近空滑，清而多薄弱，非王、孟精深華妙之比。齊己雖唐末人，其詩頗有盛唐人氣骨。如《秋夜聽業上人彈琴》云（引詩略），沈歸愚謂三、四語寫出太和元氣，從來詠琴者俱未寫到。且謂其詩淵灝之氣在李頎、常建之間，非過許也。然亦有豪而近粗者，如《劍客》詩云（引詩略），三、四及結句極佳，起句及五、六則粗矣。二詩皆以氣勝，不甚拘對偶，而有情思貫注其間，非若晝公徒標高格，全無意味也。曉嵐謂齊己第一，真篤論哉！

（以上二家評轉引自李慶甲《瀛奎律髓彙評》卷一二，許評又見其著《律髓輯要》卷二）

劍客(卷一)

明

鍾惺、譚元春《唐詩歸》卷三六：鍾云：「寫出一『爽』字，不爽不豪。」

清

沈德潛《唐詩別裁集》卷一二：豪爽，何嘗是僧詩？

許印芳《律髓輯要》卷二：三、四及結句極佳，起句及五、六則粗矣。二詩(謂此篇及《秋夜聽業上人彈琴》)皆以氣勝，不甚拘對偶，而有情思貫注其間。

吴喬《圍爐詩話》卷二：齊己《劍客》詩，傑作也。

譚宗《近體秋陽》卷四評「翻嫌」一聯：「翻嫌」一見，緊承頸聯，「細碎」二字，足令慶卿心服。

屈復《唐詩成法》卷五：前四傳劍客俠氣，勃勃欲生。不如作絶句妙。

劉邦彦《唐詩歸折衷》卷五：唐氏云：「詠劍客不厭其粗豪。」吴敬夫云：「今僧家作禪寂語偏粗，此作豪爽語殊雋。」

寄鄭谷郎中（卷二）

清

翁方綱《石洲詩話》卷二：《詩話》載唐僧齊己謁鄭谷獻詩：「自封修藥院，别下著僧牀。」谷覽之云：「請改一字，方可相見。」經數日，再謁，改云「别掃著僧牀」。谷嘉賞，結爲詩友。此一字，元本、改本俱無好處，不知鄭谷何以賞之？唐詩僧多卑卑之格，惟皎然、靈一差勝。

原上晚望（卷二）

清

吴喬《圍爐詩話》卷二評「夜來」一聯：非晚唐人無此詩思。

過陳陶處士舊居（卷三）

元

方回《瀛奎律髓》卷一二：己詩如「夜過秋竹寺，醉打老僧門」，最佳。

清

黄生《唐詩矩》四集：全篇直叙格。室中所有，色色俱在，惟不見主人，因思處士與己平日至交，脱略疏縱，乘醉夜過，在爾時方不可耐，今日過其舊居，籬落如故，杖履宛然，而此閑庭曳杖之人今安在哉？弔故人，追憶其平日好處，猶是常情；雖轉憶其平日短處，方覺此時欲復見其如此亦不可得。讀至三、四，便如老僧對面相訢失聲痛哭也。起寫舊居，次著處士，暗用開法。三、四接處士寫二句，五、六合到舊居，七、八又將處士、舊居兩兩相綰，章法拍密。

書古寺僧房（卷三）

宋

蔡絛《西清詩話》卷中評「春時」一聯：華實相副，顧非佳句耶？（案：《西清詩話》引「春時」作「春深」。）

題直州精舍（卷三）

元

方回《瀛奎律髓》卷四七：第二句「那岸」二字有深意，五、六精神而浄潔。

清

馮班：「那岸」，粗。

查慎行：第二句有何深意？但覺其俗。

紀昀：三句拙。○「那岸」即彼岸之意，用字俚甚，其用意亦不過如處默《勝果寺》詩「下方城郭近」句，别無深處。評五、六是。

（以上三家評轉引自李慶甲《瀛奎律髓彙評》卷四七）

登祝融峰（卷四）

明

王夫之《唐詩評選》卷三：近情語自遠。南岳諸作，此空其羣。

秋夜聽業上人彈琴（卷四）

明

鍾惺、譚元春《唐詩歸》卷三六：鍾云：「深在李頎、元結之間。」譚云：「胸中有一段淵淵浩浩，立於聲詩之先，即用此作古詩、樂府，已高一層矣，况近體耶？」

清

褚人穫《堅瓠集》二集卷四：僧齊己《聽琴》詩云：「萬物都寂寂，堪聞彈正聲。人心盡如此，天下自和平。」同時徐東野有詩云：「我唐有僧號齊己，未出家時宰相器。爰見夢中逢武丁，毀形自學無生理。」如《聽琴》絶句，正宰相詩也。

沈德潛《唐詩别裁集》卷一二：太和元氣，從來詠琴詩俱未寫到。淵灝之氣，在李頎、常建之間。

黄周星《唐詩快》卷一〇：友夏云：「胸中淵淵皓皓，即用此作古詩、樂府，已高一層，何況近體。」其賞此詩至矣。顧何以得此于晚季耶？

宋宗元《網師園唐詩箋》卷九評「人心」一聯：二語遠勝昌黎作。

許印芳《律髓輯要》卷二：以奇勝，不甚拘對偶，而有情思貫注其間，非若晝公徒標高格，全無意味也。沈歸愚謂三、四語寫出太和元氣，從來詠琴者俱未寫到。且謂其詩淵灝之氣在李頎、常建之間，非過許也。

酬元員外（卷四）

明

鍾惺、譚元春《唐詩歸》卷三六：鍾云：「極悲，極厚。」

周珽《删補唐詩選脈會通評林》卷三五：起聯即元所居言，所謂「海上村」也。園林既經離亂後，物類傷殘，交遊凋謝，自多衰老淒涼之感。重得閑曬朱紱，寧忘國恩之渥乎？泫然淚滴，所必至也。悲調愴情，爲元員外寫衷，亦曲以盡矣。〇周敬曰：起似岑嘉州。

清

黄生《唐詩矩》四集：尾聯見意格。嵩洛大山水，寫得如此輕細，另是一種筆法。結處見其有不忘故主之思，真僧自然即世法説佛法，我知己公當時若遇長樂公，必當一棒打殺，與耆子喫也。

早梅（卷六）

元

方回《瀛奎律髓》卷二〇：尋常只將前四句作絶讀，其實二十字絶妙。五、六亦幽致。

明

周珽《删補唐詩選脈會通評林》卷三五：周珽曰：「與《聽泉》篇可稱詠物之矯矯者。」

清

馮班：出色。○方君云「二十字絶妙」，然氣格未完，住不得。

查慎行：造意、造語俱佳。○方虚谷云：「尋常只將前四句作絶讀，其實二十字絶妙。」評好。

紀昀：起四句極有神力，五、六亦奇，七、八則辭意并竭矣。

（以上三家評轉引李慶甲《瀛奎律髓彙評》卷二〇）

沈德潛《唐詩别裁集》卷一二：三、四格勝，五、六只是凡語。本「昨夜數枝開」，許丁卯改一字，即所謂一字師也。

田同之《西圃詩説》：梅花詩，東坡「竹外」七字及和靖「雪後」一聯，自是象外孤寄。若唐釋齊己「前村風雪裏，昨夜一枝開」，明高季迪「流水空山見一枝」，不落刻畫，亦堪並響。

范大士、邵幹等《歷代詩發》卷二二：幽潔，自爲寫照。

宋宗元《網師園唐詩箋》卷九評「前村」一聯：方外人乃有此領會。

陸鎣《問花樓詩話》卷一：梅花詩，譚者盛稱林處士，不知唐人先有佳作。釋齊己《白蓮集》中《早梅》詩云（從略）。崔道融詠梅詩，楊誠齋愛其首聯，以未見全篇爲憾。後得于説部中，詩曰(從略)。齊己詩，表聖所謂「空山鼓琴，沉思獨往」者也。道融詩，袁昂評書「舞女低腰，仙人嘯樹」，正復似之。二首雖使和靖誦之，當亦嘆絶。」

聽泉(卷六)

明

鍾惺、譚元春《唐詩歸》卷三六評「只有」一聯：鍾云：「二語妙在不是説月與風，却是説泉，孤深在目。」

周珽《删補唐詩選脈會通評林》卷三五：縱觀唐人詠泉詩，多有入妙者，如儲光羲、劉長卿、張籍、劉得仁、齊己等作，俱以静遠幽厚，發爲清響。若此詩五、六，結思沉細，即劉得仁《聽夜泉》「寒助空山月，復畏有風生」，皆借神風月有味，尤不及此二語，一片真氣在内。○唐汝詢曰：「起峻爽，結想頭幾窮。」

清

黄生《唐詩摘鈔》卷一：尾聯倒繳。○首寫其源之高，次寫其聲之遠。中二聯竝承次句：三言其聲初不因雨，用四襯説；六言其聲亦不雜風，用五襯説。七、八推開一步，倒繳「聽」，言省曾在廬岳與僧同聽到曉，今復值此，令人恍然神遊香爐瀑布之側耳。首二語已將本題盡情説透，以後只從題外層出，此前緊後鬆之法也。◉省，記也。

黄周星《唐詩快》卷十評「落石」四句：此方是真聽泉，他人止得其皮毛耳。

寄盧岳僧（卷七）

清

金聖歎《貫華堂選批唐才子詩》卷八評前四句：一聲錫響，去得恁疾；雪埋冰折，入得恁深。一解詩分明便是「一自泥牛鬥入海，直至于今無消息」句也。

又評後四句：此僧不知何人，辱己公寫到如許，真大死後重更活人，諸佛不奈之何者也。○寫心地，不用寂寞字，偏説「烟霞明媚」；寫行履，不用孤峭字，偏説「藤竹縈紆」。此是「雪埋」、「冰折」後自然無礙境界，非他人所得濫叨也。若夫世間未經冰雪之士，即有如七、八所云矣。

早鶯（卷七）

清

黄周星《唐詩快》卷一二：「舊心」二字生妙，從無人用。然有吴侍郎《還俗尼》之「舊身」，自有己公「桃花鶯」之「舊心」。程伊川所謂「天下之理，無獨必有對」，豈不信然？

中秋月（卷九）

清

金聖歎《貫華堂選批唐才子詩》卷八評前四句：方外人何事作此閑言語！我特喜其起句七字，是律詩前解好手。

又評後四句：「還許」者，不許也；「肯教」者，不肯也。與七、八四句成解，罵人也。

聞尚顔上人剏居有寄（卷九）

清

金聖歎《貫華堂選批唐才子詩》卷八評前四句：一句分明是寫「創」，三、四分明是寫「新」，只有二句之「與竹齊」三字，却是寫景。甚矣，律詩之不肯寫景也！

又評後四句：前解寫新居之新，此解寫新居之受用也。易解。○末句只寫得「壁新泥」三字耳，上四字只如一人問云：松陰何故冷濕？因答之云：非冷濕也，乃壁新泥耳。

王壽昌《小清華園詩談》卷上：超然。

送人入蜀（卷九）

清

金聖歎《貫華堂選批唐才子詩》卷八評前四句：一、二發誓不説「蜀道難」，三、四不覺仍説蜀道難。何也？既是相送，必是相關。發誓不説，以成彼志也；不覺仍説，以致我情也。

又評後四句：「雙碧到天」、「空青無地」，此寫蜀道正難處也。若「文君酒市」，則難處已都過也。然于意猶未盡，故又補寫「地凍風寒」四字，再倒攔上文之難，然後方落「君下鞍」三字。起句云「何必重歌」，今乃不但一歌再歌矣。

湘妃廟（卷十）

明

陸時雍《唐詩鏡》卷五四：末語稍韻。

六、雜記輯要

唐

孫光憲《北夢瑣言》：湘江北流至岳陽，達蜀江。夏潦後，蜀漲勢高，遏住湘波，讓而退溢爲洞庭湖，凡闊數百里。而君山宛在水中，秋水歸壑，此山復居於陸，唯一條湘川而已。海爲桑田，於斯驗也。前輩許棠過洞庭詩，最爲首出，爾後無繼斯作。詩僧齊己駐錫巴陵，欲吟一詩，竟未得意。有都押衙者，蔡姓而忘其名，戲謂己公曰：「題洞庭者，某詩絶矣，諸人幸忽措詞。」己公堅請口劉，押衙抑揚朗吟曰：「可憐洞庭湖，恰到三冬無髭鬚。」以其不成湖也。諸僧大笑之。（録自《北夢瑣言》卷七）

孫光憲《北夢瑣言》：詩僧齊己於潙山松下，親遇一僧，於頭指甲下抽出兩口劍，跳躍凌空而去。（録自《太平廣記》卷一九六）

宋

蘇頌《題名茶記》：齊己詩人，不以書稱。在唐季，二道既衰，然此詩脱洒不俗，筆札亦善，信乎名稱于人，必有可尚者。子容題。（録自《蘇魏公文集》卷七二）

蘇軾《東坡志林》：唐末五代，文物衰盡，詩有貫休、齊己，書有亞栖，村俗之氣，大率相似。蘇子美有《張長史書》云：「隔簾歌已俊，對坐貌彌精。」語既凡惡，而字法真亞栖之流。曾子固編《李白集》，有《贈懷素草書歌》及《笑矣乎》數首，皆貫休、齊己辭格。二子號有知識者，故深可怪。如白樂天《贈徐凝》、退之《贈賈島》，皆世俗無知者所託，不足多怪。（録自《類説》卷九）

黄朝英《靖康緗素雜記》：鄭谷與僧齊己、黄損等共定今體詩格云：「凡詩用韻有數格：一曰葫蘆，一曰轆轤，一曰進退。葫蘆韻者，先二後四；轆轤韻者，雙出雙入；進退韻者，一進一退。失此則繆矣。」余按《倦游雜録》載唐介爲臺官，廷疏宰相之失，仁廟怒，謫英州別駕。朝中士大夫以詩送行者頗衆，獨李師中待制一篇，爲人傳誦，詩曰：「孤忠自許衆不與，獨立敢言人所難。去國一身輕似葉，高名千古重於山。並游英俊顔何厚，未死姦諛骨已寒。天爲吾君扶社稷，肯教夫子不生還。」此正所謂進退韻格也。按《韻略》：難字第二十五，山字第二十七；寒字又在二十五，而還字又在二十七。一進一退，誠合體格，豈率爾而爲之哉？近閲《冷齋夜話》載當時唐、李對答語言，乃以此詩爲落韻詩。蓋渠伊不見鄭谷所定詩格有進退之説，而妄爲云云也。（録自《苕溪漁隱叢話》前集卷三一）

潘若沖《郡閣雅談》：僧齊己往袁州謁鄭谷，獻詩曰：「高名喧省闥，雅頌出吾唐。叠巘供秋望，飛雲到夕陽。自封修藥院，别下着僧牀。幾話中朝事，久離鴛鷺行。」谷覽之曰：「請改一字，方得相見。」經數日再謁，稱已改得，詩云：「别掃著僧牀。」谷嘉賞，結爲詩友。（録自《詩話總龜》前集卷一一）

阮閲《詩話總龜》：東坡云：「今太白集中有《歸（悲）來乎》、《笑矣乎》及《贈懷素草書》數詩，决非太白作；蓋唐末五代間，學齊己輩詩也。余舊在富陽，見國清院太白詩，絶凡近。過彭澤興唐院，又見太白詩，亦非是。良由太白豪俊，語不甚擇，集中亦往往有臨時率然之句，故使妄庸輩敢耳。」苕溪漁隱曰：「東坡此語，蓋有所譏而已。」（録自《詩話總龜》後集卷三七）

計有功《唐詩紀事》：後唐明宗太子從榮，好作歌詩，高輦輩多依附之。《觀棋》詩云：「看他終一局，白却少年頭。」齊己《中秋》詩云：「東林莫礙漸高勢，四海正看當路時。」從榮果謀不軌，唱和者言涉嫌疑，皆就誅，惟齊己得荆帥高令公匿而獲免。（録自《唐詩紀事》卷七五）

周密《浩然齋雅談》：唐僧齊己有《白蓮集》，爲《風騷旨格》，所與遊者，吴融、鄭谷，皆晚唐人也。杜詩所稱「己公茅屋下，可以賦新詩」決非此己公明矣。（録自《浩然齋雅談》卷上）

楊岩《六帖補》：蓮房如笠。詩僧齊己與塑工蔡皤曾於廬山瀑布中見一蓮房已乾，大如笠，蓋其花大可知矣。（録自《六帖補》卷十）

《唐宋遺史·一字師》：張迥少夢五色雲自天而下，取一團吞之，遂精于詩。有寄遠云：「錦字憑誰達，閒庭草又枯。夜長燈影滅，天遠雁聲孤。蟬鬢彫將盡，虬髭白也無。幾迴愁不語，因看朔方圖。」僧齊己改爲「虬髭黑在無」，迥遂拜爲一字師。（録自《類説》卷二七）

明

徐㶿《李翰林集序》：蘇東坡謂李太白集中《笑矣乎》、《悲來乎》及《贈懷素草書》數詩決非太白作，爲唐末五代貫休、齊己輩詩，此蘇公望太白過高，非真知太白者。太白豪宕，歌行中率易之句，時見筆端，不獨此數詩也。（録自《明文海》卷二五三）

清

王士禎《香祖筆記》：《東坡志林》云：「唐末五代文章衰盡，詩有貫休、齊己，書有亞棲，村俗之氣，大略相似。」此論固然。然齊己《白蓮集》至今尚傳，余嘗見海虞馮氏寫本，有荆南孫光憲序，篇帙完好，略無闕佚。文章流傳，信有命乎？（録自《香祖筆記》卷九）

吴任臣《十國春秋》：（龍德元年）是歲，以僧齊己爲僧正，給其月俸，禮待於龍興寺禪院。（録自《十國春秋》卷一〇〇）

吴喬《圍爐詩話》：《青箱雜記》載鄭谷、齊己、黄損等定今體詩格云：「用韻有數格，曰葫蘆，曰轆轤，曰進退。葫蘆韻者，先二後四；轆轤韻者，雙出雙入；進退韻者，一進一退。」引李師中《送唐介》詩云：「孤忠自許衆不與，獨立敢言人所難，去國一身輕似葉，高名千古重如山。並遊英俊顔何厚？未死奸諛骨已寒。天爲吾皇扶社稷，肯教夫子不生還？」八句詩一「難」三「寒」同部，二「山」四「還」又一部，爲進退韻格之證。

而葫蘆、轆轤未有引證。别本詩話引太白「我攜一尊酒」爲葫蘆韻之例，引「漢帝寵阿嬌」爲轆轤韻之例，乃古詩也。（録自《圍爐詩話》卷一）

薛雪《一瓢詩話》：唐釋齊己作《風騷旨格》，六詩、六義、十體、十勢、二十式、四十門、六斷、三格，皆繫以詩，不減司空表聖。獨是「十勢」立名最惡，宛然少林棍譜，暇日當爲易去，乃妙。（録自《一瓢詩話》）

齊己詩歌篇目索引

齊己詩歌篇目索引

本索引爲書中詩篇(含集外詩篇)索引,以音序排列。如詩篇題目相同,則將詩篇首句括注其後,以示區別。齊己文存《粥疏》、《凌雲峰永昌禪院記》、《龍牙和尚偈頌序》三篇,均見集外詩文補遺,今不再編入本索引。殘句無題,亦不編入索引。幸讀者詳之。

D

F

G

H

J

L

M

N

O

P

T

W

X